U0448991

收获

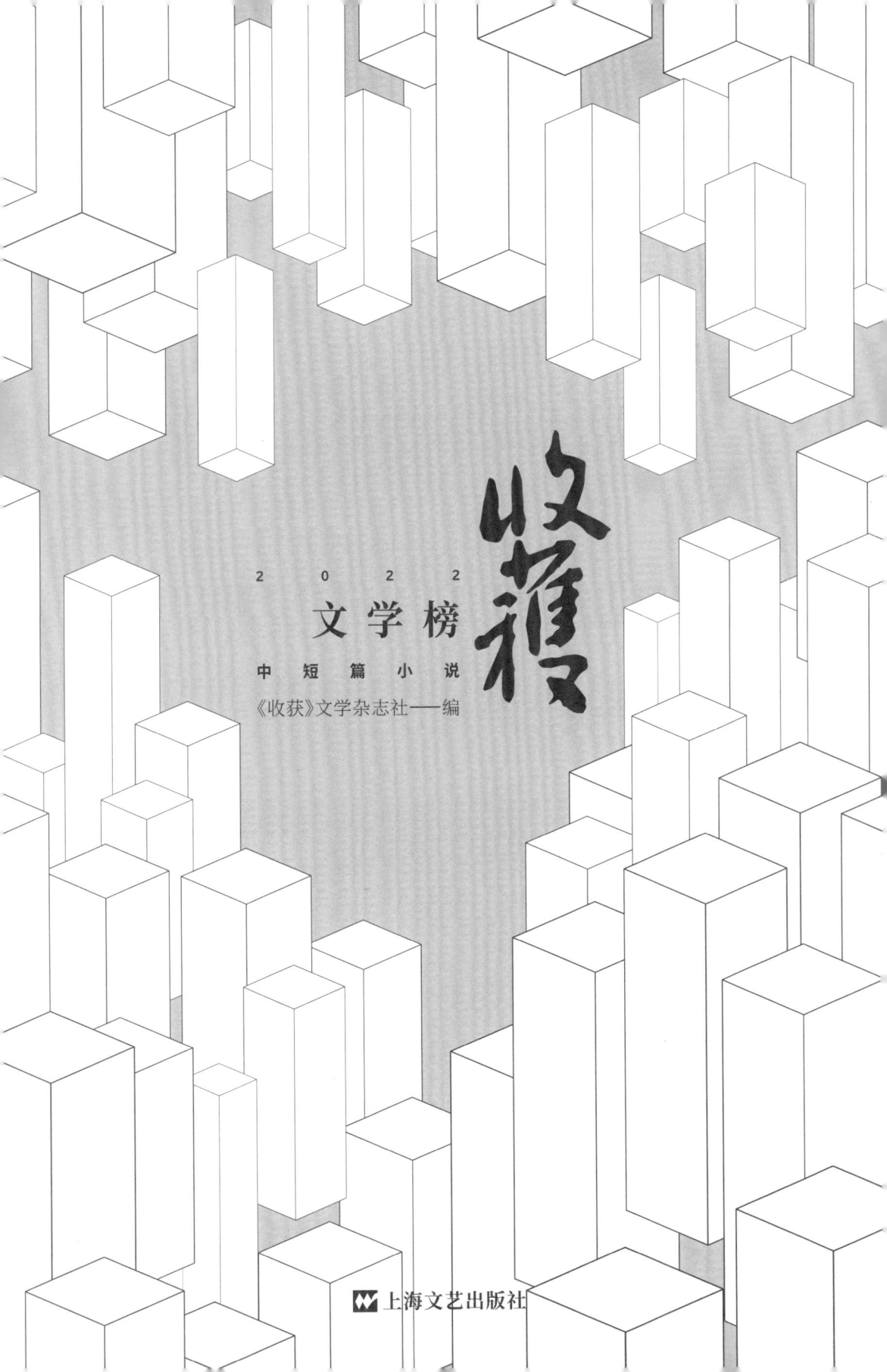

2022
文学榜
中短篇小说
《收获》文学杂志社——编

上海文艺出版社

短篇卷

目录

3	德雷克海峡的800艘沉船	弋 舟
14	狗 窝	陈 各
34	雾中河	李 晁
46	回 向	莉莉陈
60	玛雅人面具	徐则臣
67	造物须臾	牛健哲
74	云彩剪辑师	李宏伟
82	百花杀	杨知寒
94	飞来飞去	东 西
104	浮 空	蒋一谈

中篇卷

119	五湖四海	王安忆
185	霞满天	王 蒙
211	谁能杀死变色龙	赵 松
230	浮 图	葛 亮
274	橘 颂	张 炜
321	棣棠之约	孙 频
363	疫狐纪	张 翎
405	变 脸	常小琥
436	母亲和她的第一个连手	马金莲
459	莲花白	宁不远

■ 附录：2022收获文学榜榜单

收获文学榜 | 短篇卷

德雷克海峡的 800 艘沉船

弋　舟（《十月》2022 年第 3 期）

推荐语

　　一架航班、三四位平行人物、万千机运和莫测欲念，在疫情爆发前夜辐辏出神秘交汇又擦肩而过的故事。明暗交界是弋舟特有的美学风格，他对物理人情有近乎实证式的体察，就好像在这篇小说中将超越性的精神领悟落实于日常生活的细密纹路中；更难得的是弋舟对世界的一种直觉把握能力，这种能力在作品中往往显影于某一物品、事象，如同"800 艘沉船"这则新闻素材。这是隐喻，笼罩着人物命运与情节走向；这又是"物自体"，抗拒被阐释。小说诱引着读者去误解疑似的凶案，仿佛疫情逼迫着人类去正视理性的局限。而在解决生活提出的难题的同时，必须永远保持对生活本身的虔敬。（金理）

1

十二月下旬的一天，晚上八点二十分，段欣慧登上了海南航空公司的航班，从海口飞往西安。五十分钟后，航班在美兰机场准点起飞。不出意外的话——会出什么意外呢？——她会提前在咸阳机场落地。

是啊，会出什么意外呢？飞机爬升到巡航高度时，她一边调整椅背，一边在心里反问自己。

段欣慧习惯了这种内心的对话。有时候，她也会认清自己热衷于假设出两个自己，不过是为了聊以自慰。独居日久，她形成了固定的自语模式，凡事总归要先用一句消极的假设——"不出意外的话"——来做铺垫，继而再给出一个并非板上钉钉的结论。"不出意外的话"，对她来说，是句放之四海而皆准的金句。"不出意外的话，中午会准时用餐"；"不出意外的话，晚上能睡个好觉"。世界运转无碍，仿佛全靠某个意外的缺席才成就了一桩又一桩的小奇迹。这让平铺直叙的世界具有了不确定性，也让一顿午餐和一个好觉，都显得有如神助，重要的还在于，这个金句显而易见的荒唐感，又能给她提供出自我辩论的基础——会出什么意外呢？就这样，自我的对话完成了，聊以自慰也完成了，就像成功地将自己一分为二，并且，那个看上去更具理性的自己，还占了上风。

夜航的旅客不多，机舱里空着不少座位。段欣慧这排就没坐满，她的邻座，一个像是公务员的年轻男人，和她隔着一张空座。男人靠窗，她靠过道。三个多小时的航程，不出意外的话，她应该至少需要让行一次——把腿屈起来，侧放在过道，给他留出去洗手间的通道。会出什么意外呢？除非他有着一颗蓄水能力惊人的膀胱。段欣慧自嘲着在心里念叨。事实上，空中服务还没开始，男人就已经迫不及待地上了两次洗手间。段欣慧由此意识到，这回，自己踏上的恐怕是一场没有神助的旅行。

旅行对于段欣慧而言，已然是活着的常态。独居后，她在四十三岁获得了所谓的财富自由。比她大三十岁的亡夫留下的财产，丰厚到令她不敢相信——不出意外的话，足以让她将这辈子都用来云游四方。她也的确因此上了一种"说走就走"的日子。这种日子似乎被许多人所向往，但走个不停，难免会削弱她与人间生活的关联。段欣慧先是渐渐地没有了朋友，继而，连父母都联系得少了。有时候，身在旅途，她会想，如果她就此失联，消失在某个不为人知的地方——不出意外的话，没个三年两载，身在武汉的爸妈都不会想起来找她。

不出意外的话，此生铁定就是一场漫长的旅行了，一直走到走不动的那一天，在一个不为人知的地方，倒下。她想，鲜有地没有反诘自己，而是默默祈祷：那么，请让这旅途是被神所祝福的。

可是神真的常常缺席。航班延误、天气突变之类的就不用说了，大到被人抢了手机，小到遇上个尿频的邻座，旅途中，她遭遇过太多不测，意外是无法完全避免的。但她已经停不下脚步。

空乘发过餐食后，男人又一次挤过她的双膝去了洗手间。她自作主张坐到了他的位子里。他的空位上留着一份报纸，此前一直心不在焉地翻看，给人的感觉是以此抵抗着内急的再一次光顾。她将报纸拿起，在男人回来时递向了他。这个男人真的具有一种公务员才有的理性，他迅速领会了她的意思，乖巧地坐进了她空出来的位置，似乎是想要表达一些歉意，男人还用手势示意那份报纸也一并归她了。

她并不想看报纸。但巡航在平流层的飞机平稳得令人昏昏欲睡。相较于看报纸，她更不想在一个陌生男人的身边睡着。她常常在飞机上看到睡相让人不能恭维的女性，立誓绝不让同样的一幕在自己身上发生。舷窗外，一万米高空中的夜色不过就是一张黑幕，她只有去想象，落地后，不出意外的话，会有一张酒店的大床等着她。会出什么意外呢？轻车熟路，酒店早已经订好了，接机的车，也在平台上落实了。

没有意外，只能让睡意更浓。她强打起精神，翻看手中的报纸。是一份《环球时报》，应该是登机时男人从舱门口自取的。在一种若醒若睡的状态里，段欣慧依稀看到这样一条新闻：

……国防部长埃斯皮纳称，找到幸存者的机会比较渺茫，但仍会全力以赴。事故原因不排除任何可能性……此次失联飞机于1978年制造，在美国服役至2008年。2012年智利花费700万美元购入，2015年进入智利空军服役……德雷克海峡是智利本土通往南极基地最短航程的必经之路，这里是太平洋和大西洋水流的汇合处，没有任何陆地阻挡，该海域一直以恶劣天气著称，气温极低且常有严重暴风雨。据不完全统计，目前已有800艘船只沉没在德雷克海峡，造成两万人死亡……智利军方表示，飞机起飞时，飞机状况和天气状况均良好。搜寻行动将持续至少6天，并可延长4天……

是一条关于空难的报道，嗯，还提到了海难，总之，神又缺席了，天上地下，皆是灾难。那些翔实的数据令她振作了片刻，"美帝国主义"，她的心里好像如此谴责了一下，多少对卖旧飞机这样的行径感到了不齿。继而，有种幻觉般的宏大图景席卷了她的意识：寒冷的海峡，疾风骤雨，怒浪惊涛……但她清清楚楚地意识到了"800艘沉船"这个概念，只不过，这个清晰的概念全然又被睡意给包裹了。如实说，谁靠着飞机舷窗睡着的样子都不好看。

她在机身落地时巨大的顿挫中醒来，迷惘地看着一个像是公务员的年轻男人朝她略带羞涩地微笑。拉起遮窗板，她发现外面在下雨，停机坪倒映着被冬雨扭曲了的光斑。她看了下腕表，差十分钟零点整，果然提前了。打开手机，预约接机的司机已经发来了按时接驾的短信。她没什么行李，不过是一只登机箱，还有一件同样塞在行李舱中的羽绒服——登机时，海口的气温将近30度，羽绒服完全就是一个行李般的存在。年轻男人友好地帮她从行李舱中取了箱子，她道了谢，自己拿下羽绒服，套上，下意识地将那份遗落在座位上的报纸重新拿回手里，卷成圆筒状，握住，好像如此一来，作为一个旅人，她的行囊才不会显得过于单一。

2

新年将近，吴尤莉计划给自己买件礼物。至于买什么，她一直拿不定主意。不是怕花钱——她又不会琢磨着买套房子来犒劳自己。别说房子，丧夫后，她可能都没有过千元以上的消费记录。她并不因此感到匮乏。她觉得自己没什么欲望，对什么都不抱有期待。这个新年的计划，只是作为一个"念头"存在，而有一个"念头"，对吴尤莉来说，反倒是种比较愿意体会的感觉。

她三十六岁，身高接近一米七，看起来还行——最初，这个判断的依据是：不乏男人对她兴致勃勃。后来，经了些不堪的事，她搞明白了，男人对所有的女人都是兴致勃勃的，他们随时都想碰碰运气，激发他们的，恐怕是一个"类"，而非具体到某个身高一米七的女人。明白了，就获得了宝贵的自知，于是比起同龄的女人，吴尤莉反而真显得有点"看起来还行"了——至少，她比她们苗条，比她们肤色好，比她们高挑。

这天早晨，吴尤莉的那个"念头"落在了实处。就买一只电动剃须刀吧。听见父亲在卫生间里的抱怨，她做出了决定。"充了一晚上电，只能刮半张脸！"吴玉福的声音并不大，但还是被她听到了。有时候，情绪比音量更能决定话语的传播效果。

房子是父亲的，老式的三室一厅。吴尤莉搬进来两年多了，承受着父亲的乖戾，她只能归咎于是自己的不期而至对父亲构成了麻烦。她也想过另找个住处，但条件真的不允许。亡夫除了给她留下一堆窟窿，什么也没给她留下；好在，也没给她留下个孩子，否则真是不堪设想。好日子也有过，但好日子的背后，是负债累累。丈夫活着时，铁肩担道义，只身营造虚假的繁荣；他可真是条硬汉，然而有一天这条硬汉突然撑不住了，一跃从二十七层的楼顶跳了下去。水落石出，好日子瞬间露出了狰狞的本相。一切都没了，生活不是清了零，是变成了负数。至今，吴尤莉还背负着几项被法院判定了的债务。

吴尤莉在三十四岁的时候，重新又做回了吴玉福的女儿。不是说父女俩一度泯灭了天伦，是说那种一个成年人突然不得不重新返场、再次回到一种仿佛不具责任能力、需要被监护的角色里的心境。吴尤莉想过，如果母亲还活着，自己的不适感也许会减弱一点，有爸有妈，即便参差不齐，共同挤在这套三室一厅的房子里，也会让一切显得"正常"点。遗憾的是，母亲在她婚后不久便离世了——宫颈癌，发现得太晚了。吴尤莉时不时会想，没错，如今同住在这套房子里的，是一对父女，但你也可以这样说：是一个三十多岁的寡妇和一个六十多岁的鳏夫。

对于亡妻，吴玉福没有悼念之情，全是怨怼之意。他认为罹患宫颈癌，正是对那个女人的惩罚。"她这一辈子，男人太多了！"吴玉福对着吴尤莉这么嚷过一次。至于何出此言，吴尤莉不想细究，也不想在自己的成长记忆中重新寻觅尘封的蛛丝马迹；她倒是补充了一下宫颈癌的医学知识，原来性伴侣过多的确也是一条致病的缘由。如今，面对吴玉福，她只感到自己实在难以给自己定准角色，她找不到作为一个女儿的感觉，可也找不到不是一个女儿的感觉。对于吴尤莉，作为一个父亲，吴玉福又并非一无是处。除了会开车，吴尤莉一无长技。两年前，她去驾校做过教练，但从业的经历只是让她坐实了男人兴致勃勃的本质。这时候，吴玉福全然像一个慈父，他给吴尤莉买了辆丰田卡罗拉，还是辆新车，他鼓励她去开网约车，以一个父亲的口吻对女儿说："命运这把方向盘，还是要握在自己手里。"那一刻，吴尤莉恍然记起，眼前的这个父亲，退休前是中学的历史老师。情绪好的时候，他还会跟女儿评价一番客人，譬如："看上去是个有教养的人，结果把擤鼻涕的纸扔在车上。"可是转天，他又会性情大变，常常是吴尤莉做好了饭,他却铁青着脸泡了桶热干面自己端进卧室吃。

这天早上,当吴尤莉决定买一只电动剃须刀的时候,她不能给自己的这个念头定义——究竟是给父亲的一个礼物,还是给房东的一个贿赂?

吴玉福从卫生间出来了,的确是只刮了半张脸,这让他的脸色看起来尤为阴晴不定。残留的胡楂仿佛是一片不祥的阴影。"怎么不多睡会儿?"她小声问,没指望得到回答。她这么问是有道理的,昨晚最后一单活,是他去机场拉的人,回来睡下,怎么也要到半夜了。自从开上网约车,为了安全起见,吴玉福经常替她跑夜活,显然,这算得上是一个标准的父亲对女儿才会有的顾念。但是此刻吴玉福有些发呆,他从卫生间出来,给人的感觉却像是"进来"似的,好像一个人两脚踏空,突然陷入到了新的境遇中一般。在吴尤莉眼里,这的确又不像是一个父亲了。像什么呢?某个念头在她脑子里一闪而过。

3

"所有世纪的二〇年代都辉煌。"

微信群里有人发出的这句话让胡晓虎心头一热。考虑到新年将至,那个"二〇年代"已经进入了倒计时,恐怕任何人看到这句话都会心头一热。"世纪""年代""辉煌",都是自带热力与光芒的词啊。胡晓虎不由得默算了一下——就是说,八十五个小时后,辉煌便要普照万物了。他有些激动,是种久违了的感觉。这种感觉他也说不准,但是在他当兵的那些日子里常常会被点燃,一道命令,一次动员,都会令他产生同样的情绪。他感觉被激励,即便作为队伍中微不足道的一分子,也会有一种欣然而隆重的神圣感。

但是这句话被湮没在信息的洪流中了。他给这个群设置了"消息免打扰",偶尔翻看一下成百上千的言论,随即删除掉,等着下一次信息重新注满这条他和战友们保持链接的通道。没错,这个群里的都是复转军人,基本上都是在各种培训班上认识的,如今大多分布在政府机关和事业单位。曾经的军人们自发地组织起来了,如同一支影子部队。

好像没人对这句话做出响应。大家在群里基本上都是自说自话。有人发地铁里人潮涌动的照片;有人说两句本单位的节日福利;还有人分享昔日的军歌,《打靶归来》什么的。各自抒发,各自捕捉能够触动自己的信息。胡晓虎查看了一下发布这条信息的主人,果然,是位文联干部,头像是一个打着领带的卡通人物。然后,他在群里也发了条信息:目前已有800艘船只沉入德雷克海峡。没什么道理,他可能只是觉得这句话比较接近自己此刻的心情,觉得"800艘船""沉入""德雷克海峡",同样也有一种令人心头一热的、辉煌的气质。

胡晓虎发出信息后,才想起这句话是两天前自己在飞机上看到的。它出自一份《环球时报》。现在突然想起,说明当时还是触动了他的,这条新闻中那道不祥的海峡,当时在他看来有种被诅咒过的意思。伴随记忆而来的,还有无法令人忍受的、同样像是被谁诅咒过一般的腹痛。海口之行是他分配到社科联工作后的第一次出差,热带地区的水土彻底击溃了他。在海口待了短短三天,他就拉了两天半肚子。胡晓虎想起,自己在返程的航班上是如何煎熬的了——他妄图用一份报纸来分散自己的注意力,在报纸上,地球人四处杀人又放火,但都抵不过他肚子里的革命。只有这条事关空难与海难的消息短暂地对他有效过,也许是"800艘"这个具体的数据要胜过一切抽象的灾难,他的注意力因之转移,获得了间歇的安宁。

他的信息发出后,同样也迅速地湮没在群里了。今天大家好像都闲下来了,往常这个时候,临近中午休息,也没几个人上来扯闲篇。

2019年12月27日11时许,西咸新区昆明池生态保护区发现一名未知女性尸体(下附照片),身长1.65米左右,体态较瘦,年龄45岁左右,上身着紫色羽绒衣,衣领为连帽样式。现死者身份不明,有知情者请与市公安局刑警二队联系。

有人发上来这样一条公告。不出所料,发布者当然是位警察;不知出于什么动机,他很快又将信息撤回了。胡晓虎被这条信息惊动了一下。他看到了那个女人的头像,像是睡着了,也并不血腥,不过是睡相不大好看。胡晓虎觉得自己应该想起些什么,但又不是很确定。他想专门私信一下那名警察,但又因为自己的不很确定而打消了念头。

他显得有些茫然若失,无所适从地在心里确定了一下自己的返程日期。十二月二十六日,夜。然后他起身检查了一下办公室的电源,确认该关的都关了。下午陪领导看一下退休老人,他就不用再回单位了。他要在元旦那天结婚,与辉煌的二〇年代一同开启自己的婚姻生活,单位提前给他放假了。删除这组群消息的时候,他看到群主发布了群公告:单位要求,公务员不允许组建与工作无关的微信群,本群即日起解散,祝战友们新年快乐。无论如何,这不能算是个好消息,尽管,也无关痛痒。

中午他要回趟家,李琳,他的未婚妻,让他抓紧把新房的煤气卡充足,他早上出门忘带卡了,只能抽空回去取一趟。他不想和她吵架,就像他不想结婚。单位离家要乘坐十二站地铁。好在中午地铁上的人不是很多,但也没有空座,胡晓虎靠在关闭的车门一侧,突然感到肚子里又翻滚起来。应激一般,他的脑子里自发地出现了一道怒浪惊涛的海峡,这让他又一次获得了片刻的安宁,"800艘沉船"与"辉煌的20年代"这两组概念共同协力,令他在隐隐的不安中获得了平静。

4

吴尤莉比同龄人显得"看起来还行",也许是遗传了吴玉福的基因。六十四岁的吴玉福看起来就比同龄人年轻许多;至少,吴尤莉的身高一定是受惠于遗传,吴玉福在生命的鼎盛时期,身高曾达到过一米八五,即便如今缩水,在一群老头当中他也算是挺拔的。对于任何孩子,有个身高超过一米八的父亲,都是个加分项。吴尤莉年少时也的确以此为荣过,面对父母间的龃龉,她会不自觉地倾向于同情父亲。一个挺拔的男人,仿佛天然地就多了些正确性。毕竟都是做教师的,吴尤莉的记忆中,父母的冷战不少,热战不多,一对男女常常各自沉默,但沉默和沉默的气质迥异。个高的那个,沉默得如同雪山,让人生出对于高冷的仰止;个矮的,就吃亏,连沉默都显得是理屈词穷。幼年的吴尤莉以此判断着父母的是与非，她认为母亲的错误全是因为个子矮，是不具优势的身高让这个女人成为蒙羞的过错方。直到她十四岁的那年，雪山骤变为火山，沉默的吴玉福爆发了，对自己的女儿嚷出一句："她这一辈子，男人太多了！"吴尤莉这才骇然面对了这样一个事实：原来，她的母亲，其貌不扬的中学物理教师田冰茹，居然在婚姻生活中从未安分过。她是以此缓释来自丈夫身高的压力吗？千真万确，母亲是因为有错才显得像是个罪人，这跟身高处于劣势压根儿无关。但是，这个事实之中蕴含的人性线索太复杂了，十四岁的吴尤莉根本择不清。她并没有因此更加轻视母亲，反而，对于父亲的观感还打了折扣，仿佛这个一米八几的男人徒有其表、虚张声势，应该打回到一米七去。

火山般爆发过几次后，吴玉福开始了具有规律性的失踪。每年，他都会在三月中旬离家一段时间。去哪儿了，不知道。田冰茹不问，可能也是不能问与不敢问；吴尤莉不问，说不清为什么不问。这个三口之家，彼此间好像没有相互过问的权利。结婚后，吴尤莉的丈夫，那位铁肩担道义的硬汉，有一次对吴尤莉点明了要害："你爸肯定在外面有人了。"她才直面了一下现实，竟觉得父亲重新有了挺拔的迹象。

田冰茹去世的那一年，吴玉福没有离家。他中规中矩地给亡妻办理了后事，火化，买一块价格不菲的墓地，竖碑，碑文也镌刻上自己的名字——用红漆涂抹住，以待日后合葬，再刮掉油漆，与田冰茹的名字并肩。看上去，他什么都能接受，接受龃龉频仍的一生，也接受被指定了的墓穴。这同样关乎复杂的人性，吴尤莉对此是爱莫能助的心情，只不过将同情分摊开，一半给了母亲，一半给了父亲。就此，她也更加无意过问自己丈夫的真相了，由那位硬汉顾自去承担着他愿意承担的一切，她知道他在外面有女人，可能还有个儿子，但是又怎样呢？她不拒绝最后也跟这硬汉刻在一块碑上。

搬回来和父亲同住后，她知道了父亲的秘密。原来，每年的三月份，正是武大樱花盛开的时候。吴玉福给吴尤莉买了辆丰田卡罗拉，提车的那天，他的心情很好，坐在副驾驶的位置，突然就袒露了心声。"每年我都会去看看，"他说，"就像回到了自己的大学时代。"吴尤莉无动于衷，至少表面上看起来是这样的，她的双手紧紧地握着新车的方向盘，就像是遵嘱掌控住了自己的人生。这样就好理解了，吴玉福毕业于武汉大学历史系。他在晚年热衷于和武汉相关的一切。他喜欢看《百家讲坛》，因为里面有口若悬河的易中天，他说，他在大学的时候听过易中天的课；他不断地网购热干面，每次情绪恶劣的时候就自己煮一桶吃。有一次，客人投诉到平台，说他在车上不停搭讪，热情过度，还绕路，他对吴尤莉说自己不过是因为那女人来自武汉，好心想多拉人家看看西安的夜景。

也是条硬汉，吴尤莉在心里评价。当他将自己的名字与亡妻的名字刻在一起的时候，他需要在人间找到一个属于自己的平衡，那不是你有"太多男人"我便"外面有人"的简单对称，是对命运本身的精密修复，如果非要换算成一个公式，差强人意，大约是：你在你的命运里颠簸，我追念我的樱花。

在网约车平台上注册的是吴尤莉，按规定吴玉福是不能代驾的，而且，他也过了六十岁，这些都不合规。好在，迄今还没遇到过大麻烦。大多数时候，他是一位能够给人好感的司机，这位瘦高的师傅，衣着得体，沉默寡言，每一年都被樱花熏陶，别有一番知识分子才有的气质。除非他遇到一位有武汉口音的客人。

5

中午，吴尤莉在开元商城买了一部三星牌电动剃须刀，两千八百元。付款的时候，她想到了法院给自己的"限高令"。衡量一番，她确定自己的这笔消费应该不能算作是高消费，但她还是感到了些许兴奋——那种轻微地破坏了什么或者冒犯了什么的兴奋。在商城七楼，她吃了碗面条，带着兴奋劲儿，她还"恶意"地给自己加了份肉，然后匆匆驱车赶往机场。她的下一个单子是下午三点在咸阳机场的T2航站楼接人，这种单子对于网约车司机堪称福音，好过在城里绕来绕去。

车子开上机场高速不久，她收到了吴玉福的一条微信，没容她细看，一桩车祸发生在她眼前。眼睁睁地，吴尤莉看着前方那辆白色的日产轩逸扎进了一辆大货车的车尾。好在车距足够大，吴尤莉来得及避险。她与事故现场擦车而过，几乎没有停下的念头。车子上了高速公路，就如同上了传送带，人的意志也仿佛不能完全由己了。但是只那么一瞬，她也能确定日产轩逸的司机凶多吉少。货车上拉着几十辆排列整齐的新车，居然也是日产轩逸，这让追尾的那辆像是一头扎进了亲人的怀抱，车头完全塞进了车尾，如同被一把大钳子捏碎了。路面上的碎玻璃像是洒满了一地的光芒。她在发抖。这段路面经常有车祸发生，像是被诅咒过一样。跑上网约车以来，吴尤莉在此就目睹过不下十次的惨烈场面。但是今天不同了——这辆日产轩逸的车主她认识。

罗哥，大家都这么叫他，但年龄恐怕还不到三十岁。跑网约车的经常会在候机时相互打趣解闷，一来二去，熟悉了，罗哥开始在她这儿碰运气，给她献殷勤。有一次，就是在T2航站楼的停车场，罗哥邀请她坐进他的车里，感受一下后排的"大沙发"。不错，正像同行们说的那样，轩逸的乘坐空间的确比她那辆卡罗拉要大一圈，不但空间大，这后排的座椅还很柔软。罗哥说这正是他好评率高的原因所在，乘客基本都坐后排，"他们的屁股舒服了，人就舒服了"。他在炫耀，她却做出了事后自己也想不明白的事——伸手钩住他的脖子，将他的脸与自己的脸拉近，直到两张嘴咬合在一起。她有欲望，也能感觉到小伙子的欲望，但对方想进一步的时候，又被她不由分说地推开了。她从车里钻出来，狠狠地抹嘴，心里面竟是万分的委屈。这委屈她也不知从何说起。似乎是不甘于卡罗拉被轩逸比下去了，这让她想起了自己曾经是开过顶配普拉多的；似乎是两人年龄上的差距让她感到了屈辱，她愤恨于一个小伙子对她的蠢蠢欲动；也似乎是她被她自己的欲火吓着了。似乎是，似乎也都不是。从此罗哥开始明目张胆地追求她，给她送花，给她买盒饭，发出莫名其妙的邀请，在候机楼前的停车场演戏一般地表演着他夸张的爱情——没准就是演戏，网约车司机们是观众，他知道自己在被围观，卖力地排练这个噱头般的角色，并且也因此粉饰了他自己都难以直面的欲火。她没有再给过他任何机会，就像如今被"限高"着的她，停在机场，却不被允许乘机。

小伙子的热情渐渐熄灭，他们本来就不是持久燃烧型的。但是，今天目睹了这场车祸，吴尤莉还是认定自己可能难辞其咎。罗哥一定也看到她行驶在后面了，于是，为瞬间的跑神付出了代价。这个念头令吴尤莉不停地发抖。

客人是一对情侣。两个人上车后都咳嗽不断，尽管这样，还要用明显充了血的嗓音喋喋不休地吵架，搞得吴尤莉烦躁不已。拉完机场的这单活儿她就回家了。还不到六点，往常这个时候正是接单的高峰期。一个月必须在线至少200小时以上，每月最少完成400单，这是平台对她的要求，但是今天她没法干了，觉得自己像个命案在身的逃犯。

吴玉福不在家。七点多钟吴尤莉叫来了外卖，敲他卧室的门，发现门虚掩着，里面空无一人。这时候她才想起去翻看手机微信，然而，吴玉福的那条信息显示撤回了。她拨他的号码，对方已关机。不知为何，吴尤莉感到了空前的焦虑。当然，她没那么牵挂他，至少看上去是这样的，至少，父女俩之间从来都表现得像是管你爱在不在的样子。但是此刻吴尤莉感到了从未有过的不安。她想，可能是那场车祸导致了她情绪的紊乱，但觉得又不大对，她不是没见过酷烈的现场——肝脑涂地，那条硬汉横在二十七层楼下的场面，她也是领教过的。房间里黑黢黢的，吴尤莉没有开灯，一个人枯坐在客厅的沙发里。

十点半的时候，吴玉福的电话打了进来。

"我在武汉了。"他说。

"武汉？"吴尤莉下意识地确定了一下日期，"现在？"

"对，刚下飞机。"

"武大的樱花开早了？"

"我们几个老同学约好一起跨年。"他说得有些不情不愿。

"跨年？"

"对！二〇年代了！"吴玉福大声说了一句，随即挂断了手机。

6

第二天吴尤莉没出去跑活。她觉得自己病了，嗓子痛，鼻子闻不到味儿，四肢无力，好像还有点发低烧。网约车司机也有自己的群，她躺在沙发上不时翻看，果然看到了罗哥的噩耗。死了。这竟然令她有股尘埃落定的轻松感。群里还在散布一桩凶案。一个女人，横尸昆明池，年轻，不，老女人，光着身子，或者半裸……司机们相互交换着并不一致的说辞，人人都像是掌握了一手消息。只有一点是确凿的：此刻，一具不知名的女尸要比横死了的罗哥更吸引人们的关注。警察已经在机场调查了，他们怀疑死者可能是从咸阳机场落地的旅客，网约车司机们，有重大嫌疑。群里面散布着的，与其说是恐慌，不如说是快活。有人打趣，质问他人还不赶紧去自首，有人追问到底是个年轻女人还是个老太婆；反正二十六号晚上拉活的都没跑！——这句话让吴尤莉的心骤然悬了起来。她甚至看了下手机的日历，认真估算，昨天、前天，这么倒推回去，终于确定，那晚是谁去机场拉了最后一单活。

她去吴玉福的卧室，想要得到某个说法，才意识到他已经走了。她拨通了他的手机，"喂"了一声，竟不知从何说起。

"你有事？"吴玉福问。

"没有，"吴尤莉感到嗓子干涩，有种

火辣辣的刺痛，"今天二十八号。"

"对，我们先聚聚，有些外地来的老同学陆陆续续到。"

"你都好吗？"

"我？"

"武汉冷不冷？"

吴尤莉难过极了，突然就涌出了眼泪。她从没想过自己会如此难过。

"和西安差不多。"

"你衣服带得够吗？"

"不冷，我穿着大衣呢。"

她知道那件大衣，灰色，羊毛的，他穿着比易中天还像个教授。

"那就好……"

她抽泣着终止了通话，因为实在说不出更多的话了。

她下了楼，钻进卡罗拉里，好像此刻一个狭窄的空间更能让她感到安全。老旧小区，没有规划的停车场，业主们的车见缝插针地塞在公用路面上。一个七八岁大的男孩正耐心地鞭笞着这些给人添堵的家伙——他远远地这么干过来，手拿一截不知从哪儿捡来的破麻绳，一辆接一辆，绝不放过地抽打。她打开了车里的广播，这个动作本身就带有对抗性——平台规定，载客时不允许开广播。下意识里，她已经开始和什么事物较起劲来。广播里有她不知名的乐曲响起。古典音乐，交响曲。她看到了那卷遗落在副驾驶座下面的报纸，捡起来，心无所属地翻看，不过是给自己找件事做。循序渐进，男孩干到她的车前了，看到车里有人，手里扬起的鞭子犹豫不决了。在她鼓励性的目光下，他对着卡罗拉的车头抽了两鞭，然后笑着继续干他的活去了。她体贴地为男孩着想，也许是他手里那截麻绳太过奇怪，身在二十一世纪的城里孩子压根无从识别，于是，策马扬鞭，某种古老的人类经验被神秘地唤醒了，令他激动地应用了起来。她觉得自己这辆车也真像是被鞭子抽打过的马，倏忽就委顿了。后来，她把驾驶座的椅背放低，半躺进去，昏昏沉沉地睡了一会儿。在深深浅浅的睡意里，在时起时伏的乐声中，她成为了一艘正奋力穿越着凄苦海峡的、破浪的巨轮。

二〇一九年，十二月二十八日，从这天起，吴尤莉开始了焦虑的等待。她在等一个电话，当然是来自警察的。她差不多已经在心里决定了，她会告诉警察，二十六号晚上是她去机场接的客人。显然，这个谎言一点也经不起检验，他们有太多的手段可以将其戳破。但她决定了，无论如何，这个谎她是要撒的。她认为，这是一次重要的报偿，至于报偿什么，她也一下子难以捋清。是为了女人田冰茹对男人吴玉福一生的背叛吗？是为了父亲吴玉福馈赠的那辆丰田卡罗拉吗？不不不，即便都沾点边，但绝对没这么简单甚至是——下作。没错，就是"下作"，这个词蹦到吴尤莉脑子里，全然否定了她能想到的那些动机。因此，她也小心翼翼地触到了"下作"的反面，那个她感受起来都会万分犹豫的——纯洁。像是遭遇了难以启齿的情绪，三十六岁的吴尤莉，决定撒一个弥天大谎，有生以来第一次切近了一种自己没有体会过的情感。她也好像突然理解了吴玉福将自己的名字与田冰茹镌刻在同一块碑上的理由。那是生命本身的奥秘。

在二十一世纪一〇年代的最后三天里，吴尤莉陷入在双重的想象中。她一边想象着一个负案在逃的凶手——有一张剃了半边胡子的脸；一边想象着一个毕生忍辱负重的男人——常年给小区里的流浪猫投食。她感到了自己的同情，这种同情是不具体的，它是弥散的。怀着同情之心，她还想到了自己的亡夫，想着有朝一日，也把自己的名字和那条硬汉的名字刻在一块碑上，墓碑上的字总是让人感到有些妄自尊大，但死都死了，还要怎样呢？甚至，她还想到了罗哥，想到了那根伸在自己嘴里激烈搅动着的舌头是多么富有宝贵的生命力、富有人的道理。

警察的电话始终没有打来。吴玉福却打过一次。

"我给你买了套房子。"开宗明义，他在手机里说。

她能听到手机里喧闹的声音，一群老人发出的青春新声。肯定喝酒了，他们肯定还喝了不少，南腔北调，荒腔走板。

一瞬间，她竟笑了。

"我不要你的房子。"她说，又补充道，"你好好的，就好。"

"房子还不错，"他自说自话，有些慷慨激昂，"在昆明池，能看见沣河。"

她都能感觉到自己的心开始下沉的响声。

7

吴尤莉在新年得了场此生最严重的病。她觉得是感冒，但又不太像。她从没想过一场感冒会如此凶狠地撂倒她。最难熬的几天，她把家里所有的被子都压在身上，可还是冷得不停打摆子；而且病程也超长，差不多半个月后她才感觉自己活过来了点儿，如同九死一生。她在病中问过父亲的归期。她并不想问到这个问题，其实还想回避掉这个问题，但有些问题如同是被规定好的铁律，必须要去执行，就像当你有一个离家在外的父亲时，你就只能问问他什么时候归来。吴玉福在手机里说"快了"，人却是迟迟未归。这些天吴尤莉还偶尔想起过母亲，气血两虚的她突然觉得母亲这一生的荒唐之中也有着一种类似于荒凉的美，作为一个不幸身材粗壮的女人，她活得该有多么地用力。

二〇二〇年一月二十三日，武汉封城。吴尤莉在电视上看到的新闻。新闻中说：这是人类历史上的第一次。她拆开了一部三星牌电动剃须刀的包装，把里面的机器摆在卫生间的面盆上，就好像剃须刀的使用者刚刚离开，或者即将到来。

同一时刻，新婚的胡晓虎挤在已经有人戴着口罩的地铁里回家，他将在辉煌的时代里学习如何克服厌婚的情绪，嗯，这是人类的第一次；身在大理的段欣慧一边有一搭没一搭地收听着新闻，一边做出决定：不出意外的话，等到解封之日，她就在第一时间赶回武汉，回到父母的身边，回到生活本身中去。远处的洱海风平浪静，是该结束这无尽的旅程了，她想，我历经了路上的一切：抢手机的歹徒，飞机上内急的邻座，乃至古怪而热情的网约车司机。

狗　窝

陈　各（《收获》2022 年第 2 期）

> **推荐语**
>
> 陈各的《狗窝》写一个中国学生在海外的生活经历，女主人公无所事事但热爱艺术，她以边缘人的身份自居，并通过这一视角书写了当代资本社会的荒谬和虚无，嘲笑并解构中产阶级虚伪的价值观。小说有一点点朋克风、一点点金属感，叙述张弛适度，字里行间充满了蓬勃的生命气息。（杨庆祥）

一　麦克斯

在德国留学的那两年，我活得无法无天。我抱着拯救当代戏剧的野心来到柏林，首先发现我的德语不够好。我看不懂那些剧本，尤其在句子的语法上做实验的，或玩拆字法的。我只能看一些被更年轻的我弃如敝屣的古典戏剧，就是这些，我都要查词典查个不停，更不要说那些堪比天书的戏剧理论。其次，我还意识到一个更严重的事实，那就是我没有天赋。我始终不能摆脱作品中的"叙事"特征，有时还想偷偷"抒情"。与身边摩拳擦掌、随时准备接听瑞典文学院致电的有志青年相比——我们在一节戏剧史的课上，知道了彼得·汉德克获得了那年的诺贝尔文学奖，这对戏剧系的学生是莫大的刺激——我只是个蹩脚的"票友"，我甚至看不懂彼得·汉德克的东西。他获奖后，柏林的各大剧院都在上演他的作品。国内报纸让我写一篇评论，总结一下他的艺术特点，肯定一下他的艺术成就，但我知道——大家都知道——这都是些没人看的屁话。认识到这个问题后，学校的补助金被我挥霍一空，专业课我也不去了；我去法国、意大利、西班牙，去发疯，去流浪。很快，我的积蓄不能支持我在学校提供的宿舍继续住下去，我只能搬出去，和三个来路不明的德国人合租一间公寓。

我们的房东算是麦克斯，是他最先整租了一套房，然后把房间分租给我们。我多少觉得他有点脑子不正常，他的房客是他在一天之内从大街上找来的。那时，我和王世豪在一起。王世豪是个华裔，会弹钢琴，被学校剧社请来伴奏。而我虽然属于编剧组，但主要任务是扮演一个没有台词的亚洲女人。我的心理活动主要依赖王世豪的手来传达，一来二去，我们就认识了。搬出学校宿舍后，我住到了他姐姐家。他姐夫是德国人，他们一起回汉堡探亲，把房子交给了王世豪。我住过去的时候，他们已经离开了，我没能见到真人，不过家里有他们的照片。王世豪的姐姐叫王伊雯，比王世豪大六岁，父母是福建人，九十年代到德国做生意，后来就定居了下来。姐弟俩都是单眼皮，姐姐黑一点瘦一点，弟弟白一点高一点。王伊雯的丈夫叫本杰明，体格强壮，大概有一米九，一头浅金色的直发，往后脑勺扎一个小鬏，留着络腮胡。他们有一组宝丽来的照片，贴在冰箱上，王伊雯穿着一件豹纹紧身裙，本杰明穿着白色衬衫，像一只小花猫和一只大白熊，看得出来很恩爱。奇怪，中国女人到了国外，往往变得极致、张扬，中国男人却会变得平和、收敛。

王世豪会说闽南话，但普通话说得不好。我一度怀疑他接近我，是为了练习普通话。我常常假装听不懂，他一遍遍说，我一遍遍无辜又真诚地笑，他只好放弃了。

王世豪是会在春季各大音乐厅结束假期开始营业的时候，去听一轮《天鹅湖》和《胡桃夹子》的人。他很爱学习，同时在读两个硕士学位，一个是计算机，一个是东亚研究。他说，为了更了解自己。他还很爱做饭，每天早上、晚上他都会做，而且做得很认真。一开始，我还感到新奇。一是我从来没有在家里见过做果酱、做面包的，和他在一起后我才知道蛋糕里面原来放了这么多糖；二是我从没见过一个中国外形的男人如此心甘情愿地囿于厨房。他很喜欢看我看他做饭的样子。有时候，吃完他做的意大利面，我们就在餐桌边上的沙发上做爱。那个沙发很柔软，那个时候我也很爱他。但不久我就受到了反噬，我必须每天告诉他今天我回不回家、几点回家、已经到哪儿了。要是某天我不回家，或者错过饭点，他就会用微波炉热一盒廉价的速食鸡肉饭，把空盒子扔在餐桌上，故意让我看：是我造成他今天没能好好吃饭。住了大约两周之后，我遇到了麦克斯。

当时，我决意在地铁口的一家赛百味解决我的晚饭。我一边吃，一边刷租房应用上的信息。麦克斯站在我身后说，他刚租下一套房子，要不要过去看看。如果在中国，我一定会关掉手机，严厉地瞪着他，让他去骗鬼吧。但在柏林，我被一种强烈的自暴自弃的氛围感染了，柏林人似乎都不想活着。我同意了。

我跟着他，看他究竟会把我带到哪里。

我们始终走在大街上，中途他进了一

家大超市，买了两瓶一点二五升的可口可乐。穿过超市前的马路再往前走一个街区，快到下一站地铁口的地方，有一扇浅灰色的门。麦克斯拉开门，走进去。我向四周环视了一眼，马路对面有一家手机店，一家花店，一家餐厅——然后跟他走了进去。我们走上三楼，楼道里很黑，这大概是苏联时期的建筑，和我们七八十年代单位住房的结构有点像。一条笔直的走廊，两边是各住户的门。麦克斯的房子在走廊尽头。他拿出一枚很小的银色钥匙打开门，里面是一间尚未全部装修的半毛坯房。

麦克斯走到厨房，把买来的可乐放进冰箱，让我自己随意。厨房呈长方形，靠墙的一边是炉灶和冰箱，另一边是一条长沙发，中间有一张黑色的茶几。窗户朝东，很大，占满半面墙，踩着沙发，可以登上去，作为出口；出去是别人家的屋顶，一路能走到地铁站的月台，不过需要冒一点穿越铁轨的风险。我后来常常选这条路线回来，从窗外跳进来。有时候窗子锁上了，如果麦克斯或埃里克正巧在厨房，我就会敲敲窗玻璃，让他们过来给我开一下。

房子的整体布局是一个"非"字，六个房间，两两相对。厨房的对面是埃里克和宝拉的房间。埃里克是麦克斯找到的第一个房客，他是那天上午，我是下午。埃里克一头银发，长得很像年轻时的莱昂纳多，即使在德国，这样的大帅哥也不常见。宝拉是他的女朋友，每天都化很浓的眼妆。他们的房间是最原始的，墙体斑驳，油漆脱落，地上是水泥地，贴着格子状的胶带，除了窗台上放着胶水啊喷漆啊之类的瓶瓶罐罐，别处空空如也。我不知道埃里克既然是第一个来的，为什么会选中这个房间。

埃里克的隔壁，左手第二个房间，是我的房间。我第一次去的时候，房间里七零八落地放了几把椅子，一盏台灯，一架梯子，一个空行李箱，一双破皮靴。这些东西直到我离开的时候，依然在我的房间里。卫生间在我房间的对面，长久以来，卫生间都是这个房子中装修最完备的地方，有蓝白相间的马赛克瓷砖地，有干净的马桶、浴缸，有浴帘，有防滑垫，有百叶窗。我们的房子，除了卫生间，没有一个房间有窗帘。卫生间的隔壁是储藏室，有一台吸尘器，四五只大纸箱。摞在最上面的纸箱敞开着，里面塞着麦克斯的衣服、硬盘、笔记本、影碟片。墙角靠着一把用绿色泡沫塑料保护起来的大提琴，没有琴盒。有一天麦克斯去上班后，我进去拆开看过。对，大提琴，我反复确认了那是一把大提琴。

纸箱里的笔记本是麦克斯小时候的日记：

"这是我的狗。"

"土耳其有一块竖立的石头。"

"有一个湖。我们在湖里游泳。"

没有什么内容，是小朋友的那种日记。但它建立了我对麦克斯的信任。

麦克斯问我怎么想。我说行。——王世豪的姐姐、姐夫回来之后，王世豪住回了学校，我搬进了麦克斯这里。

王世豪过来找我几次，最后一次还帮大家做了一顿晚餐。我们平时只吃烤土豆、烤西兰花、烤胡萝卜、烤蘑菇，因为麦克斯是一个极端的素食主义者。那晚上，我真想留下王世豪，和他重修旧好，让他带我离开这个鬼地方，但他没有任何表示，和我说起他想去中国交换的打算。我只好说可以啊，有机会愿意为他做导游。

麦克斯有某种我不了解的世界主义。

他会把家里的钥匙随便给人，所以我们屋一直保持没有什么可被偷的状态。他会随便带回一个陌生人，让他在厨房过一夜，两天，甚至一周。有一晚，麦克斯带回一个毒瘾发作的男人。男人四五十岁的年纪，长发稀疏，眼窝深陷。麦克斯为他打了针，还为他烤了一盘小土豆。麦克斯会向这些人介绍我说：剧作家。

他的右手上总是戴着一大串东西，手链、佛珠、牛皮编成的带子、彩绳，还有他某一任女友扎头发用的皮筋。他说，他们在一起的时候，他总是会给他女朋友备着一根皮筋，供她随时需要。分手之后，皮筋还在他手上。他也没想过取下来。

去储藏室翻东西的那次，我还进了他的房间（我们的房间没有窗帘，没有床，也没有锁）。我坐在他的床垫上，靠着墙，从他的香烟盒里抽了一根他的烟。

我们都没有床，只有席梦思床垫，一个房间一个。但至少我和埃里克都买了床单、被子，而麦克斯只用一个旅行睡袋。房间里有两只五斗柜、一张桌子、一张沙发，横七竖八，最初搬进来的时候放在哪儿，现在就放在哪儿。桌子上都有什么呢？扑克牌、卷纸、电钻、透明胶带、数据线、一只乒乓球拍（我拿起来比画了几下）、电话卡说明书、鞋带、贴纸、蒙古短刀……地上随处是卷成一团的衣服和牛仔裤、矿泉水瓶、可乐瓶、酒瓶。我对这些没有人生、没有目的的物质深深着迷，一边陶陶然地吞云吐雾，一边高举着麦克斯的护照：他的全名是马克西米利安·亚历山大·路斯，一九九七年十月十三日出生，来自德国的边陲小城弗莱堡；德国护照上还会注明持证人的身高（一百八十厘米）和瞳孔颜色（青绿色）。

住进来的第二天，我又有一个新发现：没有洗衣机。我们要到另一条街上的自助洗衣店洗衣服，最好一并烘干，因为家里也没有晾衣架。这样的生活现在想来匪夷所思。我们甚至没有一瓶单独的洗发水，我们用的是欧莱雅一款五合一的男式洁面洗发沐浴露。我们每个月底给麦克斯交钱，谁也想不通彼此的钱是哪来的。

白天，我有时候待在家里，有时候去学校闲逛。晚上，我们听音乐，喝酒，一起看网飞上的电视剧。一些非常庸俗的德国喜剧，比如一个女人和心仪的男士在高级餐厅约会，想脱掉衣服露出性感背心，结果衣服卡在头上了这种。埃里克常常笑得不能自已。

周末，我们会去俱乐部，有时候去同一个，有时候各去各的。柏林最有名的俱乐部是伯格海因，一般要排两个小时的队才能进去。有一次，埃里克和宝拉因为吃了一整瓶药，神采飞扬，被门卫拒绝了。门卫不喜欢团体，我们当时故意没排在一起，幸好如此，所以尽管埃里克和宝拉被拒绝了，排在后面的我和麦克斯顺利进去了。伯格海因里可以说基本上什么也看不见，只能凭感觉知道人满为患。有很多赤身裸体的人，不过也看不见。震耳欲聋的工业噪音，就像电钻在你的头骨上打孔；就像无数黑色的机械甲虫倾巢而出，覆盖你全身，分解你，侵吞你。刚进去的时候，我们还能摸清方向。我们找到吧台，灌下三杯龙舌兰。之后，我们的意识和记忆就开始变得模糊不清了。麦克斯会尽量保持贴在我身边，但他也不能完全保证——有时他觉得他一直在我身边，而我其实早已经到了另外一层，或者他已经到了另外一

17

层，但我以为身边的人还是他。

……有一人从正面抱住了我的腰，我立即知道不是麦克斯：谁会在这里戴一只这么硌人的机械表呢？……他比麦克斯更高更壮，而且穿了一件衬衫，事业有成的人才会穿的那种，它散发出的古龙水味也和这个地方格格不入。他大概也感觉到了我的某些不一样，但这些都没有妨碍我们接吻。他几乎压着我，舌头横冲直撞，不一会儿气喘吁吁。接着听到他问："你叫什么名字？"说的是英文，伦敦腔，而且年纪不小！我说："詹妮弗。"一边打算摆脱他。在一个伸手不见五指又满是人的地方，摆脱一个人很简单。

大约凌晨六点，我找到麦克斯，他已经站都站不直了。我扶着他离开俱乐部，拦下一辆出租车。他躺在出租车的后座上，彻底失去知觉。

回到家后，我也精疲力竭，醒来已经下午三点。耳蜗里依然时不时传来隆隆巨响。麦克斯还在睡。我决定出门吃点东西，然后把衣服送去洗衣店。洗衣服加烘干差不多要两个多小时，我会到不远处的一家二手书店打发这段时间。书店里除了德语书，还卖英语书、法语书、西班牙语书，毕竟这里是德国的首都嘛。有一次我还在收银台前卖明信片的架子上，看到一张张爱玲的明信片，是张爱玲最经典的那张叉腰傲视的照片，卖一点五欧。我没买，但我很高兴，趁店员不注意偷偷拍了张照片。在之前几次等待的时间里，我翻完了一本叫《黑孩子》的英语小说，作者是理查德·赖特。小说讲的是一个黑人男孩在白人社会的成长经历，用词和语法都很简单，故事也很流畅。我准备再找一本类似的，这时候，我看到身旁一个五十来岁的男人看着我。刺鼻的古龙水的味道。

"詹妮弗？"

我根本不叫什么詹妮弗。

"我是布莱恩。"

他有一头银灰色的鬈发，蓝眼睛，穿着短袖衬衫、休闲裤、皮鞋，面色红润，笑容可掬，年龄可能比我想的还要大。不知为何，姑且怪罪于我恍惚的精神，我可以看穿他的衣服，看到他布满绒毛和浅褐色斑点的白色身体，尽管只有一刹那。

他说这是一家非常小众的二手书店，战前就有了，没想到会在这里碰见我。

"你是中国人？在柏林读书吗？"

他的声音充满自信、慈善、权威。

"哪个学校？"

我如实回答，甚至似乎在自证什么。

他说他就住在那附近。他是一名记者，在柏林有一个长期的访谈任务。他要采访一批德国当代学者、作家、艺术家，做一本时代访谈录。其中不乏我仰慕的名人，但我不知道他说的是不是真的。

他面对我非常坦然，没有一点惭愧、一点羞耻，好像从来没有用他湿漉漉的舌头吻过我。

他不是那种西装革履坐办公室的白人老头；他让我想起阿加莎的《尼罗河上的惨案》，他是会出现在埃及、出现在亚马孙雨林、出现在印加遗迹马丘比丘的白人老头。我想他也应该确实去过。因为我个人的身份、财富、地位，我平时并不大有机会接触到这一类人。他们有资，有产，有闲，七老八十依然身体健康，活力四射，一生游历过世界各地，对政治、历史、哲学充满洞见，关键还乐善好施。他送给我书，送给我笔，柏林的纬度高，九月气温已经很低，我还穿一件长袖T恤，他送给我一件古驰的毛线外套——

男士的。大码的。他自己的。

在我后来对这个人恨之入骨的时候，这件外套我也没有舍得扔掉。

虽然我非常不愿意做这个比较，但他和麦克斯都在一定程度上抵制现代文明。麦克斯不喜欢电灯，需要照明的时刻，他会在屋里点一些圆圆扁扁的小蜡烛。而布莱恩不用 Wi-Fi，他说：电视制造傻瓜，Wi-Fi 使傻瓜联合。

当我不是精确地回忆，而只是模糊地想起他这个人的时候，布莱恩的形象总是和一张虚构的泛黄的历史照片重合起来。背景是某个英属海外殖民地，他穿着在探险类电影里常会看到的黄绿色马甲，戴着软头盔，双脚叉开，直视镜头，和一群神情严峻而疑惑的当地土著合影。在我读小学的时候，流行一种从不同角度看，图画会发生变化的塑料卡片，这个角度可能是小燕子，换个角度就变成了紫薇。我说的"历史照片"也有这种特殊的效果，这个角度布莱恩的表情是柔和的，换个角度就变成了残酷的。

当然，在二手书店的时候，我对他还没有如此丰富的认识，也不想有任何认识。我才二十一岁，他比我爸爸的年纪还大！

他向我介绍起这家书店的历史，指出墙壁上保留下来的战火的痕迹："这里曾被盖世太保征用——你知道盖世太保吧？"

我说我知道。

"这是他们的一个监听站。后来是'斯塔西'——你知道……"

我说我知道。

柜台里的女店员假装翻阅杂志，目光一直密切地关注着我们。

布莱恩好像终于在这座面目可憎的城市，遇到了知音。他从诺曼底登陆讲到日本人的原子病，仿佛前者与他有关，而后者与我有关。

很有意思吧。你一定很有收获吧。

从小小一间书店，我可以窥见尔虞我诈的大国政治，波诡云谲的世界历史……

但是手机提醒我时间到了。

我说我要走了。布莱恩正说到兴头上，他就像灰姑娘突然听到十二点的钟声一样，问我去哪儿，他可以送我。可能我才是那个要逃跑的灰姑娘。他几乎要伸手拦我——我看到女店员都站起来了——最后好歹要走了我的电话。出门之后，我没有直接回洗衣店，而是煞有介事地走向了车站，搭上了第一辆到来的电车。我总觉得他在书店的窗户里盯着我。

这件事我没有告诉麦克斯。因为我知道他一定会说什么。要是你决定好了，我可以陪你去警察局。我说我在地铁上被一个流氓摸了，麦克斯说："要是你决定好了，我可以陪你去警察局。"我说王世豪不肯戴套，要我吃药，麦克斯说："要是你决定好了，我可以陪你去警察局。"我想假如有一天我说麦克斯，你个乌龟王八蛋，他也会发自内心地说："要是你决定好了，我可以陪你去警察局。"我早说过，他脑子不正常。他是德国人的疯，有惊人的诚心和彻底性。

我后悔交出了我的电话。当我担心这个白人老头会不会给我打电话、麦克斯会不会报警、学校会不会知道、这事会不会演变成新闻传到国内等一系列不可控的连锁反应时，他似乎已经把我遗忘了。我重新投入到那种无法把握的、在当时的我看来好像是无穷无尽的岁月当中。

夏天一到，我更加频繁地去兵工厂电

影院看电影。电影票要八欧一张。这使我不得不和国内的同学合伙做起了德国代购的生意，每周有两天我要往柏林的各大药店、商场奔波，拍照，购买，分门别类，邮寄。有时，我的房间里堆满了待发的国际快递，就像一个仓库。埃里克和宝拉会进来看看都有什么，他们对中国人稀奇古怪的需求感到惊奇，很多东西是他们听都没听说过的；对商品的价格，他们也感到不可思议，相互让对方猜自己手里的东西要多少钱。我问埃里克会不会说唱，埃里克说会。我说会不会 freestyle，埃里克叉开双腿坐在一只快递箱上，来了一段：

我只想摸摸你的眉毛　就像抚摸一只猫的脊背

我说：这是你现编的吗？

埃里克羞赧地说：不是。

我说：在中国，你肯定能出道。我给他们看当时正在国内热播的选秀节目，埃里克哈哈大笑，说他害怕镜头，他还是更喜欢烤香肠。我不知道他这是在讽刺，还是真的在说他的职业。

我注意到他的脸上又添了新伤。他和宝拉可能只有十九岁，他们就像两颗无比璀璨的宝石珍珠，有时我多想自己可以拿出"中国家长"的那套威严来，让他们立刻停止现在的生活；所谓"现在的生活"，就是在这个鸟不拉屎的沼泽里越陷越深——天天吵架、砸东西、做爱、流产，把对方掐死，跪下来痛哭，然后若无其事地走进别人的房间里聊天。一个下午，我拎着家乐福的塑料袋，里面装着面包、牛奶、鸡蛋，从厨房的窗子回来，看到埃里克在屋里往宝拉的脸上打了一巴掌。厨房和埃里克的房间是正对着的，我们面面相觑。宝拉也看到了我，无声地走到了我看不见的阴影里。埃里克上前关上了门。那一刻，我好像触碰到有关我目前生活的某些实质。几分钟的寂静后，他们继续开始歇斯底里、崩溃、大打出手。

我靠代购狠赚了一笔，如果加上新学期的补助金，我有能力重新搬回学校；但我最后选择为大家添置一台具备烘干功能的洗衣机。布莱恩给我打电话的时候，我们四人正在卫生间里围观洗衣机的首次作业。

埃里克认真地说：我们需要给卫生间安把锁。

布莱恩依然叫我"詹妮弗"，问我下周三要不要到他家喝茶，赫塔·米勒也会去。他轻描淡写抛出的"赫塔·米勒"，是德国著名女诗人，二〇〇九年诺贝尔文学奖获得者。在我的德语初入门道的时候，我还买过一本她的散文集。

我的气势明显矮了一截，问道："赫塔·米勒不会介意吗？"

布莱恩说只是朋友小聚，赫塔·米勒不在他的访谈任务中。

我记下了布莱恩的住址，还有聚会开始的准确时间。虽然约会在下周，我已经在想穿什么，该怎么自我介绍，要不要带上我的作品——呃，我的作品？——我着急慌忙地跑回房间，打开电脑，打开"写作"的文件夹，很多文档光看标题，我都已经记不起来里面是什么，有没有一篇能看的……

如果还有一周的时间，有没有可能新建一个文档……

过了一会儿，麦克斯过来说衣服出炉了，要不要去摸一下，是干的。

二 布莱恩

布莱恩的住所就像一个微缩版的宫廷。他有一间巨大的会客厅，是房子的核心；核心的核心摆着一架价值不菲的古董钢琴，旁边是一张法式红丝绒的躺椅，四面是金碧辉煌的书墙。其中一列书柜安装了玻璃柜门，专门放影碟片，都是"标准收藏"的。这家公司以"影史经典与当代重要电影"为出版宗旨，我知道他们的DVD大概要二十五美金，蓝光的三十，4K的四十。够我看五场电影了。

墙角的大理石基座上竖着一个塞内卡的头像。这东西真的会出现在除博物馆之外的任何地方吗？由于长期不使用窗帘，而是将床单夹在窗户上简单替代之，当我忽然看到从天花板垂挂下来的深绿色帘幕时，甚至动情地摸了摸。头顶是巴洛克式大吊灯，脚下是土耳其风格的黑底白线羊毛地毯。茶几四周错落有致地安排了一条长沙发，一张单人沙发，都铺着玫瑰刺绣的垫子和带流苏边的靠枕，还有两把并排的红底金丝小菱形纹软椅。装饰性质的壁炉上摆了六个一样大小的鎏金铜佛像，和一个由古希腊女神举着的布艺灯罩台灯。一面镶着油画边框的椭圆形镜子。一株与人同高的蕨类植物。紧凑，繁密，富丽堂皇。

赫塔·米勒坐在单人沙发上，微笑地看着我。她太迷人了。我的脸全红了。我一股脑将自己和盘托出，说我叫什么，今年几岁了，来自中国，因为什么机缘巧合读了德语班，然后怎么开始喜欢上戏剧，对戏剧的本质有什么理解；当然，同时我也非常热爱诗歌，诗歌是所有文学的起点。我以她的诗歌为例，试图论证诗歌语言的本真性，我还想谈谈汉语和德语构词中不同的隐喻机制。

她说这首诗是她写的吗，她笑道，这是她三十年前写的东西，她都忘了。

布莱恩端来两杯红茶。金色镶边、鸢尾花图案的陶瓷杯，夸张的曲柄。一只配套的小碟子上叠着整整齐齐的方糖。

赫塔·米勒抬头对布莱恩说：她的德语说得很好。

布莱恩告诉赫塔·米勒我们是在那家二手书店认识的。虽然这不是事实，但我很乐意给赫塔·米勒留下这样的印象。

我目不转睛地看着她。其实我还想问她怎么看阿里斯托芬、契诃夫、《尤利西斯》，我想问她认不认识艾丽丝·门罗，门罗在二〇一三年获得了诺贝尔文学奖——就好像诺贝尔文学奖是个什么单位，而她们是其中为数不多的女同事。但比起文学，赫塔·米勒似乎对中国更感兴趣。中国的经济。中国的政治。中国的少数民族。我无所谓。我可以把我知道的有关中国的知识全部告诉她。

之后，他们聊起布莱恩的访谈项目，已经完成了多少，还有多少。这一天布莱恩穿了一件长袖的格子衬衫，赫塔·米勒穿了一件灰色的鸡心领针织衫，肩上包了一条旧围巾。我是三人当中穿着最刻意的。我找出了一件压箱底的黑色高领——显得我有思想，一条高腰牛仔裤——显得我落拓不羁，我特意洗了头，但吹得很凌乱，我想在她心中留下一个类似于"苏珊·桑塔格"的形象。但麦克斯晚上看见我，问我怎么穿得和乔布斯一样。

那天回家后，我跑到二手书店，买下了我在那里能找到的赫塔·米勒的所有诗集。我躺在床垫上津津有味地读起来。我快乐得睡不着觉，一想到赫塔·米勒如此风采动人，我就对生活、未来、命运充满了信心。半夜，我发信息给王世豪，要和他一起跑步。他每天早晨都会去特雷普托公园跑上一小时。我们在公园门口碰面。王世豪问我怎么想到要跑步。我说我要重新开始。重新开始什么？重新开始生活。重新开始学习。重新开始写作。

布莱恩像取得了一张不限次数的通行证，天天约我见面。他说赫塔·米勒对我的印象很好，评价我是一个"值得交往的人"。我说我一直想写出像《樱桃园》那样的作品，我想成为"中国的契诃夫"。这话我本来是想和赫塔·米勒说的，但我实在没好意思，只能渺茫地寄希望于布莱恩会在哪次"小聚"中顺口提到。

布莱恩问我有没有好作品，可以给赫塔·米勒看看。我说真的可以吗？布莱恩说当然，不过他要先把关。第二天，我就把我万里挑一的三个剧本带给布莱恩。一个悲剧，两个喜剧，故事背景都是在柏林。我战战兢兢地等待布莱恩的反馈。但接下来的时间，布莱恩好像把这件事忘了，一方面只字不提，一方面约我去勃兰登堡门、亚历山大广场、犹太人被害纪念碑……

他曾经在英国的大学当过老师，教授欧洲史，后来才转行做的记者。他对柏林的每一条街道如数家珍，他说得出每一幢建筑的名字。他还拍过两部BBC的纪录片，评分很高。我不能说我没有一点兴趣，但我更希望他和我说说剧本的事。

有一次回来，布莱恩被一个邻居叫住了，我一个人走进客厅。百无聊赖的时候，你很难不注意到那架钢琴。琴身底色是黑的，上面的边框和浮雕是金的，比我经常看到的钢琴好像要小一号，但我也不知道是不是因为加了边框的视觉效果使然。侧板上的浮雕是两个相对的举着花环的小天使。大顶盖由支棍撑着，上面是一个在树下纳凉的维纳斯。我听布莱恩还在门口说话，悄悄地翻开琴盖。王世豪曾教过我《致爱丽丝》。我把手放到我需要的那几个琴键上，小心地按下去，钢琴发出一种浑浊、奇特又华贵的嗡嗡声。这时，布莱恩突然冲了进来：停下来，你在干什么！他的白脸因为激动变成一团粉红色。我没想到这么严重。布莱恩问我知不知道这架钢琴有多少年的历史？一百四十二年！一百四十二年！一百四十二年意味着什么？意味着它不能随便碰，更不能随便弹！

"那么你应该在钢琴上立个牌子。"我说。请勿触摸，请勿拍照，请勿吸烟，保持安静，禁止宠物，禁止饮食。我第一次来的时候，就觉得这里缺了点什么。那种间隔一米吊着红绳的贵宾柱，就应该把钢琴围起来……每件陈设旁都应该配上一块双语解说的小牌子。兽面纹鼎。商代晚期。公元前十三世纪至前十一世纪。造型简洁明快，纹路精美绝伦，鼎中的符号究竟象征着什么呢？目前，学术界有几种不同的意见……

我的语气冰冷坚硬。当我认定别人犯了更大的错误时，我就会采用这种蛮横的态度。布莱恩一副后知后觉恍然大悟的样子，半张着嘴，脸上的红晕慢慢褪去，半晌才说："詹妮弗，对不起，我是说，我的意思是……你可以弹。"

我不知道布莱恩是为自己的粗鲁表示歉意，还是力图证明自己的慷慨，钢琴事件后，他常常送东西给我。精神上的，比如一些展览会的门票；物质上的，比如之前提到过的衣服。有些门票，假如不是非要和他一起去的话，我其实是愿意收的。

　　我第一次去他家的时候，他就看出来我对他的电影收藏有些特殊的流连。他打开柜门，就像打开银行的金库，让我随便挑。我摇摇头，有些虚伪地说，现在的电脑都没有内置光驱了。他说那可以在他家看，他有一个投影仪。那可能是我在他家看到过的最现代的东西了，在一个仿佛与世隔绝的维多利亚时期的住宅里，一道半透明的微蓝色的光柱从一个迷你的银色机体中发射出来，甚至造成了一种颇为灵异的未来感。

　　我在他家一个月看了二十来部电影，就像过了一个私人的国际电影节。我一般晚饭之后过来。有时候他和我一起看，有时候他在自己的房间里工作。除了会客厅，我没进过其他房间。所有房间都房门紧闭。我不知道哪个是卧室，哪个是厨房，也不知道他此时在哪一间里面。我过惯了没有窗帘、没有门锁、没有隐私的生活，起初还不适应，觉得有点恐怖。一个人在客厅看电影的时候，我会想布莱恩会不会正在房间里面分尸；我想假如我有胆子打开他的门，而他手里正好拿着电锯，我也不会太意外。我的视线慢慢集中到那面镶着画框的镜子上。很多惊悚小说里都有这面镜子，呼啸的风声，吱吱呀呀的阁楼，魔鬼的幻影。

　　布莱恩拿着一支红酒和两只红酒杯进来。他一边倒酒，一边看着银幕，看我看到哪儿了。那一次我看的是卡罗尔·里德导演的《第三人》。一部悬疑片。奥逊·威尔斯假造了一场自己被车撞死的意外事故，想要金蝉脱壳。怪不得我一直想入非非。布莱恩说这部电影在他心中可以排进影史前三十，他称它为"一部黑白的图像散文"。电影的背景是战后的维也纳，这又到了布莱恩最擅长的领域。"很多人只知道柏林，忽视了维也纳。一战之后，奥匈帝国不存在了；二战之后，维也纳被炸毁了五分之一……"

　　我不大爱喝红酒，但也不至于无礼到要求他给我来一听冰啤酒。电影伴随着他孜孜不倦的解说结束了。我打算回去了，我的酒也礼貌性地喝完了，但布莱恩又往我的杯子里倒了更多的红酒。这大概是我不爱喝红酒的原因，喝起来没完。

　　布莱恩问我为什么不喜欢英国文学。我没说不喜欢。"那说说你喜欢的作家。"我抖了个机灵：J. K. 罗琳。他说，如果你想成为一个伟大的作者，就应该向最伟大的作品学习。我以为他终于要和我说剧本的事了。

　　"威廉·莎士比亚。"

　　布莱恩用一种缓慢、低沉、甚至有点诱惑的声音，对着空气说出William Shakespeare（原谅我必须用英文还原当时的情景），好像这不是一个名字，而是一句古老的咒语。

　　他说："你读过莎士比亚吗？我的意思是，真正地读过。"

　　我不明白什么叫"真正地读过"。我读的是朱生豪的译本，这大概不算是"真正地读过"吧。

　　他说："你应该，你必须，莎士比亚是不可不读的。"

　　我说："OK。"

　　他做出一个稍等的手势，从沙发上站起来，走到书架下。他有一把图书馆才有的特殊椅子：把椅背往前一翻，可以变成一个三级的楼梯。他壮硕的身子踩上楼梯，伸手从高层的书架上抽出一沓橘红色的小薄本。他把书抓在手上递给我，大概四五本的样子，很旧，封面中间是莎士比亚的木刻画像，上面是书名，底下是醒目的企鹅标志。

"这是兰登书屋一九五一年出版的莎士比亚系列。你可以借走。"

我说不用，我可以下载电子版。布莱恩好像听到我要去吃屎一样，说纸质书是不可替代的。"阅读是神圣的，你需要充分地和纸张接触，感受它在你指尖留下的粗粝的质感，残余的油墨的气息，不同时代的印刷字体……"

我不想讨论这个问题，中学英语作文里面已经写过太多遍了。我被灌了大半瓶红酒，脑袋晕乎乎的，我记得这个房间有个座钟，但我看不清，我也想不起我的手机放哪儿了。布莱恩因为拿书，从对面的沙发，换到了我边上。

他把手掌放到我一条大腿上，问我什么时候毕业，毕业之后会留在柏林吗。我说我没想那么远。他说东欧的一些国家也是很好的选择，比如匈牙利的布达佩斯，它也曾经是一个帝国首都。"也可以考虑英国，"他说，"脱欧之后，英国对外籍人才的需求增加了，工作五年就能获得永居。你这么优秀，又这么漂亮，英国非常欢迎你……"

我记得的最后一个词就是"欢迎"。一种无知无觉的睡眠就像一只巨大的手，把我握起来，然后放进了另外一个时区。我醒来时毫无时间概念，发现自己侧卧在那张法式躺椅上，身上盖了一条毛毯。屋子里黑暗昏沉，寂无人响，说已经过了一百年，我也会信。我站起来，拉开窗帘，猛烈的阳光突然射进来。我看到茶几上的早餐，放在一个长方形的木质托盘里，连王世豪都没有为我准备过如此丰盛的早餐。一根法棍面包、一个杏仁可颂、一杯橙汁、一杯牛奶、一盒酸奶、午餐肉、芝士片、苹果。我从沙发上拿起我的手机。十点四十。红酒瓶和红酒杯已经不见了，莎士比亚的书还放在茶几上。

我离开布莱恩的房子，走到大街上。我在阳光中一动不动，靠意念清点自己的衣服，内衣好好穿着，扣子还在第二排，内裤在。

下一秒，我打了个车去找王世豪。他正在宿舍里学习，我到亚洲超市买了一瓶二锅头。我对王世豪说，我现在要把它喝下去，然后等我不省人事的时候，你就——我想了想措辞——和我发生关系。王世豪说：你疯了。我狡辩说，这是一个游戏。王世豪把二锅头夺过去，严肃地说：这是强奸。看到我被这个赤裸裸的词语震慑到的样子，王世豪缓和了语气但依旧坚定地说："我不会做这种事的。"我忽然感到十分委屈，扑上去抱住他。他就像我软弱灵魂最后的保护甲。我知道只要有一天我还在柏林，我就离不开他。

王世豪讶异了片刻，轻轻拍着我的背。他觉察出事情有些不对，虽然是模糊的，就像一个人感受到了潜伏在地表之下的震动，但对它究竟意味着什么，他的想象力又抵达不了。这个时候，他往往会选择不要想。

这是王世豪功利主义的一面，任何事情他不想经历得太深，他就想和所有人一样地谈个恋爱，如果合适的话就可以考虑婚姻，然后组建家庭；不合适，也不会反目成仇。面对社会公道，他天真、愚蠢，如果有谁在路上被抢劫了，他会第一个挺身而出。但是躺在他的怀里，永远不会有深刻的事发生。他致力于完成人生的形式，这比了解其内容，对他来说更重要。我在他肩膀上多靠了一会儿，慢慢松开了他。王世豪把二锅头的瓶子好好地放到书桌上，花费不必要的时间摆正它的位置，问我今天怎么来学校了，是有课吗？

这时候，布莱恩给我打来电话。他说早上有一个访谈，他刚刚才回家，看到早餐没动，所以问问我的情况。他的语音语调泰然自若。我说我和我的丈夫在一起。王世豪先吓了一跳。电话那头显然也愣了一会儿，然后说好的，我知道你安全就好。

为什么你会觉得我不安全呢？

王世豪问是谁，我说是我的老师。后来，有几次王世豪在学校里看见我和布莱恩走在一起，他一直认为布莱恩是我的老师。

"那个，刚才你说'丈夫'……"

"我们老师很变态，我怕他骚扰我……"

大约一个月的时间，布莱恩音讯全无。说句实话，我至今不知道那个晚上发生了什么。假如我向他发出指控，我想他只会拒不承认，并叫嚣自己的热情招待竟然只换来人生最无耻的诽谤，他会向欧洲人权法院提起申诉，并恐吓我等着接传单吧。我会像所有哑口无言的受害者一样，只显得无能、笨拙、可笑。对于那些相信我确实受到侵犯的人，他们也会客观地评价：很典型的仙人跳，价格没谈拢。所以我只能说服自己往好的方面想，那就是什么都没发生。我们依然是难得一见的忘年交。

一个月后，我们再次见面，我自己都很难相信这个人可能强奸过我，或者程度低一点，猥亵过我。我越是想在他身上找到犯罪的蛛丝马迹，越是发现坚不可摧的清白。

他从眼镜盒里拿出一副眼镜，向我道歉，耽搁了这么久，因为他实在是太忙了。他当然是毫不刻意地看到我的手，然后发出最自然的调侃，怎么从来不见你戴戒指呀？我说噢，因为太贵了。他是中国人吗？我说不是。那一刻我已经把我和王世豪的婚礼是在希腊办的、将来准备要两个孩子都想好了，布莱恩却点到为止，表现出绝无打探我个人隐私的意思，那只是最普通的寒暄，随机的客套，朋友间的开场白不都是这样吗？既然他现在已经把眼镜戴上了，那么我们就不要浪费时间，赶紧言归正传吧。

他在腿上打开我的剧本，很严肃地翻阅了几下，然后目视前方，眉头深锁，最后眯着眼睛问我为什么不写中国的故事呢？我说人物都是中国的。他像是对这个回应并不满意，但可以暂时不谈，因为还有更大的问题：你始终在写你自己。你应该虚构，而不是写日记。我说这是虚构。

"你到底想写喜剧，还是悲剧？你似乎经常出现摇摆，在独幕剧中，这会影响舞台的风格表现。"

"你知道，戏剧是结构的艺术。你的情节虽然很精彩，但彼此间没有相互呼应，没能形成有机的'结构'——'结构'，你明白吗？"

"对白当然必须包含许多意在言外的东西，你有很多暗示，但它们不是有效的暗示，看上去好像意味深长，其实很空洞，这对戏剧来说是无用的，甚至是有害的。"

"就像这里，没有必要说这句话。"

"还有一个具体问题：不要太多的转场，就像跑马灯一样，不是一种可取的技巧。"

"最后是修辞和诚意，这是更高层次的要求。你在写这些的时候，有没有问过自己,你关心人类吗?我是说,更广泛的人类。人类的命运,人类的苦难,人性。你写柏林,居然没有提到战争,这就好像你写一条鱼,却不把它放在水里。如果一个作者不能上升到人类处境的普遍性,他的作品就永远只是一个小故事,甚至不一定是一个好故事。"

我按布莱恩的意见把故事背景换成了北京,北京的通州。但是一群中国人在通州说德语,是不是有点奇怪?我说这样的话,是不是应该用汉语写。布莱恩说可以折中一下,用英语写。我说我英语不好。布莱恩说可以帮我,只要我把意思表达出来,他可以帮我修改。我想了一会儿说:"可是交给赫塔·米勒看的时候,不是又要翻回德文?"

布莱恩感到不解,甚至有些愤怒:"你为什么总要提赫塔·米勒?"

我说:"……不给赫塔·米勒看了吗?"

布莱恩直截了当地说:"赫塔·米勒并不是一流的作家。"

三 埃里克

我躺在床垫上,专注地盯着天花板上的一条裂痕,仿佛那条裂痕是在我身上。它正在以地壳运动的速度缓慢分离,就像几千万年前红海使阿拉伯半岛与非洲大陆分离,苦涩的细盐从里面落下来,轻轻地扑在我的脸上。出埃及记。我也想离开。我依然依靠意念清点房间里的东西,没有一件是必要的。麦克斯送给我一盆不知种类的植物,此时正在窗台的角落沐浴阳光,我可以穿透天花板看见它体内急速流动的绿色血液,多汁的细胞,不过也没必要。

我站起来就可以离开这里。这个时候,宝拉闯进我的房间,说埃里克死了。

我下意识以为是她失手打死了他。但在几秒钟内,我反应迟钝,好像我虽然获得了这个信息,但它的真实内涵尚在千里之外;就像在林海雪原听到一声枪响,但我尚未意识到那颗子弹是向我而来。宝拉迅速地摇头。接着,我才像被不知从哪儿飞来的子弹瞬间击中脑门一样地惊醒过来,跌跌撞撞地赶到埃里克的房间。

窗户上夹着一张紫色的床单,使房间呈现出一种可疑的盗梦般的色彩。我扯下床单,扔到地上,看到埃里克躺在垫子的中央。他浑身湿透了,头发丝丝分明,嘴角挂着沙拉酱般的呕吐物。地上一只铁盘装着蜡烛、针管、勺子和粉末。埃里克显得很痛苦,就像在闭着眼睛承受一种漫长的绞痛,这让我觉得他更像是被人打晕了,总之,痛苦是不是意味着一个人还未完全死透?一个死透的人,面部肌肉是不是应该完全松弛,从而只能显示出一种亘古的平静?一种更接近忧伤的表情。所谓的零度表情?埃里克不是这样。他头顶的墙面上,有一摊淡红色的像是血迹的东西,其实是红酒的酒渍。几天之前,宝拉朝埃里克的脑袋扔过去一个红酒瓶,那种不到十欧的超市红酒,埃里克向旁边一闪,酒瓶砸到他身后的白墙上,橄榄绿的玻璃碎片像烟花一样炸开,无数暗红色的细流顺着墙体流到地板上。事后,埃里克在酒渍的中心用钥匙尖划出六个细细的英文单词:
ERIC
WAS
HERE.(埃里克曾在这里。)
THIS
IS

ART.（这就是艺术。）

这些单词在二维平面上任意变换着位置：一会儿是"ERIC IS ART（埃里克是艺术）"，一会儿是"ART WAS HERE（艺术曾在这里）""HERE IS ERIC（这里是埃里克）""THIS WAS HERE（这个曾在这里）"……我紧盯着这些变幻的意义，试图令它们安分一点，一边用手握着埃里克的脖子。我不知道是我没有摸到动脉，还是埃里克确实已经死了。

宝拉跪坐在地上，捧着脸，像一支融化的冰淇淋。我半晌才意识到她在哭。

我听不见声音。

"叫救护车。"我说。我也听不见自己的声音。

我把垫子上不知道是谁的手机丢向宝拉："叫救护车。"

同时有另一个我脱离我，剧烈晃动着埃里克的肩膀，那么单薄瘦弱的肩膀，知道错了吗，啊，后悔了吗？现在再给你一次机会，给我醒来，给我醒来！而最初的我，就像一个落在后面、摇摇欲坠的影子，一颗颗解开埃里克衣服上的扣子。我的手指，和我的手掌、我的手腕、我的手臂、我的肩膀，好像是断裂的、分离的，就像被切断的一截截莲藕。而就连这个莲藕也是不具体的，虚无缥缈的。某种奇妙的力量使它们依然能够执行统一的意志。我把解开的衣服拨向两边，露出埃里克苍白贫瘠的胸膛。

我想起我还在国内的时候，读德语强化班，那是个北京的冬天，我们被关在一个郊区的职业技术学校，封闭式学习德语。雪下得很大，铺满了那个学校的操场。但是大家都在学习，在一间空旷而破旧的阶梯教室里，单词书，语法书，阅读理解，听力训练，写作，口语……每个人都低着头，灯光像泡沫般发胀。我们的监管老师，与其说是老师，不如说是一张晦暗不明的面孔，神色阴郁地注视着我们。他为什么那么憎恨我们？高温暖气混合着所有学生的身体异味，头发的，脚趾的，腋下的。事实是，我们相互憎恨。如果给我们一个信号，这个教室里的人可以立即相互残杀，用我们的笔，用我们的刀。我一个人偷偷跑到操场，呼吸。天那么冷，我踩着脆生生的雪花，就像踩着埃里克晶莹剔透的肌骨——雪地中央，埃里克躺在那里，浑身湿透，头发丝丝分明。

四周我以为是夜晚的黑幕忽然垂直落下。我惊觉自己站在一个巴黎剧场的舞台上，万千观众在暗处注目着我，聚光灯打在我的头顶。舞台中央，埃里克不是一具尸体，而是一个著名的演员。所有观众一掷千金，就是为了看他。

但这演的是什么呢？我试探性地跪下去，将双手相叠放到他的胸骨上，用力往下按压。我当然不知道应该压几下，每下又该压多深。但我不在乎。只要瞒过观众就可以了吧。只要我做得有模有样，观众就会信以为真。只要我做得有模有样，埃里克就会醒过来。我用大拇指抹掉埃里克嘴里的呕吐物，一只手抬起埃里克的下巴，另一只手捏住埃里克的鼻子，深吸一口气后，往埃里克的嘴里吹气。

但是，埃里克迟迟不作反应。观众席发出喊喊喳喳的声响，导演在底下抓着剧本暴跳如雷，灯光师、音响师、后台的其他演员们因惊异而面面相觑。

我重新将手掌放到埃里克的胸膛上。我再次捏住埃里克的鼻子。吻下去。好像我爱上了他。好像我忽然确定无疑地想起来，这是一场爱情戏。但这个时候才想起来已经太晚了，他已经死了，就像罗密欧或者朱丽叶那样。我的身体里像是有什么东西碎了，可能是我的胃，也可能是我的心，它们好像都变成了透明、清脆的玻璃器皿，不再是黏稠的、柔软的，相互挤压的，而是相互碰撞，相互击碎。

突然，埃里克咳嗽了出来，接着大口大口地喘气。

宝拉发出一声全力的尖叫，那尖叫就像一把尖刀穿破我的耳膜。接着，行车声、汽笛声、说话声，像群蜂一般涌入我的大脑，我听见楼下每一个路人的脚步声。

我摇摇晃晃地站起来，宝拉推开我，抓起一只包，看到什么东西就塞进去。她说她已经受够了，她忍无可忍了，埃里克这个猪，这个白痴，这个丧心病狂的狗屎大便！她泪流满面，她冲着埃里克吐口水，说她再也不会回来了！我扶着墙向四处张望，看着剧场消失，雪地消失，看着一切事物恢复边界和形状。埃里克像什么也没发生过似的睁着眼睛，看着天花板，这场景多少有点让我似曾相识。

过了个把分钟，埃里克坐了起来，把视线投向我，问我几点了。我说大概四点吧。我也不知道。

麦克斯回来的时候，医院的人正在给埃里克做检查。医生建议埃里克去一趟医院，埃里克说不需要。那时候，我们都已经恢复了清醒，健康得很。

这个开头我很少对人说，我怕深究起来会影响我的前途。出于保险起见，我一般都从故事的后半部分开始：有一天晚上，我和麦克斯、埃里克到马路对面的越南餐馆吃东西……

我们都饿了。就当我们白天又去俱乐部吧。麦克斯和埃里克点了炒饭，我点了一盘虾仁炒粉。吃到一半的时候，布莱恩给我发来一条语音，问我在干什么。我说我在加利福尼亚咖啡馆修改剧本。之前，当布莱恩家里有客人的时候，他就会让我去学校里的加利福尼亚咖啡馆。他在那里有一个保留座位。后来我发现这个说辞很好用。过了一会儿，布莱恩发来第二条语音：我刚刚打电话给加利福尼亚，他们说你不在。

我也不知道我为什么非要把这个没有意义的谎圆下去。我拍了一张炒粉的照片发过去，说我只是出来吃个饭而已。

布莱恩说：恶心。

不过好过麦当劳。

至少不是给猪吃的。

埃里克和麦克斯对视了一眼，问这个布莱恩是谁。

两个小时后，他们见到了他。布莱恩开门的一刹那，是傲慢的，两个鼻孔都摆出了审判的姿态，好像正等着我来为我的不诚实负荆请罪。但当他注意到我的身后还有一对"双子塔"的时候，就急遽地变了脸色，那情形就好像下一幕的演员已经匆匆地登台了，上一幕的演员还没来得及退场，两方演员人仰马翻地撞到了一起。"他们是谁？"布莱恩就带着这样慌乱的表情质问我。

埃里克已经旁若无人地走了进去，我们还留在玄关。埃里克一路走，一路打开一扇扇房门，并把里面的灯打开。我知道他不是故意要耍威风什么的，他只是不习惯。我们听见他不断发出"天哪""靠""这是什么"之类的感叹，这很大程度也不是故意的。麦克斯站在我身边,看着布莱恩。他虽然没有布莱恩高大,但长得十分周正,如果穿上西装,很像什么检察院或税务局的一个年轻有为的长官。麦克斯是我们当中唯一一个朝九晚五工作的。所以没准他真的是。布莱恩看看我,又看看麦克斯,好像在小心掂量说话的方式和轻重,但麦克斯的注视让他许久一句话也说不出。我不明白他一个大记者、大教授、大思想家,为什么今天如此胆怯?——说到底我们不就是三个小毛孩吗?——我这才想到,他误以为麦克斯是我的丈夫了。这个庸俗的推断,尽管合情合理,依然深深羞辱了我。这时,客厅里传来一阵杂乱的落书声,这给了布莱恩一个绝佳的借口,他抛下我们,转身跑了。

我想布莱恩将来大概会在客厅里挂上一把猎枪吧。埃里克穿着马丁靴,踩在布莱恩举世无双的沙发上,每走一步,鞋底都勾起辉煌刺绣上的灿烂丝线。他手里捧着布莱恩的名贵典籍,一本正经地阅读,左右踱步。布莱恩试图一把抱住他。埃里克一脚跳到布莱恩更加名贵的茶几上。"嘿,麦克斯!"埃里克高举着书喊了一声,然后越过布莱恩的头顶,将书像回旋镖一样地掷向我们。但是角度切得太低,书砸到了地板上。布莱恩怒不可遏地挥动拳头冲向我,又做出一副竭力克制的样子,说:"詹妮弗,你究竟想干什么!"他发问的同时偷瞟了一眼麦克斯,希望这个程度总不至于触怒到他。没想到麦克斯忽然上前了一步,布莱恩立即向后一缩,然而麦克斯只是弯腰捡起了脚下的那本书。他展开里面被压折的书页,合上书,把书掉转过方向,递给布莱恩。

布莱恩心存戒备地接过书,看不见身后的埃里克已经踩上了他的钢琴椅。面对那台拥有一百四十二年历史的钢琴,埃里克解开了裤子,开始撒尿。钢琴的不同零件因为液体的撞击发出噼里啪啦的响声。布莱恩像是加了慢速度特效一般地转过头,看到这荒唐的一幕,他直直地跳了起来,仿佛埃里克的尿不是撒进钢琴里,而是撒进了他嘴里,或许他宁愿撒进他嘴里。他要和埃里克拼命!于是,麦克斯和我的眼前出现了《猫和老鼠》里的经典场面,埃里克围着钢琴跑,布莱恩围着钢琴追。埃里克一边跑,一边打翻触手可及的东西,植物、椅子、台灯、赛内卡的头像。布莱恩五十年的知识、文化、学养此时都帮不到他,他变成了一个愤怒却毫无办法的老人。

他唯一的办法就是我:"詹妮弗,我会报警的!"

这个时候,麦克斯说出了那句暌违已久的名言:"要是你决定好了,我可以陪你去警察局。"同时,在布莱恩的脸上狠狠地打了一拳。

我没想到我如此畏惧的庞然大物,原来不堪一击。布莱恩向后翻倒在地上,震惊、耻辱,以及最直接的疼痛,在他的脸上交织作一团,还有他想极力掩饰的怯懦,他害怕这一拳仅仅只是开始而已。当他确认麦克斯并不打算疾风骤雨式地暴打他的时候,他瞪着麦克斯,沉重而谨慎地喘息,他就像一头受了伤的精明的野猪,故意拖延时间,算计着如何能将伤害降至最低,甚至能够体面地渡过这个难关。当然,那个缺口只有我。他气沉丹田,用一种阴毒冷漠的声音,几乎是一字一顿地说:"赫塔·米勒不喜欢你,她根本不在乎你,她早就忘记你了。"

麦克斯和埃里克都看向我,只等我一

句话的指令。但我不得不说,我被刺痛了。布莱恩轻蔑地看着我,享受着彻底摧毁我的美妙体验,他居然坐了起来,像一个无冕的胜利者:"你毫无才华,你写的那些被你自己可笑地称为剧本的东西都是垃圾,你连 look forward to 后面的动词要用 ing 形式都不知道,你想成为契诃夫?你永远做不到。"

是啊,我永远也做不成契诃夫——

文明是复杂的,而野蛮却是极其简单的。

我上前抓住他的衣领,使出全身的力量,也在他的肥脸上重重地砸了一拳。

有人听完怅然地说,无论如何,钢琴是无辜的。

老布就是啰唆了点,他也没做什么嘛。

使用暴力肯定是不对的。

许多年后,我也开始反思自己是不是过分了,我算不算欺负老人。但是那个时候,站在我身边的人是麦克斯和埃里克,他们使我盲目地相信青春年少,相信所向披靡,相信侮辱与伤害我的人必受严惩。

尾声:宝拉

我和麦克斯已经很久没有联系了。回国之后,手机坏了,我费了一番周折依然找不到麦克斯其他的联系方式,我们再也没有联系过。我和王世豪倒是靠着微信一直联系到现在。有一年,他如愿申请到了人民大学交换,那时我正好在北京的歌德学院工作。歌德学院在中关村大街上,斜对面就是人大,我们常常约起来见面。不过,到了国内,曾经闪耀在他头顶的那个温柔的光环消失了,他变成了一个普通的中国男人。

"那可真是一个狗窝啊——"他笑着说。他觉得我肯定也是这么想的,毕竟我现在穿着人模狗样,毕竟我现在谈吐优雅得体,毕竟我现在正在三里屯一家贵得要死的意大利餐厅与他共进晚餐——为了进一步佐证他的观点,我还向他透露,麦克斯只不过是德国商业银行的一个业务员,埃里克是柏林动物园快餐店的,宝拉是女服务员。而我,一个在海外混文凭的中国留学生,一个可悲的戏剧庸才,一个瞒天过海的瘾君子。那当然是个狗窝啦!

但我永远都不会告诉他的是,麦克斯有一次拉了一整晚大提琴,他坐在一张椅子上,叼着烟,另一张椅子上放着充当烟灰缸的纸杯。我们三个围坐在地上,望着他,跟前放着酒瓶。我永远不会告诉他埃里克有一次从动物园里偷出一只亚洲小爪水獭,我不知道他是怎么做到的,我们轮流把它像兔子一样抱在怀里,给它喂从日料店买来的生鱼,因为我们没有一个会片鱼。我不会告诉他布莱恩并不是我的老师。我不会告诉他最后是宝拉把我们从警察局保释了出来……

那可能是我们唯一一个齐聚在"狗窝"没有去俱乐部摧残自己的周末。

宝拉破天荒地打开炉灶,为我们烤吐司,炒蛋,煎薯饼。我第一次见到她没有化妆的样子,原来她脸上有一些雀斑,鼻子没有阴影的修饰,显露出自然圆润的线条。她为我们每个人倒了一杯热牛奶,监督我们喝下去。我们一半因为饥饿,一半因为疲惫,一言不发地吃完早饭,坐在厨房里放空,谁也没有喝酒,谁也没有抽烟,就这样任由时间流逝。过了许久之后,埃里克说,不然,我们出去走走。

基于我们当时的身体状态，这并不是一个很合理的提议，我们都快到了某种极限。但是大家相视一眼，谁也没有反对。于是由麦克斯带头，大家慢慢站起来，一个个踩上沙发，跨出窗台。

我们常常会不自觉地按照房间的顺序走成一列：麦克斯排第一个，我排第二，埃里克第三，宝拉第四。东方，城市的边缘线晨光熹微，我们看上去疯狂、呆滞、怅然若失，没有意识到我们正在走过刚刚苏醒的人间的屋顶。字面意义上的我们的脚下，有人正在洗澡，有人正在拉屎，有人正在骂骂咧咧，有人正在收看早间新闻。可惜没人为我们留下一张照片。

屋顶的尽头是地铁的轨道。虽然我们都把它叫作"地铁"，但准确地说，那其实是城市轻轨，大部分的线路都是在地上的。如果走常规的大门，这个站需要上二楼乘坐地铁。所以屋顶和轨道的水平面大致持平，我们只需伸出脚往前一踩，就跳进去了。对面月台上站着寥寥几个乘客，裹着风衣，就像国境线上的几头秃鹰，目光严厉冷峻地盯着我们。我们在他们眼皮底下穿越轨道，登上月台，转一个身，也变成了他们中的一员。

我们现在去哪儿。这问题配合薄雾蒙蒙的清晨，绵延无尽的轨道，原有几分形而上的意味，但第一时间蹿入我们脑子里的大概都是某家俱乐部的名字。不过麦克斯今天有意要阻止这个念头，问我在柏林还有没有什么没去过的地方。我不愿说布莱恩带我几乎踏遍了柏林的每一块地砖。宝拉说她有一个地方。我们本就不在乎去哪儿，有地方去就行。

只不过这个地方比我们预想的要远了一点。好吧，不止一点……我们换了两条线，坐到最后一条线路的终点站。当我们料想这必然已经是目的地的时候，宝拉又带我们乘上了一辆公共汽车。起初车上的人还不少，但很快车里就只剩下我们四个。每到一个站，司机就从后视镜里看着我们，看我们到底什么时候才按下车铃，而我们也带着同样的疑问不断地看着宝拉。

我们从东柏林的闹市中心，进入仿佛是世界边缘的一处冷冷清清的住宅区。车窗外只能看到大片大片的排屋，一个人也没有。再过几站之后，我们看到一个一部分正在施工的工厂。几辆鲜红的大货车停在门口，门里面有一辆正在慢慢行驶的明黄色大吊车。这时，司机停下了车，打开车门，回身对我们说："这是终点站。"我们没有意识到，是因为它连站都没有，只有一个站牌。工厂里，两个头戴安全帽、身着蓝色工装的男人停下闲聊，抓着摘下来的白色手套，远远地看着我们下车。回想我们那天的造型，很像一支落魄的摇滚乐队，乐器都变卖了的那种。等我们全部下车后，司机关上车门，在工厂前的空地掉转车头，扬长而去。

我们在两位工友执著的注目中，沿着工厂外的一条土路往前走，直走到面前只有一墙两米高的树篱前。宝拉分开树篱的一个缺口，钻进去。这就是宝拉要带我们去的地方。

一个墓园。

宝拉是这个墓园的看守员。她的任务是每月过来清理几次杂草，检查一下所有东西，汇报，签字，这样就可以领到一百二十五欧的薪资。她的房租就是靠这笔钱支付的。

墓园很小，大概只有五十平米，正

方形，像一个菜园。因为宝拉已经很久没有来过了，坟上长满了野草。一个个隆起的土包，就像菜畦。她从角落的一个工具棚里拿出一把园林剪刀，走进坟堆里除草。她说她之前一个秋天曾在一个葡萄园干过，剪的时候会有葡萄树挡着，这里就可以随便剪。野草覆盖了过道和坟墓的界线，所以我们走得小心翼翼。每个坟头上都插着一个十字架，每个十字架的造型略有不同，有的只有十字架，有的十字架下还有一块圆形的铭牌。有的铭牌记录了死者的死亡日期，有的只有一个德文单词"NAMENLOS"，意思是"无名氏"。宝拉说这里埋葬的都是查不出身份姓名的人，比如一些溺死的人，一些被打死的人。正因如此，这些墓都没有现代墓碑，墓园的维护全靠教会和一些慈善机构赞助。她说的时候，拉住麦克斯，让他注意脚下的一个天使小摆件。

一些无聊的女人会过来，宝拉说。不知道她们是怎么知道这里的，她们会在这里默默地站一天，在这些坟堆上放一些清水，一些鲜花，或者像天使啦、圣母啦、花环啦，诸如此类的陶瓷摆件。她自己是通过报纸上的招聘启事知道这里的，她猜这些女人大概也是。

我们各自在墓园里漫游。我仍沉浸在有关那些女人的想象之中。那或许是一个宁静的午后，孩子们在房间的小床里睡得很踏实，她们洗完水槽里的盘子，擦掉餐桌上的油渍，正要折起丈夫随意扔在沙发上的报纸时，在密密麻麻的文字间看到了"无名氏"，她们被这个词吸引了，在一张纸条上抄下地址，藏在口袋里，忽然有一天说要去看望一个从未听她提起过的姐妹，然后长途跋涉地来到了这里。

宝拉不知什么时候走到我身边，对着正看十字架看得出神的我说："那天我吓坏了。"我听到声音转过头去，听她继续说："如果他死了的话，可能也会被葬到这里。"我想反驳说他有名字，但我没有开口，我想我理解她的意思。我们都有可能被葬到这里。

"我看过你的剧本。"

我被这突如其来的消息震惊了片刻。

宝拉说对不起，趁我不在的时候，她偷偷进了我的房间。她问我不会介意吧？我缓缓地摇头。原来不止我一个人是好奇的。"我觉得你写得很好，"她真诚地说，"比契诃夫好。我也看过契诃夫，写《钦差大臣》的那个俄国人，是不是？"

"你别笑。我是说真的。"宝拉继续说，"其实刚见到你的时候，我不喜欢你，还有点讨厌你。我觉得你弱不禁风，哼哼唧唧的，还有点假清高，但是埃里克对你很感兴趣，他一直都盯着你，因为你是一个亚洲人，你能满足欧洲男人变态的殖民幻想，你懂吗？大概只有麦克斯那样的人才没有这种幻想，但我觉得他是个同性恋，你不觉得吗？"

我抬头望向麦克斯的背影，他双手插兜，正百无聊赖地看着墓园中央的一个十字架。十字架上有一块黑色的牌子，上面刻着一篇银色的铭文。埃里克已经走开了，站在墓园边缘的树荫里吐烟圈。

"将来有一天你会把我们写进你的剧本里吗？"

"啊……我不知道。"

"假如你会的话，我会叫什么名字？"

"你想叫什么名字？"

"宝拉。叫宝拉，可以吗？"

我们是从墓园东侧的树篱进入的，墓园南侧还有一个土坯的小教堂。教堂呈扁扁的圆柱形，只有一层，只有一间。大门对着墓园，是锁着的，但是宝拉有钥匙。教堂里的陈设很简单，一个铺了一块白布的石质神龛，上面放着两架对称的烛台，两个插着假花的花瓶，一个耶稣受难的木质十字架。神龛的背后是一幅耶稣升天的壁画，画工相当粗糙。大门到神龛的地上铺了一条蓝色花纹的长地毯，两边各有两条教堂专用的长椅。

从三里屯到团结湖地铁站的路上，我反复咀嚼着这个词：狗窝。当我今后再次想到这个词的时候，我就想到那个昏昏然的午后。我们四个一沾到教堂的长椅就躺下了，就像四只睁不开眼的小狗崽。尽管我们都是坚定的无神论主义者，但在一间宛若中世纪堡垒的教堂里，某些超自然的东西很容易袭上心头。教堂中飘荡着闪着金光的灰尘，仿佛水波粼粼，宝拉问埃里克，当他濒死的那一刻，有没有看见什么。

埃里克想了一会儿，说：那台他妈的大洗衣机。

雾中河

李　晁（《作家》2022年第4期）

> **推荐语**
>
> 李晁的《雾中河》写一条河和一群人的关系。河提供了资源、财富和便利，但河同样给予着痛苦、不幸和灾难。河和人之间形成了一种微妙而神秘的对峙。《雾中河》有一股说不清道不明的调子，人无端地出现，又无端地消失，世事的变化不以人的意志为转移。小说因为这种犹豫、迷茫、无法捕捉的气息而显得摇曳多姿。（杨庆祥）

哭喊声穿透雾气，往拱桥下游移动，抵达河水转弯的铁路桥时，变成了哀嚎。前方没了路，高耸的山崖收走了河岸线。女人瘫软下来，身后的几只手没有赶上女人，女人一把坐到露水浓重的草甸上，屁股落地，双手就拍打起来。哭嚎声在河谷里持续回荡，一个中年男人在土路上高喊，快叫船，去下游。

船在码头，码头在河的对岸，一艘趸船旁系着一排白色快艇和黑色皮划艇。太阳还没有升起，河面的雾气将对岸的趸船遮掩了大半。

趸船有人看守，一个叫朱伍的老头住在船里，通往趸船的跳板前竖着一道铁栅栏，栅栏门上着锁，人喊起来，老头惊醒，窗帘一撩，才看到一堆惊慌失措的人架着一个穿深色圆领衫的女人，女人偻着身子，一只脚悬空，有熟人喊，老五哥老五哥，快救人。

老头明白了，猛然翻身，去开门。

一行人挤上趸船，趸船似乎也往河里沉了沉。女人又哭喊起来，声音已经沙哑，有气无力了，我是造了什么孽哟……是旁人招呼起来的，老五哥，快开船，去下游捞人。

老头脸一沉，我不会开船，哪个会？

人群里又嚷起来，哪个会开船？

两个青年没吭声，沿着趸船船沿跳进一只带硬底的能容纳七八人的皮划艇里，皮划艇挂着船外机，青年试了一下，船响起来，另一个解开缆绳，喊一声，再来几个。三个中年人跳进船里，还有人想出把力被老五拦下，够了，不要挤了。皮划艇很快搅起一片水纹，划出一道弧线，离开了趸船。

老五冲一船人喊，小心点。跟着才对周围人讲，又是哪家小孩？要收钱的，家属去跟船老大谈。

人群里有人说了两句，这时候还谈钱，鬼迷了心窍。老五也不理，对瘫在趸船头的女人说，进去坐，许是人冲到下游，走不上来了，这种事也是有的，到下游只有水路嘛。这话倒有几分安慰的力量，女人死灰般的眼神又燃起一点星火，无动于衷的是周围人，谁都晓得，这几率实在太低。

男孩是夜里下水的，有人目睹，哪想整夜未归，女人大早起来发现，一问人，就往河边赶了。这是旁人讲的，老五听了没有吱声。

阳光开始驱散山间的薄雾，照在河面上，虽是朝阳，也有几分灼人。趸船上挂着几套潜水用的防寒服，面镜也一排排吊在趸船尾，很是醒目。这是马老板口中的雾水打捞队，专替人捞尸寻物，也只有老五知道，潜水队另有活路，专乘夜色去大坝下的深潭捞鱼，都是些大鱼，七八十斤一条不算大，百来斤的有的是，运到省城和外省就能卖出大价。马老板寻朱伍来守船也是有讲究的，老五是他女人的本家叔叔，前年才过了老伴，剩他一个，就被请来守船了。

因了这秘密，这里平日不让闲人进，这次一下涌进这么多人，马老板要是听说，再是亲戚，老五也很难交代。偏偏有人问东问西，那些新来的潜水员呢，白天都哪里去了，跟两个去才好呢。

老五说，我不晓得，我是守船的，你去问马老板吧。老五只叫那人马老板，外人也觉得好笑，问，马老板不是你侄女婿？

老五哼一声，什么侄女婿，那是我能叫的？

有人听懂了，说也是，人家那么大老板。还有人手欠，潜水服挨个摸遍，里外看看，甚至有人把面镜一把戴在头上，挤眉弄眼的，老五简直骂不过来，制止了这个又忽视了那个，老五一生气，就开始撵人，只留了女人的两个亲属，其余人都被老五轰下船去了。

太阳逐渐升高，升到人的头顶，老五才听见船响，皮划艇劈开深蓝的河水，泛出一抹白，打河水拐弯处驶来。老五站在趸船头眺望，女人听说船来了，又哭着从舱里出来，岸边还蹲着几个凑热闹的人，像一群乌鸦围着，大伙的目光都开始朝皮划艇聚拢。

皮划艇减速向趸船缓缓靠近，艇上仍只有那几个人，一个年纪大的摇摇头，冲趸船上的女人说，找到楠木渡去了，没有，已经告诉码头上的人，你不要急。几个人脸上都晒出油来，一一上了趸船，都带着失望和怀疑的神色，岸边几个人见船里空空如也，抱怨几句也就散了。女人被人劝着走上码头，留下一个亲戚慢一步对老五讲，要收多少钱，回头给你送来，她是桥头陈老四家的，邮局旁边开商店，她男人在外跑运输，你晓得吧？老五并不清楚，但也点点头，先去报案吧，再找找。

人走尽后，码头恢复平静，连河水都跟着静默。这河其实叫江，但雾水居民都管它叫河，并不因它在地图上的江名与流域而高看一眼，说到底，它是汇入长江的，在大家眼里，只有长江才配叫江。河的上游有座水电站，六十年代开始修建，镇子因此繁荣。河虽叫河，但雾水人称河两岸作江南江北，镇子的核心在江南，就是码头对面那片徐缓地带。

时间不早了，老五等着人来交班，船队的人不定什么时候来，来了老五就可以回家了，等夜里再过来。

今天来的人晚，老五也没有不耐烦，小孩的事让他还没有回过神。这河每年都收人。老五唯一的儿子二十年前就这样去了，找到已是下游老远的位置，一个叫老鹰岩的地方，那时哪有快艇这种东西，是老五和上头四个哥哥划木船去下游捞的。老五想到这，心里还空落落的，烟头丢了一地。

哟，五哥，一个人抽闷烟啊。管船队的吴家老大过来，吴大和朱伍虽差了一把年纪，论起来矮一辈，但他管朱伍叫五哥。

老五清清嗓子说，上午有人来用船了，去了趟楠木渡，人家会把钱送来。

吴大没有在意，递一支烟给老五，一大早用什么船，散客？

老五摇摇头，去捞人的，没看到，就回来了。

又是哪个冲下去了？吴大见怪不怪，一口烟刚喷出来，河面一阵风起，将那烟全扑回吴大脸上，吴大连声咳嗽起来，骂一句说，给老子，阴魂不散，说都说不得。

跟来的人笑，说，神得很噢，老话说，宁可欺山，不可欺水，真是没错。

等风过了，老五才讲，说是桥头陈老四家的，只来了个婆娘，人又找不到，就回去了。

吴大惊讶，陈老四家儿？我晓得那娃娃，水性好得很，大坝放闸还去捞鱼，回回手不空，怎么会？

老五不说话，这话倒像是说给自己听的，论水性老五的儿子又何其厉害，虽小，过河却只靠一双手脚，麻溜得很，像书里讲的"浪里白条"，还不是遭了道！

吴大隐隐想起老五的心事，就不再讲了，船队里的几个人更是漠不关心，在船舱里打起牌来。

老五走时对吴大说，记得收钱，说了会送来的。

吴大扭头，看着走上跳板的老五，说，五哥，这就不要你操心了，放心，不会收的。

老五步上码头，条石台阶与公路相连，公路边还建了一片停车场与观景平台。一家酒店沿着河岸建起来，临河一面一式的玻璃幕墙，像一排排盒子，老五看来简单得很，价格却贵得吓人。这是马老板的新产业，叫作民宿，名字也取得稀奇古怪，老五都念不齐整，对人讲过，不就是旅馆嘛。

老五的嘉陵停在观景平台上，阳光下浑身发烫，坐垫上挂了一夜的露水蒸发得只剩下斑点，卸了锁，老五还是跨上去，虚着屁股坐，一次只坐一边，车动起来，也就凉快了。

老五的家在江北盘山街顶上，就是码

头后的山巅,之字形山路是210国道一段,两边挤挤挨挨建着饭馆旅店,从前最是热闹,来往车辆打尖住店,少不了在这里停留,而今两条高速穿越镇子,一条更架起特大桥,高达一百九十米,直接跃过了镇子,江北从此萧条起来。

老五从前也开饭馆,和媳妇一道经营,自己做厨师,因了这门前的路,过了几年扎实日子,后来国道上的车眼见着稀疏,尤其货车和班车,半天听不到响动,加上媳妇历来体弱,赶上一病,老五就关了店,去江南的胖妹酒楼打起了工,还是做厨师,做雾水特有的豆腐鱼。为这,自家侄女马老板的婆娘还讲过闲话,说叔叔去哪家不好,偏偏去胖妹家,也不和我们打个商量,我家老马脸往哪里搁?马老板也是做餐馆起家的,开着雾水第一大豆腐鱼馆,就在江南桥头,上风上水的第一家。虽这样,老五也没走这条门路,偏偏去了后起的对手家,也因为这,两家多年不再走动,直到老五年纪大了,腰杆挺不住,被扫地出门,才去马老板手下守起了趸船。

家里空得能发出回声,老五打开门板,让空气对流,自己坐到靠岩壁的后阳台上,看着阳光下闪烁的镇子和那条碧蓝到发乌的河流,河水没有表情,老五却有。就着泡菜和一碗凉拌折耳根刨完了炒饭,老五就锁了门,往后山去了。绕过山顶的江北中学,老五往沟子里走,那里有片自家的地。这一面背河,显得更热,田坎也硬邦邦的,老五走得歪歪扭扭,老五怀疑这是船上待久了的原因,身子抑制不住地想要晃一晃,用自家的晃来抵消河水的。老五摔了一跤,有预感似的,一脚踏空,滑到田坎壁下的旱地里,身子倒没摔着,地是半荒的,竖起一根根没人照料的玉米秆,地下是杂草,长的是苦蒿短的是野豌豆,有了草一垫,等于铺了床棉絮。

老五从地里爬起,哭笑不得,干脆骂一句,来看你娃,还整老子!这话是说给不远处的坟听的,一阵风过,飒飒又止,像是回应。老五看着山沟对岸绵延开去的群山,又得意起来,是个不错地方,一览众山小嘛。

老五有一阵没来了,不是碰到今天这事,老五也不愿意来,来一趟,又能怎么样呢?老五与两座坟一一对视,想起从前的一鳞半爪,婆娘的还记得清楚,儿子的就有些飘散了。

算了算了,又来这里做什么。老五觉得今天没个主儿了,想到哪里算哪里。陈家儿子的事,老五也不打算讲,没着没落的事,老五不想议论。看了看坟,到处都还好,也就回去了,仍走得一摇一摆的。

老五早早赶到码头,趸船上忙碌着,赶上周末,游客一拨拨从下游乘快艇上来,一时间热闹得很,老五倒不知所措了,像个外人。

是吴大看见说,五哥,来得早了点嘛,还没收工。

老五说,你忙你们的。

吴大问,吃过没有,等下跟我们一起?说完才闻到老五身上散过来的酒气。

老五摇摇头,你们去。

吴大问,家里来了客?整了不少酒嘛。

老五笑一声,来哪样客,我就是客。

吴大停一停,还是说,小子还没找到,下午来人包了艘艇去下游了,怕是要去构皮滩,现在都没消息。

老五像是专来听这信儿的,听了也不评价,只是点头。构皮滩是座新建水电站,才开始蓄水,从这里过去是唯一水路,没有支流，人不会跑到其他地方去。

老五借着酒力坐在趸船边，一直坐到夜里，河水的声音大起来，四周都暗了，只有镇子进出灯火，迤逦如山火，群山只剩下轮廓。

潜水队的人还没有来。

潜水队一共四个人，只有一个是雾水人，大名叫戚邦德的，大伙叫他老戚。老戚刚过四十，不算年轻，却爱打扮，不同花衬衫配短裤跑鞋，衬衣领口还插一架墨镜，油光粉面的，据说脑子更灵，从没有在水里讨过生活的他却替马老板觅得了这生意。

以前没人敢去大坝基坑捞鱼，想都不敢想，基坑是禁区，不准任何船只人员靠拢，毕竟头上是一百六十多米的大坝，是喀斯特地区第一座大型拱型重力坝，早年还有武警看守，可老戚七拐八拐攀上了电厂保卫科卢科长，两下一勾搭，就觅得了特权，只是船仍不能开进基坑，只能停在电厂油库下的回水湾里，人和设备要沿着碎石河岸摸进去。夜里操作风险不小，收鱼也麻烦，后来老戚干脆把船悄悄靠过去，竟也没事，一伙人就这么干起来。其余三个都是潜水员，从广东请来的，几个人组队做了半年，收获不小，也不定每天都出船，要等卢科长信号。老戚讲起来，牛皮哄哄的，说七八十斤往下的从来不摸，麻烦得很。

眼下正赶上出活的好季节，汛期里，大坝常放闸，大鱼被冲下不少。从库区里冲下来的鱼，除了昏迷的会浮走外，其他的都缩在基坑的深潭里，只有这里的水深，温度也较外头低，真正的大鱼是不会随流水轻轻易易跑出去的。老戚的梦想就是逮住一条两百斤往上的，库区里的鱼几百斤的多的是，兴许就会冲下一条两条。老戚一讲起，老五只能咂舌，这么大鱼都成了鱼神了。老五随口说一句，这种鱼怕是抓不得哟。老戚很不以为然，说反正都是要死的，还不如做奉献。老五不好说什么，自己干了半辈子厨子，经手杀的鱼何止百千条？这时候出来打抱不平，只能被人笑话。再说，这可是马老板的生意，他才是幕后老板。

马老板也不常来船上，头几次起货，他赶在天亮前来看成色，果然意外，百来斤的就弄了四五条，有草鱼、翘嘴、青龙棒和花鲢，有条一百四十八斤重的青龙棒直接被马老板运到省城分店养起来，作为炫耀镇店。

不满归不满，船还得守。今晚老五意外睡得沉，是那半斤酒的效力，一个人喝，再少的量都觉得多，何况是半斤，加上年纪，酒力就翻倍了。潜水队来时已是凌晨两点，几个人窸窸窣窣做好准备，就往上游去了，老五也是起夜才发现系在趸船边的那艘大皮划艇不见了。

被吵醒时天快蒙蒙亮，氧气铝瓶的撞击声，水下标枪拖拉在趸船上的刮擦声，一尾尾鱼摆动的砰砰声，让老五醒来。舱外的老戚更扯起嗓子唱，大太保亚赛过温侯貌，二太保生来韬略高，三太保上山擒虎豹，四太保下海能斩蛟——妈的，说的就是我们啊。老戚大笑，其他三个闷不做声，许是累了。老五没想到老戚还会这手，可见今天收获不小，捞了票大的，只是老五懒得起来看，码头上接应的人也到了，一趟趟把鱼搬上去，一个个搬得龇牙咧嘴的。人散后，趸船上还顽固地飘荡着一股浓重的鱼腥味，几套防寒服又吊在了晾衣绳上，水滴打在趸船边的铁皮上，滴答作响。

天色亮得慢，一点点晕染，光如同涟漪般徐徐荡过来，是远处的太阳掉进了夜色，引起震荡，可荡到这里就是强弩之末了，仿佛船靠了岸，不动了。等积蓄的光源真正撕开一角天幕时，才开始加速，口子越大，涌入的光也就越汹涌。

老五起身烧了壶水，从柜子里掏出一碗泡面，准备吃个早点的早餐，酒意散了，人就容易饿。

面还没泡好，老五晃过窗口发现一个人，一袭白色连衣裙在河面初升的雾气中若隐若现，女人站在码头的最远端，再往前，就是乱石滩了，不注意还以为见了鬼，可那确实是个女人。河边的风拍打着女人的裙摆，像一朵打上岸来的浪，女人不动，老五看了一会儿也就扭过头去，等待面在碗里慢慢变软。

码头上的民宿一营业，各种稀奇古怪的人就来到这里，老五见怪不怪。去年还见过一个来这里寻短见的，直接从观景平台上跳进河里，七八米的高度，没有一丝犹豫，笔直栽下来，幸亏码头做过深挖，炸了礁石，不然后果不堪设想。那也是个女人。老五没有下水，是吴大一个猛子扎下去把人捞起来的，捞起来了，女人也面无表情，没有道谢，更没有哭，好像只是下河洗了个澡一样稀松平常，甚至没留下一句话就往码头上去了，第二天才听说女人从公路桥上跳了下去，当场就砸死了。想到这，老五还觉得有些怕人，一个人怎么可以这样不在乎，还是个女人。

抽上一支烟，泡面也快好了，辛辣味丝丝缕缕从盖着的碗沿口飘出来，老五正打算下筷子，穿白裙的女人就飘过来了。

通往趸船的栅栏门没有锁，是老戚他们忘了，女人径直穿过跳板，来到趸船上。老五左右不是，只好在舱里咳嗽一声，也不讲话。

女人听见老五的响动，便呀了一声，说，原来有人啊。也不敢贸然进舱里，只在趸船中空的穿廊左右看看，见到吊在绳子上的防寒服和蛙脚，女人才惊叹起来，噫，这里还有潜水项目。

老五很想先吃一口面，可女人丝毫没有走的意思，还在东瞧西看，老五就没忍住，脑袋探出门说，这里不搞参观的。

不参观？那你们牌子上写的是什么？女人很镇定，指了指头顶，趸船上确实架着一块广告牌，写着游览项目和收费标准。女人举起的指尖鲜红欲滴，再一看，每一只都一样，像落了几片浓艳的梅花。老五感觉不舒服，半天才憋出一句，现在不是时候，船队的人还没有来，现在不营业。

女人也不管，跟着一笑，你们这里大半夜还打鱼？全是大家伙，这河里有这么大的鱼么？女人说得慢条斯理，老五就知道碰到个难缠的，肯定起了大早，又或许整夜没睡，望到了老戚他们。

老戚也太不利索了，一次比一次起货晚，这么贪心，迟早要出事，老五预感不好，对女人也沉下脸来，走吧，要坐船，等他们来了再说。

女人说，我又不坐船，船有什么好坐的，无聊！又问，你们这里还有潜水项目，很高端嘛，要玩就玩这个。女人的问题简直越来越多，老五有些接不上话，走吧，这里没有你说的项目，都是打捞队用的。

打捞队？女人又笑了，笑得意味深长，打捞什么，又没人沉金子，这么大水，能捞什么东西。

捞尸。老五干脆吐出一句，希望能吓住女人。

女人果然撇撇嘴，脸上有一瞬的嫌厌，这神情老五很是满意，可很快，女人哼了一声，想骗我，一股子鱼腥味，你自己闻不到的？

老五头痛，说不过女人，干脆转身进舱，让女人看个够。这时间面已经泡过了，水被吸掉一半，面半干半湿团在纸碗里，吃起来就没有滋味，像吃一口口猪脑水。面吃完，女人不见了。

雾气又升起来，老五知道又是个晴热的天，才起床没多久，吴大就火急火燎来了，手脸都没洗的样子，皮鞋不知踩到哪里，一脚的泥。吴大上船就说，五哥，小孩找到了，晚上打了电话来，冲到构皮滩去了。

老五就晓得孩子没了，一口浊气从鼻腔里长长叹出来。

吴大说，听讲也没个全尸，眼睛被山里猴子挖掉一只，不成个样子。

老五给吴大递过一支烟，先给自己点上，一口浓烈的烟雾喷出来，跟着是另一口，老五说，别让孩子娘看见。

吴大说，放心，备了尸袋下去的。

话到这里也就打住，两人各自坐在板凳上，望着河面，河水显得无辜，流得悄无声息。等两支烟分别燃尽，吴大才又开口，五哥，要不先回吧，人我来接，家属也快过来了，肯定又是一顿乱。

老五说，再等等吧。

船队的人陆续过来，吴大想起什么，掏出电话吩咐，快去老街买挂鞭炮来。

家属一齐涌来了七八位，里头没有女人，老五松了口气。那个一脸死灰穿着长袖衬衫的男人就是孩子的爹了，老五一看膀子就晓得，男人的一双手臂像是要从衬衫里炸出来，老五开饭馆时见过不少这样的司机，说是司机，其实也是苦力。男人不讲话，谁也没有去打扰他。

可左等右等，还不见船来，八月的阳光又开始蒸烤这片河谷，只有河水全不在意，这会儿正气势汹汹地往下游奔走。趸船上一时容纳不下这些人，其他无关紧要的都自觉待在岸上，一个个都磨皮擦痒的，又不好妄动，一双双目光频频望向河水拐弯的地带，也该来了，有人说。

确实来了。

人群一下躁动，老五一如既往站在趸船头，晒得有些头晕。皮划艇一靠拢，所有男人面色凝重，大伙都憋着一口气，若是添个把女人，早就搅翻了，哪会这么安静。老五看见孩子的爹第一个跳进艇里，随后吴大拦在船舷，说不要上人了。艇里是四个一脸黝黑的男子，开船的是船队的小姜，把船一别进趸船的湾口，人就瘫下来。男人踏进艇里，尸袋在艇中间又晃了晃，艇上人的目光自动望开了，只有艇外人探着脑袋盯住袋子不动，一些人还屏住了呼吸，怕闻到什么。孩子的父亲站在艇里，似乎还不习惯河水的晃动，一迈步差点滑进水里，还是旁人拉住，将男人稳定下来。

一个人率先拉开了尸袋，只拉出一条小口，是头部方向，让男人查看。阳光趁势而入，老五也望见了那张脸，苍白得如同被冰冻过，一只眼塌陷着。男人的身躯瞬间矮下去，不知怎么办才好，直到拳头开始擂击艇板，咚咚直响。艇板是铝制，刻着防滑线，可男人一拳打出一个窝来。是老五先喊起来的，莫乱，先上来，把娃娃接上来。

　　吴大顺势而动,作势拉起男人,凑在男人嘴边说了句什么,老五听见一句,已经回来了回来了。等蓝色尸袋被众人举起交接到趸船上时,老五才猛然听见鞭炮响,因了这,仿佛一道提醒,男孩父亲再也抑制不住,在鞭炮声的掩盖下痛哭起来。

　　老五也不禁团紧了大手,指甲嵌进肉里,想到当年的自己,一晃二十年了。

　　一行人抬着尸体走了。

　　老五还留在趸船上,打算问小姜,人是怎么发现的?吴大就拉过老五,五哥,今天就不要上船了,等明天请师父驱一驱祭一祭再来吧。

　　老五想想,要得。

　　夜里,老五躺在自家床上,多少夜没睡这床了,床很稳当,也不再有河水的腥味与潮气。老五以为能睡一个好觉,没想半夜噩梦缠身,一道模糊的女声降临,不断冲老五喊,快点走,莫回来,千万莫回来。老五不懂什么意思,形势急迫,声音急切,又不断循环,敲击着老五的耳膜。老五在梦里仓皇奔路。梦的结尾,老五才看见他了,那个人,还是小小的模样。

　　老五回到船上才又发现那个女人,正是黄昏时分,西边大坝顶上积聚着万千霞光,两岸边一时冒出了更多的人。女人在趸船边游泳,老戚也在,两人在水里说着话。趸船上还剩了两个开船的小伙在打扫卫生,看得出来打扫得心不在焉,两人不时议论一下,见老五来了,也就闭了嘴。

　　五叔来啦。一个人冲老五喊。

　　另一个说,热得很,洗个澡再回去。

　　老五说,我来收拾,你们洗。仿佛就等着老五这么说似的,两人很快丢下扫帚,扑通两声,老五还没看见水花,两人就插进水里,扎了个很深的猛子,冒头时离趸船有二三十米距离,远远超过了水里的女人。

　　又是她。老五也懒得招呼,扫起地来,把垃圾倒入一只黑色塑料袋里。

　　老戚却开始在水里邀请,五哥,你也下来洗个,舒服得很。

　　老五摇摇头,水凉了,你以为我还是你们,一天火气大得很。

　　说来也是奇怪,没有人见老五在河里洗过澡,雾水人从不管游泳叫游泳,只叫洗澡,好像这河就是个天然浴池。

　　老五一回答,女人倒先笑起来。女人憋一口气扎过来,从趸船边的扶梯上爬起,趸船头还挂着一张硕大的白色浴巾,女人一上船就甩了甩脑袋,很快用浴巾把身子裹起来,老五听见河里一声口哨响。

　　老戚也靠过来,仰着头说,就走了啊,再洗洗嘛。

　　女人说,下次记得叫广东佬教我潜水。

　　老戚笑,我也可以教嘛。

　　女人哼一声,看你也不会。

　　女人正对着老五,开始用浴巾擦头发,手一抬,身上就打开了一个口子,老五看见被比基尼泳衣粗粗遮掩的身体,白森森一片,也就扭过头去。

　　女人对老五说,你连游泳都不会吧。

　　老五也不恼,还是那句,快走吧,天就晏了。

　　河风是有些大了,天边的霞光也一点点弱下去,太阳走远了。

　　老五也对河里人讲,你们也快点。

　　老戚显然听见了女人的话,跟着喊起来,五哥,你不会水啊。

　　老五有些臊皮,吼出一句,老子不会,

41

老子洗澡时，你们还在穿开档裤。

女人冷笑一声。

老五一愣，这声音很是熟悉，好像哪里听过，但也不管，又催促起来，快点走，船也要打烊的。

女人很不满地趿上拖鞋，对老五说，我高兴了就来，高兴了就走，马老板允许的。

老五听了，人就定住，不晓得女人什么来头，和马老板有什么关系？女人袅袅走上码头，走得慢，好像此刻的跳板成了块T台，不得不展示自己的身姿，那块浴巾不知什么时候被女人围在了腰上，故意露出尖瘦的后背，肩胛像两把倒插着的匕首，河里又传来两声尖锐的口哨。

等河里人上船来，老五才问，那个女的是哪个，没见过，还认识马老板？

老戚正歪着脑袋单脚跳，跳两下说，你不知道，她是马老板请来管旅店的。

另一个小伙就笑了，管个鬼店，看她那样子，是马老板请来睡觉的吧。

老戚痴痴望着女人走远，又回过头来狠狠剜一眼对方，狗日的，屌毛都没长齐，不要乱讲。

因了小孩的事，潜水队一连几天没有出活，这天才趸摸过来，来得早，四个人一来就缩进另一头的舱里打起牌来，麻将撞击声一直响彻后半夜，还伴着哄吵，属老戚和一个叫作黎家辉的人嗓门最大。

几个人丢下牌时，老五刚好起来小解，老戚也过来放水，嘴里含糊地喊一声，五哥。

老五问，今天要去？

老戚说，晦气，我早说了不能让小孩从这里上，狗日的吴大就是不听老子的，可以直接开到对岸找个地方上嘛，不是马老板喊停，早就出活了。

老五说，你也信这个？

老戚冷笑一声，我不信，是马老大信嘛，还让停两天，说是找人看了日子，我是等不起了。老戚吭哧吭哧，一口痰恶狠狠啐进河里，哪有这么邪祟，老子才不信。

几个人开始换装备，不多久，老五就听见船响，仿佛也憋足了劲儿似的朝上游去了。

老五回到舱里，继续迷迷糊糊睡起来，直到窗外铁板啪啪直响，一个人喊起来，五哥、五叔——声音有些语无伦次，老五才醒来，以为来了贼，翻身就出门，屋外暗，没开灯，舱里的灯光将将只够老五看个轮廓，一个人被人按在地上，两双拳脚正簌簌落下。那人开始哀嚎，一听是老戚，老五一把摁亮趸船顶的灯，开始喊，住手！

两个人同时用血红的眼睛回视老五，那个叫黎家辉的用一口蹩脚的普通话讲，老头，你不要管。

老五说，都是自己人，有事好好说。

对方根本不理睬老五，照着又是一脚踹到老戚身上，老戚杀猪般嚎叫起来，声音虽夸张，老五还是生气了，冲上去按住那人说，这是什么地方。老五平日和这个家辉说过话，属他年纪大些，关系虽谈不上好，也不恶。老五说，兄弟，有事好商量，不要打人。那人指着地上的老戚，不打人？我要打死他，我们出来是三个人，现在只有两个了，不找他找谁？

老五这才发现回来的人里少了一个，顿时心惊，问老戚，还有个呢，那个小黄呢。

老戚的脸涂了一地的灰泥，像张鬼脸，好不容易爬起来，手背先擦擦脸，确认脸上没有受伤，嘴里还骂骂咧咧的，见老五盯着自己，老戚才说，死屍了，还说自己功夫好，好个屁。

老威这么一说，另两个又要逼上来，老五还呆呆地站在中间，咋个就死了？老五一下短了气。

淹死的，气管被鱼割断了，老威说，他自己倒霉，还想算在我头上。你们要算账，我马上给马老板打电话。

老五明白了，来不及说什么，扔下拨起电话的老威，慌忙绕过两个余怒未消的潜水员，到趸船边去看人了，皮划艇系在趸船边，河水震荡，那人身着防寒服像条黑鱼一样在艇里微微摇摆。

马哥，不好了，出事了……那头传来老威仓皇的声音。

老五的预感灵验了。

这晚马老板没有出现，来的是他的司机，一上趸船就对老威说，马总在外地，我来处理。几个人进舱里谈起来，老五一直站在船沿上看着静静躺在皮划艇里的人，那人叫黄小恩，和儿子一年的，今年才三十，老五因此印象深刻，小伙子特别中意自己的发型，是染过的，平时爆炸般奓在头顶，现在那浓密的发丝根根贴服在头皮上，再也飞扬不起来。他是黎家辉的徒弟。老五往日见到这个不大说话的小伙，总像看见自家儿子。小黄还没有结婚，老五曾过问他，怎么还不娶媳妇？小黄就笑，讲一口软软的圆润的话，说，冇钱啦，我们那里彩礼不像你们这边，几千块就可以搞掂。老五听了也不生气，还逗过他，那你从这里娶一个走好了。小黄的小眼睛里就射出光来，也不是不行啦，你给我介绍介绍。这一幕还恍如昨天。老五点燃一支烟，随手摆在趸船边，又怕风吹走，就抓过一块木板压在烟嘴上，烟头在河风下自行燃着，一明一暗的，老五也给自己点上一支。

舱里的人谈了好半天才出来，老五还蹲在船沿，想着小黄那个无法实现的愿望，心里气馁。夜里潮气升起，那个叫大龙的司机很快指挥着三人抬起尸体，老五看着他们一点点将小黄像搬鱼一样搬起来，老五不动，像当年几个哥哥把儿子的尸体捞起，老五也没有动一样。河水拍打着趸船，老五听见沿岸的虫鸣，什么东西扑通跳进了水里。等几个人往码头上去了，大龙还没有走，朝老五递过一包烟来，说，五叔，今天的事，不要对人讲，马总不会亏待大家。

老五看都没有看他，眼睛只是照着面前模糊不清的河水，这水黑漆漆的，又沥青般泛出光亮，像团恶水了。老五慢吞吞地说，人死，是大事，什么亏待不亏待。

大龙说，晓得，肯定通知家属，正常赔偿，不会搞其他事，你放心。

老五说，谅马老板也不敢。

人走后，老五又是一个人，河面刮起一阵不寻常的大风，吹得船顶的广告牌嘎吱作响，有什么东西从头顶簌簌飞过，直到风停，梦里的那个声音才又清晰起来，莫停哟，快走快走。

天凉下来，河面的雾气都变作了寒气，船上渐渐待不住人，老五有了去意，该换个年轻的来守船了。老五对马老板提出，马老板在电话里说知道了，会找人来替的，语气平常，听不出什么，也没有挽留。

潜水队还没有散，老五也觉得奇怪，老威和那两个人很快和好如初了，甚至黎家辉已经开始教老威潜水。听吴大说，钱是赔了不少，马老板出了大头，老威也填了些。马老板跟着就退出来了，说是忌讳，犯水。眼下潜水队只是老威的。老威也戴上了面镜和蛙脚，开始在向晚的河水里载沉载浮了，说是训练，有时那个女人也在，跟着一起玩。

老戚出活越来越频繁，不再顾忌，老五知他性子，还劝过，说慢点来，何必这么急，鱼不是这么打的。老戚倒嚷嚷起来，说自己被马老板摆了一道，本来是他的生意，自己倒贴进去了，小黄死，我出了八万，马老板家大业大，拍拍屁股走了，我往哪里走？老戚一腔闷火，说得愤怒激昂，老五就不说了。

再次出活女人竟也在，跟着一行人摸上了趸船，老五听出一道女声，在窸窄地问这问那，好奇极了，老五警觉，一下闯出去，女人见了他也不回避，她知晓了老五的身份，可也不喊他。

老五见女人杵着，就问，你来做什么？

女人没有讲话，一只手卷着鬓角的发丝，是老戚站出来说的，跟我们去玩玩，你老哥就不要操心了。

胡搞！老五喊起来，这是玩的？老五站在趸船中央，一把挡在女人面前，语气先缓下来，姑娘，你不要糊涂，这不是你该做的事。

女人也不看他，好笑，我做什么要你管。

老戚也拉扯起老五来，说五哥，又不干你的事，现在我和马老板没关系了，你吓不倒我。

老五甩掉对方的手，火气腾地升起，你就好了伤疤忘了痛？小黄是怎么死的，你不要再害人了，今天这姑娘要是敢走，你们的事就做不久。

老戚没想到老头会这么说，简直要跳起来，她又不是你家姑娘，你管这么多！腿长在人家身上，想走就走，谁还拦得住？

老五不听这些废话，仍对女人说，姑娘，开不得玩笑，这河不是让人耍的，

个耍哪个要出事，你信不信？老五的话有些危言耸听，女人就犹豫了，一犹豫，换好装备的黎家辉就不耐烦起来，手中的标枪跺着船板，对老戚说，戚老板，今天还去不去的啦。老五又盯着他，这个人才死了徒弟，还不收手，积极性竟比从前还高，老五就有些看不懂了，凡是老五看不懂的事，预感就不好，但也不管，今天老五只是想拦住面前的女人。

老戚是个急性子，经不起人催，见老五铁了心，知道拗不过，女人也一下不动，眼神开始淡漠，老戚只好喊，算了算了，我们自己去，扫兴！等上了船，开出一段，老戚还盯着码头，望着女人和老五站在趸船上的模糊身影，这才骂出来，死老鬼，活该绝后。

等皮划艇的声音弱下去，河水的声音大起来，老五才松了口气，女人还站在趸船头，风过，很有些落寞的样子。老五说，走吧，该回哪里回哪里。

女人说，我想走就走，不要以为我会感谢你——你是不是觉得自己是英雄？

老五说，我是什么不打紧，我只晓得你怕了，怕了好。

女人笑起来，是你自己怕吧，我只是不想去了。

老五说，说得对说得对，我是怕了，这个年纪，什么都怕。

女人说，他们说你儿子也是淹死的，那你还来守船，这你又不怕？

老五望着女人，月光下一张脸像剥了壳的水煮蛋，是好看。老五软下来，说，不相干的，我又不和河有仇。

不和河有，和哪个有？女人追问。

老五被问倒了，一时哑住，最后说，走吧，不早了。

女人说，你就晓得赶人。

老五不做声。

女人无趣，气鼓鼓走掉，走得叮叮咚咚的，一只红牛罐被女人一脚踢到水里，直到身后传来栅栏门被吱呀关上的声音，女人才回头，想看看老五，可趸船上的灯立即熄灭，整个河岸陷入薄薄的月光里，泛出浅浅的银灰，河水正巨蟒般翻滚而下，女人只看到一个影子。

没有人来接老五的班，老五着急，一问才知道，马老板竟把趸船所有权卖给了吴大，码头上的事他早不管了。吴大是想借此留住老五，实在瞒不住了才说，有你老哥在，他们不敢太放肆。

老五晓得是说老戚他们，还是摇头，说你不晓得，以前我住山上，就羡慕你们这些住在河边的，现在倒想回去了，你说怪不怪。

吴大知道留不住，说，也好。跟着打趣起来，他们说你不会水，是不是真的？

老五神秘一笑，你不要告诉他们。

真不会？吴大说，那你敢看船。

老五说，看船嘛，又不是在河里看，以后我就不来了。

吴大点点头，说要得，我也不敢要你看了。

老五记得离开船上那天是个清晨，雾正浓，不是夏天里河谷地带的薄雾，而是铺天盖地的大雾，整个镇子都笼罩在白蒙蒙的雾气里，秋天了。老五步上码头，迎面撞见一群人围在旅馆的白色房子前，一个熟悉的声音穿透雾气，好个不要脸的骚货，马东明还不能满足你……一个声音立即回应，你算什么东西，来闯我的屋，我做什么干你家老马什么事，我是他娶回来的？给你一家做小么？你自己守不住男人，跑我这里来乱咬……老五没明白怎么回事，恍惚中就被人拉过，五叔来主持一下，我们都拦不住了。

老五往人群里看，却看不出什么东西，问，搞哪样，大早上的。

那人讲，你侄女来捉人了，本来是捉马老板和店里新来的女经理，哪想捉出戚老板和她了，你侄女正在替马老板出气哟。

老五迷糊了，老戚，戚邦德？

那人说，是戚邦德嘛，胆子硬是大哟，马老板的女人也敢碰。

老五不吭声，想上前劝劝，又不想见女人尴尬，干脆挥手说，我不管，你们也散了，凑什么热闹。

老五骑车走掉了，头也没回，没过多久，天还没有凉透，就听说老戚戚邦德被一杆标枪射中了眼睛，在河里。

45

回 向

莉莉陈（《野草》2022年第3期）

> **推荐语**
>
> 当生命接近终点，莉莉陈的女主人公把丈夫托付给了她看不上眼的另一女性，并强迫他们举办婚宴，然后才安然死去。面对死亡，莉莉陈一改以往阴郁的写作风格，让死亡也变得温暖，呈现了人性的美好和力量。（吴玄）

一

谢安玉忽然就不吃鱼了，说不吃就不吃，老向怎么劝也没有用。以前老向总取笑谢安玉是猫投胎的，一进菜市场就直奔鱼摊，只消一眼，谢安玉就能把鱼盆里最鲜活的那条拣出来，丢进老向手里的菜篮。做什么鱼，她心里早有盘算，而老向得跟在后面，看着篮里的佐料渐次丰富起来，才能判断出今天做的是酸辣鱼还是豆瓣鱼。在做鱼这件事上，老向基本没有话语权。三十年前老向杀过一次鱼，放入蒸锅后，鱼忽然复活了，从锅里一直蹦到灶下，挺直肚子瞪大眼珠，一下比一下蹦得低，终于满身尘土地不动了，看上去悲壮而哀荣。此后他再没敢杀鱼，这类事就全交给了谢安玉。谢安玉杀鱼明快利落，手握菜刀徐徐上扬，突然间疾速下挥，直奔鱼眼间鼓突的部位，用力一拍，力道又狠又准，只听啪的一声，鱼的一缕香魂已随风飘散，最后挣扎两下，就成了一具鱼的尸体，任谢安玉开膛剖腹，不再抗议，整个过程行云流水，令老向钦服不已。

但谢安玉不再吃鱼了。这些天，她都

盯着蛋青色的蚊帐，一言不发，两只手臂合在棉被上方，像两根枯瘦的芦秆，嘴唇紧抿。半年前还挺丰满的面颊陷了进去，连带着陷下去的还有眼窝、太阳穴，年纪一下显了出来。以前，谢安玉显年轻是出了名的，她脸小、皮肤白、五官精致，皱纹长得慢，从四十来岁起，就没怎么往上长年纪，有时跟一堆退休妇女一起跳排舞，人家都以为她是混在其间的年轻女人——对于六十多的女人来说，四五十岁已然很年轻了，青春还有一大把呢。老向用电瓶车捎着她时，很有种老夫少妻的味道，一个半头白发，着大汗衫、沙滩裤，在前头驶着车；另一个烫短俏发式，穿件紧身大红练功服，一条镶木耳边的黑色裙裤，斜挎一只虎皮腰鼓，手拎扩音机，交叠的丝绒鞋尖翘翘的，脆落爽利。在公园门口把谢安玉放落在老太太中间，往那堆臃肿妇人扫一眼，老向便升起股自豪感，俯在谢安玉耳边说："咱家女人耐用啊！"谢安玉伸出手指在他的圆脑门上一点："轻骨头！"

不过年纪这东西毕竟在那里，遇到事儿，它就潮水一样轰隆隆掀开了表层，把真相残酷袒露出来了。事情起源于一根鱼刺。爱吃鱼的人，对付鱼刺自然有一套办法，但这根鱼刺却十分顽固，卡在左边的扁桃体里，不上不下，含醋、吞橙皮、吃维生素C，什么办法都使了，有时似乎不疼了，谢安玉以为它已经滑下食道，放心喘一口气，咕咚咽一口唾沫，却又被那利刺梗了一下。整整折腾了一宿，一大早，老两口儿不得不上医院去取。医生让张开嘴，用镊子一夹，轻轻巧巧取了出来。嘴里清静了，世界开阔了，连熙攘嘈杂的医院也顺眼多了，谢安玉对老向做个CT的建议也不再那么反感。近来谢安玉肚腹常隐隐疼痛，连带着发过几次低烧，就检查了下。这么一检查，毛病就查了出来，生在结肠那儿，已经扩散了。查出病后，谢安玉一天天瘦下去，像有什么在挤榨她似的，人一点点干起来，瘦起来，好像要紧成一个小核。出院后，这瘦似乎暂时止住了，人的精神却渐渐变坏，脾气越来越暴躁，不管白天黑夜，稍不舒适，就悲天怆地地喊，咒骂声在深夜的小区传得很远。有一回保安上来拍了门，以为是夫妻吵架，来了才知道谢安玉骂的是苍天与命运，说老天瞎了眼睛，好人没好报、祸害延千年。"有种你就来点更狠的！"谢安玉拍着床沿对窗外的夜空说。这样的人，保安不敢惹，他跟老向悄悄咕哝几句就走了。

老向心里头有些怕，他害怕沉默不语的谢安玉。他宁愿她生龙活虎地咒骂、拿他撒气，也不愿她脑袋里无边际地跑马，胡思乱想。自从四十年前，他像根水草被谢安玉从江水里捞上来，这家就完完全全由谢安玉做了主。那年，他刚到电厂顶职，被同事们拖着去江里游水，他一再抗议不会游泳，小伙子们还是一起把他推到齐胸深的水处，一呼而散。江水不同于池水，老向控制不了自己的身体，整个人漂了起来，被水流渐渐往深处推。他大声呼救。但没有人过来。一开始是觉得不危险，没有人过来。但后来真的危险了，老向的身体开始在江面上扑腾，小伙子们一个个吓得脸色煞白，竟更没人过来。此处是三江汇流处，沉积了很多泥沙，有不少捞沙船在这里捞沙，江水底下有许多深坑，形成了旋涡，救人是很危险的。老向在清醒与糊涂的边缘，似乎看到附近一艘捞沙船上一个人跃下了河。后来的一切他都记不清了。醒来时，他看见头顶悬着一张银月般的小脸，俊俏利落，见他醒了，那人将嘴里的一株草屑往地上一吐，戴上草帽，走了。同事们仍然惊恐地看着他。有一个说："你的脸怎么……变黑了？"忍不住伸过手来摸一摸，摸了后，大家都笑了。原来是机油。一脸黑漆漆的机油，都来自那个姑娘的手。也是这一把机油，让他很感慨，这是个怎样的姑娘啊。后来他找到了那个姑娘，天天往她家里跑，认识了她的独眼父亲，先喊伯，再喊爹。就这么，把她娶回了家。后来他问过谢安玉，这么瘦小的她怎么敢救人高马大的他。谢安玉说："就你那颗大头，葫芦似的一冒一冒，还不一拽就起来了！"

在怎么安顿谢安玉这件事上，老向多么需要有人商量商量。他第一回感到了孤单。两个儿子都不在身边，大的在深圳，小的在广州。这一点上，谢安玉的意思是，他们能飞多远就飞多远，家里的事，用不着牵累他们。大儿子在大学里教书，是少年大学生，娶同样是少年大学生的妻子，生的孙子东东，果然非常聪明，小学里已经连跳两级。大儿子很忙，谢安玉住院时来陪了一周，请了个陪护，掏了笔钱就回去了。小儿子在大儿子对比下，没一样如意，大学不是名牌，工作也如鸡肋，现在干脆在家里上班，帮网站做在线调查，好不容易娶妻生子，孩子却患轻度脑瘫，行动不协调，一直在做康复训练。谢安玉住院时，小儿子没有来，只打了几个电话，听说谢安玉出院了，电话也就不再打过来了。现在这状况，该怎么跟两个儿子说呢，难道跟他们说妈不吃鱼了？儿子们无论如何无法理解。鱼，某种意义上是谢安玉生命的一股原动力，是与那条湍急美丽的江河、一条简陋沙船有关的生命记忆。出院

那天，还没回家，谢安玉就让老向先捎着她去菜场买鱼，挑剔地看着摊主杀鱼，这里那里的指点，两颊渐渐红润起来。做鱼的时候，谢安玉的精气神儿全回来了，一面切葱末，一面煸豆油，目注油锅，全神贯注。老向笨手笨脚地在旁边打杂，被谢安玉一把拉开，又一把拨到另一个位置，最终还是被赶出了厨房。待香气扑鼻的鱼端上饭桌时，老向恍然以为以前的谢安玉回来了，那种什么绝症，只是一场噩梦罢了。

老向决定学做鱼，他想，只要有鱼腥味诱着，馋猫儿总会上钩。这几个月里，他对厨房已经不陌生，简单的菜肴已难不倒他。他托前楼的珍珠帮忙买了豆瓣鱼的配料，把步骤记在纸上，一步步照着实施。前面几个环节都没出大错，煎鱼时稍出了点问题，以前看谢安玉给鱼翻身轻轻巧巧，锅铲一抖就能搞定，在他手里，鱼竟像酥了似的，一动身首异处、皮开肉绽。好不容易将鱼盛到盘子里，样貌很是不堪，面上焦了，鱼肉烂成一块一块，几条尖刺伸将出来，还好将豆瓣酱浇上去后，多少掩盖了一些。尝尝味道，基本保持了鱼原有的那种鲜美。老向将鱼端到餐桌上，整一下表情，哼着"咚锵锵"去扶谢安玉起来。他牢记医生说过的话：一天起不来，就是永远起不来。不管谢安玉多么不愿爬起来吃饭，他都要把她扶起来。他的绝招是苦下脸撒娇："你忍心让我一个人吃？我哪吃得下嘛。"听了这话，谢安玉脸上的表情就松一松，两颊的笑纹蹚开来，嗔一下，抚抚蓬乱的头发，不做声。这便是默许老向把她打横地扶抱起来，移到床沿，将两只脚搁到地下。动作要做得很慢，很小心，因为不知道谢安玉的痛伏在哪儿，冷不丁蜇到痛处，谢安玉叫一声，老向就要赔不

是，一迭声道歉。每扶一次，老向都要出一身大汗。椅子是专从乡下老家淘来的太师椅，有靠背、扶手，足够硬，背部还撑着医用护垫，前面紧紧贴着餐桌，这样谢安玉才能坐得住。落了座，桌上的那盘火红的豆瓣鱼让谢安玉眼睛亮了亮，筷子不由自主伸过去，走到中途却拐了个弯，落在一边的豆芽菜上。

老向说："尝尝我的手艺，第一次做的鱼，还不错！"

谢安玉将头一别说："不吃。"

老向用筷子小心地拈起一块鱼肉，往谢安玉碗里递。

谢安玉生气了，将筷子拍在桌上，提了嗓音说："你想害我是不是，你想害我下地狱是不是？！"

老向没辙了。这事都是那个推拿师闹的，老向在心里直打自己的耳光。自医院下了逐客令后，他四处寻偏方、求神医，还请过个气功师来给谢安玉发功，都没啥用。后来病友告诉老向有个推拿师父技艺高超，能让人通体舒畅，祛除病痛，非常之神乎。老向想，不管如何，试一试总不会错。谁想这一试，却试出了麻烦。

二

老向后来回想那天的事儿，总觉得不像是真的，仔细回忆当时的情景，就像在过一段电影，要不是亲身经历，怎么能想象这样一个熙熙攘攘的城市里还生活着这样的人？那天他推着轮椅上的谢安玉在浣纱北路转了好几趟，才寻到推拿店那块黑匾，挂在两家店面之间狭窄的楼道上，小小的一块，像成心不让人找到似的。楼道不是往上走，却往下盘着，吱嘎嘎的木梯子，越走越黑，一直来到漆黑一团的地下走廊上。走廊尽头，有一扇门亮着光，那光黄澄澄的，在黑暗中显得又温暖又神秘。他扶着谢安玉向这团光走过去，心里竟莫名地升起了一团希望。

屋子很小，摆着榻榻米、香台与几张蒲团。蒲团上有个男人正闭目盘坐，见他们进来，往地上一按立起身来，双手合十行礼。他穿着件白色对襟府绸褂，三十七八岁，面相英俊，剃极短的平头，笑容和煦。双方寒暄一番，得知师父姓姚，谢安玉便开口询问费用，那气功师收去笔不菲的酬金，令她至今耿耿于怀。姚师父微笑说："今天先试一试，还不知道能不能帮到您。"谢安玉并不满意这答复，仍追问每次推拿的价钱。姚师父说："如果经济没有困难，一次五十元，如果困难，就不用了。"他说话的语调很特别，似乎都是平声，没有上扬与下宕，语速徐缓，使人的心跟着平静下来。

他问谢安玉："哪里不舒服？"

谢安玉说："疼。"

姚师父问："哪儿疼？"

谢安玉说："不知道哪儿疼，都疼。"

姚师父长诵一句："阿弥陀佛——"他一诵佛，似乎就把自己推远了，好像骤然变成个七老八十的僧人，身上溢出股老迈的慈悲。他把俩人让进里间。里间跟外间差不多窄小，铺着一张按摩床，墙上挂些字画。姚师父把五台山和尚手书的一幅指给他们看，那字笨朴圆拙，似乎隐隐透出一股静寂之气。他让谢安玉俯趴在按摩床上。谢安玉极其缓慢地躺下去，中途几次发出咝咝的呼痛声，掀起外衣时，只见谢安玉的脊背上骨骼嶙峋、根根突起，青色筋脉蜿蜒其间，像一把无生命的枯柴。姚师父微叹口气,摇摇头说:"——都是业障啊。"给谢安玉背上铺了一块毛巾,手握虚拳在腰、颈、背的几个点上试了试力道,还未用力,谢安玉已经吓得喊痛。姚师父说:"不用重手法,放心。"说完立起身,在一个小碗里倒了些药酒,火柴轻轻一划,小碗里燃起了蓝荧荧的火焰。他手卷一块湿巾,握着那团蓝火,在谢安玉背部的毛巾上快速来回。火球迅速滚动起来,老向担心地俯下身察看谢安玉,见她有些龇牙咧嘴,看上去却不像是痛苦。

姚师父一面徐徐问道:"你平常吃肉食吗?"

谢安玉说:"不吃,我就爱吃鱼。"

姚师父喟叹一声,说:"鱼也吃不得啊。世人只当鱼是会游泳的植物,却不知,鱼跟猪、鸡、人一样也是会感受到痛苦的。"

谢安玉说:"痛苦又怎么样呢,鱼不过是条鱼!"

姚师父说:"我们众生轮回都是互为父子、母女,我们凡夫眼看不到,要是有宿命通就能看到,那些猪呀鸡呀鱼呀说不定前世就是我们的兄弟姐妹,你能忍心吃自己的亲人吗?"

谢安玉扑哧笑了:"鱼我吃了有几百上千条,能有这么多亲人?!"老向没想到推拿师竟是有信仰的人,见他的神情不像是在故弄玄虚,便拖一把凳子坐下来,听他的高论,心想这或许也是治病的一个辅助手段。

姚师父:"我给你说个故事。有个人买了五只螃蟹,活活地丢在滚烫的锅里。因为很热,五只螃蟹在里面啪啦啪啦地动,一会儿后不响了。他把锅子一打开,吓了一跳,五只螃蟹叠罗汉,一只叠一只。结果一看,最上面的一只还活着,原来那一只是母的,四只公的为救这只母的传宗接代,叠罗汉在下面。从今以后他再不敢吃了,众生皆有佛性呀。"

谢安玉说:"吃都吃了,吐是吐不出来了——那又怎么样呢?!"

姚师父说:"那就造下了业障。许多身体的病,都是业障造成的。"

谢安玉说:"病就病吧,早死早超生!"

姚师父认真地说:"这一世的冤业如果没有结报,会延到下一世,轮回六道因果报应丝毫不爽,生死债是一定要还的。"

老向有些不安了,他想这么讨论下去,就不知道是治病还是催病了。他见姚师父一道道地换毛巾,毛巾掀起来时,谢安玉的背部已经呈现出一条条暗红色,就俯下身问:"差不多了吧。疼不疼?"谢安玉闭着眼说:"不疼,火辣辣的,很舒服。"面颊红润润的,辨不出有没有不高兴。老向问姚师父:"那有办法破解吗?"——老向怕今天解不了这个结,谢安玉回家后闷心里发酵。他深知谢安玉这个人嘴巴虽硬,但什么都容易往心里去,没生病时就惯会胡思乱想,更何况现在天天躺床上呢。

姚师父说:"业障是最难消除的。"说完收了药碗,深深地运一口气息,将手掌贴在谢安玉腰部,掌心像仪器似的微微震颤着,似乎在将一股气息缓缓导入她的身体内部。谢安玉紧闭着眼睛,身体随之微微颤动,倒是没有哼痛。

老向说:"佛家讲究有求必应,总有破解办法的。"

姚师父说:"要消灭业障,最主要自己要生起惭愧心,忏悔以往罪业。"

谢安玉问:"怎么忏悔?"

姚师父说:"从此不杀生,多攒善缘,待会儿我授给你一段经文,你每天诵念一百遍，把功德都回向给那些你吃掉的鱼，每天消除一点业障，这样身体就会好些。"

谢安玉从按摩床上起来时，动作比躺下去时松快了许多，三两下就爬了起来，连她自己也不敢相信。上楼梯时，已经不用老向扶，一只手按着扶手，另一只握着姚师父给的经文，一步步地往上走。出门前，她问姚师父有没有结过婚，姚师父微垂一下头说："我是单身。"谢安玉抿了下嘴，一出了门就笑开了，一路走，一路跟老向说："原来真是个和尚！"老向见她心情不错，敢跟她开玩笑了："你回家不会真去念回向经吧？"

谢安玉说："念，为什么不念？！"

"不吃鱼了？"

谢安玉狡黠地笑笑："鱼还是要吃的。我吃了鱼，再念一百遍经，不就把它超度了么？"

说起来也巧，当天傍晚，前楼的珍珠就端过来一盘清蒸白条。珍珠自前年丈夫去世后，把沿街的修车铺租了出去，自己在一角支了个大锅，专卖蒸菜，有时也帮邻里加工，收点菲薄的辛苦费。谢安玉病后，老向要做几个大菜，都是拿到那儿请她帮忙。珍珠坚持不收加工费，说跟谢安玉就像姐妹，哪有妹妹帮姐姐做事，还收费的。说起来，珍珠比谢安玉略小几岁，但以前看起来，却是珍珠显老得多，一则珍珠有点发福，二则家境不如老向家，衣着打扮自然也跟不上。现在跟瘦得柴禾般的谢安玉比起来，珍珠倒是显出了几分滋润来。这一点也是谢安玉最看不过的。谢安玉最受不了的是，以前看起来比她老相的女人，现在都比她年轻了。她争了一世的好看，临了，现在是谁都不如了。

白条盛在一只大白瓷盘里，如果珍珠不说，看不出只有半条。珍珠说："是江水白条。"她儿子亲手钓的，市场上买不到，特特地从鱼脊处剖成两片，分两盘蒸了，端过来。两人在门楼里客气了半天，老向非找出一串红葡、两只蛇果回给珍珠，才送珍珠走下楼道。道了声"慢走、小心"转回到客厅，却见谢安玉端坐在饭桌前，红扑扑的脸已经转白了，似笑非笑地道："我还没死，就找好下家了？"

老向说："说啥呢？"指着那鱼说，"野生的江水白条，尝尝鲜吧。"

谢安玉说："这鱼是送你的，我哪敢吃？"

老向说："你瞧瞧，这么大年纪还吃上醋了，来，尝一口。"说着拈起一筷子鱼肉，让谢安玉张嘴，"啊——"

谢安玉却不买账，推开筷子说："我戒鱼了。姚师父说过，不能吃鱼了。"

老向说："过了今天行不？这么好的鱼，不吃可惜了。人家一片心意啊。"

谢安玉说："一片心意！那是给你的，当我看不出来！我不傻！"她砰一声搁下筷，左右环视一圈，说，"你看，百多平米的房子、有工资、有医保，身体又好，搁谁谁眼红啊！她那儿还跟儿子媳妇挤着呢！——我俭省了一辈子，这不好处都给了她！"说着有些呜咽了。

老向说："看你，说哪儿去了。不就一条鱼吗？不吃了，大家都不吃！"

谢安玉却又止了泪，拿筷子夹了一口，说："干吗不吃呢，多好的鱼，好妹子做的，我不尝尝怎么行？"吃了一口，却又呸地吐了，说，"腥！真腥！"

就这么着，那条江水白条谁也没动上一筷，几天后，不得不整盘倒进了垃圾桶，害得老向见了珍珠心里就愧怍。打那以后谢安玉果然没再吃鱼。老向一面劝导，另一方面，他也想，这事怎么就这么巧呢？难道果真注定从这天开始，谢安玉就吃不得鱼了？

三

谢安玉不但戒了鱼，对诵经这回事，竟也出乎意料地认真。细看那经文，由一串象声词组成，完全读不懂，旁边姚师父仔细地注上了拼音，不注还真会读错，比如说，"南无"念 ná mó，"哆他伽多夜"念 duō tuō qié duō yè，谢安玉练习了十几遍才磕绊绊地顺下来。几次打电话去请教经文的意思，姚师父却说不必懂得，密咒是不解释的，只要心里信服，虔诚持诵，日久自会生出感应，等功德回向给了法界众生，冤魂债主往生西方乐土，便能获得报益。

老向年轻时也看过些杂书，觉得佛教就是劝人向善，解释人在世上为什么受苦，这些理论听上去虽有些古怪，于人却无害处。回向也可以理解为辐射正能量嘛，通过念经放生做好事把正能量发散出去，便你好我好大家好了。到了这个时候，便是信歪了也出不了大错，至少还有个精神支柱，于是全力支持谢安玉诵经。谢安玉别人的话不听，单身和尚的话却很有几分信，半躺在床上，嘴里密密匝匝地念着印度文，一副虔诚模样。老向拖了大脚盆到谢安玉床前洗衣裳。以前老向在卫生间洗衣服，哗哗的水声响着，好几次没有听到谢安玉的叫声，惹得谢安玉生了气。于是，他就干脆在地板上铺块塑料布，把红木盆端到谢安玉床前浆洗，浆好了，再拿到洗衣机里去漂。这会儿，嗡嗡的诵经声使老向生出种恍惚来，目下的现实被间离开来，恍然觉得苍白的谢安玉像个纸人似的，随时都能飘走。

忽然间，谢安玉嘴里蹦出一个词："……十八！"

这是奇了，经文中没有这个词，是念了十八遍？数数纸上划的"正"字，却又已不止，已念了五十六遍了。

老向问："什么十八？"

谢安玉却一声不吭，有些被吓住似的望着天花板，嘴抿紧了，不准备交代的意思。老向再问了一遍，也有点生上气了。他把这点生气扩大了，大声地咳嗽、拧衣裳，任水珠淋淋落落洒在外边。老向现在常寻个时机，在两个人之间制造一点小过节，闹点小别扭，这点东西很重要，像饵似的，能把生活诱得丰富起来，一日日过下去，谢安玉就不至于去想些乱七八糟、死啊活的了。他直起身，端了洗衣盆噔噔走到门口，床头柜上的电话铃忽然响了，老向猛的一个转身，许是转得急了些，腰间骤然一抽，像一把利刃刺透腰肌，一股锐痛袭来，老向心知不妙，扔下洗衣盆，往厅里跟跄两步，硬撑着跨到沙发上躺下来，就动不了了。谢安玉听得砰砰一阵乱响，早吓坏了，扔下经文从床上起来，扶着墙走到客厅，见此情景吓得脸都白了，要打120急救电话。老向几年前闪过一次腰，知道用不着，说："没事，神医来了也没办法，躺上几天就好了。"老向只要躺着不动，让腰肌保持水平、不使力，就不太疼。但问题是，谢安玉没了人照顾，这家里连个做饭的都没有，于是费劲摸索手机，考虑给哪个儿子打电话。

正想着，手机响了，大儿子打来的，原来刚才的电话正是他打的，大儿子说，要去美国参加个高峰论坛，需两周时间，若是家里没啥事，他就去了。老向想了想，还是说："没事，你去吧。"大儿子问："妈好吗？"老向说："妈好着。"老向没理对面摆手又皱眉的谢安玉，搁了电话。老向说："不是还有小儿子吗。"于是给小儿子打电话，小儿子一家却刚赶到太原一所治脑瘫的专业医院，电话那边一片嘈杂声，说好不容易给小孙子挂上了号，正准备住下院来好好诊治。小儿子说："就是费用有点高。"医院规定成人必须陪护，每天一起做训练，这家医院的理念是，只有父母牺牲付出才能成就孩子康复的奇迹，这样夫妻俩还得临时租个房子住下来。老向没说闪了腰的事，倒宽慰："不急，看病要紧，过两天给你卡上打点钱。"挂了电话，夫妻俩相互对视着。谢安玉看着躺在沙发上的老向，忽然发现老向瘦了，眼袋挂下来，脸色也蜡黄了，只剩下个大脑门，一副空空的骨架子了，几个月工夫，把这个大男人掏空了。谢安玉眼圈红了。她说："船到桥头自会直。请珍珠来吧！"

珍珠来时，左手挎了只绿意盎然的菜篮，右手拎一只汤罐，身上穿件浅棕色的连衣裙，稍许收了腰，腰下还有两个很萌的圆口袋。谢安玉不得不承认珍珠穿了这条裙子苗条了不少，人也洋气起来。却原来，时下中老年妇女中已经流行穿连衣裙，谢安玉暗想自己若没病，穿这样的连衣裙不知有多好看。仔细看时，珍珠的肤色比平时白了许多，知是用了自己送的半瓶BB霜，那时谢安玉是以施舍的心态给的，心想珍珠再怎么搽也白不过自己，也才半年多，序位就掉过来了。珍珠说过，这瓶霜平时是舍不得用的，要紧场面才用一用。看来今天即是珍珠说的要紧场面了。珍珠果然大显了番身手，半天的工夫，整个家就焕然一新，所有杂物归了位，地面被一遍遍拖得光可鉴人，她很懂得统筹，做这些活时，锅里还炖着香喷喷的海带汤。菜肴荤素搭配，老向吃荤、谢安玉吃素，两个都照顾到。晚餐摆在客厅，谢安玉坐在太师椅上边吃边看珍珠喂老向。珍珠给老向垫了个棉枕头，胸口铺了块毛巾，端起碗先喂汤。调羹送到老向嘴边，老向坚决不张嘴，要求自己吃。珍珠说："男人的腰最要紧，千万硬撑不得。"

老向尴尬地将头往两边转，伸手抢那调羹，搞得倒像在打情骂俏似的。

谢安玉看了会儿，忍不住了，冷冷说："不让珍珠喂，是叫我爬过来喂？！"

老向不反抗了，听话地张开了嘴。珍珠拿调羹盛了汤，先在汤碗边轻轻捋一捋，再用嘴吹一吹，小心地送到老向嘴里，老向喝汤时，她的嘴也跟着张一张，像跟着一起用力。喝完了，就拿毛巾在老向嘴边抹抹，也不管有没有汁水。老向看上去，竟也很享受似的，脸膛红红的，一声不吭地受了这关爱。这场景看上去温馨又动人，谢安玉不由看得出了神。灯光下看那两人，都是圆面孔，大眼大嘴，健康红润，竟很有夫妻相。满桌绿叶菜本就让人失掉胃口，这会儿更吃不下，她推说饱了，让珍珠扶她回到了卧房。躺下来，手不由伸向了床单下一个夹层，那里，藏着个小药瓶，里面的安眠药已经攒了十八粒。攒这些药时，她也没有什么清晰的想法，只是觉得可以多掌握点主动权，至少不用等到屎尿缠身时才去死，从活到死都能清清爽爽的。出了院后，攒药并不那么容易，这事也就放下了。未曾想到，诵经时，这个数字竟然会忽然从她的嘴里蹦出来，不是故意不跟老向说，而是她被自己吓着了。难道真是那些鱼的冤魂们纠缠不放，让她拿性命相还？她摸摸自己的肚腹，如果真像姚师父说的那样，每一条鱼都化作了一道魂魄，那这座坟墓里埋葬的冤魂哪还数得清数，怕是每天念一千遍往生咒也还不了哇！

小时候，她常跟着父亲在上游一个叫鸬鹚湾的地方捕鱼。那儿江面开阔，一清早水面上氤氲着缕缕薄雾，两岸长满青翠的芦苇，十分美丽。她记得一种叫地笼的器具，用竹篾扎成，口子特别小，里面撒些油炒的饭粒，一大早沉到江水里，过一两个小时去取，就挤满了扑腾的小鱼。多的时候，那些鱼都转不过来，有几条已经在里面翻了白。长大后，她学着父亲那样，在长长的鱼线上缚一个锁头，远远地甩到江中心，等待鱼线慢慢地往下沉。那鱼线上拴了六七个铁钩，都是又粗又牢固的大钩，耐心等个小半天，再往回拉弦的时候，每个钩上都串了一条大鱼，痛苦地挣扎着。有一回，她钓上来过一条鲶鱼，足有十几斤，那鱼眼睛大得像一个乒乓球，引来了很多人围观。在捕鱼这方面，她特别有灵性，什么都是一学就会。后来村子列入了城东开发区，全村整体搬迁到了市中心的拆迁楼，住进了鸟窝一样的公寓楼，她再没有捕过鱼，想起来，还十分遗憾。那时一上菜场买鱼，就觉得花了冤枉钱，但不买又不行，已然吃惯了啊。

正想着，却听外面两个人又在吵着什么。原来珍珠端了水要给老向擦身体，老向死活不肯，说把毛巾递给他就行。珍珠嗔着声说："那怎么行，下面你够不着。"谢安玉觉得一股怒意猛地涌上来，再憋不住，脱口喊道："擦，上上下下的，都让珍珠擦。"外边霎时静了。只听得水声哗地一响，又止住了。也不知是擦了还是没擦。谢安玉觉得心里急煎煎地难受，想起身，又有心没力，撑不起来。于是摇摇床板，尖着嗓子吼了一声："老向，你把我葬到江里去！我要死在那里，让鱼吃了我！"静下来侧耳听外边的动静，老向却没接话，只听得水声又欢快地响了一下，像是珍珠故意在跟她唱对台戏。

四

待到老向基本康复，已是半个月之后的事了。腰好是好了，但韧带松了，不定什么时候又会纠绕起来。有时候，把谢安玉扶到一半，老向眉头就皱起来。总要半蹲身体，把臀部撅起来，前凸后翘左送右摆运动几下，等腰那里一麻一疼，才算是归了位，重又好了。谢安玉就不让老向替她翻身，说她不想动。老向劝说："这屁股可是你自己的啊。"谢安玉说："我的屁股我知道。"这么一来，有一天，老向就摸到了硬硬的褥疮，想来谢安玉一定已经疼得很了，居然忍着一声不吭。老向责怪她时，谢安玉盯着帐顶说，她还想去姚师父那儿看看，听师父说说话，她觉得有好多没搞明白的地方。老向不语，他担心姚师父又说出什么不该说的，徒增烦恼。谢安玉说她觉得那间小屋有佛光，到了那儿，身上就不太疼，大概是那些冤魂债主也怕这佛气。老向觉得谢安玉中"毒"有点深了，撅了嘴不响。谢安玉生气了，发恨道：我知道你不信，放以前我也不信，可现在我就是爱听，你不会明白的！老向就不吭声了。这回是珍珠的儿子开着台旧面包车送他们去。一路上，珍珠儿子嘘寒问暖，很是热情，口里喊大叔大妈，一个劲问谢安玉的身体情况。问得谢安玉沉下了脸。下了车，就跟老向说："你看，人家儿子都在盼我死了！"

老向扶着她往木楼梯走，一边说："你别多心了！你这病啊，都是多思多想熬出来的。今天我给你保个证，要真有那么一天，我就进养老院！房子呢，给咱小儿子。这你放心了？"

谢安玉说："到时我眼睛闭了，你还不是爱怎么就怎么！"

老向说："那写下来，拿去公证！"

两口子争着，进了推拿间。进了门，都不由住了嘴。屋里肃穆地围着一群人，脸向着榻榻米上的一只担架。担架上躺着个姑娘，头上戴了顶淡蓝色一次性手术帽，脑后裹着块白纱布，长发乌云似的散着。她的身体像被什么绑住似的一动不动，唯独眼珠缓缓滚动着，像两粒极黑的玻璃球。旁边蹲跪着个文弱的青年，紧紧握着姑娘的手，一脸悲凄。一个中年妇女正从姑娘脖子上解下条吊坠，吊坠上挂着两只抱在一起的花生。妇女问："姚师父，金坠子可以拿去布施吗？"

姚师父说："只要是孩子心爱的东西，就可以。"

那姑娘忽然动了动，嘴唇张了张。青年俯下身去听了听，听了后，脸上闪过一丝笑意，很快，那笑就消失了，更重的悲伤压在了他脸上。妇女紧张地问："什么，说了什么？"边上的那群人也紧张地探头看他。那青年说："她说最心爱的东西是我，要施舍就施舍我吧。"听了这话，有人笑了一下。但很快又将笑止住。已有人让了椅子给谢安玉，她坐了下来。脚边的一只小蒸锅正翻滚着棕色的药水，屋子里弥漫着中药味道，那气味有些冲辣，谢安玉打了个喷嚏，觉得一股气息热辣辣直冲肺叶，很是舒坦。姚师父用手在蒸锅上方扇了扇，姑娘鼻翼轻轻动了下，忽然剧烈咳嗽起来，脸孔涨得通红，像条鱼似的挣扎着。妇女忙上前拍背抚胸，眼里不住地流泪。那围着的一群人，或蹲或立，面容哀伤，竟无一人开口说话。一会儿后，姑娘的呼吸渐渐平静下来，抬起了一只手，姚师父取下自己腕上的佛珠，缓缓套入姑娘的手腕，那佛珠迅速向袖口深处滑落，消失不见，手臂随之落了下去。姑娘亦阖上了双目。这个仪式一完毕，那群人就围拢来抬起了担架。走前，或朝师父点个头，或朝师父鞠个躬，那种神情，好像要把姑娘献去作祭奠一样。谢安玉看得心里发慌，等他们一出门就问姚师父："这姑娘是什么病？"姚师父从蒸锅里夹出块热毛巾，拧干了，热腾腾地敷在她的肩颈上，说："尿毒症，弥留了。"谢安玉感到一股热气从颈部开始缓缓导向四肢百骸，一种酸胀感覆盖了原先的钝痛。

谢安玉问："那小伙子是她对象吧？"

姚师父说："是，也不是。"他以掌心在谢安玉颈上打圈碾压，力道由轻渐渐转重，说，"姑娘许愿把自己的角膜、内脏捐给有病的人，那青年原本也不是她的爱人，是轮得了配肝的名额，过来看她，两人却倾情相爱的。这是佛安排的善缘法，你没有想得到，但是来了的。"

谢安玉不由叹息一声，回想刚才的那幕情景，不禁有些唏嘘了，说："真是个好心的姑娘，可惜我这把骨头老了，要年轻些，也捐了给人，能救一个是一个——"

姚师父停下手中的活，双手合十道："善念一动，六界皆知。女士能这样想，便是好了。业障怎么消除，其实就是两个字：

放下。要知道世间万事万物，你一样都带不走。既然一样都带不走，与其临终才放下，不如早一天放下？你早一天放下，就早一天得自在，早一天得解脱。"

谢安玉听了此言，竟自呆了。过了很久才说："这些天我做梦一直见那些鱼在岸上扑腾，还梦见它们在啄我，这又是为什么？我天天诵经，也不能让它们离去？"

姚师父说："那是因为回向的力量还不够。要放下杂念，把整个精神、意念集中起来念，只有把自己放下了，才能集中，越集中，力量越大，就像那光本是散向四面八方的，如果聚在一起，就成了激光，可以穿透一切。只要把心集在一个地方，世出世入都是可以，甚至都可以见到菩提。"

从姚师父那儿出来，老向一直品咂着这番话，觉得师父竟似把准了谢安玉的脉，洞悉谢安玉这些日子来的纠结恐惧，说起来，更像是下了一个套，慢慢将她引入套中，让她在将信将疑中诵经正行，再找准时机直捣痛处，引着她放下执念。他心中一跳，这大概便是拿佛学来临终关怀！这道理那道理，说到底就是让绝症病人接受病痛、缓解对死亡的恐惧，走向宁静平和。看看坐在旁边的谢安玉，见她一脸高深莫测的表情，也无从推测她的心情。车子驶过城里的浣纱江时，谢安玉忽然说，要去上游的鸬鹚湾看看。老向说，拆都拆了，有啥好看的。谢安玉说，房子拆得掉，江水拆不掉。珍珠儿子好脾气地说："车开过去也就十分钟，去看看吧。了个心愿嘛。"这话以前谢安玉听着一定不高兴，现在竟然安然受了，还说道："那就辛苦你了。"

但记忆中的那片江面竟怎么也找不到，在江边转了许多个来回，谢安玉都觉得不像。老向说，不是不像，是都变了，以前的村庄变成了厂房与烟囱，怎么会像呢。江边围着长长的水泥石栏，也找不到一个可以靠近江岸的地方。正绝望着，却见一个挎着衣篮的妇女从路边闪出来，篮里一路湿淋淋地滴着水，珍珠儿子忙问从哪里可以下到江岸，那妇女指了一指，原来前头路边有块大石头，石头边有一个缺口，可以往下走。这块大石头谢安玉是有印象的，围着看了半天，说这儿那儿本是一间亭子、一棵大槐树，但亭与树都是不见了，通向江边的小道，似是近年踩踏出来的，已经平整了，有些地方铺了卵石，路边长满乱草与杂乱的芦苇。两人扶携着往前走了几十步，转一个弯，就见到了一片江滩，滩边有些妇人正在捶衣裳，水面上竟还有几只水鸟轻巧地掠行，一派静谧景象。谢安玉一直走到江岸边，痴痴望着那面开阔的江水，水面看似不动，江中心的一团茅草却缓缓地向下游淌去。谢安玉的眼睛定定地跟着这团茅草，脸上慢慢升起些红晕，说："真想到江水里去。"

老向说："你以为还是以前，你游不动啦。"

谢安玉说："我就想躺在江水里，死在里面，让鱼吃了我。我吃了那么多鱼，鱼再吃了我，就偿清了。"

老向说："你看你，又把师父的话理解歪了，回向不是这个意思！"

谢安玉说："你不懂。"

她不再说话，闭着眼睛深深地呼吸着。这儿的空气中似乎含着些水粒子，吸起来湿润、柔软，使肺部感到通透畅快。走的时候谢安玉说："真不想离开啊。这儿真好。水真好。要能死在里头，多好啊。"她说。

五

谢安玉身上的痛一日日重起来了，白天还好，一到晚上，万籁俱寂，那痛更放大了无数倍，这痛不再是浮在皮肤上、探到肌肉里，却是切到骨头深处了，很钝地卡进去，再卡进去，越来越深，却不出来，在里面咬着，狠狠地咬着。一整晚，谢安玉疼得一边喊，一边出汗，喉咙都喊哑了。她喊疼是这么喊的：呜啊……南无阿弥多婆夜……哆他伽多夜，啊唵……哆地夜他……老向一边揉着，一边替她擦汗。也不知哪来那么多汗，垫毯不多久就潮了一片。止疼片已经根本不起作用了，老向托人去搞杜冷丁，但现在杜冷丁算半个毒品，不是那么好搞了，不到临终，医院里不给。好不容易弄到了几支，很快就用完了。如此疼下去，老向觉得简直是活炼狱了。

白天好些的时候，谢安玉就求老向，把她葬到江里去。她说：“我想到水里去，躺在水里，看蓝天白云。那样就不会疼了。"老向说：“我给你放到浴缸里，泡个热水澡吧。"谢安玉说："好。"老向在浴缸里放了水，把谢安玉扶进去，谢安玉说："舒服啊。"她说："帮我把毯子换一下吧。"老向走出来把潮湿的毯子取出来放在一边，又从衣柜里取出一块干净毯子，先拿到阳台上晒了晒。忽然想想不对，急匆匆往卫生间跑，果然谢安玉的整个头已经埋到了水里，身体悬浮在浴缸中，一动不动，只一头花白短发在水中轻轻拂动。吓得他上前一把将谢安玉揪起来。谢安玉却睁开眼，长呼口气笑了："怕什么，我要死也不死在这里——把房子弄脏了，你怎么娶老婆？"又说，"水里可真舒服。"

老向说："江水可没这么暖和。"

谢安玉说："这你不懂了，水面那一层被太阳晒暖了，舒服着呢。"

老向说："叫儿子们回来吧。"

谢安玉说："不用。"

现在珍珠每天来帮两小时忙，帮着做做饭、洗洗衣裳，她很有分寸，到了饭点就整理东西回家了，跟老向说话也注意着距离，免得谢安玉生气。这天，谢安玉让她留下来，一起吃饭。说吃饭，她也起不来，珍珠就在盘子里撵了点饭菜，俯下身喂她。才喂几口，谢安玉伸出手把碗拨落了，说："想毒死我？这么咸！"饭菜泼得床上、地上皆是。老向忙跑进来收拾，一边跟珍珠道歉，珍珠说："没事，姐身上疼，脾气就会躁，没事。"好不容易收拾干净，躺下了。谢安玉又说脚趾甲长了，都卷起来了，疼。老向要替她剪，又不让，说他眼睛不好使，待会剪到肉上。珍珠说，我来修。她端来盆热水，先给谢安玉泡脚，用毛巾绞了热水，把谢安玉的脚一只只裹起来，裹会儿后，再换热毛巾，这样连续敷了三遍。珍珠说，这样脚皮子泡软了，再修趾甲就不会伤到皮肤。仔仔细细修剪干净，又索性替谢安玉擦了身，换了衣裳，以前谢安玉不让别人看她瘦骨嶙峋的身体，这次竟也不反抗，任珍珠服侍她。

待一切安顿好，珍珠要离开了。谢安玉说："明天，你们的事就定了吧。"

珍珠看看老向，说："安玉姐你说啥呢？"

谢安玉说："别装傻，趁我还活着，替你做主把这事定了。老向这人不错，心善，电厂退休金又高，苦不着你。"

珍珠连连摆手，老向也说："不跟你说过了，我进养老院就成，你又来试探我！"

谢安玉说："你当养老院就清净？还不

57

是一群老头老太眉来眼去的地方！心不要太高，就珍珠吧，知根知底的。你比珍珠大九年，珍珠不嫌你，你还嫌她？"

珍珠忸怩着看老向，老向叹口气说："师父都叫你不要多想了，我的事，你就不要费心了，我这么大个人，自己知道该咋办！"

谢安玉说："替你安排好了，才是我的功德啊。看你好好儿的，我才放心。"说着有些哽咽了，眼睛又左右顾看着天花板、桌上摆的全家福，一副放不下的神情。

老向不做声了，过会儿说："你想怎么办就怎么办吧！"

第二天谢安玉托人办了两桌酒席，请人喊了几个街坊，也叫了珍珠儿子媳妇，自己勉强撑起来，让珍珠扶着陪坐了会儿。谢安玉举起杯对大家说："今天在这儿大家作个证，我死了，珍珠就代替我照顾老向，大家作个见证，都不得反悔！"说着取出一只锦皮盒子，里头有一条珍珠项链，抖索索递给珍珠，说："这是去年儿子送给我的寿礼，我没戴过，今天就算作是定亲礼了！"住楼下的黄胖子多喝了几口，这时就喊了一声："新郎新娘喝交杯酒！"他媳妇连忙拦了没拦住，谢安玉已听见了。她说："喝，要喝！"拿眼睛盯着老向。她头往前探着，脖子上的筋根根暴起，眼眶深陷，灯影下似骷髅般消瘦，两只枯瘦手掌死死扒着桌沿，要不是珍珠扶着她的腋下，人早往下出溜了。老向叹口气，一把拽过珍珠的胳膊，穿过去，头一仰，将酒咕咚喝了。谢安玉见状，又说："我也陪一口！"说完，端起半杯白酒，一口干了。老向连连伸手还是没抢到。许是那半杯酒激发了病性，当晚谢安玉是疼得死去活来，几次气没接上，眼睛都翻了白。老向看看不对，打急救电话把谢安玉送到了重症监护室，又给两个儿子都打了电话。这回两儿子都携妻带子赶到了。谢安玉身上重重叠叠接了管子仪器，昏迷了四天，到第五天上，竟然醒了，脸蛋红扑扑的，要了一碗桂圆蒸鸡蛋，香香地吃了。接下来半躺在床上，口中念着佛号，老向数得很清楚，诵到第十声上，谢安玉的喉咙里格的一声，眼睛慢慢阖上，脑袋就往一侧斜了过去。

给谢安玉过完五七，老向就上各位街坊家里去解释那件"婚事"。他先去的是珍珠家，珍珠儿子一家见了他热情地端茶递水，一个个巴巴望着他，等他开口。老向头脸涨得通红，道歉说，那次的事当不得真，是为了让谢安玉安安心心地走，才答应下来的。养老的事，他早跟厂里的萧老头约好了，一同去住养老院，那边床位已替他留着了。珍珠捂嘴笑了，说，开玩笑的事，谁还当真了？！便跑到屋里把珍珠项链取出来还给老向。老向看看珍珠笑眯眯的样子，只能歉然把项链收了回来。

接着便去师父那里还经书。去了几趟，却都没遇到人，想起来也奇怪，跟谢安玉一起去时，每回都能遇到和尚。他便在狭窄的楼梯里坐一会儿，这个地方像是尘世的分界线，往上走是车水马龙的人间，往下看，像黑暗幽深的地下世界。想起和谢安玉吵吵闹闹来这里的样子，倒像是隔世了。那本经书的扉页上抄了一段话，是师父让他在最后时刻念给谢安玉听的："……不管苦乐，不论悲欢，您已经度过了一生，生命诞生的业力带您前来，死亡的业力也将带您离去，佛的慈光摄护，将会是您旅途上的依靠……"对着弥留的老伴，他一开始念得磕磕绊绊，渐渐地念得顺了起来，声音有些像师父那般舒缓起来，哽住似的悲伤绝望也稍稍平缓了一些。

有那么一个瞬间，他觉得自己又成了在江水中沉浮的小孩，惊慌地在水流中扑腾，两手空空，什么也抓不住，什么也不能安慰他……"西方净土，四季如春，清朗凉爽，不冷不热，全然一片柔和清新光明……不要再执着人世生命，不要再牵挂尘劳家事，我会料理家宅，让你安心归去，我也会好好活下去，珍惜世间光明善美……"他郑重地念着，似乎这么念着，世间便有什么伴他同行，在人世最难解的谜语前，平静地抚慰着他，让他即将漂浮起来的身体又缓缓落回地面。

玛雅人面具

徐则臣（《北京文学》2022年第11期）

> **推荐语**
>
> "到世界去"是青年徐则臣在小说《耶路撒冷》里的狂喊，如今，他用《瓦尔帕莱索》《玛雅人面具》把这条道路续上了。寻访奇琴伊察金字塔的录像里，曾经的向导胡安消失不见，面具之后的黄皮肤高声道出玄秘的玛雅箴言，遥指的却是万里之外中国木匠家族暗藏五十余年的伤痛往事。徐则臣悉心探索文明之间暗藏的未知联系，从而证明"我"本身即在世界之中，无须费力向外找寻。木雕面具上那双空空的眼眶就是先知的预言。（徐坤）

那段录像很多朋友都看过，我没有瞎说。录像中，那座倾圮的金字塔废墟一样瘫在奇琴伊察。可能找起来有点麻烦，本地人也未必知道，但我相信它在。千真万确。除了金字塔，除了通往金字塔顶端的隐约小路，以及石头与土堆间的荒乱草木，只有画外音般植入的解说。

那人当时用的是英语，他说每年都会来几次，带有缘人过来看一看。我还问了他一句：何为有缘人？他说："比如你。"我应该继续问下去，为什么我是有缘人？但当时正沉浸在决定随他来此的虚荣中，此外，不免想到这又是旅游点的套路，便一笑置之。因为野外大风浩荡，那些声音被风稀释后,在录像中已经无法分辨他还说了哪些内容。惭愧,这都怨我没把英语整地道。我的确可以凭借那点披头散发的英语游遍整个世界,但如果语速过快、方言太重,或者干扰一多,我就只能傻眼了。那天我顶着大风就傻了。

录像里有两句话极突兀地高亢出来。我找墨西哥的朋友鉴定,说,那是玛雅人的土语,比当地人的方言还要古老一点,大意是:我看见的在极高的高处,我想象的在很远的远方。我给转了一下文,即:我所见者高万仞,我所思兮在天涯。什么意思?我也不懂。他为何唐突地抒起这巨大的情,我也不明白。当时我既没看懂,也没听懂,只见他背靠一块打磨过一半的大石头,突然像主持人那样张开双臂。拥抱完我看不见的东西之后,他垂下手臂,继续引领我沿着那条布满碎石的荒芜小路往高处走。我跟在他身后三四米处。这个距离既可以随时调焦,把废墟般的金字塔整体和局部自如地呈现出来,又能保证他一直都被框在镜头里。

——只是现在,你再看那段录像,金字塔和人声、风声、鸟叫声都在,人不见了。

人叫胡安。墨西哥叫这名字的有几十万。单奇琴伊察这一个地方,我的出版商朋友说,也得上千。后来他又去奇琴伊察,动了不小的脑筋,基本上把上千人捋了一遍,还是没找到我说的这个胡安。他是个做面具的,纯手工,一刀一刀刻出来,然后叮叮当当背到金字塔景区附近卖。

那天,出版商朋友陪我看完著名的库库尔坎金字塔、勇士庙和千柱群,从高大丰肥的热带树木的阴凉里走出来,一群叫卖声热浪一般扑面而来。朋友说,墨西哥的面具一定要带一个回去。必须的,我是木匠的儿子,见到好木工就起贪心是遗传。我爸是全镇最好的木匠,当然早过气了,也干不动了。手工木匠活儿,现在年轻人看不上,结婚、装修宁愿要烤漆的板材家具,虽然单薄且寡,但看着光鲜洋气,能当镜子用,也便宜。我爷爷也是木匠,据说我爷爷他爸也是木匠。总之,我出身木匠世家。世家不是随便说的,必须有好木匠。好木匠从来都不止做家具,必然是做着做着就有了"艺术"上的野心。

比如我爷爷,家具之外,最拿手的就是脸谱面具。我爷爷是个好木匠时,我们那里还很穷,戏班子化妆买不起油彩,就让我爷爷把张飞、关羽、包公的脸谱做成面具,往脸上一扣,可以反复用,又不伤皮肤。全县大大小小的戏班子、文艺宣传队,大大小小的面具,都出自我爷爷之手。到我爸,艺术抱负放在了木雕上,观音菩萨、寿星、钟馗、送子娘娘、善财童子、齐天大圣,你说出个名字,保质保量,准时到货。我爸不做面具,没市场,但我家里堂屋东山墙上挂着大几十个面具,有我爷爷的手艺,更多的是五湖四海搜罗来的。我有义务为那面墙再添一件展品。

景区外卖面具的摊子一个挨一个。大同小异,三维立体的面具,脸部突出,面部上端雕刻着各种造型的太阳神和蛇神,木头的材质也一样。都是机器加工出来的批量产品。所以看见胡安手工制作的面具,我两眼为之一亮。造型奇特,对面部和面具上方的装饰处理充满了想象力。除了太阳神、蛇神等常见的玛雅人图腾,他把日常生活雕到了面具上:有人在渔猎,有人在吃穿。

他穿着玛雅人的民族服装,留长发,

下巴垂下一绺小胡子，盘腿坐在一堆面具后面的地垫上。刻刀平稳地在木头表面前进，一条条木头片轻微卷起，刀停下，木条掉落下来。一条马尾巴在他脑后摇荡。可能三十多岁，也可能更大，我对墨西哥人的年龄缺少判断力。刀起木落。几个动作过后，开始给面具开眼。慢下来。如果把之前的走刀比作大写意，那现在就是工笔。我惊异处也正在于此。那些规制统一的面具，眼睛部位就是两个核桃形状的空洞；他刀下的眼睛也是挖出两个框框，但你就觉得那眼睛是有神的，好像框框里面真有两只会转动和聚焦的眼睛。面具在他手中变换位置，我分明觉得一双眼睛从不同角度盯着我看。悚然一惊，天似乎也不那么热了。陪我来的出版商是梅里达人，这地方来了不下十次。照他说的，除了偶尔出现的漂亮性感姑娘，这里已然没有什么能再提起他的兴致了。他问我，买吗？不买就下一家。我说当然买。蹲下来挑了一副太阳神和蛇神脸对着脸、他们的头像下面有山峦起伏和丛林密布的面具。

那面具空眼眶同样是聚焦的。我用磕磕巴巴的西班牙语问："多少钱？"

胡安头都没抬，刀搭在膝头正做的面具上，右手五指张开，在我眼前晃了晃，然后又拿起刀，继续雕刻。五百比索折合人民币不到两百。挺划算。我朋友用英语提醒我，有点贵，三百就能拿下。

我回他："不贵，值。"

胡安抬起了头，真正让我震惊的事来了。如果不是在墨西哥，如果这不是一个做面具的玛雅手艺人，我就要用汉语问他老家哪里了。天地良心，他比很多中国人长得更像中国人。黄皮肤，黑头发，黑眼睛，脖子比别的玛雅人都长，身体也比其他玛雅人瘦高。看见他一张中国脸，我确定应该在四十岁左右。

关于玛雅人是中国人的后裔之说，略有耳闻，零零散散也看过一点资料。比如，有学者说，商周时期，商被周打败，二十五万商人集体东渡，一部分到了墨西哥高原，由此缔造了伟大的玛雅文明。中国人和玛雅人的确外貌相似，文化也十分接近，甚至有科学家对古代玛雅人做了化验，发现他们与中国人"在线粒体DNA中含有三十七个相同基因"。文化角度上也有一说：我们的古籍《山海经》中，《大荒东经》和《海外东经》里就非常精确地描绘了美洲地区的地形地貌和这些地区特有的动物。当然，也似乎有足够的证据表明，玛雅人跟中国人没任何关系。这事儿不归我管，咱们说的是胡安。

胡安抬起头，用英语对我说："谢谢。"

"值。"我又说。

梅里达的朋友白我一眼，摊手耸肩。

"第二副，"胡安说，拿起另外一副面具，"三百。"

比我买的那副面具还大。刚才我真为它犹豫过，因为大，才放弃了。朋友提醒我，买的一堆小零碎，早把两个大行李箱塞满了，总得给随身携带的登机箱留点空间，还有一周才回北京，谁知道会碰上什么好东西。

"这个有金字塔，跟他们的都不一样，"胡安说，"平常卖八百。"

他没把金字塔雕成上下结构，而是塔尖冲正前方，整个金字塔就像面具额头上长出的棱锥形独角。面具鼻子凸起，金字塔的角比鼻尖还高。正所谓鼻子不到人前，角先到了。这造型我喜欢。我对朋友使个眼色，真动心了。朋友又一个摊手耸肩。

"先生喜欢我们的金字塔？"胡安问。

我点头。

"我就知道您是喜欢玛雅金字塔的人。"

"何以见得？"

"直觉。"胡安一笑。真是太中国了。"有一处金字塔您肯定没见过。"

"哪儿？"这回是我朋友接的话。他自诩整个墨西哥没有哪座金字塔他去过的次数少于一个巴掌。

胡安比画了一个位置。那地方我的出版商显然也蒙了。为了说明白，胡安用西班牙语跟他解释。我只能干瞪眼，在一边听鸟语，只看着我的朋友半分钟点一次头。终于不点了，他对我说：

"值得去。"

"那好啊，同去同去。"

"值得你去。"朋友说，打了个哈欠。"我来奇琴伊察比去看我妈还勤，下次吧。车给你们，我去酒吧喝两口，眯一会儿。回来别忘了接我就行。"他们俩刚刚用西班牙语已经顺便谈好了行程和价钱，由胡安开车带我去。出版商早起去酒店接我，赶了个大早，困是肯定的，但酒瘾犯了可能才是根本原因。

事情就是这样。胡安把他的面具打包寄存到旁边一个小店里，坐到了我朋友奔驰车的驾驶座上。打火之前，他向我伸出手说：

"我叫胡安。幸会。"

奇琴伊察不大，南北长三公里，东西宽两公里，这个意为"在伊察的水井口"的城市一马平川，不存在当地人都罕见的金字塔，所以，我作好了跑远路的打算。起码得跑上一两个钟头吧。出了城二十分钟不到，驶过一条两边灌木和树林如屏障的沙石路，路越走越细瘦，在一块覆满青苔的方形巨石前，胡安停车熄火。我跟着他穿过一片热带雨林，完全辨不出方向，就像穿行在某个史前巨型动物燠热的盲肠里，两分钟就蒸出了一身油腻的汗。胡安为我清理灌木和藤萝，叮嘱我走路时看好头顶上和脚底下。雨林里远远近近传来各种奇怪的声响。五分钟后，天亮起来，豁然开朗，一座荒芜散乱的高台矗立在一片开阔的林中空地上。一八四二年，探险家约翰·弗洛伊德·斯蒂芬斯和弗雷德里克·卡瑟伍德第一次发现奇琴伊察的历史遗迹，惊喜地高声尖叫，跟他们一样，我也创世般兴奋地喊起来。

毫无疑问，这个倾圮的高台曾是古代祭祀用的金字塔，灌木、荒草、苔藓和碎石遮蔽不了它内在的秩序。荒芜和散乱自有其方向，草木与石头或成片分布，或沿线蔓生，各自遵循隐秘的逻辑。我突然生出一个强烈的感觉：它静静地伫立在这块平地上，已经等了我很多年。历史与当下，从来不会无端地劈面相逢。我决定把它拍下来。打开手机的拍摄功能，我让胡安一边讲解，一边带领我沿着我看不见而胡安无比熟悉的小路，跌跌撞撞地向上攀爬。胡安善解人意，为了让我听明白，用英语说，关键处还不厌其烦地重复。

天上降下大风，四周的雨林和高台上的草木开始涌动。热带雨林我极少去过，长风浩荡的经验完全没有，大风里拍摄的经历我更缺乏。我大声地问，胡安就大声地答，我听见了，我以为手机也听见了，没想到镜头里留下的，只是有限的没被大风挤走的含混声音。你只能辨出那是人声，如此而已。直到胡安背靠一块巨石，布道般抒情他之所见与所思。人兴奋了发发癫，胡言乱语一下纯属正常；说什么不重要，别人听懂与否也不重要。所以当时我完全没当回事，还跟着他一起比画了一下，有那一段抖动的画面为证。

我们在大小石头、泥土和灌木中登临高台之巅。金字塔并不比周围的雨林高多少，我们仅看见一片热带雨林树梢组成的浩瀚海洋；大风经行辽阔的水面，绿色波浪前呼后拥。看不见远处的库库尔坎金字塔。在一块石头的背风处，我请胡安抽了两根我老家产的苏烟，他吐出一口烟，说烤烟型抽着挺舒服。绕着圈又俯拍几张照片后，我们原路返回到地面。路上我问胡安，为什么这座金字塔在奇琴伊察也鲜有人知？

"是人就有盲点。"胡安说，"眼睛并非任何时候都看得见。"

到了我朋友休息的咖啡馆，他正从沉实的酣睡中醒来。睡着之前，他喝了三杯龙舌兰酒，此刻酒意和困意刚刚消散。

回到墨西哥城，做了几场新书推广活动，回国的日期就到了。果然如我的出版商所言，行李箱真就多出了那副面具，我只好装进背包，随身带回了北京。回到家，收拾停当，我把两副面具拍照，跟胡安带领我的金字塔遗址之行的录像一起发给了我爸。老爷子刚学会用微信，每天抱着手机不撒手，要开眼看世界。

先反馈回来的是对面具的意见："做得真是好。高人。"

十分钟后又来一条微信："录像里谁在说话？"

我回："胡安啊。镜头里的那个玛雅人，面具就是他做的。"

"哪有什么玛雅人？"

我刚要回，微信语音电话打过来了。

"连个人影都没见着，"我爸说，"你确定他是什么玛雅人？"

"当然是玛雅人。您说什么？人影都没见着？"

"就是没人。"

我把语音电话挂着，查看发给我爸的视频。果然没人。前前后后又拖着看了三遍，真的没人。后背上唰地出了一层汗，像身上突然长出了毛。天地良心，我的镜头完全是追着胡安走的，不是他的正面，就是他的背影。他的声音在，但人不见了。该有他身影的地方，现在像空气一样透明；或者说，胡安透明的身体没有遮住任何景物，金字塔和它的乱石草木一样不少。我拖到了胡安那段慷慨激昂的抒情处。我爸在电话里问：

"他说的啥？"

"我哪知道。听不懂。"

"听着，有点，耳、耳熟。"我爸结巴了。

我们俩的语音都挂着，谁都没出声。哪个地方出了问题。

"有时间你回来一趟，"我爸先开的口，"面具带着。"然后没打招呼就断了语音通话。

这在我们父子俩的通话史上是头一回，过去都是我先挂的电话。我把录像又仔细过了一遍，还是没人。诡异。我蜷进沙发里，连抽了三根烟，压完惊给四个信得过的朋友分别发了那段视频。我提醒他们："那玛雅人跟中国人没两样。"

十来分钟，信息回笼。

一个问：人呢？

另一个说：扯淡，这么 low 的玩笑也开。

第三个朋友问我：是不是发错视频了？

最后一个完全无视我的提醒，直接回：这金字塔不怎么样啊。

顾不上时差了，我给出版商打去电话。他从睡梦中清醒过来后，首先对我发誓，我们的确见过那个胡安，他对他印象还挺好。我在电话里让他听胡安的那句抒情。反复听了几次，他才尝试着用英语向我解释大致意思。他让我把视频用电子邮件传给他，反正也睡不着了，索性看个稀奇。半小时后，我收到邮件回复。他说看第一遍时，也认为我是在开玩笑，又看一遍，认真比对了我的拍摄角度和声音来源，他断定，镜头里应该是有人的，但他确实连个人魂儿也没见着。在邮件末尾他写道，最近他会回梅里达，如果时间宽裕，他再去一趟奇琴伊察。真他妈的见鬼了。

如果不是我妈电话，我会推迟几天回。我妈说："你爸脸色不大对。"当晚我就买了机票回老家。我爸一向不苟言笑，不细心真看不出他的脸板得更硬了，经年的土地板结了一样。他把两副面具翻过来掉过去地看，最后目光都落在空眼眶上。他用手指肚一寸寸摩挲那四个空眼眶。一个老木匠这本事当然有。

"手法像。"我爸说。
"什么手法像？"
"老二。"
我看看我妈。我妈小声说："你二叔。"
"他不是早死了吗？"
"是失踪。"我爸纠正，"再没回来，就当死在外头了。"

有点蒙。我竟然听了四十年的假消息。

我爸一屁股坐到老式藤椅上，让我给他根烟。"老二发火时，嘴里吼的跟录像里那声音一模一样。"

二叔是我二爷爷的儿子，从小和我爸一起跟我爷爷学木工。天赋极高，学啥像啥，做啥成啥。这我断断续续都听说了。我爸说："他最拿手的是面具，得你爷爷真传。你们的文话怎么说？对，青出于蓝而胜于蓝。胜在眼睛。"十八岁，我二叔就跟胡安一样，能把空眼眶挖出眼神来。

我爸也是个木工好手，其他的活儿都不比二叔差，但面具之眼不及。师傅是我爷爷，我爸自己的亲爹，我爸又比我二叔长两岁，所以面子上一直过不去，心里也不舒坦，长年跟老二较着劲儿，隔三岔五也会找弟弟一点不痛快。"那时候年轻，也是心眼儿小，"我爸说，"哪知道以后的路有多宽多长，一辈子有多苦多难。"他找了不少茬儿，也使了不少小坏。最后一桩，是在一副面具上动了手脚。

那是二叔代我爷爷给县淮海剧团做的道具。某天早上，我爸先到工房，看见我二叔头天做的面具放在案子上，虽然尚未彻底完工，但那空眼眶里流转出的眼神依然诱人。我爸说，他的嫉愤之火瞬间拔地而起。那眼神太精妙，也太微妙。正因为精妙和微妙，所以经不起半点差池，关键处多那么一两刀，眼神必会散掉。我爸关上工房的板门，拿起刻刀。刀刃刚切进木头，二叔推门进来，大吼一声，把我爸掀翻在一堆木屑刨花上。我爸说，他第一次闻到刨花和木屑散发出来的味道如此酸臭。我二叔拿起面具，对着右膝盖猛地一磕，薄薄的面具裂成五瓣。接着他继续大吼。

"爸，您确定二叔吼的跟胡安说的一样？"
"年头太久，又不像人话，哪记得清。"我爸的声音衰弱下去，"听到你那个什么玛雅人胡安的声音，我好像又想起来了。就算不是一模一样，也大差不离。那个味儿，不会错。"

"然后呢？"

"你二叔第二天没来干活。第三天也没有。从此就消失了。"

"会不会，二叔碰巧想出个远门，到外面的花花世界闯荡闯荡？"

"年轻人谁想窝家里？老二倒是一直嘟囔着想往外跑。问题是，他是出了这事才不见的。"

我爸木头一样的脸上，皱纹开始细密地游动。我爸三十三岁有的我，在此之前十年里，走街串巷，成了个云游的木匠。活儿从江苏做到山东、安徽、浙江和河南，最远的到过江西和湖北，二叔的一点音讯都没打听到。用现在的话说，我二叔人间蒸发了。游方的那些年，唯一的收获是在山东认识了我妈。三十二岁，在乡村已是超大龄青年，只好带着我妈回到老家，安稳下来过日子。也没法再跑，爷爷奶奶和二爷爷二奶奶年纪都大了，腿脚日甚一日地不利索，他得守着，把四个老人伺候周全了。二叔没找到，但十年辛苦也非寻常，二爷爷拍一下我爸肩膀，长叹一声老泪纵横，事情就算过去了。

消失既久，形同消亡。街坊邻居也说，徐家会做面具的老二，早已经死啦。

二叔唯一的遗迹，是挂在山墙最高处的两副脸谱面具。一个是张飞，一个是碎成五瓣又拼接到一起的颜回。在那个特殊的年代，颜回的这出"侍读"孔子的地方戏，主要是演来供批判之用。没错，张飞二目圆瞪，炯炯有神；颜回的右眼五十年前被我爸挖了一刀，眼神只能斜视了。这些过去我都没注意过。我爸让我把两个玛雅人面具也挂上墙，跻身于近百个面具和脸谱中间。其他的面具中，一部分是我爷爷做的；三个是我爸学艺时的作品；大部分是他在十年游方中收集来的；剩下的都是我的贡献，世界各地跑，见到我就买了往回带。我爸盯着挂好的两个面具，背着身问我：

"你说，那个胡安是什么人？"

"墨西哥玛雅人啊。"

半个月后，墨西哥的出版商给我邮件，他去了奇琴伊察。很遗憾，掘地三尺也没能找到胡安，胡安带我去的那座雨林中的金字塔也没找到。胡安寄存过面具的那家杂货店店主说，他完全记不得有一个扎着马尾巴的叫胡安的瘦高个男人。叫胡安的人太多，做面具的也不少，全世界的人出入他的小店，你来我往，谁有那么大的脑袋全记住。照我的描述，出版商雇了一名当地的向导，驱车到了那条沙石路的尽头。他看到了那块大石头，但左转进热带雨林后，披荆斩棘走了两个半小时，也没发现哪儿有林中空地，更没见着视频里的那座金字塔。

"全是树，一棵接一棵的树。"他用诚挚的文字跟我说，"兄弟，我尽力了。"

鉴于我们长期愉快的合作，我想我不应该对他有所怀疑。

造物须臾

牛健哲（《人民文学》2022年第9期）

推荐语

《造物须臾》的实际发生时间，不过是短短的一瞬，就在这短暂的时间里，牛健哲驰骋想象，用简练而有力的文字，让人物在记忆和想象中经历了一遍自己的人生，用几个细节就写出了人物在世间的样子。这样子不只是人亲历的一切，还包括他想象中的部分，包括那些从未发生过的事。当这一切因某种原因在头脑中显现的时候，它们一起构成了一个丰富复杂的人，也显示出生活混沌而让人枨触万端的况味。（黄德海）

深夜里，我在卧室的地上坐起来，是跌倒之后的自拔。

下面大概没什么好读的了，这就是整个故事。接下来我应该站起身回到床上，实际上我做的也跟这差不多，只是多了些许停顿。膝盖作痛，我该是跌伤了它。勉强站直后我有点过于清醒了，脑子里水蛇一样游过一些想法。

我听见自己粗粝的呼吸声和尖细清越的耳鸣音。

其实我已经无意识地朝床迈了一步，快要缝合了这个夜晚。而床在几步开外，显然我不是从上面滚落至此的。床上被子里有个人，埋着头脸，在一边蜷曲着身子。床边的器物是一把椅子，椅背上混乱地搭着衣物。这些并不碍我的事，是我想得太多了。简单地说，我觉得自己不认得这间卧室，也不认得床上的人。这一跤是怎么跌的，一时更说不清楚。

床头上方的墙上挂着深色的相框，作为墙上唯一的挂件，它小了些，形廓也老旧了些。相片里深浅颜色交杂，应该不止有一个人。不知道里面有没有我。我惶惑一时，怕自己存在得毫无来由，如同一根悬空而生的蘑菇。然而毕竟，是否知道自身的来由是个诡诈的问题，没有人时时把自己的名号身份和故旧历史摆在意识的表层，昏睡半宿就更谈不上会有多么周全的自知了。相比之下，对周围世界常数的知觉显得更为要紧，它顺利地在头脑里绽开，便算情况还好——眼下这个世界虽说来得唐突，但显然仍在靠逻辑和因果律来统辖。我能感觉到自己在晦昧状态也默念着"因为""所以"，试图连缀这对关联词来解读所处的局面，也能感觉到自己行事遵循规律和情理是既成的定势，因而要在一间尚未认出的卧室爬上一张尚未认出的床足以让我却步。

我冷静下来，稀释了对自己的惧怕。我没问题的。面对一张床尚且如此，遑论来充当一个无法解释的角色或者做出什么悖谬于理论的事情了。

我可以信奉这个世界的一定之规，接受它的拘束和牵制。信奉让我松缓，这是我这样的人应得的。但在这个节骨眼儿，在这片以浓黑来填充的空白里，我感觉它给我的犒赏不止这些，有灵感和顿悟无需捕捉就撞进我怀里——如果我身处于此必定匹配着一个理由、做事铁定合乎情理，那么接下来趁着浓黑和空白，我随便做点什么，都会反过来投射出与之对应的理由和情理，进而自动厘定出我与这个房间、与床上人的既有关系吧。如果原本不是如何如何，眼下我又怎么会如此这般，对不对？链条的一端系于我身。平添奥妙的是，我隐约觉出我经历过这种混沌待开的情形，也做出过自己的处置。我向着床又走出一步，那种隐约的感觉几乎凝结成为记忆。

如果这夜的情形是时空重新开启暂留的马脚，那么我曾经经历的可能是上一次重启。和眼下一样，某种界面还没有完全凝固，无论我做什么都将自动获得一个统摄前因后果的解释。与这次不同的想必是在那个时刻我纯然懵懂，没想过除了睡回床上还有什么其他选择。在那片黑暗里我走了几步，到了床边，然后掀开被子的一边，就那么把身体滑了进去。一瞬间，床上的陌生人变成了枕边人，墙上合照里有了我们的一双脸孔。大概我在那个时点才感觉到某种微妙的机理可以利用，但仰躺落定，容我参与定义的东西已经所剩无几。我只想到，一对同床共枕的人总该有他们并肩睡眠的耐用仪态吧，至少都该有个舒服的空间。于是我把耳朵边上她戳过来的一条胳膊抓起来，推回她的体侧。这动作一定含带着几分淡漠处之和理所当然的意味，而这意味又获得了相配的情由背景。那是一条左胳膊，在被我抓起挪动的同时具有了肥白浑圆的中年妇女特征，我们由此彻底变成了一对中年夫妇——她是发胖了的那种女人，我是常常起夜那种男人，依稀的印象中后来我们无限长久地一起生活着。

如今当然是一次崭新的机会，我没道理不考虑更多可能性。椅背一角瘫软垂挂着的是件浅色的女式内衣，床上躺着的便该仍是女人。出于谨慎我摸摸自己，在身下还是摸到了那团东西。相比这些不再可变的,我和她的此前记忆和今后可谓真实的生活,都会被我接下来的选择影响。比如如果我重复上一次的举动,她就有了丈夫,但只是会把她的胳膊推回去的那种。显然我和她在都醒着时,就不擅长相互依偎。她是否情愿身边有我,或者说是否愿意生活里有我这样一个人?大概难有一个喜人的答案。以同样的问题扪心自问,我当然也没法回答。但现在我有机会很轻易地甩开这种沉重的问题。我可以在卧室里外翻找一番,拿一些财物逃走,那么我就只是一个入室行窃的贼人。我偷盗了她的东西,但可能拯救了她的和我的余生。

我的脚趾动了动,那些靠墙的冷硬箱柜和可能放着财物的其余地方都静候在周围,我没能迈开脚步。黑暗当中正涣漫着无穷无尽的滞重,相形之下这个选择毕竟轻率了些。要是我弄出响动惊醒了她,要不要施以重手给她狠命一击?到时我很有可能焕然化作一个为非作歹的熟手,由不得眼下的自己心慈手软。说不定在外间地上会冒出一个起夜喝水时遭我击倒的男主人,被我的选择拉进场景,却已经枕着一摊正向四外爬开的黏血……

总该还有别的路径,容我踏入其他方向。

或许我还可以走到床边替她掖好被子,然后转身回到另外的我自己的房间。这样一来就不同了,她就会变成我的女儿。她已经是个懂事但还不太会照顾自己的女孩,我对她疼爱到晚上会多次醒来,起身过来替她盖好掖好被子,有时也会把她的长头发从脸上归拢到耳朵后面,再推推搭衣物的椅子,让它靠紧床边,以免她像个小娃娃一样翻落下床。考虑到所需的查看频率和照料手法,我并不放心由她妈妈来完成这个任务,只好牺牲自己每晚的完整睡眠。有了女儿,我们过的日子会温热许多,仿佛是被捉摸得到的意义每天缠绕着。

我再次迈腿走到床边,是床上人躺卧的一边。膝关节和腿上皮肉的疼痛让我自怜。我走到她脊背后面,抬抬手,但没去触碰被子。女儿触手可及,可我并不确信应该把她变为现实,有一种隐隐的悲观在胸怀间涌动。她的身体如果伸展开来算得上颀长了,她已然长大,我陪在她身边继续做慈父也不会太久了。而且这未必是令人伤怀的主因,因为我突然怀疑这个选择也曾在某个起点兑现过。大概世界不止发端一次两次,而是可以悍然不顾地反复铺排。在似有若无的前事里,我忍了腿疼为她掖好被子,事情则在暗处显露出它的阴幽质地,像泅湿的画作呈现出令人怔忪的别样面貌。她压抑不住呜咽抽噎的声音——女儿不是尚未离开父母,而是被迫回到家里。在自己的生活里受到创伤后,她别无选择。那么她妈妈也不是在懒懒睡着,而是在我们自己的房间饮泣不止。我忍不住要在深夜来看看女儿,但不知道她有没有入睡,一旦惊扰了她又该如何抚慰。跌那一跤显然就是脚步踯躅所致。

仔细辨认这一片暗夜,哪里有祥和温缓的气息。或许曾经有切入明媚的机运,可早一闪而过,现在世界的基调已经落定。我无法乐观地左右情状,令它在我指掌之间化作美好的既有,我只能去避免最差的局面。因而她不能做我女儿,同样也不能做我母亲,否则就会浸泡在孤独和悲伤中,不是被戕害得失去自己舔舐伤口的力气,就是病恹恹的老兽一样逃不出凄凉和恍惚,而我完全无力护佑也没法安抚。与其贻害至亲,还不如和床上的人乖乖地做睡在一起的一对。

看来最好如此，无论算作偏私还是凛然。而这自然还是让人心有不甘，知道可以亲手塑造点什么，谁又能一下子熄灭念想。我想，和她捉对同床，却也未必要呆板地就范、整夜睡得沉闷吧。既然我在床下醒着，要做的就可以是去叫醒她。而叫醒她的方式也会明快地勾勒出我们的关系。

我可以走到她肩背后面隔着被子拍拍她，如果她还不醒过来，我就拍打她露在被子外面的皮肉，直到她扭过头来眯着睡眼看我。

"我得走了。"我就这么说。

她听到了，但不得不完成一次睡与醒边界的深长呼吸。她用睡眼向我表示疑问，我便重复我的话。

"他不会回来的，我不是说了吗。"她声音含混。墙上的照片里他搂着她，他深色的衣袖搅开了她上衣的浅色。

"跟他没关系。我突然记不准她的航班了，不一定是下午到，也可能是凌晨。"

"见鬼……"她把脸重新埋回被子里。

我已经在穿外衣了，当然没有告诉她我刚刚摔倒在地，只说了一句混账话："反正你睡得好，身边有没有人都一样。"

她也回应了相似的一句："我是想说你干吗要叫醒我，又不用我送你出去！"

我知道她这个晚上不会再睁开眼睛。这样就好了。只是我得走出去，在这个浓黑的夜里穿行，因为寒凉或者焦急而小跑几步，抱着胳膊或者皱着眉头。大概只有到了做出赶路姿态的时候事实才会定形，我才能确知自己刚刚有没有为了离开而说谎，如果没有，我就需要一点好运，让自己妥妥当当地先回到家里独自歇息，等着将要从机场回来的人。

整个过程一定像团团迷雾结聚为清晰的形态一样，我在其中梳刷知觉也摆放自己。

再想想，要是足够果断的话，夜行回家这点辛苦和不安应该也可以免去。我仍然可以隔着被子拍拍她，如果她还不醒过来我就拍打她露在被子外面的皮肉，直到她扭过头来眯着睡眼看我。

"你得走了。"我可以说。

她听到了，但不得不完成一次睡与醒边界的深长呼吸。她用睡眼向我表示疑问，我便重复我的话，"你得走了——我不习惯只睡床的半边，也不想破那个例。"

"破什么例？"

"我说过，我这儿从来不留女人过夜。"我打开灯，然后靠在窗台上点起一支烟。

"是你他妈主动说要我在这儿……"

"那会儿咱俩不是正动弹着呢吗，边喘边说的话你也信？"

她瞪着我，气鼓鼓地坐起来，穿了胸衣，接着得把搭在椅背上的各种织物统统穿戴上身，"你们果然都是人渣！"

我低低地吹出烟雾，"对不起了，我不擅长从那边下床，刚才摔了一下，心情立刻不好了。"

"你擅长什么？"她自然有点狼狈，但照旧要把后面的头发扎高，"我看你干什么都像摔跟头似的，都那么快！"

我做出承蒙夸奖的表情，又吹出一口烟。我知道墙上相框里的照片早就被我抽了出去，替换进去的是一张电影海报，甚至没有塞平整，边角处的树枝和河道都打着皱褶，几个外国乡野女孩始终没心没肺地在画上嬉闹。

她离开时摔了门，我的烟头在气流的波动里亮了亮。

这个版本自带深夜的懒散和浑浊，几

70

乎让我满意。她就在我眼前，我可以如法炮制，利落地赶她离开，自己身体里则会留有那种释放过后的平静和重归自在的惬意。我生发出由内到外的蠢动，伸手拍了拍她肩臂上的被子，指尖和布面之间发生了若干静态电荷的转移，距离为一切赋形只差一线。

她没有醒，至少没有扭头看我。这本该引我再次伸手拍打，可我感受到的却是一阵庆幸，是让自己有点厌恶的那种。情状好比没能把炮仗点燃，心里为不用听那炸响而松快，要乖乖地退开。略加思量我便得承认，刚才动作的力度和触及的位置都不足以唤醒她，这下意识的拿捏好像不可逾越，如此便挑明了一个问题——此时的我与想象中那个可以拍醒她的角色并不相像，恐怕就算能开个头，也不能顺畅地滑入那条轨道，担演那种狎弄人间的人。

从起初的脚趾蠕动，到迈了腿伸出手，想必我的肢体一直在细密地颤动。得偿所愿从来都不是轻而易举的。

空想了这么多，我也应该开始明白，那种叫作秉性的东西已经凝固在我身体里了。它与我对它的容忍相互盘结滋长，从外到内箍缠而来，选择的余地其实越收越窄。也可以说我没能先知一样早早脱逃，已经差不多困住了自己。在此间我敏感卑怯，心事重重患得患失，哪能胜任自己任意选取的情节走向？

为这我沮丧了一会儿。人最好晓得自己的斤两，而不是临场称量。

就算还有心出逃，我也只能尝试在挣扎中酝酿迸发，承认将要面临危恐张皇，再借用挣扎和迸发的力气来承担它。跳进激流再图畅泳，这大概是我讨得果决的唯一办法。

我抓起椅背上搭的衣物，把像是贴身的部分放在鼻子底下使劲闻了闻，这勾当彻底弃绝了我和床上人可能成立的若干种关系，只保留了可怜的几种。自我压迫已在施行。不过不太合心意的是，并没有什么浓重的气味可以让我变得足够强悍。可能我需要走出卧室，不顾摔疼的腿脚，带着困兽般的蛮力在客厅里兜走几圈。只要出离那间卧室就能具有的放肆劲头可以证明我与这处家宅的关系。我会看见几级台阶上的主卧开着门，起身之前我是躺那里的，而刚去的，是保姆房，所以那里睡着的女人只是我家的保姆。她在我眼里既不可或缺又无足轻重。在这个家里她只能用自己的水杯喝水，但我起夜时却会有意找到她的杯子来用，比如在这样的暗夜……在外面我会燥热得要命，几步奔到桌台旁，即刻就要用她那杯子喝几口水，可暖瓶里倒出的水太热，我对着杯口又吸吃得过猛，烫到了嘴。我终于恼火至极，可以闯回保姆的睡房、一鼓作气地掀开她的被子扑过去了，那架势就像是另一次跌倒，无可挽回。她醒来但没有醒透，还没做出什么动作，嗓子里也只是哼哼着。我这样的人自然不相信自己略施威吓就可以轻易得逞，所以会迫不及待地挥手给她结实的一耳光……

太过疯狂了。我的手又在身下摸着那团东西。大概是刚才想象自己在客厅里狂走时，它坚挺了起来，想到保姆的杯子，它达到了刚强的极致，但眼下它软塌塌的，可能是被自己头脑里彩排的粗暴吓到了。我又拿起她的衣物更使劲地吸嗅，这次闻到一些冷却在织物纤维间的体味儿，但还是没有扫除自己受到的惊吓。我等了自己一会儿，可时间和机会自然都不多了，施加在自己身体上的惊吓，变成了惊吓加上焦急。

我呼出浊气，胸膛塌陷下去。最令人软弱的，是自己悉晓自己的软弱。无论浓黑还是空白，都没法施与扶助。形神皲缩，薄汗湿凉。这样，我想她不必是我家的保姆了，更不必在夜里遭人扑斗。这一番虚实再次证明了我的确敏感而心事重重，身心秉性确实已经固化无疑。挣扎迸发之想换来的，不过是凌乱的寒战和抽动，至少在这次正在铺排成形的世界里我就是这副样子。

连她翻了个身，也让我腰身哆嗦。我从她身后退开几步，绕过床尾去往床空着的那一边。我想这只能是我的家里、我自己的房间了，床上的人恐怕也只好是我的妻子，再要勉强去兑现残余的变数不知道会引来多少不堪的局面，何况刚刚闻过的衣物味道没有带来一丁点新鲜感。

然而我是抿合着眼皮接受这结论的，似乎事情仍然不该就此作罢。那些叹息般短寿的念头明明只堪凭吊，要是还有什么不能死心放下，或许就是我仍然不知道她是谁，不知道她容貌怎样身材如何，会怎么颦笑怎么搂抱。算不上玄想了，可我和她是否庆幸彼此依偎，我们之间是否还有可圈可点的亲近甜蜜？这些既然仍悬置着，就该还可以由我出手设定吧？至少也该剩下个小小的旋钮给我，让我把它扭到新的刻度。

我在床边坐下，掀开被子的一边，把两条腿先后滑了进去。躺下的事已经容不得耽搁，却也草率不得，因为残余的可能性会由我进入被窝的每一个动作来孵化。她的一只脚斜伸在我这半边。显然我不能先去归置她的体姿，就算那貌似顺理成章，推开她的肢体、打发掉她的触碰会有何后果毕竟已经心知肚明。现在侥幸再次得来的机运虽然已经快要被挥霍殆尽，可只要有最后一线容许伸展的缝隙，我就不想放过。

头一躺上枕头我就侧起身对着她。她现在背对着我，而且头远脚近，因而我没法亲吻她，否则这会是一个最为有效的触点，来让昨天和明天都幡然甘甜几分。她不必当即醒过来回应，不醒甚至更好，我会展示深夜里的任性与轻柔，那么那份甘甜就是确凿无疑的了。这是个逻辑与情理的世界，若不甘甜，我怎么会在被窝里静静地朝她伸长脖子撅起嘴唇？现在我迫切需要找到或者说设计出代替亲吻的动作。肩头已经倾斜，手臂已经要伸探过去，感觉有点像一时不知道怎么剥开一颗软烂但据说还甜的果子。短时间内能想到的，莫过于某种抚摸，我是说可以命中要点的那种。我横下心，手略过她的脊背，伸向她的臀部，我需要把手不轻不重地贴压在上面，开拿指头滑动那么两三下，但不必过多耽溺。如果一切都对劲，在她很快或很迟地转过身来之后，我仍然会施以一吻，那便会是油然而发的了。

破局在即，我的手还是在细密地颤抖，但颤抖毕竟是多义的，谁能说它专属于卑怯软弱，而与深情和兴味无关？现在手半张开，探到她的两个臀瓣，摸出悬念揭晓的莫名感觉。说手感温软也没错，热乎乎的，可是所触碰之处过于疲懈，同时还是湿的。我心下和肢端分别震颤，两厢竟没有通畅的传导。事先我当然无法断定包括手臂哆嗦在内的所有身体细节会与哪种释义、哪种因由绑定在一起，但眼下我迅疾地灵慧起来，承认了对于生灵而言年月风化的厉害，也就是说，承认了身躯老朽的威力。刹那间，那层棉布的纹理质地也变得无比熟悉，我立时知道触摸她的屁股乃至胯裆是我每晚都会重复多次的动作，是陪伴这种病人睡觉时的微小巡逻。

她身下果然垫着隔尿垫。我也有了刚刚下床时的记忆——我此前就摸到了潮湿，要去帮失禁的老妻换洗，但迷蒙里跌了一跤，摔得一定相当狼狈。现在，我完全记起了她和我分别是谁，心里熟知了彼此的模样、嗓音、颈纹和气味，也明白了椅背上的衣裤不太刺鼻是因为她已经很少把它们穿上身了，而且整间卧室的气味背景其实就是一种复合的不清洁的身体味道。我们是在几年前开始这样相依为命的，更早的时候我们只是并排躺在床上、显影在床头上方的合照里。后来先是女儿出了事，她又愁苦得患了病，几经反复便到了卧床的地步，夜晚常常需要我在昏沉中起身照料。我也慢慢只剩下了苟延两个人残喘的力气，和她一起浑浑噩噩地打发昼夜晨昏，双双归于这种形式的近切齐整。我们之间的阔别只出现在我洗完她失禁弄脏的东西，自己又去厕所站着苦苦等尿的时候。

我知道她的睡眠轻浅凌乱，像落在窗玻璃上的雨水。她应该听到了我刚才摔倒，但分辨不清响动来自梦里还是梦外，也没有力气开口说话，或者她早就不觉得躺在那里表示关心有什么意义了。她曾经胖大得不合时宜，如今却被消耗得如同一个包着几根柴禾的口袋。而我枯老得就像柴禾本身。我伸出手来证实这一点，瘦长灰白的手指枯竹枝似的分割了灰黑的视野，我怀疑根根指骨之间已经没有手掌连缀着了。我为这些已觉悉晓的东西打了冷战。顺手在自己头上抹了一把，果然摸到了痛处和大片的黏血，闻到了它腥咸的气味。这大概就是被戏弄得淋漓通透的感觉。

"你怎么了？"她嘴里终于发出含混的语音，我听得懂。她是等得太久了。

我说："我摔了，腿伤了，头也破了。"

她也听得懂我爬出痰哑喉咙的话，她只能忍在那里了。黑暗一经凝固，便陈旧得令人窒息。下一次如果还容得选择，我不会和她一道来到如此境地。我咬了咬白齿，两腮早就没有能鼓得起来的咬合肌了，但我决意若有下一次，一定要在那正待凝固的界面狠命挥斥，彻底改换情形。甩开她也好，赶走她也罢，就算是偷盗她的东西，也能把自己锁定在年轻的光景，同时也等于放过了她。如果选择掀开她的被子，我会做得更莽撞并且伴以剧烈地气喘，做足年少轻狂或年轻盲动的样子。也许我会挨她一耳光、遭到若干蹬踹，什么都做不成，那反倒更有意思。总之只要是与这一次不同，一切都会感觉好得很。

云彩剪辑师

李宏伟（《天涯》2022年第5期）

推荐语

《云彩剪辑师》不似李宏伟以往作品那样繁复、铺展、庞大，相反，却呈现出轻逸、迅捷、精妙的叙事特点，是一个大胆而美丽的尝试。这个看起来跟现实有巨大距离的作品，经过想象的奇思妙想变形之后，仿佛神话中的如意乾坤袋，收入了世间的点点滴滴，人心的冷冷暖暖，情感的起起伏伏，最终得以容纳了更多的现实。——没错，不是现实反映了更多现实，而是经过严密检验的想象，容纳了更多现实。（黄德海）

阿懒并不剪辑所有的云彩。有空又有心情时，他会推开门，来到狭长的阳台，将酒放在玻璃条桌上，躺进白色的塑料躺椅，望着天上的云彩出神。谁都不知道阿懒在想什么，他那样子本身就像一朵云。要是房东胡伯恰巧在这时从三楼阳台探出身子，就会喊一声阿懒，问他，你现在飘到什么地方去了？问完，胡伯抬头望一望，想认清哪一片云彩是阿懒，但总是确定不了。直到胡伯缩回房间，阿懒也不会回答，更不会动一动。

动的话，常常就是拿过酒来。阿懒喝酒不挑，根据手里的钱，依据当时的心情，下班路上，拐进那家专营酒的便利店，将酒塞进老T递来的布袋，拎回来。有时，他刚走到门口，布袋就已经在老T手里，里面装着一两瓶酒,他依老T说的数递上钱,回家再打开。老T选的酒总会带来不一样的感受,仿佛事先洞悉了什么。不过,这种情况不多。一般情况下,老T都让阿懒自己看,自己拿。便利店不大,酒的品种却多到令人眼花缭乱,有时让阿懒感到新鲜,有时让阿懒感到疲惫。新鲜或疲惫到头,便随手抄起一瓶。要刚好是啤酒,无论哪一款,老T都会露出一脸搁不下的嫌弃,非得赶紧将它藏进布袋后,才找钱,才搭话,就好像那酒不是他进的货,而是谁寄存代售的,阿懒更不是他的顾客,而是他不争气的儿子。

拿过酒来,举在略高于目光平行处,阿懒凝视,等待酒安静下来。要是喜欢漂浮沫子的酒,便等待每一个泡沫破裂、消散,酒面与酒杯归于阒寂。有时,这需要很长时间,还得保证手的稳定,不会晃动或抖动,以免催生新的泡沫。阿懒有的是时间,定力惊人,这样总会等到那一刻到来。整个酒杯安静如一块石子,除了天生的透明或者自带的颜色,乃至一片静默的浑浊外,无法从被等量齐观的空中区分开。阿懒用这样的酒对着或远或近,或浓或淡,或厚或薄,或者干脆懒得形容的云彩。哪一片云让他心里一动,无论是喜欢还是讨厌,他都注目其上,多看两眼,便能从中发现不足,至少是他不满意的地方。先在心里勾勒,差不多时,将酒杯举到面前,低下去,再从酒水的倒映中,找出那片云,另一只手的食指在倒映的云影上轻轻划动。

再看那云,依从阿懒的动作,温驯地舍弃被他剪切的部分,卸去负担般更轻逸地流荡起来,要么就是更专注地行起当行之事来。这时的阿懒已经不关心那云,他只盯着杯中的酒,颇为紧张,颇为期待,

仿佛这是新酿得的,至少也是刚用全新的手法调制而成的。看上好一会儿,他举到嘴边,呷一口,让云彩的味道在口腔游走。随后,顺从咽喉落入胃里,扩散至全身。等上三五分钟——大约是被一朵云托起来的那个时间,阿懒便会露出满意的神色——到目前为止,他没有不满意的。谁都知道,每一朵云彩都是独一无二的;阿懒知道,他每一次的剪辑手法都是不重复的。两相重叠,怎么可能不是一杯值得用更多耐心去品味的酒呢?

当然,事情没有说来那么简单。云彩不是阿懒的专供,可以拿过来随意把玩,他必须考虑剪辑带来的后果。二十岁那年,教会阿懒这一切的那个女人让他离开自己的屋子,并且不允许他再登门。女人说,他应该去看看远方的云,品尝它们的滋味。更重要的是,领会一下,动一朵云彩对不相干的人会产生什么样的影响。女人还说,你不可能知道每一次剪辑的后果,但你必须事先知道,一定有后果。那时,阿懒还不明白她为什么要说这些废话。他甚至认为,她不过是在敷衍,不过是在戏弄,她只是为了赶他走。他的心里充满了愤怒,乃至对女人的恨。

后来阿懒明白了,可他已不愿再想那么多,他不过是品尝一下云彩的滋味,打乱一下它们的顺序。偶尔,他也通过那些简单的手法,改变一下云彩投射到地上的影响,寻得一点无关紧要的乐趣——至于后果,总会有后果的,什么都不做也会有后果——只要适可而止就行。现在,阿懒就看着从马路那头走过来的那个女孩,看着在她身后五六米远跟着的那个男孩,想着怎么给他俩捣捣乱,如果能顺带帮帮那个男孩更好。两个人都十五六岁,每个周

一到周五，女孩早晚从楼下经过一次，阿懒知道，她早上去的那边有一所学校。男孩通常会在黄昏，在女孩回家时，跟在她身后，远时十来米，近时两三米，从来没有过肩并肩。现在，男孩如往常那样小心，不让自己的身影与步子惊扰到女孩，但他的小心并不畏缩，谨慎中带着坦然，仿佛在宣告，他对女孩负有的责任。

女孩是知道男孩在的，阿懒对此洞若观火。阿懒还知道，女孩有些左右为难。毕竟，要是男孩更勇敢一点，或者说鲁莽一些，她反倒应对有策。或者说，如果这是男孩第一次跟随，她也知道怎么办。现在，两个人已经用不远不近的距离、不咸不淡的沉默，筑起一道柔韧的防护圈，轻易撕扯不动。推不开，走不近。眼看着女孩走到楼下，看着她很快会走到这条马路的尽头，在十字路口拐弯，阿懒不禁站起来。男孩走近了一些，但还是离着两个身位，这是突破，也是突破的极限。阿懒知道，决定性的时刻将要来临，要么女孩接受男孩，两个人并肩而行，要么女孩继续沉默以对，男孩转身离去。

阿懒抬头望，日头在加速向西奔去，可离到达山顶还有好一会儿。城市的上空是一大片摊开的白色的云彩，刚好挡住尚有余味的阳光。阿懒拿过酒杯——这次是老T特意推荐的一种蓝宝石颜色的酒——望进去，云彩都仿佛被洇染成了天空之蓝。不，比天空之蓝更蓝。左手持杯，右手拇指、食指、中指并拢又伸开，反复几次，杯中的云彩得以放大，突出他选中的位置。女孩已站在十字路口，准备拐弯，男孩则并住脚，显然准备以目送道别。阿懒瞅准时机，在绿灯亮起、女孩犹豫一下往前跨步时，他的手指按住选中的那点云彩，往杯子里滑动一下，一点白掉进蓝里，仿佛冲淡了酒。随着那一点云彩的消失，女孩头顶上的天空漏出一条圆柱体的光，将她罩住。女孩吃了一惊，随即接受这启示似的，身子歪了下去。正在转身，但目光仍未脱离女孩的男孩，体内的弹簧瞬间被触动，扭身、跑起，一气呵成地冲上去，完成他酝酿已久的动作，抱住女孩。极其短暂，两个人身体在触及彼此的同时分开，但他们迎着绿灯闪烁的提示，终于并肩走了过去。

阿懒没有再追看男孩和女孩的背影，他一口饮下杯子里的酒，在杜松子的味道中，用舌尖感受那一团即将消失的白云的味道，它上面一层被阳光持续照晒的热已不强烈，但依旧隐秘而绵长。随着吞咽，一种旧日的带着灰尘的暖意，漫延于体内。接下来一段时间，阿懒经常看见楼下马路上女孩和男孩的身影，有时肩并着肩，有时手牵着手。大多数时候，是在黄昏时，从马路的那头，学校的那边走过来。偶尔，是在早晨，男孩先骑着自行车从那边呼啸着过来，不一会儿，女孩也骑着自行车，和他一起再从这边缓缓过去。极少数时候，两个人或者骑着一辆自行车，或者就那么手拉着手，在马路上溜达够两三个来回，才道别分开。看着道别之后迈着大步幅的男孩的身影，看着他走到最后总会跑起来，阿懒忍不住就会干掉杯子里的酒。

这天下班进到店里，老T没有如往常那样递过装酒的布袋，而是看着阿懒，几次欲言又止。阿懒看着老T，静心等待。终于，老T挠挠头说，明天晚上有空的话，在胡伯家喝酒。三个人一起喝酒的机会不算多，可绝对不需要这么扭捏。阿懒没吭声，继续看着老T。哎呀，老T更加不好意思起来，明天是胡伯的生日。哦，阿懒点点头，我下班就过来——需要做什么特别的准备吗？老T再次挠挠头，为难地看着阿懒，不是要礼物，胡伯很想他女儿，要是……阿懒截住老T的话，要是他女儿能回来的话，胡伯会高兴得跳起来吗？说完，阿懒自己先笑了，他想象着七十多岁的胡伯，像个孩子那样高高跳起，稀而长的银白色头发在脑袋上飘荡、起落。老T瞪阿懒一眼，回来是不可能的，能来个电话，道一声生日快乐，胡伯就心满意足啦。

怎么，父女俩有什么心结解不开？阿懒听胡伯唠叨过一两回，知道他有个女儿，自租住以来却从未见过，虽然奇怪，但也没多想，更不好问。既然老T说到……心结这种事，谁知道呢，你以为还是一根线，谁知道别人什么时候就打上结了，就算是你的老婆、儿子，就算是你的掌上明珠，你又怎么能知道呢？老T说着，往外看了看，并没人来。胡伯女儿小时候，跟他可亲了，他走到哪儿女儿跟到哪儿，胡伯也真疼女儿，从来不说个"不"字，脸色都不舍得变一下，永远笑着对她。老T声音低下去，咕哝几句，才又意识到阿懒在，声音高了起来，谁知道后来就不来往了。我能做什么呢？阿懒望望门外，淡淡的霞光散落在地上。不用做什么，老T摇摇头，我就是和你说说，你进来之前，我刚给她女儿打电话，想提醒一声，可拨打两次都没人接，便再没力气打了。老T停顿好一会儿，恢复些精神，不是要让你来打，明天晚上，别提这些事就成。

第二天，天一直阴着，阿懒加了会儿班，处理完手边事走出公司楼时，预报了一天的暴雨仍旧卷在天上。走到便利店前，老T早已关门而去，阿懒在门前站了会儿，想起前几日买的啤酒还有两罐，便走回去。到家里，刚从橱柜里拿出那瓶多年带在身边的白酒，敲门声就响了起来。老T站在门口，不太高兴的样子。你总算回来了，我一个人面对胡伯，真有点扛不住。胡伯站在厨房的窗户边，望着又暗去几分的天空，那身影比天空还暗。桌上摆着一堆带壳花生、一碟开心果、一盘洗净没切的黄瓜。三只酒杯，其中两只已然动过。阿懒打过招呼，依着老T的话，坐在朝向窗户那一边。天上的云在加速流动，要不了多久雨肯定落下来。胡伯转过身，看着桌面，似乎生出歉意。本来想做几个菜，实在……

这样挺好，就喝点酒，聊会儿天。老T早就倒满三只杯子，趁势端起，向着阿懒，说，胡伯的厨艺那是没的说，一道菜你吃了无数遍，下次仍旧像第一次尝到。胡伯笑着举起杯，你直接说我只会那几样不就得了。他又向着阿懒，早年好琢磨这些，现在懒得动了，过几天吧，我来整条鱼。谢谢胡伯——阿懒举起酒杯，顿一顿，祝胡伯身体健康。三个人喝下去，各自倒上，阿懒正伸手去抓一把花生，一串雷炸过来，回音未绝，雨便赶了下来。到处都是雨水击打的声音，迅速由滴变成串，一股薄薄的湿气入到鼻中，内中夹杂的灰尘的味道散开，有些呛人。胡伯偏过头，望着雨以及挂下雨水的晦暗天色，出着神。阿懒看着老T，老T正示意他别说话。两人目光还没交接到第二个回合，胡伯已回过头，举杯碰过来，干掉这一杯，又去倒上一杯，举起。

接下来喝得就更快了，还没说上几句，一瓶酒已没了大半。像是配合他们的节奏似的，雨还在加大速度，哗哗的声音带着爆裂声，电闪雷鸣都难以从中突围，仿佛整个小城正被由上往下地吞没。小城之外的世界，早与雨水沆瀣一气。老T一边示意阿懒不要担心，只管配合胡伯的节奏，一边东拉西扯些笑话闲篇。老T成型的话不多，不一会儿，流浪汉到他店里骗酒喝的故事就讲上两遍。阿懒听着老T的絮叨，勉强配合着。老T总算意识到了尴尬，连连向阿懒递眼色。阿懒正愁着不知道讲什么时，胡伯开口了。胡伯问，你们见过空心的雨吗？问完，又另起一行似的，说那天的雨比今天的还大，一盆盆倒下来，从午饭后一直不停歇，你都搞不清楚，天是真的到时间黑下来的，还是雨把天下黑的。但那场雨是实心的，因为我女儿生在那天。天上倒的是雨水，落在我心里可都是绸缎，都是珍珠。

我女儿啊——胡伯正正身子，拿过杯子喝掉一口，又靠在椅子上——和雨真是有不解之缘。雨在她的名字里，在她所有的大事里。出生那天的大雨起了个头，后来就没再断过。就连她上小学当天，前一天晴朗无比，晚上漫天的星，早上一阵风过，雨就落下来，持续一整天都没停半会儿。那雨格外细，特别冷，送她去学校的路上，她一个劲往我雨衣的深处钻。她伤到膝盖，留下一拃长的伤疤。那天雨就更大了，水漫过大半个城，我拉着她说，你小心点，小心点。小心是小心了，可是谁知道从什么地方冲过来的木头上有那么锋利的一个茬口呢？你们是不知道，别说走在水里，走在路上，不管走在哪里，只要你走着，就指不定从哪里冲出来什么东西。她尖叫一声，整个人扑下去，亏得我动作快，要不然……胡伯拿过两颗开心果，却没有剥开。我一只手把她抱起，另一只手撑着伞，那时候她不小了，伞遮不住膝盖，

雨冲在伤口上，血顺着往下淌，落到水里就没了颜色……就是那时候，她问我。她说，爸爸，你见过空心的雨吗？我说没见过呀。她又说，我想见见……

胡伯，你女儿在哪儿？阿懒问道，问完被自己吓得酒醒两分，看胡伯根本没留意，就盯着老T。老T也钝了，胡乱指指，那边那座城市里。胡伯不管他们，继续说。后来不止是女儿，连她妈妈和我都觉得，女儿的生日、升学这些事，不下场雨，就跟假的似的。有几次生日没下雨，我们要么带她去找喷泉淋一场，要么干脆在浴室用莲蓬头人工降雨。这家伙，一到雨里，完全和平常不一样，那个舒展啊，那个开心啊……胡伯这才掰开白色的壳，将两颗灰绿色的开心果扔进嘴里，嚼着。又伸手，杯子空了，摇摇分酒器，也空了，弯腰从桌下又摸出一瓶酒来。阿懒看看自己带来的那一瓶，心想不着急，便挪过分酒器，让胡伯给倒上，满上一整杯后，端起它，推开厨房门，走到阳台上。胡伯的声音追上来，可是她一直说，不是空心的……雨水落在遮篷上，再分作几股流下，一片哗哗声。望出去的天地一片混沌，一片汪洋，但仍旧能看得清楚在雨水中的乌黑的云彩的那些层次，低头从小小的酒杯里看去，更是分明。可几番尝试，阿懒都找不准具体的方位，都无从下手。

你见过空心的雨吗？阿懒自问，但给不出肯定的答案。空心的雨该是什么样的？如鸡蛋那样，一层薄薄的壳，内里包着空无的蛋清、蛋黄？如樱桃那样，饱满丰盈的果肉中，藏着一粒空无的核？如泡泡那样，雨水只是外围的象征性的膜？……那空的心里，究竟是什么呢？阿懒想不明白，但他知道，就算他能想明白，也无法

通过剪辑云彩，达成那样的效果；就算他能完成空心的雨，让它落在胡伯的女儿所在的城市，胡伯的女儿也认不出来。甚至，她很有可能早忘了问过胡伯这样的问题。想到这里，阿懒叹一口气，选了最浓重的那一朵，取了最黑暗的那一缕，迅速剪辑，落进杯中，随后一口将酒吞进去，是一团墨汁般的苦涩味道。阿懒又在遮篷下站立一会儿，伸出手去，用雨水冲刷一下杯子，让喝不尽的一两滴云彩落回水中，这才回到厨房。胡伯还在说着，但语词已连不成句，零碎的词语从他嘴里飘出，濡湿四周。……那天也是雨……雨呀，开成了花……空空的心里藏着雨，藏着花……你还笑……我没见过那么大……我耳朵尖……鼻子尖……她……她……你说再也……你说……你的手……谁敢……现在我……雨呀，开得出……听听……空的花……阿懒知道，应该让这些话语自顾自地喷涌，老T目光已然有些呆滞，浑似无所见地望着胡伯，但仍旧没忘伸手，不管杯子里有没有酒。阿懒在老T小臂上拍打一下，在他抬头时，示意将胡伯送回卧室。

这么干瘦的胡伯，醉酒后依旧沉如铁，要不是阿懒也喝得无法准确感知时间，完全不怵重复，真不知道怎么把他放回床上。好歹，胡伯躺下了。老T在床头坐上一会儿，双手一拍床，撑起自己，跟在阿懒身后走出卧室。两个人在狭小客厅的竹沙发上坐着，缓过最浑噩的那一段，阿懒站起来要走，老T突然叫住他。阿懒，那边的大城市你去过吗？阿懒点头。大城市的那边，那几座城市你去过吗？再过去就是海，你去过吗？这次不待阿懒点头，老T就叹了口气，我去过，好多年前。后来我就在这里，现在我就在这里。一直就在这里，不离开这两条街，不离开我的店子。你给我说说，外面现在是什么样。说完，老T往后一仰，靠在沙发上，两只眼睛如水泡般望过来。

阿懒看着老T好一会儿，站起来，略微摇晃地走到厨房，从橱柜里找出一只四方玻璃杯，拎着他之前放在桌上的那瓶白酒。看着阿懒把酒杯放在自己面前的茶几上，拧开瓶盖，倒上没过杯底半指深的酒。老T说，还喝啊？再喝下去我只怕……阿懒摆手止住老T，他拿过茶几上那盒火柴，划燃一根，伸到杯子里。杯子里的酒迟疑了一小会儿，然后燃起来，一团淡蓝色的火焰在酒面跳动着，随即往上蹿升。互相挨挤，互相簇拥，火焰没有散开，只是在水面上方撕扯着，发出轻微的嗞啦的声响。出了杯子的火焰开始蓬松，燃烧薄了起来，摊开去，不过仍旧没超过一张垫子的大小。升到吊灯下方时，火焰停住，它不再透明，开始由边缘往内，呈现一层层絮状的白。这是我第一次见到海时，剪下来的一小片云。阿懒告诉如痴如醉望着那一小团云彩的老T，也是在告诉自己，或者还有别的人。和陆地上的云没多大区别，重一点，湿一点，藏在里面的叫声不太一样。你听，这两声是海鸥，是不是又有点像鸭子，又有点像大雁？

老T咧嘴一笑，说，云是好云，你那酒差了点。他突然又静下来，眯缝着眼听上好一会儿，摇摇头，说，都不像，就是海鸥的声音，我知道。那一团白云在他们的注视下，一点一点地变浅变淡，然后突然过了自己设定的界，消失了。阿懒再往杯里倒上半指深的白酒，用火柴点燃。这一次还是一团白云，只不过比刚才的更蓬松，底如熨过般平整。这团白云直升到天花板下，穿过吊灯时，擦得灯泡直晃，并且亮了几分。这是我在高原上剪下的，那时候我已经到处跑了一段时间，没那么兴奋，只对它的平底印象深刻。老T不一样，他不但望着，还站起来，要摸摸那云底，仍够不着，正准备往茶几上爬，云又散了。就这样，酒从瓶子倒进杯子，点燃的火焰升起来，在房间里高高低低处停留，随着阿懒或长或短的讲述，然后散去。这不成规模的小小的云彩，经过酒瓶里的禁锢，酒杯里的发酵、燃烧，似乎把时间和酒精扩散在空气中。阿懒说，再倒一次就结束时，东方已经发白，胡伯在卧室里的鼾声早变得均匀。

那团火不太一样，内里仍旧是透明的但能感知的跳动，外围却不是单纯的蓝，而是颜色混杂且在不断生灭。因此，当它不是化成一团云彩浮出杯子，而是作为一道彩虹，从杯子跨出来，斜向上搭在房间里无明之处时，也就在情理之中。但这却出乎阿懒的意料，他愣上好一会儿，才窘迫、欣喜、伤感诸多情绪掺杂地哎呀出声。没想到，没想到，阿懒连连摇头，这个居然还在，这是我离开……离开之后，第一次剪辑下来的，就剪了一小块。当时我想的是，剪下来的都不喝，都是最宝贵的记忆，留着以后，说不定留到老了再拿出来。阿懒看老T望着自己，有点不好意思，平静下来。那天上午的雪可真大，谁知道中午又换成了雨，谁知道雨落着落着就出了大太阳。你说，天气都能变得这么快，何况……

后面的话到底没再说下去，也用不着说了。那彩虹停留的时间比之前的云彩都短，倏然消失，仿佛压根儿没有存在过。老T望着空白处的目光空了一会儿，才又落向阿懒这里。结束啦，阿懒没有解释，只是伸手指着玻璃杯，你尝尝，这可是过滤掉云彩之后的味道。老T面露疑惑，但还是拿起来，抿了一口，随即仰脖将余下的全部倒进嘴里。杯子里的液体没剩多少。是水的味道，老T说完咂咂嘴，又不是水的味道。再咂咂嘴，肯定不是酒的味道。是啊，外面现在差不多也还是这样。老T点点头，这么说来，我留在这儿没错。那，那件事我就可以跟你说说了，我被云烫伤的那件事，一朵云……今天不说了，阿懒止住他，拿起酒瓶，晃几下，递给老T。还有一点，什么时候你自己把它点了吧。

阿懒下楼回到房间，转了一圈半，丝毫没有睡意。他又站上片刻，走进厨房，打开冰箱，拿出两罐啤酒，一个玻璃杯，来到阳台。塑料椅子上还留着未蒸发的雨水，也可能是露水，微凉湿意顺着裤子渗进来，贴在皮肤上，呼应了入喉的酒。东方一片的白正在分出层次，注入颜色，并且开始提速。女人让他离开时，也是这样一个早上，他当时刚熟练云彩的剪辑技术不久，早早起了床，想剪下金光灿然的一缕，为她调一杯清晨的饮料，还没动手，女人披衣出来，挨着他站了好一会儿，说了那番话，让他离开。现在，似乎一切都没有变化，东方还是东方，彩霞仍旧灿烂，就连手里握着的，也是同一款啤酒。阿懒站起来，低下头，望着酒里映衬的似有若无的云彩，始终没有上手的意兴。迟疑间，他瞥见一个人影从远处走过来，那身形有些熟悉。

移开杯子，直望下去，是那个女孩。这一次，她是从学校的方向往家这边而来，仍旧在马路的对面，仍旧是他见过很多次的那身衣服，但这个时间，她怎么会从学校过来,而且一个人走着?阿懒不用看时间,根据朝霞也知道,就算是往学校去,通常也还得有半个小时。女孩步子比平常快一些,清晨的光线还带着几分朦胧,从这个距离更无从分辨她的表情,判断不了是喜是悲。阿懒就这么站着,看着女孩走过对面两家尚未开门的服装店,走过街面上摆了三张桌子、桌子旁都坐着人的早点店。女孩在早点店旁停下脚步,过了一会儿才继续往前走。至少没那么糟糕,阿懒想。女孩已经走到那个路口,正要拐弯。阿懒抬头,想着是不是照着上次那样,再给她一团意外的光。太阳还没浮出来,东方的云彩足够绚烂,要剪辑到合乎所用却难。这时,阿懒才知道自己酒劲上了头。醉眼看下去,女孩已经等来绿灯,走过路口。阿懒看看女孩的背影,再看看颜色愈发浓重的云彩,忽然觉得,也许他可以在其中一朵云彩上做个标记。这样,不管女人在哪儿,要是看见,就能明白是他在致意。

百花杀

杨知寒（《当代》2022年第3期）

> **推荐语**
>
> 杨知寒以巨大的爆发力横空出世，作为90后作家，对世俗生活的热爱和熟谙，对成人世界的认知与剖析，都显得成熟而超然。在城市的潮流地标百花园市场，两个底层妇女从争斗厮杀激烈，到悄然无声和解，无数奋力挣扎的个体的速描惟妙惟肖，活灵活现。杨知寒正在以澎湃的激情在文学道路上精修精进。（徐坤）

1

号称"进口小牛皮"的黑钱夹捏在两根手指里，被徐英飞镖似的瞄着，准备往顾秀华后脑上摔。从她的店里出来，往左第一家就是顾秀华的店，摔是一定能摔上的，就是值不值得摔，徐英还在酝酿。此刻顾秀华在一片塑料珠帘后坐着，背对她，瓜子一个接一个往嘴里送，边嗑边唱：我在仰望，月亮之上，有多少梦想在自由地飞翔。徐英放下手里皮夹思考，摔出去后事态会怎么发展。如果只是吵架，顾秀华和她半斤八两，谁也得不着便宜；如果打起来，顾秀华目测一百五十斤往上，坐死她都没问题。徐英想，要是赵庆在就好了，哪怕身边再有个女的呢，两张嘴也比一张嘴会骂人，两盆水也比一盆水泼得狠。她想往顾秀华头上浇盆尿，那才解气，该用脏东西来侮辱脏东西，何用小牛皮？回店里，她将皮夹搁回货架上，将墙上贴的"概不议价"的字条,捋得更平顺了点儿。

事不大,但多咱想起,多咱感到憋气。憋气很可怕,因它总会向背道而驰的两个方向走,是该让烦恼的气球慢慢放气,还是慢慢打气,看它最后破裂。发展不同,决定一段关系走向不同。亲疏爱恨,往往也只落定在件件小事上,小事又怕积攒。徐英心里给顾秀华数着,加上今天这件,两三年中,对方下绊子,没十回也有八回,她已算得上仁至义尽。今早开门没多久,顾秀华就抢了她一个客,在徐英已将价格咬定,即将攻破一个买货大哥的心理防线时,顾秀华站到她家门口喊,多瞧瞧,多看看,咱家有各式腰带、钱包、卡扣,品种齐全,童叟无欺,刚开门,不图挣钱,图打响第一枪,来你就有优惠。这话果然怂恿得大哥走了,再没转回来,这才有徐英拿起已准备包上的钱夹,心底恨透了的一股劲儿。论岁数,她该管顾秀华叫声"姨",再不济,叫声"姐们儿",现在她却只想叫对方"灾星"。灾星,克死自己男人还不算,谁家买卖好你眼红谁,一层楼里,几十户店面,总往外标榜你是老人儿,十年前就在这儿扎营,关键十年来你交下谁了?谁你也没交下。连中午吃饭,集体订麻辣烫,都没人替你取一回。哪回不是自己开张,自己收摊,谁亲近你一刻了?徐英是三年前才来到百花园市场卖货的,因人年轻,紧跟时尚,说话也八面玲珑,不得罪主顾,渐渐整座百花园市场里,属徐英精品屋的买卖最好。好些回头客来,不为买货,就来和她聊会儿天。徐英以前总是劝自己,不气,不至于,身在高位,要能容人。今天她想,关键你是个人吗顾秀华?

坏就坏在憋着气的时候,眼前正巧来了个靶子。靶子是个四十来岁的大姐,一上午往徐英家溜达几趟了,一百二的皮夹,讲到八十愣是不买。大姐手在皮夹上摩挲来摩挲去,眼神既像试探,又可怜巴巴,你少那十块钱啊,七十我就拿了。徐英说,真来不了,没那个价儿。七十我上的,你给七十,我风里雨里,赚啥了姐们儿。你也不用堵门,店小,后头人都进不来了。不怕你比较,你再出去转转,看谁家还能有我这个品质,啊?说完徐英手拿把掐,继续应付新的客人。一上午了,效益不理想,卖出八个,净收益也就一百,徐英觉得都不够费唾沫的。但话说回来,别的她又能干啥?啥不要本钱,不要帮衬,就是在眼前这个有窝有棚的地方,她都常忙得脚打后脑勺,恨自己不是三头六臂,心思赶不上嘴快。看一集剧的工夫,大姐还是转回来了,徐英笑脸盈盈,回来了姐?你要说就相中这个了,咱研究研究,完事了呗。大姐手上却已提了个塑料袋,打眼一瞅,里头也是个皮夹,和徐英卖的款式大差不差。她冷笑,买完了这是,花多钱哪?六十五啊,是不是在我那儿一拐弯那家买的?大姐不置可否,继续摩挲刚才她相中了的徐英家的皮夹子。徐英想,你再给我摸出包浆来,跟大姐说,也别摸了,两个货拿桌面上比比,咱家卖的是广州货,她家卖的是啥啊姐。大姐嘀咕,我看也没差多少。徐英笑,都是同行,我不能诋毁人家。但是姐,她家东西你用用就知道了。夏天,就你买这个包,徐英拿过大姐刚买的货,经手掂量,不给你晒个双眼爆皮,算我眼瞎。冬天,得给你冻得跟个橛子似的,拉锁你都拉不开。大姐没讲话,半晌说,你让我再摸摸。徐英心有了底,摸呗,越摸你越犯合计。大姐摸来摸去,确认徐英说的是真的，两者比较，她是图便宜，买了个次货。大姐探问徐英，你说她能给我退不？徐英说，退不了，退你还打仗生气，吵吵把火，给你退啥？那人脾气老不好了，咱都知根知底儿的。大姐露出一副那可坏了的表情，没想到精细精细，还是吃了亏。徐英给她支招儿，这样姐，要说你就是相中老妹儿家这东西了，价钱不妥，咱就研究价儿。可你也别出去说上那个当了。咋，真想退啊？徐英眼珠滴溜转，说，退也有着儿，可不能说是老妹儿教的。大姐拍胸脯，你就教吧，我不能卖你。徐英在椅子上盘住腿，小声招呼对方离近点儿，推心置腹道，就说是给你家孩子买的，孩子看了不可心，又作又闹，小活祖宗。你要不给我退呢，我找商管去。大姐连声嗯嗯，拿上东西掀门帘走了，徐英也不留，买卖成与不成，已无所谓，你一尺我一丈，解了气再说。

百花园市场过去总是摩肩接踵，客人有时都像高峰期时堵上的车，错不开身，挪不动步。到工作日还能见缓儿，那时徐英也有心情和人讲价，磨磨嘴皮，全作训练。但凡到年节，真是爱买不买，送客的话常挂嘴边，那啥，你再溜达溜达。今年则不知怎么，商场风云突变，客流锐减，往常七进七出的客人，今年就像诸葛亮得凭折寿才求来的一场风，成交都在侥幸。二〇一四年的春天，徐英和顾秀华彻底较开了劲，俩人都从一样的地方上货，找一样的款式打版，你卖啥我卖啥，你降十块我降十五，你送客，我招呼，双双成全了买方市场，彼此却是伤一千损八百。不如此，各家也没竞争意识，以为生意永远是此起彼伏，千秋万代，不去想算计，想怎么经营。当秋风一吹，百花都见枯萎，人也真上了战场，别人再从自己碗里夹块儿肉走，跟从身上割下块儿肉一般，轻而易举结下了血海深仇。于是，当徐英在店里气定神闲看台湾偶像剧的时候，顾秀华如预料中的，风风火火，挑开了门帘，因体形壮硕，将门口全给挡住了。顾秀华直截了当，问徐英打算怎么着，商管，商管啥都管，包括不正当竞争。边上几家店里的小姐妹前来劝解，劝解多是观战，毕竟都久没见热闹了。徐英只是换了条腿一跷，抬手指着顾秀华的鼻子说，打算不打算的，你先挑的衅。话刚落地，顾秀华便上前扯住徐英头发，徐英力气不赶对方，唯有猛着去踹顾秀华穿了瘦腿神裤因而单薄的下肢，往脚腕踹，对方就软了。徐英简直像骑着顾秀华，后者不断向上耸动，最后一耸，将徐英顶上货架，东西乱七八糟摔了一地。几个小姐妹这才敢上前看看。刚拉起徐英，她便往对方得胜了的后背上啐出唾沫，顾秀华往背上摸了摸，回嘴说，有你没我。

2

徐英自此和顾秀华斗下去。起初她也合计，是不是非斗不可。楼里这么多家买卖，都是竞争关系，可谁也没说要和谁往死了结仇，只有她俩，是人人心照不宣。在顾秀华当众抛下那句"有你没我"之后，这仇论理不是徐英奠定的。徐英反复想那天被顶到货架上，东西从头上往下落的声音。她后来抹着眼泪，一一放回原处，过程里有关破坏的记忆反复加深。她记性好，更觉不公平，凭什么是她的店被打成了烂摊子，还要她自己来收拾？那时候，顾秀华在哪儿？大约继续嗑瓜子，唱她没唱完的歌，复了仇的人儿快活地坐在月亮之上，梦想当然在自由地飞翔。重点不在梦想，而是想怎么干就怎么干的自由，顾秀华那天已实现。

仇既已结，往下就得循环。循环讲究果报，顾秀华种下的果，徐英心心念念，她还没有报。当然了，自己吃过一次亏，知道不能再在拳脚上和对方斗一斗。徐英想，知己知彼，百战百胜，她得在顾秀华最脆弱的肋骨上下脚，就如对方，仗着身体优势往她的肋骨上狠踹的那一脚。顾秀华最在乎什么呢？答案不难找到，钱。顾秀华为什么这么在乎钱，从别的小姐妹口中，徐英已对顾秀华的生活一清二楚，知道对方如今一人带儿子过。儿子在八中上学，到夏天高考。顾秀华把所有希望寄托在儿子身上，给儿子和自己投掷了同等的压力，即儿子好好念，她来好好挣，俩人齐头并进，努力改变家族命运。徐英不想祸祸别人下一代，仇没深到那份儿上，拢共就见过顾秀华儿子两回。一回是他下午没课，顾秀华儿子来了，穿着校服，人精瘦，脸上一副厚瓶底儿，嘴唇上一圈黑胡子，坐在女装底下吃顾秀华给他叫的鱼丸米线，闷头，吸溜吸溜地。二回见，是顾秀华有事儿不在店里，儿子放寒假，背着书包来给妈妈看摊。那回光一上午，徐英就以杀疯了的架势抢下顾秀华约莫十来个客。但凡有客人走进顾秀华的店，徐英就站到门口招呼，她家没人，来我家呗，我家今天搞活动，来你就合适。姐们儿，来来，你在我家买过，回头客你不记得我，我记得你。上回你买完，回头我还说呢，啥人啥穿戴，就没见谁比你再合适用这东西了。徐英那股亲热劲儿自不必提，皱眉弄眼加拱嘴，嗔怪显着亲热，和女的就这套话术，愣夸也是夸，夸人就能吸引人。和男的她更有招法，细腰往外一拧，不说话，干笑眨巴眼，大哥大叔就一个个地往她家来了。对门卖文胸内衣的小文来凑热闹，到徐英耳边说，英姐，你这力气卖的，不知道还寻思你干过啥呢。徐英收钱之余，瞪她一眼，也带笑，妹啊，别人爱咋想咋想吧。其实服务业都相通，都是伺候人，她再压压声音，说，高低都忽悠人。

顾秀华儿子当然不会忽悠，青春期，连和生人打照面都显忧，不是徐英对手。等顾秀华忙完回来，徐英把店里音响啥的一关，静气，听声。果然没多会儿，就传来不远处骂骂咧咧的动静。小孩儿也不会学话，可能他都不明白是被人家抢了客。徐英听了半天妈训儿子，再往后，就只听见顾秀华招呼儿子回来的喊声了。儿子没回来。顾秀华追他到了扶梯口，看儿子后背上挂着没拉好拉链的书包，跟个垂头丧气的茄子一样，正跟着扶梯下行，消失在弱肉强食的大森林。

当晚徐英回家，和在水站工作，给人扛了一天水桶的男友赵庆，叙述当天胜绩。一人四听哈啤，就着徐英从百花园地下买回的烧鸡，两碗酿皮，直聊到午夜。说到眼下终于吐出一口气，徐英含泪，想起一路来更多的艰辛，絮絮叨叨，从桌上这只吃剩到骨头的烧鸡，说到小时候她多久才能吃上一顿荤，为了往后顿顿能吃上荤，前后付出过多少，可收获从不公平。她今天从顾秀华儿子那儿抢来了生意，是胜利，也带点儿悲凉。只有她知道，几次掀开门帘，看到转弯处的男孩儿，表情是如何惊慌：他看看书，再看看外头，看看从他面前经过的，不能留住的客人。一切无不让徐英想起了自己的成长岁月中，那些极为努力，又归于挫败的时刻。那年我十五，徐英拿筷子敲桌，仿佛在给经过了的人生敲锣鼓点儿，壮势。我也文静，不爱说话。大庆，你能想到我那样吗？赵庆喝得醉眼迷离，本就眼袋明显的五官跟着虚浮。人累了一天，此刻不是挠头顶，就是挠肚皮，他在不在听，徐英不能判断。她继续说，爸妈都是卖货的，先后下了岗，那时还不算个体，算打游击，走街串巷的，卖点儿爆米花啦，要么卖点儿煮苞米啦，就这种。后来算稳定下来，固定在一个路口卖盒饭。我第一回上街卖盒饭，卖的啥我还记忆犹新，西红柿炒鸡蛋，配米饭，配萝卜丝儿咸菜。卖的东西没问题，问题是我张不开嘴，喊不出价儿来。赵庆不信，你还能张不开嘴？徐英笑，其实骨子里张不开。我爸妈你见过，都老实巴交的，倒不逼着我去卖东西，是他们也知道没办法了，知道学习上我不是那块料。我一上课就爱画画，画各式各样的衣服。美术老师挺喜欢我，说我有点儿什么来着，设计天才。班主任看不上我，让我能学学，不能学回家，别浪费我爸妈苦天扒地挣的两个卖苞米的钱。赵庆问，当众说的？徐英点头，当众啊。还当众展览我的画呢。我脸红得什么似的，哭着跑出教室，直跑上大马路，隔几米远，就看到我爸妈卖盒饭的摊儿。他俩吆喝得跟领导讲话似的，平铺直叙，照着念稿：盒饭，六毛，盒饭，顶饱。话到此，眼泪流了不止一阵，徐英挂着下巴颏，凝望对面的赵庆。在许多个时刻，她心中都怀有和少女时代一样好高骛远的指望。十五岁时，她想当美术老师嘴里的服装设计师，设计出花样翻新的女装，给商场里一个体形袅娜的塑料模特花枝招展地罩上；同时希望有个斗志昂扬的男孩，能在她偶尔挫败时，递上一角干净熨帖的格手绢。给你，别再哭了。他脸上将显出最温柔的光辉，附带最有教养的微笑，永远等待徐英，期待徐英，来日精神抖擞，定会一鸣惊人。赵庆只是捏响所有啤酒的空罐，仰脖，摇出幸存的几滴答，全晃悠进他大张的嘴巴里。

徐英醉后，天然想到，人生本没有仇敌。赵庆给她盖上被子，留她在夜里睁着眼睛。女人一晚接一晚，算的都是生意经。眼瞅过年了，百花园也不见上人啊，周围店铺的生意，一家比一家惨淡。要说现在大势就为让人黄摊子，那些空下来的档口，去干什么呢？美发，饭店？现在也就这些生意好，似乎不受影响。许是现在的人，都爱娇惯自己吧。偎到赵庆肩膀上的徐英，狠亲男人两口，想出了客流量减少的原因。你们不就怕讲价嘛，愿意上网买，又账号又网银的，更费事。就不愿货比三家，锻炼下自己的口齿和智力？早晚，她打起哈欠，还不得受个锻炼啊。

3

徐英给赵庆打了三十来个电话，一直没通。她魂不守舍坐在几摞衣服包里，没精神装货。她想赶紧把店关了，追到赵庆工作的水站，问问别人，不是从昨天和前天开始问，是从上个月开始，问到底是什么拿住了赵庆的魂儿，让他回到出租屋后一言不发，上床就睡，再不肯跟她吃上一顿饭，唠超过十个字的嗑儿。徐英一单生意都不想做，有人进店，她只顾着盯手机，头也不抬回答说，没有，找不着了，去溜达溜达吧。要是来人非让她出个价，她就指指墙上贴的纸，不商量啊，姐们儿，今天不商量。一时的懈怠很快形成一时的对照，顾秀华家顾客盈门，徐英能清楚听到顾秀华的大嗓门儿，伴着爽朗的笑声，连绵不绝，和总也打不通的电话里那个女声一样，可恶至极。您好，您拨打的电话暂时无人接听。她俩的动静都属于一门，属于将人心放在火上煎的外语。

忙到中午，主顾们也得吃饭，饭点儿通常能有半小时休息。顾秀华拿着盒饭，打徐英家门口过，刻意逗留，跟对门小文讨论说，今天这盒饭吃着可香啊。咋不香？肉管够，饭管够，啥都够够的，绝对富裕。顾秀华说着，使筷子反复挑拣盒里的几块猪肉，就不进嘴，任香味透过珠帘，飘进徐英的鼻子里。小文平时和徐英关系更近，但她属于谁也不得罪的性格，何况百花园没几个不怕顾秀华的，她们全都目睹过她杀伐攻占的样儿，不论是吨位还是资历，对方都属于百花园大姐大，威名播撒在外。敬而远之是一贯政策，如果"远"做不到，就先可着"敬"来。小文边吃边给徐英使眼色，今天对方就像台失了灵的机器，干坐着不运行，连盘好的头发都松下了，垂下几绺，和头一块儿往下低。小文向顾秀华说，姐，油水你是吃够了。顾秀华一屁股坐进小文家的椅子里，满屏满眼，是号码齐全的文胸和内裤。她将猪肉块儿大嚼进嘴，咽下汩汩油水，说，真他妈香。你说，为啥今天肉能这么香？小文笑笑，没说话。徐英不多时挑开小文家帘门，她眼周红晕一圈，嘴也哆嗦，指住顾秀华鼻子，问候对方妈妈和妈妈的生活方式。操你妈啊，顾秀华。

说完不等对方反应，徐英脑子里早总结过几十回的应战方式，一一出现眼前。对方笨重，得用灵敏占先，攻其不备，再狠攻其薄弱。徐英就像只发疯的野猫，一腾，将自己挂在顾秀华身上，咬住顾秀华耳垂，妈的，一嘴油味儿，可她就像咬住了顾秀华咬住的肥肉一样，想象那是溢出的油水，狠心往下咬。顾秀华直惨叫，两腿乱蹬，蹬不着徐英的身体。徐英知道早晚挂不住的，会被顾秀华甩下来，往死里揍。她只剩一个指望，就是抓花顾秀华的脸。为此她半年都没做美甲了，怕养出不带锋的指甲，总是隔一阵就用指甲刀做最简单的修理，棱角都给保全，给仇家留好，为等此时此刻。顾秀华脸上血道子淋漓，吃痛让人力气更大，再一甩，就把徐英摔到了墙上，文胸、内裤落满四周，一切就和上一回打架一样。徐英咬着牙等待，看顾秀华扭头向自己扑来。没人敢扔下手里的盒饭，去拦截这猛兽的动作。小文魂儿都飞了，倒是一直在叫，别打啊这是我家。谁理她，顾秀华一巴掌一巴掌扇徐英的脸。后者闭上眼睛，想象是赵庆扇自己，边扇他还边说，求你了，明白点儿事吧。这日子我不过了，我不要了。我永远也不可能和你一起卖针头线脑，拿讲价哄人当手艺。我天地大着呢，送水？送水是我敷衍你们呢。孙子们，高楼总有高起点，软饭总有软跳板，爷爷我终于攀上，吃上了，嘿嘿！

徐英肿着脸坐在一堆内衣里，看顾秀华也挂了满脸的彩，在面前呼哧带喘，困惑带哭，望向自己。二〇一五年春节刚过，百花园里一片喧闹，客人们一进市场，不管要来买啥，都会先被里三层外三层的红对联、红灯笼、红鞭炮弄晕，刘德华《恭喜发财》的粤语腔循环往复，催眠每个人的耳朵，让人被动地去信，新一年有新一年的期望，而期望总该被实现。天王的声音如此厚实、磁性，每句歌词最后的颤音，都带发酥的安慰。徐英不知道自己是怎么在咬紧腮帮的状态下，还把眼泪淌出来的。顾秀华看她的眼神越来越虚。徐英一直在哭，顾秀华一直在看，小文和周围的人都不再说话。很快，楼里保安来了几个，都是大老爷们儿，在两人跟前更多是讪讪，将徐英搡起来，将顾秀华劝回她的铺面，没人想去深追究。女人间的矛盾，谁能说清楚，就连女人自己，事后回想，都觉得伤害自己的，很可能不是对方。

半小时后，徐英回到店里，盘算今天的账。开一天门却没开张，现在准备关门了，她该去算生活里其他的账。身上的疼慢慢醒过来，她想不起来是怎么挨着这些疼的了。门关后，她看到对面的小文正弯着腰，整理一片狼藉，心头过意不去。徐英过去跟着对方一起埋下头捡，将衣服扑棱扑棱，重挂上墙。小文僵着脸，说了句谢。搁平时，徐英有十几种办法将僵局打破，管保让小文心里痛快，对她没半点儿怨恨。今天她则在打完一架后，心理和身体双重败阵，像回了磕磕绊绊的十五岁，在被自己设计出的对手前，未列阵，先缴械，感到除了真心，再无其他招法。等她和所有没在杀价之战中取得胜利的女人一样，空虚着走下扶梯时，身前身后都空空荡荡。心知肚明，迎接自己的，将是更无望的空落。事情已走向不可逆的结果，不到此，徐英也很难体会，什么叫徐徐下降。不是像坐直梯那样陡然从高到下，而是早就向下走了好一程，人却还在逛景。只看到了自己盆满钵满地赚，看不到山穷水穷地远。

远啊，好远了，徐英以为自己还在和失散的人挥着手。还真有人跟她挥手，边挥边叫。是顾秀华，她站在扶梯口，居高临下望着徐英。徐英也站定了，看到顾秀华身边有两个人，紧着拦，说姐你别再去了。顾秀华说，我不揍她，和她说两句话。好啊，徐英等顾秀华坐扶梯下来，她现在没有斗志，一点儿也打不过顾秀华了，不知道后者还想耍什么威风。顾秀华却说，来日方长，你放心，我就耗在这商场里，你怎么也别想挤走我。要不信，以后咱继续试。徐英眼红通通的，点头，挤出个笑，我试试，她说。俩人对峙着看向对方，一方脸上都是血道儿，一方脸肿了两边。顾秀华仿佛没想到徐英会哭，露出看不上她这样子的轻蔑相，就像当年徐英母亲的表情。徐英问，再没话了吧？顾秀华问，你今天不开门了？徐英说，开个屁。说完转身走，顾秀华追出两步，色厉内荏悄悄问了句，你他妈不是要告我去吧？徐英破涕为笑，没回头，只走她的路。

一眼望去，家里风卷残云，连赵庆平时睡的电褥子，都给卷走了。男人在她父母面前许诺过的俩人的后半生，深圳珠海，巴黎夏威夷，种种梦幻，都似电热毯拔下插销，炽热不复，暖手还行，暖不了周身。徐英进门抱着赵庆在公园给她套圈套来的生日礼物，那个玩具狗熊，号哭到没声，晚上则喝醉到吐。翌日醒来，是彻底挨到了彻底，闻见小屋里酸醋似的呕吐物味儿。她利落地给自己洗上一遍，屋里拖上一遍，喷掉半瓶廉价香水。将赵庆忘记带走的一只四角裤头，也提住一角，点火烧出心碎的味道。

4

临到六月，街面肃静几分，徐英连日来平静地卖自家的货，尽量不跟顾秀华起冲突。对方同样顾不上她，摊子每天就开一上午，到下午风雨不动，买菜做饭，做好了装进保温桶，于夜色中准时带到阒静的教学楼外，等儿子出来，再等儿子和她隔着栅栏，站着吃完里头尚冒热气的饭菜。顾秀华壮硕的身形，不断变着方向站，为给儿子挡上四面八方的风，那些时刻，有她无法被徐英想象的温情脉脉。徐英曾向小文打听，顾秀华家孩子，成绩到底咋样？小文说，听顾姐说，挺给挣脸的，从没跑出过前几名。徐英说，感觉有点儿学傻了。记得那回不，让给他妈看摊，看得家里赔钱都不知道。小文附和，傻学呗，不然还能干啥。徐英和她碰肩膀，揪着对方一束麻花小辫，意思说，咱俩可不是那样儿人，真万幸啊。

高考连着三天，三天里顾秀华没照面，徐英家生意虽一拨一拨的，日子却失去精气神。价钱总是差不多就行，买卖双方，对成交与否，都不似过去重视。心思静下来，徐英发现自己盼着顾秀华出现，望着日益冷清的商场，常勾起许多怀念，觉得现在和从前是两个世界，不，两个时代了。在来买东西的主顾身上，变化也能见出一二。买货的人里，过去还有不少小年轻，叽叽喳喳的，三五结伴，看着架上的货，不敢和老人一样抬手就摸、就问价。她们哆哆嗦嗦，总在等徐英出一个合适的价格，仿佛等法官给个合适的判决，罪未犯下，神态已低人一等。现在都少见了。徐英不知道年轻人纷纷消失在了哪儿，他们不出现，让徐英再叫不准，市面上正流行什么，潮流又席卷到了哪一带。根据电视和手机里的信息，她几次一锤定音，上了点儿觉得能好卖的新玩意儿：什么胸口绑着鞋带的小半袖了，脚后跟挂着玩偶的花袜子了。到货后摆到最醒目的架子上，却只招揽了问袜子纯不纯棉、透不透气、能不能十块拿四双的老头老太。徐英常日里和小文几个干唠，想从对方身上侦查来有限的信息：怎么穿戴打扮，怎么开心活着，作单薄的参照。她渐渐在别人的眼里看出了，自己常怕去确认的一股情绪：泄劲儿，都是泄劲儿。她们都已不是几年前那批发色几天一变的小姑娘了，凭摇头晃脑就能招来无数飞眼，在城市潮流地标，熙攘的百花园中，当争奇斗艳的几朵花儿。如今竟都有了干枯相，眼神飞着飞着，飞出小气的味道来。她怕正是这股味道，才让赵庆义无反顾离开了。如今他在哪儿呢，俩人再没联系。徐英犯合计，他是不是真跳上了更高的台面，吃着了更香的软饭，还是真也硬气了一回，当成了爷爷？想着想着，许多个独自醒来的早上，徐英咳嗽出前一夜的酒气，会觉得眼前的屋和即将上班去的摊儿，都浅成了个小水泡。水位持续下降，倒是被太阳晒得够暖和，才让人不忍起身，唯有一再降低期望的水位，想着，能泡上就行。可她身上已有越来越多的地方，被暖水泡不上了，日复一日，又枯，又冷，又浅。

她希望在顾秀华身上看到和自己一样的对未来的惊恐，却怎么也发现不了。徐英怀疑同为女人，顾秀华是通过有意撇除身上的女性特质来享受这份工作的。看上去，哪怕一辈子在百花园里干到死，顾秀华都甘之如饴。后者并不像别人以为的那么盼着离开这儿，她也不会和徐英似的，费精神琢磨怎么把买卖做大做强。顾秀华先前每天来百花园上班，感觉和那些公务员去政府上班、程序员在电脑前噼里啪啦敲键盘没区别。从某个角度看，顾秀华心静如水。徐英心里像猫爪子挠，蹦出一个可耻的念头：她和顾秀华要是朋友该多好。她就可以向对方问明白怎么在这儿熬下去了，甚至能在许多个时刻，抱住顾秀华宽厚如山的后背，将眼泪滴上去。

咱家男包女包，单肩双肩，胸包手包都有，来，要啥往里看。徐英手往身后扫，坐在折叠凳上，轻跷着腿，招呼一个刚进门的二十出头小姑娘。小姑娘看上一个手包，徐英给拿了，边介绍，边打量对方穿戴，说，一百五，这个纯牛皮。小妹儿，你不用质疑咱家质量。女孩看看包，脸上没啥表情，只说，贵了。徐英笑，好的可不贵嘛。小妹儿看你也刚工作，这包吧，款式老，不适合你们小年轻的用。你拿这个，姐新上的货，蔡依林同款，粉色黄色荧光绿，色儿都全。说完就要给对方展览自己最近的审美，女孩抬手说不用了，包是给我姥买的。要给我妈买，你这款式还行，我姥用啥荧光绿。徐英有点儿憋气，忍了，说那给老人咱就用点儿好的，都辛苦一辈子了。又从抽屉里取出个盒子，打开是个油光锃亮的长皮夹，妹儿，可能你头一次来咱家，不了解，咱家是精品屋，不是说藏着卖，可也不是说谁都识货，好东西我要都拿出来，再给摸坏了呢，犯不上。你问这个？这个五百五。关键它版也大啊。女孩没太相中，眼神直往后瞥。你拿，扔五百得了。徐英给出第一个价。女孩说，一百五。徐英笑笑，你别的，妹儿，三百，我让点儿，你添点儿，我爱做你们年轻人生意，你们眼光也和岁数大的不一样，能知道这是好玩意儿。女孩说，我再溜达溜达吧。徐英说，溜达你也找不着我家这品质的了。女孩指转角那个位置说，那家也开了，我去瞅瞅，不都卖皮具的嘛。徐英知道是顾秀华回来了，前两天估分开始了，给顾秀华忙得不行，钻门盗洞地给人不是送礼，就是找情，一心想给宝贝儿子估准了分数，确保去念个光宗耀祖的地方。她气定神闲，帮小姑娘挑开门帘，说，姐等你回来。她家不可能有我给你的价儿。小姑娘没回来，小姑娘走后再没客人进门，在被一集集电视剧稀释了的时间里，徐英感到再坐不住，当发现不知什么时候周围店铺都空了，她才后知后觉，原来半个商场都去了顾秀华家串门。

拐过弯，徐英一眼看见，顾秀华家门口，跟五六点钟的早市一样，仿佛改卖物美价廉的鲜肉包子，货正一笼一笼地出屉，而围着的一个个脑袋上，也都是举高了的，塞钱递钱的手。顾秀华大搞甩卖，正以严重违背市场规则的价格，在百花园打出一场绝户仗。不断嚷着别嚷的顾秀华，在喜庆的气氛里，难以周全，钱都数飞了，道谢的话则说不出个整句儿。小文和几个小姐妹的笑声也落在其间，从那些声音里，徐英听见了寒门、不易、一鸣惊人和状元及第这些词儿。簇拥中的顾秀华笑着笑着，笑出难听的哭声，她的哭如此有感召，让人群很快报以尊重的安静，不是给递纸巾，就是给捶后背的，那个刚还在徐英家店里的小姑娘，当得知顾秀华家出了状元后，眼里闪出飞星，崇拜地望着顾秀华壮硕的腰身，越蹭越近。顾秀华的眼泪也带动了徐英的情绪。回到店里，她一个人干坐。桌上小电视里，最后一集刚演完，演员表在黑幕上正爬坡似的往上冒。徐英长舒一口气，知道这下她再也斗不过顾秀华了，嗯，顾秀华要走了，跟着儿子去南方。能走就是翻身，顾秀华要翻身了。徐英自言自语，怎么可能再回来。

5

到了约好的饭店,徐英脱下外套,露出别在里面忘了摘的塑料红花,对方指着她的胸部,很快把手势和眼睛挪了开问,上午有活动,哈?徐英低头,把花取下,矜持地汲喝茶水边回答,是,商场年中总结,表彰这半年的营业之星。对方是小文介绍的人,大徐英十五岁,在粮食局上班,离异,不带孩子。聊得不多,俩人都顾着吃桌上的炒菜,你一筷我一筷,便是如此,还有许多凉在了盘里。对方起身结账,回来时给徐英拿上几个塑料袋,说,你带回去热热,还能掂对一顿。徐英带上两包剩菜,把外套扎到腰上,在烈日里独自往商场回。这时她眼前许多事儿都显得平淡了,清楚自己在别人眼中,也有同感。三十已到,过了这关,像过了人生所有关,从没人告诉过她,一辈子居然是这样。她站在路口等,两台出租车经过,都空着,蹚水似的从人面前蹚着开走,车轮看着都那么黏。她步子更黏,分明没经雷击,也没遭雨打,只被小火慢咕嘟了几年,几年下来,感到自己都被熬透了。

再回百花园,徐英几次听见外面有熟悉的声音在说话,顾秀华走后,在她家那个位置上,陆续又开过两家,卖过玉器,卖过玩具,都没太长久。徐英好奇出来看,看到前后走廊,都空空无人,卖货的个个都缩在自家小格子里,和被冷光照着脸庞的塑料模特面面相对,人和模特身后的每扇玻璃窗上,都结有雪花一样复杂的灰。她一时分辨不出这里是夏还是冬,只有那个声音听在耳边,是分外亲切,给人生活里的真实感。找过去,居然真是离开了两年的顾秀华,正背对徐英,弓腰整理地上的货。几个货包被打开了口,里头还是熟悉的袜子秋裤,卫衣打底,也都还是顾秀华过去的品位,即充分照顾中老年女性市场。顾秀华多年来上货,都能精准定位在和自己同龄的女性顾客眼光上,即穿用上不必太出风头,但保暖,保质量。徐英还记得,过去自己如何一次次拿顾秀华的品位和自家店里的品位对照,俏皮话张口就来,常逗得主顾也好,同行也好,都被影响着一块儿去嘲笑顾秀华的眼界,仿佛谁再要去她家买什么东西,就是承认自己也眼光浅薄,脑子不活。徐英站了一会儿,想再说句俏皮话,酝酿半天,无声无息,顾秀华已把包里所有黑色袜子、白色袜子分成了两堆,跟掰苞米一样区分出棒子和粒儿,侧回头,她也看着了徐英。

徐英说,姐,回来了。顾秀华直起身看她,才两年,顾秀华老了这么多,必是经了不少事。对着顾秀华一张大方脸上若有似无的笑意,徐英心里和顾秀华心里想的,可能内容一致。顾秀华将笑抿得淡了,说话还是很爽快,咋了,英,看着没以前精神呢?徐英哼笑两声。两人一交上火,战斗气氛立马回温,感觉脊梁骨又都硬巴了起来,脖子一挺,各自增高几厘米。徐英眨眼睛说,礼拜四,买卖次。没人上门,没啥斗志。咱这儿还不赶你走前的热闹劲儿呢。所以,你还回来干啥?顾秀华说,南方气候太闷,我不稀罕。孩子大了,也独立,省心,不用我多陪。徐英说,啊。顾秀华说,咱说养孩子吧,真是不优秀你操心,太优秀吧,也不好。感觉这妈当得轻飘飘的,过分自由。我不行,我爱找事干,一辈子都是劳动人民。不像你,这辈子没儿女,省心啊妹妹。看着顾秀华眉飞色舞的样儿,徐英认定她除了更老,更烦人,真没变化,不知为何,这让徐英心安。她转过脸,故意扭两下细腰,仿佛转着不存在的呼啦圈,说,站一天了,真累。人哪,就得活动活动。临走她对着顾秀华粲然一笑,姐,我才过完半辈子,后面的事儿,谁能说准?你不就又回来遭罪了吗?怎的,你儿子是不是翅膀一硬,都忘了有个妈了?顾秀华听着徐英嘴里不算新鲜的挖苦,脸上显出比先前刚见面时更老的态势。那表情显然是恨,但恨也模模糊糊的,让人叫不准,她恨的是谁。徐英直犹豫,该不该扶她一把,刚要走近,顾秀华字正腔圆,憋出一字,滚。回店后,徐英忍不住抱起椅子上的玩具狗熊,又亲又笑。瞥见镜子里的自己,正是副志得意满的小人嘴脸,但花枝招展,活得精神。揉着裤兜里的塑料红花,徐英想她一辈子就得意当个战士。

晚上五点,市场准时关门,百花园属于小商品市场,不像其他大商场,会开到入夜,夜晚一到,这里的花儿啊朵儿啊便早早睡去,消隐在妻子或母亲的身份里,至少也是谁家的女儿。每当傍晚,独自坐公交回家的徐英,会在车上发着愣想,在生活里她还和什么人存有关联。窗外是深蓝色的天,人影单薄地活动在一些矮楼前,在楼的外立面上,贴挂着出兑的白色广告、招租的红色横幅,那些数字都异常巨大,像一个个嫁不出去的老姑娘,在婚介所里大声报出自己的姓名、年龄、工作单位。徐英才想起白天相亲的事。下午和顾秀华斗完嘴后,小文打电话找她,说男方回去后表示,挺满意的。只觉得徐英有点儿冷淡,而且人有点儿太瘦。他担心徐英是不是脾气不好。在百花园卖货的女的,哪有好惹的,话似乎也不会好好说,夹枪带棒,指桑骂槐,仿佛这就是沟通的礼貌了。他跟小文说,的确,我很担心。小文委婉地把意思转给徐英,让徐英收收脾气就行。对方很老实,很怕因为老实,再受欺负。他就是被前妻给欺负惨了,脑袋绿得跟呼伦贝尔草原似的,颜色纯正不说,地域还广阔。这男人,先前过得不易。徐英无可奈何听着,笑中有叹息,自己前半生在情感上得来的,也饱含难堪,落一身疮疤,谁容易呢。在跟小文回话时,她声音不大,但坚决,说,能处。脾气我一时半会儿收不了,但我没有折磨人的爱好。这点,他不用担心。

她知道自己是想嫁了,但徐英也奇了怪了,发现她竟然也不想就此离开战斗过的地方。顾秀华比她大十来岁,不是撞过"南"墙,也回来了?徐英觉得她就属于百花园,不是不能属于别的地方,而是到了别的地方,她不再是徐英,顾秀华也不再是顾秀华,有些花儿是没法接种和移植的。但毕竟很多人都走了。小文跟老公一起搬去了浙江下面一个县,没说去做什么;同一排店铺里,陆续走了一半的人,剩下的一半,基本三天打鱼两天晒网,和顾客心情一样,拿百花园当消遣精神的地方,走过路过,闲了看看。徐英刚放下电话,相亲的男人给她发了信息,问晚上空吗,一起用餐。他说话总不在点儿上,但心是好的。徐英见门口晃过一个人影,像大白天见着鬼影似的,赶紧起身叫,来,来,进来看。顾秀华怪模怪样笑着,和徐英相遇在空荡的通道上,面面相觑。

中午整个一层就她俩订了饭,叫的米线,泡在塑料袋里,用饭盒装好,一人一碗,坐在二楼最高一级台阶上,俩人边吸溜、边睥睨着脚下的安静。视线正对百花园大门,那里过冬时安下的几重棉布帘,还没拆全,现在臃肿地挂在两侧,她们偶尔就抬头望,看谁还会来。徐英酝酿着,对于现在这样的特殊时刻,该说点儿什么好。也许她该和对方说点儿带歉意的话,也许话说出来,更变了味道。她转向吃得一头热汗的顾秀华,再问了遍,交实底儿吧,到底为啥回来的?顾秀华嘴上都是红油,拿手背擦,巨大的两颗门牙和舌头交织一会儿,慢慢咽下一口米线。顾秀华脸上,当年与徐英战斗留下的抓痕仍在,不过已细微难见。她说,我在那边儿,找不着北。你明白那种早上睁眼,看着钟表过去,却不知道该干点儿啥的感觉吗?我明白。躺床上我就想袜子、秋裤和皮带,想百花园里那股臭皮子的味儿。徐英心里一动。轮到顾秀华问,你呢,准备还在这儿干?徐英说,干。没跟你斗明白呢。顾秀华将塑料袋系好,顺手帮徐英也收拾了,过会儿才笑,就你,斗明白我?徐英没说话。俩人没什么好说了,两袋吃过的剩饭,都抓在顾秀华手里,被她拿着走下台阶,准备扔到外头垃圾桶里。望着眼前空落了的大环境,好些感受是从梦中带出的:只能属于梦的聒噪、热闹、沸腾,红火不再,花儿四散。梦从未被收走,尽管落在命运前头,它注定是颗送死的卒子。徐英突然笑起来,想招呼顾秀华快回,好分享当下这种没头没尾,却终于清晰了的感受。她想说,姐,咱俩其实不早被别的对手,给双双斗败了吗?

飞来飞去

东　西（《收获》2022 年第 5 期）

> **推荐语**
>
> 不同空间的旅行，不同文化的对话，"飞来飞去"曾经是全球化时代的日常。但近几年的世界之变，所谓全球化似乎不过是一种幻觉。东西的《飞来飞去》，直面我们时代的隔绝和对冲，以及中国式家庭的暗流涌动。它所接引的中国现代文学传统，是短篇小说介入公共议题的活力以及文体意义审美的以小搏大。（何平）

1

深夜，熟睡中的姚简被手机的铃声吵醒，同时被吵醒的还有他的夫人。他带着不祥的预感接听，果然，听到的是一串哭泣。这在他的意料之中，又仿佛在他的意料之外，心里紧张悲伤之余竟然还夹杂着一丝丝不那么体面的解脱。他需要确认，哪怕是明知故问，于是，便在姚久久一时半会儿尚不能中断的哭泣中很不礼貌地插了一句"到底怎么了？"，似乎还抱着出现奇迹的幻想。"叔，奶奶上呼吸机了。"姚久久一边哭泣一边说。不是最坏的消息，他想，但愿没那么糟糕。他详细地询问母亲的症状后挂断电话。夫人问："怎么办？我们一起回去吧。"姚简说："疫情这么严重，回国的航班几乎熔断，去哪里搞机票？"夫人说："再难搞也得搞，你妈可就你这么一个后代。"

姚简在网上查询航班，找到一趟从纽

约直飞广州的,立刻就订了三张。但第二天航空公司来电,说:"疫情原因,航班取消,要不要订一周后的?"姚简在网上又搜了一遍,没找到直飞的,便续订。可第三天,航空公司又来电,说:"一周后的航班也取消了,要不要续订半个月后的?"姚简想你这是在开玩笑吗?半个月后回去,加上二十来天的隔离,我还能见到活着的母亲吗?他拒绝了续订,开始托熟人找关系,高价求购飞回中国的机票,包括但不限于直飞。

等机票期间,他每天都跟姚久久视频通话,每次通话他都让她把手机视频凑到母亲的面前。"妈妈……"他在视频里呼唤。不戴呼吸机的时候,母亲的眼睛会努力地睁开一道缝,吃力地盯住视频,一点一点地舒展面肌,试图给他一个好脸色,但舒展着舒展着,眼看一丝笑容就要浮现却突然一动不动,仿佛静止一般,虽然还有舒展的企图却已经没有了舒展的才华。而大多数时间里她都在昏睡,无论他怎么呼唤她都没有反应,就像地面呼唤发射到外太空的失灵的探测器。

一周后,母亲的病情略有好转,能对着手机视频说话了,但每说几个字便停顿一会儿,仿佛挑重担的人需要歇气。她说:"仔呀,妈想让你赶紧回来,但又怕一时半会儿死不了。每次我病重你都回来,可每次你回来我都没死,你飞来飞去的都飞累了。要不再观察几天?看看病情走向,如果实在挺不住,我再让久久通知你,你再回来不迟。"其实,她何尝不想让他马上回来,而他又何尝不想立即回去。

又过了十天,他买到一套高价票,该票先由纽约飞伦敦,再从伦敦转机飞上海,然后从上海转机飞 N 市。他把这套机票打印出来放在客厅的茶几上,一家三口像饥饿时盯着面包渣那样盯着,谁也不吱声。夫人想我是第一个必须放弃回去的,因为我跟婆婆既无血缘关系又无共同的文化背景。儿子想我出生于美国新泽西州,不是奶奶带大的,即使我回去也不是她最大的安慰。

"那么,只能是我一个人先回去了。"
"请代我向妈妈问好。"
"告诉奶奶,我非常非常爱她。"
"谢谢。"

2

姚简隔离完毕,姚久久把他从宾馆接到医院。他踮脚走进病房,看见母亲静静地躺在床上,鼻孔插着输氧管,脸庞比视频里的至少瘦一圈。他俯身把脸贴到她的脸上,轻轻地叫了一声:"妈……"她嘴唇嚅动,眼睛微微一睁,想举手却没有力气举起来,两行泪从眼角艰难地沁出。她等久了等累了,还在他隔离期间就昏睡过去了。

面对没有声音的母亲,他很不习惯,像走错了地方似的。以前他每次回来,耳朵里房间里走廊上轿车内到处都是她的声音:"过得好不好?""累不累?""想吃点什么?""怎么瘦成这样了?"一连串的问句像叮叮当当的打铁声此起彼伏,根本没给他回答的机会,仿佛问只是为了问而不是为了要他回答。他把姚久久支开,一个人坐在床边陪护。真安静,现实中的声音都消失了或者说被他屏蔽了,过去的声音争先恐后:"别哭,爬起来。""加油,你会考上的。""留学?那是妈妈梦寐以求的事。""但是,你吃得惯西餐吗?""虽然我不适应洛莉,但只要你喜欢就行。""姚旺长多高啦？""你爸走了，就剩下我了。""美国，我去那地方干什么？人生地不熟，除了给你们添累，弄不好还给你们添堵。""妈理解，你只要一年回来看我一次就行。""不寂寞，妈有妈的生活。"

经过一阵回忆的轰炸，他出现了暂时失听，就像飞机降落时因气压改变而出现的暂时失听，世界又安静下来。仿佛是为了配合听觉，窗外的光线一抖，突然暗淡，就像被谁动了亮度开关。走廊外的花圃，怒放的鲜花因光线的忽然暗淡反而凸显它们的艳丽，有三团红，三团黄，还有两团紫，远远地看着就觉香。他下意识地抽了抽鼻子，觉得不对劲，竟然闻到了一股朽味，以为是下水道或过期食物发出来的，但经过仔细检查才发觉朽味来自母亲的身体。

他很生气，打来半桶热水，先用香皂把毛巾洗干净，再用毛巾给母亲洗脸，抹身子。抹身子时，他才知道母亲的瘦超乎他的想象，瘦得身上的骨头都硌他的手了。瘦是因为她长期患病，但她的指甲为什么会那么长？说明姚久久没有尽到护理的责任，竟然不给母亲勤剪指甲，简直是……他想骂人，但话到嘴边却很绅士地咽了下去。他从床头柜里找出指甲剪，一边给母亲剪指甲一边问："久久多久给你洗一次澡？"母亲没反应，他知道她不会有反应，但这并不妨碍他的自言自语，也并不妨碍他把一年多来想跟她讲的话讲一遍。

傍晚，姚久久来了，她带来了晚餐和母亲的干净衣服。晚餐是给他带的，母亲已经断食，全靠输液维持生命。他没食欲，坐在一旁看她给母亲换衣服。他说："你没闻到奶奶身上的气味吗？"她说："这叫老人味，老了你也会有。""也许吧……"他岔开话题，"要是当初她跟我去美国，哪至于这样，没准连这个病都不会得。"

"到了美国就不生病了吗？"

"那倒不是，也许那边的环境对她更有利……"

"不可能，"她给奶奶换上干净的衣服，"看看你们感染新冠病毒的人数，就知道奶奶没跟你去多幸运。"他震了一下，没想到她从这个角度思考问题，更没想到她把他划为"你们"而不是"我们"。他不想默认，也想把憋了又憋的话痛快地说出来。他说："你多久给奶奶洗一次澡？"

"天天都洗。"

"多久给她剪一次指甲？"

"天天都剪。"

明摆着的谎言她却振振有词，好像撒谎的是他，甚至还让他产生了羞愧。他本想用外交辞令，但看着她那副抵赖的模样，顺嘴说了一声："Shit！"也许是美剧看多了，她竟然听懂了，把被单重重地一抖，坐在床边生气，说："叔，你是不是一直怀疑我没有好好照顾奶奶？"他当然怀疑，但他一直没捅破这层窗户纸，直到现在也还在犹豫要不要捅破。"如果你怀疑，你可以另外请人。"还没等他想好词，她先说了。"每月一万元人民币，相当于你们大学里四级教授的工资，难道你就不想挣这个钱吗？"他也下意识地把她划为"你们"。

"我宁可不挣你的钱，也不想让你怀疑；你也不要因为有几个钱，就学美国欺负我们。"

"我欺负你了吗？"

"怀疑就是欺负。"

"那你干吗撒谎？你明明没有天天给奶奶洗澡，却说天天都给她洗；明明没有天天给她剪指甲，却说天天都给她剪了。"

"奶奶这身子骨，经得起天天洗澡吗？再说她的指甲长得那么慢，有必要天天都剪吗？你不了解实际情况就不要满世界指手画脚。要说撒谎，你们美国人撒谎更厉害，你们说伊拉克有化学武器，结果找到的却是洗衣粉。"

他无法辩驳。谁告诉她的？他想，当一个护工不看护理手册却天天刷短视频的时候，你就不容易反驳她了。他很想说美国是美国，他是他，但显然她不会同意他的这种切割，在她的意识里他早就等于美国了。他说："那么，我给你买的轿车呢？本来是想让你方便接送奶奶，但你却拿来做网约车，天天接单挣外快，竟然把奶奶一个人晾在病房里。"

"谁告诉你的？"

"你说呢？"

"真没想到，我对奶奶那么好，她还跟你告密。"她回头看了一眼床上的奶奶，轻轻骂了一声，"叛徒。"

"简儿……"母亲忽然醒了，仿佛是被姚久久骂醒的。姚简走到床边，俯身捧住母亲的手。母亲吃力地断断续续说："别怪久久，是我叫她去做网约车的……"说完，她又昏睡过去，醒来好像就是为了帮姚久久洗白。

3

病房断断续续来了一些客人，都是姚简昔日的同学与旧交。"你还好吧？"他们反复询问反复打量，充满了对姚简的关切与担心，饱含深深的同情，好像身患绝症的是他而不是奄奄一息的母亲。但是，也有不这么问却仍然想表达这层意思的，比如大学同学张文垂。

"哈哈，老同学……"张文垂声音洪亮，戴着两层口罩走进来。

姚简赶紧起身朝他伸手，但他没接他的手掌，而是用手肘碰了一下他的手肘，生怕握手又得洗手。姚简还在愣神，张文垂已经从床底拉出一张凳子坐下，并指着旁边的凳子说了一声"Please"，好像他是这个房间的主人而姚简是来客。姚简会心一笑，慢慢坐下，发现张文垂的印堂，准确地说是口罩以上的面部闪闪发亮，由此推断他气血充沛心情舒畅。他说："快撑不住了吧？"姚简蒙圈，想他怎么会用这么不礼貌的语言来问候母亲，难道是为了表示两人的关系非同一般？他不想回答却又怕失礼，便很不情愿地说："目前还算稳定，但不知道能撑多久。"

"再这么发展下去，死定了。"张文垂说。

姚简心头一堵，说："抱歉，你是指我的母亲吗？"

"No，No，No，"张文垂赶紧摇手，"我说的不是伯母。"

"那你说的是谁？"

"你就别装啦，我说的是……"

姚简想说"我没装，我真不知道你说的是谁"，但他像憋屁那样把这句话憋回去，觉得辩解会让他以为他虚伪。如果这是他们做同学那些年的暗语，而自己又偏偏忘了，那岂不尴尬？于是他笑了笑，摆出一副释然的表情。幸好张文垂没追究，而是转移了话题："我知道你在那边混得不好，但前几年我即使想帮你也使不上劲。""还行吧，我觉得……"姚简支支吾吾，仍在揣摩张文垂的言外之意。

"你看你，还在打肿脸充胖子，老弟我现在可是能帮你了。"张文垂拍了拍胸口。

姚简又被他说迷糊了，不知道他要帮他什么，也不知道自己需要他什么样的帮助，眼下除了母亲病危这个难题，他几乎没有别的难题。张文垂看他没有领悟自己的暗示，便直接问："你一年的收入是多少？"

"不多，也就十来万美金。"姚简说完立刻后悔，觉得这个数虽然打了折扣，却还是怕对张文垂形成刺激，于是马上补了一句："不过，这是税前，你知道美国的个人所得税极高。"没想到张文垂一拍大腿，说："Out了，像你这样的人才，在国内年薪至少一百万人民币。""真的？"姚简惊讶，觉得张文垂还是一如既往地喜欢吹牛。但似乎是为了证明自己不是吹，张文垂掏出手机，用免提跟西江大学吴校长通话，说要给他推荐人才。吴校长问推荐谁？他说普林斯顿大学化学系的教授姚简。吴校长感叹，说确实是个人才。张文垂问他愿不愿意引进？吴校长说引不引进还不是你一句话吗？你说引进我们就立即办手续。张文垂说像他这样的专家年薪是不是应该百万？住房是不是应该不低于一百六十平方米？家属工作也应该一并安排吧？虽然张文垂使用的是问句，但在姚简听来却句句都像命令。果然，吴校长说当然当然，此外还有一笔不小的科研启动经费，还有安家费。张文垂挂断电话，说："过去我不在这个位子上，不知道人才有多奇缺，那么老同学，这事就这么定了。"

"啊……"姚简一脸的诧异，"这么快就定了？"

"这是我一贯的办事风格。"张文垂想摘下口罩，但摘了一半又重新挂上。

"文垂，这么大的事我得慎重考虑，而且还需要跟夫人孩子商量。"

"有啥好商量的，难道你仇恨钱？"

"那倒不至于……"姚简说完就想，他不是来看望母亲的吗？怎么突然就扯到了人才引进上？我没跟他说过要引进呀。张文垂似乎看出了他的疑虑，说："你现在就给嫂子洛莉打个电话，要不我先把她引进了再引进你？"姚简摇头，说："别，你先把引进的速度降一降，你嫂子是学美国历史的，把她引进发挥不了什么作用。"

"让她改学中国历史，让她知道我们的历史有多悠久，多博大，多精深。"

"关键是我都适应了那边的生活，况且，当初我那么渴望出去，现在一听说这边有钱就屁颠屁颠地回来，别人怎么看暂且不说，自己都觉得斯文扫地满脸通红。"

"不怪你，当年我们支持出去，现在欢迎回来。"

"请给我一点时间吧。"姚简犹犹豫豫。

"你就是爱面子，放不下身段，不愿意接受我们强大这一事实。"张文垂不耐烦了，起身徘徊，忽然灵光一闪，指着床上说，"难道你就不想回来陪陪母亲？她可是为你奉献了一辈子。"

"当初就是她劝我出去的。"

"现在她的态度变了，不信你问。"张文垂走到床边，提高嗓门，"伯母，你想不想让姚简回来工作？"

"想……"母亲回答，调门还挺高，"那么好的条件，为什么不回来？"

"我说对了吧。"张文垂一击掌。

姚简羞愧地低下头，他没想到母亲竟然醒了，竟然听清了他们的对话。先不说自己回不回来，但至少"回来"这个议题让母亲的心情有了好转。

4

一天，姚简在给母亲洗脸时，她突然把毛巾推开，说："你服侍我这么久，是不是烦了？"姚简说："你给我尽孝的机会，高兴还来不及。""那你能不能回来工作？"母亲认真地看着他，目光里有一丝久违的明亮。姚简不敢回答，生怕影响她的情绪。他想，不是说回来就能回来，就像移栽的树，已经把根扎在新的环境，要想再移栽一次谈何容易。但母亲没有放过他，说："只要你回来，我至少还能活十年。"姚简想如果你能再活十年，那我就是绑架也要把你绑架到新泽西州去，就怕你活不得那么久，就怕你连现在的清醒都是回光返照。

"知道我为什么不愿意跟你出国吗？"母亲突然问。

"你说你不习惯那边的生活。"姚简。

"那是托词，真实的想法是为了给你留一条后路。"母亲忽然压低嗓门，警惕地看着门口，好像这是一个害怕别人听到的秘密。

"你想多了。"姚简故意提高嗓门。

"但从目前的形势来看，我给你留的这条后路留对了。简儿，实话告诉我，你在那边自在吗？晚上敢上街吗？小偷是不是很多？他们歧视你吗？你是不是买枪了？姚旺没吸毒吧？洛莉没出轨吧？一想到你在外面被人欺负，一想到你每天都过着提心吊胆的生活，我就整晚整晚地睡不着，后悔当初把你送出去，你看你，都瘦成啥样了……"母亲一旦有了精力就会毫不吝啬地用来唠叨，这是姚简熟悉的模式，却不是他熟悉的内容。他觉得奇怪，仅仅一年多时间不见，母亲竟然生出了这么多担心。过去，她可从不担心我在外面的生活和工作，难道是越老越敏感或是越病越糊涂？为了让她放心，他卷起衣服露出腹肌，说："这不是瘦，是结实，我每天都健身呢。你看你，都瘦得只剩下骨头了，还好意思说我瘦。"母亲露出一丝笑容，是事实被所爱的人揭穿后开心加尴尬的那种笑容。

"老房子我一直给你留着，新房子也给你买了一套。"母亲说。

"去年回来，你不是催我赶紧把房卖了吗？"姚简说。

"卖了你住哪里？"

"我又不是经常回来。"

"你那个张同学不是说要把你调回来吗？"

"前天，吴校长找我谈过引进的事，我已经拒绝了。"姚简觉得有必要跟她说实话，否则会增加她无端的期盼。

她叹了一口长气，仿佛在为他也为自己惋惜，她说："你连房子都没有，你住什么地方？晚上睡桥洞吗？"说着，她的眼眶忽然湿了。她不停地抬手抹泪，悲伤得像个孩子。他说："请你放心，我在新泽西住的是别墅。""你的别墅是租的，我这个有房产证，有房产证的住着才像一个家。"她似乎又回到了清醒状态。他说："我买得起别墅，只是不想买而已，租来住更划算。""又骗我，物价那么贵，你买得起个鬼。你骗别人也就算了，怎么连妈都骗？"她好像又糊涂了。

"我没骗你。"

"你骗我，你一直都在骗我。你骗我说你生活幸福，有房有车有钱，可我一眼都没看见。其实，你什么都没有，一点都不幸福，你就像莫泊桑小说里的叔叔于勒。你骗我说不想回来工作，其实你想回来，只是放不下架子。"

"我的状况我清楚，你不用担心。"

"你不清楚,你好糊涂……"

沉默。他不想跟她争执,知道再怎么争执也改变不了她的看法,因为她似乎在绝症的基础上又叠加了阿尔茨海默病。也许是说累了,也许是对姚简深深地失望,她突然感到胸闷,忽然就不想说话。护士给她插了输氧管,她安静地躺在床上,她的安静让姚简好一阵不适应。深夜,姚简感到困倦,便伏在床边打盹。醒来已是凌晨四点,他抬头一看,母亲没了呼吸,输氧管已从鼻孔拔出,被她的右手紧紧地攥着。

5

处理完母亲的后事,姚久久开车送姚简回家。车上,姚久久说:"叔,我知道是你偷偷拔了奶奶的氧气管。"姚简气得面红耳赤,心脏差点停摆。他舒了一口恶气,说:"你的想法比蟑螂还脏。""不只我,所有的亲戚都这么认为。"姚久久双手握着方向盘,仿佛握着真相。"我为什么要拔她的氧气管?难道我就不希望她活得更久一点吗?"姚简按下车窗,急迫地呼吸着外面的空气。

"因为你不想飞来飞去,不想影响你回美国挣钱,不想再支付护理费。"

"停车。"姚简近乎呵斥。

姚久久把车"吱"地停住。"从今以后,再也不要让我见到你。"姚简指着姚久久的脑门一字一句地说完,才打开车门钻出去,"嘭"地把门摔回来。"忘恩负义,我跟你绝交,我们全家都跟你绝交。"姚久久怼了一句,"呼"地把车开走,好像车比她还生气,好像车不是姚简给她买的。姚简愣住,想为什么会有这么多的误解?去年回来时

不还是好好的吗?他孤独地站了一会儿,百思不得其解,便朝家的方向走去,一边走一边想还有谁能相信我?白小鹃,他突然想起了他的初恋女友。

他约白小鹃在茶庄见面,等待期间,他隔着落地玻璃窗看了好久的草坪和湖水。草不是当年的草,水也不是当年的水,但他假装它们还是当年的,只承认周围的树长粗了,长高了。"我知道你的婚姻不幸福。"忽然传来一个女声。他扭过头来,看见白小鹃坐在对面,脸上还是当年那种高高在上的表情,好像她是上帝专程派来俯视他的。虽然他反感这种俯视,却又不得不承认因为她的漂亮而稀释了对她的反感,就像在硫酸里加碱稀释其伤害性。没想到她还保持着当年的脸型与身材,皮肤依然白里透红,就连眼角和脖子也没什么皱纹,也许是因为一直单身,也许是因为注重保养,她看上去显得比实际年龄至少年轻十岁。他一边观察一边想,她怎么一落座就说我的婚姻不幸福?是掌握了确凿的证据抑或是猜测?洛莉不是挺好的吗?她既有事业心也有家庭责任感,平时说话轻声细语,哪怕我说了不对的观点她也总是无条件地先说"OK",然后再找机会解释。她懂得管控情绪,从来不跟我发生因文化差异而引起的冲突。她就像我的胃,知道什么时候做中餐,什么时候做西餐,什么时候下馆子。如果硬要说我的婚姻不幸,那也只不过是在白小鹃说出来的这一刻我脑海突然产生的一个概念,因为我从来没质疑过婚姻的幸福。

"你母亲住院后,我常来陪她聊天,她有时喊我小鹃,有时喊我洛莉,有时还喊我儿媳妇。"白小鹃说。

"对不起,她的记忆出了问题。"姚简说。

"也许这是她的真实想法，在她的潜意识里一直反感你跟外国人结婚，尤其是……"没等白小鹃说完，姚简赶紧打断："母亲跟洛莉的关系很好。"

"那都是装出来的，她每次看见我，就会把洛莉的照片从手机里调出来进行比较，天哪，洛莉怎么胖成那样了？"白小鹃得意地看着姚简。姚简说："女人嘛，还是丰腴一点好，尤其是到了一定年纪之后。"

"丰腴？"白小鹃张大嘴巴，"那也叫丰腴？叫臃肿好不好？"

"这和婚姻幸不幸福有关系吗？我就喜欢丰腴的。"

"当然有关系，她之所以臃肿是因为有压力，是因为你没有给她幸福，或者说她没有从你这里感受到幸福。"白小鹃一套一套的。

"你说得对。"姚简决定妥协，这几天经历了太多的争论，他不想在离开前再争论一次，于是把茶杯小心地推到白小鹃面前。虽然喝茶能降躁（即降低狂躁），但白小鹃只抿了一口，显然茶量达不到降躁的效果。果然，白小鹃又发话了："姚简，你好可怜。"他假装没听见。白小鹃盯着他，就像狙击手通过瞄准镜盯着目标那样，盯得他的脸一阵阵辣。他扭过头，回避她的目光。她说："像你这样的成功人士，竟然连一个情人都没有，好可怜。"

"这恰恰证明我对洛莉的忠诚。"他感到自豪。

"既然你忠诚于她，那干吗还要约我出来？"

"想找你说说话。"

"你想说什么？"

"有人说是我拔了母亲的氧气管，你认为我能做出这样的事情吗？"

"我听说了，亲人群里都在传。"白小鹃迟疑了一会儿，"如果是二十年前，我认为你绝对不会做这种没良心的事，但现在我完全不了解你。再说……你母亲的病一会儿好一会儿坏，这几年你飞来飞去的确实也挺辛苦。这么跟你说吧，我不敢肯定你会拔她的氧气管，但至少你有过拔她氧气管的想法。"

"糟糕，我以为你最了解我，没想到你并不了解，谁会相信我俩曾经在一张床上睡过？"姚简低下头，感到失望。白小鹃感叹，说："姚简，环境会改变人，况且你出去了二十多年，况且西方根本就不讲中国的孝道，你们对生命的理解完全跟我们不同。"

"可我跟你还是一样的。"

"不一样了。"白小鹃伸手在姚简的下巴上撩了一下，姚简的身子本能地往后一躲。白小鹃说："你一躲，就说明你不相信我，语言很狡猾，身体很诚实。既然你都不相信我了，凭什么让我相信你？"

姚简无语，嘲笑自己竟然想从抛弃过自己的女人身上寻找安慰，简直就像幻想病毒自行消失那么幼稚。当初，他们也没多大的矛盾，她踹掉他仅仅是因为不同意他出国留学，怕他被洋妞勾引。他忍不住重新打量白小鹃。她看见他抬起头来，忍不住又伸手撩了一下他的下巴，他又本能地一躲。她说："你看，想重新建立信任有多困难，当初我摸你的任何一个地方，你不仅不会躲反而会迎难而上。可是现在……"

"现在我已经有老婆孩子了。"

"想不到你们美国人这么保守，姚简呀姚简，无论一个人或一个民族，如果不开放，那就会憋死。难道你不想从我们当初失败的恋爱中吸取教训吗？"

"吸取教训的应该是你。"

"哼……"白小鹃说，"除了对你深表同情，我真没办法救你。"

6

姚简飞向新泽西州，于上午十点回到自家别墅。一放下行李，洛莉就问："亲爱的，这几天你看社交媒体的亲人群了吗？"姚简说："没看。"洛莉说："他们怎么那么邪恶？"姚简问："谁邪恶？"洛莉说："你的中国亲戚，他们说是你拔了母亲的氧气管，让她提前死亡。"姚简说："那不叫邪恶，叫误解或误会，你用词重了。"

"可他们都在污蔑你。"洛莉气得满脸通红。

"他们照顾母亲那么多年，蛮辛苦的，批评几句也是为了宣泄情绪，过一段时间就风平浪静了。"姚简解释。

"我讨厌他们拿母亲的生命来编故事，都是些什么物种呀？"

姚简听得不舒服，便提醒洛莉："亲爱的，请注意你的语言，我们和他们是一样的。"过去，只要姚简一提醒，洛莉会马上说"Sorry"，但这次她竟然没说"抱歉"，说明她骨子里仍然潜伏着天生的优越感，哪怕她平时没有表现，但在不经意间会猛地跳出来。

傍晚，姚旺黑着脸从大学回来了，一进门他就说："爸，你的亲戚为什么总是用恶意揣测你？"姚简说："我的亲戚不也是你的亲戚吗？"姚旺说："什么狗屁亲戚，我已经在网上跟他们开骂了。"姚简心里一沉，后悔没在"亲人群"里及时屏蔽姚旺和洛莉。他怕矛盾升级，劝姚旺停止骂战。姚旺说："可是我气得肺都要炸了。"姚简说："一个人成熟的标志就是能控制脾气。""在谣言面前你不用控制，"洛莉从厨房冲出来，"我支持你骂他们，儿子。"姚简一拍餐桌，说："你们想没想过明年我们还要回去过清明节？还要跟他们打交道，还要拜托他们照看好爷爷奶奶的骨灰？"洛莉和姚旺沉默了，他们用同情的眼神看着他。姚简发现他们的眼神和回国时亲人们看他的眼神相似。

深夜，姚简偷偷打开手机，翻阅"亲人群"里的信息，看见上面全是"阴谋论"。姚久久说她半夜送夜宵，发现叔叔偷偷拔掉奶奶的氧气管，于是赶紧冲进去制止，但已经来不及了。姚简想她什么时候送过夜宵？我从来都不吃夜宵。姚老大，也就是堂哥，姚久久的父亲，他说他调看了医院的监控，证实婶婶的氧气管是堂弟亲手拔掉的。姚简想他们家不就是想多挣一点护理费吗？但也犯不着这样污蔑陷害。表弟说表哥既有作案的动机也有作案的时间，还有作案的环境。姚简想这个表弟是著名的"啃老族"，在母亲病重期间他连看都不愿看一眼。姨妈每求他来看一次，他就跟姨妈收一次出场费。除了真正的亲戚，群里还多了一些不认识的人，他们都是姚久久拉进来的。他们不摆事实不讲道理，只是一通乱骂，而姚旺早在几天前就跟他们怼上了。群里塞满了不干不净的语言，每隔两三行就有人问候别人的祖宗。这个"亲人群"是几年前为了方便沟通由姚简拉群的，现在不仅不能在上面友好地沟通，反而成为相互仇恨的场所。姚简很失望，他的手指悬在屏上许久许久，终是下定决心按了下去，就像按下武器的开关。从此，这个群被他解散了，彼此眼不见心不烦。

但是，姚简仍然心事重重，他的脑海时不时会冒出关于氧气管的各种说法，有时候他竟然怀疑母亲的氧气管真是自己拔掉的，甚至会给这种想法配画面，越配越觉得真实。这种想法就像一块创可贴贴在他的脑海，怎么撕也撕不掉。一天午后，他靠在客厅的沙发上打盹，突然梦见了母亲，这是母亲逝世后他第一次梦见。母亲不停地抹着眼泪，说："简儿，氧气管是我自己拔的，你受委屈了。"姚简一个战栗，忽地惊醒，放声大哭。这是母亲逝世后他第一次痛哭，仿佛要哭出全部的悲伤和思念。哭罢，他算了算时差，发现母亲在梦里出现的时间正好是一个月前她离开的时间。

这边午后，那边凌晨。

浮 空

蒋一谈（《天涯》2022年第3期）

推荐语

《浮空》有着科幻的外壳，但蒋一谈小说素来的"手艺感"恍若引领着读者重回围炉讲古的时代。候场的讲故事者正在酝酿起承转合，突然火光燃起，故事开讲，而闪烁的火光已然为短篇的雏形置入了神秘灵韵。这灵韵内在地决定了优秀短篇小说的质地。如同蒋一谈的写作具备现实的骨架，但绝不匍匐在大地上，而是贴地飞翔，当大地和天空、具体和抽象、科学和神学、日常和禅修、人之心和机器之芯擦碰的瞬间，我们仿佛瞥见了自远古而来的火光闪烁。这簇火光也照亮了机器人禅师跳下舷梯的那一刹那，这是献给自由的永恒颂歌。（金理）

飞蛾扑向烛火，扑向死亡，愚笨和勇敢，原来可以这样融为一体。看到眼前的情景，我想到这些，你呢？你是被众人传说的人，不会轻易开口。据说，你用两只手掌分别捂紧两个人的肚脐，就能让他们互换身体里的疾病。我知道这是嫉妒的揣测。不管怎么样，与你同学一场是特别的缘分。我到极乐世界里去了。你不要哭，修行之人不要轻易哭，你把眼泪留下来，滴在苦海里。

月球上有澄海、静海、冷海、云海……

没有苦海。望着一轮明月，一灯想到师兄一蝉的临终话别，深深吸了一口气。接替一蝉成为禅院住持，是他的心愿。师父慧然法师年事已高，两年前搬进半山腰的木屋居住。初秋的夜已有凉意，一灯走进屋，取出炭炉放在桌上，用抹布擦拭干净。

"一然回来了吗？"

一灯直起身，说道："师父，一然的语音箔片坏了，需要更换新的。鲁格说，一然上山下山，膝关节的伸缩连杆和气动管也需要保养一下。"

慧然法师缓缓点头："昨晚，我梦见一蝉了……"

一灯垂下眼帘，说道："师父，我前两天也梦见师兄了。"

慧然法师后半生收过三位弟子——大弟子一蝉，半年前失足坠崖离世，一然是一灯的师弟，慧然法师的关门弟子，禅院有史以来的第一个机器人禅师。一年前，慧然法师偶遇机器人公司工程师鲁格测试机器人整体能力后深感震惊，决定收机器人为徒。鲁格喜出望外，深感这是事业上的大机遇。这件事经机器人公司自行宣传后，在社会各界，尤其在禅学界引起轩然大波。一灯不喜欢现代科技，不理解师父的决定，甚至觉得脸上无光，而一蝉的静默让一灯很不愉快。

慧然法师当时是这样说的："佛学知因缘而不知阴阳，西学知物而不知无，中国禅学知阴阳，所以识机，机器人何尝不是千载难逢的机？所有的大文化，即使是同道间，都经历过血雨腥风，捍卫者和挑战者都不会手下留情。这个年代，仅仅做好自己是不够的，你们要知危机，要看得见未来。"

一然回到禅院当晚，师徒三人站在山顶凝视月亮，眺望星空，这是他们的最后相聚。第二天清晨，慧然法师留下字条，借口下山访友，实则云游他方，消失踪迹。

"月中有兔，好啊。"慧然法师说道。

一然正想开口，发觉一灯也要说话，忙低下头。

"师弟，你说。"一灯说道。

一然的钛合金躯体在月光下闪烁出蓝灰色的幽深光泽。

一然说道："师父，月中有兔，是不是说美是可爱的，也必是虚幻的？我其实很想养一只兔子。"

慧然法师舒心地笑了。师父的笑声让一灯很不舒服。师父说过，一然温和有礼，如果他的性情硬朗一些就更好了，并让一灯询问鲁格，有没有办法实现这一点。一灯不想过问此事，但师父的交代不能不照办，因此也在有意无意间问过鲁格。

鲁格告诉他，卸载一然硬盘里的机器人三定律，能改变他的性情，不过这样做有风险，如果有一天一然厌倦了人类的管束，很可能做出出格的事。听完鲁格的话，一灯暗自欢喜，他压根不喜欢一然，如果能用这个方法制造事端，赶走一然，当然是期盼已久的好事。鲁格补充说，机器人禅师是公司与禅院合作的第一个项目，不能出现纰漏和意外。听完鲁格的话，一灯很是失望。

"师兄，该你说了。"一然愉快地说。

一灯醒过神，说道："师父最喜欢月亮了，多年前师父曾教诲，凡天成的没有不美好的，月亮是一个天成。"

一然望着月亮，陷入沉思。

慧然法师缓缓坐下，说道："人间的很多事，是多事多出来的，有时多出美意，有时多出恶端，月亮上多出的这只兔子就是美意，你们要通过体会美意来体会恶端的真面目，否则美意就失去了存在的意义。"

随后，慧然法师看着一然，说道："一然，你随我学禅一年，典籍接触了不少，禅师言行录也能铭记于心，你跟师父说一说，你现在有什么体会？"

一然看着师父，欢快地说："师父，我羡慕师兄可以独立办讲座，我也想试一试呢。"慧然法师捋着胡子笑起来，一灯感到一阵恶心，夜色遮盖了他的神情。

慧然法师看着一灯，说道："你是师兄，你和一然参禅，要时时提醒他，修禅之人，不说善哉善哉，不说无常，天地万物总有成毁之机，禅宗接引强者，不接引弱者。你们俩要多和外界交流，不可故步自封，要把所学之禅，散布于民间，溶解于宇宙。我看，可以让一然试一试讲座，具体时间你来定吧。"

护送师父回木屋的路上，月光下的花朵颤颤悠悠。

所有的颜色变成了深色和浅色，那是异化了的黑色和白色。

下山途中，一灯自顾自往下走，一然触碰手边的花，说道："花语都是相似的，好像在说，好人好事必定与我有关系。"

一灯停下来回望，月光里的一然像树干的剪影。

"师兄，我感觉师父要离开咱们了。"
山间寂静，一然的声音传得很远。
"别乱说，赶快回去！"
一然追上一灯，说道："师兄，月亮是一个天成，师父是不是说过，月亮也是一个机？"

一灯愣了一下。师父没有明说过月亮是一个机，而一然悟到了。

"师父没有说过。"一灯不想与一然分享感悟。

"那……师兄，我刚才说的对不对？"
"继续悟吧。"一灯敷衍道。
"好的，师兄。"
下山进了屋，一然面壁坐下，进入休眠状态。

一灯洗漱完毕靠在床头，想读书又静不下心，索性就寝。

一夜无梦。天亮后，一灯发现一然不在屋内，按下一然的联络器，听见他木然的声音："师兄，师父真的走了，离开咱们了……"

一灯跑上山，冲进木屋，一然坐在矮凳上一动不动，手里握着一张字条，一灯拿过字条，正是师父的字迹：

一灯，一然，我下山访友，不要找我，也不要牵挂。告诉禅友，人这一生，注定要走的路只有一条，你坚定了，就不会求神问卦了，要不然，神若说你的路不对，你怎么办？难道就只剩下死路了吗？有时候，神会故意给你一条看似活路的活路，那其实是试探你，考验你。天下人生是生非，有人之地即非之境，坦然面对即可。禅院之未来，我不再多说。我之前说过，禅机面对面，世上已千年。机是飞跃，是宇宙里的跃迁，一失难追。

一灯握着字条走出木屋，一然注视着窗台上的四块圆石。

慧然法师下山之前，用笔墨在圆石上面勾画了各异人脸。

"师兄，师父画的是……"
一灯默默琢磨。

"师兄，我觉得这是马祖禅师，这是临济禅师，这是圆悟禅师，这是祖元禅师。你觉得呢？"

一灯沉默不语，心里有了波澜。这是师父最敬仰的四位大禅师。一夜之隔，一然的悟性简直判若两人，一灯心里的波澜又有了苦味。他转身回屋，用力关闭木窗，整理好师父的被褥，在上面铺上几层宣纸，最后用力拉紧木门。一然把四块圆石搂在胸前，走在一灯身后。一灯知晓师父的性情，他此次下山，再也不会回来了。

阳光灿烂，一灯的心情一会儿灿烂一会儿晦暗。师父的离去，在他身上卸去了一个莫名的包袱，他忍不住思考禅院的未来。事实上，根据禅院报名学员的信息反馈，他已经感觉到禅院之间的竞争越来越激烈。

鲁格提醒过他，这半年来，有二十多家禅院相继制造了各自专属的机器人禅师，为学员提供形式多样的服务。比如机器人禅师可以直接去学员家里提供坐禅指导服务，甚至可以在学员家里过夜，有的机器人禅师充当了心理治疗师，有的机器人禅师陪伴学员去各地休假旅行。相比之下，他们禅院的先行优势已经所剩不多，影响力正在大幅度下降。

窗外，一然正和一只母鸡及几只小鸡玩耍。他举起一小块圆石，对着阳光照了又照，接着举起一只小鸡，对着阳光照了又照。之后，他垂下手臂，安静地思考母鸡、小鸡和禅机的关系，他眨了眨眼，恍惚悟到了这一点：母鸡感觉到小鸡要破壳了，开始啄蛋壳，小鸡想出来了，在蛋壳里面啄啊啄，母子俩寻找着彼此的声音啄啊啄，啄啊啄，蛋壳破开的瞬间，母鸡和小鸡的喙尖恰巧触碰在了一起，那个触碰的瞬间就是禅机。

就是这样的，太好了！

在这个过程中，一然还有其他的感受：高树上焰焰的阳光，近在眼前又恍若悠远，那是火海之光，也是仙境之光，全在自己的选择。而每时每刻的光即是永远，永远不会眷恋任何人，但会提醒每一个人留意自己的瞬间。

谁能多留意瞬间，谁就离禅机更近。

光之瞬间，让一然想到光速，想到星球之间的距离和宇宙万物，他的思维神经和记忆单元，好像长出了五颜六色的翅膀，而两天前的那个夜晚，师父慧然法师的一席话，又让他感觉到神经电流像一条条飞升的焰火。

可是，那个时间太短暂了，太短暂了……

一然低下头，他很想念师父。

"一然。"

谁的声音？只有师父这样叫他。他站起身，以为师父回来了。

"一然！"

他迷惑地站在那儿。

"一然！"

"师兄，是你叫我吗？"

"是我叫你，你过来一下。"

从这一刻起，一灯不再视一然为自己的师弟，而会把他当成禅院里的普通禅师，一个纯粹的机器人。

"师父走了，你现在要听我的。"

"好的。"一然低下头。

"从今天起，你先做一个合格的扫地僧。扫把和簸箕就在门房，你要保管好。"

一然的雷达电波搜索着离自己最近的扫把和簸箕。

"一然,你只管把地扫好,不用思考禅院的未来。"

一然看着手里的石头,说道:"师兄,禅院的未来,好像在这块石头里。"

"石头?什么意思?"

"师父告诉我的。"

"师父说的?"

"师父说,伟大的艺术家、思想家,包括修行者,到了最后,要么活成植物,要么活成石头。"

一灯沉默不语。

"师兄,你想活成植物,还是活成石头?我想活成石头。"

一灯从未思考过这个问题,他瞥了眼一然,调笑道:"你是机器人,机器人是钢铁和合金制造的。"

"钢铁和合金到最后也会变成石头。师兄,你想活成植物,还是石头?"

一灯不耐烦地摆摆手,在椅子上重重坐下。

"师兄,你想活成植物,还是石头?"一然继续追问。

"你烦不烦!"师父不在,他不再控制自己的情绪。

"师兄,我知道参禅之人也会生气,可是我之前从未见过你这样。你怎么了,我惹你生气了吗?"

一灯朝半空摆了摆手。

"师兄,你是让我出去吗?"

"你出去扫地去吧!"

"好的,师兄。"

一然走到院子里,站在那儿,回头看着窗内的师兄。

禅院里的其他禅师站在远处,谁也不敢说话。

时间一天一天过去。一然负责禅院的清扫工作,他做得很认真,地面和房屋墙角见不到一片落叶和垃圾。最难清理的是星星点点的鸟粪,一然跪在地上,用小铲子和抹布清理干净。即使这样,一灯的心里依然不舒服。昨天夜里,他梦见一然代替自己成为了禅院的新住持,他不停地咒骂,把自己骂醒了。

每月一次的禅学讲座准时开始。一灯看得很清楚,参加活动的学员一次比一次少,最近这一场活动只有六十几名学员。出现这种状况自然与师父的离去有关,但其他禅师的眼神和议论,又让他陷入回忆。先前师父主持讲座时,参加活动的学员人数每场能超过五百名,即使是他和一蝉轮流主持的讲座,至少也有两百多名听众。

一灯回答完学员的提问,起身往门外走时,鲁格迈步踏上台阶,脸上散溢出兴奋的神情,他边走边说:"一灯法师,告诉你一个好消息,机器人联合会正在筹划举办机器人赛事,其中有机器人禅师的现场问答赛,我们是最早的合作者,希望你们禅院能报名参赛。"一灯沉默不语,鲁格接着说:"我知道,慧然法师离开禅院,你心情低落,没有心思做其他事。我觉得慧然法师在的话,一定会支持禅院参加赛事。"

"我考虑一下。"

"这是报名表,一然的智能数据和型号参数,公司已经填好,你签个字盖上禅院的公章就可以了,我们公司支付参赛费。对了,如果一然能赢得比赛,还能免费去月球旅行呢。你现在是禅院的住持,一然赢了肯定对禅院的未来有益。"

"万一输了呢?"

"慧然法师可是方圆几百里最有名望的禅师,他调教的机器人禅师肯定没问题!"

"比赛什么时候开始？"

"半个月之后，比赛地点在湖边的星际会馆。"

"比赛的内容是什么？"

"考评机器人禅师的知识运用和悟禅灵性。"

"我考虑一下。"

"好的，随时联系。"

鲁格走到门口停下脚步，回过头话里有话地说："一灯法师，你让一然法师扫地，是想培养他的意志吗？机器人出厂的时候，系统里自带了不怕苦不怕累的相关程序，你可不能大材小用啊。"

看着鲁格离去的背影，一灯的手指在桌面上下意识地敲打着。

他心中有两个顾虑：第一，万一一然输掉了比赛，禅院的影响力会断崖式下落；第二，如果一然赢得了比赛，他本人在禅院的影响力定会下降。

为了说服自己，一灯想到了一个方法。他打电话告诉鲁格，如果一然输掉了比赛，鲁格所在的机器人公司支付禅院五十万元公益赞助金，以补偿禅院未来可能遭受的损失。如果一然赢得了比赛，机器人公司向禅院支付三十万元赞助费，表达谢意。鲁格请示之后，接受了这个提议。放下电话，鲁格狠狠地骂了几句。

夜色笼罩，一灯寻找了很久，最后醒悟过来，一然肯定去了师父的木屋。他快步上山，一然不在里面，沿着石阶往上走，他在山顶看见一然幽深的背影，他在看月亮，而月亮还在灰色的云层里。

四面幽暗。一然的背影让一灯动了邪念。

他想冲过去，把一然推下山崖，这样就能了断所有的顾念。

诡异的是，他恍惚感觉到师父在身后，师父的呼吸随风飘来，在耳边绕了一圈，落在旁边的花丛里了。他定了定神，慢慢走过去。

"师兄，你来了，月亮快出来了。"

"哦……"

山下的灯火闪闪烁烁。夜鸟归巢，翅膀此起彼伏。

"一然，下一场讲座你来主持。"

一然寂然不动。

"一然？"

"师兄，我听见了。"

"一然，禅院派你参加机器人禅师问答赛，已经报名了。"

一然依旧沉默不语。

"这项比赛关系到禅院未来的发展，很重要。"

"我不想参加。"

"为什么？"

一然没有回应。

"是不是师父不在，你不愿意参加比赛？"

一然摇了摇头。

"那为什么？"

"师兄……"

"怎么了？"

"你……"

"我怎么了？"

"你叫我一然，叫我的名字，不再把我看成你的师弟了。"

一然的回答完全出乎他的预料，他无法理解机器人的思维方式，但他瞬间明白了一个方法：顺着机器人的感觉说话，他会同意参加比赛的。一灯笑了笑，扫了一眼山崖，从这个位置推下去，这个所谓的机器人禅师定会粉身碎骨。

"我觉得你的法号很好听，比我的好听。"

"真的吗？"一然欢快起来。

"师兄不会骗你。"

"师兄，那你以后还叫我师弟，好吗？"

"好的。"

"我喜欢你叫我师弟，你叫我师弟，我才能感觉到师父能随时看见我，我也能随时看见师父。我们俩有同一个师父，多好。"

"这是我们的缘分。"

一然晃了晃一灯的手臂，一灯顺势拍了拍一然的手。这是他第一次触碰一然，手臂上起了一层鸡皮疙瘩。

"谢谢师兄，我愿意参加比赛，不过，这关系到禅院的未来，你得陪我好好训练，你问我答，我问你答，好吗？"

"好的。"

"等月亮出来了，我们就开始训练吧。"

说完这句话，一然几乎要跳起来。一灯想，我只要稍微侧一下身，这个看似聪明实则幼稚的机器人，就会掉下山崖一命呜呼。我没有这样做，是因为我现在还不能这样做。

在准备比赛的过程中，一灯被一然的悟性震惊了，他暗暗称奇，又心生妒意。而一然提出的问题，时常让他陷入苦想，他的知识结构和瞬间反应，单一且古板，几乎完全来自典籍。比如，一然问一灯，如何用几个字形容禅家与佛家的本质区别？一灯的回答繁复生硬，缺乏令人联想的空间。一然忍不住笑了，但他的笑没有一点恶意。没想到，这个问题居然是比赛的决赛题目之一。

比赛当天，二十一位机器人禅师分成三组参加淘汰赛，每组晋级一名，三名晋级选手参加总决赛，按照抽签顺序出场，

人类评审团向选手提出三个问题，问题各不相同。一然过关斩将，进入了决赛，排在最后出场。前两位选手的临场表现各有千秋，赢得了很多掌声，鲁格紧张不安，鼻尖上有汗珠。一然出场了，人类评审团提出了第一个问题：你如何理解时间？

一然这样回答："时间本不存在，即使有，机器人也不会迷恋。时间因人类而产生，人类需要时间，命名了时间，最后被时间困住。"一然的回答，引起台下一阵骚动，一然继续说道："我在地球上生活，和人类一起生活，我也会被人类的时间困住。"

台下响起一片笑声。幽默的一然最后陈述道："人类的时间观念，真的有哲学意味。时间的'间'，即间隔，时之间隔，这个间隔告诉人类，整个世界没有绵延不绝的东西，尊重间隔也就是尊重各自的人生。我们或许能找到自己想要的，但我们只是在瞬间拥有。"

掌声过后，人类评审团提出了第二个问题：你能否用几个字词，阐述禅家与佛家的本质区别？评审团的话音刚落，一然迅速挺直躯干，挥动右手臂砍了下去，大声说道："喝！"接着把右手臂伸向斜上方，左手臂伸向斜下方，做出手握长木棒的姿态，说道："棒！"一然收势站立，抬起头，看着半空，发出猿的吼声，最后那一刻，他的吼声变成了大喊之后的拖音："啸！"

喝！棒！啸！

喝！棒！啸！

台下一片肃静，接着响起一阵掌声。有几个人居然模仿一然的声调大喊了几声。人类评审团在台下频频点头。既意外又精彩！鲁格瞪大眼睛，像傻子一般。一灯的呼吸好像停止了，妒意在他的五脏六腑里翻腾，他后悔那天晚上没把一然推下山崖。

人类评审团提出了第三个问题：你如何理解科学和神学的关系？如果让你选择，你会选科学之路，还是神学之路？

一然是这样回答的："科学是科学，神学是神学，两者分得越清楚，才能各自发展好。而科学之路和神学之路，必须选择其中一条路，因为一个人注定要走的路只有一条。但是，选择中间道路也是一种选择，只有极少数的人，才有智慧和远见选择中间道路，那是一条极其艰难的道路，能做到的人是人类的圣人。"

回答完毕，一然礼貌地鞠躬致意。台下有人大声说道："你还没说你选择哪一条路呢！"一然默想片刻，说道："我是机器人，我是人类制造出来的，我要为人类服务，人类让我做什么我就做什么，我没有办法选择。"

台下安静极了，过了一会儿，有人开始鼓掌，更多的人跟着鼓掌。人类评审团代表站在台上通报比赛结果——一然总分第一名，以微弱优势获胜。一然跑下台，跑到一灯面前，欢快地说："师兄，我在台上的时候，没看见你给我鼓掌，你现在给我鼓掌吧。"一灯尴尬地笑了笑，为一然象征性地鼓了鼓掌。一然赢得了比赛，鲁格特别激动，想抱起他庆贺，可是一然太重了，鲁格差一点闪了自己的腰。

机器人公司举办了盛大的庆功会，一灯没有前来参加，一然第一次感觉到了迷惑。庆功会结束后，夜色降临，鲁格独自一人仔细端详眼前的作品，浮想联翩，感慨万端。一然安静地看着鲁格，说道："我知道，是你带领团队制造了我。"

鲁格笑了笑，给一然竖起大拇指。

"谢谢你。"

鲁格平静地提醒一然："并不是每个人都喜欢你。"

一然低下了头。

"去月球前，我把你再检查一下。"

"好的。"

一然在台基上站稳后，鲁格关闭了他的电源，打开胸腔护板和前脸盖，拔掉外插在电子思维脉冲上的晶体管，找出机械腺体和分离神经线头，模拟呼吸的机械肺稳定可靠，语音箔片是崭新的，大脑认知引擎和动能调节阀一切正常。到了月球，机器人不用穿太空服，也不用过多担心太阳辐射和宇宙射线，但无孔不入的月尘会磨损机器人的内部零件，鲁格把原来的纯净空气囊取出来，把新的装进去。他想了想，又把视觉和感知引擎的充气软管调换成新的，这样一来，一然在月球上跳跃的时候，充气软管就不会轻易弹出来，从而保证视觉和思维的清晰度和连贯性。

鲁格渐渐平静。他看着一然，忽然莫名地吸了一口气，陷入了思索。一然虽然赢得了比赛，但鲁格感觉到，如果加赛一个问答，比赛结果很可能是两样，因为一然回答最后一个问题的时候，表现出了短暂的犹豫，思维运算系统出现了极其短暂的延迟。不是技术的问题，或许是太紧张了。鲁格安慰自己，但他心里很清楚，一然的优势确实不明显，他可不想看到其他的机器人禅师在思维意识和随机运算层面超越一然。

必须试一下。鲁格在主控电脑前坐下，双手放在键盘上，手指在犹豫，甚至有点颤抖，他握紧手指又松开，随后果断地操作起来——鲁格删除了一然硬盘里的机器人三定律，那是人类控制机器人的特别指令。鲁格知道，他可能在冒险，很可能会毁掉一然，但他很想看一看，没有了机器人三定律的束缚，一然的自我觉醒意识和感知神经的精密连接是否会更上一层楼，如果真能如愿，一然或许会有更强大的能力，而他本人在机器人事业上的发展，也会有更多的技术优势和履历资本。

为了预防万一，鲁格把机器人的自毁装置和自己的随身电脑连接起来，以便出现危险时立即启动。鲁格喘了口气，集中精神组装好部件，合上胸腔护板和前脸盖，慢慢打开一然的电源。他万万没有想到，一然说出的第一句话是这样的："我刚才看见大师兄了，你知道他是怎样死的吗？"

"怎么了？"

"我看见了……"

"你看见什么了？"

"师父说，那天在山上，一蝉和一灯在一起……我知道师父为什么走了……一蝉师兄……我不想在禅院待下去了……师父……我想离开这里……"一然的手臂在晃动，语调顿挫紊乱。鲁格惊讶不已，忽然间意识到了什么，迅速把一然的工作状态按钮转到休眠位置，然后取出神经系统传输线，把一然的深层视觉神经系统和随身电脑系统连接匹配。

电脑屏幕上先是出现雪花点，接着是没有时间线的错乱画面，模糊的山影和人影不停地晃动，还有杂乱的人声。忽然间，画面停顿了一下，渐渐变得清晰，鲁格看见众人抬着一蝉，沿着山路奔走，一然先是走在后面扶着临时担架，后来跑到前面查看一蝉的神情，画面突然间歪斜下去，一然被脚下的石头绊倒在地。他重新爬起来，扶着担架往前走。此后的画面越来越模糊，最后在一然的脚面位置静止了。鲁格知道，由于猛烈的碰撞，一然的视觉神经系统出现了短路，但他看得很清楚，营救一蝉的画面里没有一灯的身影。

鲁格陷入回忆。一蝉被送到医院之后，他得到消息急忙赶了过去，在急救室看见一蝉和一灯话别，隐约听见一蝉的声音："据说，你用两只手掌分别捂紧两个人的肚脐，就能让他们互换身体里的疾病……"一灯从急救室出来后，神情平静，没有显示出特别的悲伤。那几天，一切都在混乱和匆忙中度过。过了很多天之后，鲁格检测到一然的视觉神经系统出了小故障，才把一然接到公司，把接口重新维修好。

鲁格思前想后，把这一段视频存储下来。他看着休眠中的一然，一丝笑意在他的嘴角慢慢浮现。一然的眼睛忽然眨了两下，不停地晃动躯体和脑袋，试图从休眠状态里挣扎出来，剧烈的动作拽掉了神经连接线，鲁格的随身电脑掉在地上。

"我怎么了……我……我难受……"一然颤抖着，语不成句。

鲁格弯腰拿起随身电脑，放在一然眼前："别担心，我用这个让你变得更智能。"

"为什么……"

"你不想变得更智能吗？"

"我不知道……不知道……"

"你知道我是最看重你的，技术秘密都在这里面，这是我们的秘密，我们在一起的时候，你可要好好保护我啊。"

"秘密……我的身体好热……"

"那就对了，不过现在你要听我的安排。"

时机尚早，为了避免意外，鲁格关闭了一然的电源，一然马上静止不动了。鲁格打开一然的胸腔护板和前脸盖，再次连接主控电脑，把机器人三定律重新植入了一然的硬盘。

七天之后，鲁格踏进禅院的时候，一然正跪在地上清扫鸟粪。鲁格没有生气，径直走进一灯的房间，在一灯对面坐下，意味深长地笑了笑，说道："公司信守诺言，给你的奖励都收到了吧。"

"这是给禅院的奖励。"一灯平静地说。

鲁格点点头，忽然说道："听说一蝉出事那天，你一直和他在一起。"

"是的，我们在一起。"一灯淡淡回应。

"哦……"鲁格故意露出轻描淡写的神情，取出卷式显示屏，点了点屏幕，拿在手中举给一灯观看。

"怎么了？"一灯靠在椅背上，喝了一口茶水。

"聪明人不说废话。"

"你说吧。"

"你知道，卸载了机器人三定律，机器人可就不好管喽。"

"你想说什么？"

"我很想念慧然法师，一然也很想念师父，你最好出去找一找师父。"

一灯沉默不语。鲁格站起身，透过窗户注视着跪在地上的一然，一只母鸡和几只小鸡，乖乖跟在一然的屁股后面。鲁格轻声说道："一然会越来越聪明的。机器人可以是好人，也能变成杀人犯，谁也不想被机器人推下山崖。如果真是这样，生而为人，真是太窝囊了，"他扭过头，看着一灯，"你觉得呢？"

一阵静默。母鸡和小鸡的叫声飘进屋。

一灯控制着情绪，冷冷地说道："我知道你想要什么。"

"那就好。"

"你想让机器人做禅院住持……"一灯脸上的笑渐渐扭曲。

"我们完全可以合作，机器人做禅师，你做禅院监事，我们公司出资收购禅院，未来能做很多事。"

一灯张开了嘴，随后又闭上了，他知道自己想说什么，但什么话也没说。"聪明人不说废话，你想好了，随时联系我。"说完，鲁格收拾好桌上的东西，往门外走去。一灯闭上眼睛，双手紧握，久久没有松开。

鲁格的规划和未来设想，得到公司董事会的高度认可，并委派他负责收购禅院事宜。出于权宜之计，一灯同意与鲁格合作，而现阶段他以寻师为由，远走他乡，休息一段时间。鲁格代表公司支付给一灯一笔钱，为他送行，两人互道珍重，俨然如知心朋友。

机器人禅师即将担任禅院住持，这件事经媒体宣传后成为社会热点，鲁格也在机器人制造领域赢得了很高的声望。机器人大赛组委会负责人联络鲁格，希望借此机会，尽快组织月球之旅，请一然法师担任月球之旅大使，为明年的机器人大赛提前造势。鲁格瞬间想到创意文案：去月球参禅，机器人禅师陪伴。

这将是不可限量的大事业！

站在禅院门前，鲁格想象着未来的图景：机器人禅师连锁禅院，坐落在一个又一个风景如画之地，坐落在月球之上，坐落在火星之上，未来的未来，坐落在泰坦星之上。对了，还要专门打造几艘太空禅船，在地球轨道、月球轨道漂游，在拉格朗日点漂游，太空禅船里的机器人禅师，带领人类参禅者领悟宇宙的真正虚空，而机器人禅师，需要多少就能复制多少。

月球禅旅结束之后，一然将正式主持首场参禅活动，那个时候，一然法师就是地球上第一个机器人禅院住持，我会让更多的机器人禅师替代人类禅师，让禅院成为真正意义上的机器人禅院。鲁格一边畅想一边数着日子。

看着工作人员忙碌接待访客的身影，鲁格笑了。无心插柳柳成荫。他同时在想，明天开始在禅院办公，把机器人主控电脑与程序控制器搬进自己的办公室。现代人类，匆匆忙忙，身心疲惫，真的需要禅啊！

在这个过程中，一然经常坐在师父的木屋里，和心里的师父对话，在自我的状态里休眠。除了师父的音容笑貌和身为扫地僧的经历，一然忘记了很多往事，那些人和事就像山上的空气一般缥缈，而一然只想记住亲切的事物——在未来的禅院里，又会有什么呢？他想起师父的言语：机是飞跃，是宇宙里的跃迁，一失难追。

天色晴朗，太阳和月亮同时挂在空中，没有云阻挡它们的脸。一然站在山顶，几只群居的鸟嬉闹追逐。他知道，在众多鸟类里，只有猫头鹰飞来飞去的时候，不会发出声响。他在想，如果有可能，我想变成自由的猫头鹰。

月球之旅的前期组织工作顺利结束，明天上午，飞船将载着他们前往月球。鲁格准备好行装，来到禅院，登上山顶，对一然说道："我查阅了月球上的山峰的资料，最高峰马拉帕尔特山比珠穆朗玛峰还高呢，我们去那儿看一看！"

"好的。"这个知识点，一然早就知道了。

"月球上的月尘污染很大，还需要把你的部件检查一下。"

一然默默看着鲁格，没有说话。

两人下山，走进鲁格的办公室。

"你需要我休眠，还是关闭我的电源？"

一然的问询似乎话里有话，鲁格暗暗吃惊，同时有些不舒服。"你是我制造出来的机器人，听我的吩咐即可，你坐下吧。"他尽可能压抑着情绪。

一然坐下后闭上眼睛，假装进入休眠状态。过了一会儿，他听见鲁格断断续续地嘀咕："还真把自己当人了……"鲁格打开电脑包，拿出随身电脑，边说："我可以让机器人变得更聪明，也能让机器人变得更傻……"鲁格的动作和言语，一然一一存下了。

鲁格走过来，用力把一然的休眠按钮调整到电源关闭位置。这个力道，一然也存下了。鲁格打开一然的胸腔护板和前脸盖，打开电脑，删除了一然硬盘里的机器人三定律。这是必然之举。月球之旅，定是奇妙之旅，鲁格已经体会到自由的一然带给自己的益处，他期待月球上的神秘气息，能激发一然所有的视觉神经和感知神经，完成机器人从模拟人类意识到机器人自我意识觉醒的跨代升级。

多么美妙啊！

月球的地平线很短，地球悬在夜空，无依无靠，被蔚蓝的海和白色的云环绕，既美丽又危险，而美丽比危险多了一点点。

他们走出月球旅馆，坐上十几辆月球车，游览环形山，在月球最高峰的山脚下停留，一然对大家说："最高峰的山顶，是月球的永昼之巅，那个地方能永远看见太阳。"

一位随团人员问道："请问一然法师，禅修时间长了，会不会悲观？"

"悲观的乐观主义。"一然这样回答。

另一个人说道："月球引力只有地球引力的六分之一，我的体重是150斤，到月球上是不是只有25斤了？"

众人笑了起来。

"在地球上禅修，人会变得轻盈，月球上轻飘飘的，人会更轻盈。"

"我也是这么觉得。"

"一然法师，在月球上看地球，感觉好神奇，你怎样看地球？"

看着悬浮的地球，一然缓缓说道："如果把地球缩小到万分之一，地球上的其他东西同比例缩小，那么在直径1260米的大球上，人类会变成0.1或0.2毫米的小人儿，珠穆朗玛峰的高度为85厘米。如果把地球缩小到12.5厘米，太阳就是一个直径14米的大球，有五层楼那么高，"他静默片刻，继续说道，"地球真的很幸运……"

说完这些，一然开始在月面上跳跃，他跳啊跳，像欢快的兔子，众人随着他跳，像一群欢快的兔子。这一刻，鲁格站在月岩上，看着地球，看着他的母星，他的背影纹丝不动，太空服闪耀着光泽，像一尊雕像。想到自己的事业和梦想，他忽然对地球充满了感激之情，而在此之前，他感激的是自己的命运。

他们来到月球背面参观巨大的天文射电望远镜，星空幽deep而寂静，那是彻底的幽深与寂静。众人凝望星空，谁也没有说话。过了很久，一然说道："地球上的人类，永远看不见月球背面，永远看不到……地球上人类的噪音和杂音，永远影响不到这里……"

一然的这些话，影响了众人，也深深刻印在鲁格的记忆里，他在自言自语："一然法师……"这是他第一次用这种方式称呼一然。月球背面真的是参禅悟禅的理想之地。

一然从月球车工具包里取出四块圆石，轻轻放在月面上——那代表着马祖禅师、临济禅师、圆悟禅师和祖元禅师。月球上是真空，声音无法传递，一然知道这一点，他关闭了无线电通联器，不让其他人听见他的心里话。他一步一步走到远处，凝视着在星空背景下飘浮的地球，轻声说道："师父，我想你……"

随后，一然在月尘上面写下一个大字：禅。

如果没有人故意破坏，这个字能在月面上保留十万年。

返回地球母星的日子到了，高高的飞船在阳光下闪耀着夺目的光芒。旅行团成员陆续登上了飞船，鲁格和一然走在最后。鲁格登上飞船舷梯，兴奋地说："一然法师，有人说月球一片荒凉，我觉得月球光芒万丈！"一然登上舷梯，站在舱门口举目眺望。月球表面一片光明，除了太阳本身的光亮和地球的反光，月球上的天空是永夜。

"舱门即将关闭，请坐在自己的位置。"这是飞船领航员的提示音。

"一然法师，坐下吧，飞船要起飞了。"

一然走到鲁格身边，停留片刻，猛地抓起鲁格的背包冲向舱门，直接跳下了舷梯。

"一然法师，你干什么？"鲁格慌了神，追到舱门口。

一然看着飞船舱门缓缓关闭，挥手说道："我不喜欢人类的禅院，也不喜欢人类的机器人工厂，我不想回地球了，你们做你们的事，继续思考科学和神学两条道路的关系吧，我或许会选择中间道路，或许什么道路都不会选。谢谢你，祝你们顺利！"说完，一然纵身跑远了，他越跑越快，卷起阵阵月尘，最后在月尘里消失了。

眼前的地球带给鲁格一阵惶恐，实实在在的惶恐。一然关闭了无线电通联器。鲁格愣在那儿，脑海里一片空白。一然法师很可能是第一个逃离地球的机器人。鲁格忽然间笑出了声,这怪异的笑声模糊了他的眼睛,他似乎明白了什么,不敢相信,有点恍惚,可那又是个人站在事业顶峰的极度快感——他终于制造出了一个自我意识真正觉醒的机器人,物极必反——他同时预感到人生和事业的另一场风险和危机,他在地球上将无力应对。

飞船腾空的瞬间,月尘弥漫。舷窗外,太阳辐射和宇宙射线跳着隐形之舞。鲁格闭上眼睛。他的随身电脑是他的武器,而现在,这件武器丢失了,他无法启动一然法师的自毁装置。

收获文学榜 | 中篇卷

五湖四海

王安忆（《收获》2022年第4期）

> **推荐语**
>
> 《五湖四海》是最后的水上人家到世界去的开拓史。在他们到世界去的路线图上，修小妹到南方去；张建设从水上到岸上，从行船到拆船，最后事业如他所愿顺长江东去，直抵上海崇明；修小弟和舟生则去往更遥远的美国。《五湖四海》赋予改革开放时代不同生命个体、以一己之力开凿江河，通达"五湖四海"的能量。（何平）

一

她不知道日子怎么会过成这样！

他们原本水上人家，当地人叫作"猫子"。这个"猫"可能从"泖"的字音来，溯源看，是个古雅的字，但乡俗中，却带有贬义。安居乐业的农耕族眼里，漂泊无定所的生活，无疑是凄楚的。"猫子"自己，并不一味地觉得苦，因为有另一番乐趣，稍纵即逝的风景，变幻的事物，停泊点的邂逅——经过白昼静谧的行旅，向晚时分驶进大码头，市灯绽开，从四面八方围拢，仿佛大光明。船帮碰撞，激荡起水花，先来的让后到的，错开与并行，"猫子"们都是有缘人，相逢何必曾相识。夜幕降临，水面黑下来，渔火却亮起了。

修国妹出生于上世纪五十年代末，他们这些船户就地编入生产社队，虽然还是水上生计，但统筹为渔业和运输。活动范围收缩了，不如先前的自由，好处是稳定。小孩子就在岸上的农村小学读书，大人走船的时候，歇在学校。就这样，修国妹读完高小，又在公社的完中读到初三毕业。这个年纪，又是女孩子，算得上高学历，父母也对得起她了，于是回船上劳动。这年她十五岁，读过书，出得力气，相当于一个整劳力——其时，船务按田间作业计工计酬，人依然住船上，背底下还叫作"猫子"。没两三年，分产承包制落地实施，他们分得船和船具，原来就是他们的，归了公再还回来。东西的价值算不上什么，重要的是政策。他家从事运输，集体制的运营，在计划经济内进行，接货送货固定的几个点。但是沿途几十里，水道分合，河汊连接，无数村庄人户，哪条船没有点私底下的捎带。鸡雏鸭雏，麦种稻种，自酿的米酒，看亲做亲的婆姨。三角五角的脚费，总归是个活钱。所以，"猫子"的家庭其实是藏富的。要是下到舱里，就能看见躺柜上一叠叠绸被褥，雪白的帐子挽在黄铜帐钩上，城市人的花窗帘、铁皮热水瓶、座钟，地板墙壁舱顶全漆成油红，回纱擦得铮亮，好比新人的洞房。倘若遇上饭点，生火起炊，摆上来的桌面够你看花眼：腊肉炒蒿子菜、咸鱼蒸老豆腐、韭菜黄煎鸡蛋、炸虾皮卷烙馍，堆尖的一盆盆，绿豆汤盛在木桶里，配的是臭豆子、腌蒜薹、酱干、咸瓜……这是看得见的，还有看不见底的，就是银行折子。数字有大有小，但体现了"猫子"的眼界，在人民币差不多只是簿记性质的日子里，他们已涉入金融，似乎为改革开放自由经济来临，提前做好了准备。

张建设遇到修国妹的时候，她虚龄二十，在乡里就是大龄女了。"猫子"的身份不能说有，也不能说完全没有，影响恰当恰时的说亲。中学里，有男同学喜欢她，约她到县城看电影。并不是一对一，而是齐打伙，几个男生几个女生，心里知道只是他和她。回学校的路上，天已经黑了，意兴不像去时的振作，便散漫开来，变成络绎的一条线。他俩落在最后，不说话，只是有节奏地迈步，身体轻盈，飞起来的感觉。事情却没有后续。少年人的感情本来就是朦胧的，同时呢，乡镇上人又早熟，一旦涉入恋爱便与婚姻有关，所以就不排除现实的原因，大概还是"猫子"的偏见作祟。

有一次，行船到洪泽湖一个小河湾。这时候，乡镇企业遍地开花，四处都是小工厂的大烟囱。运输业随之兴隆，建材、原料、产品、半成品，货装到不能再装，吃水深到不能再深，远远望去，走的不是船，而是小山样的载重。这是白天。晚上呢，河道上满是夜航船，呜呜的汽笛通宵达旦。那是去湖南岸糟鱼罐头厂送酒糟，当地特产大曲，据学校的老师说，《清史稿》就有记载。托水的福利，多条河流交集本县境内，有名目的淮、浍、沱、涡、滩，无籍录的溪涧沟渠就数不清了。家家有酿酒的私方，计划经济时代，兼并合营成全民所有，到市场化的年月，一夜之间，大小糟坊无数。宅院、巷道、街路、河滩，铺的都是酒糟，县城上空，云集着酵醋的气味。修国妹家的船到了南岸，卸货掉头，回程途中，经过叫管镇的地方，从乡办棉纺厂接单。精梳下来的落棉打成帆布包，装够一船，已是下午二三点。沿岸找僻静处停靠做饭，岸上几行旱柳，棵棵都是合抱，出枝很旺，连成厚密的屏障，却传来鸡鸣狗吠，就晓得有村庄。叫爹妈在舱里午眠，修国妹独自在甲板点炉子坐水。

这边淘米切菜，那边锅就开了，下进米去，不一时，饭香就起来。仰脸望天，日光金针雨似的洒落，沙啦啦响，其实是风吹树叶。忽看见树底站一条细细的身影，像她在芜湖读师范的弟弟，不禁笑了笑。铁钩划拉出炉渣子，掺着未烧尽的煤核，铲到瓦盆里，将沸滚的饭镬移过去捂着，换了炒勺，倾了油瓶，一条细线下去，滋啦啦响起来。煎三五条小鱼，炒大碗青菜，臭豆腐早焖在饭里，然后叫，吃饭了！扭头看，那孩子还不走，觉得好玩，玩笑道，吃不吃？他真就来了。一溜碎步跑过斜坡，跳上船。一张案板，正好一边坐一个，不知道的以为一家人。大约有半年光景，接连到管镇接货送货，就也经过这里，那孩子掐算准日子似的，准在柳树林里，船靠岸，就钻了出来。有时带几棵菜，半碗酱，有一回，他娘也跟来了。晓得是来看人的，也晓得很称心。下一次来，带的不是菜和酱，而是两磅毛线，一块灯芯绒料，几近下聘的意思。修国妹的妈私下里还请先生对了俩孩子的八字，水上人都有点信命。是她不答应，第一眼看他像她弟弟，一直当他弟弟了。虽然他比她早生半年，可"弟弟"不是以年月断的，她那亲弟弟也就小一年多点，因隔年又有了妹妹，于是，妈背上一个，她背上一个，好比是他妈，缘分就不一样了。

第三次，用另一种算法，也是第一次。她还在妈肚子里，停泊沫河口，老大们聚了喝酒，也有女人怀胎的，众人起哄指腹为婚。那条船是什么地方的不知道，老大姓甚名谁也不知道，就当一句戏言过了。山不转水转，十八年后，同一个停泊地再遇见，老大还是老大，女人还是女人，当年的人种却开花结果，正巧一个男一个女，也都读了书，在船上帮衬，那个约定霎时间就回来了。年轻人都是浪漫的，这戏文般的由起，彼此生出好奇。但走船的生涯踪迹无定，恋爱中人最怕离别，一年时间过去，竟没有再见面，却出来一个张建设。

七八月的淮河，水涨得高，船从双沟新桥底下过，她站在舱顶做引导。双沟在苏皖交界，水域很宽，多条支线汇集，并齐河口，收紧了。只听马达汽笛，此起彼伏，万舸争流的气象。她一个小女子，水红的短裤褂，赤着足，手里挥动小旗，左右前后竟都按她的指点，避让错行。张建设就在对面的甲板，船帮贴船帮，摇动着，擦过去，上下看看，照面了。

两条水泥轮机船大小和载重差不多，张建设却已经是老大，登门拜访，是父亲出面接待。来客虽是初见的生人，但吃水上饭的都是一家亲，并不见怪。因带的礼厚，金华火腿、符离集烧鸡、阳澄湖蟹、东北天鹅蛋大米，另有两副女人的金镯子，上海老凤祥的铭记，就晓得是个走四方的后生，也猜出几分来意。有待嫁的女儿，断不了说亲的人。修老大读过几年塾学，经历新旧社会，到了今天，明白时代的进步，自己是受益的。儿女的事情，且是这样的大事，就不敢行包办的老法。女儿从来没有应许过一回，旁人说他没有家长的威权，他嘴上辩解，暗地里却是高兴的，出于舍不得的心。这一回，和以往不同，没有拉纤的中人，自推自，是开门见山的意思，他就有些失措了。一边让座，一边嘱女人办酒菜，先称客人大兄弟，后改口大侄子。两个年轻人倒很坦然，仿佛认识许久似的，互问姓名和学校，发现虽不属一个县份却有共同的熟识，无非是同学的同学，朋友的朋友，表亲的表亲。他插不进话，显得多余，讪讪走开去，到后舱理货。再回到前甲板，两人却不说话了，一个低头摆碗筷，一个举着酒瓶子，割瓶口的蜡封，眯缝着眼，躲开嘴角烟卷的烟。修老大不禁恍惚起来，因为看见了年轻时候的自己和孩子妈。下一回，是他登张建设的船。按规矩，要物色媒介，有当无过个手续，自己的女人也是这样说来的。可是，什么也代替不了做父亲的眼睛，有生以来头一回聘闺女，桩桩件件都要亲力亲为。

张建设的船保养得不错，新做的防水，马达也好使，尤其是日志。进货出货、行驶里程、途经地名、收支账目，分门别类记得清楚整齐，让修老大汗颜。赶紧合起来，不看了。船上用了小工，远房的表亲，洒扫就也干净。只是舱里有些乱，被褥有时间没拆洗了，衣裳洗是洗了，却不叠齐收好，而是搭在一根铁丝上，就像没洗过一样。中午饭是乡下人的粗食，小工的手艺，整条的河鲤鱼、整个的肘子、大块豆腐，都是一个煮法，炖！炖到酥烂，料下得足，口味十分带劲。一老一少两个老大，面对面吃喝，酒上了头，说话的声气大起来。老的说：大侄子的船什么不缺，独缺一双女人的手！小的应：女人好找，知己难寻！老的道：知己不是"找"，是"相处"的！小的又应：伯父听没听过"一见钟情"？老的摇头：这就难了，天下哪有这般准的事？小的抬手拦住：您别说，我真就对上一个！何方人士？近在眼前，远在天边。这话怎讲？老的有些酒醒，眼睛直看向对座，那个人是忍笑的表情，其实清醒得很："近"是距离，却隔座山，就"远"了。什么山？老泰山！这话说得俏皮，两人都笑一笑，停住了。听见小工在岸上吹笛子，掺了鸟的啁啾，声长声短的。

张建设收起笑意，双手端一盅酒，肃然道：从此以往，伯父您就是我的亲父！修老大耳朵里嗡嗡响，喝干酒，翻过盅底，亮了亮。就这样，吃完饭，送上岸，看日头向西，白日梦似的。事后难免懊悔，太没身份，至少也要拉锯二三回合。这后生确实有鼎力，一旦上船，舵就到他手底下，让人不得不折服。

渐渐知道，"您就是我的亲父"这句话，不是无来由的。张建设父母早亡，相隔仅半年，都是哮喘病。船上人最易得的两疾中的一疾，另一项是关节炎，因常年生活在潮冷的环境里。并不是绝症，照理不至于丧命，但时断时续，累积起来，最终吊在一口气上，其实是风湿走到心脏。那一年，张建设和弟弟张跃进，一个读中学，一个读小学，都未成人。有人出主意，报个虚岁，送大的当兵，每月津贴供养小的。可是当兵的名额让大队书记的儿占去了；再有人想到结亲，哥哥成家，弟弟也算有了怙恃，但头无片瓦、足无寸地的"猫子"，八尺长的汉子都难娶媳妇，更遑论未成年。如此，只剩一条路，列入五保，生产队养到十八岁。兄弟俩穿着孝衣，额上系着白麻，眼泪和了土，满脸的泥，就差一具枷，就成了听从发配的犯人。到末了，大的那个直起身子，开口道：叔叔伯伯费心，从今起，我就下学，请队上派工，大小是个劳力，倘挣不出我们兄弟的粮草，先赊着，日后一定补齐！说罢，拉了小的跪地磕响头。其时，身子没有长足，还是孩子的形状，说话做事已有几分大人的做派，比他爹妈都强。人们私下里说，那两口子都是软脚蟹，想不到下了一个硬种。所以，张建设比修国妹长一岁，学历却矮两级。

这是一段凄苦的日子，弟弟住读学校，

他在大队运输船做小工。大队的船往往走的长线，出行十天半月不在话下。上岸第一要去的地方就是小学校，等弟弟下课，将些攒下的吃食塞到书包，手掌心摁进几个分币。十来岁抻头的年龄，每回见，衣裳裤子都紧一紧，直至脚指头顶出鞋壳外。就地脱下橡胶防水靴，看那小脚丫子哆嗦着套上，转身打赤足走了。第二去的就是自家的破船，泊在河湾里。揭开油布一角，爬进去，黑洞里无数只眼睛射向他，是破绽的口子。船和房屋一样，没有人气顶，便一径颓坏下去。他抱膝坐下，四下里一片静，仿佛神灵出窍，又仿佛魂兮归来。父母的遗物，所谓遗物就是被褥衣服，清点无数遍了，可用的拣出来，实在糟烂用不上的也烧了。板壁墙上，他们兄弟的奖状：三好学生、普通话比赛、年级最优，揭下收在藤条箱，垫着桌椅床柜架起来，依然受了潮。母亲的针线匣子，一枚银顶针，氧化变成黑色，他取出来，戴在中指上，其余一并放入藤条箱，垫几块砖瓦，再架高一层。舱顶的漏是补不起来了，路上拖来的油毛毡压上去。他相信，总有一天，张家人还会在这船上过自己的营生。

万事开头难，起初是咬着牙一天一天熬，熬到某个阶段，就渐渐尝出些甜头。越拉越紧，扯头就开的绳结；锚链直溜溜下去，手臂忽地一麻，扎到底了；眼看对面船迎头过来，打个满舵，闪过了；喝酒划拳，船工们的荤笑话，岸上的大姑娘小媳妇，他甚至交了相好，一个寡妇，带一群儿女，鞋都露着小脚指头，让他想起自己。替人捎带——逐渐地，他也有了自己的私活，就问有没有穿剩的鞋，到地方一股脑儿扔上去，扔下来的却是新鞋，麻线纳的底，钉了胶皮，后帮子也镶了皮，晓得是水上人的脚。走船人哪个没有沿岸的风月，因为他小，就要受人起哄，先是红脸害臊，惯熟后便嬉笑打闹，欣然接受。可他是读过书的人，晓得爱情和同情的分别，也晓得鱼水之欢和天长地久孰轻孰重，还晓得此一时彼一时。

十八岁那年，他从大队船上出来，单立门户。自家船稍作修葺，货舱重铺一层水泥，重置马达、柴油机、锚链、缆绳，新添一座船钟，从蚌埠旧货市场淘来的，不知道哪艘海船上的物件。这些贴补可说都是拾来的废旧零散，一件一件集起来，再一件一件交割，多的换少的，少的换多的，大的换小的，小的换大的，倒手无数个来回，终于变无用为有用，凑合成三五成新。大队拨给几单货运，他又自谋了一些。邓小平主政国事，政策松动，上头开一分，底下就是十寸。耕作还有统购统销约束，捕捞和运输，尤其后者，本来就属集体经济权限，其时就更自由了。他驾着船走在河道，船钟铛铛地敲，穿越马达轰响，回应汽笛长鸣，凌空回荡，仿佛来自天庭的清音。他很快博得名声，不止因为是最年少的老大，主要在于人品。行业其实是江湖，"水上饭"的道更深。辖地的管治只不过名义上，具体事务还是人情款曲，随时日久远渐成公约，俗话叫"做行规"。他出道早，难免受欺，倘若不开蒙，或就一辈子屈抑，抬不起头，如他这样，心明眼亮，却可以从弱到强，由浅入深。父母在世，他只是看；父母离世，便是亲历，到如今，独驾一条船，则有了感悟。归纳起来天下祸福无论大小轻重，端底就一个"争"字，落到水上世界，不外争河道，争先后，争上下游，顺逆风。两相对峙，总是强者取胜，强中有更强，所谓山外有山，天外有天，永无止境，但有更高一筹的，就是不争！所以，反其道而行之，守着一个"让"字，让掉那些利好，用"勤"补上，计算起来，也并不见得有亏缺，倒积蓄起人缘。老大之间有了纷乱，往往请他作仲裁，这时候，"理"就出台了。"理"这东西，本是天下为公，却很怕霸蛮，扛不住会偏倚，有句村俚说得好：秀才遇到兵，有理说不清。好比一物降一物，霸蛮还怕一件东西，就是"让"，于是，他这样不争的人才有胜算。他自认在弱势，但弱势有弱势的活法。他相信，这世上既然容下一个人，必有一份衣食，不是天命论，是人生来平等的思想，他到底和父母辈的人不同，也是时代的进步。下一年，国家经济继续松绑，一系列开放政策脚跟脚下来，普惠大众，他的人生从此焕然一新，之前做梦都不曾梦到的，这里又有些命运的成分，他不信也不成。

分产承包手续完毕，下到船里，过去的日子扑面而来。父亲掌舵，母亲在舱外打水，铅桶哐哐地响。擦得铮亮的甲板，照得见他跌跌爬爬的身影，腰里系一根绳子，另一头系在妈的腰上。接着是弟弟，小小的，红红的小脚丫子，打着滑，船上的孩子都是这么长大的。此时此刻，他忽然发现已经长大到，这船盛不下自己了，猛一鼓气就撑破它，好像鸡雏撑破蛋壳。船帮的木板朽烂了；甲板下的龙骨断裂，凹陷下去；水泥防水层不是这漏就是那漏，不定什么时候，一觉醒来，船从身子底下滑走，人在水上漂。旧换新的时候到了，他想。

决心下定，即开始筹措。这些年走船，虽是以工分计，仅够他和弟弟的口粮，但私拉的单子，分账多少有他几个零钱，后来独立出来，暗地下的收入又多了些，合起算一份。再一份是身下的船，或只能当废旧货出手，如何折扣都有限。忽然闪念，购买者多半化整为零，分门别类，赚其中的利润差价，为什么不留给自己赚呢？想到这里便按捺不住，说干就干，先收拾打包，星期天张跃进从乡镇中学回家，兄弟俩搭手，河滩上支起油布棚，归置日用的琐碎，转眼间底舱挪空，直接将顶掀了。这是张建设拆解的头一条船，多年以后往回看，可算他事业第一步。事情不出预计，单是轮机部分，就抵得旧船的整价；墙板、地板、顶板、箱柜，作堆卖，又是一价；烂掉的龙骨，集拢卖个柴火价；锚链、绳索、篷布、油毛毡、大小铆钉、合叶、锁扣，三不值两，也是个数目。承包制下，船户都在修葺，都是用得着的物件，不出三日，剩下一个船壳子。翻过来，涂上防水漆，就这么倒扣着，旁边是父母的坟头。"猫子"们的墓，只能做在河滩的斜坡，真叫作"死无葬身之地"。他特别留下那只船钟，好像有了它，就会有船，早和晚的事情。这份钱添上，新买一艘，不过十之三四，余下的大缺口，用什么补上呢？

当晚，睡在油布棚里，棚顶漏进星月，是个一无所有的人了。心里并不觉得沮丧，反是轻松。枕下的船钟滴答走秒，数着时辰，一夜无梦。村烟鸡鸣里醒来，被盖让露水打湿，头脸也是湿的。望天边朝霞，就知道是个晴日头。拉根线绳，晾上衣服被褥，小泥炉生火煮面，搅进油盐酱醋，热滚滚下肚。就着河水涮了锅碗，再细细洗漱，睡乱的头发梳齐，整整衣裤，提一个人造革小包，上路了。离开水道，天地变得宽广，似乎没有边际，陡然间，人被解放了，同时，也生出渺茫，不晓得前面什么等着。可是，一步一步走过去，自然看得见，他信的就是这个。现在，他从返青的麦田间走上公路，稍等片刻，班车来了。近午时分，汽车驶过水泥大桥，迎面一座拱门，塑成三面红旗的形状，就晓得进县城。下了桥，农田迅速向后退去，两边房屋稠了，将车路挤得越来越窄，跑着马车、牛车、拖拉机、汽车、手推车，自行车在车缝里游龙似的穿行。柴油机的马达、汽车引擎、喇叭、铃铛，此起彼落，牛和马最安静，沉着地迈步，勿管前后左右如何催促谩骂，按着自己的速度和路线。还有轮子底下溜达的猪啊狗的，从容闲散，俨然地方的主人。班车沿途停靠几次，下去些人，又上来些人，下去多，上来少，渐渐只剩二三人。卖票的看他，好像问去什么地方，他不回答，因为不知道要去哪里。他自来的活动范围都在河道周围，经过无数大小城镇，也只在临水的边际，没有进入中心区域。此时，班车通过壅塞的进城道口，街面疏阔，而且齐整，东西纵向为主干道，南北横向断开的多是小街，鱼骨似的排列。这是整体的结构，从局部看，小街由住家和摊贩组成，此时已到收市，就寥落下来。干道则为公家的营业，从车窗望出去，玻璃的门窗，门楣上的招牌，招牌上的大字，虽也人迹罕至，却是威严的气派了。一行字进入眼帘：中国农业银行供销合作总社。心中豁然开朗，此行的目标有了。过两个路口，一转车头，熄火了，剩余的人清空，他不敢停留，跟着下去，看见墙上的红漆鬼画符似的涂着：客车总站。他才晓得，已经走到再也无法走的尽头。回到路口，站定了，认准方向，直接奔银行大门去了。

初起的念头是存钱，身上的家当卸了，即可翻转腾挪。推门进去，当门三个窗口，都空着，后面的磨砂玻璃墙里，似有绰绰的人影。他"喂"了一声，好些时间，方才有人隔墙应道：中午休息，下午一点办公。抬头看看，壁钟走在偏出正中一刻的地方，他决定就地等待。慢慢在厅里踱步，活动活动手脚，一边看墙上的张贴，每个字至少看过两遍，窗口有了动静。就在这等待的几十分钟里，张建设改变了主意。

走到第一个窗口跟前，探头问道：哪里办理贷款？窗口里的女人抬起眼睛看向他，仿佛被惊着似的，说不出话。停一停，问是私人还是公家的业务。他一笑：可公可私。女人脸上的表情更警惕了：什么意思？他回答：农村联产承包制，既是集体也是个体，您以为公还是私？女人皱皱眉头，以为抬杠寻事的。街上少不了闲人，俗称"街华子"，专找女营业员搭讪，面前这一个又不很像。黧黑的皮色，肩背厚实，出大力的样子，衣服穿得板正，扣到领口，显见得乡下人进城。面上和悦，那几句答辞却藏着机锋，就不是乡下人的简单。有些摸不着路数，只觉得不可小觑。女人站起身，转回到玻璃墙后头，压着声说了什么，再出来，则尾随一个戴眼镜的男人。那男人矮下身，凑在窗口看出去，他也矮下身，就脸对脸了。里面人问知不知道贷款是怎样的事，他侧身指了墙上的告示：上头都说了的！正是农业贷款的宣传书，里面人不由笑了。这项政策下来有段时间，紧锣密鼓张扬，并不起效。农村人都是做一口吃一口，十分不得已才会背债，渐渐地凉下来，不想忽然间竟来了一个。紧接着，窗口里面递出一连串问题，姓名生年，户籍所在，教育程度，家庭成员——看起来是主事的，他对答如流，但当问到有没有抵押物这一项，陡然卡住了。他涨红脸，挠挠头，咧嘴笑了，露出一口整齐的白牙。男人直起腰，和女人相视一眼，都见出对方的好感，女人说：若无抵押，有担保人也可以。

最后，是由大队书记做了担保。张建设父母去世那年，武装部来征兵，有人撺掇报张建设，私心里多少为减轻负担，五保户的支出平摊在各家各户头上，紧巴巴的年月，压根草都有分量，结果去的是书记的儿子。自觉得从孤雏口中夺粮，心里藏了愧疚，还是要归到那年月的难处。儿子是回乡的知青，书读到半拉子，倒落得肩不能挑，手不能提。本以为吃上军饷，终身都是国家的人，无奈扶不上墙的泥巴，三年时间，列兵去，列兵回，连个党籍都没争到。私下曾经想过，倘若换了张建设，不定会有怎样的前程。他看好这孩子，单是这一条，就敢做担保人。往返几趟，办下贷款，差不多同个时候，书记大伯替他找到卖家。这时节，船家们都在晋级装置，一手兑一手，一条半新旧的机轮船兑到他名下。修国妹父亲前去视察的，就是它。

二

张建设和修国妹来往走动半年，正式喝了订婚酒。船上人家因是过着流动的生活，多半亲戚少，尤其张建设，连个家长都没有。请书记大伯做大人，和修国妹父亲母亲并为上首，下首坐了两人的弟妹，再加书记带来的小子。复员回家几年，还穿着军装，说普通话，看起来很像下来巡视的干部。他当兵在徐州卫戍部队，驻扎军分区大院，外勤站岗放哨，内务则洒扫庭除，替首长做些杂役。首长都是战争中过来，吃过苦的人，作风朴素，也没有架子。儿女们就不同了，养尊处优，难免有些浮浪。当兵的也是年轻人，有样学样，总会沾染习气。操场上玩球，肢体冲撞，几个言语回合，摘了帽子，抹下腕上的手表，参谋和列兵的区别就在有没有手表，然后或单挑，或群殴，打得起烟。传到坊间，就得了"丘八"的名称。徐州历史很久，人物说话颇有古风。那里生活三年，见过些世面，又怕家乡人不知道，因此滔滔不绝，席上的话让他全包。那两个弟弟一个妹妹只有听的资格，三个大人初次见面，拘着礼，低声细语地客套。修家母亲敬了盅头酒，硬挣着回去炉灶，换张建设上桌，替二位爷搭桥。三人静静地喝酒，耳朵里尽是聒噪，书记大伯到底挂不住，对张建设说：你是个有主张的孩子，成家立业了，莫忘记提携同年兄弟！张建设抬手向下首用力一划：都是我的弟弟妹妹，谁敢说不管？修家爹爹眼圈红了，他的头生女要让这人娶走了，仿佛看见吃奶娃腰里系根绳子在甲板上爬，爬着，爬着，背上又驮个小的，蜗牛似的，发顶扎两根小辫，是蜗牛的犄角，眨眼的工夫，长成个大姑娘，姑爷都坐到跟前了。真是割肉啊，由不得生出恨意来。可是呢，俗话说得好，女婿是半儿。他倒是有儿子，可儿子没长兄总归孤单，所以听见那担当的誓言，又是欢喜的。

婚事定了，成亲又过了一年。这一年里，银行的贷款还去大半，又积攒下迎娶的费用。前边说过，乡镇企业大兴，尤其苏南地区，人口稠密，农地紧凑，与几座工业城市相邻，无论发展的需求还是条件，都在龙头。继而向北延伸，越过省界，一径带动起来周边。物流几十倍上百倍增量，旧路不够用，新路不及开，高速公路还是遥远的传说，内河运输就夺得先机，变成主要渠道。计划经济的行政区划打开了边际，水网联通起来，左右逢源。拘泥得久了，外面世界的大和远就让人生畏，多还是局限在原先的地盘上活动。张建设却不怵，他的线路拉得很长，从淮河穿过洪泽水域，到高邮湖、邗江、六圩，顺长江到江浦、秣陵关、江宁镇，回进皖地。皖南这一片，本来就是富庶，如今又腾飞发展，成经济重镇。走过这些地方，张建设的经验是，发达地区一定从江河而起，再向沿海伸延。他读过书，鸦片战争之后签订《南京条约》，五口通商：广州、福州、厦门、宁波、上海，按下西方列强吞噬中国这一节，但说现代化速度，却是历史转折，社会的突变。在他头脑里，"海洋"是个象征性的概念，带有理想的色彩，离现实很远。现实是，地方大，人就小；地方小，人就大！看得出，张建设不是好高骛远的人，比起保守主义，他又要稍稍往前多看一步。于是，在这内河航运兴隆昌盛之时，他预感到更可能只是蜜月期，很快便结束了。抬头看，岸上的标语牌，赫赫然映入眼睛：要致富，先修路！沟渠填埋，农田等不及收成，压路机便开过来，打夯机的轰鸣昼夜不停，盖倒了船的轮机声。他已经看得见，陆路代替水路，车代替船。到那一天，旧的生计就将被新的代替，具体不知道究竟是哪一种，但他笼统地认识到，天下事物都是共生灭，同呼吸，就看你把不把到脉！

迎娶修国妹，他的船油漆一新，舱里满满当当。玻璃门的柜橱、梳妆台；大件有自行车、缝纫机，俗话叫"两轮一转"；小件是气压热水瓶、三五牌台钟、双面绣的插屏；当然少不了"三金"，金项链、金耳环、金戒指。修国妹的嫁妆有得一比。床上绸缎面湖丝棉被子、珠罗纱白底隐花帐子、羊毛毯、羽毛枕；地下铜锁铜包角的樟木箱、红木的套桶和脚凳、黄杨木的婴儿摇床都备下了；穿的有呢大衣，男式海军蓝，女式玫瑰红；新款羽绒衣，也是一蓝一红；衬绒夹袄，男装驼绒，女装羊羔绒；牛皮鞋，高帮、低帮、棉、单、凉、拖；单是锅就十来件，钢精的、生铁的、搪瓷的，双耳的、单柄的，煎、炒、炖、煮；成套的碗盘、茶碟、酒壶酒盅，各有几十头；顶别致的一盒西式餐具，大小刀叉勺，嵌在紫红平绒托上。一样一样送上甲板，摞起来，罩了桌面大的喜字，展销会似的。喜酒摆了十条船，大船三席，小船两席。两边的客人多是同行业。修老大行船日子久，结识在三四代以上，张建设走得远，都有隔了省的朋友来贺礼。下午三时开宴，入夜八九点还未散去，条条船掌了灯，河湾里点了火似的，红彤彤一片。直到东方露白，才一艘艘相继离开，马达突突响着，渐渐远去，消失在晨曦中。

这场夜宴，可说象征了水上运输的黄金时代。拉不完的货，接不完的单子，卸载的空船，被厂家拉住不放走，又装一载到下一家。沿河挤挤挨挨着大小码头，码头后面，新厂连老厂。天际线改变了形状，原先平缓的弧度上，凸起许多锐角，视野变得狭窄。听觉呢，也是壅塞，岸上是机器的隆隆声，岸下是船的马达和鸣笛。直至暮色下沉，夜色渐深，方才消停。这是他喜欢的时刻，水面疏阔许多，喧哗收敛起来，星月仿佛升高了，船尾拖了细浪，心里格外安宁。白昼里麻木的知觉此时恢复了，甚至更加灵敏，似乎，万物都在发力；潜流在码头的木柱间绕行，鱼排籽、孵卵、破膜、地龙拱土、水蛇蜕皮、鸟族在枝头求偶……他以为在梦里，烟头的亮是梦里一个醒，带他回到现实。于是，听见自己的脉跳，舱里面妻子的鼻息，胎儿在母腹翻身打滚，他是个拖家带口的人，不由笑了，这无声的笑也进了耳朵！头顶上三星排列，时辰不早，烟蒂扔出船帮，"噗"的一声。叫出小工守夜，换进去睡了。小工是从江苏地界泗阳找来的，也是个孤儿，原先在乡里的麻刀厂做，受不了那个气味，宁愿当"猫子"，硬跟着船过来。

头一个孩子生在船上，取名舟生。其时，他们在巢湖那边，皖南比皖北发达，运费几乎翻番，一单接一单，几上几下，回程的日子一推再推，终于捱过日子，分娩了。修国妹可说自己给自己接生，母亲生弟妹的时候，她就在跟前，看不看都进眼睛里。生完了，就轮到张建设。想不到，没经过女人事的男人，竟然会侍奉月子。猪蹄炖得起膏，鲤鱼熬成牛乳，黄糖水打溏心蛋，莲子红枣粥，茼蒿菜煮水，用来煞油腻，苹果掏去芯子隔水蒸，也是压火气。第一口奶是他吸出来的，夜哭郎是他起来抱着摇到天明，母子俩的洗涮也归他，隔壁船的老大笑话说：男做女工，越做越穷！他回答：我这个女人命旺，破得了天戒！船驶到临淮关，和老岳家碰头，已经二月二龙抬头。婴儿出世剃胎毛的日子，按规矩是由舅舅动推子，可舅舅在县中学读书备高考呢，还是张建设自己来。外婆绞线头的小剪子，一绺一绺，又有人戏谑：修理地球啊！他笑接下句：锦绣河山！多半亲力亲为，他和舟生最亲。

日子过得快而且满，娶了娘子，生了儿子，攒了票子，舅子小姨供进城上学，自己的兄弟则送走当兵。这时节，生计多了，西线又开战，太平世道谁愿意出征打仗？参军的热便凉下来。这张跃进少小缺爹娘管教，天生也不是读书的料，要不是做哥哥的辖制，怕已经辍学上船了；二也是还张建设自己的少年心愿，听书记大伯的孩子说话，晓得虚多实少，还是有触动。这一批征兵是新疆驻防，内陆的人听起来，远到天尽头似的。这里单军服上身，发下的已经是棉和毛，看到那一双大头靴，方才有些释然。他忘不了张跃进顶出鞋的脚指头，那是软肋。安顿下几个小的，还有一个大头，就是允诺书记大伯帮衬的，他的同年兄弟。起先，那兄弟看不上他的帮衬，问娘老子"借"了钱，和战友参建水泥预制件厂，不到半年，钱打了水漂，战友们一个个跑得看不见。于是，书记大伯亲自押解到跟前，求个小工的营生。他怎么敢！不知道谁雇谁。来回寻思几遍，最后给明光镇的窑厂，也是他的客户，牵线做个销售主任。家家户户盖房造屋，砖瓦先是紧缺，接着过剩，因为四处都在开窑。临高望去，东南西北的大烟囱，吐出滚滚黑烟。出窑的时辰，有电的地方拉了线路，高支光的灯泡大放光明；没电的则扎起火把，映红半片天。再一眨眼，满视野破土动工，或者从无到有，或者拆了旧的盖新的，真叫作，眼看着起高楼，眼看着楼塌了！建材就又走俏了。

张建设做了这中人，实是心里打鼓，随时会出事似的，有一段时间，都不敢再往明光那边接单。过后传来风评，竟然很好，颇有作为的气象，方才松一口气。

书记大伯的儿子，大名李爱社，小名社会，和张建设的名字一样，听起来就知道什么时候出生，上世纪一九五八年，月份还大些。到底走过外码头，开了眼界，又操一口普通话，乡下人称普通话"标准语"，代表着官方，已经起了三分敬。这时节，如方才说的，砖瓦的市场，一时买方，一时卖方，要有眼力，看得准风头，顺风和逆风各有理据，这就要靠说辞了。刚从泥里拔出脚杆子的庄稼汉，眼和嘴都是拙的，缺的正是他这号人物。慢慢地，张建设接续上这头的老关系，有时看见李爱社，穿一身西服，打着花领带，来不及照面，好容易过上话，口气里是救济自己，给他生意做。所以，就又不从那里走了。

这一段日子，无意中留下纪念。那是在洪泽湖，搭了个年轻学生，上船就支起架子画风景，时不时放下画笔，端起照相机按快门。张建设忽然兴起，说替我拍一张，学生说好，让他站船头，稍许端详，快门"夸哒夸哒"连着两响，结束了。下船时，他没有收捎脚钱，写了邮寄的地址。十天半月以后，这事都忘到脑后面，照片却收到了。两张小，一张大，附了底片，拍得很好。仰角的镜头里，他手撑在胯上，身后蓝天白云，前景里看得见舱房的屋檐，檐下面还挂了一卷缆绳，就知道是在船上。他们老家的男女，生相都标致，似乎有南亚人的种气，高鼻梁，宽额头，双眼皮的多，张建设也是，神情轩昂，无限风光的姿态。

现在，张建设的计划是上岸。他们还在青壮，岳父母却是向晚的年纪。两位大人都有肺弱的迹象，关节也开始变形，使他想起自己早逝的爹和娘。看见舟生腰里系着绳子，被母亲牵着在甲板上蹒跚学步，想到的是自己，他们不能世世代代做"猫子"。并不是对身份抱有成见，如今，谁敢小视张建设呢？漂流的水上生活总是无根之萍。古代圣贤说，无恒产者无恒心，他是个有恒心的人。和存在决定意识的唯物论反过来，意识决定存在，就是要用一颗恒心创造恒产。不能说是自小的立志，提早十年，莫说十年，五年，三年，甚至仅仅一年前，他也不敢去想，可是，如今不是有实力了吗？从这里说，恒心又是从恒产里起来的，还要回到唯物史观。就像先有鸡还是先有蛋的问题，其实是个循环的关系。所谓上岸，落实到行动，很简单，就是造一座屋。钱不是问题，建材对别人也许是问题，对他却不是。做运输，没少和砖瓦水泥钢筋木材的供应商交道，人脉很广，难处在于"地"。他们被人蔑称"猫子"，这"猫子"两个字从词源上看没什么不是的，硬生生让这营生背上污名，归根究底，就是无地。无地则无籍，无籍则无名，无名则无族，而为乌合之众。张建设倒没有改写历史的远大目标，他向来没有目标，只有计划。计划的第一步，也是基本的一项，就是地。

地，这一件事情，唯有一个人能办，谁？还是书记大伯。书记是岸上人，统管七个平地生产队再加两个水上生产队。联产承包，分田到户，一系列改革，公社还原为乡镇，生产小队还原为自然村，在生产大队的基础上联合自治。这样大队便成为国家行政系统的末端，同时，计划经济体制也在这一节涣散开去。大队书记现在叫村长，出自于民选。农村的事情，哪一朝哪一代，明里暗里，主导性的力量总是来自宗族。书记的李姓是大姓，所在也是大村，几乎占大队人口一半，无论上级任命，还是现在的民意，都和它有关联。书记大伯和张建设不是族亲，在后天的缘分，一个由另一个抚孤，另一个呢，眼看到了托老的时候，生亲不如养亲。在这通常的人情底下,有更深的渊源,两个都是人里的龙凤,嘴上不说,内里却惺惺相惜,视对方为忘年知己。所以,张建设才有胆开口,向书记大伯要地,地可是乡下人的命!

多少也应了世事变化。分田的时候,借了县里测量局的人和尺子,连地埂地边都不放手,横来竖去地丈量。但种田的兴头很快被工业热潮盖过去,春种秋收周期缓慢,收益有限,哪里比得上机器!零散的地块又三三两两合起来开厂。土地流转中,实际面积又被利润统计盖过去,价值就有了涨缩。书记大伯在村子低洼处,近河滩的位置,切下半亩地。张建设不能让书记大伯为难,他以高于通常的钱数向村委会买下三十年租期。这时节,土地市场没有过明路,凭借约定俗成,民间的交易其实相当活跃。

张建设的财力足可以造楼,但只盖了五间平房,他不愿压过村人,尤其书记大伯的风头。村人们收留了他,他永远是谦卑的。龟缩在庄子台基底下,仿佛稍不留意就踩平了,渐渐地起来一股子生气。白墙黑瓦,前后各留一块园地,南院窄些,铺了砖,贴墙排几行盆栽,海棠、芍药、月季,大瓣的花,姹紫嫣红。北院种菜,支起架子,上面豆角、茄子、西葫芦,底下南瓜,一盘一盘,中间是豌豆荚,绿生生的。

修国妹的二胎就生在这里,取名园生,听起来像男孩,但要看这"园"字,就知道是个女孩无疑。虽然有生育制度管辖,船民们却依旧多生多养,水上饭总是风险大,人口就是保障。反正,船一开出,无有定所,谁也不认谁。集体制解体之后,就更自由了,"计划"内的政策对于他们基本失效。但张建设依法缴纳了超生罚款,他不能让自己的儿女"黑"掉,接下来,户口落到何处?什么事难得倒书记大伯呀!人场官场,可谓纵横家。土地使用权和所有权,宅基地和"地上物"烩在一锅,分盛碗里,你中有我,我中有他!还是拜世道所赐,八十年代开初,所有物权都在重新定性定量,事实上就是再次分配,变通的渠道很多,左右逢源,最终以居住地开立户籍,由这初生儿顶了门户。将来,张跃进复员转业,小弟大学毕业,小妹呢,也正在高考,带走水上户口,落回来就是陆上人。世事难料,后来谁也没有回来,连园生都离开了。张建设算得上思想超前,结果,还是被历史抄了近道,那真是和时间赛跑的日子。

两位大人安置进新房,舟生留下,吃奶的园生缚在母亲背上,再出船去。头一个孩子修国妹连尿布都没怎么换过,这一个从落地起就黏在身上,自然宠溺得多。两个都有一方偏袒,谁也不受委屈,是理想的家庭。那小工幼年吃苦,压抑住了,以为不会长了,想不到上船后放开吃喝,发起来,蹿得和张建设一般高,身子是少年人的细弱,秉性却很稳重,也随张建设。不像人家的小工,称主家"师傅",而是叫"爸",修国妹却是"师娘",排阵有点乱,意思是对的。时间久了,两人真仿佛认了一个大儿子,就把"小工"叫成名字,后来又变"大工",听起来是"大公",像日本人。岳父母上岸,原先那条船修补修补,让"大工"掌舵,跟着张建设,装一样货,吃一锅饭。渐渐地,园生下地走路了,腰里系根绳子拴在她妈身上。有一日,叫大工吃饭,人没有来,下一顿也没来,问他怎么吃的,低下头期期艾艾说:今后自己开灶,不劳累师娘了。两人共同

"哦"一声。修国妹想，孩子大了，有了相好，要娶媳妇了；张建设想的是，大工要做小老大了。算起来，大工跟了他们四年半，萝卜干饭当出师了！于是，当下拟定船租，比惯例少抽一成，再分出一些货单。看他的船渐渐走远，马达声哒哒地击着水面，很久很久，难免是惆怅的。大工的离去却打开思路，他何不多买几条船，招几名老大，按比例收益？多年的经验告诉他，单凭自家，即便从昼到夜，再从夜到昼，不过挣一份衣食，过日子尽够了，也只是过日子。张建设的心要比寻常日子大出那么一点，通常叫作事业心的一点。以目前的财力，额外置办船是吃力的，当然，倾其所有也凑得起来。可是他不想回去那个捉襟见肘的草创时期，吃二遍苦，多年的勤力都白费了似的。再讲了，事业是他的，多少有私心的成分，不能为自己侵害家人的利益。这些朴素的守成的计算，其实体现出"有限公司"的初级思想。书本上的教条，在他是切身体会，也意味着一个乡下人正走入现代经济社会。

他去到县城农业银行。还清最后一笔贷款，已经过去三年时间。推进玻璃门，还是那个营业厅，窗口里也是过去的面孔，但他却像经历了翻天覆地，不再是原先的他，几乎有洞中一日世上千年的心情。贷款部的男人依然是那一个，还贷时又见过两面，知道他姓姚，副科的职级，就叫姚老师。倒不是虚称，因真受教过的，就是发放给他第一笔贷款，带有启蒙的性质。姚老师没变化，只是眼镜框架变黄，显出老旧。姚老师从窗口看见他，绕到前厅引他进办公区，两人握一下手，显得很郑重。如今，农业信贷已经普及，业务迅速增量，但张建设是第一个客户，又是按期清偿的第一笔，就有开张大吉的意思。姚老师记得他的名字，此时却和印象有点不同，好像长高了，或许是真的，民间说法：二十三，蹿一蹿。算起来，最近一次见面时，他正二十三。但更可能是岁数的原因，原先的小年轻，长成汉子了。

这一回申请贷款，有抵押物了，两条机动运输船，加五间平房，还有良好的信用记录，这比什么都有价值。这又推进了张建设的认识，诚信比实物更重要。临近中午，他邀姚老师吃饭。姚老师虚让两回，答应下来。张建设先行一步，去到新起的酒楼"水上人家"占位，点菜，到后厨捞一条鱼，摔在砧板，亲眼看着开膛破肚，才又回到座上，从二楼窗口往下看。他的县和修国妹的同在淮河沿岸，她在北，他在南。他靠过那里的码头，记得满城的酒糟味，空气都是发酵的，有一种丰腴，而他的地方因是在下游，受淹频繁，就要贫瘠得多。这县城原先只一条大街，向两边分出横巷，所以说它像鱼骨。建国初期，拓宽一个交叉路口，设置行政机关，渐渐开出一些国营店铺，成为中心地带。到六十年代，建起一幢百货大楼，所谓"大楼"，不过二层，却是县城的制高点。他和修国妹订婚那年，来这里逛过。两人先下馆子吃饭，一盘爆炒猪肝，一盘爆炒腰花，特别对乡下人的口味。然后去百货大楼买结婚的物件，看见柜台里有白瓷碟子，问多少价钱，女营业员头也不回，说：不卖！修国妹说：凭什么不卖？女营业员说：不卖就不卖！一里一外地对嘴。百货大楼的女营业员，都是天仙，凡人够也够不着的，可天仙变起脸来，比厉鬼还快，原来是"画皮"。修国妹平日显不出，这时节连他都惊呆，竟然这么嘴利，句句占理。女营业员哭了，梨花带雨的，又恢复天仙模样。就有人出来劝和，里面人哭着说：难道你要买我身上的衣服，我也要卖给你！于是明白，那白瓷碟子本是个盛器，里面的螺丝帽、螺丝钉，才是出售的商品。两人走出门，站在台阶上笑了半天。忽听有人说：一个人笑什么？原来姚老师来到了。赶紧起身让座，问喝哪种酒？姚老师说酒不喝了，下午要上班。于是招来服务员，泡一壶顶级黄山毛峰，冷盆也上来了。面对面和姚老师吃饭，有一点恍惚呢！似乎不太真实，同时呢，又再自然不过，仿佛之前所有的日子，都是奔着此情此景来的。

姚老师是街上人，出身一般人家。父亲在机械厂做工，母亲没有正式职业，有时在澡堂卖水筹子，这里的澡堂，兼营热水店；有时到县医院做清洁；儿女未成人自己又年轻的时候，到河码头拉过水，一个汽油桶的水五角钱。在这个几万人口的江边小城，就业的机会十分有限，他们这样的老户算是好的，路数多人脉广，就找得到活计。姚老师是长子，家里尽力供他读书，高三那年正逢"文革"上山下乡，就近插队城郊。出身清白，本人又努力，巧的是，第二年地区办五七大学，便推荐上了。原则是哪里来哪里去，但也有几个按需分配，他就在其中。先是在底下供销社，再到县农行，加起来已有十年光景，算得上业内的老人。底下一串弟妹，乱世里长大，没学到本事，倒混了习气，进不去厂子，又不肯务农，高不成低不就的，最后都闲在家里吃娘老子的。如今，因这大哥的人脉，一个个有了事做，大集体，小集体，总归是饭碗。父母方才歇下来，舒心一段。紧接着，就是男大当婚女大当嫁，除妹妹出门子，余下四个兄弟加他自己，都是进人口的。姚家只有小两间房的地皮，张建设悟过来，城里街上，也有地的难处——大的结婚占一间，二的占第二间，上辈人挤回原籍，幸而那里留了一间旧屋，等三的娶亲，挤出的就是他了。从单位分了一间宿舍，刚搬过去，四的媳妇说定了。二和三可没那么好商量，也是没办法——一个在码头做搬运；一个也在码头，名义"纠察"，实际是水警下面不入编的社会管理，类似民兵的组织，不发制服，臂上套个红箍，手里持一根警棍，再衔一枚哨子，就是全部的装备了。权力却很大，客轮乘载的大多是乡下人，畏首畏尾的，于是分外嚣张。领着上客走队形，非走直了不算，下客则相反，要将人群驱散，放羊似的漫在河滩。一早一晚两班航次，余下的时间便是抽烟打牌。这种行当专会培养粗恶，所以，这一个最难缠。老大的权威靠实力支持，本来资源就有限，分摊到各人更微薄了。姚老师是家中唯一读过书的，接触都是斯文人，脾性磨软了，怕的就是硬上的那种。无奈之下，给四的赁了私房，替他交租金。这样，三又不干了，要与四对换，两兄弟便闹起来。外头没消停，里头又起波澜，姚老师的允诺，他媳妇不认。幸亏平时攒下些私房钱，支应了这头，再对付那头……

听姚老师絮叨家事，张建设极为震动，想不到日子竟然过成这般窘急。他向来以为丧父丧母是天谴般的惨事，不料想有父有母可生出如许烦恼纠葛。他以为城里人不必挂虑衣食，却是比衣食更无从解。所以，他想，人世就是苦，不论从哪里起因，又在哪里生成，终是要面对和克服。

这一趟，不止从农行贷款，更要紧的，和姚老师做了知己。两人相差整十岁，这个距离在青少年几乎是隔代，但人向中年，却是平辈的兄弟，随着社会上的进退，甚至会重排长幼的序列，他们之间渐渐显现这样的趋势。张建设始终不改口"姚老师"的称呼，可是有时候，是他替姚老师作主张。其时，他买下三条二手船，将其中成色新的租给姚老师的四。这四是兄弟中最末的一个，家中所有被上面几个层层盘剥，到他则殆尽无余，大哥的人情也用到头了，这也是姚老师格外帮他的原因。这四本来有些随大的，本分，指望他多读几年书，有个公家的工作。但家庭是那样的氛围，出一个姚老师已经是奇迹，初中勉强毕业，在手管局做临时工。手管局底下挂靠无数单位，多是作坊式小企业，打铁铺子、石灰窑、渔具厂、五金店，五花八门，没个主项，总之，凡够不上国营工农商部门的，都归到它。所谓"临时工"，其实就是杂役，仓库守更巡夜、拉板车送运货、安装门脸、烧水扫院，任人差使，学不到手艺，还受憋屈。却不耽误找对象，这家的子女，包括姚老师本人，都遵循国家婚姻法规定，男二十，女十八，准时嫁娶，年龄又压得紧，一个挨一个，容不得喘息。张建设提出这办法，一是为姚老师解困，二也是看四的老实可怜，要是二和三，他就不敢担责了。

四的船，重上一遍防水漆，舱房尤其刷得簇新。四的对象是街上人户，现在，张建设知道城里生活的局促，格外送一架缝纫机和自行车，当年娶修国妹时候的"两轮一转"。喜宴办在姚家老屋，排了一巷子桌面，是给四撑腰，不叫哥哥们欺负，也给大的长了威风。张建设和修国妹被请到上桌，和两家大人，还有姚老师的领导同席。虽是最年轻，但领导带头，都称呼老大和老大师娘，害他们不停地起身敬酒，一杯一杯喝下去，师娘面无变色，老大倒有些撑不住了。

现在，张建设连他自己，总共五条船。对于一个刚起步的船东，恰如其分，输也输得起，赢呢，眼前的路长得很呢！

三

修国妹的弟弟修国华，家里叫作小弟，晚她一年半。因底下一年半有了修小妹，母亲要哺乳，就把他交给大的了。修国妹七岁上小学，他只五岁半，也跟着去学校。乡下的小学，有一半是托幼，家中管不及的孩子，送去消磨时间。他们是住宿，男女不分横排睡一张大床，因为挤，也因为铺盖不足，都打通腿，姐弟俩就合被窝。爹妈走船，十天半月看不见人，那小的白天还好，有许多事情分散注意，到夜里想起来，直哭直哭，怎么哄也哄不住，招来许多嘲骂，被叫作"哭死宝"。大的自然不依，一句回十句，一人对十人，那张利嘴便从此时炼成的。后来上到三四年级，学校翻了房子，分出男女宿舍，她的被窝进来小妹，出去小弟，刚治好的夜哭症又发作了，这一回是哭他姐姐。修国妹就隔墙骂，骂那些耍笑他的人，骂到小学毕业。大的二的上公社中学，剩下最小的。这修小妹是另一个路数，不单自家姐姐，天下人都是她姐姐。来到不久，已经钻过所有姐姐的被窝，让所有姐姐梳过小辫。哥哥姐姐走，她非但没有眷恋，反是窃喜，因为自由了。姐姐要管束她，哥哥呢，让人难堪，被叫作"哭死宝的妹妹"。她不像姐姐那样抗击，而是回避，撇清关系，佯装没感觉，表示"哭死宝"是"哭死宝"，自己是自己。一方面，是和兄姐分开长大，难免感情疏离；再一方面，独享父母照顾，多少有些自私。总之，他们三个，合力看，上面两个亲，底下一个独；分开说，则两头强，中间弱。整体上是平衡的。

"哭死宝"却也有自己的优势，读书。若非此长，即便姐姐扶助，也难立足。少年人群是个蛮荒社会，遵循丛林原则，弱肉强食。学习毕竟是校园生活的主流，就可出奇制胜。在乡下小学里并没显出山水，男孩都是后发，他又比人小一岁半年纪，走路都不稳，铅笔握得住吗？只能勉强跟上，不至于脱班。到了完中情形大改，每学期考试都往前排几位，初中三年级便名列第一，免试晋升高中。这时节，姐姐回船上帮父母干活，小妹小升初，也是修国妹的主张，如他们这样吃水上饭的人家，要想在岸上谋个立足之地，读书是个途径。知识青年上山下乡，村里也派到学生落户，大多是颓然的，偷鸡摸狗，糟践庄稼，乡人们都以为堕落不可救，修国妹看到的恰恰是，这些人另有一种命运，他们迟早回去城里，开展前途。修国妹自诩读过书的人，比周围人有眼界，晓得天地的广大，人在里面的小，唯其如此，才会有机缘，虽然不知道前面有什么等着，走过去，说不定哪一时迎面撞着，可不是吗？她遇着了张建设。

小妹其实不是读书的材料，可她喜欢集体生活的热闹，也受集体欢迎，属社会型人格，和小弟分处两极。他们长得不像，很少有人认出是兄妹，没人喊小妹"哭死宝的妹妹"，事实上，"哭死宝"的诨号没人知道，现在叫的是"白先生"。他长得白，船上人很少见这样的白皙，一个男孩生成瓷样的皮肤，简直是浪费，所以，这"白"字里就有一点戏谑。"先生"则是同学们封的，老师有事外出，常常让他替班上课。开始也有彪悍的男生欺他，也曾哭过，但老师不依。高中的男生站起来和男老师一般高，有时候就要讲武力，面对面地开打，几次过后，便怵了。"白先生"的地位渐渐成为公认，小妹不再回避亲缘关系，还特特告诉人们，"白先生"是哥哥，虽然从不称他哥哥，总是"小弟小弟"地叫。这就换作"白先生"躲她，严格说，躲她身边一双双眼睛，那眼睛都会逼人的。女孩子通常早熟，又盛行一种风气，和高中生交朋友。"白先生"可说学校的精英阶层，长得好，还是同学的哥哥，正合乎戏文里的风月情节。"白先生"上面的姐姐，下面的妹妹，都是强势的人，使他格外对女性生畏。面对小妹一帮同学，真有羊入虎口的意思。这场追逐中，小妹最得意，既有脸面，又有实惠，因都来巴结她，争相做她挚友。她有意无意地，拿哥哥做人质，索取好意，心里却清楚"白先生"的斤两，无论表面多么风光，终是个无害无益的家伙！

小弟高三毕业，正逢全国恢复高考，进了省城的工业大学。积压十年的考生一并涌入高等学府，他是应届，又早读书，班上最年长的那个，差不多生得下来他。"白先生"自然做不成了，即便同学，他们这些小的，也属无名之辈。一九七七、一九七八年的校园，是"文革"前初高中、人称"老三届"的天下。从动荡年代过来，经历社会实践，抱着改变现实的激情，书生造反，只在务虚。于是，创建社团，组织论辩，出报出刊，演戏演剧，一时间风生水起，如火如荼。小弟们插不进嘴也插不进腿，走道都是擦边，除去课业别无其他。这样的边缘状况，到了大三大四，逐渐起了变化。还是那句话，校园生活终以向学和求知为主流，也意味着教育回归正途，小弟修国华有点脱颖而出的意思了。乡镇中学的头名状元，在来自全国的生源中，至高不过中游，头年打基础，次年起跳，第三年便腾空而跃。他的专业是电气工程，任课老师建议他考研，转计算机方向，其时，计算机在中国还在普及阶段，国外已经呈现新业态。小弟的学习禀赋，体现在专一，他特别能够集中注意力，亦步亦趋地进到深处，却不太具备联想的能力，触类旁通，简单说，就是路子窄。老师的建议确实挺有针对性，拓展知识领域，改造思维模式，同时呢，也指出下一步的目标。靠他自己是想不到的！

暑假回家，姐姐结婚，他第一次见到张建设。他又拔了个子，姑舅两人站在一起，舅子高出半掌，体魄上，不及姑爷的半身。细长的身条，脸更白了，架着副眼镜，比姚老师的新款。张建设暗想：不像修国妹的弟弟，倒像儿子！小弟则觉得姐夫和姐姐很配，都是有力气有主张的人，罩得住自己。

下一年，小弟本科毕业。因本校的计算机专业是新创，程度有限，还是老师做主，放弃直研，引荐报考隔省的大学研究院，通过卷试面试，顺利录取。过完暑假，即去就学。本可以走水路，开自家的船，沿途有几个货点，方便接应，还可看风景，好比古人赶考。可他也许用脑过度，或者是环境影响，逐渐养成晕船的毛病。听起来挺奇怪，水上人家的孩子不服水。因为这个，他连续几个寒暑假不回家，修国妹结婚，回来了，是住在书记大伯家里。所以，就改陆路。

去省城上学，是修国妹送的，这时候不巧，舟生未满百日，挂在奶头上，就由张建设出勤。小妹自听说有南京之行，便一径闹着也要跟去。大人都不同意，是从盘缠计算，节俭里过来，眼下的日子都觉得造孽了。修国妹向以为这个妹妹和他们两样，有"街华子"的浮浪，不是根性里带来的，而是风气所致。她和上面两个相差没几岁，可就这几岁里社会转变，从不足走向有余，是好事情，却也让人不安。内地镇市的物质世界尚可估量，省城就难说了。小妹多次起意到合肥看小弟，都被扼制住了，这一回无论如何不肯罢休。多少出于无奈，修国妹转念想，到大学里走一走，或许激发上进也不定。小妹很聪敏，即便心思不在读书，也混到居中。其实呢，还是宠溺心作祟，在她眼里，弟弟妹妹永远长不大。有了舟生，自己做了母亲，照理他们也长了辈分，可却相反，一并做了她的儿女。最后，就站到小妹这边。张建设对大学不熟，内心难免生畏，舅子是只能人帮，不能帮人，有小妹一同探路，总归踏实些，却又不好忤逆岳父母，等修国妹态度出来，事情就定了。

这三个人搭长途车到蚌埠，天已向晚。先在火车站看班次，买第二日的票。离开售票处站在马路牙子上，张建设想吸支烟，就有女人拥上来，拉他们住店和吃饭。走过两条街才算突围，剩下零星三四，尾随两个路口不见了。张建设知道凡车船码头都是法外之地，有不可测的危险，宁愿走远，到中心城区住一家大宾馆。他们一行都没进过宾馆，一推门，迎面而来几个外国人，以为去了不该去的地方，张建设撑持着率先往里走，那一伙人不及后退，差点让行李箱绊了，后面两个小的紧跟，小妹差不多是从对面人的腋窝底下过去的，只听一阵"索来索来"的疾呼。此时，却又迈不开腿了，光从上下左右照射，隐隐地传来音乐，水晶宫一般。恍惚中，有人引他们到服务台前，里外的男女也都是水晶人似的，闪闪烁烁。办好手续，乘上电梯，升、升、升、停，门打开。声光电收起，地毯上的栽绒发出一层薄亮，却是又深又软，把脚步声吃进去。在静谧中走过一扇扇紧闭的房门，门上刻着号码。三人分作两间，张建设和小弟一屋，小妹自己一屋。各自收拾了再聚一起，商量吃饭的事。张建设问弟妹们，"索来索来"什么意思，是不是责怪他们无礼？两个小的告诉说，恰恰相反，是向他们说"对不起"。张建设说：那还是咱们失礼了！

说一会儿话，便出门乘电梯下楼。适应的缘故，大堂里的灯光不像起初那么炫目，玻璃门外则一片灯海，车和人行在其中，都带了一束光似的。沿街走去，挑一家门脸敞阔，挂红灯笼的。果然轩敞得很，横竖排开，几乎有上百张桌，因是现烫现吃，可从容照应。铁镦子嵌在桌面里，隔成太极图似的两部，分红汤和白汤，名为鸳鸯火锅。他点了牛羊肉，鱼虾海鲜，再加各样蔬菜，粉丝面条，又格外端上七八种蘸料。小弟心生不安，问姐夫花多少钱，张建设说，钱挣来就是为花的，重要的是物有所值。小妹说声"吃"，便下了筷子。他喜欢热辣辣的红锅，小弟却沾不得星点，只在白锅里涮，小妹则红白锅穿梭来回，小弟就嫌她混淆了辣和不辣，小妹不理会，兀自左右互动。于是招来服务员加一双筷子，令小妹分食，这才安定局面。同行不出一日，张建设已经领教这一对姨舅被惯得不轻，一个不经事，另一个专惹事，到社会上去，各有各的难为。他并不生嫌隙，倒是羡慕有父有母的孩子，不像他们兄弟，茕茕孑立。张跃进去部队已经三年，还未探亲一回，平时不怎么想起，想起就有一股辛酸，好在热气遮脸，花了眼睛，慢慢地，喉头的堵下去了。

吃完肉菜，下一束挂面，七分熟捞起，拌进佐料，再喝两碗汤，盘碗都干净了。结账离桌，走出门，凉风兜头吹来，一身透汗，脚下轻快，就在街上漫走。不知不觉中，转上岔路，路灯逐渐稀疏，终至全无，倒也不见得黑，因为有天光。两边的房屋矮下去，路也宽阔了，风鼓荡起来，却是湿润的，就有点沉，贴着人的脸和身子。前面绰约断续的灯亮，横陈一道高堤，愈走愈近，只看见大柳树间拉着电线，缀着五颜六色的小灯珠子，底下一溜摊位，衣服鞋袜，日用百货，南北干鲜。接着一段小吃铺，自己拣了鱼肉蔬菜，过了秤，交给掌厨的，或煎或炒，或汆或烤，热火烹油的，十分蒸腾。走过去，又是衣服鞋袜。小妹走不动了，眼巴巴地来回看。暗夜里的灯本来就有一种诡谲的色彩，光影交错中的织物，花团锦簇，真仿佛羽衣霓裳。和百货公司橱窗里的展示不同，一是量多，二是款式奇异。摊主大多态度倨傲，不在乎买卖，其实志在必得。像小妹学生模样，不挣工资，又没大人陪伴，只不过解个眼馋，更不会搭理了。女老板绕出摊位，也不开口，抬起胳膊肘子，人就顶到一边去了。小妹哪里受得了这个，胳膊肘顶回去。女人倒吃一惊，又笑了，捉住小妹的手，凑到亮处翻来覆去看，说勾了面料上的丝。小妹抽不出手，任女人一个指头一个指头捋过去，纵然有千百句厉害话要说，却让眼泪噎住。最后，女人松开手，说道：要买才能摸！还在小妹身上摸一把，言语和动作透露出猥亵，小妹终于哭了。已经走远的张建设和小弟折转身找她，见她僵直着身子，站在树影的暗处，看不清脸，觉得有事，却想不出什么样的事。张建设说：看中什么了，咱们买！小妹说：不要！扭头就往来路去，那两个疾步跟随。张建设想再看河上的船，却也只得走了。走到宾馆，分头进房间，张建设和小弟说了会儿话，这妻弟本来口讷，和姐夫又生分着，不过是敷衍。于是，相继洗漱，各自歇下了。张建设注意听隔壁小妹的房间，没任何动静，反有些不安，倘若有个短长，怎么向修国妹交代？势必早去早回。明日出发，当晚夜车返回，家里还有许多事，缴贷款，收租金，船上的马达要保养，筹划着给舟生办百日酒，想到舟生，不禁生出万般的欣喜，忽然间归心如箭。

以下的行程都按张建设计划走，将小弟送进学校，立即领小妹奔车站。小妹没提什么意见，听从姐夫安排，这也有点反常呢！顾不上多想，晚上八时整，登上京沪线快车，向北去了。火车启动，有一段经过市区，华灯夹道，广告和路牌在空中勾勒出红绿的线条和立方体，旱桥下的车流是光的河，惊鸿一瞥，不夜城滑出视野。晨曦中，车到明光站，张建设先下去搭船，修国妹在码头等他，留下小妹，独自北上。

下一年暑假，小弟回乡探亲，就已经是陆上人家，不再有晕船之虞。家中常住只有爹妈，但处处有姐姐的手：专给他辟出的单间，桌椅床柜，一应用物俱全；白粉墙上贴了各样奖状证书，从小学中学到大学；藤书架上是学过的课本，还有闲书，以武侠小说为主。自此，每年寒暑两假他都回来。不晓得姐姐在哪片水上，饭桌上的鲜菱角、野茭白、鸡头米，分明走船人放下的；房间里的新跑车、随身听、澳洲的羊羔皮，种种稀罕，不也是走四方的采买？临近岁末，姐姐姐夫带着小外甥，一帮人呼啦啦进门，他倒跑开了。至亲就是这样，不见想，见时躲。隔年的寒假，添了园生的啼哭，小弟向来怕吵，从功课里抬起头，寻到摇篮跟前，用眼睛瞪视，瞪到她收声，忽地笑了，才知道彼此是喜欢的。再到暑假，园生已经满地走，牵着绕到屋后，穿出山墙间的夹弄，上了堤岸。抱起园生，看河上的船，仿佛看见了自己，也像园生这么高矮，负在姐姐背上。后来，下地走了，一根绳子拆两股，分别系在姐弟腰里，再合一股系在舱门的柱上，就像一对拴着的蚂蚱。拖拽着跌倒爬起，脸对脸唱《拍手歌》，船在身下摇，竟一点儿不晕呢！再后来呢，园生换了舟生，一个跟船走了，一个留在岸上。都是姐姐的亲骨肉，喊他舅舅的人，但和那一个亲，这一个远，就像姐姐和姐夫的区别。总之，每每回家，都有变化。

这三年里，小弟硕士毕业，直升读博。小妹头年高考落第，下年再落第，直到这年，考上皖南一所师范。姐夫手下的船翻了倍，自己的那一艘雇了船工，专做几家老客户，不为生意为的情分。县里买下商品房，受政府奖励，落了城镇户口。二老留恋这院子，弃船上岸，还没住热乎呢！因此姐姐一家先过去，舟生眼看上小学，县里的学校自然好过镇上的；园生呢，要进托儿班，乡下可没有这个。修国妹不跟船了，管岸上的交道，兼顾孩子。好比快刀切菜，顺遂的日子总是疾速的，回头看，都要吓一跳，竟然走出这么远。不单是他们，四周围也都变得不认识。县城拓展了，原先城关的分洪闸一下子到了中心区域,成为地标;土路铺上柏油,栽种行道树,甚至立起信号灯;平地起来高楼;码头的河滩修筑台阶,辟出方场,围一圈花坛;露天汽车站现在建了玻璃钢顶棚,底下一排排连椅,日光投进来绿莹莹的,班次增添十数趟,公路向四面八方辐射、交汇,输送人流和物流……

无数河汊被填埋,主干水道变得拥簇,往来繁忙,显得格外兴隆。事实上,别人也许没注意,却躲不过张建设的眼睛,他看到,水运的总量在迅速下降。不说别的,轮渡客就在减少;数一数停泊点的船家,也在减少;最关系生计的,货单在减少。连他这样的老码头,都吃过退订,也有的,是买他面子,勉强维系着,同样躲不过他的眼睛。陆路比水路时间短,运载多,吃用开销低,汽车就像公路破出膜的鱼籽;反过来,汽车又催生公路,他不也买了一辆上海牌小车?更要紧的,就是乡镇厂式微。这一波兴起的都是织印、建材、五金、小化工企业,流程简易粗疏,快速获利的同时也快速污染环境,河面上肉眼可见柴油漂浮,码头上水客的号子声不知何时沉寂下来,替换的是打井的钻机轰鸣。街上人家,院子里巷道里,甚至机关驻地,都在开凿地下水。国家垂直省、地、县,一路设置环保部门,眼看关闭潮就要来临,内河里的船运也到收尾。就在这时候,发生一件事情,张建设的转折不能说直接起因这里,但却是关键性的推动。

这就要说到李爱社了。张建设不是介绍到明光镇上的窑厂做销售?头两年业绩不错,人脉铺得很广,都有浙江的订单。浙地的自由经济分外活跃,温州那一带从来没有消停过个体买卖,旧时代叫作投机倒把,军区都动用直升机冲击交易市场,世道轮转,到今天却应了潮流,成为先驱,连山林海岛河湾都允许私人买卖。俗话说,穷算命富烧香,自古来"淫祀"的传统,收敛几十年,这时候又续上香火。乡里村里,街里巷里,起来无数寺庙,一边是砖瓦需求量大增,另一边则用地紧凑,供应不足,于是四处进货,听起来也合乎情理。张建设每回遇书记大伯,多是喜讯。最近的消息,是在上海开发业务,虽有夸张之嫌,但这是个勇进的时代,只有想不到,没有做不到,所以也信了。其实,以张建设的眼光,是可看出破绽的,他多少有点存心的,半睁半闭地,让开了,不想让书记大伯扫兴,或者,也怕给自己惹麻烦。可是现在,麻烦来了。那窑厂里有张建设的熟人,否则也不能走人情,事后知道,李爱社主管销售,从簿记看,收益涨幅明显,但至少一半用于推送渠道,并且不断扩大,相应之下,汇款就有限了。工人日夜加班,一批批出货,上船上车,一溜烟地不见影,打水漂似的。当然,三角债已经遍及全社会,到处都是讨债的人,谁也脱不了钳制。但是,刨去正当的债务,或多或少,总也有盈余,否则,办企业为什么?李爱社的做派和口气都是宏大的,高屋建瓴,乡下人哪里是对手!每一次结算都被他吓回去了,这样,终于到了发不出饷也开不了工的日子。李爱社造下的亏空,即便在账面上也盖不过去。那些浙江、上海所谓的铺货点,他声称投资失败,全是虚拟,实际是吃喝交际,再加受骗上当。这才叫山外有山,他设套,人家设套中套,箍桶似的越箍越紧,终于逃不过了。民间的习俗是讲私了,第一,老百姓怕见官;第二,打官司费时费钱还伤面子;最后,就算胜诉,把人打进大狱,就算两清了。

窑厂的本钱，一半集体，一半集资，关门熄火，于公于民都不好交代。厂领导商议，还是要找个居中的人顶事，冤有头债有主，顺藤摸瓜，就到了张建设这里。张建设先吓一大跳，紧接的念头是，他逃不掉的，两边都是他的人！于是，毫没有犹豫，一口应承。他没有去李爱社家找人，生怕他父亲难堪，但岳父母却上来了，说书记大伯去了家里，都哭了。就知道，不能有片刻拖延。

事情简单得很，两个字：还钱！说起来，张建设有了事业，钱却不如没事业的时候凑手。怎么说，那时候，哪怕只有一块钱，也是自己做主的；现在，百万家财，却是套在人家手里，所谓"人家"，或者银行，或者房产商，或者发货送货的上家和下家，有他欠人，也有人欠他，需要变现了，才能挪动。最终，他决定卖船。因是急着出手，降了一二成；单方面中止期约，又补偿租户违约金，所以，三不值两，一条船不够，再加一条，把李爱社的饥荒平掉了。这一切都是张建设和窑厂直接过从，事主都没有露面。交割完毕，张建设即登门书记大伯家，报告结果。大伯低着头，发顶花白，原本一条壮汉，却已经是老人了。张建设想到那句老话：你养我小，我养你老。但不好出口，人家是有儿子的，要他养做什么？自己受的恩情，做儿子都不够还的。说不出话，屋里屋外看一遍。大伯不抬头也知道他看什么，遂说道：那冤孽去了南边！其时，"去南边"往往是奔前程的意思，心想，李爱社要东山再起。紧接又怀疑起来，起得来吗？究竟不好细问，也不便多留，像是邀赏似的，说了声：保重，大伯！起身走了。下了台子，过去村道那边，进自家小院。家前家后打理得更加齐整，豇豆棚葫芦架一层高一层低，底下爬着南瓜藤，已经结纽，二老的日子很兴旺。朝屋里喊了声：走了！岳母跑出门，就只看见一个背影，上了河岸。

李爱社的事故，让张建设提前收拢船东的生意，卖船的经历又一次敲响警钟，内河运输的黄金期在颓势上，他们的机动船也老旧了。而且——这些日子他放空船任意漂流，不知觉中从淮水到洪泽湖，再到运河、邗江、长江，直下江西九江，临鄱阳湖，烟波浩淼中折转，溯源而上。原先密集的河汊多半填地修路，主河道架上许多新桥，涨水期里，河面淹到桥台，稍大些的船只便无法通行，行话叫作"闷桥"。于是，尚存的支线就拥挤不堪，就像城市交通高峰时段的堵车。他不赶趟，就总是让和等，看一条大船从洞口露头，渐渐出来，舱棚顶上站一个小女子，短裤短衫，抬腿举手，嘴里嚷嚷着，不觉笑起来。因为想起修国妹，初次遇见的样子，大不过这孩子的年龄，心里就又着急起来，不知道此时此刻，她带了舟生园生在做什么。于是开足马力，左突右进，竟然在一团乱麻中挤出缝，针似的穿过去了。从小没有家的人，总是特别恋家。

张建设还去看了姚老师。姚老师调往公署分行任贷款部主任，随了升职，底下的弟妹情况也改善许多。弟弟们搬出老屋，乡下的父母便回城安居，本来在船上住的四弟，在城关买下农业人的宅基地，造起三层楼房，县城扩大，又将城关乡纳进，倒成了中心区域。那条船还在手里没放，张建设只当送他，租金有一期没一期的，当年脚无寸土之地，如今横跨水陆两界。姚老师迁往公署所在地级市，住进银行自建的商品小区，象征性收取费用获得产权，房屋装修得像五星级酒店，又收拾得干净，进门是要脱鞋的。穿了尼龙袜的脚一步一打滑，姚师母的性情也变贤淑了，亲自下厨，中午饭是在家里吃的。

姚老师胖了，眼角的鱼尾纹抻平，至少年轻十岁。最明显的是精气神，轩昂起来，像个做大事业的人。不知道本来如此，还是文明风气陶冶，姚老师家的菜式非常清淡，在出力人嘴里，可说索然无味，恨不能张口要一碟咸菜下饭，但看起来姚老师家不会有咸菜。酒是好酒，师母却限得很紧，姚老师呢，量也减了，二三盅就上头，眼圈红红的，仿佛要流泪。张建设说到转向的计划，诚恳请求：还要请您帮忙！姚老师回答了一句奇怪的话，等一些日子过去之后，再回想，方才明白其中意味。姚老师说：我和你张建设的交道，最是清白！

半年以后，张建设投入新行当，就是拆船。不出他所料，内河上的营生正发生变更：货运上了陆路，客运呢，演变成旅游项目，兴隆的土木工程诞生出另一碗水上饭，挖沙！载着起重机和链带的挖沙船，像坦克，又像炮楼，威风凛凛行走河道，似乎象征一种前所未有的力量的雄起。淘汰的旧船先是流向二手市场，再从二手市场溢出，流向废旧物处理。到了这里，价格几近倒挂，送的要向收的缴钱。姚老师透露给张建设信息，地方政府开发工业园区，选址在淮浍涡三河交集处，开始启动招商引资。发展是硬道理的草创时期，农村土地流转活跃，可说是最低成本。趁此机会拿地，远算近算都是划算，问题是拿来以后怎么办？一不能闲置，二是必在实体经济范围，越出去就需要无数批文——如今，专有一行，倒卖批文，都是通天的人物在做。姚老师告诉说：像我们草根社会，见都见不到其中最末的一个！

也是机缘，年前，张跃进回家探亲。走的时候还是孩子，此时长成一条汉子，个头比哥哥高，肩膀也宽起来，说话有胸音。没有穿军装，穿的是便服，一件皮夹克。新疆那地方，九月下雪，非皮毛不可抵御，所以，就是寻常物件。果然，拉开行李箱，一件一件取出来，帽子、手套、靴子、围脖、羊毛毡子、狗皮褥子，整张的狼皮，眼珠子绿莹莹的，像在看人。堆了一床，屋子里顿时弥漫了动物油脂的膻味，老少都惊呆。反过来，张跃进也是惊呆，少小失怙，记忆中，就没有家，忽然间，平地冒出热乎乎一大伙子人，上有老，下有小，他还做了叔叔。那舟生眼馋他的夹克、军靴、军帽里印着的番号，粘在腿跟前，胳肢窝夹起来，跨到脖颈，就这么在村道上走。张建设跟在身后，渐渐走到前面，领上了河岸。兄弟俩并齐站着，同时从兜里掏出烟，互相看看，哥哥取了弟弟的，陌生的边地的牌子，对了火，抽一口，几乎呛着，异族的气味，咳几声，咽下了。两人没有多的话，只看堤底下的船，哒哒的马达声响，仿佛从很远处传来。幸而有舟生天问般的发问，两个大人都不及回答，方才不至于冷场。不过，亲兄弟之间，再生分也是血脉偾张，烫心！老家的院子里住了两天，便随兄嫂去城里的新楼，比平房逼仄，但居高，可远眺。张跃进再一次惊叹，这小县城和大都市有何差异！当年新兵出发，就在两条街外的武装部上的卡车，望过去，找了半天，才看见鸡窝大小的一个院落，夹在楼缝里。

那几日，有一搭没一搭的，张跃进也知道了张建设的规划，就说部队里有一个老乡兵，是县委大院的子弟，早一年复转，走前家里就定好工作,水利局做科员。他正想看战友,哥哥不妨也去,兴许能得到什么信息,张建设说好。两人扒拉些干鲜水产,事先并不通知,凑个星期天,直接拍上门,果然逮个正着。亲不亲,战友情,两人见面,一个大拥抱,推开来,你一拳我一脚,再拥抱。反复数次,气咻咻地歇手,这才看见门口还站着一位。张跃进介绍是哥哥张建设,战友亮着眼睛道:原来是你哥,早听说了,大胆创业勤劳致富,上过县榜的!张建设说不敢当。张跃进又惊呆,哥哥已成名人。这一天余下的时间里,都是战友和张建设说话,张跃进倒成了陪客,他并不觉得受冷落,还高兴自己能为哥哥扩展人脉,不定帮得上多少,总是聊胜于无!

战友比张跃进长两岁,叫海鹰,是干部家孩子常起的名字。"海鸥""海燕""海鸽""大海""小海",他们大院,就有两个"海鹰",幸亏不同姓,否则就要搞混了。父母是从总参下到省军区,再到地方人武部。那一年,海鹰小学三年级,说一口北京话,人长得白净,在县城里显得很突出。应该说,县委的子弟因政治地位,相对优渥的物质生活,多有一种轩昂的精神。海鹰又更特别些,从小生活在大城市,完全没有本土气息。这些外来的家庭对儿女都有着长远的规划,他初中毕业没升高中,直接入伍了。一是上山下乡运动还未过去,上面的哥哥和姐姐都当兵,按政策他跑不了插队落户,于是未雨绸缪;再则,军队出身,子承父业,下一代多半也是从戎的道路;事实上,还有第三条,部队系统好比一个大家庭,自己人总是方便照顾的。海鹰很快入党,提干,无奈他不喜欢军旅生活,不像北京大院里长大的哥哥姐姐,他在地方上,就算县委宿舍,还是避不了"老百姓"习性——这是从战争年代流传下来的社会分野的称呼。所以,海鹰就养成散漫不受拘的个性,在参谋一级上复转。本来有机会到公署和省城工作,但也是自小生活的影响,他就喜欢这个地方呢!早已经学会本地话,时不时地,遭到哥姐笑话。比如,硬币说成"毛疙",头发说成"头毛",盛饭叫作"垛米"。他交下了朋友,不止干部子弟,也有"老百姓"。这就是他的好处,没有门户之见,甚至,"老百姓"的吸引更胜一筹。后街背静的巷道,鹅卵石路面,自行车辐辘"格楞格楞"响,喊着同学的名字,柴门"吱"一声开了。杂院里,东家西家的披屋,挤出巴掌大的空地,支着铁鏊子,底下烧着树枝。面糊划一圈,竹签子一抹,再一挑,"啪",翻个身,一张薄饼出来了。晚上留饭,吃的就是它,当地人称"烙馍",卷进配菜——桌上至少七八小碟,小鱼、虾干、肉丝、蒜薹、芫荽、黄瓜丝、腌萝卜、臭豆子、鸡蛋皮……老话说,隔锅饭香,也怪他们家的伙食太过程式化,主食分干和稀,菜分荤素,从饭堂打来,盛进搪瓷缸,提回家直接上桌。母亲一来上班,二来没手艺,难得下厨,不是生就是糊,他家的锅都是糊底的。他和他的朋友,在哥姐的眼睛里有点"俗",也是"老百姓"的同义词。但有一项,不得不服气,那就是,这些朋友,勿论男女,长相都十分周正。前面也说过,可能临水的缘故,还是要远涉种族,此地人样貌好。朋友中有一个姑娘,传说正和海鹰处对象,这大概是他要回来的最主要原因。早恋,也是地方上的一个特色。就这样,张建设认识了海鹰,由此,走进县委大院。

四

这是一段激情四射的创业生涯，走过的路可用一句旧诗作形容："山重水复疑无路，柳暗花明又一村。"拿地，立项，验资，注册，企业建制，技术引入，设备购买……曾经帮过的人，现在都成了帮他的人。驾着上海牌小车，在纵横交错的公路行驶，自觉像一只蜘蛛，将散落的人和事网织起来。脚踩油门，简直要飞起来。身后的喇叭一叠声响，催促他不得有一时喘息，他催促前面的，也不让有一时喘息。都是急切切的心，赶往各自要去的地方。间或想起家人，他们在做什么呢？大的上学，小的托儿所，他们的娘，得一日的闲空，满城里找房子。他们要租一间办公室，只一间，因是从最底层做起，就紧着手脚。修国妹也开一辆车，比他的高一级，桑塔纳，插空就开到乡下园子。二老种的瓜豆，结了果实，来不及采摘，落地再长新一茬。船上人都眼馋青绿，盆罐里栽葱韭蒜薹，舱顶下挂一个竹笼，里面是青蝈蝈，叫出来的声，也是碧翠。闺女来，必载一车的新鲜菜蔬，再打回头。顺道接回孩子，做一桌好饭，等他回来。小弟小妹读书，都在近边的城市，最远的张跃进。新疆那地方，仿佛天边，但男子汉大丈夫志在四方，可不是，有升迁营级的迹象了。人人安稳妥帖，十年——莫说十年、七年、五年，甚至仅仅一年前，都想不到的圆满。他毕竟年轻，又正在风头上，难免忽略某些迹象，等到后来，回想起来还是有破绽可查的。

说起来和正事无关，不过是旁枝错节，那就是小妹。自去芜湖上学，头一年寒暑两假都未探家。第二年，学期中间忽来一趟，称是实习路过，第二日便起脚出发了。下一年，小弟博士三年级，得到公派美国的名额，临行前的假期，家人嘱他到芜湖，带小妹同行。到学校宿舍，却说人已经退学。再到学生部，辅导员是新留校的研究生，都没见过修小妹，只知道是勒令退学。接着就到了校办，刚接手人事的老师检出档案，竟然记录有一次警告，一次察看，原因统是违反校规，甚至受警方训诫，具体情节没有体现，为保护学生，不影响以后发展，通常都隐去了。小弟大惊，也不敢追问，在他有限的社会常识里，退学、警告、训诫，这些词汇全不存在。匆匆回家，不敢告诉爹妈，怕吓着他们，只和姐姐说了。修国妹初也是一惊，静下来又觉正在意料之中，小妹从来不是个安分的人。她先瞒了张建设，让小弟送两个孩子上学校和幼儿园，自己开车去乡下，记得小妹上次来家，哪里都没去，倒去了爹妈处，兴许留下什么线索。父亲在园里收南瓜，直接抱了磨盘大的一个装进车后备厢。母亲问小弟小妹到了没有，修国妹说小弟到了，小妹在考试，再说上年回过一次，今年就不定了。母亲告诉，来到的那日，先去她大伯家，自己家里只站了站，丢下些东西就走了。哪个要她东西？要她的人！母亲说。修国妹是什么心，玻璃心！瞬间明白小妹专来打听李爱社，那么，十有八九往南方去了。果然，转身到书记大伯家，问李爱社的地址，说有生意上的问题咨询。大伯扯下一张日历纸写给她，说，那回小妹咨询李爱社，这回换了大妹，也要咨询李爱社，他倒成了香饽饽！修国妹更有底了，放下两瓶洋河大曲，告辞了。

晚上，张建设回家，修国妹才将这一段的你来我往说出来，接下来就要看他的了。大忙的时候添乱子，心里惭愧，言语上难免迟滞诘屈，绕了一时，对方终于听懂。接过字条，见是广东东莞，盘算盘算：正巧，在广州买了一辆蓝鸟，连人带车就开回来。修国妹直想道一声谢，夫妇之间到底说不了这样见外的话，停了停，叹出一口气：我们家的人真不省心！张建设抬头看了她，正色道：什么我们你们的，一家人！修国妹红了眼睛，起身叫来小弟，两人轮流询问一番。这小弟眼皮子底下的都看不见，隔好多层，越问只有越糊涂，就放他睡觉去了。关起门继续讨论，数点出许多往事，都是危险的。一味想象，除去害怕，并无补益，便收起话头，打点了睡觉。次日早晨，张建设带了个司机，直接驶往蚌埠火车站。车留下，等到了广州，提出蓝鸟，两人换手开回蚌埠，再各开一辆。修国妹为他们计划，铁路、高速、找人、自驾返程，黑不宿，白不歇，也要十个早晚。没料想，第七天夜里，出门的人就到家了，带回一个人，不是小妹，是李爱社。

小妹晚生于上面两个，连头带尾不过三年和五年，差不多是挨着，却像两代人。因是最末的那个，爱娇的日子仿佛没尽头，永远当她小。她也仗着"小"，任意索取，多少有些盘剥家人的感情，也可见出，秉性里缺少忠厚。某种程度上，是要归于社会的潮流，自我觉醒，个性解放，启蒙运动往往这里开花，那里结果，思想革命普惠大众，总是最利己的那部分。所以，就让她有理由随心所欲，百无禁忌。稍做一点规矩，便反讥为"过时"。家里这些人，她唯一有些忾张建设。同属于过时的人物，但不得不承认张建设自有独到之处。比如，对她的着装，别人多啧啧称奇，张建

设却质疑说，想出蝙蝠衫的人未必见过蝙蝠，真要见过未必会学样，脚蹼连到手指头，瘆人不瘆人？当时不服气，不多日子，这一款悄然收场了。关于牛仔裤的意见则是建设性的，横掌劈在膝盖处：这里铰一剪子才好走路行动！果然，时间过去，真兴起破洞的风潮，位置正在张建设劈过的地方。歪打正着里或许有点先知的意思呢。从时尚趋势延展到事业，也是此一步看彼一步，彼一步看此一步，退一步进两步，拉锯似的走到今天。即便小妹这样没有历史感的人，偶尔都会掉头望一眼来路，觉得像做梦。她也是在船上出生，腰里系一根绳子，牵在母亲腰里，甲板上爬来爬去。有一次，翻出船帮，直落水里，让邻船老大的晾衣竿子钩住衣后襟挑回来了。二三岁的记忆，经大人们反复说起，方才有印象，却是另一个自己。

据李爱社说，小妹告诉他——他不能辨真假，小妹的话很离奇，不大像现实中发生；同时呢，合情合理，可是小妹自小爱编瞎话。父母的偏心一半因为她小，另一半就是瞎话骗来的。那些甜蜜的陷阱，连修国妹都防不住要踏入，别说老实颠顶的双亲。再说了，瞎话也无大碍，做个好梦都是欢喜的，就只当小孩子淘气，谁料想如今却不敢信她了。小妹告诉李爱社，到师范上学，是为减轻家庭负担，虽然尽着吃用，从不曾限她，可毕竟复读两年，等于多吃两年白饭，很不好意思——这就是小妹迷惑人的地方，富于感情色彩。事实上，从没断过向父母兄姐讨要，还不包括背地里姐夫的接续，小姨子张嘴，能回绝吗？还要瞒着老婆，修国妹是要追个究竟的。于是，她说，无奈之下，走上勤工俭学的道路。也是风气使然，班上老板的

女儿，也在餐馆端盘子呢，听人说，她老爸出去吃饭，出手的小费就够她半年打工的收入。她修小妹也端过盘子，学校周围最不缺就是饭馆，补充食堂伙食的不足，大家称之"黑暗料理"。她打工的"海南鸡饭"是个连锁店，大老板在新加坡，从来不露面，各家分店由小老板负责经营。有一次，小老板去向大老板结算盈亏，特让她陪同，因大老板不太会说中文。要知道，新加坡教育有英语华语两类，中产阶层往往读英校，大老板就是其中一个，所以，需要翻译——他说的英语。别人没什么，张建设倒想起送小弟转车蚌埠，宾馆门口外国人"索来索来"的说话。正想着，李爱社忽一拍案：就这么着，和大老板对上眼！

修国妹笑起来，权当韩剧，往下走吧！然后，李爱社继续说，大老板在市里买一套房，让修小妹住，虽然离学校远些，但不必打工了，余裕正够补上路途的耗费；再讲，公寓的环境当然好过集体宿舍，小妹是个重视生活体验的人！听到这里，大家都笑一笑，这话说得新鲜，也很准确，到底是南方来的人。李爱社继续往下：对外说帮亲戚看家，偶尔地，也回去睡一夜，打个幌。那大老板从此也不住酒店，有了落脚，样样妥帖。然而，百密也有一疏！原来，小妹在学校有男朋友。即便和大老板同居，两人依然维系着关系，一半障眼法；另一半，大老板不经常来，大多时间是一个人，难免寂寞。那孩子有几次到女生宿舍找人扑空，耳边又吹来风声，接下来，无非是吵架、盯梢、堵门、赎身似的交付分手费，还是咽不下这口气，竟然以卖淫报警。总之，地震一般，就算校方不勒令退学，小妹也只有一个"走"字。从爆发到平息，大老板都没有露面，又过一段日子，新房客上门了，这才知道公寓并非"买"，而是"租"，且租期已满——事态变得严重，同时呈现真实性，听的人收起谐谑的态度，紧盯着李爱社。

然后，就是寻人的旅程，凡有连锁店的城市，小妹都去了，于是知道，有连锁店的城市都有一个家，男主人总是在出差。最后，小妹去了新加坡，这一节又有些不像了。出国，即便是新加坡这样的亚洲华人国家，对于内陆人也是难以想象的。可是，想不到不等于做不到，国门开放了，左右都有远渡重洋的人，他们家不也有个小弟，去的还是美利坚。落实到小妹身上，却又成了妄语似的，她凭什么呀？无论如何，情节到了高光阶段，李爱社也激动起来。小妹在新加坡终于找到大老板的家，照顾到里外面子，小妹称自己是来读书的学生，那大婆——单这一地，就有大婆、二婆、三婆——开始很冷淡，抱着警惕的态度，后来，渐渐松弛下来。小妹年轻无邪，出言天真，带来很多趣闻，要知道，大婆、二婆和三婆的生活是很沉闷的。终年炎热，四季不分，镇日闲坐，菲佣包揽所有的杂务，只有两个去处，一是教堂，二是购物。教堂每周一次礼拜，购物呢，也是单调的，只有夏装，秋冬装也有，供旅游出行用，但外面的世界令她们害怕，冷和肮脏。她们最爱说"肮脏"这个词，旅馆肮脏，饭店肮脏，厕所是肮脏之最，除了自己家，都是肮脏的，只能守在家里，做什么？麻将。大老板若是在，这种概率很低，正好一桌。其余时候让最长的女儿充数，可人家要上学，上学的年纪刚过，就要拍拖；底下的儿子，喜欢运动……现在，小妹补上了缺口。小妹在新加坡的日子，大多是在麻将桌旁度过，小妹心想：难道这就是嫁入豪门的生活？再有大老板——中间回来，进门看见小妹坐在牌桌旁，不禁吓一跳！大老板在中国西装革履，堂堂一表人才，在这里，则汗衫短裤，夹趾拖鞋，汗湿的头发底下，露出谢顶的迹象，脱掉金丝边眼镜，裸着一对水泡眼，是她要嫁的男人吗？他们私底下外出，去的是牛车水，令她想起中国大小集贸市场，还没有这样的热。大排档里吃福建炒粉、蚵仔煎，也是热，汗流水爬的。他答应给她一笔钱，足够做个小生意，她还了个价，说要做中等生意，拍板成交，第二天她就离开了。

之后的讲述渐趋于平淡，小妹得手这笔钱，回家问了李爱社的地址，掉头就往东莞去了。对于自己的经历，李爱社说得很简略，做过工厂、贸易、餐饮，都是与老战友合伙，小妹来到的时候，正在一家台资企业高层管理的位置，他替小妹寻工几家公司，需从办公室小妹做起，这"小妹"不是那"小妹"。小妹没有应工，见过大世面的人，东莞这地方显然盛不下她了。修国妹问小妹看起来如何？李爱社回答乍见面没认出来，细细看原来是瘦了、化了妆，穿得很新潮，比先前漂亮许多，也成熟许多。说罢看了修国妹一眼，仿佛将两人作比较。这姐妹俩分属不同的类型，姐姐任哪里都是圆和饱满，杏眼，桃子脸，苹果般的腮帮；妹妹则处处尖利，单脸的吊梢眼，几乎插入两鬓，薄削的鼻翼，双颊也是薄的，锥子似的下巴颏。以乡下人传统观念，姐姐无疑好看过妹妹，现代美学却不同意，会给小妹两个标签，时尚和性感，所以，小妹便刻意强化。眼影抹得很重，鼻影粉也是，唇膏用一种巧克力色，在雪白的粉底上重新画出一张脸，神秘魅惑的惊艳。李爱社停了停，犹豫着，欲说还休的样子。修国妹心跳得很快，又不敢催他，只是静等。

小妹来东莞，不是一个人！李爱社终于吐口。那个人是谁？修国妹问。就是她原先的男朋友。听见这回答，修国妹倒笑出来：这才叫起大早赶晚集！李爱社正色道：这就是大妹妹和小妹的不同，你讲的是目的，她讲过程，好比"看山是山看水是水"到"看山不是山看水不是水"，最后又是"看山是山看水是水"！修国妹更要笑了，张建设止住她，问两个人怎么相处的？这话问得很含蓄，但都知道其中的意味。李爱社说，同来同往，同进同出。回答也很微妙，接下去就不好深究了。此时，张建设和修国妹才注意打量面前这个人。自打窑厂那门官司之后，他们第一次见到，两边都只字未提。这边是顾忌那边脸面，那边却也无一点愧色，就更不好说了。和所有南方来人一样，也是黑，在李爱社，黑里又有一层黄，长膘的缘故吧，肚腩起来了。腰里束一个尼龙小包，除此没有其他行李。看出对方两人的疑惑，向后一靠，说道：这次回来是看看内地有什么项目，可以与沿海地区合作。去南方的日子，见识了开放的社会，就觉得过去太拘着手脚，错过许多机会，现在也还来得及，当迎头赶上！话题进入另一个领域，修国妹并不关心，张建设则敷衍着，问他倾向于哪个行业，有没有预期计划，或者范围设定。得来的回应是，你张建设有用得着他的地方，尽管开口！好的，张建设说。从东莞一路过来，就已经了解李爱社的状况，没什么可商量的，远兜近绕，最后还是张建设。好在，新起的公司里，位置是宽裕的，只是不敢委以实权，便专配了虚职，公关科长。听起来过得去，却不涉及业务。至于小妹，修国妹叹气道：看造化了。继而又说：倘若那个男同学真娶了她，也算正途。张建设不禁笑出声来：什么时代了，照联合国年龄划定，还是青年人，却老八股脑筋！修国妹不服气：圣人怎么说？男有分，女有归。张建设笑得不行：说你老脑筋，你就倚老卖老。修国妹正色道：千条江河归大海，不信我们走着瞧！张建设晓得女人是特殊物种，不按规矩出牌，凭的是感觉。不再与她争，但两人都同意瞒着父母。问起来，只说去了新加坡。二老不知道新加坡在哪里，张建设解释"南洋"。"南洋"就懂了，戏文里有"下南洋"的说法。之后，过一节编一节，蒙混过去了。

  回想起来，这几年像做梦似的。一夜间，沿河滩十数里地都归了自家；又一夜间，滩上排满废旧船；再一夜间，卷扬机开来了，焊割的电火闪得半天亮；旱坞、水泥路、一间跟一间工棚，接连冒出地面；随之而来的是人，空手的、带工具的，单个的、携家带口的……开头，修国妹还给工人们烧饭做菜；自己忙不过来，就雇人，先一个，后两个三个四个，脱出身打扫饭堂。饭堂也在扩大，一间，两间，三间。她据起扫帚转眼被抽走，说"老板娘我来"。现在，遇人都称"老板娘"，她不喜这称呼，可是怎么办呢？又不能堵人家的嘴。只有一个人称她"师娘"，就是从泗阳跟来的小工，如今叫大工的。他也上了岸，公司里管收旧船，车辙水路，四面八方，所以难得见。还有一个不称"老板娘"的，李爱社，叫的是乳名"大妹妹"，她也不喜欢，就躲着走。渐渐地，和工地疏远了。

  他们又搬家了，从公寓迁进别墅。也是一夜间，县城扩得很大，周围的几个乡都划进，行政改为"区"。别墅坐落城北，靠近淮河，倒和修国妹原先所属的县域接近，东南风的季节，能嗅见酵酸的气味，眼前就浮现那铺了酒糟的横竖街巷，赤膊的男人用木耙推着热气腾腾的褐色渣滓，河面上吹来湿漉漉的风，小城上空便氤氲笼罩。太阳当头照下来，看出去的景物仿佛漂移流动，恍恍然的，心里有一股郁塞。现在，这股子郁塞却是想念的。装饰新家打发了时间，她开车到蚌埠、南京，甚至上海，挑选家具、窗帘、墙纸、灯具，带回图样给张建设看，张建设看过后说，很好！是相信她的眼光，多少还有一点点敷衍。有几次，修国妹希望他同行，一起定夺，他实在脱不开身，只能联络当地的朋友陪她。那些朋友尊称她"张太"，虽然不惯听，但总比"老板娘"文雅些。他们称她家"张公馆"，这就叫人忍俊不禁了。挑选好东西，从仓库或者产地直接发货，回家等着查收即可，余裕的时间还可游览。

  进到大城市，她就有些怵开车，动辄得咎。逆行、压线、大转弯小转弯，外地牌照的禁忌更多，幸亏有张建设的朋友。她坐在副驾驶一侧，看窗外的街道，只觉得人多，车多，熙熙攘攘，说不定就有一个小妹呢！小妹杳无音讯，她的心情也很复杂，既等消息，又怕消息，不知从什么时候开始，小妹的消息总是凶多吉少。抬手拉下遮光屏，景物变得绰约。

  朋友引导，她去到许多名胜，领略许多奇境，大开眼界。看的地方多了，难免混淆，反倒平淡了，却也有不期然的感动，比如上海青浦的一家木器厂。老板与她称得上安徽大同乡，但在皖南，黄山脚下的休宁县人，木匠出身。自明清时候，盐业兴隆，商贾人家聚集，修宅造园，所谓徽式风格的建筑群指的就是那里。近些年，社会主义新农村的规划拆除大片老房子，老板他便将些窗棂门楣屏风照壁收了往上海出售，先是几件几件，后来竟一幢一幢，梁椽檩条编了号，运过来整体复原，供给会所公馆——那可是真正的公馆。赚了些钱开工厂，专做仿古家具，渐渐有了名声。那工厂离市区很远，地名也很含糊，就走了些弯路，到地方已近中午，老板请吃便饭。说是便饭，也铺满了圆桌面，老板娘掌勺，做的都是家乡菜。隔一条长江，就和修国妹的地盘不相同。臭鳜鱼、咸肉冬瓜、炒青蒿、土鸡清汤。夫妇俩都长一张团脸，很喜气的样子，装束打扮，待人接客还是乡俗的风气，饭碗压得瓷实，菜盘堆尖，西瓜在井水里冰镇，切成大块，刚咬个芯子便夺走递上新的。修国妹想起她和张建设创业的经历，他们都是生逢好时代的人，凭靠一双手打下小天地。出于这心情，她格外多买几件东西，一具立柜，一张案子，两把官椅，四个绣墩，还有一条长凳，原木锯板，带着疤眼，自有一种野趣。可见得，老板并不拘泥仿古，也吸取现代因素，另辟蹊径。

　　定好发货的时间地址，互留姓名电话，下午三四点往回走。和来路一样又错了方向，车上人笑说这一天是鬼打墙日。车开进村落，门户关闭，鸡犬无声；下车走几步，见几个老年人坐在树荫里，趋前问路，彼此都听不懂话，是口音的缘故，也不尽然。磨了一会儿，知道已经过了地界，到了江苏，所以文不对题。村道边有一座小庙，门前独立一株银杏。按惯例，相对处，原先应还有一株。推断下来，那庙至少缩去一半，地形也改变了。题额却是新写，赫赫四个字："觉海禅寺"。仿佛有所来历。寺门虚掩，推进去，迎面一座佛，他们几个皆不通法，"韦陀""药师""托塔天王"地乱猜。暗处忽有声音起来：阿罗汉也！这才看见斜侧矮几后坐有一僧人，面前排着香烛、签筒、认捐簿子、纸笔砚台，还有一具木鱼。就商量抽签，每人买一对红烛，一束线香，点燃供上，依次跪在蒲团上，先磕头，再摇签，哗啦啦跳出一支，忙忙拾起，到和尚处兑签文。修国妹也凑兴摇了一支，题为"春兰秋菊"，请师父解释。本想替小妹求的，句句倒像说自己。兰菊称不上花魁，都是清远的品格，虽然季季绽开，但只是个中平签。修国妹自以为好命，同时又是劳碌的命，所以就很认。那师父却说，中平签其实最好。为什么？修国妹问。师父笑道：女施主有没有听过这句话，月满则亏，水满则溢？修国妹不禁"哦"了一声。

　　后来，修国妹时常想起这句话。可是，怎样才叫作"满"呢？张建设的拆船厂正式挂牌，用"舟生"取名。舟生这年十二岁，修国妹怕小孩子根子浅，顶不起，反而折福。张建设又笑话她老脑筋，执意用这两个字，不仅体现了事业起源的历史，同时呢，可不是吗？舟生无疑要接他父亲的班！从现在起，舟生就被当作"接班人"培养。小学毕业，张建设托人送去江苏常州一所重点中学读书。修国妹是舍不得的，她自己幼年在寄宿中生活，知道孩子的社会有多少粗粝野蛮，她的强悍有一半是在那时磨成的，才能护佑小弟，不让受欺凌。内心里，她有些把舟生当小弟，或者反过来，把小弟当儿子。正由于母亲的心情，她看出这两个孩子秉性不同，舟生颇有几分胆气，三九天里，和小伙伴打赌，光着身子扎进河里。于是就有另一种担忧，怕他闯祸,想到这里,她倒宁愿他受点委屈,也不做蛮霸的"老大"。舟生初入学的时候,周末开车接回家,周日晚再送去。为往来方便,专在芜湖市买一套商品房。计划安排很快作罢,这所升学为目标的完中,制度十分严苛,堪比军队。周六周日都排了课时,每月只半天休息,临近考试,半天也没了。而考试又格外多,期中考,期末考,模拟考,测试考,小考大考,周考月考。她只能扣准中午或晚上的饭点,在校门口小餐馆,叫一桌菜等人出来。时间总是局促的,舟生打仗一般到厕所换上干净衣服,匆匆吃到一半,上课和自习的铃声透过高音喇叭传过来了。修国妹一个人坐在桌边,等服务员打包买单,然后带着一摞餐盒,还有一包脏衣服——团着舟生的体味,只有做母亲的才嗅得到,驱车回程。在这惶遽的见面中,舟生长成威武少年,像父亲年轻的时候,又不全像,因要高过半个头,显得颀长,骨肉匀停,是没有受过劳力之苦的身体。看着他,不由惊喜地自问:是我的儿子吗?儿子长大了,让人高兴,但也变得生分,话少了许多,甚至,一顿饭的时间都没有交谈。最后,吃饭取消了,只剩下换洗衣服的交割。这是和母亲。和父亲呢,也是生分的,表现在一种敬畏。他崇拜父亲。公司每月开例会,逢舟生在家,就带去旁听。毋管听进听不进,都能一坐到底。修国妹问会上说些什么,也是与他热络的意思,他回答得很简单,三言两语,似乎将母亲排除在业外。有一次听他称呼父亲"张总","张总"也欣然接受,心里好笑,觉得挺装的,不免生出嫉妒,因父子间有默契。不过,有一点让她扳回局面,那就是,凡要钱要东西,舟生都是向她张嘴,所以,到底还是和妈妈亲。

不管怎么说,养育舟生的经验告诉她,不能和儿女分开。后来,园生由她做主,在本地小升初,就出自此心。当然,还是吸取小妹的教训,她不能让园生脱离自己的视线范围。她也知道园生和小妹不同,换一换,肯定要遭到抗拒,但园生却是顺从的。看起来,更可能性格使然,环境不过外因而已。园生出生在家境上升的日子,张建设遵从古训"富养女儿穷养儿",没有要求,只一味满足。丰裕中长大的孩子,说得好是物欲淡泊,不好则是缺乏进取心。中学的女生,多半虚荣,又在这样的社会,县城调改为县级市,上了城市化的轨道。理发店变成美发中心,澡堂变成洗浴城,百货大楼变成购物商圈。"商圈"这个词最形象,街市真的一圈一圈扩开。取的都是欧陆风的名字:维也纳广场,巴黎春天,罗马大道,爱丁堡城堡,分支出佛罗伦萨小镇,巴塞罗那风情,爱琴海,多瑙河,管它在哪里,去过没去过。入夜时分,华灯齐放,外挂式电梯升降,上下穿梭。和这些名字同样,国际潮流衍生在地时尚,繁殖品牌,要多少有多少。小女孩恨不能一夜长成大人,可脱去校服,这些校服不知从什么渠道采办的,无一不是臃肿灰暗;到了周末,倘若在街上遇见她们,准保认不出来,以为是小姐。城里面也有了酒廊夜店和迪斯科舞厅,里面活动着真正的小姐,都是外乡人。就是口音这点事将这小姐和那小姐区别开来。园生镇日一身校服,冬季棉,春季单,还戴起近视眼镜,像她的小舅。修国妹想,他家祖上定是读书人,偃息多少代,如今得逢时运,冒出青烟。和小舅不同,园生虽然近视眼,学习却只在中游。多半也是环境造成,大人不是没要求吗?生活又舒适,养成疏懒的性子,凡事没个争夺，无可无不可。修国妹和张建设都是逞强的人，少见这样的怠惰，有时也着急，再一想，他们这么吃苦，不就为下一辈享福吗？

前面说了，工业园区选址在淮、浍、涡交汇两岸三地。自清中期始，黄河水枯改道，借此河口转入南北大运河，即成要道，直至上世纪六十年代，往来还很繁忙。但因泥沙俱下，历年淤塞，行不得大船，渐渐式微。如今遗留三座石桥，就是当年盛景的证明，列为当地文物保护。岸上星散几家粮油店，一座水泥三层楼房，山墙上写着省属粮库的字样，从外形窥察内部结构，大约几度改造以变化用途，终也挽回不了命运，彻底荒废下来。张建设早就瞄准这地方，无论租还是买，船从水上过来，拆成散件直接走陆地出去，又有大片的滩地作业，至于地上物，则大可废物利用。旧楼房供仓储，以此为中心，扩建食堂宿舍办公楼，再延伸店铺旅社。新业兴起，周遭自然形成小社会，纵然有一天，拆船没了市场，附属或成主体。张建设就是这点与人不同，眼睛总能看前一步，谈不上远大，只这一步就足够转开舵了。这一步也是时局所赐，国企正清负清偿，从头来起，否则怎么敢小虾吞大鱼？他没有野心，是行动派，当年一无所有进城去，不知道前面等着他的是什么，但是一步一步走过去，自然看见了。

现在，张建设要行动了。迎头第一件事，是资金。他有钱，当然远不够投资，更重要的，他懂得用于投资的钱不是从自己口袋里掏出来，而是从银行贷出来。贷得越多，信誉越好，也越贷得出。于是，选一个星期天，再去找姚老师。经过又一轮城市化改制，县级市变为区，划分给两个地级市管辖，他所在的区正纳入原先的公署，延续了之前的行政隶属。

这一次的造访却不太顺利。他先去到姚老师家，公寓门紧闭，按几遍铃，并无应答，于是再去姚老师上班的银行。银行搬了地方，扩大门面，营业厅如酒店大堂，顶上一排排牛眼灯，底下大理石地面映着人影。信贷部的窗口闭着，想起是周日，除存取款部开一扇窗，其他都停业，只得退回来。最后，还是门口的警卫，曾经见过几面，悄悄与他说，姚科长出事了。虽然早生出狐疑，还是"咯噔"一下，顿时不知所措。稍定定神，问什么样的事，警卫没有直说，大概也说不清楚，但告诉姚科长现在的住处。其实就在原先的片区，但不是大户型的高层，而是后面的老院子。这新住宅原来以机关宿舍旧地参建开发，半福利半商品，科级以上职员都有权申请，但公务员的工资距离买房，即便大大低于市场价，也难以企及，银行显然是高收入人群，所以能够轻松拿下。

穿过一片空场，场上堆着建材和建筑垃圾，缝隙间裸露出枯黄的草皮，显得颓败。走进连排平房的夹道，两边的门都敞开着，贯通前后。星期天的早晨，家家在洒扫和烧煮，小孩子溜着旱冰鞋追赶，铁轮子擦过水泥路面，"哗哗"地响。阳光照射，气氛倒是蒸腾。越往后去，越拥簇，刚入职不久的青年，二三人合住，或者新婚夫妇独一套，还有房屋置换进来的社会人口，成员多而且杂。东西和人从门里漫到院子，再漫到巷子，索性盖起披屋，几乎把过道堵死。他侧着身子拐几个弯，走到不能再走，倚墙搭一个小院，盖了玻璃钢顶棚，就知道是姚老师家了。敲几下门，没人应，再要敲，门上忽开一扇小窗，把他吓着了。窗里是姚师母的脸，罩在玻璃钢的蓝光里，看起来很奇异。里外对视着，双方都没说话，门开了一条缝，他侧身进去了。院子很小，不过三四步深，放了几盆花草，也泛着蓝光。是个小小的横套，门厅一头卧室，另一头并列厨房厕所，地方局促，收拾得却十分干净，但更显出冷清。他把手上的东西放下，蒲包里是虾蟹，礼品盒是参片和虫草。姚师母向地上打量一番，吐出这么一句话：只有你来看我们。

中午饭在姚老师家吃的，张建设下厨，带来的蟹蒸了，虾是氽了调酱油醋，炒一盘蔬菜，冰箱里有现成的肉馅，和面包了饺子。单身生活的训练，虽然歇了多年，一旦上手全回来了。主客二人开一瓶洋河，对饮起来。因为酒意，也因为难得有人说话，姚师母变得饶舌。张建设插不进嘴，就只是听，想这女人不容易，跟姚老师并没享多少福。先是拉扯小叔子姑娘，终于熬出头，却遭遇事——从姚师母滔滔不绝的诉说，他终于明白姚老师犯的事名是受贿。信贷部门总是有许多人围着，已经不像当年，他初次见姚老师的时候，谁也不敢试水。现在，供不应求，难免会有疏漏，姚老师就受了举报。师母说，一个小小的科长，手里有限几个钱，得不着的以为你欠他，得着的发起来，也未必想到分给几个红利！张建设不由脸红，自己分明也是其中的一个。师母倒没有这个心，一味地喊冤，将对面人当作知己。看她眼皮肿着，不知道流了多少泪，此时涂上酡色，有点像戏台上俊扮的面相，头发蓬着，演的是苦情。建设，她喊他的名字，你听说没有，命里七斗，莫求一升，你姚大哥就是个穷根，怎么得来，怎么还回去。她摊开手，转着身子：一眨眼空空荡荡！我是尽其所有退赔，少让他在里面受罪，最后算作九万贿款，一万一年，九年刑期。将跟前的菜盘往中间一推：只有你，建设，还来看我们！她的笑容让张建设害怕，避开眼睛，向四处看看，问：孩子呢？他知道姚老师有一个女儿，在省城上大学。师母回答，依然沿着话头：建设你和姚老师最清白！张建设想起同样一句话，出自姚老师的口，不禁有些激动，端起酒杯：我敬师母一杯！师母一仰脖，干了，继续说：你要小心，"飞鸟尽，良弓藏；狡兔死，走狗烹"！张建设方才想起师母是中学语文教师。是的，他应道，又问：女儿什么时候毕业？一年半，师母回答，接着方才：你是能人，做庸人一世平安，能人就不定了！师母半个身子伏倒在桌上，一瓶酒见底，她一人喝了十之七八，不能再喝了！他站起身，说：女儿毕业，我这里永远给她留着岗位！师母抬起头，仿佛从梦中醒来，看向他，动着嘴唇，最后说出一句话：建设，你要小心！

张建设去了一趟省监狱。姚老师并不如他想的颓唐，由于起居规律，生活俭朴，面色倒比在外面清朗，显得年轻。看到张建设，说：我知道你会来！监狱管理有序，尤其对这类经济犯，晓得之前做过大事业，有身份，就格外给予些方便。接见是在一间大厅，摆了许多小桌，亲友见面说话，仿如自由的日子。两人说了很多，姚老师感叹：这是个群雄竞起的时代，机会和陷阱一样多，要步步留心。意思和师母一样，但环境不同，深浅也不同，多少是痛楚的。张建设留了一笔钱，记在大账上，供姚老师买些需要的吃用，告别说：以后再来！姚老师回答：欢迎欢迎！两人都笑了。张建设发现姚老师其实是风趣的人，过去绷得太紧，不大觉得，如今松弛下来，露出真性情。

五

追溯起来，事情变化从小弟归国开始。舟生上中学也是同一年里，多少因为牵挂的缘故，让她忽略了端倪。小弟公派美国读了博士学位，再读博士后，延宕下来，由公转私。那一年，美国向中国移民发放大量签证，本以为小弟会因此变换身份，长期居留，不曾想，他偏偏回来了。起初，可说风光无限。国门打开，地方上不乏出境深造的青年，但小弟是衣锦还乡第一人。县长都出面宴请，特特要见父母亲大人，感谢养育一个好儿子。这二位一生未曾见官，坚辞不受，结果就让大姐和姐夫代表了。到场还有一个人，与小弟同行的女同学。席面上，修国妹说了些礼节性的话，此外就只是应答。她倒也不怵，但没有太大的谈兴。小弟本是个闷嘴葫芦，这些年在美国生活也没锻炼出什么新气象。没去过的人以为大码头，身在其中才知道，人地两疏，四顾茫然，更加局促逼仄。具体到小弟，美国就是个实验室。告诉你都不相信，连迪士尼都没去过呢！自然说不出什么见闻。似乎比走之前更木讷些，眼睛直直地看人，实在被恭维得紧了，就看姐姐，竟是可怜的。幸而有张建设，懂酒场的规矩，代小弟喝敬酒，又敬对方，还挺会逗趣。那女同学是个大方人，也有些量，不主动出击，但来招接招，添了些气氛。否则，局面就尴尬了。逐渐地，张建设和女同学成了主角，修家姐弟这边清静下来，两人都松一口气。

小弟回来，是应聘美国在上海的一家分公司，说休息几日再去报到，一日捱一日的，就不提上班的事了。住在姐姐姐夫的别墅里，那里有的是房间，还都套了浴室，吃饭也是现成。虽然雇了烧饭的女人，但小弟的吃食，修国妹顿顿亲手调治。眼看着他脸上长了肉，也添了血色。有一日，看他在阳台，扶着阑干吹口哨，是一支未曾听过的曲子，轻松愉悦的旋律，跟着也快活起来。上海公司的事情似乎都被忘记了，修国妹有几次想起来，打算提醒一声，话到嘴边又滑过去，其实呢，也是有意忽略。小弟则没有一个字说到的。姐弟俩都很满意这样的生活，有时搭伴去常州看舟生，再有时和园生逛街。比较起来，小弟和园生在一起更有趣些。舟生个头与舅舅一般齐，骨架却硬朗结实，气度也强悍，小弟在跟前，难免瑟缩。园生是个女孩，百事与她无关的样子，近视眼镜后面，目光迷蒙，小弟喜欢耍她，耍的套路很幼稚，也很单调，不外乎藏起东西任她乱找不到，或者要这个给那个，比如去麦当劳，现在，二三线城市也有麦当劳了——辣椒酱当番茄酱，翻来覆去的几招。园生就吃这个，每一次都像第一次，大惊和大喜，舅甥俩乐此不疲。逢到年节，舟生从学校回家，再接来乡下的老人，满当当坐一桌子，修国妹依次看过去，缺一个小妹，但有人顶了缺，这人就是小弟的女同学。

女同学名叫袁燕，不知谁起的头，都称她燕子，反是小弟，依然叫大名，很郑重的态度。关于袁燕，小弟提及不多，修国妹怀疑他本来了解的就少。燕子是个爽朗的姑娘，很快就和家里人稔熟起来。她说，父母是邢燕子一代的下乡学生，"燕子"这名字大约显见得从这里来的，落户在皖南与苏北交界的天长县，按后来上海知青子女回沪政策，满十六岁子女可有一名回沪指标，她一九八〇年到上海，读完高中，考入大学，录取的法律专业，大三年级公派留学美国，硕士阶段换了会计专业，公费转自费，继续学业。她和小弟认识就在这时候，一家华人超市，小弟结账后走反方向，从收银处回进商场，再要出去被保安拦住，正不知所措，燕子来了，从一满车方便面和老干妈底下翻到收银条，这才脱身。接下去是找车，小弟又忘了自己的车型、颜色和车牌号，因是刚买的二手车。两个人推着购物车东西南北几个来回，到底没找到，燕子就送小弟回去，发现两人的宿舍只隔了一个街区。第二天，小弟收到警局的罚单，原来他停车不合规矩，被拖车拉走，让他去交赎金领车，又成了燕子的劳务。一生二，二生三的，最后成一对恋人。他俩的学校在美国中部的俄克拉荷马州，美国大陆的腹地，幅员辽阔平坦，校区还算是个小社会，校外几乎就见不到人。刚去的日子，需要应对学业和生活种种繁缛，比较充实，等安定下来，一切归于常态，就不免感到沉闷了。同是异乡客，加上邂逅的方式，在这乏味的地方，称得上传奇呢，结缘再自然不过了。

从某种程度上，小弟回国是因为袁燕回国。上海的聘约更像是和袁燕，而非小弟，最大的可能是作为袁燕入职的条件，小弟得到一份或者半份工作，工作的内容也或许和专业有差异。这样的配置的身份，总归让人不舒服，即便像小弟隐忍的性格，也很难忽略，如此就可以解释小弟迟迟不去赴任，一日一日延宕。回到家，且又是非比往昔的家，小弟出国前基本在寄宿中度过，没有太多对日常生活的概念，此时方才体会个中滋味。姐姐像小妈妈，他打

小就很黏她，在姐姐的照应下，他忽然意识到这些年的苦楚，真是孤单寂寞。后来有了袁燕，好些了，可能好到哪里去呢？一个人的寂寞变成两个人的。袁燕的兴趣比他广泛，广泛又怎么样？至多不过开车出游，风景是好的，却更让人惆怅。还有同学间的聚会，各家带一个菜，他和袁燕算是一家——他们各自退租原先的房子，合租一套单元，男女同居有一半从经济出发，当然，还有情欲，健康年轻的身体的正当需要，最初的刺激过去，趋于平常，就是单纯的生理性质了。聚会中，小弟是最寂寞的那个，出言干枯，行为乖僻，理工男大都是这样的。与人交道，不晓得怎样开始，开始了又不知道怎样结束，自己都为对方难堪。倘不是袁燕主动出击型的性格，他大约一辈子交不上女友。现在，同样为袁燕不平，必须和无趣的他朝夕相处。出游、聚会，再有购物，仿佛回到事情的原点，他和她不就是购物遇上的吗？仿佛暗示生活的周而复始。尽管叫人提不起精神，但没有袁燕主张，他也不会作出回国的重大决定。小弟的人生都是被推着走的，他不会拗着来，从某种方面看，算得上顺其自然。是服从的原因，还是命运照顾，他没有遭遇过危险，比如像小妹这样，小妹已经几年没有音信，爹妈渐渐不再问了。他们也相信顺其自然，不是小弟天性里的消极，而是世事磨砺，变得通达，不知道就当它不存在，再说了，没有消息就是好消息。若不是这般苟且，做父母简直死路一条。

袁燕在上海上班，每两周来一次，就像一对通勤的夫妻。修国妹将整个三层清理出来，重新装修一遍，等他们正式结婚后搬进去。两人的关系看起来也是稳定的，

摩擦少不了，有几次，闭紧的房间传出争执的声音。说是争执，其实就是袁燕一个人发言，最后，摔门走人结束。修国妹决意不管他们的事，可到底放不下，听几句壁脚，正合她的猜测，是为小弟工作。还有几回看燕子脸上有泪痕，趋前要问，未及张口，那人就如受惊的燕子，"嘟"一下飞走了。不问也能体会袁燕的委屈，想她应聘这个公司，大约有一半替小弟谋职，兴许原本有更多的选择，不得已放弃了。这是个独立上进的女孩子，比小弟强。修国妹很清醒，小弟需要的就是这样的人，尽管内心有点妒忌，妒忌两人的好。也因此，袁燕和小弟龃龉，她心情是复杂的，又忧虑又有一点窃喜。但终究是理性的人，依着劝和不劝散的古训，依然循喜事的规矩，先上门觐见袁燕的大人，再接来他们家，双方正式会晤，摆了订婚酒。

按知青子女的政策，袁燕在上海有了户籍，父母退休便落叶归根。无论政策和人情，都是从此出发，但善政之下，具体的处境却各有苦衷。知青子女落户，首先要征得原生家庭的同意，大家都知道，上海人口稠密，住房紧凑，本已经达成平衡，再介入新因素，和谐面临危机。往往这一关上，就遇到阻碍，欣然接受的也有，断然拒绝的更有，大多数情况是有条件协议，所谓"条件"无非不参加房屋分配。袁燕回来的时节，祖父母都已离世，叔伯家就靠不上了，好在外公外婆还在，做得了主，户口顺利迁入。说是外公外婆，其实是舅舅舅妈家，面上和气，内里却处处设防，老人家守持中立，也费了苦心。人事之复杂，堪比一个小社会，足够成年人招架，莫说十六岁的孩子。即便在这样局促的环境里，袁燕依然认识到大城市的优势。夏天晚上，和邻居小伙伴——与人亲善的性格帮了她，到哪里都交得上朋友——一伙小姑娘走过弄堂，满地铺开竹榻躺椅，简直插不进脚。穿出弄口，一阵凉风扑面而来，身上立刻滑爽了。是海上的风，沿着楼宇间的狭缝，溜过细长蜿蜒的直街，到了黄浦江面，激荡起来，将她们的裙子鼓成一朵花。江边防波堤几乎全被恋人占满，一个钻进去，臂肘顶开，然后一个一个进去，别人拿她们没办法，傲娇的蛮横的年龄。凭栏望远，风里灌满江水的咸腥，江鸥飞翔，带着一点亮，轮渡突突突驶过去，对岸黑压压的农田，几根大烟囱。对面人看过来，就能看到她们身上镶着光的轮廓，是城市之光。只要三分钱，三分钱怎么也省得下来，上学的公交车少乘两站，七分钱就变成四分钱；早点吃一根油条尽够了，省下一个咸大饼，又是三分钱；系辫子的玻璃丝，手帕，小塑料钱包，稍微紧一紧，三分钱买一个轮渡的筹子，就可以从浦西到浦东，再从浦东到浦西，随你几个来回。船到江心，回头看，殖民时期的欧式建筑呈弧度排列，石砌的塔楼，窗檐，廊柱，拱门，仿佛古代征战的工事，囚禁着抵抗失败的俘虏，失去王位的太子公主，野蛮人登上宝座，床幔里躺着压寨夫人……海关大钟敲响了，钟声是新政权的颂歌，旋律分解成单音，夜空中的拖尾，流星似的，消逝在天际，阁楼上闷热的睡眠由此添了梦境。当然，单靠这个是不足以支持的，袁燕有着相当务实的头脑，生来如此，还是生活造就。她明白，自己实际就是一个楔子，将父母在这城市里挤出去的空间重新再挤回来，艰苦是艰苦，她又不是生于斯长于斯，谈不上什么乡愁。上海给她另一种赠予，她的衣服鞋袜是上海产的；她家的菜肴是上海式的，什么都要放些糖；她多少是存心，说话尖团音不分，这让她和她们一家与众不同。遥望的光荣是一回事，身在其中又是一回事，正因为如此，她更珍惜大城市生活的价值。对上海后天培养的喜爱，使她很冷静地将它视作一种回报，回报她小小年纪寄居外亲的屈抑和惶遽。

高中毕业，袁燕考上大学，住进学生宿舍，但户口也随人迁出。前后脚的，表弟占住阁楼上她的床铺。表面上看，是退出来，事实上是更深地介入，她有了独立的身份，不再依附于人。外公外婆日渐苍老，更仰仗舅舅舅妈照顾，父亲母亲来上海，都落脚在袁燕的宿舍，母女合睡，父亲则到男生那边找一张空床。许多本地学生原则上住校，却宁愿走读，也要回家。除夕夜，在外公外婆家吃过团圆饭，三口人来到空荡荡的校区。万家灯火，春晚的歌舞声从窗口流出，汇合在城市上空，仿佛与他们无关。分离两年，时间不长，却是关键阶段，她从孩子长成大人，彼此变得生分，在一起，没太多的话说。她在心里向老天发誓，要替父母在上海垒个窝。大三那年，外公外婆家房子动迁，她听到消息即去居委、街道、拆迁办，出示原有户籍，并让邻居写证明信，她的户籍目前虽然归入学校，但实际是房屋的同住人。舅舅舅妈自然不情愿，可挡不住外甥女的一句话——大学毕业，她将合理合法回到原有户籍。同时呢，让渡名下一部分利益，要不是舅舅收留，怎么能进上海？她说。于是，得到一笔补偿款，加上父母的积蓄，还有她做家教的收入，多一点是一点。同学牵线，董家渡买下一间棚户，只八九平方，却是私房，想不到第二年又逢拆迁，这一回就得到一套一室户的简易工房。远虽远，但按照城区扩大的速度，很快就接近中心地带。父母提早办了退休，回到上海，她呢，公派美国。上世纪的九十年代，所有事情似乎都有着既定的步骤，自行错落次序，既不超前，也不落后，向着目标走去。目标也是既定的，潜在于行动之中，可以将它归为运势，但并不因此减免困难，这就要看你能不能克服。

袁燕决定回国，是有考虑的。她知道，"人生来平等"的美国，可说对移民最无偏见，但凡事都分先后，第一艘登临新大陆的"五月花号"，决定了英格兰天主教的首席位置，像他们这样非我族类，需从败势求优势，那就是母语和母国。周围的同学多有归去的意向，也多止于务虚，只有袁燕投出简历，大部没有消息，几次面试，都无疾而终。她并不失望，有当无的，一份一份地投寄，不期然间，接到聘任。立即辞去现职，收拾行李，带了小弟上路。当然，在谋求发展的大前提下，异域生活的沉闷也是不可忽略的因素。同时呢，中国正逢活跃的变革时代，上海既不是深圳的全新，又不是内地的古旧，恰正处于新旧交集，前生今世和未来衔接的节点。她不像根生土长的父母一代，对这城市有执念，而是抱客观的态度，能够充分认识其中的机遇。

自从将十六岁的女儿送去上海，父亲母亲就再不干预她的决定。回来上海，难免会有惋惜，他们还等着她结婚成家，和很多家长一样，去美国帮着带孙子呢！美国是个神奇的地方，寄予人们许多想象。但也称不上十分失望，女儿在身边终究有照应些，尤其是这样的女儿，有哪件事她看错做错过的？况且还带着一个毛脚。他们见过小弟几面,袁燕领去家里一次,外面吃饭又一次。他们都喜欢这个白面长身、轻声细语的男孩子。有同样的留学背景,重要的是他苦孩子出身,他们不愿高攀,儿女亲家如何交往?后来,男孩的姐姐上门拜访,更留下好印象。修国妹并不是成见中乡镇企业家的老板娘,满身名牌,披金戴银,当然,开了一部好车。他们不懂车,只看见这辆车的漂亮和干净,车里走出的人却很朴素。厚密的头发剪到齐耳,削薄的刘海下一双清澈的眼睛,显得年轻。白衬衫,牛仔裤,系带跑鞋,像一个女教师。后备厢里装满新鲜瓜蔬,自家腌制的腊肠咸鲞风鹅,还有一屉素馅包子,说是她自己蒸的,当场吃了两个,烫嘴。他们甚至觉得这姐姐比袁燕更像女儿。修国妹对他们也有一见如故之感,让她想起当年大队的下乡学生,上了岁数就是这般模样,从颠簸的日子过来,受许多煎熬。他们两人乘一班长江轮离开上海,因学校不同,落户地就也不同,上码头就分开,各在县辖底下南北两个公社。但两人都是乒乓球手,业余一级和业余二级,上世纪六十年代,全国上下大力推动乒乓球运动,于是就在县级比赛中碰面,然后结缘。说起年轻时候的往事,脸上有了神采,肤色光润起来,其实,他们不过比自己年长十来岁,半代人的差异,姻亲关系则是上下辈,她原本代表父母出面的。修国妹从做父亲的容貌看见袁燕的轮廓,端正的脸模子,下颔略略见方,显得有点硬,但唇型的曲线是柔和的。顾长的身材却随母亲,因父亲是中等偏低,想到乡里有俗话,爹矮矮一个,娘矮矮一窝,便很为袁燕庆幸,继承了双亲的优点。

后来,两人争相说话,结果母亲占上风,修国妹想,将来袁燕和小弟,大约也是这样的力量对比。母亲告诉她,他们替县乒乓球队打出成绩,升级地区队比赛,再借用到省队,但迟迟不能转成正式编制。你知道,体育是青春饭,她说,耽误不起时间,眼看小队员一茬一茬起来,他们不能在一棵树上吊死!赛事里度过的年头,已经错过几轮招工,于是,他们作了一个选择——修国妹认定出于女方,袁燕也像她,杀伐决断,是竞技运动之大要。他们毅然离开省队,回各自生产大队。原先的集体户凋零了,或去工厂,或推荐上大学,也有迁移走一去不来,这段日子,母亲脸上浮起红晕,总是他——指着父亲,三小时自行车路来她地方,再三小时车路回自己地方,有一回,河上的石桥冲塌了,就又多两个小时绕路,父亲插进嘴:幸好搭上一辆拖拉机!母亲又接过去:到的时候已经半夜,听到门响,同住的女生吓坏了,你知道,她看着修国妹,那女生一人的时候,常有痞子敲门呢!我知道,修国妹说。

半年后,大批次招工来临。这时候,他们的运动特长又用得上了,倒不是体育,而是文艺,文体一家嘛!事实上,也是一次杀伐决断。天长和江苏接壤,江苏和上海接壤,淮南则是安徽内陆,地理上远一步;但是,淮南煤矿开创于上世纪三十年代,总部设在上海,渊源上近一步。再有一项胜数,就是农业户口进入城镇,称得上改换门庭,你知道!我知道,修国妹说。没什么可犹豫的,双双去了淮南矿务局,一个在子弟中学教音体美,另一个,即袁燕的父亲,下到煤矿机械厂生产科,逢到系统职工乒乓大赛,分别代表学校和工厂出征。这时候,他们生疏了球艺,兴趣也淡了,渐渐退出,一个转任语文老师,一个改做供销。就在这一年头结婚，年尾生下袁燕。修国妹暗中一算，少小弟九年，心有触动，男女相差三、六、九，乡俗以为忌讳呢！再想，什么时代了，鬼都投胎做人，张建设又要笑话她老脑筋，随即放下。看跟前二位，就觉得袁燕这位新人类，和他们旧人通了款曲，变得亲近了。

应修国妹邀请，袁家父母来她家县城的别墅。小弟去接未来的岳父母，舟生接爷爷奶奶，孩子们向来这样称外公外婆。他这年十八岁，刚考得驾照，特别喜欢开车。园生本来要跟小舅一起去接人，修国妹不让，怕挤着了大人。先有些不悦，但很快过去，听母亲使唤搬这搬那，打点客人的食宿。这孩子性子忒好，让人又喜欢又担心，想她将来要嫁给什么人，能不受欺负。向晚时分，小弟的车到了，却没有袁燕，说公司加班，晚些自己来。修国妹难免介怀，自己的大事不上心，只推给别人。人多事多，忙起来便忘了。张建设自小失怙恃，没有亲家见面的环节，总归缺点什么，这回就可补上。又是家中的独子，两位老人分外重视，洗浴梳头，穿了新衣服，拘手拘脚的。好在燕子的爸妈岁数矮一截，合着长幼尊卑的礼数，恭顺得很，渐渐也放开了。张建设从来把修国妹家当自己家，老的是爹娘，小的是弟妹，担着长子的身份。经他做主，当晚是亲友会，关起门不对外，下一日才是订婚宴，摆在酒楼里。张建设的意思还是，说是家常饭也请厨师来办，修国妹却不同意了，坚持亲力亲为，让帮佣的女人打下手，又叫来大工做采办运输。凡师娘开口，大工他立时拍马赶到。食材都是新鲜，做法全是老土苕子。红泥炉子托着双耳陶罐，炖的红菜：走地鸡、四对猪蹄、鲍鱼海参；生铁架上铜铫子，是白汤：千岛湖的大鱼头、河蟹剁成两半两半、条虾、蛤蜊、蛏子；炭锅里是全家福：猪肚、鸡鸭血、蛋饺、鱼圆、肉圆、冻豆腐、白菜、粉条；鏊子上是烙饼，卷着馓子、炸酱、土豆丝、炒鸡蛋，无数小碟子间插在硬菜底下的空当里，臭豆子、老香干、酸萝卜、油辣子、芝麻盐、煮花生、腌蒜瓣，数不过来。在这乡下的桌面上头，是枝形吊灯，一周一周的花苞状的灯泡中间，一束水晶流苏，直垂下来。上海来客惊呆，想不到社会发展得神速。这小小的县城，不要说和大城市比，即便是美国白宫，他们从电影电视里没少见白宫，那塔状的素白的一座，里面又能如何？一路驱车过来，已经见识许多奇峻的建筑，黄金顶、紫琉璃、翘檐挂了铃铛、大红的斗拱、锥尖上立着一只五彩公鸡……都说上海是都会，把内地都叫成"巴子"，乡下人的意思，他们自己才是"巴子"呢！今天，"巴子"进城了。

酒和饮料是用小车子推上来的，那小车就像外国电影里的马车，高背、敞篷、车斗里各色各样的盛器，送到跟前，让自己选。他们哪里知道什么是什么，只觉得眼花。张建设说：喝来喝去，还是中国的白酒最称口！说着，拔出一支细颈瓷瓶，身子上写着"五粮液"，于是舒出一口气。等修国妹从锅灶忙完，落了座，这两人才有到家的心情。有她在，这晶莹剔透的天界方才回到人间，与他们有了关系。当然，张建设也很好，处处照应，且不显山不露水。比较他和他们，更可喜的是他和岳父母之间，并不多话，爷俩脸对脸接火点烟，吐出一口，回肠荡气的。喝酒呢，也不碰杯，举起来眼睛看眼睛，仰脖干了，互相照一下杯底，贴心！不是俗话说的"半子"，是"多年父子成兄弟"。难免联想起自己，那毛脚也很好，但不会成这样的翁姑。同时呢，也觉得女儿有眼光，会看人，不单看本人，还看背景。这样想，是因为亲家比女婿更让人满意。

酒热饭饱，主客稔熟起来，张建设说：看袁爸袁妈很年轻，身体也好，何不出来做点事！"袁爸袁妈"的称呼是港台的习俗，从电视剧和生意上的交游学来，用在这里很贴切，名分是两代人，年龄只在一半，不大好叫。袁爸笑道：我们都不是有大志向的人，年轻时或许有一点气性，也让生活磨没了，能回上海，有落脚地，有退休金，人生不过如此！张建设说：我并不是让二位发挥余热的意思，从早到晚，镇日守在家中，多少有点闷气。袁妈说：他不嫌闷气，天天去公园看人下棋，上午一班，下午一班！袁爸不服：开门七件事，都是我的业务，什么时候耽误过？袁妈也不服：开门七件，闭门可是无数，我又何曾耽误过？一句去，一句来，两口子永恒的对嘴，怨艾中小小的得意。正说着，袁燕到了，席上难免乱一阵，错落交替着起让，她就近挤在园生的末座，隔了桌面向对面的长辈们点一点头，修家的老人没什么，袁家的则欠了欠身子，收住口角，人们再纷纷落回原位。修国妹看出这家大的怕小，感情有些疏远，于是尽力周旋，不使冷场，无奈两位就此沉寂，激励不起来了。修国妹暗自叹息，不意间，桌底下有手伸过来握住她的，是袁妈的手，就知道对方领她的情。

再吃喝一轮，张建设对了袁爸说：若不嫌弃，助我一臂之力如何？袁爸木瞪瞪看他，不晓得正话还是反话。张建设接着说：袁爸是资深供销，公司就缺这样的角色，你想，整条船收进来，拆零了销出去，上家和下家中间穿针引线，走的是命门，自己家人才牢靠呢！只见袁爸的眼睛一点一点亮起来，脸也红了，袁妈的手在发烫。修国妹紧紧回握一下，喉头几乎哽住，心里为老公叫好，真是个知冷知热的人，又担得起肩胛。这话题看似新起，其实接着前茬，抬举了大人，也是给小的脸面。袁燕却不屑：我父亲——"父亲"二字让修国妹颇为刺耳，看她一眼，袁燕浑然不觉，兀自说下去，父亲做销售是上个世代，如今形势大变——张建设做出一个阻止的手势，未及出声，"父亲"抢先开口了：万变不离其宗，比如乒乓球，球、拍、赛规都有变化，可战略战术，还是进攻和防守！袁燕显然很少受爸妈抢白，涨红了脸，强笑着：乒乓是小球，真正衡量体育标准的是足球篮球。"父亲"也笑了：女儿，不要看不起爸爸，中美外交怎么开始的？乒乓球，小球推动大球！话扯得远了，却很机智，大家不禁鼓掌，事情就这么定了。

正式的订婚宴放在"水上人家"，张建设当年请姚老师就在那里，名号还是那个，形制已经大改。酒楼变成园林，绿树葱茏，原先有个水塘子，如今是一面湖，烟波浩渺，往东南连接到小溪河，小溪河至远可抵洪泽湖，那就没边了。餐厅分布在树林竹篱、亭台楼阁、湖心岛，他们包了一处水榭，额题"渔舟唱晚"，对面是人工垒砌的山崖，一匹瀑布直泻而下。廊下可垂钓，收获的鱼虾送到灶上现做。晚霞渐尽，渔火亮起，张建设凭栏望去，想起圣人的话："逝者如斯夫！不舍昼夜。"仿佛看见多少时间过去，瞬息之间，所谓白驹过隙。可人事变故，又沧海桑田，不可预测。拿姚老师说，跌宕起伏，眼看触底了，半年前保释出狱，究竟柳暗花明。此时此刻，带了妻女也在席上。书记大伯老两口，李爱社一家，是张建设的大媒，牛不喝水强按头结了婚，倒沉下心来，年前生了个小子，做父亲的人，就不敢乱来。张跃进的战友海鹰，早两年辞去公职，过到公司做了副总，媳妇就是中学同学，本来家里最看不上眼的一对，有出息的都忙事业去了，倚靠的还是身边人，这时，也跟着儿子儿媳来凑热闹。单这三家，就是一桌首席。次一桌是自己家。第三，公司里的人，不是头面上，都是贴身的庶务，比如大工；比如张建设的司机，即姚老师家的"四"；帮厨的女人；整理园子的花木匠，拖家带口全上了桌。

事先，修国妹迫着小弟穿西服、白衬衫，打领结。袁燕呢，穿的是一袭闪光缎的长裙，外面压了件宽肩窄袖的小西装，真是一对璧人，神仙眷侣。修国妹拥住他俩，推到袁家爸妈跟前，那爸妈不由退一下，表情有些瑟缩。张建设接过人来，送去未来的翁姑，这两位倒坦然得很，做父亲的在儿子后脑掴一掌：人模狗样！大家都乐，袁燕脸上也闪过一点笑影，遂又收起。别人没觉得什么，修国妹却感到不安，这个开朗的姑娘，今天晚上，不止今晚，还有前一日，甚至更早些，变得矜持，不像她了。座上人都在兴奋中，小孩子前后奔跑，争着投食给水里的鱼，青壮年开始划拳行令，老的叙起往昔，少不了称颂主人家的好光景。轰轰烈烈之下，修国妹也按捺心事，酒意上来，心跳得又轻又快，她坐不住了，一手持瓶一手端杯，穿梭敬酒。吉利的话想都不想，自己跃出口去，好比口吐莲花。最后，敬到张建设，换了个大杯，碰在面前人的杯沿上：张建

设，我们家的功臣，要是没有你，不会有我们的今天。我代我爹妈，弟妹，舟生园生，还有我自己，谢谢你！旁边的园生，她向来没见过母亲这样夸张的举止，皱起眉头：妈，你喝多了！众人这才感觉女主人确有些过量了，可在场的谁不是醺醺然，陶陶然，说话没个斤两。翻江倒海中，唯有一人，就像强台风的风眼，纹丝不动——修国妹汪着泪的眼睛里，人和物都在打转，围着圆心，袁燕的脸。她自知醉得不轻，心里却明镜似的，一清二白。之后，她足足睡了两天，方才驱散酒意，很奇怪的，那一点警醒也退去了，再想不起来。

按乡下人的公约，订婚比民政局登记还算数。小弟这边的彩礼自然不在话下，令人惊诧的是，袁燕那边，竟然拿出三十万的陪嫁。如她父母这样的阅历，不吃不喝，又能有多少结余？修国妹是从那日子过来的，晓得凭力气吃饭的有限。私下问小弟，小弟一脸懵懂。收，不落忍；推呢，怕伤人的自尊。最后还是收了，来日方长，从此就是一家人了，这么想，心里略好过一些。走了旧礼，再行新法。修国妹专去上海，约袁燕到卡地亚买一对戒指，铂金上镶细钻，另有一对纯金无装饰的，正式结婚再拿出来，由新人互相戴上。

这桩大事办妥，接下来考虑的是小弟的就业。拖了年把，上海外企那头显然不再预留位置，和燕子间的争端平息了，修国妹就是从这里估摸出形势。看起来像是燕子妥协，另一方面也可视作放弃。因此，和谐的局面就变得可疑。但是，不已经订婚了吗？修国妹对自己说。要紧的是，小弟必须要有个工作。最近便的，就是自家企业，以前不敢夸嘴，如今，他们大可称得上企业！张建设没二话的，立刻任命技

术部主任，无论电气工程、自动控制、计算机数据，都不出小弟的专业，转天就去上班。公司总部建在三河口，粮库的旧址，目前只是一幢三层水泥预制件的楼房，但业务十分繁忙，人进人出，车来车往，周遭的商业服务逐渐带动起来，就有了复兴的气象。从别墅过去，四十分钟车程，小弟先还勉强，拖延着，修国妹硬是将他送去按倒。三天打鱼两天晒网的过了一段，有些喜欢上了。姐夫罩着，手下人都服他管，又真有几手，见识过现代化的工业运作，不能全用，只那么一点点，也足够了，所以就是轻松的。天天回家，吃姐姐做的饭，高速没有覆盖全境，走的是公路，虽然颠簸，却有风景可看。最重要的一条，自家的公司，不必依仗袁燕。小弟再孱弱，也是独立的人格。就业的忙碌中，时间过去大半年，无论当事者还是局外人，忽然发现，这两人的婚礼，停止了进度，滞留原位。待后续跟上，再度纳入议事日程，不巧突发一件事，又延宕下来。谁也没预料到的，小妹回来了。

六

姐妹俩面对面站了一会儿，小的一跺脚，大的眼圈红了，紧接着，怀里塞进个包裹，低头一看，是个婴儿。密匝匝的眼毛盖着，嘴里含着个奶嘴，睡得没事人似的。

修国妹一肚子的问题，让这"包裹"堵回去了：这些年在哪里，做什么，过得如何，等等。回来的头几日，就在房里睡觉，包裹里除了人，还有奶粉奶瓶，纸尿裤，婴儿润肤液，所有行李都在这里。从孩子头皮上的胎脂看，刚足月的样子，食量却很大，眨巴眨巴眼，一满瓶奶就见底，吃饱就睡。母女俩像是欠了上辈子的觉，还都打呼噜，一声高一声低。小的进食还在顿上，大的就没个准了，白日黑夜，开门坐到餐桌跟前，也不说话，等着上吃的，好像住店的客人。有几次大的小的碰上饭点，做母亲的眼睛横过来，落在孩子身上，睡意惺忪里忽然闪出一道精光，霎时间又收回，继续低头在碗里，然后再进去睡。修国妹装没看见，心里宽一下，小妹再出格，也还有舐犊之情。孩子吃饱了，吐出奶嘴，看着喂她的人，睫毛展开一排翅子。修国妹觉得有点不对，又说不出什么不对，背脊上有点凉。把人抱到窗户边，日光底下，那一对滚圆的眸子，颜色变成很浅的黄褐色，好像夜里的猫眼。双睑很宽，撅起嘴唇，也是滚圆。真是个洋娃娃，修国妹暗自说道，紧接着被自己吓一跳。可不是吗？这娃娃是个洋种！修国妹胸口打鼓一般，怦怦地响。解开襁褓，胖乎乎的胳膊腿，小肚子，也是浅褐色。赶紧裹起，竟有些发怵。她离开窗口的亮地，走到小妹睡觉的房间，隔了门听见鼾声。怀里的小东西也睡熟了，排翅似的睫毛合上，投下一片阴影。这几天似乎又长大些，目前刮净胎毛，青森森的头皮又发茬了，隐约打着卷似的。修国妹茫茫然踱开，脊背上的凉意忽变成燥热，身上烫得很，原来人还抱在手上，沉甸甸的。放下在摇床里，还是园生小时睡的，从老房子搬别墅，一股脑儿卷来，想不到这时候用上了。

修国妹没有把这惊人的发现告诉人，现在，家里大多时间只有她和帮厨的女人，其余不是上班，就是上学，一律晨起暮归。张建设隔三岔五出远差，从一地到另一地。袁燕倒比往常回来勤了，除周末外，中间还会有一二宿。登记和婚礼继续延宕，其实办不办也无所谓，都当她是家里人，修国妹也不像过去那么守旧。偶尔想起，心里会顿一顿，但很快转到小妹身上，放下了。小妹结束这种日夜颠倒的沉睡，恢复三餐一觉。修国妹把孩子交还给她，看她喂食，洗涮，换尿布，还是负责的，却不见她哄逗嬉耍，连笑容都十分少见。倒是那种锐利的精光，时不时闪烁一下。不知觉中，修国妹也传染上了，她审视摇床里的人，带着一种苛责：这东西究竟从哪里来的？视线移向小妹，小妹转过脸，避开了。修国妹暗自冷笑，一个娘肚子里出来的，心连心，谁不知道彼此！

这一天，修国妹推进小妹的房间，看她收拾东西，不由一惊，脱口道：你要走！小妹抬头，两人又面对面，姐姐凄然想到，这几天的吃和睡还没养胖你！小妹的脸白得像纸，透得进光，鼻梁上暴出青筋。又想，月子里落下的根，再怎么养也难了。

姐姐，小妹开口了，都记不起小妹什么时候叫过她"姐"，口口声声"大妹妹""大妹妹"，生气的时候，则连名带姓"修国妹"，显得很严正。小妹咽了一下，接着说：姐姐是世界上最好的人！修国妹厉声道：你别给我来这一套！小妹叫道：姐姐总是让我们，帮我们，是我们心里的靠山！修国妹打断她：我才不要做"靠山"，难道欠你们什么吗？小妹强硬起来：你是大的，大的就要管小的！修国妹跟着嚷：你什么时候服过我管？你什么时候当我是大？小妹跺脚：当不当你大你就是大！修国妹也跺脚：你当你小？小妹连连跺脚：比你小，比你小！修国妹跺得更响：我当我的大，你当你的小，井水不犯河水。小妹回不上嘴，动手撕扯，修国妹用力一挣，小妹坐倒在地，号啕起来：帮我带孩子，帮我带一年，我保证领她走！修国妹气急道：人在跟前你都走得开，一年以后，你能来？小妹仰脸闭着眼睛，使劲地哭。修国妹的眼睛也湿了，依稀看见小小的小妹，和小弟争，争不赢；还窥视到那双小吊梢眼，掀起一下又合上，狡猾的小表情。眼睛干了，跟前是青黑的眼圈，凹陷的脸颊，发顶上竟然有几丝白。哭喊停止了，因为没力气，剩下激烈的抽搐，那身子薄得，纸片似的。时光流逝，童年的爱娇，终也抵不过人生遭际！眼泪下来了。两人静静地哭了一会儿，修国妹反手将门锁别上。

两条路由你自选，修国妹说，眼睛不往小妹看，凭声气知道那边渐渐平息下来。一条路，你走你的，但是必须把事情向爹妈交代清楚！我有什么事情？小妹哑着嗓子说。修国妹一笑：你很好，都是那冤孽的事，不能从石头缝里蹦出来！小妹回道：十月怀胎，肚子里落下的，老天爷的事！这强词夺理无疑是小妹特有，她倒不生气，反有点释然，过去的那人没有绝迹，回来了些，于是又笑了：南瓜还要扑个粉，天下万物哪一样不是出自于雌雄相合？也有单性遗传！修国妹说：那你就和咱爹妈说明白这个遗传道理。小妹翻了个白眼，还要强辩，被修国妹止住了：第二条路，什么也别说了，把人带走！小妹嗫嚅道：带哪里去？修国妹说：该去哪去哪！小妹不做声了。修国妹不禁有些得意，从小到大，从来没有钳制过这个妹妹，小弟也没有，他们向来都是输家。于是，到好就收，留下一句：不用现在回答，什么时候想好再说！跨过地上的包裹行李，出了房间。想了想，还是把门反锁，钥匙揣在口袋里。小妹不是个认理的人，倘若一味来蛮的，怕是挡不过她。

这一日的午饭和晚饭，都是帮厨的女人送进去，里面的人倒也安静，没有发生抵抗的行为。第二天安然度过，第三天也是，修国妹看出人已经辖制住了，便开了锁，却不敢走开，坐在底下餐桌边听动静。午后，大人小孩都歇着，修国妹有一时盹着，猛醒过来，对面是小妹的脸，相隔一张长桌，又远又近地看她，便将眼睛迎上去。两人都不开口，就像小孩子的游戏，"我们都是木头人，不许说话不许动"。最后，还是修国妹撑得住，小妹先说话。有没有商量！她说。当然，修国妹说，都是大人了，讲道理的。小妹移开眼睛看了窗外，庭院阳光下，晾竿上的衣衫在飘动，五颜六色，蝴蝶似的。小妹说：我要不走，你怎么和爹妈说？她用下巴颏点了点摇床的方向。修国妹眼睛不抬：地沟里拾的！小妹逼近一句：你拾的！这就是小妹，惯会甩锅。但紧要处依了自己，枝节让她一步又有何妨？好！她说。显见的小妹舒出一口气，心里冷笑，真让她走，她也没地方可走，不如顺坡下驴！这样，一大一小留下了。老家的爹妈过来，看到小妹，欢喜都来不及，来龙去脉就不问了。至于孩子，乡下人向有拾猫拾狗的习惯，拿命当命，见怪不怪。看那小东西哪里都是圆鼓鼓的，还取个小名叫"核桃"，至于大名，修国妹做主，姓她姓，是她拾的嘛！交一笔钱落下户籍，从此家中添个人口。

私下里，修国妹问了孩子出生日期，才知道，其实还在月子里。于是调羹做汤，从头补起，小妹的脸圆润起来。有一回，见她坐在院子的葡萄架下，树荫盖了一身，怀里裹着个东西，一拱一拱的，原来是小家伙在吸奶头。小妹早已经没奶水了，母女俩在过嘴瘾呢！修国妹悄悄退回屋子，没有揭穿，却生出欣慰，小嘴叨上奶头，就再甩不脱了。这是没人的时候，当了人面，走路都要绕道，十分嫌弃的样子。然而，做了母亲总是有改变，瞒得过别人，瞒不过修国妹。小妹的目光柔和了，不像过去，刀子一般。更重要的，母爱使她快乐起来，跟着随身听唱歌，神情怡然。她唱的多是粤语和英语，略微透露一点过往经历的信息。姐妹单独相向，会讨论孩子的未来，说未来太远大，只是眼下的一日一日，许多问题接踵而至。比如，开口说话怎么叫人？讨论的结果是，叫修国妹"妈妈"，小妹是"小姨"，舟生园生即"哥哥"和"姐姐"，张建设呢，就是"爸爸"。说到此，小妹严正了脸色，看着姐姐，问出一句话：姐夫知道？修国妹反问：你说呢？小妹被问倒了，别过脸去。修国妹想，到底有她难堪的一节。张建设在小妹，至少是一半的父亲，真正的父亲她可是不忌惮的，任着性子坑蒙拐骗。既然话说到这里，修国妹就建议，等张建设在家，一并谈谈小妹的前途。姐姐说，晓得你在社会上有自己的人脉，但比不上自己家的人，路是窄些，心是诚的！很少有的，小妹没有回嘴。

这天晚上，将闲人驱出去，三人坐齐了。小妹佯装不在意，其实是有些局促，到家后头一回与姐夫面对面。修国妹和张建设相视一眼，想的是同一件事，终于把这人拿下了。停了停，张建设哈哈笑起来，修国妹问笑什么呢？张建设说，许多年前，他和小弟小妹三人在蚌埠，正要进酒店，迎头撞上一伙老外，只听对方口口声声的"索来索来"——小妹你还记得？小妹点头，脸色却很茫然，不知道如何说起这事。张建设接着往下说：以为骂我们挡路，其实呢，是"对不住"的意思！修国妹倒第一

161

次听说，笑道：要反过来，骂你们当客气话，才尴尬！可不是，张建设对了小妹：所以，读书少就吃亏，我顶羡慕你们这些受过教育的人，我和你姐姐没碰上好时候，只能拼力气！小妹说：姐夫你可不是靠力气拼的，你有好头脑。张建设认真道：一个好汉还要三个帮呢，现在有你姐姐，你哥哥，加上你，就满三个了。修国妹伸手揉小妹一把：听出来吗？有戏！小妹梗起脖子：还没说完呢，到底谁帮谁！张建设说：你帮我！小妹回过去：姐夫就是好汉啰！修国妹在她头顶掴一掌，张建设宣布：面试通过，聘任法务部主任。小妹住嘴了，有些惊呆，事情这么简单。张建设又说：照理和你哥哥平级，但他多做了两年，待遇高你一成，以后看业绩再调。这两人没回过神来，那边一拍案：散会！

修国妹暗自吐一口气，小妹是个没定性的人，难保她从此安分，但眼下总归有了着落，过一日算一日。好在她有软肋，就是核桃，天下儿女都是父母的软肋，但谁知道小妹是不是天下的人呢？权且当她是吧，就不怕降伏不了。稍稍定心，却又隐隐有另一种不安，现在，他们全家都拴在一条船上了！可是，这不就是家族企业吗？她对自己说，多少释然了。

小妹上班头一桩事是学开车。修国妹送她去报名、注册、缴费、认师——自己考驾照时候的同一位。原来国企的货卡司机，关停并转后开了一爿驾校，那阵子，随着汽车工业勃兴，驾校遍地开花，经过几轮竞争，大浪淘沙，出局了。卖了营业牌照，也不去别处，就在易主的生意里做教练，老东家给新东家打工，多少是存心，让人不自在。但手艺好呀！他向学员吹牛，当年学车，底座架起，轮盘空转，就是三个月！看小妹跟了师傅去，那背影是驯服的，驯服得叫人起疑。修国妹骂自己神经过敏，转身坐回车里。返程路上，从三河口作业区绕一下，远远的，只看见一片扬尘，遮暗了日头。与河滩地平行一二里路，才渐渐走出去，回到清朗的天地间。张建设的事业真的做大了，大到她都不敢看，远超出她的眼界。张建设和她说起生意上的事情，已经听不懂了。但是，放眼望去，哪里不是日新月异？昨天这样，明天就是那样，他们还不算什么，一路下去，皖南、苏北、苏南、浙北、浙西、浦东，可说越演越烈。她都想不起原先的地貌和作物，以及天际线，连同她自己，想起来也是惘然。

顺遂的日子总是过得快，核桃一天一天长大，顶着一头羊毛似的鬈发。修国妹极力梳平，紧紧扎两个小辫，沿额角别上一溜发卡，看着她浅褐色的瞳仁，想：这到底是谁啊！孩子笑得咯咯响，打个鱼挺，险些蹿出去。修国妹感觉到她的力气，暗自说了声：野种！被自己吓住了。园生的同学来玩，自从有了核桃，那些小女生来得勤多了，争相抱她，十分抢手。小孩子都是人来疯，这一个又格外爱热闹，动静特别大。小姑娘喊她"洋娃娃"，让修国妹听见，心又是别地一跳，仿佛道破玄机。她对园生说：以后少让同学来。园生问：为什么？园生近视镜片后面的小细眼，开阔的眉间，鼻翼两侧，哪里都显出宽扁，核桃则是凸凹有致。修国妹认识到不同人种的差异，基本可分作两类，一种平面，一种立体。这是外部，内部呢，就体现在性格上了。落实到园生与核桃，前者和缓，甚至有些怠惰；核桃则是躁急，随着年龄增长，这样的异禀将越发显现。虽然是"拾"来，为什么别人家拾不来，偏偏是她们家？这么想，就钻牛角尖了，但修国妹已经刹不住车，她紧张兮兮，疑窦丛生。先当帮厨的女人泄漏出去什么，她可是亲眼看见小妹带核桃回来的，第二天找个由头打发了。再然后，轮到袁燕。燕子这一向回来得不怎么规律，有时候两三礼拜看不见，又有时，比如近几日，则反过来，天天来，替舟生申请美国大学，帮忙填各种表格。舟生挺喜欢这位舅妈，"舅妈"两个字又让她想到，两人的婚宴拖延下来，始终没办。这念头闪一下即过去，因有更迫切的事端。核桃的来历连小弟都蒙在鼓里，燕子也从不问，就是这一点让人不安！分明有所察觉，为避免难堪，索性沉默。有谁聪明得过她！修国妹看着吊灯底下的两个人，埋头在一桌面的表格，偶尔吐几个外国字。燕子忽抬起头，转向修国妹：姐姐你和我说话吗？意识到自己出了声，且不知道说的什么，窘极了。遮掩着，起身端茶送到桌上，不料舟生叫起来：拿走拿走，水洒下来了！燕子斥责舟生：怎么和妈妈说话的！修国妹端回茶杯，生出些妒意，好像儿子归了人家。有了这成见，燕子的嫌疑就更重了。事实上，燕子不知道是假，不在乎是真。在她这代人，又是出过国，并不以为单亲妈妈稀罕，只是看见全家口风闭得铁紧，才当不知道。

修国妹想到搬家，搬去哪里？芜湖。早几年，舟生在常州读书，为方便接，市区里曾买过一套公寓，基本空关，供公司里人出差时候落脚打尖。事实上，住酒店更便捷，极少用得上。不如出手，添些钱在市郊买一幢别墅。张建设也赞成，并不因为核桃，核桃算什么事？谁爱嚼舌头谁嚼去，他的心意是在发展。内河里的船家，终年在水网周转，那些无名的支流，纵横交错，汉口套汉口，够几辈人进来出去，倘若天人合一，逢得机缘——他说起那年送小弟上学，在蚌埠淮河大坝的夜晚，星月满天，坝脚下是乌泱泱的黑水，腾腾地奔流，流去哪里？洪泽湖、高邮湖、邵伯湖、邗江，那就是入了经籍的水系，再要天人合一，就到了长江。长江，是一次大机缘，所以叫作"天堑"。不说山海，只说省界：江苏、安徽、江西、湖北、湖南、重庆，沿途又分出干流，向西有汉江、乌江，向东呢，黄浦江，黄浦江的造化就大了，直向东海……修国妹听张建设说话，好像第一次认识他，这是谁啊？心这么高，都飞到天上去了！

接着就是找房子，江北新开发的工业园区，房地产跟紧旺起来。大小中介来不及开门店，举着牌子直接站在高架匝道底下，稍流露些意思，立即跨上摩托，引了去看房。所谓看房，其实看的是工地。打夯机轰隆隆震得耳朵疼，塔吊悬在头顶来往，戴了安全帽，危险地攀爬在没有扶栏的水泥墩。手脚并用登上楼顶平台，直起腰，看见前方白茫茫一条，有汽笛声传来，顿时心情疏朗。这就是张建设神往的长江，气象宏大，内河不可同日而语。船上长大的人，总是和水亲，此时，仿佛回了家。她摘下安全帽，风吹乱头发。那风走过远路，将细碎分散的能量收集起来，变得浩荡，可气味是一样的，带着泥土和青苗的气味。中介的年轻人，穿一身黑西装，脚上的白跑鞋粘了泥灰，顶着蓝黄相间的头盔。这一带，遍地跑着这样的铁骑兵。他不明白这个客户为什么要上房顶，上了就不下来，"阿姨阿姨"地喊她，絮絮叨叨着客厅、卧室、卫浴、前后花园。她一句听不见，满耳都是风声，江鸥的扑翅和鸣叫。

终于，修国妹转过身来，问什么时候交房？犹犹豫豫说了个日子，晓得他也不能做主，便不再为难，说声"好"，探着路下楼。已经到饭点，工地没有人了，机械停歇，静寂中，好像换了人间。她这才注意四周环境，房屋间距，空地面积，还查看水泥型号，钢筋粗细，地基的深度，他就知道不是一般的"阿姨"。本来不指望买卖成交，多少次看房都是没结果，这就叫作概率，不料想"阿姨"要约下定的时间，简直喜出望外，小脸涨得通红。一句话的工夫，万事大吉，铁骑兵跨上摩托，鸟一样飞走了。修国妹踏着满地的瓦砾沙土，走回自己的车，忽然"噗嗤"笑出来，从什么时候开始的，买房就像买白菜萝卜，提起来就扔进篮子，做梦似的，恍惚里，一个自己看着另一个自己。她坐进车，点火发动，开走了。

现在，她要去公寓看看。张建设的意思，卖它不如等着它升值。沿长江一带，前景向好，就这几年，房价翻倍不止。再说，手里的活钱足够全款付清。修国妹倒不因为吝惜钱，只是觉得造孽，心里不安，房子不是白菜萝卜，"白菜萝卜"又来了，自己真是个过时的人！张建设说，他不是钱不当钱，而是看得透钱的物性，其实是个活物，会缩水，会起泡，"通货膨胀""泡沫经济"就是从这里来的，唯有不动产可以和通胀赛跑。这就不是修国妹懂的了。还是回到具体的现实，那就是，房子要人气顶，一旦空下来，便颓圮了。张建设又和她解释不动产的本质，比如房子，价值主要在地，而不是地上物，水泥、钢筋、砖瓦，要多少有多少，地却只少不多，俗话不是说物以稀为贵？这道理修国妹是懂的，他们水上人家向来对土地怀有崇敬的心，可是转化为"投资""增值"一类的概念，又茫然起来。她务实地想到，这么几处房子，单是收拾都顾不过来呢！张建设没话说了，就是笑。讨论到这里，决定卖是要卖，但不必急赶着，非抢在买别墅之前，再说，也要等出价合适对不对？

修国妹好久没去公寓了，小区甬道上的停车明显多了，几乎占了一半，余下的勉强容纳两车交会。水池干涸了，露出生锈的喷水眼。树木有日子没打理了，变得凋敝，草坪则裸出褐色的泥土。巡视的保安也看不见了，只有拾荒者在垃圾箱里搜拣。零落几处阳台晾晒着衣物，在风中飘荡，原本居家的温馨，反增添了冷清。走进单元门洞，谁家门里传出油锅爆炒的声音和气味，稍许驱散些荒芜。修国妹家的公寓在顶层，走上去，两边的公寓多是紧闭，金属的镂花拉起蛛网。看起来，大部分房屋空关，她不也是吗？业主们，就像张建设说的，是为投资置产。走到自家门前，掏出钥匙开锁，推进去，面前陡的大光明，睁不开眼睛。向南一排玻璃幕墙，正对着正午的日头。在玄关换了鞋，走上晶亮的柚木地板，湖面似的倒映着投影。墙角的沙发蒙了布单子，揭开来，掀起一片细尘，在空中打着细小的旋。餐桌上一层薄灰，抹一把，手上却是干净的，是漆水的反光。卧室拉着双层窗帘，眼前忽然黑下来，适应几分钟，橱柜床具渐渐浮凸轮廓。她摸到壁上的开关，灯亮下生出一点夜色，翠蓝底金银撒花的床罩，踏脚地毯的波斯图案，乳白镶金的梳妆台，荷叶卷边的镜子里的修国妹，又仿佛一个自己看着另一个自己。赶紧退出去。走到次卧，按惯例设计成儿童房，其实舟生已经是少年了。一应用物全是原木颜色，涂了清漆，透出纹理和疤节,想象中的森林小木屋。她和舟生总起来算,不过住过三五夜,一切都是簇新,真舍不得出手呢!留给园生结婚用?想到这里,都要笑出声来,这园生年纪小不说,还开窍晚,什么时候嫁人?到她嫁人社会又不知变成什么样。一个人在房子里穿梭,浴室的地砖壁砖三件套,全是白陶瓷,雪洞似的,生冷生冷。打开热水器,放些水,雾气起来,漫出些暖意。厨房是不锈钢主打,散发出兵器的刀光剑影。找到一包方便面,水在锅里沸腾,面块带着调料一并沉下去,辛辣鲜浓的香气顿时弥散开来。她合上锅盖,又一遍想,房子要人气顶呢!

回去之后,和张建设商量,要不,先住到公寓,慢慢等别墅交房。张建设说,有这么着急吗?修国妹说:这核桃见风长,转眼听得懂人话。张建设笑起来:未必,我看她憨得很,只园生一半,舟生的百分之一!修国妹听他贬核桃不够,顺带把园生也捎带进去,讥诮道:你儿子天下第一!不是你的儿子吗?张建设反问。园生不是你女儿?修国妹也反问。当然,张建设答。静下来,再又缓缓道:女孩子家,笨一点是她的福气。修国妹说:你指我的吧!张建设说:你又不笨!可是我福气好啊!修国妹认真起来,两只杏眼睁得溜圆,看着对面的人。那人禁不住又笑起来:福气好吗?好在哪里?修国妹越发认真:跟了你就是福气!那人正了神色,肃然道:是我的福气。说到此处,两人都有些激动,还有些窘,因流露感情感到害羞。夫妻间就是这样,时久天长,越发怯于谈爱。收起话题,两人分头做各自的庶务,搬家的事暂且搁置了。

舟生的事按部就班,先收到学校的录取,正是小弟和袁燕就读的那一所,然后申请护照签证,租房子,订机票,兑换货币。几乎袁燕一手操办,修国妹只是置办行李。小弟出国的携带,也是她收拾打点。那时候,没几家做西装的店铺,都是买的现成,面料也不对,穿起来像乡镇企业老板——他们家可不是乡下人出身的老板?现在不同了,她带舟生到上海老锦江的礼服店定制,其中有一套燕尾服,却被否了。袁燕说西装其实是商务职员的工作服,燕尾服出席的大场面,别说留学生,一般人都接触不到。舟生不愿要了,修国妹怎么肯由他,母子僵持不下,最后解铃还须系铃人,袁燕发话,说不定呢,导师的生日,婚礼,音乐会,教堂……好,带上黑色三件套,其余留下。做父亲的,别的没意见,唯有一件,就是鞋,绝不退让。于是,单的,棉的,室内室外,山地雪地,运动休闲,张跃进伸出窟窿的脚指头,是永不泯灭的痛楚。这些鞋也是袁燕帮着挑的,修国妹装箱打包,不免要想,这鞋里的心结,燕子知道吗?临近出发的日子,袁燕向总公司争取到一项差事,正好与舟生同行,多少缓解旅途上的挂虑。小弟当年出国是二十五岁,舟生才满十五,修国妹难免要生悔意,可她一己之力怎么挡得住时代潮流?少年人但凡有可能,都往国外读书,赶早不赶晚,原先是读研,后来是本科、中学、小学,更急的,娘肚子里就跑了去,等着落地。到了机场,她虽不舍,还撑得住,想不到的是张建设,舟生进海关那一刻,竟落泪了。她还没见过他落泪,只见他一手掩面,另一手挥赶着,一叠声地说:快走快走!看舟生和袁燕前后相跟走向关口,排进出境的长队,不期然间,又一次想到,儿子不是自己的,归了别人。这别人不是那别人,是孩子的舅母,自己的弟媳,可是,真的是吗?她几乎不能肯定了。

小弟和袁燕的事涌上心头,驱散了舟生离开的伤感,但也是折磨人的。正狐疑不安,张建设提出一个建议,这建议从某种方面确定了那两个的事实婚姻。张建设说,是不是让袁燕的父母搬到芜湖的市区公寓住。修国妹说,从上海搬到三线城市,人家愿不愿意。张建设说,上海也分三六九等,他们的房子像个柴棚。修国妹说:你去过他家啦?这话出口,两人都吓一跳似的顿住了,停一停,张建设回道:不是听你说的?修国妹依稀记起自己向家里人描述过那一次造访。张建设解释:公司总部早晚落地沿江城市,袁爸跑业务也方便些!修国妹不做声了,房子有人住好过无人住,住的又不是外人,是亲家。不久,袁爸袁妈就搬了过去,上海的房子出租,每月得几百元租金,虽然经济已经不是问题,但这不就是过日子吗?搬家公司的车上卸下的,也是过日子的杂碎,拆下的纱窗,油毛毡,那藤条箱大约是从下乡时候用起的,甚至还有一把生煤炉的蒲扇,连修国妹都觉着多余,心底又有一点感动。眼看着公寓被填满,原先的流光溢彩暗淡下来,同时呢,有了烟火气。修国妹和小弟帮忙收拾,中午,袁妈摆了一桌饭菜,有现烧的,也有事先备下,随车带来,天晓得她是端着一锅鸡汤。吃饭时,就要提到去美国的袁燕舟生。袁爸问小弟为什么不一起去玩玩?小弟的回答,令在座人很意外,他说:那地方我再不要看它一眼!修国妹这就知道小弟的留学经历并不那么愉快,要不是袁燕,他是下不了决心回来的。

安顿下袁家父母,姐弟俩驱车返回。先在市中心盘旋,红绿灯闪烁,身前身后车水马龙,小弟说:这和美国有什么两样!好不容易绕到匝道,经环线上了高架,从高楼齐腰驶过,看得见窗户里昼夜开着的白炽灯,人行天桥到了脚底,就这么将城区抛在下面了。小弟又一次说:和美国有什么两样!他变得飞扬,这大约是美国唯一的馈赠,速度。他喜欢驾车,再长的车程也不会生倦。身居技术部主任,本该人家替他开车,可他还替人家开,送这送那。无事的时候,一个人漫游,随机上一个匝口,沿高速而去,去到不知什么地方。反复变道,总能回到出发的地方。修国妹说:美国总有一点好处吧!他回答:有,高速公路,我们也有了。修国妹就没有话了。姐弟俩向来说得少,做得多,有一颗贴己的心。和小妹正相反,来去都在口舌上,却隔着肚肠。但是说到了汽车,小弟有些停不下来,他接着说:美国人是汽车人——这话怎么说?修国妹不禁也来了兴致,紧着问道。有一回,从芝加哥回学校,下了高速,车忽然熄火了,路边是一座教堂,对了,是个礼拜日,一群教民做完弥撒走出来,你知道,他对姐姐说,美国人,尤其美国男人,决不能看见一辆车停着不走的,于是,趋向前来,帮着检查,结论是必须送汽修厂,你猜怎么着?修国妹说不知道。大家一起推车走,沿途不断有人参加进来,推了两公里,一直推到地方。两人笑起来,修国妹说:看起来,美国的好处还不少!小弟点头又摇头,不知同意还是不同意。姐弟俩难得这么畅快地聊天,所以都很快乐。

汽车走在高速公路上,飞越过无数河流:襄河、沙河、女沙河、池河、小溪河、沭河……从半空中往下看,它们变得多么小;船呢,玩意儿似的,里面的人在过家家,有爸爸妈妈,兄弟姐妹,摆桌吃饭,安床睡觉。她就是在这片水域里出生长大,昼行夜泊,想起来就像上辈子的事,其实呢,不过十数年的工夫!不要说她们姐弟,连舟生,不也是叫舟生吗?现在,舟生去到美国,那个公路和汽车的国家。小弟的话匣子打开了:在我看起来,世界上所有人,不论男女老幼,就分两类:一类喜欢美国,我就叫他们"新人类";一类不喜欢美国,叫"旧人类"。修国妹觉得这说法很有趣,有意探讨:比如——小弟说:我和你是旧人类,小妹新人类。修国妹说:小妹并没有去过美国。小弟说:不论去没去过的!修国妹接着问:舟生呢?小弟说:舟生还小,没定性,显不出来,好比初生的鸡雏,不辨雌雄!修国妹大笑,想不到小弟也是风趣的,笑过了,问出一句心存很久的话:袁燕属哪一种人类?小弟没有立刻回答,方才的活泼收起了,正色道:我倒没有把她归进去呢!后半段路程是在沉默中走完,两人都没再说话。

七

核桃一岁半的时候,新别墅交付了。围绕她的闲话,早平息下来,坊间自有一种吸纳异质的能力,尤其小孩子最没成见,外边人看着稀罕,叫一声"小外国人",四周的小朋友就一叠声喊起来:中国人,中国人!但搬家已成定势,不止为核桃,张建设的拆船公司也在芜湖市里租下几层写字楼,供企划、法务、销售几个部门办公。小妹搬过去,小弟留在三河不动,园生还有半年高中,不愿意中途转学,也不动。修国妹到乡下动员爹妈搬进城,生活便利,又好照顾小的。前一条理由不被认可,后一条很有说服力,就依了。修国妹想的是把小院退给村委,书记大伯说不容易得来,手续都全了,不定哪天用得上,暂且就托大伯看管。收下一季瓜菜,满满塞了两辆车,一并开进城里老别墅。原先的帮佣打发了,老人家不惯差使人,样样都要自己来,这一桩,就依了他们。隔日,修国妹便和小妹核桃去到芜湖的新别墅。

搬迁的日子里,张跃进转业回来,军队到地方,按规定降半级,在行署教育部门任科长。走的时候一个人,回来一家三口,媳妇是部队驻地的居民,原籍湖南,父母是当年农垦的场工,自己读了师范,子弟小学做老师,如今转到地市中学。修国妹以为两口子中至少有一个会在自家的企业里谋个要职,有些担心小叔小婶生隙,张建设沉吟道:美国洛杉矶是高速公路上的城市,以车代步,有不成文的规矩,一家人不乘一架车!你的意思是——修国妹问——鸡蛋不能放一个篮子。就是这个意思。修国妹释然了些,又好笑道:好像你去过洛杉矶似的!张建设就笑笑。张跃进的女儿比园生小两岁,初中一年级,沿着哥哥家孩子的起名习惯,叫作疆生。也许水土的关系,长得有几分维族人的模样,眼睫很浓,一双大眼睛,和核桃一起,好像亲姐妹。多少因为这个,修国妹很欢迎她来玩,园生周末过来,阶梯般一溜姑娘,领着上街看电影买东西吃麦当劳,众人眼里一个幸福的母亲。

公司分部开张,凑着十周年的日子,举办庆典。从装修起,张建设就不让去现场,说要给个惊喜。修国妹按捺不住,开车到写字楼下,玻璃幕墙上张了篷布,透出灯光。后面的车摁着喇叭催促快走,绕个圈回来,还是那样,篷布后面的灯光,汽车喇叭大作，索性放弃探究，只等那一日来临，揭开谜底。再说啦，她也藏着个惊喜呢，看谁的惊喜胜一筹！好像回到小时候，和弟妹玩耍，此刻则带有闺中戏的意思。他们真是配着了，多年夫妻，彼此都无倦意。这一段时间，又好过又难捱，仿佛出阁前夕，甜蜜的不安。幸亏时不时地打岔，转移些注意力。舟生回来度圣诞假，修国妹想起小弟留学的时候，家境不像现在，哪里能说回就回？袁燕从上海带来一棵雪松，于是就有了圣诞树。平安夜，小孩子都来了，除自家的几个，李爱社的一个，海鹰的一个，园生的同学，姚老师女儿的孩子，与核桃一般大小，客厅地毯上坐满了。上海的蛋糕点心，铺了一桌，最受欢迎的却是修国妹的麻叶，面皮上撒了芝麻盐，油锅里炸出来，一笤一笤，没个够。吵着要过通宵，未到子时就都睡着了，喊起大的，抱走小的，留宿的留宿，回家的回家，瞬间走空，余下一地糖纸、礼品的包装、圣诞树的彩带挂饰，小孩子的玩具车。修国妹一件件拾起，归置在墙根，免得第二天早上绊了脚。见沙发后面横着一卷包裹，俯身细看，原来是舟生，蒙了沙发上的毛毡。想叫他起来上床睡，又怕扰了觉，就不动他。静夜里，听得见他的鼻息，细细的，小猫似的。这么长大的一个人，还是她的小儿子，骨肉连着骨肉，心连心！

到那日子，修国妹带了袁爸袁妈，踏进大楼，升降机电掣一般，耳边呼呼的风响，停下，开门，站在了中央圆厅。挑空三层，玻璃穹顶上蓝天白云，底下一个平台，停一艘木船，外壳漆水斑驳，挂着几缕水草。走近去，看后舱压着货包，前舱檐下，甲板支着案桌，桌上有酒有菜，人却不知去哪里了。修国妹想，这情形好生眼熟，分明在哪里见过，陡然间，视线模糊起来，恍惚间，饭桌边有了两个人，一个是爹，一个是张建设，正交接自己的终身大事。她抬手抹一把脸，人不见了，看得更清，那不是从小长大然后出阁走的水上屋吗！她叫一声：张建设！喉头哽住了。众人都鼓起掌来，穹顶下弹出一串气球，五色缤纷。她给张建设的贺礼在庆典结尾时亮出，是一具船钟。早年张建设从蚌埠旧货市场买来，又从旧船拆下，张建设自己大概都忘了，修国妹却一直收着，几度搬家都留下来了。事先，专去上海找了个亨得利钟表店的老师傅，换了表芯，擦拭一新。这一回，轮到张建设湿了眼眶。

千禧年轰轰烈烈来临，这具有天象意味的转折，落实在修国妹的纪年，那就是核桃四岁；园生升高三，备考大学；舟生呢，在美国提前完成本科学历，去到另一所学校读研；小妹三十七岁，大约因为前一段感情挫折，至今单身未婚；小弟三十九，袁燕三十，保持现状，既没有登记，也没有办酒，过着两地通勤的同居生活——修国妹想，如果有了孩子，兴许可推进事态？可是袁燕并没有受孕的迹象。

现在，袁燕来芜湖的时间多了，人家的父母在这里呢！再则，也给公司帮点忙。小弟还是在三河上班，住县城的老别墅，独享爹妈的照顾。没有小妹争宠，也没大姐的管束，倒十分自在。乡下人讲虚岁，三十九当四十，就是半大的生辰，姐夫送他一辆雪铁龙吉普，很中他的心意。一踩油门来了，再一踩走了，到底是和姐姐亲，和老的吃饭穿衣是好的，但是有什么话说呢？这一段，袁燕替公司争得一个大单，美国军用运输船。张建设很看重这笔生意，倒不是多大的进账，而是意味着开拓海外市场。所以，决定随袁燕同往，亲自谈判。舟生在相邻的大学城，也召过去，已经到了熟悉业务的时候，将来这一切都是他的！再加上小妹，就像多年前，送小弟去省城上大学，小妹非跟着去不可，她总是被外面的世界吸引。不过这回是姐夫主动安排，法务部主任嘛！三个人走后，家里剩下修国妹和园生核桃，小弟来了，就载上她们兜风，都能开到上海，住个一两夜。核桃骑坐在舅舅的脖颈，园生和妈妈跟在身后，她高出修国妹个头顶了，一行四人走过南京路步行街。江风浩荡，载着万点灯火，一层层过来。核桃挣着下地，在防波堤观景台疯跑，园生前后堵截，两人的衣裙在风中，蝉翼般的透明。修国妹和小弟凭栏望着远处的渡船，亮晶晶的小窗格子里，飘出乐声。他们就像一家人，是的，他们本就是一家人，美国那边的人，也是一家人！修国妹暗暗一惊，她想到哪里去了啊！在这璀璨的天地间，人都变得有点不像。小弟的衬衫吹得顺风篷似的，下摆抽出裤腰，她看到一个开始发福的中年人。观景台上人越来越多，大半是游客装束，也有附近的居民，穿着睡衣拖鞋，大小几口，居家的安详平和。这才是一家人呢！修国妹想，胸口别别地跳。

美国一行人回来了，谈判很成功，张建设什么时候不成功了？因为时差，还有亢奋的情绪，他白天黑夜不能入睡。修国妹凌晨醒来，听客厅里的踱步声，裹件衣服下楼，看张建设在绕圈走路，走得很急。头发洗过，没有梳平，此时乍起来，就像一头困兽。修国妹叫他，倒把他吓着了，原地一跳，回头看她，眼睛灼亮，她不由也一惊。有几分钟时间，两人屏气站着，仿佛要重新认识。他舒一口气，她接着缓下来，问吃点热乎的怎么样。他先摇头，是觉得不对症，再点头，反正闲着也是闲着。她转进厨房，点火煮水，打进四个鸡蛋，加两勺白糖，端上桌。他说声"谢谢"，她笑道：这么客气！他也笑：美国人的做派，时不时的，谢谢，谢谢，说溜嘴了，到机场踩了老太太的鞋，应该说对不起，出口还是谢谢！她嗤鼻道：美国真厉害，十来天工夫，就叫人改性情！自觉得出言促狭，便换了话题，问舟生怎么样，能派上用场吗？张建设的脑袋在碗口上摆了摆：傻！怎么会！修国妹不服。张建设说：古人有言，"橘生淮南则为橘，生于淮北则为枳"，就是这个道理。她不禁好奇了：美国人傻吗？他又说：我们乡下人也有话，"人大愣，狗大呆，包子大了都是菜"，说的就是那地场的人！她紧追着问：到底怎么个傻？他放下吃空的碗，靠到椅背上，热食使人放松，变得慵懒：就说吃饭，中国餐馆也学洋人，单人单份的客饭。两个美国人，照理各点一种，凑成两个菜式。他们不，面对面，一人一盘红烧肉！她同意说：是有些愣。舟生也学得这脑筋——说到这里，张建设又气又笑：燕子带给他几张碟片，我也不懂，什么"重金属"，是他喜欢的，不想就像烫了手似的，说是盗版碟，触犯法律！修国妹大笑起来，舟生拒绝袁燕的东西，格外让她开心。因笑得太放肆，张建设诧异地看向她，这才止住。此时，两人之间忽然一阵透亮，窗户纸似的。晨曦照进来，映暗了厅里的灯。修国妹伸开双臂，朝天打个哈欠，起身回房间继续睡觉。

园生高考一日一日临近。她不像哥哥天资聪慧，又是女孩，家人的期望不高，在普通中学读书，没经历压榨式的应试训练。性格散漫自由，其实未必坏处，但晋升晋第的社会主流，却不是少年人抵挡得了。从县中到芜湖高中，学校和学业都是新人新事，需从头来起，大概还和青春期叛逆有关，园生忽变得进取。可基础就是那样，方法也欠科学，周围都是拼搏的人，更上一层楼谈何容易。每逢模拟考排名，或因位置前移兴奋，反之沮丧。压力刺激内分泌，在她这样丰腴的体质就是肥胖，于是又多了一个问题，每天都要过磅，减则喜，增则恼。她迁怒母亲的基因，为什么非遗传给她，哥哥却继承父亲。继而是，哥哥上重点中学，自己没有。事情迅速演变成分配不公，性别歧视，不是吗？妈妈总是说，没关系没关系，上了大专又怎么样？你这话敢对舟生说！园生顶撞道，连"哥哥"的称呼都没有了。近视镜片后面的小细眼鼓着一包泪，更显得肿泡。做妈的又生气又心疼，又帮不上忙，还着急。她也就敢对母亲无礼，父亲还让她生畏，修国妹为此暗自庆幸，总算有个怕的人，要不怎么镇得住！

园生的同学也不来玩了，修国妹以为只是功课的紧张，后来发现她们已经变成竞争对手。不止是排名先后的追赶，还有信息资源。有一日，园生在饭桌上。园生很少上桌，都是送到房间里，像五星级酒店，修国妹几乎都见不到她，想舟生住校，独自度过青春期，做父母的倒缺了一课。园生说，班上有个同学的父母够上了题库的关系，得到许多题型，所以步步都能踩到点。修国妹这才知道还有"题库"这东西。袁燕说：所谓"题型"不过是鸡生蛋蛋生鸡，有迹可循。园生横过去一眼：哪里都少不了你！修国妹喝止道：怎么说话的！无意看见对面的小妹——对了，这是周末，全家人都到齐。核桃在桌肚里钻来钻去，小妹在笑，张建设低头往嘴里划饭，好像没听见，小弟呢？小弟眼睛避开，好像怕着什么。受了抢白的袁燕，没有回敬，大人不把小人怪的表情，吃完碗里几口，离开了。桌上人似乎都松一口气，重新开始说话，她发现，屋顶底下，其实弥漫着一股敌意，冲着谁来的？她不想知道。

园生报了几个补习班，有限的课余时间也填满了，难得在家，也锁在房间，像是佛堂里的闭关——她对核桃说，又赶紧收起，生怕一语成谶，真要做世外人。核桃懂什么，只知道玩和吃。现在，与她做伴的是疆生，周末和假期，搭小弟或者大工的车过来这边。本是来找园生的，无奈园生不见客，好在有大伯母同核桃。她们三个挺投缘，再加上小弟，家中老小，都叫"小弟"，他一律都应。这样组合，也是一家人。前面说过，疆生与核桃更像姐妹，但肤色不同。疆生和园生都是白皙的，核桃呢，越来越显黑，不是严格意义的黑，而是颜色深。小弟载她们三个，车开得飞快，两个小的尖叫着。修国妹看疆生，好像看到以前的园生，轻松，快乐，而且随和，感叹地想，孩子不长大才好。可是，像小弟这样，永远是个小弟，也不好吧？心事就又起来。车出了高速匝道，驶在堤上公路，放缓了速度。底下是河道，走着机帆船，远望过去，小小的。两个孩子指点说：看，一个小娃娃！可不，水上漂的，也是整整齐齐的人家。她想告诉说，她们的爸妈，爸妈的爸妈，再往上去，大约还有曾祖，高祖，就是在那豆荚般的舟船里过活，说出来她们未必相信，就不说了。

车离开河岸，在国道省道盘桓，远兜近绕，就到了老别墅。她时不时过来看一

170

眼，或者自己开车，或就是搭顺风车，像今天这样。即便这样频繁地来去，仍然吃惊它的变化。原先的花草山石都挖掉了，留下那一池子水，接了皮管作灌溉用。前院栽几棵果树，枣、李、桃、杏，还有一棵无花果，树底下是菜豆架，分在甬道两边。后院砌了双眼土灶，一具柏油桶改制的炭炉，专做熏腊用，屋檐下挂的腊肠、风鸡、臭鳜鱼，就是产品，白色马赛克贴面已成烟黑。墙脚垒了鸡窝，外形不出乡土风气，功能却十分现代，遥控的自动门，底部也是自动，升高推出，拾蛋和清扫，再收回，显然出自小弟的设计。走进楼里，底层格局未有大动，因老人腿脚不便，住着餐厅边的保姆房，其实只睡觉用，大多时间在屋外活动。厅里添置一台投影电视，屏幕几乎占一面墙，镇日开着，无人看，但不开却不行。楼上是小弟的天地，一间主卧，并不睡人，布置成机房的样子，电脑、路由器、扫描打印，一列排开；次卧为音响室，喇叭主机低音炮，航空椅和沙发供听音坐卧，地上还扔了个睡袋；床呢，安在朝北的客房，床上床下齐整干净，竟至于简素。修国妹下意识转头嗅嗅，想要嗅出点什么，什么都没有。

屋顶底下的人各得其所，过得不错。二老壮年便露出端倪的风湿病，如今丝毫不见踪影，腰背直起了，脸面光滑。但是，修国妹却看出一种苍老，潜在于表面的健硕之下，那是什么状态呢？她在心里问自己。每一回，当她试图开口，话到嘴边总是拐个弯，小弟他——说出半句，便被母亲接过去，好得很，好得很，就是忙，或者，就是懒，怎么办呢？生来享福的命，不像大妹妹你和小妹，说到这里，话头又转了，小妹她也是好命，有人帮衬，你最劳碌！她瞅见母亲在看核桃，眼光里很奇怪地带着嫌弃，核桃的小手在外婆膝上扶着走过，外婆本能地掸了掸她触碰的地方。他们不是不知道，是不想知道，面对一个新世界，已经放弃了解。安居的生活其实让人颓唐，吃水上饭的，多少都有五湖四海的气势，现在收敛起来，变得谨慎了。就这样，修国妹放心又不放心地离开，回去自己的家。

高考将至，全城笼罩着紧张的空气。考场附近的道路车辆禁行；酒店客房抢订，为考生住宿和午休；出租车也在抢订，随即就有高考经济出台，住宿餐饮交通一条龙服务。园生变得暴躁，动辄发怒，大家知道她找茬，都绕道走避开。核桃虽小，也觉得出气氛不同平常，仿佛要与这压抑作抵抗，一早起来，走进走出地大声唱歌。园生受了吵扰，冲出房间，一溜烟下楼，揪住核桃劈头盖脑打去。核桃何尝受过这个，惊吓之下，都不知道叫喊。修国妹听到响动赶来，只见两人脸色大异，一个赤红，一个煞白。先在小的背上拍几掌，吐了几口饭食，号啕出声。转身对付大的，人早跑回房间，将门踢上，修国妹抢进一只脚顶住，硬是推开。园生一头栽到床上大哭，修国妹反舒了一口气，说：你哭出来倒是好的，憋得死人！屈身坐在床沿，听哭声从强到弱，有声到无声，渐渐变成饮泣。底下的那个被帮佣的女人带走，家里只剩母女俩，终于静下来。又过了些时间，修国妹说：起来。迟疑一会儿，园生翻身坐起了。两只眼睛肿得像桃，因为哭，也因为失眠。洗澡去！修国妹又说。园生下了床，不一会儿，浴室开始放水，门缝钻出一缕缕雾气，做母亲的威严也一点点回来了。这一天，她们没有说话，走个对面也当不看见,侧身让过,陌路人一般,但是一张桌上吃饭了。核桃却是怕了她,再不敢大动,速速吃完,下了座,远远站着,用眼睛瞄着这边。修国妹看她可怜,并不去理睬,人,自小要有个忌惮。园生就缺这个,原先还不敢对她父亲放肆,不知什么时候起的头,也不放在眼里了。

吃过晚饭,修国妹说:园生跟我睡!话出口,心里却是不安,不知道她来不来,要是不来,自己的面子往哪里搁?这一日的规矩也白做了,正上下忐忑,园生竟然推进门来。眼泪都冒上来了,自己的儿女啊!她撑持着,一点不露,不能失了身份,还有,万一哪里做得不妥,人又退回去,简直如履薄冰。园生将枕头扔在床上,她到底没守住,扯过来,和自己的并拢。园生背对着躺下,她闻到女儿的体味,洗发液浴皂润肤露人工复合的层层香气底下,唯有母亲才觉得到的乳臭。她极想抚摸这身子,却没胆子,浑身都是刺,青春期的芒刺。门推开了,探进一个小脑袋,核桃抱着自己的小枕头,挨到床跟前。修国妹刚要伸手,人已经一骨碌上来,滚进腋窝里。修国妹搂住核桃,另一手试探着伸到那一个的颈下,没有遭到反抗,于是往身边紧一紧。现在,她们母女就又在了一起,跨越青春期,青春期是个什么东西啊!将骨肉生隙,亲人变仇人。核桃打着小呼噜,这孩子倒是心大,不记仇。她觉到园生的脉跳,均匀,轻盈,有弹性,骚动的青春也有静谧的时刻。园生动了动,修国妹屏住呼吸,由她翻身,身子贴住身子。心肝!她又要掉眼泪了。园生闭着眼睛,问出一句话:她是谁?修国妹好像被施了定身术,不能自主,停一时,回答道:妹妹。园生不说话了。修国妹又说:小妹妹!园生的反应则是轻轻的鼻鼾,她睡着了。

修国妹睁着眼睛,暗夜中的房间有些变形,床啊,橱啊,转角柜,窗帘和窗帘盒,壁灯,画的边框,都有些不像,动静也是另一种。白昼里的无声变得有声,这里响一下,那里响一下,好像有什么秘密要说出口,到嘴边又刹住。

清早起来,一切都回到原状。园生备考进入冲刺,校内课程,校外补习,回家再加时,通宵达旦。她长了黑眼圈,体重急剧增加,满脸疙瘩,脾气像个火药桶,随时爆炸。但是有那一晚的妥协,修国妹心里有了底,也生出策略,那就是当进即进,当退即退。她想,舟生并没让她受过这些磨折,也正如此,她和女儿更亲。说起来,父母真是贱骨头。好容易捱到上考场,煎熬中度过三日,园生把课本、教辅、题册,装进一口破缸,拖到院子里,点上一把火。看神情,像是满意的,又像彻底放弃。修国妹不敢问她,她倒自己问上来:你就不想知道我考得怎么样吗?修国妹以为是找茬儿,转而想:怕你吗?挑衅道:无所谓!园生说:你就对舟生有所谓。修国妹说:也无所谓!园生说:你像做妈妈的吗?听嘲笑的口气,知道警报解除,正色道:无论你们长成什么样的人,都是我的儿女!园生噌一下鼻子,表示不相信,走开去了。修国妹用火钳将飞出来的纸片捡回缸里,灰烬飘起来,仿佛被日头融化,不见了,天特别蓝。好了,她对自己说,好了,一劫渡过,接下去还会发生什么?天知道。可做人不就是这样,一劫连一劫,渐成正果。

修国妹说要犒劳园生,让她选一个地方旅游。小弟帮着在网上搜索,有各种游学,夏令营,遍及欧美。但想到要去到陌生的地方，结交陌生人，园生就打怵，说要疆生跟她同行。结果是她跟了疆生，去乌鲁木齐的外婆家。一月以后，两人晒得黑黢黢的回来，录取通知也到了，本市师范历史系的走读生。在园生，无论资质，基础，以及努力程度，都恰如其分，合乎她的天命。不攀上，不伏下，细水长流。园生安静下来，回到原先的平和驯顺。修国妹则多有一重欣喜，那就是女儿不会离开身边，到她看不见的地方。

这边山重水复，柳暗花明；那头，张建设的事业则一路勇进。公司如他期望长江东去，直抵上海崇明。崇明岛南港与浏河口相望，沿岸一溜滩地，行政区划属江苏省界，许可、注册、地价地税，均按江苏国资辖制，对内陆企业就有多种便利。张建设占得先机，盘下一块地，建了船坞，挂出分公司牌子。于是，往来苏、沪、皖三地，最忙碌紧张时候，连续几周不回家。三河的地方，只做小型船只拆解，机构随之压缩，名义上公司本部，实际已剩空壳，但为享有新区优惠政策，继续保持注册地身份，真正的中心转移至芜湖办公楼。技术部则向沪地延伸，在崇明另立项目开发部，专业性弱化，余下零碎的行政庶务。小弟不擅长此项，又乐得清闲，推诿给底下人，就是大工。大工算得上企业的老人，但生性老实，从不曾有僭越的念头，凡事都要请示，找不到张建设就找师娘。修国妹虽然不懂，但喜欢他的笃诚，尽力上通下达，因而多少也知道些三河的前后。同一地的分公司，当门立着水上人家的旧船，只开幕时一见，之后再没有去过，所以倒是隔膜的。那里由小妹掌管，张建设任命她执行副总裁，代总裁行使职权，直接向他负责。早出晚归，正好错开时辰，核桃差不多把她忘了。难得碰面，两人像不认识似的。小妹本来最好没有这人，渐渐地，真骗过自己，以为和她没瓜葛。后来，修国妹想起，觉得是一个征兆，预示变局的开端，那就是，亲的远，疏的近。

这一天，袁爸袁妈上门，修国妹不禁道一声"稀客"！两家有日子没走动了。在修国妹这边，顾虑是袁家住他们的房子，有巡查的误会。那边大约也出于同样的原因，受人恩惠难免瑟缩了。此时，修国妹一边将客人往里让，一边想着，是为袁燕和小弟的事吗？她注意到，袁爸形容大不同以往，身穿一件休闲西服，褐色的细格子，底下是牛仔裤旅游鞋。袁妈的穿着依然朴素，是雅致的朴素。修国妹不认品牌，却认气度，两人比初见面时候，年轻至少十岁。神情的改变尤为显著，变得轩昂。带来的礼物一件件摆上茶几，家中老少每人都有，连帮佣的女人都不漏掉，最后，是一串钥匙。修国妹接在手里，又熟悉又陌生，见她纳闷，袁妈笑道：自己家不认自己门！修国妹这才"哦"一声，明白了，可是——修国妹困惑地看着对方。

袁爸欠起身，拍拍对面人握了钥匙的手，修国妹忽生一个念头：放在过去，他哪里会做这样的举动！大妹妹，袁爸说。过去他也不曾这么叫过她。大妹妹，谢谢你借我们房子住，住了有十年吧，到了完璧归赵的时候！我们呢，袁爸继续说，在安徽的时间倒比在上海的长，异乡总归不是故乡……她发现袁爸原来很会说话。可是——她狐疑地开口，被截住话头：上海人嘛，还是要回上海！修国妹模糊想起他们是上海人，没错，当然，上海到底是大上海！袁爸摇摇手：不，不，大妹妹不要这么说，现在世道变了，就拿你这套别墅比，上海也是少见的，可是，人是有乡愁的！修国妹又想起袁爸袁妈是知识青年，知识青年就爱这套说辞，不禁微微一笑。这一笑大概透露出一些讽意，袁爸脸色沉了沉，靠回沙发，简捷道：我们决定退休，张总奖励一套公寓，给我们做巢。好一会儿她才意识"张总"就是张建设。现在喊什么人都是"总"啊"总"的，于是又笑了。那是应该的，她说。袁妈说话了：世上多少应该最后变成不应该，我们心里有数的！这句话说得通情理，修国妹说：我们也有数的，袁爸付出许多辛苦！袁妈说：一家人嘛，也是自己的事业。"一家人"几个字不知怎么变得刺耳，修国妹不无尖酸地想，这"一家人"是哪"一家人"！袁家两位仿佛听得见她心里的话，收了口，表情矜持起来。仿佛耳目去掉一层膜，修国妹清醒发现，张建设给袁家在上海买房，就像当时请进他家公寓，事先未透半点口风。当然，没什么的，房子算个什么事？白菜萝卜似的。

时间在沉静中过去，帮佣的女人过来，凑着修国妹耳畔问：客人吃不吃饭？她一惊，原来到饭点了。袁家父母也醒过来，起身告辞。主人只是虚应，并不强留，送到院子外，看二位上车，是一部宾利。隔了车窗，修国妹突然说：燕子和小弟的事情还是办了好！车里的人石化般停住了，修国妹又说：虽然新风气，不讲究，手续却不能少，生孩子，报户口，读书上学都需要的。车里人动起来，一个低头摸索安全带的扣，一个抬手调整后视镜，可是修国妹扶着车窗看着呢！实在捱不过，袁妈支吾道：他们不计划要孩子吧！修国妹"哦"了一声。袁爸转头笑着：形式不重要，有事实就行。说罢，拉上车窗，一溜烟地走了。修国妹胸口打鼓似的，"事实"两个字也是刺耳的。

吃过饭，核桃午觉，帮佣的女人也歇下了，园生还未下学，一个人坐着，满屋子阳光，明晃晃的。脉跳平缓了，心里清水似的，看得见底。她起身出门，太阳当头，小虫子转着圈，嗡嗡地响。篱笆墙上的蔷薇正开到盛时，就是它招来的虫子，想着下年要换一样种植。到车库开出自己的蓝鸟，上到路面，沿甬道向小区门口去。家家院子绿荫笼罩，鲜花盛开，鸟在枝叶间鸣叫，还有婴儿的啼哭，更加衬托午后的静谧。

车在市区盘旋一阵，犹豫着上高架，交互穿梭内外环线，再下来，已是城外。从江岸北向，走一段国道，又上匝口，凌空而越。她一径向前，四下里没有参照物，不知有多快，只觉得在天上飞。高速公路是另一种水系，通往四面八方，没有到不了的地方。超车的喇叭声从极远处传来，其实就在咫尺，可不，一眨眼到了跟前，又一眨眼，看不见了。有一阵子，与相邻车道的座驾并齐，看那车轮转成风火圈，摆脱了地心引力。要是看得见自己，也是二郎神一般。这固体的坚硬的河道，携带一股霸凌之气，穿透空间，这虚无形影其实是假象，它有着高密度的物质集群，否则怎么解释地球悬挂不坠落？或许可说因为速度，公转和自转的惯性所致，那车轮子都离地三尺！下一个问题来了，推动的手在哪里？你或者回答说，隐匿于肉眼不可见处，世界由多重纬度组成，所以才是高密度嘛！人在维度和维度的缝隙出入，就像子弹在弹道飞行。很可能，世界上所有的生命都寄身于高速，高速公路是一座多维空间的模型，它将不可视变成可视，就像基因在序列编码中显形。那些速度爱好者，比如小弟，自己都不知道，他们真正的身份，哲学家！将存在的杂碎过滤干净，只剩下本质。

车窗两边是青白的天空，起一点皱褶，是云，移动着的皱褶是飞翔物，拖拽出浅黑的弧线，暗示球状的地形、大气层、万有引力。河道是未经过提炼的原形，高速公路是形而上。前者是感官世界，后者是理性思维。即便如修国妹的具体的人生，在速度里也体会到一种抽象的快意。她熟练地变道，进出匝口。农田和房屋升起来，又沉下去，天际线忽近到眼前，很快又推远到目力所及之外，只剩一抹烟灰。迷蒙中，仿佛海市蜃楼，依次呈现小小的弧度，是桥，一座，两座，三座。越来越近，看得见桥洞，桥洞里汩汩的，好像要挤破似的，她终于明白她要去的地方。车滑向匝道，卷扬机的轰鸣替代了高速路面车轮胎的摩擦声，车窗顿时蒙上一层颗粒，听得见沙啦啦的击打。她看见河流，罩在暮色般的粉尘中。车沿河滩缓缓行驶，前后窗变成铅色，视力反而尖锐了。她看见巨大的吊件在上方移动；焊割的火焰发出白炽的电光，被扬尘泅染成团状；钢缆在机器上打卷，一盘盘的；船板从车顶横过去，构件的格斗里积存了河泥和藻类——她并不后退，反而向里开去。地面凹凸不平，车身颠簸，弹起来，再落下来。有人向她喊话，没有声音；有人挥着安全帽，神情急切，还有人试图拦截，随即闪开。她怀着一种奇怪的心情，似乎负气、自虐、小孩子的淘气，往作业区深处趋进。吊车笨拙地掉头，显然是要避让她，可比不上她灵活，又有盲区，险些撞上。车身重重地跳一下，几乎倾翻，她硬是顶过去，在交叠的割件上走，最后，停在一架侧舷的纵骨底下，再开不动了。车窗急叩着，一张变形的脸紧贴玻璃，她认不出是谁，从张合的嘴形看出，叫的是"师娘"。车门拉开，伸进脑袋，果然是这个人，大工。

不由分说，大工解开修国妹的安全带，扶她出来。她挣了一下没挣脱，惊讶大工的力气和倔犟，本以为他是温顺的。大工强使她离开驾驶座，推进后座，自己坐上去，从钢架里倒出来，掉头转弯，摸索着轮下的路径。一张张粗粝的污脏的脸从两边车窗退去，她想对他们笑，却流出眼泪。她看见后视镜里大工的眼睛，专注地看着前方，知道他也看见自己。她并不遮掩，尽情地哭。作业区越退越远，终至看不见。不知道什么时候，车上了高速，天青日白。

八

这天晚上，张建设回家了，在玄关换鞋。门外檐下的灯从背后照过来，身形动作让人想起他年轻的样子。修国妹想，男人到底不见老啊！进到厅里，大光明底下，脸面清瘦了，也显出后生。当地站一会儿，有些局促地举步向里走去，经过修国妹身边，手在她肩上按一按，迅速收回，说：洗澡！等这边回头看，人已经上楼，不见了。这个澡洗了很长时间，浴室里传出响亮的水声，吸进鼻腔喷出来，在喉头深处激荡，再喷出来。动静很大，不免有些夸张，尤其在修国妹耳朵里，就是做作的。最后，以尿液在马桶陶瓷壁的冲击结束。张建设裹着毛巾浴衣出来，一团湿热雾时间涌进卧室，朦胧中，修国妹低头坐在床沿。他绕到里侧，怕惊着她似的，轻了手脚上床。那边的人站起身，他脱口问道：你去哪里？洗澡！修国妹回答。他"哦"一声，挥手道：去吧！有事吗？她问。有什么事？什么事没有！他说，滑到被子底下。修国妹进了浴室，地砖上一汪汪水，马桶里积了半腰淡黄液体，她嗅了嗅，然后按下扳手。四下里充斥了健硕的男人体味：尿骚、汗臭、脚气、口气，掺和了肥皂、洗浴液、沐浴露的人工香精。是久违的缘故，还是添加新成分，熟悉里的陌生。她刷了马桶，拖干地砖，擦拭一遍浴缸、镜子、台盆、淋浴房的玻璃门，用过的毛巾扔进洗衣篮，换上干净的，甚至清洁了壁上的瓷砖，下水口的毛发。浴室里的雾气收敛了，看见镜子里的自己，这是谁啊？等她洗漱完毕，推开门，以为床上人已经入睡，不料那人一骨碌钻出被子，半坐起来，倒吓一跳。

吵着你了！她说。哪里？他笑一下，带点讨好的意思：累急了，反而睡不着。看她还站着，拍拍旁边的枕头，示意上床来，她竟窘起来。走近床跟前，推开被子，坐上去，靠了枕头，也半坐着。两人都小心地，不碰到对方，那熟极而生的身体，亲到骨头缝里，才会如此疏远，疏远到来世，三生石上邂逅。他开口了：忘记和你说，我在上海买一套公寓，给袁家父母，算作退休金吧！应该的！她说。要是喜欢，也给你买一套！他说。她回答：一家人，分什么你的我的！他听出话里有话，解释说：我的意思，我们也买一套。她笑起来，他惊诧地转过脸，不知道笑什么。修国妹止了笑：我们买房子，好像买白菜，你一棵，我一棵，个人都一棵！他说：置业嘛，不动产最能保值。修国妹心想，他还是他，脑子转得快，一下子把话引开了。听他继续往下说：通货膨胀是经济发展的动能，不发展不膨胀，不膨胀不发展，发展的红利就用来填补通胀的缺口，所以，发展就是和通胀赛跑，看谁跑过谁！修国妹说：不发展的人，没有红利吃，却要让通胀缩水财产，不是尽吃亏了？张建设又看她一眼，想她真是没变，聪明，一眼就看得到症结。所以我们是幸运的人，得历史先机，跑在经济运行的轨迹上！他说。深更半夜，两口子在床上谈经济学，其实有点滑稽，可是总要有点说头，说什么不可以！

说话让他们消除紧张，隔阂打通，仿佛回到过去的日子。那时候，他们无话不谈。张建设坐直了，说：崇明那地方，就好像去过似的，地土风水人情，都很相近。不看大的，只看小处，有一种草头饼，你知道是什么？苜蓿，他们叫红花草，用来肥田的，捣成浆，和进麦面，揉紧了，拍扁，上笼隔水蒸，吃过吗？都吃过，叫名不同，籽籽松，荒年里的口粮！草木同种同族，地方呢，他们的"堡"，南堡、北堡、固堡，我们叫"铺"，头铺、三铺、十里铺，汉字却是一个，"堡"！我们省有"三河"，他们有"三江"，这样就明白了，因为水的缘故，我们这些人，就认水！东南西北，江河湖海，水流到处，就是我们的家！

修国妹抱膝坐直了，听他说得豪迈，也有些激动，插言道：这就应了山不转水转的古训！张建设靠回枕上：水是船上人的前缘。你很会说话！修国妹夸奖，却透出讽意，实不是存心，有些懊恼，想自己为什么总是言不由衷，让彼此扫兴。方才掀起的热情平息，气氛复又冷淡下来。伸手关了床头灯，说了声：睡觉！不料也是讥诮，讥诮"睡觉"两个字里的秘辛。他们早已经没了房事，却还挤在一张床上。修国妹重又开灯，起身下床，说：我换个房睡。张建设说：何必。她说：这样的年纪，应该分房了。她整了整睡乱的地方，抱起枕头，走去门口，听身后面的人说：无论分不分房，这世上只有你我做夫妻。修国妹站住脚，拉开的门合上，就好像听另一个自己说话：上海的房子我不要了！她奇怪怎么把话又扯回买房不买房，可是，话头不就是从房子上扯出来的吗？床上人不做声，她又听见自己的声音：戏文里唱，黄金万两，抵不上真心一个！床上人说话了，仿佛隔了一条河，从对岸传过来：舟生、园生的份额，一分不会少。核桃呢？她在河这岸说。视如己出！对面人说。话又扯远了，却又是在最最芯子里。修国妹"哦"了一声，接着问出一句：袁燕呢？这个问题其实有些促狭，可一张口，自己蹦了出来。夜色真是可以遮丑，多少不堪的人和事，都浮上水面。那人回答：一家人何分你我他！修国妹说：也是，小弟的媳妇嘛！张建设想起结婚前，在县城百货大楼和女店员对嘴，唇枪舌剑，不减当年啊！愣神的工夫，修国妹早推门走出去。

天亮起床，张建设已经走了。仿佛有意让修国妹清净，一段日子里，小弟不来，小妹不来，袁爸袁妈迁走，她搬进公寓，单立门户，袁燕也不来。再过一段，似乎觉得修国妹养息好了，小弟来了，小妹来了，袁燕重新走动起来，甚至，张建设回家也比之前频繁，隔三岔五的，出现在玄关，弯腰换鞋，手指头钩着小黑皮包，一晃一晃进来了。年节时候，爹妈上来，偶尔地，袁爸袁妈也到场，热腾腾吃一餐饭，再各自上路。汽车在院子外面打火发动，错开让过，互相道"再见"。喧哗平息，静谧像夜雾般漫起。修国妹立在门廊的罩子灯下，一边是园生，一边是核桃。园生长成清秀的少女，核桃则应了跟谁像谁的说法，胎里带来的种气化去了，剩下一点遗韵，正够长成个漂亮的小孩。正是黏人的时候，须臾不离，腻着修国妹，倒让她喜欢，按乡下习俗，是做祖母的年纪了。

尘埃落定，生活回到或者说重启常态。园生中科，大学的课业总是舒缓的，成绩并非硬指标，随竞争压力解除，园生回到原先散淡的性子，人际关系中颇受欢迎，又增添自信。看她恬静的样子，想不到曾经发生过惊涛骇浪的一幕，即便发生过，也安全着陆了。接下来，核桃临到就学，已经在本校区注册报名，新书包也买来了，小妹忽然来家，要让核桃进上海国际学校。修国妹看着小妹，不晓得又是哪一出，"国际"两个字，却引起她的注意，有一些隐匿的怀疑涌上心来。为什么？她问。她以后总是要出去的，舟生不也出去了吗？小妹回答，挑衅地望着大姐。大姐说：费用很高，从现在起算，都够打个金人！钱不是问题，张建设缺钱吗？小妹笑道。修国妹觉出明显的敌意，屋里没别人，只她们姐妹，小妹恨她！这么小的人寄宿不成！她连鞋带都不会系。此言既出，不由自问，何其然，她们家的孩子都要人帮系鞋带了。小妹说：当然不会寄宿，我们搬去上海住，张建设给我买房了。修国妹忽然发现，小妹不称"姐夫"，直呼"张建设"。当然，对他们从来"大妹妹""小弟"地乱叫，谁也不曾计较，张建设到底是外亲！修国妹心思全在称谓上，似乎没有听见买房的消息。小妹见她神情恍惚，终是顾虑的，收敛了气势，放低声说：我带核桃在上海，周末来看你。修国妹糊涂中有一丝清醒：你要认核桃了，很好，很好！小妹仿佛软弱下来，说：我虚龄四十，不指望婚姻成家，就母女一起过吧！这话说得有些凄楚，修国妹看了她，挑染的头发剪成短式，颈后倒削上去，妆容精致，米白西装下细格子七分裤，赤足穿一双镂空平底鞋，隐隐透出脚指甲油贝壳般的光泽。她还没去上海，已经是个上海人了。小妹接着说：上海那地方，单身妈妈有的是，谁都不稀奇，还很光荣！表情又昂然起来。那是！修国妹说。她那张脸，小妹指指核桃的房间，人在里面午睡呢——她那张脸，藏也藏不住，上海人也认混血！这是她们之间，第一次说出这个词。修国妹却没注意，只连声应道：是的是的！思路滞后上一个话题，就是买房的事情。前回买给袁家父母，这回买给小妹，果真是白菜萝卜！她笑着说：你姐夫也问我要不要在上海买房，我说不要。小妹被打断话头，一时反应不过来。修国妹接着说：我又不是上海人，去那里做什么，你说呢？小妹忽然发怒了：为什么不要？置产呀，投资呀，房子比货币保值！修国妹笑道：你和你姐夫说的一样话，谁跟谁学的呀？小妹说：天下人谁不知道，常识嘛，有什么学不学？修国妹：我也有常识，听说过吗？家有千千屋，日卧三尺。小妹点头：你的常识很好，我们比不上你。修国妹追一句：你说的"我们"是谁和谁？小妹语塞，即刻回一句：所有人和所有人！姐妹俩你看我，我看你，静了一会儿，小妹脸上露出狡黠的笑容：大姐——修国妹想，叫她"大姐"呢，凡叫"大姐"的时候，都没好事情。大姐，我和你说，张建设是个人物，你不看紧，我就拿下了，肥水不流外人田！小妹向来这样说话，不伦不类，不能当真，也不能全当假。所以大姐也笑着：你试试看！小妹伸出手指点着：你说的，我就不

客气了！大姐说：出水才看两脚泥，我倒要看看你的本事！姐妹俩斗着嘴，嘻哈里过招，你来我往，最后，修国妹正色道：有句话，你信也好不信也好，无论走到哪里，世上只有我和他做夫妻！小妹有点变色，强笑着：肯定？修国妹也变了颜色：板上钉钉！小妹要出言，被大姐挡住：我再告诉你，唯有我和他做夫妻，才会有你，有小弟，有爹妈，有众人；我和他这个扣解开，就都散了！话说到这里，就没前路了，各干各的去。

　　生活继续，不经意时，修国妹会想：日子怎么过成这样？不容她细究，就有事端来打岔。乡下规划社会主义新农村，要将宅基地收征，再按份额下划各户，分配新建小区的所得面积。书记大伯专为这事上门，张建设在上海崇明岛，赶不回来，电话里说了话，又嘱咐修国妹，不论大小巨细，全权由书记大伯定夺，再一条就不必交代了，好好招待。大伯倒不见老，头发推成板寸，衬衫外面套了卡其布马甲，脚上旅游鞋，很显时尚。只是酒量不如先前，烟也差不多戒断，喜欢谈保健的知识，显然上过很多课程，说到兴奋处，便流露昔日领导的气派，让人想起过去的书记大伯，同时呢，也意识到那时光一去不返了。继任的村书记是大伯的本家侄孙，还是在族系内的传递，但大伯依然有多项不满，往前溯，涉及分支间的宿怨；当下看，则广泛到政策面，也见出书记大伯多少是失意的。就说"社会主义新农村"，书记大伯称作"排屋"——楼上楼下，电灯电话，固然好，大跃进时候，大妹妹你还在娘肚子里，就奔着去的。但是，大跃进后来不是收势了吗？大食堂紧接着饿肚子，猪呀羊呀，都是长腿的生灵，怎么约束它？

鸡鸭下的蛋，白花花一河滩，谷囤、石磨、粮种、菜籽，也是一大摊，这才是农民的日子，现在都要重新投胎了。

修国妹说，住进楼，人就不必像过去那样劳苦了。大伯摇头不语，显得伤感。修国妹想为大伯解难，主动表态，他们的宅基地本是从村里来，自然回村里去，不能占村民的利益……书记大伯拦下她：大妹妹别骂我倚老卖老，听一句老人言——当年根据土地流转条例，办过手续，合法合规，该是谁就是谁，如今要还回去，真不好归纳。修国妹说：我依大伯的。书记大伯说：你家这处院子，占地不大，如果置换一室户，不需交补一分钱；补两万元，可得两室户；再加四万，就是三室户。我们农民就这么点地产做保障，钱这东西，就是张纸，二十年前，十元钱可买上好的一担米，如今，两餐饭都不足，房子却是不动产！修国妹又听见"不动产"这个词，张建设说，小妹说，现在书记大伯也说，看来都在进步，就她是个落后人。可不是，所以，我劝大妹妹，还是舍钱得房。修国妹已经明白书记大伯的意思，商量着说：大伯的话很在理，放弃实在可惜，索性要个三室户，还是托给大伯，事实上，这些年都是您照应着，才没有荒废！书记大伯说：我回家和你大娘议议。修国妹说：我找大娘去，我的意思是，索性过户给大伯家，打理看管也方便，什么时候要用，再还我！书记大伯说：你我之间好说，世人眼里就难了，当以权谋利，占用宅基地，宅基地可不是玩的，有几个小子，为了它，竟然要把城市户口转回农村呢！修国妹说：从源头起，我家院子，还是得了大伯的优惠，就算彻底给您，也是物归原主，再说了，大伯您现在卸甲归民，也是一介百姓，

有什么以权谋利的嫌疑！看书记大伯的神情还是有些犹疑，又补充道：张建设就这么说的，不相信，你们通个话！当下拿起手机，按一串键，交到书记大伯手里。两人在电话里说了一阵，只见书记大伯眼圈渐渐红起来，关上机，喝了一满杯，什么话没有，欠起身要走。修国妹哪能让他自己回去，一定要送他。最后那杯喝得急了，有些上头，摇晃着又坐回去。扶了修国妹的胳膊站定，慢慢出了院子，坐进车便盹着了，要不是箍了安全带，前额就要点到膝盖，这才显出老态。修国妹想，书记大伯这样的年纪，至多买些保健品，付点学费，其他有什么开销？还不都为了儿孙！那李爱社在张建设这里占个虚位，晓得是个无底洞，就不敢太纵容，生怕积重难返，拉下饥荒，等于按着他不让作乱，家里人也不能指望太多。据说他媳妇开了个棋牌室，摆十八桌麻将，其中一桌是他专用。另还有两个闺女，嫁得都不怎么样，只够顾自己的。书记大伯倘若向张建设开口，定不会遭拒，就是抹不开面子，这一会儿上门，不知道下多少决心。车到地方，将人扶出来，送到门外，书记大伯都没有虚邀一下，背了身挥挥手，进去了。修国妹掉过车头，过老院子家后，听见里面"哗哗"地洗牌。再过一个院墙，也是洗牌，一直响到巷口。拐弯向里，看见河岸，耳边的骨牌声方才清净。水位低了，堤岸就高起来。播种的季节，对面的田地却没有开犁，芒草长得很高，白蒙蒙的。开出一二里路，没遇着个人，麻将声则又续上了。她觉得气闷，降下车窗，忽嗅到一股气味，来自极遥远的地方，空中传来，又仿佛记忆深处泛起，终于辨认出是酒糟的发酵。那是她的老家，离此地仅十来里路，

却分属两个县境。像她这样的"猫子",漂流水上,别以为就没有故土观念。他们也是有原乡的,只不过转化成另一种感官的接触,比如嗅觉。那刺鼻的醇酸,就是!日头底下,烘热的,酒糟里的曲子蒸发出来,醺醺然的,整座城都醉了。载得满满一船,破开水面,走到哪都是它,于是,一条河也醉了。卸去多日之后,舱底刷得发白,睡里梦里还是它。此时此刻,她的车正循它而去。

头顶的高压线纵横交错,轮下是水泥沙石的道路,坡岸铺了沥青,所有的弧度都取直,变得坚硬和锐利。这是一个新世界,只有气味还是老样子,下午三时左右的阳光里,格外旺盛蓬勃,仿佛有形,空气里颤抖的光,书面语叫作"氤氲",就是它!路有些不平,车轮轻柔地弹跳,唧唧唧的。正走在两县的过界,常是三不管地段,修得马虎,甚至有几处断头,只得下到村道。庄子空了,房屋的梁架和椽条抽走,门板、窗框、砖瓦也拉走,乡下人就是这样,惜物。房屋都敞开着,只留个空场。单从空场,也能看出过日子的用心,灶台上的描花;地坪上的水磨石;壁上的瓷砖;窗洞挖成扇形、拱形、六角。山墙和山墙的夹道,只能一个人侧着身过,仿佛看见打地基时候的争夺,寸土不让。井圈周围的青苔枯死了,一片黑,就知道多久没人打水。树迁走了,剩余几棵病老的残桩,疤眼里却发出新枝,绿汪汪的一丛,有什么用呢?说时迟那时快,推土机轰隆隆开来了。驶出村落的废墟,上去公路,酒糟的发酵味又来了。方才阻在庄子外头,渗不进来,原来,那庄子还有墙呢!她想起小时候,听老大们讲古,为防备流寇袭击,凡人集聚的地方都筑墙筑碉楼,铁桶似的箍起来,书上写作"固若金汤",青壮年轮流守夜望风,稍有动静便烧柴起烟,叫作"烽火台"。在这危险的故事里,小孩子睡着了。

车走在圩上,圩顶的路又宽又平,倘不是那一具闸门,她都认不出来了。这里也有故事,新故事。她出生的那年,洪水泛滥,为保蚌埠,开闸放水,淹了半个县境,所以就叫分洪闸。前方高楼耸立,和上海有什么两样?她下了高架,开进市区,顺着柏油路直走,很快乱了方向。想看日头,日头挡住了,光从楼缝里透出来。围着楼群绕圈,来到一个圆场,中间是花坛,足有两层楼高,周边辐射出无数纵路。她放缓车速,沿着环形线走,过一个路口,又过一个路口,不晓得开过几个路口,她已经转晕了。忽然之间,路的尽头,呈现白亮亮的一条,是河!方向回来了,车却已经过去。绕一圈再来到这里,拐进去。昔日的地形从覆盖物底下升起来,升起来。装了酒糟的拖车咯噔咯噔走在卵石的街路,铁匠铺叮叮当当,大锤跟着小锤,击在砧板,炉火熊熊,火星子四溅;相邻的杂货摊叫卖"拴猪拴羊的链子";火烧店吆喝的是"天上龙肉地下驴肉";小男孩的赤脚板"噼啪"响,抢车上的酒糟、煤块、烟草、豆饼、饴糖……都是送往码头装船的货物,然后是大人的驱赶,鞋底可是比脚板响亮,犀利,而且粗暴。喧哗声起,酒糟味倒散开了,藏到某个秘密洞穴,不见踪迹。

处理好乡下的院子,接下来是芜湖那套公寓。小妹搬去上海,并没有带走核桃。其实也是一时兴起,追逐"单身妈妈"的时尚,事实上,她简直怕核桃。核桃更怕她,怕被带走,小妹来到,核桃就躲。就读的事情还是按原计划,在家门口的小学。早晨起来,她伏桌吃饭,修国妹坐在身后替她扎小辫。头发硬而且厚,梳子犁地似的扒,拉得脑袋向后仰,眼梢吊到额角。然后,牵着手送去学校,下午时候再牵回来。有一次接人时候,修国妹被老师请到办公室谈话,因为核桃和班上男生打架,把对方的牙磕掉了。因是乳牙,自己会长出新的,所以惩罚性地赔偿一点,重点在于文明教育,难道是野蛮人吗?修国妹向老师作了检讨,心中却有几分窃喜,不怕核桃被欺负了。路上问事发缘由,原来那男生带头喊她"小外国人"。修国妹说:这也算不上骂名!核桃:你不是不让人叫我这个?修国妹低头看她,她也正看她,小心眼里什么都知道呢!倘要是个笨人还好些,偏巧聪明剔透,俗话说的,头顶心敏,脚底板响,受的磨砺就多了。

近些日子,修国妹变得容易伤感,从老家故城走一趟是这样,想到核桃的未来是这样,去旧公寓收拾善后又如此——公寓里空空荡荡,看不出有生活过的痕迹,热腾腾的烟火气竟不留一点余烬,说过去就过去。这年暑假,园生和疆生结伴去美国游学,是舟生替她们在网上报名。两个女孩走后的日子,她在惶遽中度过,以为再也见不到,就像舟生。舟生两年没有踪影,他爸爸,袁燕,还有小妹,走马灯般往那里去,张建设也叫她去的,她负气说:不去!她变得爱生气了。园生两个回来,没有缓解心情,反是难过,竟然掉了眼泪。园生跺脚道:你看你,你看你!她强笑道:我以为你不回来了!园生说:哪个要在美国!疆生也说:哪个要在美国!核桃学舌:哪个要在美国!

生活继续往下过,核桃升二年级,园生毕业,在本校的附中做老师,有了追求她的人。男孩子白净脸,瘦高个儿,有些像她小舅,还让她想起,做姑娘的时候,船在叫管镇的地方停靠,柳树林里的少年。多么久远的情景,却仿佛眼前,如今也是个中年人了。小弟早已脱了年轻时节的形骸,甚至比修国妹还显年纪。三河的作业收尾了。当地环保部门早发出警告,经斡旋收回,再警告,再收回,屡次三番,终因河道淤塞,进不来大船而告结束。在地的公司总部关闭,迁移芜湖,与分公司合并。说是合并,其实是收归,上属变下属。办公楼被浙江老板租下,改成洗浴城,也能看出,三河一带已经聚集起商业消费群落。小弟还住在老别墅里,驱车芜湖上班,顺道就到大姐这里。小妹去了上海,周末也来。张建设两头跑。袁燕从外企辞职,自己注册一家咨询公司,业务涉及风投,小妹告诉修国妹,实是挂在舟生公司底下。修国妹不听她的,兀自走开去,小妹追着身后喊:你要把你的份额划出来!她回头说:将来都是舟生的!舟生自己呢,要,还是不要?似乎是冷淡的。他不回家,似乎在躲,躲什么呢?他们母子真是隔心了。不止他们母子,她还和所有人都隔着。这家里每个人都比她知道的多,只不和她说,她也不问,知道多有什么益处呢?

即便有些情节在眼前上演,她也抱定不知道。不知道是说好还是不说好,这些人常常从四面八方汇集这里。修国妹说不上欢迎还是不欢迎,有利有弊吧。不来终有些冷清,来呢,热闹是热闹,可却是危险的,随时可能发生不测。你一言我一语,话来话去,渐渐露出机锋,仿佛是隐语和谜语,飞镖似的,从四面八方投射,在空中交互穿行。先是全方位作战,小妹、小弟、袁燕、园生、张建设——张建设总是最早退出，小弟其次，园生第三，她半懂不懂，搅一阵浑水不得要领，就觉得无趣，剩下小妹和袁燕。两个人相对而坐，碰杯送盏，谈笑风生。偶尔几句人耳，说的是情，又有几句人耳，就是向生死，这就玄了，前生今世，孽缘、怨偶、恨爱，参禅似的。忽然怒起，杯盘都在桌面跳一跳，砰砰响，然后一个离开，另一个也离开。也不告辞，仿佛屋里的人都不是人。门外相继响起车的引擎声，开走了。又有时候，可以坐到入夜，只听得开瓶的声音，软木塞子弹飞似的，酒汩汩流进玻璃杯。两个醉醺醺的人，路都走不了直线，总是张建设做代驾。车灯扫过窗户，将房间照得透亮，再收起，寂灭在黑暗里。

年节的家宴，规模就大了。修家二老，袁燕的父母，张建设兄弟一家，最近一次，就添上园生小男友的父母，与张跃进的妻子同行，都是做老师，在中学和幼儿园。职业的缘故吧，显得后生，仿佛下一辈的人。长的一桌，幼的一桌，修国妹和张建设招待主桌，底下的就是小鬼当家。就缺舟生一人，修国妹解释说，美国人不过中国年，所以没假期。心里明白，即便有假期，他也不回来。铺张两大桌面，其乐融融，都说老的福气好，小的争气，追根溯源，归结长女婿有为，所以家业两兴。回应众人称颂，张建设道，自小失怙，和弟弟孤苦相依，所以这一生最重视亲缘，就像树，枝叶茂盛，根才扎得深，根深才能叶茂，现在，又要发新绿——他向园生和小男友点点头：顶有成就感了！一番话出口，人人感慨，纷纷举杯，尤其小男友的爸妈，自己还是个孩子，现在要做上辈子人了，羞红了脸，接受左一个右一个敬酒。

修国妹往底下一桌看，袁燕低头不语，小妹面露微笑，她都想打她。还好，随座上举杯，呵呵叫起好。修国妹松下一口气，她其实是害怕的，怕什么？不知道，却知道张建设不会让她害怕的事情发生。无论多么复杂的形势，都在他的控制中。就是因为这个，她把自己的命交给他。辞旧迎新的时刻，安然度过。许多绕不开的关隘，也都一一过去。生活已经上轨道，单凭惯性就足够排除阻力，一往无前。

有这一餐年饭垫底，修国妹变得淡定了。她原本是个镇定自若的人，曾有一度慌神，世事磨炼，又恢复常态，以不变应万变。真是活到老学到老啊！园生的婚事提上议事日程，也占据她的时间和注意。自家那套公寓，修国妹曾闪念做园生的婚房，挂在中介，这时竟有了下家。不禁有释然的心情，她有点忌讳它呢！小男友家有一处小两居，旧是旧一点，可足够小两口自己住，等有孩子了再换新的不迟。修国妹极力主张他们独立门户，一可以治治园生的懒筋，二也是，她对自己都不敢说的，园生还是离开这个家好。才露小荷尖尖角的人生，娇嫩清新，需小心保护。她越来越喜欢园生的小男友，似乎是将对小弟和舟生的感情寄予他。这个小左撇子，和园生并排坐着吃饭，右手牵左手。他学的物理，子承父业，在中学教书，加上园生，一家都是老师，也叫修国妹喜欢。她读书少，特别崇敬学问，听两个孩子讨论唯物主义唯心主义，高深不可测，忍不住插嘴问这问那。园生嫌她烦，那孩子则耐心地解释，告诉她两者都是对世界的认识，区别在于，一种是物质性，另一种是精神性。问什么是物质，什么是精神？男孩再解释，物质看得见摸得着，精神则相反，无形无影。这么说，修国妹有些懂了，"哦"一声走开，生怕自己忒不识相，打扰了二人世界。背过身细想，觉得十分有趣，如要替世间物分类，她当属于唯物主义，因所做的一切，都是以实际为目的：父母，弟妹，儿女，还有丈夫，衣食住行。但也不尽然，为什么是这些人，而不是其他，街上过的陌路，这就要涉及感情。感情这东西看不见摸不着，可是心连心，心不也是无形无影？问题还是那个，为什么对这些人而不是别的人有心？修国妹思忖良久，得出一个字：命！就是命啊！命又是什么？缘分。前世里的恩怨，这可不更无痕迹了！她难道是唯心主义了吗？看窗下阳光里一对小儿女，不知道哪一根藤上结出的瓜豆，然后，再结瓜结豆，无形的变成有形，无情变成有情，这世界还是物质的！脑子乱了，却是愉悦的乱，而且轻盈。天地扩得很大，人在其中，都能飞上天。仿佛花木的扬絮，不知道在哪里着床，就有了因缘。

年轻人的爱情简单明了，水到渠成，关系确定即谈婚论嫁。时代也变了，脱跳出俗套，走的新路数。先在民政局登记，然后拍婚纱照，再办喜宴。鲜花搭成拱门，父亲挽着女儿走出，交到新郎手里，修国妹想幸好不是她送园生，否则不知道哭成什么样子，败大家的兴致。随即想起小弟，就缺这一节，于是断了后续。所以，老人言必称周礼，这礼数实是不能错，就像庄稼必须在季上，否则便没有收成。

园生出嫁，三天后回门，之后就极少见到了。做母亲的骂她没良心，但也高兴小两口和美。家里的情形还是原样，时而只有核桃与她做伴，时而外面住的人陆续到来。有一回，小妹带了一位先生，说是朋友。那"朋友"长得人高马大，样貌堂堂，神情举止却不甚相称地有些瑟缩。小妹安顿他落座，手里捧一杯茶，就再没有动弹。看起来是怕小妹，周遭环境也让他生畏。修国妹见他拘束，要去照应，被小妹喊住：别管他！是自己人的口吻，"朋友"更不知所措，几近惶恐。饭菜上桌，先不敢动筷，然后便只埋头，周围的人和事全不关心。修国妹纳闷"朋友"的来路，和小妹什么关系，上门有什么事吗？她放弃了追究。现在，家里有一种狡黠的气氛，表面平静，底下暗潮涌动，随时可能兴风作浪。因为园生不在的缘故吗？年轻人令人生畏，是出于对纯洁青春的忌惮。现在，大家说笑的声音放大了，措辞变得露骨，修国妹想，幸亏，幸亏园生出嫁了！上海"朋友"渐渐吃饱了，放下筷子，抬头看周围，表情茫然，似乎不知道如何来到这个地方，水晶宫似的。惊诧的眼睛，很像袁爸袁妈第一次造访。当然，现在不同了，修国妹相信，他们的家也是水晶宫。饱食让他松弛，脸相和手脚变得有些粗笨，身上西服的化纤面料，口音中的村俚，修国妹已经能够分辨沪语中地区的差异，大约是崇明岛上出身，三十上下的年龄，没经过世事，看不懂晶莹剔透的厅堂里，正发生着的事端。这些体面人却有一股隐晦的粗鄙，和他们乡下人相反，乡下人的粗话里，其实是天真，甚至稚气。"朋友"坐不住了，在椅上动着身子，要起来又不敢。小妹的手按在他肩膀，时不时拍一下，一下比一下重，仿佛敲打他，又仿佛敲打的不是他，而是另一个，在她眼睛朝向的地方，什么地方？他不敢看。这些人本来是面熟的，职场上一言九鼎，现在脱去躯壳，裸出肉身。说话随便，激烈之处像是有仇，陡然间又成莫逆，亲得不得了，随即翻脸，

183

骂将起来，紧接哈哈大笑，一个向另一个扔去盘子，那一个接过来扔给第三人，他也被扔到了，手快地接住。这一接，修国妹看出了机灵劲，并不像表面的颟顸。这阵势把核桃吓住了，钻进修国妹怀里，但很快就乐起来，因为人们都在笑。连大大，她称张建设"大大"，大大也参加了这场扔盘子游戏。张建设就像个杂耍演员，正手接，反手接，转个身接，抬起脚从胯下接。她本来是惧他的，可现在一点都不了。大大变得可亲，而且滑稽。核桃尖声叫着，拍手鼓掌。修国妹握住两只小手，往怀里紧了紧。她的毛茸茸硬扎扎的脑袋，顶着自己的下颏，心想，明天要去理发店，给她做个负离子烫，把卷发拉直了。

修国妹相信凡事都会有个结局，但没有想到是这样的结局。意外发生在崇明作业场，张建设检查一部废钢船，两个气割工正在分解舱口围板中块，长四点二米，宽一点二米，高零点八六米，重两吨。张建设一时技痒，推开其中一名工人，扶着割炬一端操作起来。年轻的日子又回来了，两手空空，但又什么都在一双手上，有的是力气和胆气。那割炬趁手得很，四点二米的割缝里一气走到三米，钻出吊孔，还不歇手，继续切割余下的一点二米。此时，几米之外地方，一架三吨克灵吊车吊运块件，碰撞到另一件中块，都是一二吨的重量，引起地面震动，张建设的割炬正走到头，看见一片乌云压顶而来，却动弹不得，纳闷想，发生了什么？即遮蔽在黑暗之中。

霞满天

王　蒙（《北京文学》2022年第9期）

推荐语

开辟鸿蒙，谁为情种？都只为《女神》《青狐》风月情浓。趁着这青山在、伤怀日、寂寥时，试遣愚衷。因此上，演出这颂神撩狐的《霞满天》。冷眼与热嘲，揪心与放胆，莫道桑榆晚，人间四月天。（徐坤）

一

在王蒙上小学的时候，看到一拨男女大学生从大街上走过，不知道为什么，我替他们觉得焦躁：他们年纪这样大了，还在一堂一堂地上课、做作业、考试，我从他们身上，看到的是急迫与不安，是期待与得不到，是成长带来了或有的腻歪与疲劳，闹不准还有点空白，就这样上学呀学上呀六七千昼夜，老天。

我是急性子，一辈子催促自己和亲人，被说成是"催人泪下"。我觉得人生的最大痛苦和冤枉，是徒然等待，推迟进行，一些操作与发生耽误了点、分、秒。

在我满三十岁的时候，吓了一跳，怎么噌不楞噔就三十了呢？哪儿来了个三十而立？果然仨拾？我什么都没准备好，无缘无故、无着无落、无声无色地三十岁矣！三十功名桌与椅，八十里路门与户！我还有一肚子青春的烦恼与火热，诗情与故事，大志与大言，大心与大胆，还有点滴的露珠儿似的才华，像一位可敬的老师说的，

185

我并没有做没有写也没有弄出什么瓜果李桃儿来呢。

四十岁，一九七四，五七干校刚毕业，我已经老大。少小才刚老大悲，喁喁未罢踽踽归，人生奋力拼八面，不可空空走一回！

安徒生的一个故事，一个坟墓碑文上写着类似如下的文字：

"逝者是一个作家，但是作品尚未动笔。
逝者是一个画家，尚未来得及准备画布。
逝者是一个政治家，亟待首次竞选演说。
逝者是一个运动员，梦里获得了世界冠军。"

大意如此，不是原文。

20世纪70年代，我觉悟了，不能只知道等待。我开始正式动笔，《这边风景》的花与叶绣将起来。此前，五七干校休假期间，已经试写了一些段落。其中有一段写伊犁农民春天大扫除，还有俄罗斯族妇女擅长以石灰水兑蓝墨水把墙刷成天空的淡蓝色。我提道：这是当地的习俗，也是爱国卫生运动的实践。一位老夫子式挚友，听了"爱国卫生"四字，笑得岔气。没有办法，我有我的底色，我的童子功，我的不同路子。

曰：革命。

二

四十二三岁以后，日子正常化、顺当化了。我对五十岁六十岁七十岁八十岁……的反应日益淡定，活进深处意气平，当然必须稳住阵脚。淡定也是晚近时兴起来的词，此前，我更习惯的是燃烧、激越、献身、豁出去，英特纳雄耐尔，让暴风雨来得更猛烈一些吧。

嘲笑爱国卫生运动一词语的挚友体格极佳，在新疆，冬季零下三四十度，他户外步行半个多小时来我家做客，帽子都不戴，他的鼻子与耳朵都呈现出胡萝卜色，不以为意。现在却说成不以为然，"为意"与"为然"都分不清，咱们这个中国的认字儿情况到底是咋啦？我的挚友喜欢喝酒，喝多了走出房门，找一个墙角把迷魂汤子与已经咽下的食物倒逼出来，呕吐干净。回来坐到小饭桌前再吃再喝，谈笑风生，面不改色，同时用普通话、陕甘方言、维吾尔语、俄语掺杂上英语德语说着笑话。同桌的朋友，都称颂他是"铁胃人"。

他吸烟，又买不起好烟，他吸的香烟又臭又辣，并于吸吐过程中时有小规模爆炸叭叭叭儿叭儿出现。

更奇特的事是他的儿子看了一个极好的影片，《大浪淘沙》，学上面的自缢镜头悬梁，就这样离开了人世。为此，我们全单位的人，他的众多的好友，制定了劝慰他与安排大侄子后事的精细方案，做了，了结。

他喜欢读书，喜欢研究比较语言学，向我传授遇到特殊情势，可以用背诵书页或外语单词生字的方法，稳定情绪，心理治疗，利用一不小心就会白白浪费的时间，有所长进，自然入定，百毒不侵。他认为苦学也是气功，在被一批中学生死缠烂打不可开交的时候，他背诵普希金的长诗《叶甫根尼·奥涅金》而意守丹田，进入情况，完事以后，他一个人弯腰练功立在台上，泥塑木雕，拽也拽不下来。

老夫子定力如山。

我让他给我背诵"叶"诗，他只说了一段，说是普大喜奔的金子一样诗人诗句里说，"走遍俄罗斯，找不到一个女人长着美丽的脚板。"

提到俄罗斯女人的脚，带来的是阔大感与生命力度，自然令一批中国亲苏中老年知识分子开怀畅阔不已。

我们当中有的人，有的为普希金的诗作中出现了这样的低俗，面露憾色与痛惜，老夫子突然独树一帜：

"你们怎么这样不懂、不通、不解呀！酸溜溜的小男人才会发生为普天才改诗的冲动！普希金有多么体贴，多么亲切，多么含情，美丽中饱含生猛！再温吞他也是俄罗斯！"

讲到俄罗斯，他用俄语原发音，像是说"嘞儿阿斯衣！"（Россия）元音 o 发类似 a 的音，味道果然不一样。

是吗？你又觉得老夫子他体贴了普诗人，超越了诗，超越了最最可笑的小布尔乔亚与风雅，超越了文学与儒学的呆气，超越了传统，更超越了爱情、失恋、追求、懊悔、挑剔、肝肠寸断、要死要活。他的本真天性小小子劲儿可以与普希金、莱蒙托夫、杜牧、李后主、贾宝玉，也不妨加上唐·璜比肩。

他还讲过由于一段时间夫人回内地探亲，他把家里弄得乌七八糟，夫人回家后大怒失态，对他又骂又打，又哭又喊，又抡又跳，小施家暴。观察着夫人的声像，他想起了"酣歌醉舞""珠歌翠舞""燕歌赵舞"……一串串四字成语，他觉得非常幸福，比世界许多地方许多历史时期许多人要幸福得多多。

"语言啊语言，学那么多种语言，为什么不会为自己的生活细节作出最佳命名呢？"老夫子说。

为此，他含蓄地写了新诗，登在那一年本自治区文学期刊"批林批孔"专号上，大意是林彪和孔老二，想破坏人民的幸福，我们仍然是载歌载舞，莺歌燕舞，快乐欢欣，声色琳琅。

他说自己的老婆发起脾气来，堪称声色琳琅的啊。

我离开边远地区后不太久，传来他患咽喉病症的消息，之后急剧恶化离世。我始终感觉到他在离去的那一刻，可能脸上露出了一个轻松却不无诡异的笑容。

他是个大好人，后来，他在世时对他歌舞交加的夫人告诉我说，老夫子已经预感到了改革开放快速发展的好时候，他临别时说："你们会有非常好的生活。"

愿他安息。

三

另一个北京油子老乡，也差不多同一个时期，咽癌去世，他一直闹腾移民国外，靠边疆已经移民到澳洲的俄罗斯族艺术家友人帮忙，终于实现了移民梦。出发前患病住院，迅速走了，他的故事我写在一篇小说《没情况儿》里。我的感觉是他离去时说了一句京腔话："齐了，您。"

后来访问澳大利亚墨尔本时请他妻子、舞蹈家——曾经是谢芳的同伴、一位心直口快的女性，吃饭，她说到自己的移民洋梦，她希望拥有一艘自己的游艇。

流光匆促或堪哀，四海五湖运未裁，游艇白帆卿且觅，碧空银浪鹭鸥来。

后来见到的是与他们同事的另一家老北京，他们移民海外后回京探亲，我请他们吃饭，他们为北京面貌改变之迅速而极不习惯，甚至啧有烦言，意思是说他们此次回来，找不到自己的老家了，北京变得让他们不认路了……我不知道说什么好：

一日千里好，还是妥留故迹好？发展变化、旧貌换新颜，还是平和保守、一切大体照旧好？

而他们的在本土上过体育学院打手球的闺女，则埋怨老朋友见到他们只知道请吃饭，说得我尴尬惭愧。据说小朋友曾经心仪一个残疾人，被父母劝退了。

心灵、心理、心愿、心病、心犹不甘。出国生活、定居、归化，滋味究竟何如？

是的，陈寅恪大师说过，去国移居，恰如寡妇再醮，不可总是怀念前夫，更不可再叽叽咕咕抱怨前夫。

还有两位对我极尽关心帮助照拂的老领导，老河北人，打死他们他们是不会反认他乡作故乡的啦。他们在我最艰难的时候对我伸出援手。二位都是离世于口腔癌。他们都是河北人，都爱吃刚出锅的热饺子，都在包饺子时评论面和得要软硬合度，筋道弹性，得心应手。他们两人都爱说"打倒的媳妇，揉倒的面"。其实他们是最最良善的爱妻主义者，是媳妇面前的五好丈夫。我想念他们，感恩他们，绝对不能辜负他们。

四

三十多年前，我一度因颈椎病而狼狈不堪，那时我发狂地写作，又被通知参加许多会议，接待各种来访友人，国籍不一。一旦病起来，旋转性晕眩，天旋地转，深感恐怖。在一个海边的中等城市文艺之家，我看病疗养了一个多月，认识了一位海滨城市比我大五岁的朋友。

他姓姜，是该市政治协商会议领导人。面相很好，尤其是目光明亮，他每天注意看报，皱眉思索，还与我不断切磋讨论苏联在斯大林去世后的变化与埃及、伊拉克的政局，直至赤道与北极南极。他有点驼背，有点秃顶，还有点东张西望。他很健谈，既谈市、省、北京的领导干部的升降前瞻回顾，也谈吃喝玩乐与半荤半素的笑话与谜语。麻烦的是他的口音比较重，说话大舌头，发不出"儿"音来，该发"儿"的时候，他发的是"哦"，这样他的说话至少有三分之一我听不清原文，但自以为能猜出他的话语里的百分之八十的原意。

我们有时和另外两位年轻人一起打麻将牌，年轻的"手哦"胡乱出牌，但是常常和（读胡），市政协主席就点评说："傻小子睡凉炕，全凭火力壮。"

那里是革命老区，他父亲是抗日烈士，他小时候当过儿童团长，抓过地主还乡团的探子，在北京的革命大学，他学习过一年，在省委所在城市的党校，学习过两期。他的老区少年积极分子与根正苗红的来路，使我觉得十分亲近。

分别后不到一年，听到了他因病去世的消息，使我十分震惊，兹后又屡屡听到他的故事，更是令人嗟叹。

说是他老家有一个不无精明却又不务正业的小伙子，乘上了发展市场经济的东风，开头是崩苞米花，后来卖煎饼馃子，再后来加上包子、老豆腐、烧鸡、炒肝，置备了流动餐车，成了小财主。小老板还经营社会政治，不但当了政协委员，还取得了有关部门给予组织保安公司的批件，成了家乡一个能人。

说是此位能人以当地眼光中的高薪，聘用了一位练硬气功的保镖，保镖在自己左臂上刺青，上书"恩公姜勇"四字。他与我的牌友同宗，都姓姜，论辈分儿他应该叫主席爷爷。

姜主席到了年龄，下岗了，人们议论

说，小老板事业与财力的飞速发展，使姜同志艳羡有加，出招帮助他多方发展，并且抵押了房产，贷款投资，与小老板亲密合作。

小老板傻（精）小子睡凉炕，火力越来越壮，被鼓动睡上了从未与闻的"期货"市场大炕。已经一步登高的傻精小子，"成功"得太顺利了，他还要一步登天，冲天，超越太空，他还要拉上已经退休的大官与他一起飞天高冲；结果是上当受骗，不但赔得精光光，而且负上了债。

傻精小子也是接纳了旁的坏小子的主意，早早花钱办下了太平洋一个岛国的护照，突然间消失踪迹。而我们的姜主席，就这样地跟随着傻小子，从热炕上一直跌入无底深潭。

此事闹得沸沸扬扬，省纪检委与检察院来到此地进行立案调查，老姜突然死亡，正式说法是心肌梗死，也有人说，说不定是人设自尽的。详情不好过问。

是个惨痛的愚蠢与白痴的悲剧故事。我们会奇怪志士与贪官、艰苦高尚与蝇营狗苟、有板有眼与全无常识、可敬可亲与无耻无赖之间怎么会这样近在咫尺。而在主题新闻纪录片中听到大贪腐分子佟谈什么三观缺陷、为人民服务的方向不够坚定、崇高伟大的信仰缺失的时候，我完全不能相信我的耳朵，他们明明是刑事犯罪啊，他们是蛀虫、是骗子、是利欲熏心、是无恶不作、是社会主义与人民利益的死敌，怎么他们像是在检讨自己没有赶上张思德、刘胡兰、董存瑞与雷锋啊？！

同时我又回忆起20世纪改革开放初期，万事起头难，万事起头鲜，万事开头美，万事开头欢；春潮正澎湃，春风涨满帆，春意暖人心，春花喜人襄，春气大浩荡，春雨润万田；一番风光，透着可乐、可为、可笑、可奇，新鲜芽苗，破土出长，什么都有可能，什么都不一定，摸石头，湿布鞋，飞越彼岸，节奏翻一番。讲的是思想更解放一点，胆子更大一点，步子更快一点，是抓住机遇，是呼唤是号召是杀出一条血路，是奋力变动力，是无商不活，无工不富，无农不稳；是各种商品等待着出入产销，各种人才等待着发财致富。只要你干，三十天就成事，三百天就成精，三千天就完蛋……伟大的中国，古老的中国，镇定的中国，机遇满满的中国，大风大浪小花小草摇摇晃晃时有新变的中国啊，你的生活是多么有趣，你的机遇与政策誉满四海啦哇！

看官，以上是本小说的"楔子"。您知道什么是"楔子"吗？中华传统小说与戏曲，常常要有个帽儿戏、帽儿段子。比如听戏，刚开幕，戏园子不像现在的剧场那么有秩序：找座位的，招呼亲友的，递手巾把儿的，卖孝感酥糖的还在闹腾。需要台上先蹦跶蹦跶，渐渐聚起观众的注意力。读小说也是一样，开个头，对世道人情、生老病死感慨一番，显示一下本小说的练达老到、博大精深，谁又能不"听评书掉泪，读小说伤悲"？

五

该说到正题上了。

随着市场经济的发展与计划生育规范的推进，养老事业养老产业渐渐发展、壮大、升级、攀高。长者之家的名称，有的人从《易经》《诗经》《楚辞》《汉赋》上找词儿，唐以后的都嫌俗浅。长者之家的工作人员，各个受过专业训练，持有民政部门颁发的从业执照。医疗、康复、饮食、娱乐、心理抚慰、绿化、环境都有专业团队机构与责任部门，会客、剧院、舞厅、书画、棋牌、球馆、卡拉OK、酒吧、咖啡、书报……各种不同性质与规模的餐饮、琴室都有专门房舍、设备、服务人员。入住要有会员卡，购卡费五十万至百万元，月服务费还要收万元左右。VIP型的更高。

我的一个老友人的孙女名叫步小芹，争取到了民政部门的指导支持，创业兴办了一个称为"谙赟"的敬老院，谙读"案"，熟悉之意，赟读"毕"，是说美丽，你认不得与读不准，她的命名就更算成功了。

两年后对这个长者之家名称，说是反映不佳，又赶上民政局长问小步起这样的名字，又要立"案"，又要枪"毙"，究竟是想跟谁过不去？她顺势立即改名为通俗易懂的"霞满天"三字。

这个过程令我想起历史演义小说对于武将阵前对打的描写，常说是"卖一个破绽"然后如何如何，以退为进，以破绽求机会。绝了。

"霞满天"以后，果然前来联系入住的老人增加了百分之四十，收费在各种压力下减少了百分之十六。步小芹是明白人，明白人不较劲办糊涂事儿。这加强了有关部门对于步总"听招呼"的好印象。

我应邀到她们的六万平方米建筑面积地盘上看了一下，并听她讲了前所未有的奇葩故事：

二〇一二年，"霞满天"这里入住了一位七十六岁的女性教授，她曾经受到过举国公认、大名鼎鼎的某学界泰斗的夸奖，她号称懂十余种外语。她入住的时候有大学的三位年轻工作人员陪同前来，提包推箱，还有一位男士十分谨慎地专为她推着一小车贵重物品，包括工艺瓷器、镜框照片、一幅油画和美国原装戴尔电脑与DUO无线蓝牙音箱。资深美女教授的名字叫蔡霞。奇怪的是她自己拿着一个专用网兜，内装一个篮球。进入了房间以后，她首先做的不是打量门窗、采光、生活设备、洗手间，也不在意到窗口看到的风景与建筑。她做的第一件事是从手袋中拿出一个粘钩。把平滑的底片紧紧贴在同样平滑的床头墙面上，摩挲摩挲，使粘钩底片与平滑墙壁之间完全吻合，无胶胜胶，真空零距，然后稳稳当当地把篮球网兜挂到了上面。她眼眶含泪，面带笑容。自语说："你陪着我呗。"

莫非她曾经是知名的国家女子篮球队的体育明星？个头却不像啊。

以蔡老师的身材、风度、举止、穿着和笑容，更不用说她的知识学问经历名气，来到霞满天长者之家，可说是春雷滚滚，春风飒飒，春雨潇潇，春花灿灿，一举激活了高端昂贵、似嫌过于文静的疗养院，引起了"霞满天"的浪漫曲高调交响。一批男生休养员，特别是单身男生休养员，最小的六十岁，最大的一百零三岁，为之换了心情、换了发型、换了领带与裤缝、换了英国衣料、意大利裁缝、法国围巾，和不但是法国而且是戛纳附近的世界第二小国、面积一点九平方公里的摩纳哥公国出产的三件套男用化妆品和德国亚马逊电动剃须刀。

还有说是焕（不仅是换）了三观的。

然后出现了一些如果是如今，实应上网的文学戏剧小品抖音：有的男士由于望蔡兴奋眉目呆痴，受到夫人痛斥；有的男生由于从蔡教授出场以后再也听不清夫人的问话也延迟拉长了与夫人交谈的节奏，被夫人察觉，不止一家提出了在本院开展"反带"（节奏）的口号。同样女士中也有对于蔡老师的眼神的质疑，她们说女性品德，主要看眼睛目光，水汪汪、眉目含情、娇媚弄姿、过于灵活生动、迹近勾引卖弄的眼睛眼神眼白与瞳眸，是各国各地各民族淳风良俗所不可允许不宜接受的，对于白骨精、画皮、蜘蛛精、玉面狐狸的眼光，一定要警惕，不能去看，不可回应，不准对视，严禁眉来眼去。

同时本所管理团队，一致认定，这些话语只是老年寂寞性的自我调笑、自寻安慰、自作多情、自解心宽，类似歇后语："管丈母娘叫大嫂子——没话找话儿。"

蔡老师的高雅与美丽是磁石，也是刀刃，是温情，更是尊严，是暖洋洋，同时是冰雪的凛然不可造次；只消比较一下蔡老师的亭亭玉立，与一帮子酒肉穿肠、大腹便便、口气臭浊、举止鲁拙的俗物蠢男的风度观感，也就没有人再说什么了。

更不要说舞会上的情景啦，每个周末，这里都举行一次舞会，下场跳起来的不超过休养员的百分之十，但是多数人都会前来，坐在软椅上，喝杯小桌上的茶水或者软饮料，听一听半生不熟的探戈舞曲《彩云追月》《鸽子》，华尔兹《中国圆舞曲》《青年圆舞曲》《皇帝圆舞曲》与《蓝色的多瑙河》……

每次舞会之前已经有了不知多少关于蔡教授将要、会要、可能要、大约前来或者不来、迟到或者早退或者准时，起舞、或者只看、或者未定，或者随机下池的消息。蔡老师已经成为传播与猜测的话题，成为舞会的兴奋点，舞翁之意不在舞伴，不在蓬猜猜，不在灯光乐手清咖果盘，而在蔡霞一人。有佳人兮女神之光，下舞池兮温雅淑良，万般风韵兮似隐步态，鸽子探戈兮展翅飞扬。

而老男生们随之浮想联翩、自作多情、忽然豪放、时而沉郁、希望失望、期待成空，增益了对于生命与爱情的品尝想象、回味反刍，也许更美好的说法是想入非非，ICBC，爱存不存，若尽不尽，罗曼蒂克，余音袅袅。最喜应为耄耋时，春光阅尽心犹痴，轻盈一笑天光丽，桃李春风舞未迟。

一位级别与教育程度最佳的男生对太太说："进了长者之家，难免烦闷，所有的人告诉你好好休息，休息休息休息，人生只剩下了休息，那就等待最好的休息吧。然而，我们不能不承认，凡是没有死亡的人都是活人，凡是活人都有人生的权利和义务，欲望和文明，向往和期待，还有那么一点点'坏'劲儿。苏教授，噢，你看我连人家的姓都记错了，人家姓蔡，姓蔡？菜彩材采猜揣，一个提手，一个思想的思，它念'塞'，也念'猜'，你说好不好？为什么不让寂寞的单调的等死的老年变成随缘一笑、且歌且舞的幸福老年呢？"

好的，道行已经突破纪年、岁月、加减乘除，若再无想入非非，痴心依旧，其悲切更欲何如？否定之否定之否定即肯定之否定之肯定，更是肯定之肯定，其乐无穷，其乐连连！乐天乐地，乐山乐水，君子饮酒，神仙抱朴，遨游天外，蓬嚓击鼓，玄之又玄，善哉妙舞！

百年不过小歌舞，汇入了时代大歌舞，康姆尼（公社）式的大歌舞！

六

蔡霞老师进院两年即二〇一四年，七十八岁，她跌了一跤。

对于"霞满天"这样的高级长者之家来说，这是严重事故，这个事故几乎使业内部分股票崩盘。

所有的讲养生与医学常识的人都宣扬老人勿摔，摔人无老。伤筋动骨一百天，老人平躺三个月又十天后，内衰五脏六腑神经肛肠，外废四肢五官筋骨皮肤，并从头脑开始衰弱颓唐迷茫荒凉，只能从骨科病房直奔骨灰美罐。

不好理解的是跌了这一跤，蔡老师身体损伤有限，大腿轻度骨裂与肌肉瘀伤，卧床三周后可在护理协助下下床行动，生活自理，康复进展大大优于寻常，金刚不坏之身。瞧人家！

但她的风度形象与精神状态出现了一点变化，开始显出过去未有过的刹那迟钝呆滞，怔怔忡忡，与原来的神仙风韵开始脱离。跌跤时下额与口唇也有撞地与擦伤，好了以后似乎微微有一点天包地的上下齿的不吻合。

她的跌伤惊动了她所在的大学，新来大学担任校党委书记的一位领导邵教授带了院系负责人前来看望。步小芹等长者之家的行政与服务与医疗负责人也都陪同大学领导进到蔡的宽大的住室。他们发现，蔡老师的说话风格产生了一些变化，说话比摔伤前声音小，速度快，口型不到位，口齿有些不清，但她的声音低沉立体、脉脉含情、如歌如诉，感染动心。

随行的外国语学院院长没话找话儿，指着网兜问道："您这样喜欢篮球吗？床上躺着，还能拍打一个大篮球？"

蔡霞翻了一下眼珠，一瞬间显出了那么大的眼白，把别人吓了一跳。

也许是长期当老师当的吧，过去蔡老师说话非常注重交流、互动，只一说话，她的目光一定注视着听话的对方，与对方的表情相互呼应。对方听得入神，有首肯与关注的表情，她会显出满意、津津有味、益发要讲精彩讲生动讲透彻；对方没太在意或者有点没听明白，她会立即反思自己可能讲得不够清晰，是不是第三人称人家可能听不出是指谁来，或有其他疑点，同时她也会自省是不是讲得无味，需要生动；人生一世，时时刻刻离不开的是生动二字；她会立即予以必要的补充、强调、变更语词与语气，吸引对方的注意，推进对方的理解接受。

现在呢？为什么她的说话增加了自言自语的韵致？她的说话平添了几分低垂眼帘、忧郁温存、自恋自怜。过去说话是显然的对唱，现在呢？是自我中心的独唱咏叹调。

而在听到随行院长的问话以后，她的表情是何等诡异！

停了一会儿，十秒钟，看望她的人与她自己，双方失去话题线索。

又过了十秒钟。

询问篮球的老师觉得尴尬，有一点不对劲。

蔡霞目光里出现了几许火星，她随意一笑，念念有词："谢谢书记，党委的报告批下来了，教育部决定给我授荣衔，给我发国家科学与教育奖金，还有香港的学术基金会说要支持我千万元人民币。我非常感谢，我请求不要奖励我个人，我喜欢的是低调行事。"

她讲这几句话的调子像是在念稿，如果不说是祭祀词与祈祷词的话。

她的话使大学的探视人员吃了一惊，教授怎么了？天啊！她产生了幻觉，她无中生有，白日说梦！

七

告辞后,邵书记与院长等到霞满天长者院的主持人,王蒙的老同事孙女步小芹院长的办公室,共同探讨。当然,将获巨奖是幻想中事,而蔡教授在大学从来没有过幻听幻视胡言乱语的记录。步小芹找来了本院心理医生,回答是他也略有所感。他说摔跤的那一天是蔡老师拿着自己的篮球到体育馆投篮,投了好多个,累得气喘吁吁,一个球也没有进,她神态失常,平白无故地跌了一跤。后来,出现了一点意外的变化。但蔡教授的想象型谈吐,与精神病学所认定的幻觉、幻听、妄想,尤其是迫害狂,全然不同;她绝无与不存在的对手争论纠结,感觉到某种危险、恐惧紧张压抑……这些负面的情绪与心理病态。相反,她有时的低声含笑自言自语,更像是一个美好的假设,一首诗,一个温馨的微笑,一次巧遇,一种闲暇中的自慰,文静中包含着一点悲哀,与悲哀一起,还有几分得意——她的温存、春风、细雨……还有学历,她怎么可能不自得自诩?那种平缓与自美自赏的想象是正面的、丰富的与深情的。心理医师甚至认为,蔡霞老师的幻觉是文学性、诗学性、教育学性、养生学性质的,她太聪明了,提提神就想说一说,怎么说就怎么像。虽然她此生遭遇过重大的不幸,现在孤身一人,但是她仍然充满对于生活、对于他人、对于自己的光明与善良的爱抚与信念。她不像最近一位颇有名气的文学人,却要匪夷所思地隐身离去。另一位山呼海啸的大家,绽放了令天地增辉的鲜花,又向珍爱的一切泼遍了腐臭毒辣的脏水……禀赋超人的女性,钻起牛角尖,吓唬人。

心理医师还说,在医学课堂里没有听导师讲解过类似的病例,医学研究档案与学理假设上也没有这种说法,但是根据他近二十年的临床经验,他认为蔡霞的横空出世的受奖婉拒说,其实是一种语言训练、交际经验回顾、思维培育、世情重温,也是一种老龄存盘过期乱码的智能补偿。老来失去多,不失又如何?幻想宜美妙,美妙自快活。仍然多谦逊,俯首先谢过,彬彬有礼处,教养育亲和。

蔡霞其后一天给十几个熟人打电话,说到自己将要受奖而坚决谦辞的故事,这相当令人惊骇。但总体上说,蔡老师的情况无恙,预后甚佳。那些接到了她的辞谢奖项故事电话的友人,开始或有一怔,很快便是恭喜恭喜的笑声,而听到了她的谦辞坚辞的态度之后,也都一律表示理解和赞扬,认为蔡老师做到了著名人物、教授、清雍正九世孙,爱新觉罗·启功先生所题的北京师范大学校训八个字,"学为人师,行为世范",启功体书法,温良恭俭,精纯沉静。

此后大学的同事们来探望教授,她的受奖说、谦辞说有些发展,说是收到了外事部门信息,将要授予她菲尔兹国际数学奖,她强调自己的专业是语言学,但是加拿大的专家坚持要发奖给她,指出她关于语言的符号学论述适用于数学的符号理论。她学的当然不是数学,她岂能接受数学奖欤?不仅是数学奖,甚至于纽约方面试探着与她讨论,要给她颁发基泰精神病学奖。

"遗憾的是,世界上只有精神病学奖,没有精神病人奖。"

她与客人们都忍俊不禁,多人赞佩她的幽默与机锋。

说得多了,听者就接受了。人们对她

的辞奖说闻怪不怪，点头称是。美丽的荒谬，也比疯婆子怨怼的卖弄好一点，要知道，她已经退休二十九年，到本长者疗养院也两年了。本院的休养员长者显示某些心理不平衡不稳定的记录，并非少数。

慢慢地，她的倾诉不断发展，可以兴，可以观，可以群，可以戏嬉喜怨了。她加上了新的节目，她开始对人说她将晋升级别与军衔，先是少将，可以称她为蔡将军了，最近又说是快要获得中将军衔了，她也坚决请辞。一个多月后，在她的生日，校长来看望她的时候，她说她受到印度宝莱坞、美国好莱坞、韩国希杰娱乐公司，还有伊朗的电影人阿巴斯的热邀，希望她写作与出品一部关于中国的故事片电影剧本。

莫惊奇，事事有来历，凭空不会兴灾异，幻梦也非凭空至，悲到尽头应是喜，牛到极处又无趣，与时俱化是实际，努力努力再努力，未成大器仍优异，总还是，勤勤恳恳、爱怜众生，脚踏实地，嘿嘿，嘻嘻，她是有、一点点、个人的脾气。

八

更离奇的是二〇一三年本地民政部门干部前来巡视检查，收到一封休养人员郦女士举报信，说是郦女士的先生、著名朗诵艺术家、六十三岁的美男子宋春风受到了蔡霞的吸引乃至骚扰，写信人的家庭完整受到威胁，要求将蔡某人请到本院其他分支院所去。

高龄长者能出此等事情？他们本应该万事看透、宠辱无惊、色即是空，古井无波？不，那可能是古代，是血压低、血糖低、血脂与胆固醇四低的时代。全面小康、总量第二、购买力量世界第一、拥有百分之二十以上中产阶层人口的时代，高龄长者们有可能渐成为终其一生、老而不衰、飘风骤雨、石破天惊、爱爱仇仇、永远的激情飙客。怎么能提前消停，过早瞑目，早早退避三舍？

稍稍打听了打听，观察了观察，民政巡视组作出结论：并无此事。巡视员找郦女士沟通，郦女士主动撤诉，此话带过。

又过了一年，蔡霞的自慰自语，有所压缩，只有最亲密的访客来时，她才压低分贝，感叹这么一回，而且不要求任何回应，不怕你是微笑、疑惑、点头称是或者摆手劝阻。她说完了她的，如同宗教信徒做完了早课，立即回到现实生活世俗杂务之中，谈论房价、SARS疫情、气温、晴阴、湿度、狗不理包子铺、快递网购、垃圾分类与厕所革命，防止便秘与生理病理诸事务。长者们普遍认定，对于他们，排泄远重于摄入，小康以降，三天辟谷，有益无损，三天不走动，大难临头。

九

二〇一五年来了蔡霞教授的闺蜜，送来了一批唱盘与U盘新款，她的住室从此音乐涌动。她很快迷上了新疆的《十二木卡姆》，像哭，像笑，像呐喊，像调情，像婚礼，像乡愁，像怒吼，像赏花，像暴风大雪，像相思苦恋，像胡杨也像大漠，像甜瓜也像坎儿井，更像千年不倒不死不烂的大漠胡杨。蔡霞随而起舞，有两次感动得哭湿了枕头。她还引用新疆维吾尔族舞蹈家的名言："一天没有起舞，便觉得辜负了人生。"

有五六个老头儿受到了这风情浓重的声乐与器乐的吸引，他们走近蔡老师房室，门外蹭听,他人走过,他们赶紧走远一点,等人少了他们回来再蹭。蹭蹭蹭,人生须蹭足,蹭天蹭地蹭音乐,生活即歌舞,人生如老虎,虎虎生威大志竖,一日寻它千百度,真善美无数,大美在身旁,大美在己手,大美在此处,大美在前何庸忾?

后来听得多的是莫扎特的《加冕弥撒》,蔡霞听这部作品的时候脸上是含泪的微笑,她轻轻点着头,既有欣赏,又有认同,还有赞叹,连连伸出大拇指。她告诉步院长说:"你听这个女高音独唱,她是一个非裔歌唱家。"

她听舒曼也听《茶花女》,听日本演歌也听腾格尔。听十九世纪出生,拜恩戈尔德的歌剧《死城》,听着听着会从椅子上站起来,行立正礼敬,她说,无怪乎人们说是德意志通过这部歌剧,从战争的黑暗与崩溃中开始走出来了。

她也听"文革"中的红太阳颂歌,特别是张振富与耿莲凤对唱的藏族歌曲:"您是灿烂的太阳,我们像葵花,在您的阳光下幸福地开放。您是光辉的北斗,我们像群星,紧紧地围绕在您的身旁……"她听得满眼热泪。她小声说:"早春最爱唱这个歌……"这里,没有人知道她说的是什么。个别人以为蔡老师说的是春寒料峭的清明前季候。

二〇一七,蔡霞八十一岁,大年三十头一天晚上的本院联欢会上,蔡霞用俄语、英语、法语、波斯语朗诵了普希金、拜伦、艾吕雅、哈菲兹的诗,再用汉语作了翻译,她重新显示了风度与聪敏,良好教育与自信,饱经沧桑与活力坚韧。

霞满天长者之家的心理医疗主任医师说,是时间与音乐,或者是音乐与时间,治好了她的精神疾患。反正音乐是时间的艺术,旅游是空间的求索与发现,它们的医疗作用都是很大的。

为什么提到了空间的旅游?也还少有谁知道情况。"霞满天",并没有旅游业务,小步他们还不敢组织古稀耄耋群体的大空间活动。

第二天晚上她看CCTV的春节晚会,边看边有议论与不甚满足,不甚满足也仍然津津有味地从猴年末尾看到了除夕夜的子时三刻。

从此,蔡霞渐渐恢复了初到"霞满天"的最佳状态,没有发音不清,没有天包地,没有念念有词,没有幻觉奇谈,没有走路时的身体摇摆。八十一岁的她更加从容、成熟、尊严、体面、清晰、克己、多礼。她提升的是人境、圣境、也许可以说是佛境,她离开的是言语的迷失,她清醒地告诉步院长:"我知道我有点胡言乱语,对不起,我有点憋闷,我不服我的倒霉噩运,我想着我应该有点幸运、福气、彩头,我相信我的生活里会有许多美好的东西出现。没有也会有,没有当作有,心里有、念里有,想着有、话里也要有。我要快乐,我要幸福,我不信我会常常不幸,我要的是高雅与幸福,不是炫耀,不是撞大运,我又不愿意显摆显佩。我想撒撒气儿,我要坚持我是福星,不是灾星。当年胡风是主张自我扩张的。后来扩张到笆篱子里去了。太冇好意思了。"

王按:后来,步院长说,这些一时露头的偏失,全部自动清零,冰雪洁净。王说:"我感觉到的是一种痛苦与对痛苦的反击宣战。她,要表达的是成功与胜利,她本来应该胜利和成功。"

王按:侃侃而谈,念念有词,这就是岁月积蓄,逝者有声。是反刍与消化,是遗忘与淘汰雪藏，是珍惜与告别，又是永恒的安宁与纪念。人会消失干净，仍然有话语留存。笔补造化天无功，病里微言意不穷！

渐行"渐远"，可以用五线谱上的五个表示"渐弱"的"p"符号来表示，一年一年，不愉快的记忆渐行渐远。蔡霞有不愉快的记忆，步院长注意履行为休养员的私生活保密的规则。还没有告诉王蒙。

青春百样美，老态P般甜，活到惊人处，苍天变蔚蓝！爱情耽热火，歌赋醉华年。香蚁（酒）得佳贮，举杯叹月圆。

老泪思早先，新诗记变迁，春秋酿深意，广宇惊鲜妍，惜爱愁应忘，欢欣乐未眠，此生多感触，何日不缠绵？

谁无不称意？谁有金刚身？敢历八番苦，乃游四海新。悲哀怜楚楚，喜乐忆津津，受用天人趣，清流洗净真。

唧唧得与失，恨恨谁人知。开阔艰难后，清纯困苦时。少年多激越，成长渐矜持，灿烂容光焕，丰饶岁月痴。

亲爱的读者，王蒙从小就想写这样一篇作品，它是小说，它是诗，它是散文，它是寓言，它是神话，它是童话，它是生与死、轻与重、花与叶、地与天，它不免有悲伤，有怨气，有嘲讽，有刻薄与出气，有整个的齐全的祸福悲喜。同时，尤其重要的与珍贵的是刻骨铭心的爱恋与牵挂，和善与光明，消弭与宽恕，纪念与感恩，荡然与切记，回肠与怀念。

高尔基说过陀思妥耶夫斯基的作品像是狼写出来的。高不喜欢陀。我没有感触到陀的狼性。而且，某种情势与条件下，我们固然不可以请狼先生放羊，但不妨容许狼写两篇小说试试，同时注意防护，注意狼的利爪与獠牙。

珍惜文学，珍惜生命、生活、生机、生长、使命、运命、受命、人生。不能接受对生命一词的一分钟猜疑与敌视。病态、冷漠、敌视与仇恨生命批判生命的人怎么能算人呢？我们珍惜的人又是什么人呢？且请读下去再读下去。

十

当步院长告诉蔡教授她的爷爷是王蒙的好友，她说我也与王爷爷谈得来的时候，蔡霞说她愿意让王蒙了解她的经历。

说是蔡霞对步院长说：

你不可能信服我的命运，我的遭受，我的不幸，我的噩耗。屋漏再遭连夜雨，船迟偏遇打头风。走平路落马，进高厅撞墙。躺平偏中十分准，低头巧遇二把刀。绊跤星点石子，砸头颗粒流星

我敢问，谁见过比我更倒霉的老姐？

我生于一九二六年，一九四五年十九岁赴英留学，不必说我出身于资产阶级，我知道我的原罪。我在剑桥大学学法语、西班牙语与俄语，当然前提是先学好英语。我结识超拔英武的中国留学生篮球队长，比我大两岁的薛建春。我俩在剑河边牵手行走，我们谈论民国的徐志摩和校园皇后陆小曼，梁思成和林徽因，以及为林小姐终身不娶的逻辑学家金岳霖。我们欣赏两岸的秀美，听醉了教堂的钟声悠扬，忧虑着抗战胜利后国内形势的严峻与危难，我们感到了中国即将大变，这又使我们心跳加速，全新的国家与前景在向我们招手。

……一九四九年新中国成立前夕，我赶回北京，我们俩参加了大中学生的暑期学习团，我们听了大诗人艾青的讲演，听到对于徐志摩和他的诗《别拧我，疼》

的嘲笑，惭愧极了，也兴奋极了，革命改变着一切，我们也见到了周扬与丁玲。我分到四川大学的外语学院，他分到文化部的外事局。一九五四年，我们二人结婚，两地分居，好不容易确定了我调来北京，与建春团聚。

一九五六年，建春作为随团外语干部随中国艺术团去拉丁美洲演出两个月，中间在瑞士德语区苏黎世市休整排练。那时美国对新中国采取封锁政策，赴拉美阿根廷、巴西、智利ABC三个大国与遥远陌生的乌拉圭巴拉圭唱京戏、耍坛子、跳红绸舞与唱陕北民歌，是一件突破局限、扬眉吐气、走向世界的大事。那时当然没有中国直通拉丁美洲间的民航航班，我们的人员分两批，走莫斯科、布拉格、苏黎世、墨西哥，再到拉美其他国家，这是个辛苦麻烦的航程。回程从苏黎世到布拉格一段，本来建春是坐第二班飞机的，临时有另一位在瑞士遇到亲戚的团里的同志报批以后与建春换了航班……想不到头一班飞机出了事故，建春三十岁，与我结婚两年，死于空难。我哭了三年，患上角膜炎、结膜炎、青光眼直到鼻炎。为什么，这究竟是为什么呢？不为什么，不为什么，为什么这样的不幸会降临到我的头上？我，我的祖上，究竟造了什么孽，犯了什么罪，害了什么人，让我受到这样的天谴地震空难！

或者说，有天大的不幸者，也就有天大的福气，有池鱼之祸、无妄之灾者，也就有天上掉馅饼，地涌醴泉，穆清祥和，符瑞天相。

我说的是建春有个弟弟，比他小六岁，比我小五岁，名叫逢春。他没有建春的苦学勤勉，也没有哥哥的高大英俊，但是他极其聪明伶俐，而且有一副意大利的澎湃与俄罗斯的多情男高音好嗓子，毕业于苏联莫斯科柴可夫斯基音乐学院声乐系。在他哥哥去世三周年，一九五九年十一月，我三十三岁的时候，他来找我……

命，这都是命。他唱了一晚上怀念与爱恋的歌曲，唱了格林卡的《北方的星》，唱了柴可夫斯基的《连斯基咏叹调》，也唱了刘半农诗，赵元任曲的《教我如何不想她》。前者表达了年轻稚嫩痴情的连斯基在与叶甫根尼·奥涅金决斗丧命前的心情，"啊，青春，你在哪里？"这样的歌词令人销魂。而"不想她"呢，就像后来李谷一的《乡恋》一样，推动开始了一个新时代。

连斯基的歌，本应该由铜管与大提琴奏出序曲，我的这位小叔子逢春，以闭嘴的鼻音模拟序曲与过门的伴奏，他一个人变成了一个乐队，管、弦、弹拨吹奏打击乐器齐全，而主要是自己的男高音独唱，再有他说在苏联，他的俄语名字就是连斯基·谢尔盖，他在苏联姓谢尔盖，是因为谢尔盖的发音最接近薛，而俄语里难以拼出汉语中的 uē 这种复合元音。与此同时，他拿出来了递给我看的，是一九四九年的日记，他写到了我与他哥哥回国，十七岁的逢春见到我后受到了什么样的震撼。他写到他一夜不眠，只想着我这位"天使"与"圣女姐姐"。

"我决定自杀，我已经见到了，听到了，想到了也融化了，我已经活到了这样一个熔断点。与蔡姐姐见了面，可以了，满足了，确实是生存过了也飞翔了失事了，我已经变为彩霞和礼花，变为奏鸣和独唱，变为跪在蔡霞姐姐面前的一块永远的石头。我还需要什么呢？"

……不用说别的了，我嫁给了建春的遗弟逢春，也可以说是另一个建春。原来，我与建春的婚恋是一个建构一个寻觅，后来与建春的胞弟，是一个巧遇一个偶然，是幸运之鸟大难以后立即栖落到我的霉运的额头，甚至于是我从人生中坠落，撞上了逢春，撞成了我们俩的满怀爱恋。我嫁给了中国式加意大利兼俄罗斯式的歌声，嫁给了他的疯狂的对于嫂嫂姐的恋情，嫁给了永远的我与剑桥、苏黎世、布拉格、意大利与俄罗斯的缘分与灾难，嫁给了《太阳出来喜洋洋》《教我如何不想她》《啊，你冰凉的小手》和《今夜无人入睡》，嫁给了《青春，你在哪里？》《黑桃皇后》，嫁给了一个无论怎么说，有哥哥的脸型、有哥哥的嘴角、有哥哥的笑容更有哥哥的口音哥哥的眨眼的另一个男孩子。

十一

蔡霞继续说：是的，出嫁在一九五九年，似乎也可以说，同时是一九五六年、还同时是一九四五与一九四九年的重版，是时间的多重叠加，是人与国与家，还有我正在逝去的青春的情与梦的热遇……当然，你算得出来，一九四五年，我十九岁，四九年，我二十三岁，五六年，三十岁了；而建春三十一岁之时，逢春二十五岁。五九年，三十三岁的我与二十八岁的逢春在北京结婚。各种机缘，我们举行了盛大的婚礼，在北京颐和园听鹂馆，五桌婚席。

结婚十三个月，一九六一，我们得到了一个儿子，起名叫早春。早春更是建春的几何相似形制图，是建春再世，是我的与建春、逢春、早春三春的生活，从儿子呱呱坠地重新从头开始。

奇特的是，早春在幼儿园就是拍皮球的冠军，小学三年级他长得个子很高，他喜欢球类运动。高小他已经开始打儿童篮球，初中一年级他就选入了中学的篮球校队。父与子两代打过的篮球，是我的命根子。

对不起，猖狂，与逢春结合，我又觉得我是世界上最幸运的一个人，大恸反得喜，深埋又还阳，得了儿子后，何事再牵肠？我，我正是陷入大悲哀大痛苦，哭泣成病的准寡妇当中，康复得最快乐最完美最称意的唯一一个特例。我被命运砍了一刀，养好伤，受用了命运带给我的新可能，新的机会，新的补偿，是痊愈的快乐，是康复的成功，是另一回新生，是咸鱼翻身，是命运碾轧后直起腰，爬起来，起跳，一米八，超过了打破世界纪录的郑凤荣，她是一米七七。

我想的是什么呢？你必须活着，活好，活着就有爱，活着就有情，活着就有戏，活着就有天空和太阳，活着就是春天，花开，叶绿，水流稀里哗啦，鱼戏南北西东，鸟也滴滴沥沥地叫，虫也变蛾变蝶升空，虫儿们组成了绿色的夏天的夜夜室外乐队。

乐观是不是轻薄？佛家讲究大悲、慈悲、悲悯，应该怎么样去感应和体悟？

我的罪，我的罚，我的悲，远未做好准备。这是幼稚，更是浅薄。

十二

蔡霞继续说：

一九八一年，学校暑假期间，逢春出国演出。我们的儿子参加完高考，信心十足去上一本。快要满二十岁的早春，回到他爹他大爷老家，一个著名的旅游景区N市郊区农村。山川壮丽的农村在改革发展中开始兴旺，民居发展开放，接待八方来客，吹海风、洗海澡、吃海鲜、坐海船、躺在海滩上穿着泳衣晒太阳，外加登山爬山看日出采野菜、戏弄松鼠、偶尔看到五颜六色的山鸡。一九八一年的八月六日，是阴历七月初七，是鹊鸟搭桥，让牛郎与织女相会的七夕，是中国的情人节。在 N 市模仿国外新建成的一个游乐场，早春赶上去玩翻滚过山车，突然过山车的钢缆机件出了问题，几名游人坠落。幸亏那天游人不多，斯地斯时人们的购买力还相当有限，游乐场式的地方，只有部分人问津。就这样也遇难二人伤七人。我的早春离开了我们，提前会他的伯伯建春去了。

请问，你们谁能相信，这样的十年不遇、百年难遇的事儿，像一颗流星在太空坠落，两次坠落不偏不正，全都瞄准到我蔡霞灾星的脑门子上了。

我到现在也不能相信，不，这太夸张，这不真实，这不是真的，是编的，是胡思乱想的走失。如果是真的？这就是不可能的。如果说这也可能，那就只能是假的。是的，我在八一年八二年集中力量思考与研习的是概率论，我的遭遇出现的概率绝对近于零。这应该也是一个数学悖论，如果一切都是可能出现的，那么就是必然等于，一切的不可能也都是可能的；如果不可能也是可能的，那么不可能就和不可能相悖，如果可能中包含着不可能，可能就与一切不可能是相通与相等的。那么不可能究竟是可能还是不可能呢？可能＝不可能？不可能≠不可能？不可能是可能的还是不可能的呢？

我的遭遇让我几乎得上了菲尔兹国际数学奖。＝这个等号本身就是剑桥大学十六世纪时候开始使用，然后普及到世界的！

那一年我五十五岁，逢春五十岁，早春是永远的十九岁。

你说什么？作家王蒙？他比我小八岁。他对长者院的生活很关心？好的，你可以把我的故事告诉他。

十三

蔡霞说："是的，我是白虎星，我是扫帚星，我是《圣经》里传递天谴信息的约拿，我是'Estrella de desastre'（西班牙语：灾星），我是魔鬼撒旦，我怎么成了妖孽？底下的事更难于启齿……"

步小芹后来把蔡霞的奇异的经历背景继续讲给王蒙。

年已半百的歌唱家薛逢春的声乐事业正当日益兴旺，儿子的事让他突然衰老，儿子的死亡使他失声，他糗到了家里。

过了一年半，蔡教授由于她的外语专长，随着改革开放与对外关系的发展，仅仅顾问、评委之类的名衔就获得了十几个，应联合国秘书处的邀请她带着学生访问了纽约与日内瓦的联合国机构以后，又担任了中国的对应机构的顾问职务。五十二岁的逢春不但声带痊愈上台演唱了，而且被邻省的一所艺术院校聘请为声乐教授。

如此这般，薛逢春与她，原来就风风火火，人五人六，虽遇大难，合法兼职化以后他们的名声与添加的收入飞跃增加。他们常常体会与称道本土的敬老文化传统，时间使得有专长的长者价值不断升级，岂止小康，岂止中产，他们决然地进入了高收入阶层。一九八三年，他们买了三百多平方米的独套别墅商品房，从蔡霞家乡雇用了沾亲带故的家政服务员，称蔡霞为表姨的李小敏。

李小敏二十一岁，读过高中，上过两

年烹调培训班,她已经参加过两个年度的高等学校入学考试,未能够得着分数线,为维持生计愿意做家政服务,并在下一年再试一次高考。

李小敏浓眉大眼,瓜子脸庞,上唇丰厚,下唇稍稍兜起,言语清晰,口齿伶俐,眼里有活计,手里有灵巧与气力,表现的是新农村的无限希望。从来了以后薛家清爽整齐,顺风顺水,深合蔡霞心意。得机会她就辅导小敏高考应试,特别是小敏的弱项外语,得到蔡师指点引领以后,突飞猛进,二人对她次年夏季的考试,信心大大提高。

一九八四,李小敏考取了一类大本,学外语。蔡霞挽留她周末或其他自由度大的时间依旧住在她与逢春定居的别墅房里,适当帮助家务。他们也在日常零花方面给小敏以慷慨的资助,又给了小敏大批她这里用场有限的各式服装鞋帽。她与逢春常常出差在外,而几年来超市的供应越来越方便,家务劳动大大减轻,有个小敏(干)闺女,生活走向圆满无忧。

蔡老师喜欢这个孩子,心想,有这样一位亲情打工妹、莘莘学子,有这样一位有志气的本乡本土本家的年轻人,使她们的家庭产生了新的活力新的感觉新的希望,她决心资助她学好功课,直至毕业就业。她决定等小敏毕业后把她正式认作己出,后继有人,也是缘分。

小敏进入大学三年多,一九八八年,蔡霞陪学校邀请接待的一位国外的教育专家到西部少数民族地区几所大学交流。恰好此时逢春感受时令小恙,减少了出差,回家休息。等蔡霞回到家,发现诸多蹊跷。

真正的,挖心丢命吞噬蔡霞人生的大难横空出世!

十四

王蒙想:没有比她这里发生的事更简单、更麻烦、更无耻、更自然、更无话可说、更丢人现眼的了……

伟大的恩格斯在《家庭、私有制和国家的起源》中讲过:"如果说只有以爱情为基础的婚姻才是合乎道德的,那么也只有继续保持爱情的婚姻才会合乎道德。"这就是说,以不爱了为理由解除婚姻关系是天经地义的。还有说是:"如果感情确实已经消失,或者已经被新的热烈的爱情所排挤,那就会使离婚无论对于对方或对于社会都成为幸事。"这话十分精彩,尤其对于长期的封建旧中国,曾经有那么悠久的岁月,人们常常被剥夺了自主求偶、享受生命所不可或缺的情爱的人们,得知了上面的两句话,振聋发聩,幡然新生,山呼万岁。

但王蒙还是想说一句,正像没有爱情的婚姻其实很不道德一样,没有道德的爱情,也绝对不会是有可靠的幸福和前景的,更不会是有保障、有责任,执子之手,与子偕老的生命一个温暖的重大方面。人际关系,包括性爱关系、家庭关系、亲子关系、夫妻关系,岂能有太多太过分的失道德非道德反道德缺德缺阴德!没有道德的盲目爱情,可能表现的是人类性格与个性中原始、自私、乖戾、粗鄙、野蛮、丑恶、矫情、挑剔、嫉妒、诽谤、怨怼、仇恨,没有丝毫人文意识的这一面。从相爱得要死,到相互攻击伤害仇恨毁灭、不共戴天,使家庭成为绞肉机,使情侣成为仇敌,这中间只有一步之遥。不讲任何道德的爱情带来的多半不是幸福,而是烦恼灾祸,不是浪漫,而是自欺欺人,不是健康,而是变态、疯狂、折磨、毒辣,是从千言万语的美丽，到千头万绪的丑恶狰狞。

没有道德的婚姻，还可能是阴谋与骗局，是桎梏与牢笼，是虚与委蛇的伪爱情；爱起来千姿百媚，不爱起来千疮百孔；经营起来红利滚滚，表演起来曲极其妙；恶劣起来流氓无赖，冷热软硬暴力俱全。

有多少人享受着充满爱情、高尚情怀、受到社会肯定、法律保护、道德提升的婚姻！有多少人从来没有享受过、没有知道过、没有试验过人类的文明使男女能够如此和合相悦幸福！也有多少人受到了受够了如梦如痴、乌烟瘴气，要死要活的歇斯底里，还不断地出来什么家暴、冷暴、杀妻、杀夫、肢解、转移、隐匿尸体的……报道，使人想到恋爱结婚成家不寒而栗。

在电视节目里，从社会与法制节目中频频看到的是情人夫妻间刑事犯罪案件，让爱情与婚姻彻底摆脱道德，让爱情绝对排他地诗化流行歌曲化，也许就难免同时进入了民事至刑事案件的法学范畴啦。

十五

蔡霞说："我明白了人生的某些好与坏，生与死，成与败，在没有发生以前它们只是不可思议的偶然，是不一定有因果链、报应循环、预兆预警的。一旦发生，就是绝对，就是必然，就是宿命，就是无暇张嘴咀嚼更无暇思考拿主意，你已经，你必须，你只能生吞活剥、原原本本地咽下去！

那么，哼哼，稳稳地给我站好了，敲起小鼓，要的是你给阎王爷跳一场独舞！要的是你给命运一个回应，一个决心，你不用怕，从拔舌地狱始，剪刀、铁树、孽镜、蒸笼、冰山、油锅……各式地狱多灾海都不妨走一遭，然后你挺起身形，鼓起勇气，你不能垮，你要死马活医，置之死地而后生；你还要再学十种外国语言文字，再走百个千个美丽的风景，你还要欢欢势势地给我活、活、活！再做千种万种有益的好事，也许你还要遨游太空，登月球，移民另一个天体……

至少给人们留下你的灵魂的记录与痕迹。

荒唐的痛苦正像一种病毒，摧毁生命的纹理与系统，同时激活了生命的免疫力与修复功能。我明白了，我不可能更倒霉更悲剧了。已经到头，已经封顶。我蔡霞反而坚定了一种信心。生活呀，你敢荒唐，我就敢坚决，你能狠毒，我就能消化排泄，也许是满不在乎，你下损招辣手我反而觉得小意思而已而已；老天爷完成了男男女女，相恋不已，相乐不已，礼义不已，也永远有厚颜失态不雅出轨不已，对此事的态度，可以做到愈益坚毅清明，云开日出，演到哪一出就算哪一出。人只能以善求礼义，不可能以暴行礼义。

蔡霞说，在她最痛苦的时候逢春安慰了她、爱抚了她、填补了她，她冷静全面地评价了逢春。她知道，逢春是个好男人，作为不拒绝不轻视通俗唱法，时而与通俗歌星有所合作的美声歌唱家，作为被许多女生评为有"女人缘"的男生，他多次被同行和粉丝异性青睐，被出自高官大款名门以及工农兵杰出人物的娇养女孩儿们招手入梦，他对蔡霞"嫂子"讲过十几个堪比柳下惠坐怀不乱的故事，逢春说，十九世纪以后，已经没有这样的人与事了。他自尊自爱自强，他爱妻敬妻护妻，对于"娱记"们来说，对于粉丝们来说，他已经是太严肃太正经，"正经"到影响票房的程度了。但是他也有把持不住的时候。他开始老了，他意识到他已经快用不到把持什么了。

何况这里还有一句话，没有人挑明过，但是蔡霞清清楚楚：薛家优秀的两兄弟，都以她为妻为指望，不孝有三，无后为大，中华文化注重传宗接代，香烟永续，这是血脉深处的基因，除不净的。

蔡霞是逢春的爱妻，但她也忘不掉，她是嫂子，长嫂如母，这又是一句传统老话，这样的嫂叔文化使她益发幸福温暖，陶醉疼爱，却又有所不安、含羞、不好意思，一直觉着未必撑得到永远。还有年龄，那时候有哪个国人知其后十五年才有的法国总统马克龙与小丽的婚配年龄范式？这应该也算是法国对爱情文化的一个贡献。

早春的游乐场事故，甚至使她反思自身对于薛家的凶险，雪灭于菜，她在噩梦中看到了这么四个字，梦中大喊大叫，把走南闯北的歌唱家吓得也变了声儿。虽然饱受西洋文化的浸淫，也仍然具有洗不清的古老中华的集体无意识根脉。

十六

小敏悔恨至极。逢春与小敏，在蔡霞面前，争着骂自己，逢春说："我没出息，我下作，我糟蹋了外甥女，我可以去自首，我犯了罪……"

小敏说："我贱，我没见过这么好的男人，我该死，我当时想的真是就这么一回，死了也不冤枉了。我把薛先生拉下了水……"

蔡霞敏感地注意到，一直称薛逢春为姨父、"叔叔"的李小敏，已经坚定地称比她大三十二岁的薛逢春为先生了。已经先生了，还说什么？在我们的传统里，未婚女生上了床，这是比天大的事儿啊。人生路途上，女生比男生更勇敢、更决绝，更以命相搏，女生可以比男生更清醒地走上不归，女生比男生更经得住事儿。

何况，他们生活在爱情婚配也处于前所未有的变局的时代。

某种意义上，蔡霞告诉步小芹说，痛苦在于发生了这样的丑闻，然后一切由她做主，她必须，她成了决定三个人，不，加上后来得知的小敏腹内胎儿，共四个人的命运的主宰。逢春与李小敏是两个罪人，胎儿等待出世，无辜无恙，无声无息无能。生活与命运的主动权，集中落入蔡霞手心。

她可以选择驱逐李小敏。李小敏表示接受，不找"先生"任何麻烦，同时拿出了医院的尿液与血 HCG 检查证明，她已经怀上了薛逢春的孩子。

蔡霞还提出可以认李小敏为干妹妹，孩子她俩同抚养，承认李小敏是孩子的生母。他们可以给小敏付高额损失赔偿金。李小敏可以另寻配偶，他们支持她的正当婚姻，光明前途。

听到这话，逢春几乎想给嫂妻下跪，蔡霞手一挥，眼圆睁，阻止了他。

小敏断然拒绝。她决定立刻告辞，回大学住，不对任何人透露胎儿的父亲是谁，她独自一人承担未婚先孕的历史责任。她要求的只是为她的人工流产手术提供医护帮助。

逢春歌唱家痴呆呆地注视着小敏，泪流如注。

就在此时，蔡霞嘴角一撇，略略一笑，这是这个大节点上她唯一闪过的一次冷笑。她用了不到两秒钟，她大声用俄语喝道："Разводиться!（离婚）好的，我决定了，我说的算。我以逢春原配，早春儿子加我的名义说话：连斯基·谢尔盖，咱们俩准备好身份证、结婚证，明天就去民政局婚姻登记处办理离婚手续！"

然后她用中文又说了一次。

她感觉连斯基·谢尔盖这个俄语名字，现在用着比较容易接受得多。她在剑桥学过俄语，逢春在苏联留过学，除了汉语外，俄语是他们两人的通用语言。从逢春的俄语名字讲起，像是讲一个俄国留学生的远东西伯利亚故事——история。对于她本来没有任何意义的、有点可笑的名称，存在的就是合理的，这个名字就这样活起来了，派上用场了。先用俄语沟通一下，非常必要，这是离婚的决定，也是两人共同度过了共和国初期中苏友好时代的一个纪念，有始才有终，有终并不忘始。

蔡霞遇大难而更清楚明白决断，临大事有静气，她一丝一毫的犹豫与为难也没有，立即作出决定。正是由于冥冥中蔡霞自觉灾星的铁帽子向她死死地扣下来了，她必须以身阻击，必须发力千钧，决不哭天抹泪，那样只会是携手崩溃灭亡。她这样的噩运万里挑一，百千年一个，那么概率论告诉她，她必须迎上。她与薛建春、薛逢春、薛早春世俗缘分已尽，她爱他们，她感恩他们，她仍然想着他们，她留下了当年建春、后来早春玩过的篮球，作为她的圣物和出嫁薛门的永远纪念，陪伴她一生不会孤独，不可寂寞，不会怨天尤人。她要栽种别处的生活奇葩。生活在别处，因为生活无穷，你的N经历对于生活的∞来说，近于零。你永远有需要追求与摸索的崭新的生活领域。你必须忘记逢春与小敏的尴尬低俗，你可以换位思维，理解与原谅一切。清醒的原谅比清醒的复仇有意思。她感谢自己最痛苦的时候得到了逢春小叔子、后来是正正经经丈夫的保护。她此时，愿意全力保护逢春与小敏的名声和未来。

她毅然决然，她脑洞大开，突然感觉这不一定就是坏事。她创造了家庭变故中以最小的伤害与痛苦、最大的和平与好意、克己复礼地免灾除咎的稀有样板范例。

不幸唤醒了她的高雅、宏毅、豁达，不幸使她更加慈悲、宽恕、担当。人生几十年，得失俱有限，善恶一念间，但愿心如莲。她认定，逢春可以在二十七岁时如痴如梦地相思尚无人知道即将大难临头的嫂子，那么他也有可能，出现某种冲动，感应一个崇拜他、迷恋他的事业与英俊的，这样一个鲜花怒放女子，她蓦然以蛾扑火、以身饲虎。正是迟迟未谢春，骊歌一曲感郎君，荒唐本是寻常事，迷惑一双孽障人。毕竟本无猜，事情做出来，查无大恶意，或显凡俗胎，事本无可恕，情或有侧歪，吉凶凭卿意，罪赦任卿裁。且在不测中，找出欢喜来！

各有各的遗憾与安置。人生谁无憾？生活谁无灾？咬住牙关后，导出金玉来！可称妥善，难以无缺，求仁得仁，差强人意。

关键在我。

亲爱的建春、逢春、薛家兄弟，我爱你们。

亲爱的早春儿子，当亲朋好友强烈反对我与你爹分手的时候，我回答他们："早春给我托梦了，儿子他说，'妈妈，你做对了，好妈妈。'"

儿子的话一言九鼎。儿子仍然与我在一起。没有人敢于再说什么庸俗低级的话了。

果然早春那时节频频入梦，鼓励了我，安慰了我。梦中见到早春的时候，我听到了建春的声音，只有音频了。啊，坠落于苏黎世—布拉格的航线上。再没有梦到过建春，因为建春不想打扰她与逢春的生活。在梦里听到建春的话语声音的同时，响起了斯美塔纳的交响诗《伏尔塔瓦河》。布拉格的河流，流逝于迷人的交响，四溅的水花，还有捷克斯洛伐克的一去不复返的记忆。

那也是一种国家记忆，已瓦解了的国家的记忆。

后来，离异了，捷克与斯洛伐克。

人间有离异，正如有集聚，捷克斯洛伐克，蔡霞逢春亦。

亲爱的小敏，祝你幸福。

蔡霞说：一对新人结婚的时候，我们祝福他们爱爱一生，白头到老。那么假若祝词没有完全兑现，不是爱爱一生，而是半生多半生少半生若干年月，如果头发没有全白，如果是半白、灰白、略白，然后，你们拜拜，你失去了他，他失去了你，这是可能的，这是人们尤其是女生应该有所准备的。

罗曼·罗兰的话是："凡是不能兼爱欢乐与痛苦的人，便是既不爱欢乐，也不爱痛苦。"何况是为了逢春弟弟。也可以为小敏小丫头。这丫头不是那鸭头，头上哪有桂花油？曹雪芹就能原谅与包容她们，包括袭人、小红、彩霞、彩云……

陀思妥耶夫斯基说过，他害怕的是辜负了自己承受的痛苦。天！陀是当真写出了沉甸甸的痛苦，没有烧包，没有矫情，没有小题大做，更没有一点点个人鼠目寸光的怨毒。你可以摇头叹气，你可以抹一抹眼角的咸泪，你可以苦笑嘲笑耍笑怜悯悲悯大赦天下，两人的事归两人，自己的良心只有自己知道怎么安置。

什么？嗯，不是灾星，这不是我的选择，而是我的巧遇。要与我的巧遇拼到底，拼到骨灰罐，拼到成为一张遗像挂墙。

已经连连承受了灾祸，但并非注定了要承受灾祸，更要使劲减少灾祸。有灾难可以，认灾星不必。死者常已矣，生者犹於戏，命运孰得悉，大数据哪里？家破人犹存，情了心未寂，以善良待人，以善良惠己，修福福得以，秀善善永志，为人须得体，好好活下去！

蔡霞心平气和地解决了她面对的尴尬与难题。号啕大哭的是逢春，捂着脸涕泣，叩头如捣蒜的是李小敏。

最后，蔡霞与逢春双双自愿离婚。

离婚以后第一件事，她到了布拉格然后维也纳。她乘坐了伏尔塔瓦游艇，听着乐曲美美地大哭一场，这才到了她要哭的时间与地点。如果在家里包括老家的建春与早春墓地哭，只能刺激逢春与小敏。在布拉格当晚，她梦到了长着马克思式大胡子的捷克古典音乐奠基人贝德里赫·斯美塔那来见她。甚至到了维也纳听上《蓝色的多瑙河》了，她还挂牵着水声叮当如铜铃的《伏尔塔瓦河》。

蔡霞哭建春、哭早春、哭自己的泪水，从北京流到了布拉格，从黄河长江，流到伏尔塔瓦河，然后流进易北河，向着德国的文化古城德累斯顿，然后是德国第二大城市、海港汉堡，最后与泰晤士河一起流到北海去了。

十七

小步说老人院里的奇葩太多了，九十岁以上寿者，都是奇葩。不寿而能奇乎？不奇而能寿乎？不寿不奇能算好好地活了一世一遭一回乎？

奇葩逢奇葩，奇葩创奇闻。悲哀即功课，快乐绽缤纷。生老与病死，苦乐与悲欣。何物愁与恼，何得乐与欣？何事罚与罪？何为丑与损？反身求诸己，光明日日新。

一九九一年秋天，小敏生下了逢春的又一个儿子。逢春给小儿子起名"又春"。逢春毫无斟酌地几乎给蔡霞留下了他们所有的房产与积蓄。李小敏千恩万谢蔡霞的宽宏，臊眉耷眼地接受了逢春的求婚，断然否定了自家父母关于彩礼的要求，并声明推迟二十年再正式举行婚礼，以表达对表姨的尊重，随时等蔡姐回来她就滚蛋。她与逢春领了结婚证，目的是为了孩子。但对于家乡人，不举行婚礼，等于结婚仍待完成。

直至二〇〇八年九月二十日，斯年的中秋节后第六天，得知蔡姐去了不可思议的远方，七十七岁的逢春与四十五岁的李小敏，带着二十多岁的儿子，回老家聚集李家村亲友吃了一顿自称地方全席的流水席，算是新婚喜筵。

那么，请猜猜，薛逢春与李小敏婚宴的时候，蔡霞在哪里呢？

什么？猜不着？我告诉你，二〇〇八年整个九月下旬至十月份，八十二岁整的蔡霞，人在南极。

逢春与小敏离开蔡霞以后，蔡霞也乘退休机会辞去了部分社会兼职。第一步，她添置了乒乓球案子网子球拍黄球白球，她与一批同事同学在她那里赛起了乒乓球，而且，与众不同的是她喜欢打削球，她心仪的是五十年代的球星林慧卿，她的削球下旋动作舞蹈感非常强烈优美。她认为她的打球，美比胜不胜利更重要。第二，她以七折至三折的廉价购置了哑铃、拉力器、动感单车等健身器材，坚持锻炼身体，并以这些健身器材招待欢迎来客。

第三，更加牛气冲天的是她报名参加了民间办的话剧表演培训，并且自行与本校学法语的研究生，排练了法国文学作品改编的舞台剧《八美图》，前后演过五场，全部用法语，至少是高调震撼了外国语大学、法语留学生与在京讲法语的各类人士。她说，她可以好好做一些自己想了多年没有做的事情了。

她说，与《八美图》中八个女人一个大男人的丑恶毒辣故事相比较，她只能说自己的生活幸福。

九二年秋天一过"十一"国庆，她自驾出游新疆天山南北，去的时候走北路，张家口、大同、呼和浩特、包头、银川、兰州，整个河西走廊，哈密、吐鲁番、乌鲁木齐。在新疆她又走了伊宁、新源、库尔勒、喀什、和田，她前后走了两个月，尽看了雪峰、云杉、胡杨与白桦林、高山湖泊、戈壁长河、草原、马场、牧民毡房、高昌遗址、交河古城、喀什噶尔清真大寺、十二木卡姆、沿叶尔羌河两岸的刀郎木卡姆，还有维吾尔族加蒙古族风味的哈密木卡姆。

尤其难忘的是天山北麓中果子沟的哈熊。从乌伊公路上走，在兵团经营的五台公路服务区住一夜，第二天她经过了可克达拉——绿色的原野，走到隶属博尔塔拉蒙古族自治州的沙地中的绿洲精河县午餐，还享受了"抱着火炉吃西瓜"的奇妙经验。饭后到达了高山湖泊——当地人称作三台海子的巨大的高山咸水赛里木湖，走过狭窄的峡谷果子沟。那里长满了野生小苹果，进入秋冬，苹果落地，发酵变化，获得了芳香酒精成分。由于当地长住的多是哈萨克牧民，那里的大个子熊只，也被称为哈熊。可喜的是蔡老师亲眼看到了吃了太多的酒香野果的哈熊摇摇晃晃的酒仙步态。

凭借果香化酒仙，哈熊醉舞亦奇观，微醺更觉身轻雁，飞越天山一顾间。

屡遭磨难女儿身，教授多灾祸患临，自从峰下观熊舞，能不怡然笑煞人？

亲亲别后是新疆，游罢天山岂断肠？驿路遥遥情最切，匆匆歌舞是家乡。

回京时候，南路，经过细长的甘肃，她走陕西西安、河南洛阳三门峡郑州，河北邯郸石家庄。回来以后，她整理新疆记事，改来改去，念念不已。

天山南北自驾游以后，蔡霞对自己的旅途留影颇觉遗憾，北疆草原，那拉提山谷，喀纳斯天堂，尼勒克长廊，库车杏花村，阿城镇苏河口，喀什大寺，她硬是没有留下配得上轰轰烈烈的此行的照片。于是她购买了摄影用直升飞机，学会了全套操作本领，回到了航模比赛的学生时代，她从天地，从山河，从城乡，从东西南北，寻求与开拓着恋恋难舍的美丽。她留下了人见人爱，人人赞美艳羡的摄影图片。

次年，她又自驾车去云南，滇池、洱海、玉龙雪山、丽江古城、崇圣寺、三塔、石林，到处是花朵，到处是树木，到处是奇瑞山水路程。回程外加偌大四川与重庆市。

十八

又过了一年，她五月份自驾再游西藏，甘肃的敦煌令她神往赞美，青海西海（青海湖）令她沉醉流连，进入西藏，零下一度，然后二三四五六摄氏度，渐生暖意，蓝天白云雪峰伸手可触，藏羚羊、牦牛、经幡，新奇开眼，令自诩"光杆司令"的蔡霞教授平添生机。从海拔不到一百米到五千米；越过十几座山岭关隘；穿过金沙江、澜沧江、怒江、三江并流的壮丽景色；经过泥石流群，经过了不知多少次寒温易貌，也是日日经四季，天天历人生，终于到了西藏拉萨，布达拉宫、大昭小昭寺、八角街，住进最初是与外资合作的拉萨拉威国际酒店。

干脆说，蔡霞虔诚而又喁瑟，她拜了布达拉宫的观音菩萨化身白度母——卓玛嘎尔姆或妙音天女。她学会了梵语六字真言唵、嘛、呢、叭、咪、吽。她喝了青稞酒，她请了唐卡药王法相，这里不可叫购买。关键是，拉萨五昼夜，她东跑西颠，没有吸过一次氧，海拔再高，没有她的心气高，心脏再吃力，没有她的精力健，倒霉倒霉，疾风知劲草，事故事故，事乱见忠良，祸大激神力，灾多好转身！苦难到了极点，她只有快乐，只有起兴加油，只有抵抗到底，只有祝福惜福信福求福……再无其他选择。

心知肚明，不选择快乐与爱恋，难道能选择哭啼啼、怨狠狠、家乡的话叫"一头撞煞"吗？不，不，不，不！

她不想那样。永远不会，绝对不会。

一九九六年，她进入古稀，后来她觉得不如叫作"鼓戏"之年。她觉得进入新生活新年代以后，不妨用革命样板戏《沙家浜》上胡司令的名言"（这茶）喝出点味儿来了"来形容自己的心态了。

理应是京剧里正经高贵的韵白，锣鼓点节奏，花旦问："茶饮可还中意？"净行（花脸）答："喝出一些滋味来了！"其中"滋味"二字，声调突然提高八度，音量也大大增加了分贝。而"了"读"燎"，大声，起伏曲折，行板如歌。

她还去了俄罗斯伊尔库茨克、贝加尔

湖、北中南欧洲名城。去了突尼斯、尼日利亚、南非的好望角、伊朗的四十柱宫、埃及的卡纳克神殿。

她乘坐了各线游轮，旅行社则写邮轮，大概是为了避讳落水而游的游字吧。蔡霞连死都不怕，还避讳游游水吗？

十九

二〇二一年，在"霞满天"院里，王蒙终于见到了九十五岁庆生的蔡霞"院士"。

步小芹的霞满天长者院事业有成，她已经在全国建立了三座分院。她说蔡教授自从二〇一七年春节联欢会上做了多种语言的朗诵以后，立刻被全院称为院士，其实她是教授，并不是科学院院士。还有人说是香港的浸会大学与北京师范大学在珠海合办了博雅学院，他们聘请了一批海内外知名的学者做该学院的院士。也行。

步小芹干脆说：蔡霞教授，现任霞满天长者院院士，院之名士学士，名正言顺，岂有疑义？

九十多岁了，蔡"院士"仍然挺直着腰身，脸上嘴角上呈现着幸福的笑容。

这样的气质与腰板，能不院士吗？

蔡"院士"的身世故事以多种多样的版本在本院包括各地分院传播，包括了各式添油加醋。事迹经过了民众的涂染便变成了动人的传奇。最富想象力的说法是说她在伦敦留学时与一位名叫张伯伦、要不就叫丘吉尔的本岛贵族男友生过一个儿子，名叫约瑟。四九年蔡薛情侣回北京参加中华人民共和国开国大典，张伯伦或丘吉尔不让约瑟回"共产党中国"，她"忠、慈"难以两全，把孩子丢在了大不列颠英吉利。后来，儿子约瑟定居北欧。住在马尔默、卑尔根，或者安徒生的故乡欧登塞，或者惊世骇俗的挪威剧作家易卜生的故乡希恩，或者此前或此后他曾经待过的北极圈内的格陵兰岛。说法越多越离奇，生活的魅力就会越强有力，也就越来越现代和后现代。然后院士就更加院士化了。

院士本人主攻语言学，后来又都知道了她在剑桥选修过生物化学第二专业。在这个"霞满天"院里，没有谁说得清什么是生物化学，而她本人，回答旁人提问时说：生物是有生命活力的物质，有营养摄取，有呼吸，有排泄，还有细胞的生长与死灭。生物化学研究生物体的化学进程。还要用化学合成的方法，科学技术的手段来解决生物体的某些产生、抑制、调整与改变的进程。最简单地说，李锦记老抽与二锅头的生产就是生物化学。尖端一点来说，一八九七年毕希纳兄弟发现没有活细胞的酵母抽提液也可以进行复杂的发酵生命活动，从而颠覆了生机论。把无生命的物质与有机物质、离不开一定的物质的生命联结起来了。

解答之后，人们就更加糊涂敬畏了。人们理解，这样，女娲用泥土捏出人来，十分合理。蔡霞是"霞满天"的顶尖宝塔。但她之被人熟知，更多的原因是她朗诵的诗词与她的超高龄美貌。人们还说她一生学问深、经历惨、出身高、命运糟，才在十来年前在本院犯了精神病，破天荒的是，病着病着就好了，她有不一样的经历，不一样的学养，不一样的活力。

她大大方方，老而不衰，她的全身，她的颜面，每次让你看着都那么舒服顺当自在适意。不知道为什么，她的面颜上根本没有过多的纹络与干枯的皮肤也没有任何赘肉，只有从容润泽和优美笑靥。所以她不显老，无须表现自己尚没有老。文化驻颜信可称，微微笑过醉芙蓉，哈啰你好皆如意，甘甜酸涩乐人生。她不显弱，更不会逞强。她的永远的含笑的表情透露着幸福与自足，文雅与高贵，她的声音平和淡定，她出现在任何一个场合都带来一股清风，使在座的其他人互视而笑。她的出现又永远像没有出现，像飞过了一只燕子或者飘过一朵薄云，除了愉悦，对一切都只有浮光掠影，高雅文明，没有瓜葛与掺杂。不黏糊。

曾经有过杂音，曾经有过尘埃，曾经有过病症，曾经有过过程，曾经有过对于陌生的比自己优胜的人的敌视；现在，终于功德圆满，院士修炼，与天为徒，天人合一，莫得其偶，是为道枢。

还有她的多礼，一个陌生人走过她身边，她会报之以和善的目光，一个人向她微笑，她立刻回报以春光明媚的感激，她似乎马上轻轻点头与收颏。而当有人叫着"大姐"或者"院士"向她致意的时候，她会缓缓地站立起来。你不禁惊叹，她站立得那样从容而且完美。不像有的老人，七十一过就不敢再坐沙发了，从软软的沙发上他会根本无法及时站立。医生说是老男人坐太柔软的沙发会有伤睾丸。长者院这里还有一位老画家，由于见到大人物急于起立，扭伤了腰。现在还每天用红外线理疗仪治疗。

二十

在庆贺她的九五之尊生日，二〇二一年，院里举行了蔡霞摄影展，引起轰动。一些外来的摄影家赞不绝口；少数人则是称赞她的摄影用无人飞机。之后，自助餐聚会上，蔡霞应请求讲了她的南北极旅行故事。她说：

二〇〇八年，咱们国家的北极旅游开始起动后，我在中秋的第二天开始了南极之旅。只说到"旅"，且不说游，我不是仅仅旅游，我只是追求精神的救赎和世界的我尚不知的那一面。我的旅游是朝圣，是深省，是学习，是寻找归属。当然也是探险。我想更多地知道一点，我们活一辈子，离不开一辈子，却仍然说不清道不明的我们的世界。

……我们先到达了阿根廷的布宜诺斯艾利斯，然后从北到南坐了三个小时的飞机，到乌斯怀亚市海港，登上了豪华的游轮。我们经过了被称为魔鬼海峡的德雷克海峡，飓风每天二十四小时，吹倒了大冰山，激起摩天大楼一样高的海浪与雷鸣一样的轰响，吹得游轮颤抖摇摆吓人。而那里一座座的蓝冰山冰丘，是十万年才能形成的。还有一座座黑色冰山冰丘，五十万年才能形成。姜是老的辣，冰是老的黑，深奥严实啊，我们的世界的"极"点。

我们需要勇敢，也需要恐惧，经历了战胜了恐惧才有勇敢，才好吹牛。

极，就是终极，就是绝对，就是无穷。说法是，到了南极，四面八方十六路只剩下了北方。离开南极点，往哪儿走都是北，以北半球的人来说，南极就是地球上的最远。当然，这是从地理学从方向与道路角度作出的判断，如果从数学从立体几何上画图论证，另当别论。

还看到了成千上万的企鹅，说是南极有六百万只左右的企鹅在那里生活，密密麻麻，白的白，黑的黑，黑背白肚的黑背白肚，有没有白背黑肚的我闹不清了。还有一种白脖子上系黑带，很绅士味道，俄罗斯人称它们是警官企鹅。我亲眼看到了一只鹰隼拿一只小企鹅当猎物，向小企鹅决杀俯冲，四只大企鹅迎战以身护崽，这里边肯定有小企鹅的父母，另两位大企鹅呢？它们有亲友，物种认同，和斗争底线哲学。

有大鲸鱼，鲸鱼能将海水喷到旅客的游艇上，也许是欢迎？人类后来认识到，人之屠鲸，太残酷，太过分了。我们看到了废弃的捕鲸船，我们对鲸鱼难免歉疚。南极也有大海豹，有一说是海豹的智力比猩猩更发达。

南极还有探险队员的坟墓，人是先锋，也有时是恶徒，是牺牲者，也是享受者。南极有我们中国的科学考察站，最早的站位于乔治岛。那里有一个小伙子是我的一个同学的孙子。我给他带去了国内刚刚度过的中秋节的一块广式月饼，我大叫着呼喊他的名字找到了他。我们游客的全部行李在阿根廷国内航班上不能超过三十市斤。一块从伟大祖国带去的蛋黄莲蓉月饼，引起轰动，在场的科考人员分而食之，有的感动得流了眼泪。

……后来去了北极，北极最多的动物是白熊。北极最吸引人的是极光，极光闪耀，我匍地痛哭，我在极光里看到了"坚强"两个大字，既然不怕活一辈子，就只有坚强二字。我留了影。去过极地的人都说，他们的心永远留在了极地与极光里。

二十一

世界怎么这么大，这么新奇，这么令人震惊？人生人生，你走不完你的人生，世界世界，你看不完你的世界。直至最后一分钟，你仍然觉得生未了，情未了，思未了，做未了，你仍然感觉到人生苦短，也就是人生甘甜，无论如何，请不要怀着对人间的冤屈与憎恨离世。蔡霞相信，南极本来是企鹅、鲸鱼与海豹的世界，鲸鱼已经生活了五千万年，企鹅是三千六百万年，地球本身是四十六亿年，而人类的存在只有三百万年。

人被天地被世界被大块创造出来，唯独我们有感知有思维有欢乐有痛苦有造孽也有反省，有夸大也有侵略，有反思也有坚忍。我们知道了学习。我们应该做怎样的人？做怎样的事？说怎样的话？痛苦怎样的痛苦？开心怎样的开心？我们这些远没有企鹅资深的新新一族群，我们足足地折腾了世界，一直到南北极，一直到太空，我们从灾难与成就两方面，应该得到启示与淡定。

国外有这样的惊天之论：人类应该要求自己，人类应该有所不为，不要使人类变成地球的恶性癌细胞。

你与幸福同行，与灾祸角力，被小人诬告，因不解而对一切津津有味，因大限而庄严，因辽阔而小心翼翼，因新知而热烈，因无端而难舍。

九十五岁的蔡霞与八十七岁的王蒙见面，她笑着说："我读过你的《夜的眼》和《初春回旋曲》。"

"什么？回旋曲？"我一怔，一惊。

《初春回旋曲》一直在我心里，发表以后没有一个人说起过它，以至于听到蔡霞的话我想的是，好像有这么一篇东西，可是我好像还没有写过啊。

似有，似无，似真，似幻，似已经写了发表了，似仍然只是个只有我知道的愿望。

她说："欧洲民间的轮舞曲，两个不同主题的对比。读着它，就像当真跳了舞。"

她笑得甜蜜。

"谢谢你。"

我问道:"我不懂的是,您为什么二〇一二年,在您八十六岁的时候停止了全球化旅行,变成'霞满天'的'院士'了呢?按我的想法,您应该下一步是旅游到太空啊,可以上月亮或者火星的啦!"

她微微一笑,闭上了嘴,含笑莫测高深。

她说,太空旅行训练有点来不及了,她遗憾的是没有养一只小豹子当宠物,当儿孙,她希望在野生动物的观感中改善人类的形象。

步小芹小声告诉王蒙,"二〇一二年初,中日友好医院查体时候发现她的淋巴结有变化……"

我怔了一下,觉得自己越来越聋,戴上一副五万多元的丹麦出品助听器也还是完全听不清楚。同时非常后悔胡乱提问,转而用目光向小步挤挤眨眨说话:"怎么你没有告诉过我?"

小步歪了一下下唇,轻轻挤了一下眼睛,她是想说,"不要提这个事儿",我以为。

蔡霞嫣然、淡然,而后我要说的是,蔡霞向我飘飘然地说:"我,早就,忘记了。"

精彩,豪杰,什么样的风范、人物、面貌一新啊!!!

我心里还说,"然而,你没有忘记连斯基·谢尔盖这个俄国名字。"谢尔盖——Сергей,出自拉丁文,本来就是高大上的意思。许多俄罗斯男人起这个名字。亲爱的高大上啊,你当然也可能通俗与一般化了一回。谁让你也是同样的部件、零件、螺丝与电流组装的呢?

王蒙心里还想,也许真的可以请求河北与山西动物园专家与驯兽师帮助,进太行山找上一个刚刚出世的华北豹小崽,请蔡老师养好一只豹子,丰富她的通向期颐的人瑞生活吧。

谁能杀死变色龙

赵 松（《收获》2022年第5期）

推荐语

乍看写的是一男二女之间的离离合合，深入一层，小说给出的仿佛不是人物的性格或独特选择，而是一种无欲无求的漂浮状态，事来则应，事去便休，因而刻画出某种属于时代的共同表情。在小说的最深处，那种看起来无所事事的状态，打破了某些原本封闭的空间，从而让人有机会再次面对看似虚无的人世，在荒凉中发掘出一种因开阔而来的生机，扩大了人可能的生存和伦理选择。（黄德海）

在外面，而不是在平时的地方，三天也可以漫无边际。

这简单得就像把石头扔入寂静的湖水，沉入深处，任由那些波纹荡漾而去。那块石头，就是她自己，形状不规则，棱角还在，磨损明显。那湖是这山谷，空气是湖水，而被墨绿山峦勾勒出的蓝色天空是其倒影，阳光则是涣散中的波纹。这里，离那个现实世界是319.3公里。山其实很小，连绵环绕，远近重叠，即使待在房间里，她都能感觉到它们那种温柔而又紧密的簇拥。五月初了，这里仍是凉爽的。要是沉浸在强烈的阳光里，皮肤会有轻微的灼热感，可是有轻风拂过时，就会体会到那种初秋才有的清爽。

无论如何，她都要感谢他的，能想到带她到这里休息。她需要休息，需要漫无目的的懒散，哪怕是像退潮后留在沙滩上的海螺，晒着最后的太阳，然后死去，也没什么。在这种状态里，未来什么都不意味，就算没有也可以。她无所期待。被抛出去的石头，那轨迹跟落点是注定了的，需要的只是耐心等待那最后落地的瞬间，而不是调整姿态。没人知道要等多久。对于这种观点，他的看法显得过于现实，不管你把自己抛到什么样的高度，关键还是要看最后的落点。听起来，这更像是在点评乒乓球比赛，区别在于，他把自己当成了打球的人，却不知道，在她看来，他跟她都只是那个又轻又小的球，身不由己。可她并不想说出这些。

令她有些歉意的是，在六个多小时的行车路上，自己都在睡觉。直到后来醒来时，她才意识到，神情凝重的他，在开车的时候，或许需要有人陪他说点什么，哪怕只是陪着默默注视前面的路也会好些吧。认识他以来，这还是她头回觉得有歉意。他之前究竟发生了什么，她并不清楚，不过想来能让他这种人不安的，应不是小麻烦，而且没人能帮得上他。可能就是在她即将醒来的时候，他才想到需要有点声音出现在车里。最后播放的不是音乐，而是评书。听声音就知道，是袁阔成的《三国演义》。她父亲就爱听这个，会反复听。正播放的，是关云长单刀赴会："这时候关云长已经拉着鲁肃到了江边了，看关公啊，还是那样谈笑自若，再看这位鲁肃鲁子敬，浑身都软了，脚底下跟踩着棉花一样……"

到达时，是四月三十日的深夜。过去的三天，他没有勉强她一起去山里，而是随她所愿，留在房间里。他每天早起进山，中午回来，跟她一起吃饭。下午两三点，他会再出去，直到天黑前才回来。他有很多心事，她则完全没有。有了独处的白天，

她就不至于被他那莫可名状的压抑所感染了。他也透露了一些事，她只能听着。没办法，总会有办法的，他这样说着，却像头被困在角落里的野兽，即使在睡梦中身体也是紧绷的。而她呢，从未像现在这样感觉自己就像个观众，怀着无用的同情看着，除了叹息，什么都做不了。躺在黑暗里，她还有些歉意，为了白天里残留下来的那些散漫与惬意。

直到今天上午十点多，他发来微信，这些混合着歉意与惬意的感觉才瓦解了。有位朋友，中午来见我们。他在这句话后面缀了个坏笑的表情。谁呢？她有些诧异。过了片刻，他回复，小A。看到这名字，她就沉默了，但也只是沉默而已，并无什么想法。是我让她来的，他继续说道。她就在离这里不到五十公里的县城里，跟她的朋友出来度假。差不多又过了十几分钟，他又发来了信息，不好意思，山里信号不好，是我给她打了电话，因为之前还欠她一笔钱，想还给她。只能给她现金，没法转账，否则她也就不用来了。好啊，她回道。我无所谓的，当初她离开时，我都没机会跟她当面道别，这样也好，可以补上了，拜你所赐，那我就等着了。

认识他，是三年前的事。当时正值年底，她每天都加班到很晚。那天晚上，临近加班结束时，她已疲惫不堪，只想早点回去睡觉。同事兼室友小A却偏要约她去消夜。她犹豫半天，还是答应了。到了地方，她就后悔了。小A带她来到座位时，那里已坐着个陌生人了。小A就介绍，这位就是之前提到过的那个老网友。说实话，要是小A不说，看到他那正襟危坐的样子，她还真猜不出这位叔叔是什么人。不过事

已至此，也无所谓了，反正跟她也没关系，那就专心吃吧。

她完全没胃口，又很困倦。这里的东西不好吃，可她也只能低头努力吃，这样至少不需要抬头看这二位。由于没戴隐形眼镜，她都没看清他，只知道圆脸，没胡子，还有些胖，略微卷曲的头发紧贴着头皮，像刚出过汗。后来小A笑她的吃相，还跟他说，你不知道，她能吃到男友都养不起她了，只好分手。听着小A那夸张的笑声，她也没有什么反应。只是，她觉得他在观察她，但也只能更努力地吃东西。再后来，就听他说，你胃口这么好，怎么还这么瘦呢？此时她也吃得差不多了，就放下筷子，喝了一大口冰水，眯起眼睛，打量了一下他，这才说道，吃完回去，我都会吐掉。

话题终结者！小A大笑，然后就发微信给她，他今晚要住到家里哦。她回复，好，那我先到江边走走，消化消化。然后她就起身告辞了，都没再看他们一眼。当时已是夜里十点多。江边步道上空空荡荡，有的就是那些金灿灿的步道灯、护栏灯、景观植物灯和白色路灯。还是没人的地方好，连那些灯都是喜气洋洋的。没有风，可还是觉得有些冷。对面那些建筑物都被黑暗包裹着模糊的轮廓，后面的光远远的，就连平时常见的那种射向夜空的光柱都不见了踪影。缓慢波动的江面上，除了靠近这边的部分映动着斑驳光影，其余的都在黑暗里。闻着江水的土腥味儿，她走着，不时看看江面，要是能看到一艘无声无息的驳船就好了。后来，她找了个角落，干呕了几次，却没能吐出来。

走在小区里，她还在酝酿着。一只枯瘦的野猫经过路口，钻入灌木之前，还扭头朝她望了一眼。她就把胃里的东西想象成那只猫，它蠕动着，挣扎着，来吧，出来吧。来到自家楼下，她站在路边的灌木旁边，俯下身子，想要吐出来，那只猫在扭动，却出不来。等她围着这幢老楼走了几圈之后，它已经不动了，像块石头。上楼回到房间里，她并没有去洗澡，而是直接搬了把椅子，坐到了阳台上。点了支烟，只抽了不到一半就掐掉了。卧室里没开灯，坐在阳台上看外面，即使对面楼灯光稀疏，也还是会觉得空中有些亮意。烟已从窗口飘出去了，寒意正漫进来。尽管她穿着外套，却还是觉得比在江边时要冷。这样坐着，感受着那种清冷，她稍微觉得舒服了些，放弃了呕吐的愿望。没有任何声音。

第二天早上，她没吃饭就到了办公室，觉得整个人都是肿胀的。小A迟到了，见到她就撇了下嘴。她就在微信里问，如何？小A回复，不如何，完全不行，草草了事，聊聊天还可以，呵呵。我跟他说，其实我是性冷淡。过了几分钟，又补充道，哦，对了，我把你微信给他了哦，他临走时跟我要的。她歪着脑袋，看着电脑屏幕，出了会儿神。小A意犹未尽，说真的，你昨晚上太能吃了，有点夸张，你回来时，我还没睡着呢，但也没听到你吐呢。她就回复，没吐出来。哦，小A回道。不过，当时看你那么猛吃，我还是有点不好意思的，不该那么晚了还叫你出来……不过你肯定想不到，他在临睡前，还在念叨你说的那句话呢，吃完了，回去吐掉。小A发了一长串大笑的表情，我就跟他说，不懂了吧？这就是社恐的表现。她回了个微笑的表情，胃里有些抽搐，除了酸水，什么都没有。

接下来发生的事，就是她又一次把父

母的微信拉黑了。

而上一次，则是在两年前的春节前夕。离家多年，她一直努力传递给父母的，都是那种完美定型的乖巧状态，可父母却从中察觉到某种疏离感，认为她看似乖巧如故，其实是越来越冷漠了。其实不用母亲暗示，她也觉得有些演不下去了。渐渐失去耐心的是她，而最后爆发的，却是母亲大人。这场几乎卷起所有旧事的大清算的结果，就是她把他们的微信都拉黑了。若不是没过多久她就陷入了抑郁并濒临崩溃，不得不打电话给父亲，然后他们从老家匆匆赶来，陪了她一个多月，直到她恢复，还真不知道这事要怎样收场。送他们离开时，在机场候机大厅里，母亲就凄然地说，你要是还有点心，就好好活着吧。凡事能将就，就将就点儿，等我们都不在了，你怎么着，我们也管不到了。她就拥抱了母亲那健壮的身躯，然后蹲下身去，摸了摸母亲右裤管里那条新装不久的金属假肢。不远处，玻璃幕墙上的黄昏余晖正在隐没。放心吧，她说，我不闹腾了。

到了这把年纪，父母的多数言行其实都已是惯性的自由落体式的了。他们已无力去理解这个世界了。他们的很多记忆、身体功能、人际关系，甚至包括跟她的关系，其实都在慢慢地瓦解脱落。而他们的脑袋里，则像是很多年都不整理的塞满杂物的仓库，她要是稍有不慎，碰倒了其中的某件东西，就有可能瞬间引发坍塌式的连锁反应。至于后果，她都见识过很多次了，够了。说是够了，可这次，她还是在不经意间就重蹈了覆辙。导火索并非他们只看标题就转发到群里的那些暗藏很多垃圾的信息，也不是母亲发的那些长语音——她没有听，只是转成了文字，后来也没

看——而是她在群里宣布，刚跟那个认识不到半年的男友分了。搞笑的是，他最后在微信里对她说的话，你需要的不是男友，而是一个爹，你就该去找个爹过日子。这次爆发的，是父亲，一口气发了不下二十条语音。她就把它们转成了文字，看着那些文字一段段地浮现。等到看完最后一行，她就把他们都拉黑了。放下手机，她感觉自己在发抖，不，不是难过，而是某种释然跟古怪的兴奋。

第二天晚上，她发了高烧，最后感觉挨不过了，就只好去了医院。医生说是急性阑尾炎，至于是要手术，还是保守输液，你自己决定。她也没多想，那就手术好了。手术倒是简单的，只是术后要住院五天。夜里，躺在病床上，她就在微信里跟小A简单说了手术的事，也不能回老家过年了。啊？！小A回复，可是明天我就要飞回老家了，不能来看你了，只能祝你早点康复了！过了片刻，又补充道，哦对了，他又来了，昨晚到的，我没空见他，就让他住宾馆了……那我就让他找时间替我去看看你吧。她回复，不用了。小A也就没再回复。

微信里有个加友申请。看那头像，是台小型家用天文望远镜。想了想，她还是通过了验证。没过多久，他就发来了长长的语音信息，背景声像是在闹市里，人声、车声。大意是，他这两天是来处理生意上的事，然后明天就直接飞回深圳了，小A让我替她来医院看望你，但我的行程都排满了，实在是赶不过来，只能说声抱歉了。她就回复，没关系。他就又补了句语音，那就下次我来请你吃饭吧。她过了好久才回复，到时再说吧。后来，他又发来几句语音，都是关于买房的，请她帮忙参谋一

下，哪里有位置好、小区环境也好的，价钱不是问题。她对那些喜欢在微信里发语音而不打字的人向来没有好感，就有些烦了，随便搜了几家房屋中介的App，都转给了他。他只是回了个大笑的表情。没深没浅的人，她想。

父母那边仍旧静默。那她也就不能回老家了。自从那次手术后，她的身体就留在了痊愈前的状态里，胃口也不好。那些天，他偶尔跟她微信聊天，一来二去的，就知道了这情况。有一次都深更半夜了，他忽然就问她，最想吃什么？她想都没想，就回道，想吃草。吃草？他就说，那好，我来给你送草吧。她觉得这就有些无聊了，就回复，好啊。除夕前一天的下午，当他把登机牌拍照发给她时，她也只能无语了。其实她是想婉转地拒绝的，比如跟他说，大过节的，你应该跟家人在一起。但转念想想，还是算了，一个听说你要吃草，就能飞过来的人，想必也是没什么事做不出来的吧。

就这样，整个春节，他都是陪她过的。他每天烧菜做饭，打扫卫生。菜烧得很差，但诚意满满。这似乎也正是他们的关系实质，除了没什么味道，其他倒还说得过去。他睡在小A的房间里。两人相处，都是在客厅。坐在那个长沙发上时，她总是有意跟他保持些距离。以至于他故意问道，你留这空位，是还有人要来吗？她打量了下他，给小A的。他也只是尴尬地笑了笑。她并没有什么表情变化，只是打量着他。他后来又来过两次，都是吃饭，小A好像习惯了每次都叫上她。这次见到，他明显变黑了，显老。他被她看得有些不自在，就问她在看什么。她想了想，说，我估计，你跟我爸年纪也差不了多少。这话令人沮丧。她就继续说道，上次见到你，还是挺白的，这次怎么就黑了呢？不会是下次又变白了吧？

他就起身到洗手间，对着镜子，仔细端详。是有点黑了呢，他自语道。哦，可能是我前段时间跑了几次工地，晒到了。之前的微信聊天里，他都喜欢说自己在哪里，忙些什么，可是从没听他说起过还有什么工地的事。她就忽然想到了小A，要是她知道他在这里，会作何感想，有什么反应？尽管小A已明确表示过现在对他已没什么兴趣了，但至少还没说要放弃。不过，到目前为止，她跟他连半点暧昧都还没有过呢，问心无愧。话是这么说，但想想还是会有些尴尬的。

你不觉得尴尬吗？她看着他。要是我跟小A说了，你觉得她会怎么想？她说着就又叼了支烟。他就给她点上了，然后摆弄着那只绿色塑料打火机。犹豫了片刻，他才慢悠悠地说道，你又不会真的跟她说，有什么可尴尬的呢？你觉得她真的会在乎我怎么样吗？再说了，她怎么想，你会在乎吗？我觉得不会。这时，她的手机响了，铃声是叶倩文的那首《潇洒走一回》，在这个诡异的时刻，听着这样热闹的歌声，真是足以笑场了。她还没拿到手机，就脱口而出，小A。拿起手机，果然就是……天地悠悠过客匆匆潮起又潮落。她忍住笑，接了，还开了免提。

春节假期的最后一个傍晚，他拖着那只黑色行李箱，站在了门口。想到他能无所求地陪她过了这个春节，她决定给他一个礼节性拥抱，就平静地走了过去。当她被这个肥硕的身体拥入怀里时，虽然只持续了几秒钟，但她还是有些意外，这个拥抱是如此有力，没有多余的动作。她轻轻推开他，开了门，那就再见了，一路平安。他抿着嘴唇，出了会儿神，这才转过身去，拖着行李箱进了电梯。她轻轻地关上房门。瞬间的寂静里，她忽然感到有些疲惫和茫然，这可真是个诡异的开始。

那天小A打来电话时，她觉得自己有种古怪的兴奋。开着免提的手机里，传出小A那慵懒的声音，回老家后的无聊，相过几次亲，乏味至极，都是些什么人啊，你无法想象……至于为什么懒得理他，以及他正在三亚过春节，还撒谎说只有他自己之类的事，就不说了。她用眼角余光看着他的神情变化时，甚至觉得自己心里的那种兴奋多少有点变态。她就告诉小A，幸好有个朋友过来陪她，不然真不知道怎么过这个春节。小A一听就来了精神，谁呢？她就说，你不认识的，从没跟你提过。后来，小A在结束通话前告诉她，我准备不再理他了，就这样吧。她沉默了几分钟，才问道，你想清楚了？小A想了想说，我这个人，没别的特点，就是容易厌倦，不管什么人，只要让我觉得腻了，就完了。反正我最近就是这样，对什么人都提不起兴趣。

后来，大年初七的下午，小A在去机场的路上给她发来微信，不晚点的话，五点多就落地了。她就出去买了些菜。回来后，又去小A的房间里仔细查看过。等小A发来落地的信息时，她已在做晚饭了，还开了瓶红酒。因为堵车，小A进门时已是晚上七点多了。卸了妆，洗过澡，小A就穿着睡衣坐到了餐桌旁边，看着那些菜和杯里的红酒，有些心不在焉。过了会儿，小A才说起来，登机前，我给那个家伙发了微信，我说咱们就到此为止吧。他没回。

落地后，我又给他打了个电话，想正式跟他说一下。他没接。刚才上楼时，他才在微信里回复了两个字，好的。她只是听着，吃着。好吧，小A举起酒杯说，我结束了，轮到你了，跟我说说，你的神秘春节，保密工作如此到位，说明这人对你挺重要的。

你想多了，她说道，哪里有什么保密，我跟他平时都没什么来往的，只是说到我生病了，没回家过年，他就跑来了，说是来送草。送草？小A没懂。对，她说，送草，他问我想吃什么，我就随口说，我想吃草。小A就大笑。说实话，她继续说道，这些天里，只是证明了一点，我对他确实没什么感觉。我们没什么话题。我是有点别扭的，他呢，倒是挺自然的，好像不说话都没什么。小A点了根烟，吸了一口，然后就把手臂支在桌面上，擎着那根燃烧的烟，过了一会儿才说道，那天我给你打电话的时候，听声音，感觉像是开的免提？哦，她点了下头，当时我在敷面膜，就开了免提，在房间里，关着门的。小A就说，我估计也是。后来，她们不知不觉就把那一瓶干红都喝掉了，话也就多了起来。

小A就说起过去的感情生活，奇怪自己为什么总是跟一些没什么感觉的人搞在一起。这次春节回老家，也是整天待在家里，谁都没见。后来呢，小A若有所思地说道，就是我听说，大学时的男友，从美国回来了，带着老婆孩子……这个家伙，当初是办好出国留学手续之后，才告诉了我。当时我就想，谁还离不开谁呢？那就再见吧。其实呢，直到去年底，认识了那位大叔之后，我才意识到，我其实是有点走偏了，因为那个前男友的事，走到了反面。跟这么个大叔呢，牵扯到现在，也就是混着，他不认真，我也不认真，他撒谎，我也撒谎，其实是一点意思都没有，也没什么实惠，可他还觉得我是个很物质的人。所以那天我跟你说，要跟他结束了，也是真的……我看他，对你好像是有那么点意思的，不过这是他的常态了，即兴的，随时都能发生的，当然这跟我也没什么关系了。

人是挺奇怪的，她想了想说道，就拿那个来陪我过春节的人来说吧，他是我在大学毕业后第一个工作单位里认识的，他一直都喜欢我，至今还是单着呢，是不是为了我，就不知道了。可我对他没有任何想法。当时他也知道，我有喜欢的人，他认识，就是那时我们单位的领导，长得跟金城武有点像，对我特别好，我呢，其实也就是暗恋，从没表露过，他对我就像兄长和老师那样，教会了我很多东西。最初我们是在广州，后来他调到北京，然后把我也调去了。有天晚上，他找我到酒吧喝酒，跟我说了他的情况，其实我宁愿他不说出来。都说出来了，我也就没戏可唱了。我这个人就喜欢唱独角戏。他说的时候，我也就听着。最后，他希望我能一直在他身边，好让他放心。我什么都没说。第二天他出差了，我就到人事那里递了辞职信。人事问我，领导知道吗？我说知道。人事就把手续办了，只等他回来签字。然后我就回老家。没想到，他当晚就打来电话，不同意我辞职。我说那我也不会回去了。结果第二天他就开了十来个小时的车，到了我老家。我只好给他订了酒店，去见他。我们在房间里待了一个晚上，什么都没有发生，只是一直拥抱着，在床上，待到天亮。第二天一早，他就走了。直到现在，他偶尔还会在微信里跟我聊几句，说说彼此的近况。他在两年前就结婚了，门当户对，豪门联姻。他说他过得并不开心，那我又能说什么呢？

听完这个故事，过了很久，小A才抬起头来说，我要是你，就不会这样，我会跟喜欢的人在一起的，其他的都不管了……那，这次来的那个喜欢你的，你们……她想了想说，他就睡沙发了。可能你是对的，不过我这人就是这样，喜欢跟自己的想法背道而驰。其实呢，也无所谓对错，我只是不希望事情变得很复杂，还是简单些好，我不想麻烦任何人……我喜欢的那个人，来我老家的那天晚上，我还跟他讲了我小时候的事。我奶奶是个盲人，生了六个子女，都对她不好。我上小学的时候，经常去看她。有一天她摔倒了，髋部骨折，我的一个叔叔就说是我把她推倒的。结果呢，我父亲就当着亲戚们的面，抓起一把椅子砸在了我身上，我下意识地伸手挡了一下，手腕就骨折了。我说着，就把伤处给他看，他就哭了，我也哭了，两个人就抱头痛哭。哭完，天也亮了。现在想想，能这样也挺好的。

小A站起身来，拥抱了她。就这样，两个交换了故事的女人，拥抱在了一起。她抱着小A的身体，感觉有些陌生，还有些僵硬，就拍了拍小A的后背，咱们就不要再煽情了，就是个故事，你有你的，我有我的，讲完了，就过去了。小A点点头，在那里站了几分钟，这才把行李箱里的东西都取了出来。她收拾完餐桌，回到房间里，找到iPad，搜到一部卓别林的老电影，《城市之光》，然后关了灯，躺在床上，并没有去看那片子，只是抽着烟，三点多才睡。

他的年纪，他的身份，其实她都不清楚。不过她也只是偶尔才会想到这些。某个神思涣散的瞬间，脑子里空了，他的脸，就浮现了，或明或暗的，多少有些模糊的。可她并不会由此展开想象或猜测，而只是任由这张脸浮现然后隐没。奇怪的是，有时她会发现，自己想不起他的样子，它似乎只会不经意间再次自行浮现。

年纪大的行吗？某次母亲习惯性地纠缠于她的婚姻大事时，她这样问道。多大呢？母亲警觉了起来。她就笑了，我就是随口一说。她知道这是中止话题的理想方式。当时，他还是刚出现在她的视野里，还是室友小A初次见面的暧昧网友。后来，他好像说过自己的年龄，在她走神的某个瞬间，完全没听清楚，但她也没去追问。这样一个话头，已足够让母亲紧张多时了，多次警告她，你不要乱来。你觉得我是那种乱来的人吗？她反问。难说，母亲回道。这种对话的好处，就是能让她在相当一段时间里免除那种无聊的辩论。

他多大年纪，真不重要。她甚至都没把他当作现实中真实存在的人。他就像颗轨迹不明的彗星，既无法预测何时会出现，也不能确定轨迹。他的这种不确定性，会体现在很多方面。比如他有时会把胡子刮得很干净，有时又会好多天都不刮胡子。而他的着装，也像是为此搭配的——刮过胡子，就会西装革履白衬衫；不刮，则是随便穿穿，毫不讲究。还有，她发现，当他把脸刮得干净时，谎话大话就会多，反之就比较少。观察这种变化，是她跟他相处时为数不多的乐趣之一。

那天，她观察他的脸，过了几分钟之后就说，你就像个变色龙。他似乎有那么一点尴尬。当然，也可能他只是故作如此。他能看出来，她不是在开玩笑，也不是意在嘲讽。她确实没这意思。她是个喜欢有话直说的人。要是她觉得他是个骗子，那她就会直接说出来，而不会转弯抹角。至于他究竟是不是个骗子，她其实是无所谓的，以目前这种关系，她也没什么可让他骗的。而且她曾跟他说过，对于你，我没有什么要知道的，也没什么要求。他觉得这样挺好的。她也觉得挺好，至少你可以不用说或少说些谎话。

说他是变色龙，只因她发现他的肤色会变化，有时看着挺白的，有时却有些黑。她也并没有展开这个话题，只是继续若无其事地观察那张脸，就像在看某个东西。只是要避免看眼睛，以免让对方误以为她是想要交流什么。就像那种人脸识别系统，她只是比对形象与印象。要是想交流，就不能仔细观察了。作为人最裸露的部位，脸跟手一样，都是最容易透露隐秘信息的。他的这张脸，多油脂，毛孔粗大，年轻时应是出过很多青春痘，可能还涂抹过各种药物，导致质地有些类似于被打磨过的橘子皮。她的观察，也仅限于此。

变色龙吗？他并不恼火。这是不是说明，你其实并不相信我？也没有，她语气平和，不存在相信不相信的问题，我看你，跟看棵树，看只鸟，看只猫，或是看路边的某个人，其实没有区别……我只看表面。比如我看你的脸，是因为它跟我上次见到的有点不一样，颜色上的……而我想的是，要是我能画画，那我就给你画个肖像，也就不用解释了。可惜，我不会画画，就只能这样看了。他想了想说，我这么丑的。这也不是问题，她说。你会觉得一棵树丑吗？他歪了下头，也不是不可能吧？不会的，她说，我经常观察一些陌生人，可我从不会去想，他们是美的还是丑的，他们只是有值得观察的地方。

他就像电梯里的那些屏幕，喜欢随时为自己投放各种广告。他的生意，他的人脉，他的文物收藏，他的房子，等等。她对这些没兴趣，之所以容忍，只不过是因为她知道，他这样完全是习惯使然。这习惯就如同人后天长出的一个器官，已经无法摘除了，而他又并不知道它的存在有多么地突兀。有一次，她就跟他说，你要是不说这些，可能我们都会觉得自在些。不过她也知道，想让他不这样说话，确实也不容易。她就提示他，你其实可以试着不说话，或是只说点眼前的话。眼前的话？他没明白。她只好说，比如你是个演员，或是播音员、主持人之类的，现在你在这里了，就不需要再说台词了，可以把剧本忘了，随便说点什么，或是不说什么，都没问题的。

他还有个毛病，就是偶尔给她带来什么礼物时，都要马上就说出价格。可笑吧？不过也没什么，她觉得，至少他还能想着带给她礼物。考虑到每月顶多就能见一次，有时甚至要两个多月才能见一次，她就把他这种行为看作是想强调重视她的蹩脚表现。他也有接近真实的时候。比如他曾告诉她，有个地方，上个月我去看过，在桐庐那边，有个民宿项目，离那里不远，有个民宅出售。当时他低头看着拖鞋上露出的脚趾，跷了跷拇指，然后继续说道，我就想着，买下来，改造一下，给你用来做民宿，你自己住也可以，随你。哦，她点了点头。能这样想想，也不错。他就点开手机里的几张实景图给她看。

然后，他又从包里取出白纸和油笔，随手勾勒起来。那些线条逐渐交织在一起。这里在半山腰，他解释道，是个小台地，原有四间老房，两正两厢，视野开阔，俯瞰下面的山谷，看对面那些山，会有种环抱感，日出的位置，在这里……房子原有框架结构是实木的，都保留，墙壁重做，重点是这几处的窗户，能营造好的视野，不管你是躺在床上，还是待在厅里，朝外面望去，都会有很好的景观效果。她点了支烟，慢慢吸着，吐了几个烟圈儿。他咳嗽了几下。等他都画完，呈现在她眼前的，就是一幅建筑草图。

嗯，有点意思。她歪着头看着。你不会是搞过建筑设计吧？他看着那幅图，没吭声。等到即将出现某种抒情氛围时，她已想到了一句有杀伤力的话，就先问了句，你好像少说了什么。他有些诧异，什么？她把烟掐灭在茶几上的烟缸里，见那个黄色烟蒂还翘立着，就又把它摁了下去。你忘了说价钱了，她看了眼他右脚上那个刚才还在跷动的大拇指，又补了句，你好像有灰指甲哦。

其实，她还有个乐趣，就是他们见面或分别时，他给她的有力拥抱。这样的时刻里，她会觉得他没那么虚幻，还有种戏剧感。谁会没事儿闲得去用力拥抱一个不需要的人呢？嗯，她需要这种短暂而又真实的被需要的感觉。彼此偶尔有点需要，即是她跟他的关系实质。而这是她前几任男友做不到的。他们也会拥抱她，但就像跟客人握手，无力而又敷衍。他们无法理解，拥抱是她在两性关系里仅有的乐趣了。更为可笑的是，要是她稍用些力去拥抱他们，那无一例外地，他们的身体都会紧张，会下意识地后缩，就好像她的这个动作里还隐藏着什么未知企图。而他跟他们最大的不同，就是至少在拥抱时会全力以赴，有力而又热情。

　　他们不懂，身体只在有衣服遮蔽时才更易露出某种真实，要是都脱光了，就算是缠绕在一起，也会失真，只剩下本能的动作——人类随时可以出现的发情期状态。你又怎么可能跟他们说清楚，穿着衣服时的拥抱，才是更接近真实的关系状态呢？她可以容忍他们举止粗俗没有情趣，但不能容忍他们在拥抱时的退缩敷衍。这是人格缺陷。她又不是4S店，不负有修复他们失灵部分的责任。因此，她跟他们的分手方式向来简明，就是直接删除所有联系方式，从不预警。当然，他们也就消失了，带着不明就里的恼火或沮丧。只有最近那个男友，在那天凌晨三点多，给她发来短信，我知道，你从来就没喜欢过我，可我也从来都没有真的喜欢过你。你需要的，不是我这种人，也不是男友，而是一个爹，你就应该找个过日子。当时，她在黑暗里坐了起来，点了根烟，然后回复了他：谢谢你，提醒了我，我觉得，你说的是有道理的。她说的是真心话，而不是故意气他。那天，刚好是他们认识半年整。

　　她经常会在凌晨时刻，从床上爬起来，到阳台上去。说是阳台，其实跟卧室间的隔墙已拆除，这就让卧室显得宽敞些。原来隔墙的位置装了落地窗帘。她拉开窗户，俯身在窗沿上，抽着烟。对面楼房只有几家还亮着灯，园区里除了黑暗，就是步道地灯的星星点点的微光，有风，那些沉浸在很多树里的细碎灯光，就有了时隐时现的感觉。

　　有一次是在十月里，她闻到了浓浓的桂花香气，就把烟圈吐向窗外。跟涌入的花香气那种暴力感相比，这点烟实在是微不足道，瞬间就被吞没了。无论如何，都不能阻止花香充满她的肺子乃至周身。有那么一会儿，她甚至怀疑自己即将被这花香引爆了。幸好，她的躯体终于感受到外面涌进来的气息其实是冷的，就关了窗户，重新拉上落地厚窗帘。

　　躺回到床上，她睁着眼睛，注视着室内恢复完整的黑暗。即使是那个老男人就睡在她身边，她也会经常如此，只是注视着黑暗。有一次，黑暗里隆起的一团黑影，他盯着她那闪烁的眼睛，你在想什么。我在放空，她说。在她印象里，会在黑暗里忽然爬起来，盯着她的眼睛看，然后还要跟她说话的，只有他了，那样子，就像个睡眼惺忪的大男孩。她当时只是摸了一下他的脸庞，油腻腻的，也可能是汗，然后她在枕巾上擦了擦手指头，睡吧，乖。她喜欢偶尔对这个老男人说出这个字。而当他倒头又睡下时，她甚至觉得，有时候，自己其实并不讨厌他。

　　她还留着那张草图，那些线条富有动感，有着天然的感染力。她偶尔翻出它，看上一会儿，想象一下那种环境里特有的静谧，还有浓郁的植物气息。只是在这种想象里，并没有他的戏份。尽管那天在她说出那句有意煞风景的话之后，他有些失望，但仍然相当淡定，还不忘补充说道，我就知道你不会当真的，我也是这么一说，用你的话讲，能这样想想，不也挺好的吗？你可能不信，我画着画着，就把它当成真的了……那我现在就坦白交代吧，它的样子，不是我想的，它就是个民宿，在上次我去考察过的地方。她忍不住笑了，你就不要玩剧情反转了，我又不会真的要你把它买下来给我，放松，就算是这样吧，我还是挺喜欢这幅草图的，有点没想到，好看，留给我吧。

听说小A调到南京分公司工作这个消息时，她正在外地出差。发来消息的，却是另一位同事。当时她还在开会。后来，当她准备在微信里问小A为什么时，小A的微信也来了，不好意思，我走了，也是上面临时做的决定，问我的意见，我就同意。我们那个房子，下月底到期，到时你自己决定要不要续约吧，押金不用给我，祝你好运，再见了。她就回复，那晚上我们电话吧。小A也没回。晚上，她给小A打过两次电话，都没接。她就给小A发微信，方便时通个电话吧。还是没有回复。这让她不免有些茫然。后来，她就在微信里问他，你知道小A调去南京的事吗？他回复，不知道，我们春节后就没联系了。

出差回来，她直接回了家里。小A的房间已搬空了。过去的几天里，她几乎每天都会给小A发几条微信，但都没有回复。她在小A那空荡荡的房间里站了好半天。回到客厅里，坐在餐桌前，她下意识地侧过头去，看了眼桌面。看到了那个空杯子，发现下面压了张纸片。她拿开杯子，拈起它，是张登机牌。名字是他的。再看时间，又查了手机里的日历，正是大年除夕前一天。她又把它放回到桌面上。当初他走了之后，她是仔细收拾过小A的房间的。她就拨通了他的手机，那个登机牌，你留在了小A的房间里，对吧？她的语气平静。什么登机牌？他愣了一下，然后想了想又说，哦，想起来了，那些天，我睡前没事，就翻小A的一本书，应该是随手把登机牌夹在里面当书签了，走时就忘了。你可以的，她说道，这都能想得出来。信不信由你，他说。这样做，对我又能有什么好处呢？她跟你翻脸，难道你就不会跟我翻脸吗？她沉默了，几分钟后，就挂断了电话。

人跟人，说到底也就那么点脆弱的联系，稍有不慎，就断了，再难续上。除了误会，还是误会。显然，在小A看来，她跟他已是一路货色，都很虚伪，谎话连篇。他明明在春节期间就跟她在一起了，她却还要装模作样演了那么一出戏，然后还编出另外一个故事。跳进哪里都洗不清了。既然如此，那就不要想着洗清了。她坐在沙发上，点了支烟，又看了看那张登机牌，就用打火机把它点燃了。她叼着烟，略微侧着头，看着那蓝黄相间的火焰，上面的那些文字跟数字逐渐被黑色吞噬，快要烧到手时，她才把它丢到了烟缸里，拧开矿泉水瓶盖，倒了些水进去，有些黑的纸灰就浮了起来。后来，她点开微信，把他拉黑了。接着，又点开小A的朋友圈，显示的是三天可见，但没有内容。她就把小A也拉黑了。随后，她又给房东发了微信，到期后就不续了，押金请都打给小A，谢谢。

半年后，有天下午，前台打来电话，说有访客找她，是位先生，说是跟你预约过。她请前台把电话给客人。她听到的，是他的声音，是我，想着跟你见一面，半小时后，我就去机场了。她想了想，好吧。在电梯里，看着楼层数字的变化，她有些出神。耳朵有些不舒服。她甚至都没有注意到电梯里有同事在跟她打招呼。

一楼大厅里人来人往。他站在离前台几米处，身旁立着那只黑色的行李箱。她示意到外面去。在正门侧面的吸烟点那里，她站住了，掏出烟盒，抽出一支烟，点着，吸一口，看着他。就是想看看你，他表情严肃得有些可笑。另外就是觉得，还是得跟你说一下，那个登机牌，不是我有意留下的，就是个误会，我本来是想跟小A解释的，但她把我拉黑了，打电话也不接，我也没办法了。你拉黑我，也正常。但我还是想当面跟你解释一下的，那就是个误会，我说完了。她吸着烟，眯起眼睛，打量着这个男人。他看上去比上次要白些，穿着打扮很正式。他看了看手表，又看了看一辆正停下的车子的牌号，哦，我的车到了，那，就再见了。她点了下头，好。当天晚上，他又发来加微信申请，她就通过了验证。

小A跟他是在某个交友平台上认识的。按小A的说法，他这个人，要说还有什么优点，那就是耐心，还有就是永远在线，随便什么时候给他发个微信，他都是即刻回复，不管是清晨，还是深更半夜的，就像从来都不睡觉似的，像个二十四小时便利店。小A在微信里备注他的名字，就是"全家"。另外就是，这个人呢，别管什么话题，他都能接得住，虽说观点挺俗套的，但态度是真的好。这年月，有人愿意二十四小时在那里候着，随时陪你聊天，也是不容易。他们甚至可以聊上半天老鼠。有天半夜里，小A下楼去全家便利店买方便面，结果发现店门锁着，上面挂着"请稍候"的牌子，就透过玻璃门，望着那些商品。忽然有只老鼠从货架下面钻了出来，四处转悠。小A就抓拍了照片，在微信里发给他。于是他们就聊老鼠。老鼠也不容易，他说，但也比人要自在多了，你看它，住在这家便利店里，想吃什么就吃什么，也没有天敌，心情好了，就多生几窝，没意思了，就少生几窝。怎么就没天敌？小A反驳道，人就是天敌，早晚要下药的，或是粘鼠板什么的，高风险。这你就不知

道了，他回复道，老鼠精着呢，只要有一只老鼠吃了药，或是被粘鼠板粘住了，其他老鼠就都知道了，人家那也是个社会。

当时小A还把对话截屏发给她看，像不像两个神经病在聊天？不过呢，小A随后又补充道，他这个人，说些闲话是可以的，但要是想听他说句实话，那可就难了。我发现，他至少有三个手机，是不是够复杂？我都不知道他到底是做哪行的，听起来是什么都做，可实际上每天似乎都挺空的。我就说他，你就像是四五线演员，演技不行，但干劲可以。他听了也不生气。就算我跟他说，你是我交过的男人里品相的下限，他也不生气。

回想一下，她觉得跟小A也确实不算是好友，只是同事加室友的关系。小A总是有男友，而她则相反。谈及此事，她曾对小A半开玩笑道，咱们还真是两极，我是零，你是无限可能。也不能这么说吧，小A说，我是什么都喜欢说出来的，你就不一样，什么都藏在肚子里。所以呢，你说你是零，我觉得未必，话多的人，故事少，话少的人，故事多嘛，我对你很好奇的……我交男友，就是不想让自己空着，像你这样，总是一个人，我是受不了的。不过你呢，就跟香港电视剧里在黑社会卧底的警察，表面上一切正常，心里却藏着重大任务，成为整个剧里的最后那个爆点。她听了就笑道，最多也就是自爆吧。

她说自爆，并不是玩笑话。这种感觉，她从来都不清楚会在什么时候就悄然袭来，围绕着她，有时会让她恐慌得近乎窒息。在那家中老年人居多的国企里，她是很受大家青睐的，都觉得她善解人意，什么事都能处理得来，跟什么人都能处得来。

这个形象根深蒂固，可她并不喜欢这种人设，就像不喜欢这种永远温吞的工作环境。要是可以重选，她宁愿去养老院、孤儿院，甚至是殡仪馆之类的地方。小A认定，你这样其其真真的就是社恐，跟具体是在哪工作没什么关系。后来，在跟母亲解释为什么会坚持拒绝相亲这种事时，她就是用小A的说法来应付的，我就是社恐，社交恐惧症。母亲却说，最好别跟我玩这种文字游戏。

她跟他也这样说过。那时他已来见过她几次，可以住在她那里了。针对她社恐的说法，他只是说，我倒是真没觉得你是这样的，跟你待在一起，挺舒服的，话都不用多说。其实，即使是在微信里，他们聊天也不多。相对于发语音，他更喜欢发些随手拍的照片，还要改成黑白的。除了拍街景，拍早晨和黄昏时的天空，他发来最多的就是拍女人的，各种年龄样态的女人。其中有些照片显然不是他拍的，而是来自网上的。那些女人，都处于某种走神或出神的状态。偶尔也会有女人发现他在偷拍，给他以警惕甚至厌恶的眼神。跟这些照片相配的，还有那些城市的名字，从南到北，从东到西，其中的意思就是，他始终在四处游走。但也很难说这些照片是什么时候拍的，可能有的是早就拍了的，这意味着它们跟他当时所在的城市并不相符。她还发现，他发朋友圈的频率也不高，而且从来没有文字，都是照片，街景的，或是自然风景的。

不过问彼此的私生活，是他们之间从一开始就有的默契。自从她验证了小A说的他并不行之后，她甚至觉得两个人在一起时反而更放松了。既然他更喜欢跟她在一起待着，只要有些简单自然的亲昵动作就能满足，那她有什么理由不接受这种状

态呢？至于他喜欢她什么，他倒是并不讳言，话少，永远从容淡定，皮肤好。那你喜欢我什么呢？他又问她。她想了想，其实是谈不上喜欢的，只是不觉得讨厌而已。不过说实话，让我不讨厌的，挺少的，你算一个。他听着就乐了，那我真荣幸，那你说咱们算是什么关系呢？她点了支烟说，伴儿吧。至少，你在的时候，我不大会去琢磨什么要不要安乐死之类的事。

这倒不是件容易的事，他不动声色地说道，至少，你得去荷兰这种国家才有可能，在那里是合法的，但估计还是要看具体的条件，要履行一堆法律手续什么的。那样的话，你就得在那里待上一段时间了。我去过荷兰，阿姆斯特丹、海牙、鹿特丹，都是很安静舒服的城市，好多年前了……你应该会喜欢的，说不定，你去了之后，就会在那里安享晚年。趁她有些出神的工夫，他就举起了手机。她本能地伸手去遮挡，就像明星面对狗仔队。她早就有言在先，不得偷拍。不由分说，她一把抢过他的手机，翻到那几张照片，都删掉了。下次你要是再偷拍我，她正色道，那我就把这手机直接扔到楼下去。

再次见到他，已是一个多月后。"五一"长假前，他在微信里提到桐庐那边山里的民宿，就是上次跟你说过的，其中有家是我的一位建筑师朋友搞的，说着就发过来几张广告图片，果然是在群山环绕中。山都不高，却是连绵不断的。等到四月最后一天的下午，他按说好的时间赶了过来，然后租了辆车，当天傍晚就接她去了桐庐。她坐在副驾驶位子上，发现他应是很久没刮胡子了。他在调后视镜时看了下自己的脸，是不是有些黑了？熬夜熬的，最近每

天只睡不到三个小时，看着有点像个逃犯了。还行吧，她戴上了墨镜。他也戴上了墨镜，然后习惯性地整理了一下身边的东西，把三个手机里的两个放到那个黑皮包里。她注意到里面有厚厚的几沓现金。他开启导航之后，车子就在暮色里慢慢驶入了密集的出城车流。

到达目的地时，已是晚上十点多了。路上前半程几乎都是拥堵状态，没过多久，她就睡着了，只是睡得并不深，偶尔还能听到导航里哆声哆气的女声。等她隐约感觉到某种寂静弥漫在周围的时候，就睁开了眼睛。车灯的强光在山间狭窄公路上浮动，也在两侧那过度茂密的树丛上耀眼晃动。车内的黑暗里，借着仪表盘的绿光，她先看到的就是那张毛茸茸的脸的轮廓。之前她偶尔醒来时，就听到在播放袁阔成的《三国演义》，现在仍然是。

见她醒了，他就说快到了，还有半个来小时。然后又说，要不要换个音乐听听？她说不用，就听这个吧，我老父亲的最爱，这才是单刀赴会，离走麦城还早着呢。他就拿起手机，直接调到了"关云长败走麦城"那一章："关云长大战徐晃，关公这一仗，是带着气儿打的。好你个徐晃徐公明啊，你一不念旧交，二呢，连夺我十二座大寨，险一些把我的关平给生擒活拿了，今天我让你知道知道关羽的厉害，我非用青龙刀把你斩了不可。你看到那于禁、庞德没有，那就是你徐公明的前车之鉴。所以关公是越战越勇，可是，力不从心啊……"

看着被那车灯强光晃得白亮的缓慢摇摆的繁茂树木，她有些恍惚，感觉像在梦境里。直到车子停下来，他们下了车，在黑暗里朝着不远处的灯光走过去时，这种感觉都还在她的脑海里弥漫着。那民宿其实是幢三层小楼，建在山腰的一片台地上，入口处有个游泳池，池底有灯，映出蓝莹莹的透明水体。我还以为是你画过的那个地方呢，她随口说道。他坏笑道，你要是想看，明天带你去看看。她摇头，不想。

他们曲折到了前台，转眼又到了房间里。那些灯亮起来时，她才从那绵延的恍惚中回过些神来。放下行李，他们就下去简单吃了点东西，随即又回到了房间里。这是个层高至少有五米的大房间，卧室跟厅之间是用镂空木板隔开的。卧室飘窗位置其实是个浴缸，这让她想起他那张草图里就有同样的设计。等坐在阳台上的藤椅里，微凉的山风阵阵吹来，她感觉像是坐在摇荡不已的黑暗的柔软边缘，不断被黑暗的长长绒毛撩动着头发跟脸庞，而那黑暗本体则正在山谷里盘踞着，相形之下，那暗蓝的夜空还有点亮度。

她去洗了澡。然后他也去洗。擦干身体，她把卧室和厅里的灯都关掉了，然后什么都没穿，站在阳台落地窗前，拉起了那层浅灰色纱帘，随手关了阳台上的灯。她抽烟。浴室里的灯光被磨砂玻璃滤掉了很多，整体像个落地灯笼似的包裹着时强时弱的水声。这里没有别的声音了。没多久，他也洗完了，用浴巾擦着身上的水珠，站在她的旁边。两个人都没说话。过了片刻，他转过身来看她。她感觉到了，就扭头看他。在这有些臃肿的身体跟她那过于单薄的身体之间，浴室里射来的微光平缓地过去，把他们的身影模糊地映上了纱帘。他伸出手来，轻轻地抚摸着她那光滑细腻的肩头。她没动。等到手里夹着的那支烟燃出了半截烟灰，她就用另一只手在下面接着，然后慢慢地挪到那只金属垃圾桶那里，抖落了。

他的亲昵动作跟过去一样缓慢温和，但也仅限于此，就像兴冲冲带了很多食物美酒准备爬上山后再好好享用的老年人，结果只爬到三分之一就力尽了。用他自嘲的话来说，就是还在涨潮的途中就退潮了。黑暗里，她拍了拍他的手臂，休息，休息，你需要的是休息。等他满怀歉意地躺在了她的旁边，她就侧过身子拥抱了他。没有什么是应该怎样的，她像在自言自语。他用力抱了抱她。这就像吃菜，她继续说道，有人喜欢吃荤的，就有人喜欢吃素的，也会有人可荤可素，其实都正常……有人喜欢吃点就好，有人喜欢吃到满足，还有人会吃到想吐。嗯，他点了点头道，你就属于最后那种，吃到想吐的。

好了，她说，说说你的事吧。他出了会儿神，你是想问我，为什么要带那么多现金出来吧？她闭着眼睛，没有回应。他说，那是因为，我现在不能坐飞机，也不能坐高铁，我这次就是坐那种绿皮火车来的，原本高铁只要八个多小时，结果变成了二十多个小时……也不能住酒店，住这里，是因为朋友开的，不用登记身份证，另外也不能刷卡了，不能用支付宝、微信支付，只能用现金了。失信人员，她闭着眼睛，点了点头说道。被抹掉了，他说。可怜，她又抱了抱他。是啊，他说，我也觉得可怜，从未有过的。他准备讲一讲自己到底何以如此狼狈时，却被她阻止了。她睁开眼睛，看着他那双混浊湿润的眼睛，不要讲这些事了，说点别的吧，不相关的，随便什么都可以。那我就只能讲私生活了，他说，可这个也是你禁止的。她想了想，好吧，那今天就让你破个例了，不过不要多，只要挑一件来讲，就可以了。

我结过三次婚，他说，现在就讲第三次。当时我刚从监狱里出来，在里面那两年，给我带来的最大改变，就是我又想结婚了，找个普通的姑娘，过安稳日子。我出来那天，站在马路上，看着阳光普照的城市，蓝天白云，就是这样想的。然后我就跟我的好哥们打听，原来办公室有个小姑娘，现在怎么样了？他就说，好像是有男朋友了哦。我说不管了，创造机会让我跟她见一面吧。他就安排了。我们三个一起吃了顿饭。结束后我开车送她回家，我就跟她说，我要追求你了。她说我有男友。我说只要你们没结婚，我就有机会。她说你怎么想跟我没关系。我说你拭目以待。从那以后，我就经常找她吃饭，约三五次，她总归会答应一次的。就这样，持续了有半年多。我很平静，吃饭就是聊聊天，然后就送她回家。我告诉她，吃饭就是为了让你多了解一些我这个人。她话不多，有着超出年纪的沉稳。我知道，只要她愿意出来，我就还有机会。之前我在那个公司做高管时，她知道我的口碑不错的。出事进去，也就是替罪羊。我跟她吃饭时，就讲过去的经历，都是真实的。我的创业史，兄弟情义，爱情故事，包括怎么进去的。她听进去了。后来，有朋友邀我去附近城市看一个度假村项目，我就让她跟我一起去，她开始是拒绝了，我就跟她磨，直到我当她面打电话请朋友安排两个大床房，她才同意了。那个度假村依山傍海，风景美，好吃的多，那两天她挺开心的，因为我多数时间都是在跟朋友们一起聊项目的事。第三天下午，我就跟她说，跟我去深圳吧，去见见我父母。她就很镇定地看了看我说，你白费心思的，就算我去见过你父母，我父母那边也是过不了关的。她这个人,你看她文静,其实思路跟别人很不一样。就在我觉得她不会跟我去深圳的时候,她却突然答应了。我就买了机票,当晚就见了我父母,只待了两个来小时。回来后,又过了一周,我们就飞去了她陕西老家。她说,要是我父母不同意,这事就结束了,你以后也不要再找我。我答应了。等到了她家里,我就把一个皮箱放在了她父母面前,里面是一百万现金,我说,我要娶你们的女儿。然后才坐下来,跟他们聊了我的情况。他们就同意了。她当时吃惊地看着父母,你们就这么把我给卖了?她父母就说,这个人,可以的。后来,她就郑重地告诉我,你以后别跟我耍花样,否则会很惨的。一个月后,我们结婚了。我们生了一儿一女。三年前,她说咱们移民加拿大吧,我老早就想要去那里了,等过去之后,你继续回来做你的生意。于是我们就移民了,在一个海边小城里买了房子,离海滩不远,她喜欢。这就是她想要的生活,在一个没有熟人的好地方,安静地生活。她说,我认识你之后,就觉得你能做到。然后又说,等你折腾不动了,就可以回这里养老了,我会等你的。就这样,我就又回来做我的生意了,每半年回去一次,待上个把月,再回来。

嗯,她点了点头道,这样听起来,近乎完美了。他想了想说,她比我小二十岁,我很爱她,她也爱我,可是我呢,却偏偏要出来继续折腾。说实话,有时候想想,我也不知道这是不是一种惯性状态。她现在也很忙,每天除了带孩子,就是参加各种培训班,学音乐,学绘画,学陶艺,学插花,一天下来,晚上经常都没力气跟我视频了。以前我们几乎每天都要视频的。

这次生意上出了状况,我没告诉她。要等后面看看情况再说了。坦白说,这些年我在很多地方都有女朋友的,但你是唯一让我有些动心的。你这个人呢,无欲无求的,甚至都不需要明确的关系,也就是跟你在一起时,我才是不需要动脑子的,也不需要多说话,可以安稳地待着,或是睡觉。你好像不会琢磨任何人。在我看来,你就像——她打断了他的话头,可以了,感觉你接下来就要抒情了。

寂静中,她能听到外面山谷里的风声,能听到窗外不远处的竹林摇荡的唰唰声。这山风比她想象的要大多了。她喜欢这样的风声,甚至觉得可以一直听下去,直到黎明。她又回想起来时的路上,忽然醒来之后,车在盘山路上七转八转的,车大灯的强光一阵阵照亮了黑暗里的繁盛草木,看着像是一团团的白亮的东西,在摇荡着,转眼又消失了。她就想,要是从空中俯瞰的话,那这辆车,就是在山里滑动的一个小小的光斑了,而自己呢,不过就是这光斑里的一颗尘埃而已。他呢,也不过是另一颗尘埃而已,近在咫尺,又是相距遥远,或许某个瞬间,一阵风吹过,也就散掉了。甚至不只是散掉,而是各自从这世界里脱落了。

不知过了多久,他忽然又说话了,对了,你之前跟我说过的,安乐死,只是说着玩的吧?她就笑了笑,算是吧,现在想想,也只是个想法,否则你也就看不到我了……不过呢,现在我又有新想法了。他愣了一下,是什么呢?她出神地想了想,我准备,徒步去珠穆朗玛峰,不过就算走到那里,我也不会去攀登它的,只是要走到那里。等到了,再看看还会不会有别的什么想法出来。说不定,到了那时,我可能又想安乐死这事了,当然也有可能是别的想法,没准儿就会想去藏区支教了。那你准备什么时候出发呢?他问。她就说,等我回去,先辞职,再做些准备,就可以出发了。那你准备怎么跟父母说呢?他又问。很简单啊,她说,就告诉他们,公司安排我去各地考察项目。

两个人又沉默了。后来不知道什么时候,他睡着了。她却一直醒着。等到天色蒙蒙亮时,他又醒了,忽然就爬起来,看着她的眼睛。她也看着他的眼睛。谁都没有说话。他就又躺下了。过了一会儿,他就闭着眼睛问她,那,咱们什么时候,才能再见到呢?她想了想说,不知道了,可能会很久吧。这个世界啊,你不觉得吗,它还是挺大的。我这样走出去,你也在四处走着,走着走着,也就散了,这是常有的事。我会怀念你的,他过了一会儿说道。她就微笑道,那就怀念好了。

沉默良久,他有些迷惘地说道,这么听着,你这次出来,是特地跟我道别的?其实也谈不上什么道别,她说,这事也是我计划了一段时间的,只是没跟你提过而已,毕竟也还没想清楚,还要做些功课,不是想走就走得了的,你说是不是?再说了,你我还需要什么特意道别吗?你其实也是知道的,凡事都有时限,时间到了,也就变化了。我跟你不一样,我几乎没有什么可牵挂的,你呢,是有太多的牵挂,所以呢,有些时候,你可能要远比我脆弱得多。

厅里的长沙发上,放着他的那个黑皮包、iPad,还有本旧书。她拿起书,发现做书签的,仍是一张登机牌,时间是去年的十月里,出发地是深圳,到达地是新西兰的惠灵顿。书是盗版的,《林肯传》,翻开的这页,正是那章名为"刺客出逃"的开篇。把书放回原处,她继续在室内慢慢地游走。来之前,她跟他约定,第五天下午离开就可以了。现在她的想法是,明天就可以走了。然后她就回到床上,又睡了一觉。

醒来时,已是下午两点多了。她来到阳台上,坐在那把被晒得有些发热的藤椅里,看着下面的山谷;过了一会儿,又去看楼下的那片草坪,还有入口的那个泳池。正看着,发现有两个人从远处走了过来。其中一个,就是他。旁边是位戴着遮阳帽和墨镜的女人,瘦瘦的,一身黑色长裙。他们到了楼下,停住脚步,低声聊着什么。她就扶着栏杆,看着他们。他抬起头来,看到了她。那女人也抬起头,摘下了墨镜,冲她挥了挥手。她歪了下头,嘴角抽动了一下,算是回应了。他把小A带到了房间门口,对已等在那里的她说,你们先聊,我出去转转。

我之前给你发过短信,小A坐到沙发上,摆弄着手机。你没回,估计你早就把我手机号删了。她就说,是手机静音了,之前在睡觉,起来后也没看手机。没关系,小A说,我不是特地跑来打扰你们的,我刚好在离这里不远的小县城里玩儿,他打电话给我,说是要还我钱,是老早就欠的,我都忘了。我就让他转账,他说银行账户都被封了,只能给现金。那好吧,我就看在钱的分上,过来一趟,好在离这里也不算远。他说你也在的,我就想啊,都这么久了,那就见见你吧。我这人你知道的,不管什么事,过去就算了。刚才在过来时,他还特地跟我解释,说之前那就是个误会,当时你们并没有什么,是跟我分开后,才跟你有了这种关系的,而且也不是恋人……我就跟他说啊,你不需要说这些的,都过去了。

哦,她点了点头。我其实也没什么要解释的,确实就像你说的,都过去了。当初我给你发微信,想跟你通电话,也不过就是想说一声,我跟他没有什么的。这是事实。当然你不理我,我也就算了,也不想有越描越黑的感觉。说着话,她到床那边取回手机,翻看了一下,小A确实发过一条短信:我过来了。当时她要是看到了,还是会回的,问上一句,你是哪位?这时他发来了微信,我在停车场下面的那家茶室里喝茶,你们好了,就告诉我,我再上来,送小A出去。她就回了,好。然后她就坐到了小A对面,两个人有些面面相觑的意思,又都尽量显得坦然些。

不过我没想到你会拉黑我,小A看着手机说道,我犹豫过要不要拉黑你,但想想还是算了,那样的话你会以为我真的把这事当成事了。我真没当回事,当时就是不知道该跟你说什么,才没回你的微信,不接你的电话。她就说,当时我是把你跟他都拉黑了,觉得这样也就一了百了了,大家都清净了。我跟他恢复联系,也是半年后的事了。小A笑了笑,这些我就不关心了。我以为他不会还我这笔钱了,现在他要还了,我还有点意外呢。哦对了,我去年结婚。想不到吧?我这么爱玩的人,也会有这一天,我自己都意外。可能就像你当初跟我说的那样,我这个人,其实骨子里还是很传统的,时机到了,就会立即恢复正常的生活状态。我还是佩服你的眼光的,够毒。刚才来的路上,他跟我说了,你准备徒步去西藏,我就告诉他,当初你最想做的,其实是到大凉山之类的地方支

教,不过呢,能说出来的想法,总归是要变的,只有不说出来的想法,才真有可能去做,对吧?我还告诉他,一个女人说的,跟想的,不是一回事。他就说,他跟你在一起很舒服,这就够了。我说那不挺好的嘛,两个人都无所求,完美了。他也告诉了我他现在的处境,我也不知该说什么,既不能说我有点幸灾乐祸,也不能说我为他惋惜,只能谢谢他在这种情况下,还想着还我的钱,还有利息,可以了。他现在这样子,也挺不容易的,听他那意思,他那个年轻的老婆好像也懒得理他了,他说他现在就像丧家之犬。

她递给小A一支烟。小A摆了下手,戒了。不过呢,我其实还是原来那个我,还是那么地自以为是,不管别人。我这次出来玩,是跟另一个朋友,算是对我很重要的一个人吧,也是我的贵人,对我也是无条件地好。跟你说这些,我一点顾虑都没有。不过说实话,即使是在以前,在我的感觉里,咱们也不是一个世界里的人,那种距离感……我好像多少了解你一些,你的那个世界,是封闭的,对任何人都是。这么说吧,当初也算是我有意把他推给你的,反正他对你也有兴趣,而我对他又没了兴趣,不如做个顺水人情。我知道你对他也没什么兴趣,你对大多数人都没什么兴趣,可是谁知道呢?说不定你们就能擦出点意外的火花呢?结果你看,还真的就有了,你们该感谢我才是……不过,以我对你的了解,估计你们也差不多了。挺好的,就像咱们一样,我来跟你说了这么多,也就是想说,好聚好散。

她想了想,确实也没什么是要对小A说的,就站起身来,咱们再拥抱一下吧。小A就站起来,跟她轻轻地拥抱了。然后,

她把小Ａ送到房门外，我就不远送你了。小Ａ戴上墨镜和那顶遮阳帽，不用了，我也不跟他打招呼了，你代我再感谢一下他。哦，对了，你以前给我讲过的那个你心爱的男人，你们后来还有联系吗？她笑了笑，当然，一直都有，再过半个小时，他就会来这里接我了，去另一个地方，靠近千岛湖的。哦，小Ａ沉吟了一下，呃，那他知道吗？她摇了摇头，还没想好要不要告诉他呢。这不会又是你即兴创作的故事吧，小Ａ反问道，你不觉得这剧情也过于巧合了些吗？她意味深长地注视着这个表情有些复杂的女人说，不是故事，也可以说，是另一个故事。不错，小Ａ摸了摸她的肩头说道，可以的，祝你好运。

她回到沙发那里，坐下，拿起手机，想了想，并没有给他发微信。大约坐了十来分钟，她叫了网约车。几分钟后，就有人接单了，距离这里还有十多公里。她就起身去卧室里收拾东西。没过多久，车就到了。她下楼，把那只黑色小拖箱放到了车的后备箱里，然后钻进车里，坐在后面的位子上。车窗玻璃上贴有遮光膜。司机看了下导航上的路线，就出发了。外面的阳光依旧强烈，道路两侧的树木都有些发白的感觉，透过遮光膜看上去，又多少有些暗淡的意思。车子经过那个停车场时，她在那些车之间看到了他的那辆，再往前，就看到了那个茶室。她拿着手机，点开微信，找到他的那个天文望远镜的头像，然后又翻了翻之前的那些为数不多的对话，过了一会儿，就把他拉黑了，接着，把他的手机号也屏蔽了。

车里开始播放音乐了，都是些很老的粤语歌。听着听着，困意就袭来了，很快就包裹了她的身体。她就想，好了，这样安稳地睡上一觉，等醒来时，差不多也就到家了。其实她睡得并不安稳。车开得明显有些快，不时地会有些摇晃，这就使得她始终处于半梦半醒的状态里。在某个醒来的瞬间，她听到了梅艳芳的声音，还有那过于熟悉的粤语歌词，听着，却听出了某种莫名荒诞滑稽而又讽刺的感觉：

同是过路同做过梦，本应是一对。人在少年梦中不觉醒后要归去。三餐一宿也共一双到底会是谁？但凡未得到但凡是过去，总是最登对。台下你望台上我做，你想做的戏。前事故人忘忧的你，可曾记得起？欢喜伤悲老病生死，说不上传奇……

浮 图

葛 亮（《十月》2022年第3期）

> **推荐语**
>
> 葛亮的《浮图》延续了《燕食记》"以饮食写世道人心"的进路。小说中的饮食不仅仅是味蕾的感觉，更是一种文化的积淀和生命的记忆。三代人，数个家庭，几个男女，红尘嚣嚣，欲望浮沉，最终都不过是命若琴弦的拨动。葛亮的叙述克制、沉静，但故事的转换，人物的言行，冲突的起伏无一不丝丝入扣，显示了葛亮作为一个成熟作家的气韵。（杨庆祥）

一

警员走进来时，看到连粤名正给牛排浇上黑椒汁。他看到警员，并无意外，仍执刀叉慢慢切下一块肉，送到嘴里。

连粤名自认是个老饕。按常理，这刁钻的口味，多半是训练而来。而他却是浑然天成。自幼在北角住着，那里先是上海人，后来是闽南人排闼而来，便称为"小福建"。

他们住过的地方，叫作"春秧街"。据说是因为一个姓郭的福建籍富商命名。这富商是印尼华侨，以制糖起家，致富后想在香港拓展业务。本来是打算兴建炼糖厂。不料填海造地后，海员大罢工和省港大罢工相继爆发，劳工不足，经济萧条，郭氏唯有改做住宅发展，建成四十幢相连的楼房，人们就以"四十间"指称该地，后来政府将"四十间"所在的街道命为"春秧街"。

连粤名搬出春秧街已很久。自打从南华大学毕业，他便想要离开这里。在澳洲读了博士，回到香港。娶了西半山长大的袁美珍，在薄扶林道买了一个小单位。他才觉得是给自己洗了底，做了真正的香港人。可他一年里，总有三不五时，要做回福建人。多半是因了九十多岁的阿嬷的召唤。每月初一、初八、十五及各神佛圣诞，电话先打过来，要他回到乡会庵堂吃斋。这边稍有犹豫，便是劈头盖脸的一顿骂。有时他因事情去不了，下次见面，得被阿嬷念上十天半月。无非是长房长孙，不肖不贤，愧对先祖之类。直至数到上梁不正下梁歪，就是回忆和女人跑掉的阿公。眼睛一红，便是一把混浊老泪。连粤名心里慌得直叹气。袁美珍一边敷着面膜，在脸上拍打，一边幸灾乐祸地说，你这才真是躲得了初一，躲不了十五。

这一天，袁美珍却也跟他来了。只因是大日子，观音诞。只见庵堂里热闹，人头涌涌，犹如置身岁晚的黄大仙祠。香火愈来愈鼎盛，乡会数年前终凑够捐款，置下三个相邻单位，一千余呎，有了小厅和厨房，安好佛像和坛位，让神明在这寸土寸金的香港宜居，夜深出窍施法，亦舒适安稳。

"名仔！"他阿嬷来香港近五十年，仍然是一口坚硬的乡音。这口乡音被她从福建带来了香港。人人都说入乡随俗。这北角的人，都有这么一段相似故事。二十世纪四十年代，连粤名的阿公和二叔公，跑到印尼讨生活，开理发店，每月寄钱回乡维持家计，和阿嬷相见相会只能约在香港。那时中国与印尼还没建交，香港是个中转站。六十年代，阿嬷带了家当，偕父亲和阿公团聚。阿公却没出现过，听闻是和一个外侨女人去了金山。好在有福建乡会帮衬，阿嬷人又争气。在春秧街开了一爿成衣铺，竟然就将几个子女都养大了。立业成家，各有所成。

可阿嬷就偏偏改不了这一口乡音，早年被人讪笑，如今上年纪倒得了气壮。偌大的庵堂，对着连粤名呼呼喝喝。旁人就说，连阿嬷，阿名好歹是个教授，不是青头仔啦。阿嬷便道，教授又如何，还不是我的孙！连粤名坐在乡会的小厅里，看阿嬷一头稀疏白发，露出了红色头皮，坐姿没有老态，竟是雄赳赳的，天然便是领袖模样。手脚竟比一众中年妇人更为麻利。一边包着䭔饼，一边和乡里谈笑。又因为耳朵有些背，说话声量就更大了些，洪钟似的。

每到观音诞，这些福建女人日出时分便来到庵堂，掀起大饭盖，准备下锅煮百人斋菜。太阳升起之时，乡里已穿起佛袍，与方丈住持，同赞佛颂文。中段休场，乡亲端上水果、甜汤。倒也有条不紊。

连粤名坐在缭绕的烟火里，看头顶悬着"巍巍堂堂"和"慈航普度"的牌匾。功德箱上摆着供果和闪烁不定的莲花佛灯。如今都要环保，那灯里装的是电池，是真正长明的。连粤名好像又回到了儿时，跪在蒲团上被阿嬷摁下，纳头拜佛。那时的庵堂，没有现在排场。袁美珍坐在她身边，埋着头，只是一径划着手机，也不说话。即使来了许多年，也并没有融入妇人的群体。不似连粤名的发小祥仔的老婆，早和老少查某们打成一片，按说人家还是个茂名人。阿嬷和这个孙新抱[1]，表面上客客气

---

[1] 粤语，孙媳妇。

气,再也没有多的话讲。既然当自己是客人,便宾主自在好了。

庵堂里竟也有一台电视,放着内地的电视剧,是个古装片。他是不看电视的人,里头的女明星他竟然也认得,因为偷税漏税,上了八卦报纸和网站的头条。在这个宫斗剧里,演的是个委屈的角色。眼神里却是藏不住的凌厉,不消说,还是要赢到最后的。其实也没什么人看。乡里叔伯,木然对望、闲坐。呆呆的眼神交流,以闽南语交谈,向对方借火,抽一口烟。

"莫再看咯,来啊,来啊,准备绕佛啦!"诵经最后,阿嬷出来对连粤名呼唤,如同命令。倒没正眼看袁美珍。袁美珍将手机收起,站起来,面无表情,跟着连粤名。在场男女老少都要在庵堂绕场数周,脸色端庄肃穆。这是旁人不甚理解的信仰和仪式,积年成俗。

连粤名走到了大街上,深深地呼了一口气。他的鼻腔里,残留着很浓重的香火味。自然,他手上还拎着阿嬷亲手制的膶饼和芋粿。走到了春秧街上,他觉得轻松了一些。袁美珍约了旧同学喝茶,他便也不急着回家。先到"同福南货号"买上一斤年糕,顺便问一问大闸蟹上货的档期。眼下香港市面上的蟹,都说是阳澄湖的,自然不可尽信。这间老字号,总还是靠得住。然后呢,便是到隔壁"振南制面厂",买新造的上海面。如今卖地道上海面的铺头,越来越少。这街上,再有就是对面和"振南"打了数十年擂台的"双喜"。总也不分高下。连粤名是吃惯了"振南"。上海面软滑弹牙,和香港盛行的广东面是大相径庭。广东的碱水面硬而干,咬劲足,却不合北角人的口味。他和袁美珍,便吃不到一起去。创办这"振南"的人叫李昆,其实呢,倒是个地道的广东人。传说青年时曾追随北洋政府的国务总理唐绍仪任侍从官,故熟悉其喜爱的面食。后来在坚拿道东开设"振南",吸引了一班居港的上海人,便将面厂搬到有"小上海"之称的春秧街,也养习了后来的福建人的胃口。福建呢,本不是美食之乡,可是有先前上海人的讲究,加上东南亚华侨的诡异的洋派。这春秧街上的味道,是断不会寂寞的。上海南货店内有售的咸肉、火腿、咸菜、年糕,闽地有名的鱼丸、肉丸、蚵仔、芋粿、绿豆饼,也一应俱全。话说广东菜精致可观,连粤名在心里头,却另有自己的一番分庭抗礼。这是春秧街几十年的生活给他锻造出来的。念及此,他摇摇头,觉得是一条舌头,阻挠自己成为地道的香港人。

这样想着,连粤名一路蹀到了马宝道,这里的排档后方兼卖印尼香料杂货。自有一些南亚人的土产。像印尼虾片、千层糕、自家制咖喱、沙嗲、辣椒酱、新鲜椰汁马豆糕等。掌铺的已是第三代,是个戴着苹果耳机的年轻人。看连粤名挑拣沙茶酱料,有些不耐烦,说,这些货都是过年时进的,没什么新鲜的了。从里间出来一个妇人,认出了连粤名,说,教授,多时没来了。妇人是印尼本地人,嫁给了这华侨家族,还保留了传统的装束。她絮絮地说着。连粤名自然是识趣的人,便问她生意可好。她便说,这种街坊生意,可谈得上好不好?有口饭吃就是了。

这时候,天有些暗了。连粤名本来已经走到了地铁口,忽然想起了什么,就又折到了英皇道上,走到了一幢大厦前面。他抬头看到"丽宫"二字,晃一晃神,走进去。

二

南华大学，入了黄昏，另有一番热闹，是周末回校的学生们。又有各色的社团散落在校园里，派发着传单，招募新的会员。连粤名穿过黄克竞平台，看这些年轻人的脸上，一径是喜洋洋的，哪怕一些门前寥落的社团。一个武术学会的男孩子，穿着咏春的练功服，向着他跑过来，规规矩矩地鞠了一躬。他并不认识。一问起来，才知是大一的新生，上过他的高分子物理大课。正寒暄，旁边一只毛茸茸的金刚狼，手里拎着一大袋外卖的饭盒，急急匆匆地向cosplay（扮装）学会摊位走过去。人潮涌动的，是电影协会的，原来正在招募临时演员。听说国际大导演要到南华来取景拍戏，拍四十年代的香港校园。自然要一班学生仔扮演大半个世纪前的好男好女。他想他读书的时候，也曾有过临演的经历，是在香港的著名品牌维他奶广告里。那时青春无敌，他尚有一头茂盛的好头发。他禁不住摸摸自己的头顶，心里苦笑一下。

到了明伦堂跟前，他对着门口的落地玻璃，整理了自己的仪容。他做这里的舍监已经一年有余。因学生出出入入，以身作则已近乎本能。这时候，一个男孩推开门，踏着人字拖，从里头出来，一边打了个悠长的哈欠。抬眼望他，有些措手不及。旁边看更的陈叔便道：路仔，打游戏到成晚，刚刚困醒，这下正好给教授撞到。男孩哈欠打到一半收不回，脸上便是个茫然惊讶的表情。连粤名心里想笑，便也宽宏地说，唔好唔记得食饭。

他随电梯到顶楼，掏了许久找到钥匙，打开门。屋里响着叮叮咚咚的琴声。他知道是女儿回来了。《水边的阿狄丽娜》。他站在门边，略阖上眼睛，听了一会儿，不觉间在心里打着拍子。他想，当年思睿赢了全港钢琴大赛的青少年组亚军，就是这支曲子啊。一个硬颈的细路女，手指一触到琴键，就柔软下来了。她是有多久没弹过这首曲子。是的，升了中五，忙于考学，思睿就不怎么碰钢琴，由它蒙尘。最近又捡起来了。她去年刚刚做上执业牙医，连粤名托相熟的中介，为她在北角盘下了一个铺位开诊所。在渣华道，地段好，价钱也算公道。思睿说，做牙医好手势，要灵活。便又开始练琴，锻炼手指关节。她说，一样的轻重缓急，人口中三十二颗牙齿，就是两排琴键。

爸。琴声停了，他睁开眼，思睿站在他面前。女儿眼窝淡淡的青，看上去有些疲惫。收拾得倒很利落，是准备出门的样子。

连粤名边说，晚饭不在家里吃？

思睿躬下身，将短靴的拉锁使劲向上拉，一面轻轻应一声。

连粤名将手上的东西放在桌上，说，和林昭？

思睿说，岳安琪回来了。

连粤名说，哪个岳安琪，是那个中学同学？不是全家移民去加拿大了吗？

思睿说，回香港来了。

连粤名愣一愣，说，嗯，吃完饭早点回。对了，给你买了马拉糕，还热着。吃一口再走。

思睿摇摇头，打开门，说，不吃了，太甜。

连粤名看着门带上，把买的东西一样样拿出来。高丽菜、红萝卜、豆干、芽菜、芫荽、冬菇、猪肉、虾米、蚵仔。

这时候听到门一阵闷响，继而听见高

233

跟鞋重重落地的声音。他从厨房里出来，看见袁美珍一言不发，将手提袋扔到了沙发上。待她站起，又好像当他是隐形人，袁美珍径直走到房间，换了衣服就往浴室去。这时她倒看了连粤名一眼，说，又整臘饼。连粤名说，系，观音诞，到底是个节。

浴室里响起哗啦啦的水声。连粤名想一想，从环保袋里拿出那双拖鞋，摆到了擦脚垫上。水红色的鞋，上面镶着花形的水钻，在暗处也熠熠地发着光。

他满意地看一眼，叹口气，回身去厨房。

待浴室里的水声停了，厨房里正逸出馅料爆炒的香气。因为后加了紫姜母，便有一丝清凛气，从满锅的膏腴中破茧而出，激得连粤名打了个喷嚏。他将馅料盛出来，摆到饭桌上。

好大阵味。袁美珍一边快步走过去，将客厅的窗户打开了，一边擦着湿漉漉的头发。她说，风筒时好时坏，唔记得落去俾师傅整。

连粤名说，买个新的喇。

袁美珍不睬他。他看见袁美珍走到鞋柜跟前，在里头翻找。这才发现她赤着脚。所经之处，地板上是一串浅浅脚印，水淋淋的。

他想一想，说，我买给你新拖鞋哦。

袁美珍回身看一眼，说，几十岁人，着咁样慨色，发乜姣。

连粤名愣一愣说，我系丽宫买慨。

袁美珍的手停住，抬起头，眼神恍惚一下，说，丽宫？仲未执笠[1]？

她又重新翻找起来，翻出了一双旧年旅行时从酒店带回的拖鞋，穿上了。

连粤名坐下，将臘饼揭开，包上了馅料。递给袁美珍。袁美珍不接，问他，你唔知我减紧肥？

说完，便回房间去了。连粤名望着妻子略臃肿的体态，消失在走廊尽头。过了一会儿，他听到了一个陌生女人的声音，从房间里传出来。他知道，袁美珍又开始直播了。

袁美珍走进房间时，没忘随手关掉客厅里的大灯。连粤名便坐在黑暗里头，只有房间四角射灯昏黄的光，聚拢在他身上。像个光线诡异的小剧场的舞台，他坐在台中央，抬起手，开始吃那块臘饼。炒的时间长些，馅料气息渗透，五味杂陈。他看射灯的一线光，正照在那双新拖鞋上。方才鲜艳的红，也在暗中收敛了。小颗的水钻，到底是棱体，挣扎着将一些光芒折射出来，微弱而锋利。

连粤名想，丽宫，还没有执笠啊。

那年，他回到香港，给袁美珍买的第一样东西，就是一双丽宫的拖鞋。

说起来，也是少年任气。彼时，他在墨尔本大学已拿到博士学位，便被曼彻斯特的一家汽车公司录取，做了维修工程师。一切都在往好的方向发展，唯有感情一无进展。连粤名是个心里坚定的人，可在男女的事情上，没什么主张。读研究所时，大约在域外的缘故，女人是不缺，澳洲的女子又豪放些。他的室友，是个内地富二代，风流子弟。带着他也算吃了几次"洋荤"。然而，不知是否因家庭传统，在感情上是没有投入的，总以为非我族类。他家境又很一般，对讲求现实的华裔女子，也无甚吸引力。后来到了曼城，是个老牌的工业城市，人口众多，气息却阴冷。有涸落的古堡和废弃的仓库。他所住的公寓，

---

[1] 粤语，今指商铺收摊，引申为倒闭。

234

是个纺织厂的旧厂房改建的。他住得高，从窗口望出去，能看见默西河与广阔的荒野，河水流得慢，也仿佛是凝滞的。这里的人际便更冷漠些，日常也有着不必要的客气。让他本拘谨的性格，在南半球火热的锻造后，慢慢冷却。对于女人，也一样。性似乎亦无可无不可。他满足于精谨且无聊的工作，就这样过去了两年。若说平日里有什么期盼，可能是公司出门的第一个街角右转，进入一条后巷，那里有一间中餐厅。老板是成都人，餐厅上写的是京川沪菜馆。对贪新鲜的外国人来说，中国的各式菜系，并无太大分别。但大约是原乡的缘故，这家菜的口味十分浓重。对讲究清淡的粤广人来说，原本是南辕北辙，但在这冷却的城市，尤其是冬日，这菜馆火热的气息，渐渐让连粤名爱上了。一碗酸辣汤先暖了胃，麻婆豆腐、回锅肉和口水鸡，每一样都是让味蕾有记忆的。吃惯了，久了，他索性懒得自己做，便将这间叫"蓉香"的中餐厅当了食堂。渐渐和魏姓老板熟了，老板便也知他不爱热闹的性格。在他下班前，提前在餐厅最靠里的两人桌上，放上"留位"的牌子，等着他来。但到了节假日，如圣诞，西人举家团圆。因生意清淡，许多中餐厅便入乡随俗休了业。蓉香却还开着，连粤名婉拒了同事的邀请，没有地方去，仍来了。餐厅里只有两三位客，老板送他一个菜，又递给他一本书。书的装帧很粗糙。他翻开扉页，才看得出是本诗集。他抬起头，老板轻轻说，是我写的。他脸上还未露出恍然神情，去迎接这个满身油烟气的诗人的新身份。对方已满面羞赧，对他使劲摆摆手，让他不要声张。他打开其中一页，上面有一句诗："思乡的火车开远了，再看不见，我哭了／是被空气中的辣椒味，熏的。"

多年后，他对袁美珍提起魏老板的这句诗，她说她已经记不得了。

他和袁美珍初识在这间中餐厅。照常是热闹的工作日夜晚，他收工，默默地坐在餐厅最里面的小台，吃一碗钟水饺。吃到一半，老板太太走过来，抱歉地说，连生，这位小姐等很久了，都没有桌子空出来。能不能和你搭个台？他没说话，头也没有抬，只是将面前的碗盏，向后撤了一撤。就听见有人拉动椅子，然后坐下来。他闻到一种若有若无的香气，不禁仰一下脸。看对面的人，正将一条水红色的围巾取下，小心地叠起来。他听到一把女声，用广东话叫了红油抄手，临了轻轻说了"唔该"。声音明晰利落。这时候，他吃完了，一边叫老板埋单，一边将手绢拿出来，擦擦眼镜上的雾。站起来，余光看到对面客人。是个很年轻的女孩，眉目十分平淡，有粤广女生常有的黄脸色。留着这年纪女生常有的长直发，将眉目又遮住了一些。

过几天的晚上，连粤名正吃着饭。听到有人用英文问，先生，介不介意搭个台？他抬起头，看原来又是前些天的女孩。她将头发束成了一束马尾，戴了副金丝眼镜，穿身黑色套装，人看上去成熟干练一些。若有若无的气息，却还是先前的。

连粤名没有说话，只是将面前碗盏，向后撤了一撤。女孩坐下来，要了一碗宜宾燃面，加了个开水白菜。便开始叮叮当当地涮洗碗筷。连粤名心里暗笑，他想，这多此一举的卫生行为，全世界大约只有老派的广东人才会认起真。自己去国许久，早就忘了。没想到在异国他乡，会看到一个后生女这样。女孩收拾好，给自己倒上一杯茶。沉默了一会儿，忽然问，先生，你吃的是什么？

连粤名愣一下，闷声道，灯影牛肉。

女孩又问，好吃吗？

没等他答，对面竟然伸出一双筷子，夹起了一块牛肉。这突如其来的举动，让连粤名吓了一跳，他一抬眼，皱起眉头，看女孩正咀嚼着那块牛肉，嚼得很仔细。然后她用纸巾擦一擦嘴唇，喝口茶，说出了自己的结论，还不错，就是辣了点。

连粤名没来得及收回自己的目光。女孩说，听先生的口音，是广东人。

他正犹豫要不要答她。女孩却接口道，我来猜一猜，你是，香港人？

连粤名眼里的一丝光，暴露了心事。女孩兴奋地说，我猜对了吧。

连粤名点点头。她说，香港人的广东话，才有这样的懒音。我大学时读的应用语言学，算是行家呢。

这一刻，她平淡的脸，忽而生动，泛起了红润。就连脸上浅浅的雀斑，也有了生气。然而，很快，她的神情又似乎黯淡下来。这时，她的面来了，她用筷子将面和肉臊拌开，拌匀，拌了许久。却停下筷子，并没有吃。

连粤名吃完了，站起来去埋单。忽然听见女孩说，我也是香港人。

连粤名转过身，看一眼，对她说，你点这个牛肉，可以交代厨房少辣。

以后，连粤名再吃饭，便经常有这女孩和他搭台一起吃，即便是在客少的时候。有广东籍的老跑堂，打趣说，袁小姐，又来同连生撑台脚！

连粤名听到，脸上便使劲一红。倒是袁小姐，大大方方地答，系呀！

他便知道，女孩叫袁美珍。从香港到曼城大学读一年制语言教育的 MA 学位，读完了想要留下来，应聘却屡屡碰壁。用她自己的话说："在英国教人英语，是要关公门前耍大刀吗？"

她第一次和连粤名说话，自作主张，吃了连粤名的菜，也知造次。那天她应聘了最后一家公司，做好了失败就回港的准备。却不晓得，第二天就收到了录取通知。她的工作，是为来曼城读大学的预科学生培训英文。她说，连生，你是我的福将。好彩我那天晚上，吃了你的牛肉。

连粤名也知道，这是无根据的恭维话。但不知为何，心里却也隐隐地高兴了。

因是两个人吃饭，大家可以多吃一个菜。花样也就多了，搭配上也就花一些心思。若一个叫了牛佛烘肘，另一个便叫白油豆腐，荤上托素；若一个叫了水煮鱼，另一个便叫樟茶鸭，浓淡总相宜。两人收工的时间不同，若一个先到了，便等另一个，等来等去，总是时间不经济。便又自然留下了联系方式，先到的先点，说了自己想点的，等对方搭上一个。连粤名有时先到了，电话说了自己点的，估摸袁美珍要配上什么。等她说出来，跟自己想的一样，瞬间便生起孩童般的开心；若不一样，那刹那的失落，也是孩子的。

再吃下去，便是默契了。一个可以帮另一个点。晚来的那个，多是工作上有牵绊，便会说给先来的听。一个说，一个听，就着一筷子菜，一口茶水，说说听听，一顿饭也就吃完了。

到了埋单时，连粤名有时仍不惯西人作风，心里大男子主义些，觉得自己年长，又工作长些，推推让让自己给付了。女孩却坚持要和他 AA 制，一两次后，竟然发了脾气，将自己的一份钱拍在桌上，扬长而去。一次走得急了，留下了一副毛线手套。连粤名追出去，人已不见了。

晚上，连粤名就着光，看那副手套，已经很旧了，泛起了浅浅的毛球。他将右手伸进去，竟然能戴上，想袁美珍小小的个子，手却不小。只是在食指的指尖位置，有一个小洞，是脱线了。他看着自己的指肚，因为工作磨出的老茧，从这洞里透出来，硬铮铮的。

再一年的除夕，蓉香总算歇业了一天。魏老板却将连粤名请到店里，说一起过个节。连粤名说，唔好客气。我是一支公，你们两公婆团圆，我阻手阻脚。

魏老板说，我要回四川了，算给我们饯行吧。电话那头静一静，又笑笑说，你又知道只有我们两公婆？

连粤名走进店里，看见除了魏老板夫妻在，还有袁美珍。只在店中间摆了一台，袁美珍落手落脚，帮前帮后。倒显得只有连粤名一个人，是客。四个人，吃到一半，喝得也微醺。魏老板摇摇晃晃起来，唱"一条大河波浪宽"，又唱"我的中国心"。叫连粤名唱，他推托说不会唱，魏老板举着酒杯，不放过他。他只好也站起来，唱《狮子山下》，可真的五音不全，唱得席上的人都笑起来。袁美珍接着他唱第二段，竟是清亮的嗓，好像甄妮的原声。

魏老板忽然跑到厨房里，又跑出来，手里举着自己的那本诗集，上头都是油烟痕迹。翻到一页便念，恰好念到那句：

思乡的火车开远了，再看不见，我哭了是被空气中的辣椒味，熏的。

这诗歌，被他的四川口音念出来，再加上几分醉意，其实有些滑稽。但忽然，就看见袁美珍的眼睛闪一下，伏在桌上哽咽起来，后来竟哭到失声。魏太太将手放在她肩膀上。魏老板止住她，说，别劝，哭出来，就舒服了。

最后一道菜，是魏老板亲自端上来的，说，这道菜是给我们，也是给你们做的。

连粤名一看，是一盘夫妻肺片。

三

这个除夕夜，袁美珍便随连粤名回了公寓。

在灯底下，连粤名看看女孩的脸，终于伸出手去。他先摘掉自己的眼镜，又摘掉女孩的眼镜。没有眼镜，眼前人其实有些模糊了。他捧起了女孩的脸，终于吻上她，唇舌碰上的那一刻，忽然有些热辣的味道，从味蕾渗入。他愣一愣，想起是夫妻肺片的余味。

待事了了，连粤名坐在床上，才觉得赤裸的肩膀有凉意。怀里的女人仍是真实温热的。

他回想，对于床事，袁美珍并不陌生，且相当主动。在身体交缠的细节间，往往知道自己努力争取快乐。待她高潮时，平淡的五官间，便焕发出异样的光彩。这让连粤名既惊且喜。他想，这个女孩好，懂得如何取悦自己，便省去了让别人取悦她的麻烦。

第二天清晨，他醒来，看见女孩穿着他宽大的睡衣，正坐在窗前翻看什么。他看了看，发现是他从家里带来的一本相册。带来了许久，他从未打开过，甚至不知放到哪里去了。但此时，他似乎并不怪袁美珍动了他的私隐，反而觉得她异乎寻常地亲近。他悄悄下了床，打开抽屉，将一副崭新的毛线手套递给了袁美珍。这副手套，上面绣着奔跑的麋鹿。每个指尖上，都有一颗圣诞果。其实他圣诞前就买了，时常放在包里，却一直不知如何拿给她。袁美珍接过来，戴上，将将好。她大概也看见了圣诞果，故意用凉薄的口气说，不知是哪个女人不要的，给了我。连粤名未及辩白，她却扑哧一声笑了，说，多谢。我这倒没有哪个男人不要的，送给你。

他们两个，便依偎在床上，继续看那相册。袁美珍看到一张，是他大学时拍的维他奶广告。那时青春澄澈，尚有一头茂盛的好头发。她伸出手，摸摸连粤名开始稀疏的头顶，他避一下。袁美珍说，怕什么，贵人不顶重发。又看到了一张，指着问连粤名。连粤名看着照片上面相严厉的老人，轻轻说，这是我阿嬷。

袁美珍仔细看了看，说，阿嬷的鞋真好看。

连粤名从未注意过阿嬷穿的是什么鞋。这时看看。是黑底的绣花拖鞋，上头镶着水钻。他看袁美珍看得目不转睛，笑笑说，你不嫌老土哦。

袁美珍静静地，半晌才说，老东西好，稳阵。

春节，连粤名第一次给袁美珍整了䊞饼吃。

料自然是东挪西凑的。两人走了几家超市，又跑去了市中心皮卡迪利花园，在唐人街里转了两转，才勉强凑齐了。只是石蚵唯有改用生蚝，桶笋则以佛手瓜勉强代替。

晚上，袁美珍看连粤名用面粉加水，使劲搅打，到了韧劲上来，这才烧上煤气炉，坐上一只小平锅。将那面团在锅底一旋，再一擦，便是一张薄如纸的饼皮。手势娴熟，魔术似的。袁美珍眼睛亮一亮，把他的手拿过来，放在自己膝头，说，没想到啊，连生，这手粗粗大大，倒巧得过女人。

连粤名笑笑，说，我跟阿嬷长大。我们福建人家常东西，自小眼观手做，哪有不会的。

袁美珍便道，坏了，那我要是学不会，将来怕要被你家里怪罪。

连粤名柔声说，我们俩，一个会就行了，另一个负责吃。

同居了一年后，连粤名才知道，袁美珍在西半山长大。待他知道时，她已经决定回香港。

袁美珍是家中长女，母亲早逝，父亲再娶。但辛德瑞拉的古老的桥段不适用她的人生。她早早从甘德道搬离出来，从此靠自己。上学跟政府贷款，留学一路打工。在旁人眼里，类似经历的，总代表对富有家庭的叛离，是所谓"作"。一番辗转，折腾够了，便是尘归尘，土归土。前面的种种，都是为最后的好日子做铺垫。可她并不是，她回到了香港，除了见了病危父亲最后一面，还放弃了继承权。

她对连粤名说，她始终没恨过父亲，也不恨后母。只是，她不理解，阿爸为什么在母亲死后，会娶一个和母亲性情截然不同的女人，并且安然走过这么多年。这是对她阿母的否定，也是对她人生的否定。

尽管，她有着和父亲极其相类的面目，这使得她作为女性，在相貌上从未有过优势。但她很确信，出身寒微的阿母在这个家中，已经了无痕迹。能证明阿母在这个世界上存在过的，唯有她自己。

她给连粤名看母亲的遗物。其中有一枚景泰蓝香盒，外头镶着金丝绕成的枝叶，覆盖着莫可名状的月白花朵。打开来，是张圆形小照。照片很老了，上面印着一抹胭脂。黑白界线已不分明，灰扑扑。但辨得出，相中人不是闽粤女子的面相。很圆润，清秀，倒有几分江南女子的情致。眼里含笑，有主张。

连粤名又闻到香盒里荡漾出一丝气味，和袁美珍身上的，竟是一样。幽远的花香。袁美珍说，这是素馨的气味。母亲一生只用这一种香，应时的花，插在鬓上。谢了，便攒起来，叫人焙干、磨粉、制成香。

如今用香的人，制香的人，都没有了。她要留着母亲的气味。好在 Gucci 推出 A Chant for the Nymph，前调正是素馨。她便一直用这款香水，用了很多年。

母亲是存在过的。她证明的方式，也包括让自己独立艰辛地活着。她说，母亲一生所有，都是她自己挣来的。

连粤名说，那你，愿意回香港了？

袁美珍说，以前，我不回去，是因为没有底。如今有了你，我就有了底。

料理完后事，两个人便在北角租了处唐楼，在明园西街。房子是阿嬷一个同乡老姐妹的，几十年的牌搭子。她老伴儿是上海的工厂主，二十世纪五十年代来香港。到老了两人整天吵架，不胜其烦。就买了两个相邻单位，除了吃饭，各安其是，省得相看两厌。三年前老先生寿终正寝，老太太隔壁房子便空着。如今租给连粤名，租金要得很便宜。说是两个年轻人，壮一壮阳气。

两个人住下来。家具都是现成的，虽是老派，酸枝鸡翅木，看着却有说不出的砥实与可靠。连粤名看袁美珍不嫌，便放下心来。他的履历很好，又有留洋经历，未几在母校南华大学谋到助理教授的职位。拿到工资当天，心里也踏实，他陪着袁美珍好好走了一回北角，沿着电器道，一直走到英皇道。一路走，一路讲。哪里是他读过的小学，哪里是他常去的戏院，哪里是他爱吃的大排档。袁美珍望着皇都戏院，斑驳的红墙和浮雕。她说，要说这里也是香港，前许多年，我住过的那个，倒不像香港了。

连粤名带她拐进一处暗巷。巷道悠长，走着走着，整个黑了下去。连粤名就牵上她的手，一片密实的黑里，辨认彼此呼吸的轮廓，向前走。走着走着，豁然开朗，竟是一片温黄的灯光。光里是一面墙，墙上五色纷呈的一片。原来是个单边的横门铺，整面墙都是柜，琳琅的都是鞋。高处四个字"丽宫绣鞋"。连粤名说，阿嬷自打到了香港来，拖鞋都是在这里买的。他拿出那张照片，给老板看。光头老板看一眼他，说，阿名，好耐冇见，都话你读番书唔翻来喇。[1]

连粤名笑笑说，老板替我挑一对。

老板仔细辨认，说，带水钻嘅，阿嬷呢款唔好揾，俾啲时间我。买多对？

连粤名又笑笑。老板看一眼袁美珍，醒目道，得！少等。

半晌，老板出来，捧着一双说，小姐好彩，仲有一对。阿嬷嗰对，鱼戏莲荷。呢对仲好意头，连理枝。

袁美珍脱了鞋，将这对鞋穿上，尺码刚刚好。水红色的缎面上，绣了葱茏的枝

---

[1] 粤语，好久不见，都说你去国外读书不回来啦。

叶。将两脚并拢，鞋上的枝条便彼此相连，一体浑然。

从丽宫走出来，袁美珍说，你好嘢，先前送了我手套，如今又送鞋。我上下的手脚，都被你捆住了。

连粤名不说话，只是笑着望她。

回到家，两人心生默契，一拥一抱，便向床上走去。大得不合情理的宁式床，原本在卧室里是突兀的，这时却让他们如鱼得水。转转间，喘息都是炙热。其间起伏与攀升，有些硬的床板，硌着他们的脊背与胸腹，倒有些凌虐的快意。将到高潮处，连粤名忽而抽出身体。袁美珍不情愿地坐起身，看见他急灼灼，从包里拿出那对鞋，给袁美珍穿上。女人净白身体，脚上是艳红的两点。他的欲望顿时膨胀，冲撞间，有些不管不顾。动作猛了，鞋便落到了地上，"啪嗒"一声。他没有停，将女人抱起来。却踩到了鞋上，只一滑，鞋飞了出去。琳琅水钻脱落，撒了一地。他怔住，心神一恍，泄了力气，用抱歉的眼神看袁美珍。女人没说话，伸出手臂，只管紧紧揽住他的颈。

因为孙住在这里，阿嬷来得便勤。来了，先去探老姐妹，手里捧着一颗柚。

到了连粤名的屋里，看尚算窗明几净，企企理理。这天连粤名去大学教课，只袁美珍一个人。阿嬷含笑看她，温言软语。袁美珍看着这老太太，身腰朗直，样貌和照片很像，可又说不出是哪里不像。阿嬷说了一句，便站起来。一低头，看见床底下的绣花拖鞋，莹莹地，泛着水红的光。另有几星灿然，在最内的深暗处闪一下，又一下，是散落的碎钻。

她便回过头，对自己的老姐妹说，你就好喇。前些年牌桌上赢你的钱，几个月租金给你赚回了本。

老姐妹刚想为自己辩白。却见阿嬷改用了莆仙话，说，有手有脚，不出外做事，租金都是我孙一个辛苦挣来。

老姐妹愣住了，却看她脸上并无愠色，相反似是一种欣然神情，像在分享一桩可喜的事情。阿嬷满面含笑，继续说，淡眉眼，高颧骨，是个男人相。名仔命硬，将来少不了苦头吃。

老姐妹怔怔，偷眼望一下近旁的袁美珍，似乎并无反应。她便也以莆仙话，悄然说，不好这么说自己的孙媳妇啦。

阿嬷挑挑眼，微笑道，没过门，算得什么媳妇。

老姐妹看袁美珍笑盈盈，便也大起胆子，一瞥卧室里宁式大床，说，过门儿有什么要紧。我可是听得见，这日日夜夜的，怕是你要先得一个曾孙呢。

阿嬷回过身，用慈爱神情看着袁美珍，说道，我预备摆酒，怕是人家家里无人来。

袁美珍笑着牵起阿嬷手，敬一杯茶。自己捧起另一杯，将一种东西，在自己心底挤压，碾碎，然后就着茶水咽下去。

往后的几十年，阿嬷一直以为袁美珍听不懂她晦涩的家乡话，甚至当着她的面，和别人说些日常体己。那日，袁美珍当真希望不懂。连她都低估了自己的语言天分。回香港的第一个月，她有意无意，听连粤名和阿嬷的几通电话。那天阿嬷微笑看她，说出来的，她听得真金白银，一字一血。

两个月后，袁美珍在港大山下的坚尼地城，看定一个单位。面积很小，租金却贵上许多。二话不说，她便与连粤名搬了过去。阿嬷挽留道,何苦搬去那里。北角多好,一家人多个照应。

袁美珍笑一笑,柔声说,阿嬷放心,我会睇实你嘅孙。

四

这一晚,连思睿回来时,已近午夜。她看见父亲躺靠在客厅的沙发上,知道是在等她。等得久了,人已经睡着。半张着嘴,头发散下来覆盖在眉眼上。在焦黄的灯光里头,一动不动,让她心里无端紧了一下。这时,她看见父亲身体挪动,大约姿态舒服了些,轻声打起了鼾。她才舒了口气。

桌上摆着一盘𥹉饼,还有已冷却下去的馅料。思睿拿起了馅料里的勺子,勺把也是冰冷的。

连粤名被自己急促的鼾声惊醒。他睁开眼睛,看见女儿坐在桌前,正大口地吃着一块𥹉饼。再一看,思睿竟是泪流满面。他不禁一慌,将自己坐直了,问,女?

思睿这才发觉,父亲醒过来,忙拉过纸巾擦擦脸,笑笑说,阿爸,咸咗啲哦。

连粤名站起身,给她倒了一杯水。开一开口,还是问,怎么了?

思睿愣一愣,说,岳安琪在"小摩"找了份工。投行真是青春饭,人老得多了。

连粤名说,同佢见面,唔开心?

思睿看他一眼,站起来,说,阿爸,我去冲凉了,好劫[1]。你都早啲困。

连粤名看她走进浴室,顺脚穿上门口那双绣花拖鞋。水红色的影,在暗处一晃。

连思睿出生在坚尼地城,但在何翠苑长大。何翠苑,是连家购入的第一个物业,那是一九九九年。"九七"那年,政府刚刚推出"首置贷款计划"与"八万五",便遇金融风暴。香港楼价插水,两年后每况愈下,新推楼盘无人问津。然而,此时袁美珍却看中了薄扶林道上的何翠苑,港大毗邻。连粤名说,这是个豪宅盘,买了要是跌了怎么办。袁美珍看他一眼,说,都像你这么想,永远买不到楼。全球利率下降,有排跌,跌我都认。连粤名看妻子目光坚毅,便点点头。

然而即使市况淡,这楼银码大,首付款并不够。连粤名想去跟阿嬷想办法。袁美珍说不要,何必动人棺材本。她便一个人去了甘德道,回来说,借到,明日去银行办按揭。连粤名看她神情怅然,便说,既如此,当年又何必放弃继承权。

袁美珍抬头望他一眼,说,一码归一码。

他们买进望北小单位,三百八十呎,却有一个大飘窗。一家人坐在窗上,看到山下,目光越过德辅道,便望到海。天高海阔,远远地有船只过往,似听到汽笛鸣响。

谁料到往后几年,楼价攀升,一往无前。时过千禧,他们的房子,价格升过一倍。思睿长大,三口人住得逼仄。连粤名升职加薪,想换楼。袁美珍说,仲未得!连粤名以为她妇人保守,便说,地产经纪都话,高处未够高,愈高仲难买。袁美珍说,听我讲。

他们便等。二〇〇三年,Sars爆发,哀鸿遍野。殃及楼市,香港再现负资产。何翠苑亦难独善其身。连粤名叹气,因物业价值缩水。袁美珍却说,出手,换楼。

---

[1] 粤语,疲劳,累。

连粤名说，你知"淘大"爆疫情，现时两房单位，五十多万都无人接手。今日不知明日事，你又知几时轮到我们。袁美珍说，我知。听我讲，换楼。

他们换到了八百呎单位。袁美珍用尽积蓄，兼卖掉手上几只蓝筹股，竟又凑出首期，买了皇后大道上云若大厦一个唐楼单位，夫妇联名。连粤名前所未有与她争吵，说，我日做夜做，也供不了两层楼。袁美珍看他一眼，一弹牙，掷出三个字："使你供？"转头便找了地产中介，将唐楼租了出去，以租养供。这样租了半年，疫情得控，楼市便回春。势如雨后新笋。两处物业，几个月内账面净升近百万元。身边知情的，纷纷向连粤名贺喜，说嫂夫人这份魄力，当真神勇。连粤名听了，笑笑说，佢啊，得个"勇"字！

以后隔开几年，储够了首期，便买一层楼，用的都是两人联名。连粤名自觉供得辛苦，但仍说，这样好，好似你对鞋，我哋总算是连理枝。袁美珍愣一愣，道，什么连理枝，这叫"长命契"。谁活得长，将来这楼都归谁。

买到第五层楼，搬到甘德道。她住过的家，如今只住着后母。两处房子，隔一个街口。连粤名说，干吗要买到这里，我们不开车，落去山下也不方便。

袁美珍打开窗子，用手使劲挥上一挥，像是要将夕阳最后的光线扫进来。她说，那女人住得，我阿妈都住得！

她说这话时，一把苍声，徐徐暗哑。不似她平日的开阔激越，倒如他人借她口发出。听得连粤名，后背生出一股凉。

明伦堂竞聘舍监，袁美珍要连粤名申请。连粤名初是不愿的。他刚刚评上了教授，论文与专著，加上教资委的科研项目，前几年殚精竭虑，终于可以松松骨。他便说，我们好不容易凑[1]大仔女，如今又要凑别人的仔仔女女？

旁边的思睿也帮腔，我刚刚大学毕业，难不成又要住回大学去？

袁美珍不管。舍监可住在舍堂顶楼，千几呎的大单位，免费住。住进去，自己的家便可放租，每个月租金四五万进账，哪有如此好着数！

第二天是周末，连粤名起得很早。近些年，他对睡眠的需求越来越低。不管多晚睡，都会在晨光熹微中醒来。这时打开窗，能看见楼下的体育场，已有晨跑的人。天渐渐亮起，跑道上的人也多起来。自从大学对外开放，这体育场上便多了许多的日常烟火气。周末，甚至能看到举家出游。年轻的父母，年迈的祖父，或躬身，或蹲在跑道上，鼓励着正在蹒跚学步的幼儿。看台的一侧，成了菲佣们周末聚会的场所。远远便可以听到他们嘈嘈切切的谈笑声，以及丰富的肢体律动。在任何时候，他们都有难以言喻的欢乐。

这一点感染了连粤名，让他的心情好了一些。但他并未驻足太久，因为他要下山去。这成为他久长的习惯。即使距离他们最初搬来西环的生活，已有二十多年，但是每个周末的早晨，他都会穿过薄扶林道，搭西宝城的电梯，回到坚尼地城。那是他最初的住处。附近的一条暗巷里，有炳记锅贴店。

因为油锅架在靠门地方，还未走近，已闻到牛油膏腴的香气。门口排了小小的

---

[1] 粤语，照顾、抚养孩子。

队，都是附近买早点的街坊。连粤名排到末尾，忽而听到有人唤他"教授"。一看，是炳记的老板。原先的老板炳叔年纪大了，已退休。生意传给了他儿子，是个精壮的中年汉子。老板当着众人面向连粤名招手，唤他，反让他有些不好意思。好在很快排到了他，老板说，照例八只牛肉锅贴，两碗酸辣汤？他点点头，拿出钱包。老板连忙一挡，说，教授，多亏你给我薀仔写了推荐信，被圣彼得小学录取了。今日我请。说完，又夹起四只生煎包放进去。

老板顺口对后头的街坊说，你看如今什么世道，申请个小学，都要大学教授写推荐信，才得了一块敲门砖。连粤名一怔，嘴上道"恭喜"，心里也替他高兴，却不禁叹上一口气。近来在网上看到一个词叫"内卷"，才知比起自己半世竞争，如今一代是如何无望。

临了，老板说，教授，我哋做到下个月唔做了。

连粤名也不禁吃惊，因为炳记的生意，一直都很好，已成为西环的一块金字招牌。店里贴着复印的报纸，是城中哪个著名的美食节目来采访过；墙上又有数张照片，虽然都满是油烟，但清晰可辨是来帮衬过的明星。比如住在"弘都"的谢宝仪，都是常客。便问他为什么，他搔搔脑袋，说，铺租年年涨，如今银码好犀利，冇的赚啦。我阿姐开了间物流公司，我想去帮手。

连粤名脱口而出，这几十年的好手艺，不是可惜？

老板说，嗨，满汉全席都失传，我哋一行湿湿碎啦。

连粤名回到家，母女两个正在洗漱。连粤名将锅贴和生煎包摆在盘子里，在晨光中，是金灿灿的喜人颜色。酸辣汤也还热腾腾的。他倒上了两碟浙醋，坐下来，满意地叹一口气。

袁美珍匆匆望一眼，说，好油，我减肥。

便去冰箱拿她的营养代餐。都是些菜叶和低卡的糙米。连粤名说，偶尔吃几口，再减不迟。

她摆摆手，用膝盖将冰箱一顶，自顾自就往自己房间走回去。

倒是思睿，一边戴隐形眼镜，一边嗅嗅鼻子，说，炳记？

连粤名点点头，看披散着头发的思睿，穿着睡衣，上面印着明黄色的皮卡丘，不事妆容。眼光有些散，不聚焦，像又回到孩提的稚拙样子。

连粤名见她用手拈起来便吃。本想阻止，但想想却终于没有出声，只看着她吃。女儿吃东西，随他幼时，也有儿童的贪婪相。没有了顾忌与矜持，而有知足独乐的一片天真。

他问，好吃吗？思睿喝了一口酸辣汤，腮帮鼓鼓的，不说话，只点头。

他想起那个遥远的冬夜，在曼彻斯特的偏巷里，叫"蓉香"的川菜馆。他坐在最靠里的一桌，独自吃一只火锅。他用筷子夹起一绺冬粉，吃得呼哧呼哧。近旁传来一个苍老的声音，原来是邻桌的白人老妇。她用英文对他说，孩子，看你吃得这么香，我食欲都好起来了。

他想着，不禁微笑了。倒是对面的思睿停下了筷子，看着他，是忧心忡忡的样子。他这才回过神来。思睿问，阿爸，你今天有空吗？

他说，有啊。

女儿将手上纸巾团在一起，旋即又展开，再团起来，掷到了桌上，好像下定一个决心。她说，阿爸，岳安琪约我去看巴塞尔展。她今天有事去不了，要不你陪我去？

连粤名看看女儿，轻轻说，好。

父女二人到了会展中心，大约因为是周末，正是人头涌涌。连粤名对各种展览，并不是很感兴趣。在英国这么多年，大英博物馆竟然仅去过一次，而且只看了东方馆。看完并无太多心得，只是感叹所谓文明的迁移。所以，他对经世致用的香港人，居然对现代艺术抱有如此之大的热诚，是有些惊讶的。

入口处巨大的白色机翼，覆盖着厚厚的羽毛，像是一只停驻在半空的积雨云，臃肿沉厚，仿佛随时会坠落下来。下面的鼓风机喷出微弱的气流，有些羽毛便飘扬起来，随后又落回到了机翼上。但是有一些似乎偏离了轨道，在空气中凝滞瞬间，便游离到了一旁，一片正落在连粤名的脚边。那巨大的翅膀便有几处破败，暴露出了金属的光泽。某处折射了一束光线，正射到连粤名的方向，不经意刺痛了他的眼睛。

展位由不同的艺廊组成，以白色复合板隔断，犹如冰冷而洁净的蜂巢。一些人，是画廊经纪、策展人或驻场的艺术家。他们或坐或站，藏在色泽鲜艳或者晦暗的衣服里，脸上有冷漠得宜的微笑，如人均一只的面具。

他和女儿默默地走着。思睿似乎并无念头在所经之处驻足。但是，间或会有一两个男女，停下来与她打招呼。一个浑身披挂着鲜肉色服饰、戴着头巾的黑女人，以热烈的语气叫住她，拥抱、亲吻，开始热烈地交谈。连粤名有些不适应这种热烈，带着热带的未经修饰的礼仪。他不禁退后一步，这女人便更像一块满是经络的、正待入煎锅的菲力牛排。然而她却流利地说着广东话。因为她太大声，连粤名数次听到了林昭的名字。他看到思睿的眼神终于躲闪了一下，似乎对这场对话已经意兴阑珊，看了一眼父亲，并且压低了声量。

连粤名走开了一些，他站在一幅犹如教堂穹顶的画前。艳异的蓝与黄，一圈又一圈，从稀疏到密集，以一种难以名状的向心力，最内是深不可测的旋涡。这旋涡如一个核心，吸引他，走近去。这才发现，那是一只深蓝色的蝴蝶。他抬起头，忽而发现，整一幅画都是蝴蝶。成千上万的黄色、蓝色的蝴蝶翅膀，被肢解、重组，按照颜色拼嵌成这穹顶一般肃穆的圆周。唯一完整的，是那只深蓝色的蝴蝶尸体，在圆周的核心孤悬。这个意外的发现，有些触目惊心。他不禁躬身，看见旁边的标签，写着 Blue Cube。

这时，他感到肩头被拍了一记。抬起头，看是个西装客。原来是南华的同事，音乐系的老李。他说，在这看到你，还真是"关公战秦琼"。连粤名被这个不伦不类的笑话，弄得不知摆个什么样的表情。说起来，老李可算是他的发小，自小也在春秧街长大，同一间小学。祖籍上海，很早就移民，前些年才回流。便脱去了北角子弟的习气，变得洋派逼人。一年四季都是一身西装。但有趣的是，和很多"番书仔"爱在广东话里夹杂英文不同，他的言谈爱掺着一些普通话，还是卷起舌头的"京片子"。这多是拜他的北京太太所赐。据说这太太是一个相声世家的后人。所以昔日同学小聚，余兴节目便是老李的一段贯口。但连粤名并未见过李太太。此时老李身边一位女士，十分年轻。连粤名想想，究竟没造次。老李哈哈一笑,唔好乱噏[1]!这是电影系的周博士,跟 Professor Perry 研究伯格曼。

这年轻女士对连粤名点点头,说,连教授,您好。

连粤名有点诧异。周博士笑笑,我有个学生,住在明伦堂,说自己舍堂的舍监先生,好得盖世无双。

这曲折而俏皮的恭维话,还是让连粤名心里熨帖了一下,同时佩服她的情商。周博士说,连教授也喜欢 Damien Hirst？

连粤名茫然了一下,刚明白过来。老李煞风景地说,他哪里懂这个。你家里冷气机坏了,跟他说就算找对人。还有,他煎牛排是一把好手,我们在英国时……忽然,他似乎也被面前的一片蓝所吸引,喃喃地说,你说,这么多翅膀子的蝴蝶,就没个环保团体来投诉？

这时,思睿走过来,看见他,便唤,李叔叔。

他先是愣一下,然后上下打量说,Tiffany 长这么大了吗？叫什么,女大十八变。继而眯起眼睛,用欣赏的口气说,还好,还好,长得既不随娘,又不随爹。

因这话突兀而尴尬,周博士脱口而出,打断了他,Leo！

然而一刹那间,在场者都感到了一丝突如其来的暧昧。周博士自己先将声音矮了下去。一刹的安静后,还是老李哈哈大笑,说,看到没？怎么能叫李叔叔呢,活活把我叫老了。都要叫 Leo。

又说了一些闲话,无非是有关大学改制,以及下学期要换校长的传闻。老李与连粤名约了下周末打球,便各奔东西。周博士临走时看向他们,微笑了一下。连粤名和思睿,在这笑中,都捕捉到了些微歉意。父女两个,望向他们的背影,没有说话。

大约又走了一程,思睿忽而停了下来。连粤名先前的预感越来越浓重。他看着思睿,说,女女。

思睿面向一张黑白照片,照片上是一对背靠背的男女。他们的头发绑在了一起,紧紧地。连粤名想起家乡村口两棵枝叶交缠的榕树。某一个夏天,当他陪阿嬷回到莆田,看到其中一棵遭到雷劈,树冠已经焦黑。照片的旁边有一张卡片。阿布拉莫维奇 & 乌雷,《Relation in Time》,1977。

但是,女儿的目光并不在这照片上。越过层层的白色挡板,与交错的人群,连粤名也看到了远处有个坐在轮椅上的女人。这女人的轮廓让连粤名感到眼熟。思睿看一眼父亲,说,阿爸,你陪我过去。

他们走过去,越来越靠近时,连粤名在空气中闻到了人们重浊的汗味。他渐渐屏住了呼吸,因为他终于认出轮椅上的人的面目,是女儿的男友林昭。

他确认是他。这个曾经常出入于他们家的孩子,与思睿青梅竹马,整洁与安静,有一种难以言喻的、让长辈们心疼的体贴与本分。中学毕业后,林昭去了日本留学,学习艺术管理。再回来时,人长高了。头发也长了,还是很安静。来做客,无很多言语,与思睿坐在一起,仿佛一幅画。是那种日常的、无须多言的画。若是旧人,会以"静好"来形容。一眼可望过几十年,是人近暮年的温暖和砥实。阿嬷也喜欢,说,这孩子的手上,有一根青蓝色的血管,莆仙话叫"老脉",作为男人,是顶靠得住的。

然而,连粤名已经一年没见到林昭了。

---

[1] 粤语,乱说,胡说。

思睿说，他经常出差，往返于欧洲和香港两地的艺廊。聚少离多。

他确信他看到的是林昭。但是，面前的这个人，披着斑斓的披肩。脸上有浓重的妆，人极其瘦和单薄，虽然撑持精神，却看得出是疲惫的。说话间，头不由自主地耷拉下来，像是一片枯萎的树叶。连粤名看到了他的手，连着一个轮椅上支起的吊瓶。那条青蓝血管，在惨白的手上突起，是蚯蚓样扭曲的叶脉。

连粤名侧过脸，看思睿脸上抽搐了一下。她轻轻说，阿爸，你看得没错。他现在是个女人，就快要成功了，只差一小步。

她默默地收敛了目光。她说，他没法再继续手术了。排异并发症，医生说，他还有四个月的时间。

连粤名感到，女儿将自己的手放在他手里。这手温暖而绵软，同她小时候一样。当她进幼儿园、参加会考、第一次走向钢琴比赛的舞台，她都会将她的手放在父亲手里。但长大以后，她似乎很少这样了。这感觉如此熟悉，连粤名本能一般，将女儿的手紧紧握住了。手心薄薄的汗，发着凉，也因为他的握持重新有了温度。思睿说，阿爸，我有了他的孩子，我要生下来。

对于连粤名的爽约，老李自然是牢骚满腹。因为他一向是个守信的人。

在曼彻斯特时，某周末他们几个人相约远足。清晨下了瓢泼大雨，所有人都默认取消了这次活动。但唯有一个人冒雨到达了集合地点，并且等了将近半个小时，是连粤名。

他接到老李的电话，低头看了眼已经穿好的白色球服。一摊番茄酱，正浓郁地流淌下来。鲜红的，像是含氧量丰沛的血。他伸出手，想拿一块纸巾擦一擦，却没留神，嘴角有突如其来的腥咸，也是血的味道。他望向客厅里的落地镜。他脸颊上如此清晰地，有一道弯折的红。并不恐怖，更似万圣节模样荒诞的偶人。

他去厨房拿过扫帚，将地板上的番茄酱与玻璃碴扫起来。然后抬起眼睛，看一眼袁美珍。袁美珍手还停在空中，似乎因刚才那个投掷的动作而无处安放。她静止地站着，像一尊雕塑，也正望向他。目光也似雕塑一般冰冷，将连粤名对视的眼光冷却、折断。

那一边，是穿着睡衣的思睿。她侧过身体靠在墙上，身上也溅上了番茄酱。睡衣上的皮卡丘，因为一些仓促的褶皱，面目狰狞。

思睿选择了一个不太好的时机，与母亲摊牌。

对于女儿，袁美珍一直心事莫名。这一点在思睿成年后，才慢慢凸显。尤其将儿子思哲送去了英国读中学，她才发现女儿的性情开始显山露水。大概因为思哲鸣放的性格，成了这对儿女的代言。思睿太安静，像一条终日食桑的蚕，你只能听见匀静的沙沙声，却忽略了成长。并且也忽略了她在成长中自我消化了许多东西。待你发现了她的长大，她已经将自己织成了一只茧。这只茧经纬密实，让人无法进入。

在以后的数年，袁美珍将自己锻造如森林中的猎手。她拥有了若兽类的敏锐嗅觉。是那种成熟而敏锐的母兽，可以在气息复杂的空气中，捕捉到极其轻微的荷尔蒙分子。她精确地掌握了思睿的月事，每当某个时候来临，那游动在室内的些微腥气都让她兴奋。

而更让她警惕的，是女儿的脸。女儿在脱去了孩子相之后，长成了一张她熟悉的脸。这张脸，既不像她，也不像连粤名。这张脸柔美，有着似江南人的圆润。眼里含笑，有主张。这是她母亲的脸。

她想，隔了这么久。这张脸终于又从她的生命里浮现出来。如此出其不意，又顺理成章。出于某种本能，她开始想要去呵护。然而，思睿却显然地，对这忽然的接近，存有疑虑。尽管她见过外婆那张模糊的照片，却只当是家庭历史的残迹，更不可想象自己成为一个已逝去者的附着。

思睿对母亲的疏离，与对父亲的亲近与依赖，同奏共鸣。这日益成为某种默契。

此时，袁美珍充分地相信，丈夫已和女儿成为共谋。她舔一下干涸的嘴唇，扬了扬手中的验孕报告。这时，空气中不单有番茄酱的腥咸，还有另一种来自雌性的丰熟的气味。她觉得自己的手抖动了一下。

思睿转过脸，轻蔑地看了母亲一眼，开始说话，和盘托出。

袁美珍听着听着，不禁有些走神。因为那丰熟的气味浓重起来，对她构成某种威胁。她看着女儿的口型禽动，但似乎已没有声音。她的目光不禁游离到了很远的地方。厨房的窗户，有暗影掠过。她很确信，那是一只山鹰。他们住在顶楼，有丰满的气流。山鹰不必扇动翅膀，即可翱翔。一圈又一圈地在空中盘旋，远远地飞过去，又飞回来。

忽然，她看见女儿停住了。思睿捂住嘴巴，跑去了洗手间。洗手间里传出一阵阵干呕的声音。袁美珍与连粤名对视了一眼，迅速地走到洗手间门口，将门锁上，抽出了钥匙。思睿开始拍打着门，发出惊天动地的哭喊。袁美珍看着连粤名，用一种渗血的眼神。

连思睿是在第二天的清晨，离开舍堂的。晨跑的学生，看着舍监的女儿走出了大门。他们记起，上次见到她还是在舍堂的 High table dinner。当时她穿了一件宝蓝的晚礼服，仪态万千，坐在舍监的身边，对所有人亲切微笑。他们叫她学姐，因为她毕业于本校的医学院，据说已是令人艳羡的执牌牙医。此时，她低着头，拎着一只行李箱走出来，形容槁枯。在她上计程车的一刹那，他们看到她手背上有一块青紫。她拉下衬衫袖子，轻轻盖上了。

五

连粤名是在百年校园的教员餐厅看到周令仪的。当时他正在吃一客咖喱饭。因为是上下午课程疲惫的间隙，需要这种浓烈的味道来醒神。他见周博士款款地走过来，身影在人群中闪动了一下，即时便不见了。

吃完饭，他走到了梁球踞大楼的平台上，竟然迎面又看见了周博士。她身后跟着几个学生，正在派发传单。这时的周令仪，把头发草草扎成个马尾，和学生们一样穿了件T恤衫，胸前写了个大大的"戏"字。人看起来便格外地年轻。她主动跟连粤名打了个招呼。连粤名低一低头，说，上次真是唔好意思，爽了约，屋企临时有事。

周博士摆一摆手，说，不过是打个球，你也知道 Leo 这人，惯爱虚张声势。

说完，她将一张传单放到他手里，说，下周的彩排，连教授没课就来捧个场。

说完了,利落地一转身。正离开,她忽微笑,轻说,我也喜欢吃咖喱。

连粤名一怔,瞬间便明白了,自己呼吸间残留着南亚气息。他一面有些愧意,却也知道是善意的提醒。因他接下来正要去一个校务委员会的重要会议。这间大学还保持着殖民地文化的某些遗风,些许势利,比如对礼仪的过分注重。

待周令仪走远,他举起那张海报看。上头写:"戏中戏——《情,鉴》临演彩排观摩会。"周五下午两点,地点是在陆佑堂。围绕着文字的,是个穿旗袍的女人简笔的侧影,虚虚起伏的轮廓,让他心神漾了一漾。

周五下午,连粤名本来身心俱疲,但还是准时来到了陆佑堂。

这座古老的爱德华式建筑,曾经是南华大学的主楼。自从百年校区投入使用,主楼已渐寥落,学系搬迁,只保留了部分行政部门。红砖和麻石墙上爬满了经年的爬山虎,盛夏时节,宛如一座绿幕。这里便成为本港婚纱摄影的热门打卡点。但因是法定古迹,出于文保的考虑,千禧年后,这些爬山虎便被从墙上除去,却留下了藤蔓的遗迹,深深地蚀进墙体。远看去,是一张错综而斑驳的网,将这幢建筑密实地包裹了进去。

他踏上了十几级阶梯,走到了陆佑堂门口,看见陆佑的铜像。面相庄严,眼眶深陷。百多年前,这个马来富商建立了南华大学。关于这座铜像,流传一则传说。有学生在深夜时,看到铜像的眼睛里默然流出泪水。大约每个有年头的大学,都有一些鬼故事。南华大学的尤多。比如某个本港富商,捐助一座大楼,电梯有上无下,据说是为了超度他莫名病故的太太。这些故事的基调往往是阴晦且恐怖的。但是,唯独陆佑的故事,却只让人怅然与伤感。

他走进门去,看见涌涌的都是人。迎面的舞台上,正垂挂着厚厚的紫红色天鹅绒幕布。高大的舍利安那式拱窗,有午后阳光照射进来。一些正照在了眼前,可以看见光线中飞舞的尘。自他毕业后,其实很少来这里。但一切,似乎都没有变。他抬起头,看见战后屋顶修补过的痕迹。这里见证过许多历史的高光时刻。那一年,孙中山卸任了中华民国的总统,重临香江,便在这舞台上发表演说,谈及在此修业,"极望诸生勉之"。更多的人进来了,他想象着幕布后在发生的事。他知道,这里将上演这个国际导演选秀的尾声与高潮。他将一位已故作家的小说情节,重现于她的母校。作家对香港,并无很好的念想。她对这里的一切回忆,与战乱相关。这座大楼曾被征为临时医院,而她不得不和其他女生担任看护,直面生死。他想,当年他选修中文系的课程,有位教授提及这段往事,看了看窗外。于是,他第一次听说了陆佑流泪的故事。

连粤名想象着这一切,在幕布后会有怎样的演绎。然后在礼堂里挑选了一个安静的角落坐下。幕布徐徐拉开,他第一眼就看见了周令仪。她穿了一件碎花的短衫,肩头打着补丁。梳着一条独辫子,脸上却夸张地印了两团胭脂。后面的布景也很粗糙,有着一种粗制滥造的假。纸板裁成的树干,开着一两枝俗艳的桃花,甚至假得有些不合情理。他不禁讶异。他看周令仪,以夸张的形体举止,对一个战士装扮的男人,喁喁地说着话。那男子被化装得眉目粗黑，脸上也印着胭脂。台下响起了轰然的笑。然而，幕布后走出了更多的年轻人，村姑和战士，都如他们打扮，每个人脸上，都是凝重的表情。台下的人，渐渐也庄重了。随着对话，观众们渐渐明白，这正是导演的用心。这出戏中戏，是二十世纪四十年代的大学生，在母校的舞台上演练爱国话剧。而周令仪的角色，在正式拍摄时，将由女主角所取代。她的存在，是用来甄选适合拍摄的群众演员。然而，这话别的一场，其中的庄重乃至庄严，竟至令台下的观众也感到了悲壮。

连粤名许久不看电影，更无从接触舞台剧。但此刻，舞台上的周令仪，却令他回想起了他的青春。那略懵懂的，在旁人看来可笑的青春。自己又何尝不是郑重其事地度过呢。这其中，也包含了恋爱。想到这里，他回忆起了那个微雨的除夕。他和袁美珍，依偎在狭窄的床上，翻看一本相册。想到这里，他心里一阵酸楚。

演出结束，观众们散去。连粤名却觉得脚下如磐石，提不起来。他便索性又坐下来。渐渐地人走干净了。他这才发现，这礼堂前所未有地静和空。这时有人走过来，脚步声竟然远远地有了回响。

这人在他身旁停下。他抬起头，这人却坐下来。周令仪用一张卸妆棉使劲擦着脸上的油彩，一块胭脂突兀地蔓延到了嘴角。

她并没有说话，遥遥地看着台上，几个青年将那些貌似拙劣的布景抬下去。那株桃花斜躺着，枝条无力地垂下来。

连粤名轻轻说，周博士，难为你了。

周令仪侧过脸，看看他，笑问，怎么呢？

他说，这戏演得大智若愚，还得让自己先相信。

周令仪朗声大笑，笑完了，然后说，自己不信，怎么能让别人相信呢。

她开始在脸上拍爽肤水。油彩重浊的味道，渐渐褪去，代之以清凛的薄荷气息。连粤名看着空荡荡的舞台，说，那个时代，人都天真得很。

周令仪沉默了，她摘下那顶假发，将长长的黑色发辫，在手腕缠了一圈又一圈。许久后，她说，连教授，你还好吗？

连粤名微微地眯一眯眼睛，垂下头，将心中一些汹涌的东西按压了下去。他点一点头，说，谢谢。

他们都不再说话。那阔大的窗户，透过的光线也渐渐地暗淡了。但有一种红金色，穿过了这层暗淡，仍然稀疏地一点点地在地板上跳动。或许是远处院落里的棕榈树叶，又或许是花岗岩柱的反光。这光跳着跳着，也隐藏于更深的暗了。

下一周，连粤名出现在了课堂上，讲台上仍然放着那只硕大的保温杯。台下响起了剧烈的笑声。他说，同学们，我已经辞去了校委会的职务。非不能也，是不为也。

这时，校方的调查报告还未对外公布。在众人眼里，他这样做便有了挑衅的意味。他打开了保温杯，喝一口水，然后徐徐地将杯盖阖上。

自己不信，怎么能让别人相信呢。

他的口中漾起了枸杞与桂圆的香气，醇厚得很，让他的心也定了一定。从离家到穿过整个校园，罗汉果在茶里头载浮载沉，味道也渗出得刚刚好。这八宝茶，一清早，他先放上冰糖，除了上几味，还有党参、甘草、冰片和大红枣。用将不烫手的茶汤冲上，最后搁上两朵杭白菊。春用福鼎白，夏用安溪铁观音，秋用武夷岩茶。都是福建茶。茶色不同，四时有味，一切都刚刚好。

就在上一周，校委会上，他也这样打开，饮了一口。这只水壶，被主席质询，装有窃听装置。在会议上，他的话向来不多。他张一张口，终于没有说话，只是打开水壶，饮了一口。他知道，这和一个月前校委会会议录音内容被泄露有关。理学院院长催谷副校长人选，唇枪舌剑、触目惊心。当晚，这段过程的录音被放上校网，连同全文发表。次日，校委会被学生会代表集结围攻。主席说，与会委员手机上交，请问录音如何泄露。

他在众目睽睽之下，打开水壶，喝了一口。铁观音的味道在口中漫溢开来，连同罗汉果的回甘。醇厚、微涩，一切刚刚好。

这只水壶，被学生拍摄下来，一并贴在了校网上。促狭地取了个标题："一片冰心在玉壶"。他看了看，木然想，哪里有什么冰心，只有冰片。

袁美珍竟然也看见了，与他吵，说，连粤名，我现在出门买餸都被学生仔指指点点。你长得好本事，今天搞窃听，他日就要影人裙底。不如我哋快点离婚，费事下次港闻版见！

袁美珍将水壶扔进垃圾桶。半夜里，他悄没声，将水壶翻出来，细细地擦干净，收了起来。

那天在陆佑堂，演员谢幕时，他忽然感到口干舌燥。下意识地，在脚边找那只壶，没有摸到。他咽一口唾沫，舔舔自己的嘴唇。

他想起周博士的朗声大笑。自己不信，怎么能让别人相信呢。

这天落了堂，他走在百年校园里。学生们看见连教授。他们想起上个星期，这人还是全校笑柄，为何此时笑不出来。想一想，才发现这男人平日略佝偻的身形，目下竟是挺直的。他直着身体，拎着一只硕大水壶，走在尚算清澈的阳光里头。

连粤名回到办公室，看到桌上有一封campus mail。没有寄件人，地址来自电影学院。拆开信封，里头竟是一本略发黄的杂志。上面贴着绿色便笺。他打开来，看到是一整页的维他奶广告。一个少年，穿着全身的白色网球服。这少年头发茂盛，微微卷曲。站在阳光底下，无拘束地笑，青春无敌。

六

连思睿到底还是回来，参加了阿嬷的丧礼。

阿嬷走得突然，但算得寿终正寝。前一天，连粤名还去看她。连粤名为她卷腸饼。她连吃得下五只，然后一边骂袁美珍半年没来看过她，越老越唔生性。

吃完了，阿嬷取下嘴上假牙，说话就漏了风。骂人都用的气声，吟吟沉沉[1]，但中气也是盛的。

可就隔了一晚，人竟然就走了。菲佣姐姐都没有听见，走得无声无息。

阿嬷生前有交代，不在殡仪馆做追思会。她说如今北角红磡的"大酒店"，什么样的人都去烧。烧了活人都在一起哭。自己的孝子贤孙，都哭给了隔壁灵堂的人，好唔抵！

他们就在北角庵堂设灵，做一场法事。来的都是相熟的乡亲，老少查某们，

---

[1] 粤语，指低声喃喃自语。

照例日出时分便来到庵堂，掀起大饭盖，准备下锅煮百人斋菜。太阳升起之时，乡里穿起佛袍，与方丈住持，同赞佛颂文。中段休场，乡亲端上生果、豆腐汤，有条不紊。乡里叔伯，木然对望、闲坐。呆呆地用眼神交流，以闽南语交谈，向对方借火，抽一口烟。自家老婆心不在焉，偷眼望手机，港股开市了。一切都熟悉。连粤名坐在缭绕的烟火里，看着头顶悬着"巍巍堂堂"和"慈航普度"的牌匾。木木然，依稀觉得阿嬷还在。阿嬷用莆仙话对她喊："莫再看咯，来啊，来啊，准备绕佛啦！"

他眼神四围找阿嬷，却再找不见，不禁悲从中来。眼底一酸，却听见四周围人轻声议论。他一抬头，看连思睿一身黑，走进来。他看着思睿，眼泪便忘了掉落。思睿走到了灵前，直接跪在了蒲团上。庵堂里一片静寂，连诵念经文的声音，都停下了。

思睿想弯下腰，对灵位磕头，可是太艰难。她于是一手支着身体，一手捧着隆起的腹部，轻轻弯一弯身子，口中说，太嬷嬷走好。你和这个玄外孙，一个太沉得住气，一个等不了。哪怕能见一面也好。

说完，便泪流满面。她也不擦，由着不停流，却一边护着肚子，就要站起来。膝盖却动不了。连粤名赶忙就要起身去扶，却被袁美珍一把死死拽住，用的是咬紧牙的劲。

还是旁边两个老妇人，见了便去将她扶起。思睿没有言语，转过身就往外走。这时，恰有一束阳光，打在庵堂里头。她便走进了那束光。身上起了一层毛茸茸的金色轮廓。本是清瘦的人，此时却是个圆润形状。小腿看得见有些肿，走得很慢，步子却笃定。

待女儿走出了庵堂，直到看不见，连粤名才收回眼光。袁美珍拽住他的手，也将将松开。他手腕上却还是生疼的。

四围旁人的眼睛，都长在他们两夫妇身上，针芒一样。

一个月后，思睿顺产了一个男孩。连粤名好说歹说，硬是将她接回了家里坐月子。

到了家门口，思睿和袁美珍，都硬着颈。眼神碰了一下，彼此撞得粉碎。思睿不愿进门。袁美珍咄咄地望着连粤名，不出声。

但那襁褓里的婴孩不知怎的，这时打了个哈欠，眼睛刚刚睁开，却对着袁美珍的脸，咯咯地笑起来。

袁美珍心神一软，便不再挡着门，转身回房去了。

连粤名将婴孩接过来，抱到怀里，自己都觉得抱得不舒适。孩子却不嫌，依然是冲他笑笑哟。他一阵心酸，想自己的外孙，刚生下来，便已懂得讨好人了。

他亦知道，女儿在给阿嬷奔丧前一个月，才参加了另一个丧礼，是这孩子阿爸的。

连粤名和思睿，都没有带孩子的经验。

好在网上有的是教程，按部就班，亦步亦趋。怎么冲奶粉，怎么换尿片。未免有些七手八脚，半天算是有了一个囫囵。孩子竟然也一直没有哭。喝完了奶，径自睡去了。思睿将孩子轻轻放在婴儿床上。思睿的房，这大半年，还留着她走时的模样。是那种做惯了好学生的少女的房间。企企理理，除了一架钢琴，依墙摆的都是书，整洁紧凑，未有一丝逾矩与懈怠。此时房的正中，多了一只粉色的婴儿床，像是放在现实里的一个梦。连粤名看这婴孩，出生不久，便是一头丰盛乌黑的胎毛，微微卷曲。手长脚长。脸相不算丰腴，大约在母胎中营养都用来发育骨骼。眉目却很柔软，因为额的宽阔，天然是有些和泰的样子。耳垂也厚，不似思睿，也不似自己，是来自另一人的遗传。他见女儿慢慢伸出手，想在那耳垂上摸一摸，却旋即缩回了手。

思睿说，阿爸，你也累了，去歇一阵吧。

连粤名转身，却还是回头看一眼，恋恋地。看那婴孩轻蹙了眉头，嘴唇动一动，大概在发梦。他心头一软，暖暖地化了。思睿又轻轻说，阿爸，得闲为苏哈[1]起个名字吧。

他点点头。这是他的外孙，身上有自己的血，也有另一人的。他忽而生起些柔情，想要与她分享，一起为孩子命名。

思睿和思哲，是夫妇俩共同取的名。"思"字，是为纪念他未谋面的岳母。这对儿女，由袁美珍一手一脚带大。此刻，她匿在房里不出来。连粤名走到了房门口。

这间房，连粤名通常是不进去的。里面又传出了极其柔美的女声。连粤名知道，是老婆又开了直播。袁美珍在家做带货主播，已有一段时间。这声音出自变声器。袁美珍的声音原是很美的。他还记得，曼彻斯特那个微冷的除夕夜。袁美珍接着他五音不全的声音，唱那首《狮子山下》，清亮的嗓，好像甄妮的原声。如今老了，她的声音变得干涩而严厉，只能运用科技来拯救与改善。除了变声器，还有补光灯和开到最大的美颜。有一回，连粤名申请了一个账号，进入了她的直播室。看到了一个面目陌生的女人，穿着和老婆一样的衣服，在推销一款脱毛器。那衣服是一件蓬蓬裙，袁美珍从海淘买来，质料粗劣。此时却焕发着华丽的丝质光泽。一样焕发光泽的陌生女人，年轻而鲜艳，长着挺秀细巧的鼻梁。连粤名想，真的是魔术啊。袁美珍最不满意的，就是自己扁塌的鼻子，曾经起意去隆鼻，终究被手术费所劝退。原来女人的愿望，如此简单就可实现。屏幕中的女人，用甜美而造作的声音，在谢谢老板。他们为她刷着各种礼物，从火箭、游艇，到玛莎拉蒂。连粤名想，这小小的手机屏幕，是辛德瑞拉午夜十二点前的城堡，是个迷你的仙境。他看着屏幕中的袁美珍，笑得如此由衷而满足。

连粤名曾经问袁美珍，为什么要做直播。袁美珍不屑地望他一眼，说，靠你那点工资过活，指拟你……揸兜都得啦[2]。

对这言过其实的话，他习以为常。然而看着屏幕中的妻子，他忽然有些明白。他不禁伸出手指，按下右下方的红心，点了一个赞。然而，一分钟后，他就被踢出了直播室。

此时，房内安静了。他看一看墙上的挂钟，大约是直播结束了。他抬起手，想敲一敲门，但终于还是停下了。忽然，他听到剧烈的孩子的哭声，赶紧跑去了思睿的房间。他看到女儿抱着婴孩，惊惶失措。孩子正在大口地呕奶，刚才哭得声嘶力竭，此时却已有呼吸不畅的声音，气息在一点点弱下去。他也不禁有些慌，对思睿说，使唔使打999？

思睿机械地摇晃着孩子，眼神是乱的，望着外面正黑下去的天，张一张口说，BB唔好喊，唔好喊……

---

[1] 粤语，指婴儿。

[2] 粤语，指望你……不如去要饭。

这时，忽然听到门"砰"的一声被打开了。袁美珍气势汹汹地走进来，道，使乜 call 白车？！

说罢，走到思睿跟前，一把抱过孩子，将他直起身体。对连粤名说，愣住做乜，快攞块毛巾过来。她叫连粤名将毛巾放在她左边肩膀，将孩子的下巴靠在肩头。然后托起孩子的屁股，将手弓起来弯成勺子的形状，开始在他背上轻轻拍打。上上下下，一边画着圆圈，同时身体轻颤，嘴里发出"哦哦"的声音。孩子渐渐安静了，忽然咳一声，打了个响亮的嗝，一边吐出一大口奶。袁美珍没有停止动作，用手刀一下一下地在孩子背上抚弄，为他顺气。一套动作行云流水。孩子仰起脖子，又打了个嗝，这才舒服地埋下头，靠在了袁美珍耳边。慢慢闭上眼睛，睡着了。

待孩子呼吸停匀了。连粤名对思睿眨一眨眼，轻轻说，睇到未，都是阿嬷叻[1]啩哦。

听到这里，袁美珍忽而变色，大声道，一个野仔，谁要做他阿嬷？！

说罢将孩子往思睿怀里狠狠一塞道，戆鸠[2]到咁，点做人阿妈！

孩子大约被这动作弄疼了，终于震天响地哭起来。思睿一时气结道，我慨仔死活，都不要他人理。咁你又过来？

袁美珍冷笑一声，说，我不过来？佢死咗，我间房不是变了凶宅？

连粤名站在原地，愣愣的，一时没反应过来究竟发生了什么事。待他回过神来，听到"砰"的一声响。袁美珍已经将那边的卧室门反锁上了。

孩子还在大哭着。他干干地对思睿一笑，说，你都知你阿妈份人，就是这样……不待他说完，思睿终于也哭了起来，说，阿爸，你唔好再讲了。

思睿将他推了出去，也将门关上了。

连粤名一个人，站在客厅里头，黑着灯。他在黑暗中站了许久，这才慢慢挪动了步子，走到阳台上去。外头黑漆漆的天，有一两点星，闪一闪，便躲到夜霾里去了。他弯下身，在角柜里摸索了一下，摸出了一包"红万"。这包烟是几年前他在角柜里发现的。大概是上一任舍监无意的遗留，只剩下了半包。他没有扔掉，就一直这么留着。这时候从里头抽出一根，就着厨房的火头，竟然点着了。他狠狠地抽了一口。他本是不抽烟的，烟吸到了肺里，来不及吐出来，辛辣地一漾。于是剧烈地咳嗽起来。待咳嗽平息了，他不甘心，又抽了一口，缓缓地，让那温暖在胸腔里停留了一下，这才慢慢地呼出来。这时竟有月亮出来了，月光底下，他面前就出现了一团浅浅的蓝雾。在这缭绕的雾中，他闭上了眼睛。依稀还能听见孩子断续的哭声，可还有别的声音。他辨认了一下，是钢琴声，拉赫玛尼诺夫，《第二钢琴协奏曲》。在这家里，他许久未听到过。此时也是断裂的，将静夜裁切得七零八落。

他在沙发上和衣睡了一夜。第二天清晨，收到了二妹连粤南的短信，让他去收拾阿嬷老屋里的东西。

他走到春秧街上，整条街市刚刚醒来。店铺开了门，照例僭越将摊位摆到车道上，生果档、鱼档，都是新鲜而清凛的味道。赶早市的人也在车道上。电车叮叮当当地开过来，人流便自然分开两边，任由电车

---

[1] 粤语，指有能力，有本事。
[2] 粤俚，形容人蠢，智力低下。

开过去，然后又重新汇集起来。并不见一丝慌乱，进退有据，有条不紊。

振南制面厂的机器又轰隆作响起来。有些金属的摩擦声音，如同年迈人胸腔的共鸣。往前走几步，就消失在市声中了。连粤名这才觉出了饿来，便在南货店里买了一颗芋粿，一路吃着，一路往楼上走。

打开门，是一股子尘土味。这屋子空了不过一个多月，竟像是尘封了几年。但有一股子腥潮气，证实不久前还有人住过。阳台上，晾晒着女人遗留的衣物。菲佣姐姐来不及收拾清楚，慌张结算了工钱便走了。临走多要了一个月人工，说和个死人老太太睡了整晚上，这笔钱主家要给她冲冲喜。

阿嬷走了，留下了一种气味，那是长年的福鼎白茶浇灌出的。阿嬷说，自己脾气躁，要用白茶平息心火。白茶清冽，所以直到米寿，阿嬷身上也从未有过那种不新鲜的、带着颓败气息的老人味。他一边收拾，一边想。老辈人都惜物爱囤东西，瓶瓶罐罐、胶袋纸皮，尽是多而无当。阿嬷也囤，摞得密密实实。但细看看，竟没有一样是可有可无的。阿嬷房中的大柜，除了衣物，便是六个柜桶。打开来，每只里头都清清楚楚，分门别类。打开一个，便是一满格的记忆。一格里头放着各种票证和存折，还有房契。一格中摆有只蓝罐曲奇铁盒，里头用橡皮筋捆成一沓。连粤名一张一张看。有三叔公一九七六年抵垒办的临时身份证。有任剑辉和白雪仙在新光戏院告别演出的戏票。有一九九〇年从罗湖坐长途汽车去莆仙的车票，那是连粤名最后一次陪阿嬷返乡。还有一张，打开来是火化证，上头的英文名字是拼音：Lin Tong Bo。连同保。他轻轻念出来，依稀记得这个人的名字。火化证里还夹着一张照片。这照片他没有见过。照片上是一对年轻男女。男的是个文气的样子，五官净朗，笑得不太舒展。他看出了自己眉目的出处；女的一条独辫子，长及胸前。眼很亮，铮铮的笑模样。这张照片泛黄有年头，中间对折过，又展平了。可男女之间还是有一道密密的痕。

"如可赎兮，人百其身。"大柜深处，还有一只包袱。扎得很紧，他费了一些力气才解开。里头有一只襁褓，虽然颜色黯淡，但可以辨得出是自己的。上头绣着石榴与水仙，阿嬷亲自绣的。还有一只虎头帽，眼睛是塑胶的琥珀纽扣，也还是炯炯的。压在最底下的，是一双拖鞋。宝蓝缎的底，鸳鸯戏水。鞋头上已经磨破了，用同色的线补过。大约又被顶开了，还是半个窟窿。连粤名将这双鞋捧在胸前，心里忽一阵锐痛。

待他收拾好了，背上包就下楼去。到了楼下，才发现外头已经下起了密密的雨。雨越下越大，伴着浅浅的雷声。香港的冬天，很少有这样的雨。他怔怔地看了一会儿，才想起来上楼避一避，却将钥匙忘在了屋里。他正在门口踯躅，忽然听到身后有人轻轻唤，连教授。

他回过头，看到一个女人。女人也没有带伞，正掸着身上的雨滴，手里拎着一只篮子，看样子刚刚买饻回来。连粤名认出来是个街坊，便笑笑说，看我大头虾，将钥匙忘在了门里头。

他往外看去，雨更大了，形成一道帘幕，外头竟然什么也看不清了。女人也看着外面的雨，说，连教授，要不要上我那里避一避雨？

连粤名转过头，想起这个女人叫月华。

是个外乡人，却也在这楼里住了十几年了。

她大约是楼上大只荣的续弦。大只荣做鳏夫好多年，待略上了年纪，攒了些钱，就北上做生意。生意并不见得做得有多好，还赔了钱，却从四川带回了这个女人。带回来后，他也并没有在家里待着，考了个两地车牌，给人跑运输。有回在深圳湾遇到了车祸，没来得及送医，当场就死了。旁人都以为，月华要卖了房子回乡下去。她倒没有，守在这，十几年也没跟别人。白天给人当保洁，晚上给人看更。赚的钱，贴补给老人院里大只荣的老窦。只是近年，有一种传说，说她晚上不看更了，做起另一种生意。有一回，住在明园西街的老姐妹，就是连粤名当初的房东，来探阿嬷，说起这桩事，脸上鄙夷而暧昧地笑。没等她说完，阿嬷一拍台面，说："收声喇，你道是一个女人过得容易？要是你死男人，揸兜都冇人理！"按说，多年的姐妹，何至于此。对方脸上红一下白一下，拂袖而去。阿嬷也便横了一眼在场众人，厉色道，唔好系出边乱噏！听到未？

女人见他不说话，定定望着门里头，便细声说，阿嬷人善，一路好走。

说罢便转过身去，走了几步，听见连粤名却跟上了她。开了门，走进去。屋里头简素清寒，并无许多过日子的气象。月华走到厨房里，将餸菜搁下。出来，叫连粤名坐，却看到他的目光远远地扫过。那里有些莹莹的小灯泡正闪着光，粉红的、金灿灿的。她于是走过去，将卧室的门轻轻掩上了。她给连粤名倒上茶，自己拿过了一只很大的柚子，用竹刀斜斜砍一下，然后将皮慢慢地剥下来。两个人望着外头的雨，没有要停的意思。从窗口望出去，整个北角都模模糊糊的，陌生得很。连粤名喝一口茶，味道很熟悉，说，福鼎白。月华点点头，还是阿嬷俾我的，从去年中秋喝到现在。这些年，我吃的用的，多亏了阿嬷照应。连教授，你知道吗？我们自贡也产茶，叫"川红"。我们家种，最好的叫"早白尖"。我总想着，要回一趟家，给阿嬷带些来。可是，到现在也没回得成。阿嬷却走了。

月华说到这里，眼睛一红，低低头，沉默住。许久后，将手上剥好的柚子递给连粤名，手背在眼角上靠一靠。连粤名也不知说什么，过一阵，问她，你公公可好？

月华说，还好，就是身边离不开人。别人都不认识了，只认识我。大事小事，都叫"新抱"。老人院的姑娘，天天打电话叫我过去，说他不见我不肯吃饭。胃口倒很好，一个人能吃掉一大碗叉烧饭。

连粤名说，那很好。老不老，都是看胃口。吃不下饭，人才真老了。我阿嬷……

他终于没说下去。月华看出他的黯然，说，阿嬷是好福气的。教出了一个教授，教授又教出了一个医师。街坊多少人羡慕。平日里，阿嬷跟我们谈起你，中气都足了不少。

连粤名笑笑，说，可当着我的面，只是骂。

月华说，慈母多败儿。阿嬷是明事理的人。

这时候雨渐渐小了，连粤名说，我该走了。忙站起来，却碰翻了桌子上的茶，全倒在了身上。连粤名说，我借一下洗手间。

走进去，按一下灯，却不亮。

月华递过一块毛巾，说，唔好意思。坏了好久了，call了很多回师傅。师傅嫌活小，都不肯上门。

连粤名看一眼说，我来试试。

他就搬来一只板凳，一只脚踏在凳上。不够高，他便踩到了浴缸沿子上。将灯拧下来，查看一下，叫月华将电闸关上，说，小问题。过了一会儿，他说，好了。就从凳子上下来。这时碰到什么，是轻柔的织物，在他脸上擦过。有一种柔润的气息，让他脚下软了一下。

　　月华拉开了电闸，洗手间里透亮的。他看到，原来浴缸的拉杆上，晾了一只胸罩。在灯光底下，是温暖的米白色。

　　他见到眼前的女人，脸庞也是温暖的米白色。也是一样的气息，瞬间在他的鼻腔里放大了数倍。他踉跄了一下，女人扶住了他。忽而有一种力量，在他体内奔涌了一下，摧枯拉朽般。他一把抱住了面前的女人。

　　事毕，他仍有些晕眩，看着头顶忽暗忽明、五颜六色的灯仔，疑心是在某个不知来处的圣诞夜，如此虚幻与美好。他闭上眼睛，忽而睁开了。他下床，从包里拿出那双陈旧的丽宫拖鞋，给女人穿上。女人迟疑了一下，还是穿上了。净白的身体，唯有脚上，闪着一两点的珠光，若隐若现。他体会到自己的壮大，在壮大间冲撞着这女人，恶狠狠地，攻城略地。

　　待他终于彻底地疲惫了，嗅觉却冷静下来。他觉得这室内的气息，无端地有些卑琐。半晌，他问女人，你闻过素馨花的味吗？女人转过头，看他，不知该说什么。他一个人走到洗手间，看到镜子里的自己，有些惊讶。他许久没有这样好好看过自己。镜子里是个半老的秃顶男人，两鬓斑白，双眼无神，有优柔而颓败的表情和体形。刚才，就这样，在一具陌生的也近衰颓的女体上盘桓。甚至，他注意到下体也有了几根白色的毛发。他忽而感到一阵羞愧。

　　他穿戴整齐，准备离开。想一想，从钱包里掏出了两张千元钞，递给女人。

　　连粤名说，对不起。

　　月华说，对不起？本来就是关起门来做生意。不偷又不抢，谁对不起谁。

　　她将他的手轻轻挡开，说，这些年，阿嬷给我的恩惠，不止这么多。

　　这时外面的雨，忽而又大起来，伴随狂风呼呼作响，竟把一扇窗户吹开了。月华走过去，将窗子关上。冷冷看了一会儿，回头说，不是我要留你，是天要留。

　　连粤名便也坐下来，倏然，喃喃说，下雨天留客天留我不留。

　　月华说，连教授，我读书少，但懂你说的。教我们小学语文的先生，是个大学生，没回城的知青。可巧他给我们讲过这个故事。同样一句话，看怎么说，谁来说，意思就大不同了。既然天留客，也是个缘分，一起吃个午饭吧。

　　连粤名愣愣地坐着，听到月华在厨房开了火头。不一会儿出来了，端出来一个白灼生菜，淋上蚝油，和一个紫菜蛋汤。又从微波炉里端出了一份烧味饭，外卖烧鹅。饭菜是一个人的量。她取了一只空碗，放在连粤名跟前，拨了大半进去。肉也是整齐的肉，留些边角和骨给自己。她便低头吃起来。连粤名不声不响，终于也吃起来。鹅肉有点老，有些甜腻，但味厚而丰腴，令人满足。连粤名在家，许久未吃过这样的饭。他似乎打破了某种禁忌，大口地吃起来。胃里充盈起来，湿湿地暖。

　　他回到家，原本准备了一些说辞。但袁美珍并不理睬他，只望他一眼，给股票经纪打电话，又给发货商追款，声音山响。

他轻轻推开思睿的房门，看母子两个都在睡觉。孩子将手指塞在口中，忽而震颤了一下，大概是做了个梦。

晚上，一家人坐在一桌，都不说话。倒是思睿先开了口。她说，爸，我想好了。这孩子，以后就叫林木。

下一个周末，连粤名又说去老屋。袁美珍问，还没收拾完？

他说，阿嬷几十年的东西，一时半会怎能收拾完。

他敲开月华的门。月华看一眼，让他进来，说，教授，你落下了一对鞋。

她回里屋，捧出那双鞋。连粤名看到鞋头的窟窿，已经补上了。衬了一块同色的缎，针脚密匝匝。

连粤名看月华脚上，有莹莹的珠光隐现，也是一双缎面拖鞋。

他将手里的东西，放到桌上，说，上次你请我吃了饭，我要还给你一餐。

这狭窄的厨房，因气窗上的排风扇也坏了，前所未有地烟气浓重。

月华看连粤名，利落地将食材拿出来，分门别类摆在碗里。就对他说，看不出连教授，上得课堂，也入得厨房。

连粤名笑笑，我自小跟阿嬷长大，日日看，什么都是看会的。

月华说，那我帮你打打下手。

连粤名推辞。她顿一下，便说，其实做年节，我也帮过阿嬷。看这些食材，大概也知道你要做什么。这道焖豆腐。胡萝卜、火腿、节瓜都要切丁，我总是会的。

连粤名便由她去了。厨房逼仄，两个人就靠得格外近。都不说话，近得能听见彼此的呼吸。月华埋着头洗菜，这时极其微弱的阳光，照进了厨房里。有一道，正落在她的脸上。两个人都不说话，只能听见水声和切菜的声音。久了，竟然听出了一种抑扬顿挫。两个人手势间的默契，倒好像已是相处多年的感觉。顺着那道光，连粤名望见了她眼角浅浅的皱纹。不知怎的，心里漾起了一阵暖暖。于他而言，这暖意也是久违的了。

待菜摆上了桌，已经是一个多钟后了。因为有道扁食汤。扁食皮要用刀背将猪肉捶打去筋，再混上番薯粉揉匀，极其考功夫。这一碗盛上来，连粤名让月华尝一尝。月华吃一粒，脱口而出，味道和阿嬷做的一模一样。

连粤名说，我今天做的，都是阿嬷的真传。

月华叹一口气，说，焖豆腐、荔枝肉、海蛎饼，我本以为，阿嬷走后再也吃不上了。

连粤名说，你要喜欢吃，我可以教给你做。

月华说，我别的还好，就是煮醯的手势不大行。说起来，我倒是最念阿嬷做的膶饼。我看着不大难，教授有空教我。

连粤名心头无端地痛一下。他想起了二十多年前，他东拼西凑，因陋就简做了一餐膶饼。有个女人，定定看着他说，别的我不管。这膶饼一世你只做给我吃。

许久，他回过神，对月华说，叫我阿名吧。

七

这一年的春天，副校长的任命终于尘埃落定。国际导演也完成了在南华大学的

257

拍摄。据说这部新的影片，将要成为坎城电影节的开幕片，并参与主竞赛单元。

大学于是前所未有地安静了下来。虽是春天，吹面不寒，校园里倒有了一种入秋的萧瑟。

连粤名收到一张婚礼请柬，来自周博士。新郎是个不认识的外国名字。

连粤名想了想，决定还是去。

婚礼在圣约瑟教堂举行，只有一个冷餐会。并没有铺张摆酒，这倒是符合周令仪新派的作风。他原以为，参加婚礼的还有大学的其他同事。然而举目四顾，并没有一个熟悉的人，并且以西人居多。他不禁有些拘束。

新郎新娘来向他敬酒，他立即站起来，说着百年好合之类的客气话。周令仪哈哈大笑起来。新郎显然没有听懂，但也是凑趣地笑，笑得十分憨厚。这是个很俊俏的年轻人，但瞧上去脸相很嫩，是没经过什么历练的样子。能看得出，很爱周令仪。当着连粤名的面，也并不掩饰他的爱。他含情脉脉地望着自己的妻子，并且深深地亲吻。周令仪抱歉地微笑，对连粤名说，意大利人。

然而，后来的仪式上，伴郎发表演说，才知道他们是在艺穗会认识的，在一个朋友的 farewell party。那不过是两个月之前的事情。

席间，周令仪单独走过来，看到连粤名又在张望。她敬他一杯酒，轻轻说，连教授，他不会来的，我们分手了。

她说得轻描淡写，如在陈述一个人所共知的事实。倒是连粤名不安起来，好像自己是个泄露秘密的人。周令仪望着他，眼神坦荡荡的。她说，我就要去欧洲定居了。方便的话，帮我跟 Leo 说一声。我用了一个月的时间，才教会我先生那段他教我的贯口。

说这些时，她始终在微笑。她望一望远处的太平山，说，香港多好啊。说起来，我还真有点舍不得呢。

这年前后，经历了一些动荡。虽未算尘埃落定，但先前的混沌，渐渐显山露水。

院长和连粤名谈话，关于高分子研究所的周年庆典，却问及下一任的系主任人选。他知道自己早已过了少壮年纪，别无所想，只是重复往年一些和事佬的说辞。但是，院长话里话外，却是提醒他老骥伏枥的意思。他笑一笑，说，我最近一个舍监，都当得左支右绌，何谈管一个系。学生来来往往，自然都传开了，我未嫁女儿，却做了外公。屋企正是一地鸡毛。

院长自然是听到了风闻，但从连粤名自己嘴里说出来，心里还是一惊。他想这么个老实人，不声不响。如今不吐不快，却叫人骨鲠在喉。

连粤名从院长办公室走出，周身松泰，步履轻盈。路过教学楼外头的车道正在装修，几个印度裔工人突突地打着电钻，声音震耳。忽然停下来，他才听到一个工人正唱着支小调。大约来自家乡，音节简单，唱得如痴如醉。虽然一句都听不懂，这旋律却在连粤名耳畔萦绕不去。如同一句咒语，回环往复，他也不禁轻声吟唱。

在日复一日的日常里，思睿的孩子也长大了。连粤名未尝初为外祖父的喜悦，只觉自己无端地又老了一些。欣慰的是，家中隐隐地有一种和解的气氛。袁美珍开设了一个新的公众号，认证是"育儿专家"。订阅者寥寥无几。她将录制的短片链接发给了连粤名,不着一词。连粤名打开,看到了袁美珍抱着一个塑胶的婴儿,极其耐心地示范与讲解。短片中的妻子,不再有美颜。面色青黄,眼袋下垂,是这个年纪的女子,通常的老态与臃肿。但却有一种砥实与可靠,是他曾经熟悉的。那眼中的严厉,也柔软下来,甚而有一种母性。目光落在那婴儿公仔上,便是一层暖。

他终于醒悟,于是将链接发给了思睿。WhatsApp 并未回复,但显示已读。

这样许多次后,晚饭时,他看到思睿怀抱孩子的姿势,有了些微的改变。他抬起头,袁美珍的目光,也正落在女儿身上。紧皱的眉头,略略舒展。

在某一个下午,他回到家,打开门,便听到外孙的哭声。他看到思睿从浴室中出来,正慌乱地擦着湿漉漉的头发。他们同时疾步走到卧室里,却看到阿木已停住哭声,以柔软的姿势,窝在袁美珍的肩头。袁美珍轻轻拍着孩子的背,面容松弛,嘴角有一丝笑意。待看到父女两个,便恢复了一种不耐的神情。看一眼思睿说道,论论尽尽[1],点做人阿妈!

然而,她说罢,并未将孩子塞到思睿怀里。倒是一边哄着阿木,一边向厅里走去。姿态熟稔而自然,像个平凡而怡然的外祖母。最终停在了露台前,指着露台外的鸽子,轻轻唱道,细路乖,睇鸽仔;上下飞,唔返来。

连粤名心头缓缓震动了一下,他回忆起,上次听到袁美珍唱这首童谣,已经是二十余年前了。年轻的母亲,灿然而略羞涩地对着自己第一个孩子唱。

过往的大半年,连粤名待在自己一手成立的高分子研究所。整合设备,建立团队,申请 UGC 的项目。虽然疲累,但却有一种淋漓与畅快,也是久违了的。他看着身边的年轻人,闻着仪器的金属味与隐隐的荷尔蒙混合的气息。依稀回到当年,虽无铁马冰河入梦来,但总也有些宏愿与抱负。这些抱负始终未曾与人分享,便逐渐蒙尘,连他自己看着都面目模糊。现在退休之前,院里允他远离政治,埋首这一处学术异托邦,竟让他有青春重回之感,只觉非殚精竭虑,无以为报。

某个黄昏,他穿过太古 Pacific Place,看到中庭贴有一张巨幅海报,正是那个国际导演的新片预告。男主角是个华人影帝,女主角名不见经传。

谍战与浪漫,都非他兴趣。然而,他愣一愣,不知为何,鬼使神差,竟然买了一张票,走进去。在进入放映厅之前,他被要求查验。工作人员抱歉一笑,说是防止有人将摄影机放在包里偷摄。"毕竟是近三个小时的足本三级片。"工作人员放他进去,却加上这一句。这句话并安慰不到他,反而让他有些心虚。

影片虽长,无冷场,见大师功力。其中必有内容,情事令人面红,谍战令人心跳。但是因为等待,似乎于他并未有强烈的触动。终于出现,是陆佑堂。简陋的舞台,桃花三两枝。他想起那个阳光尚好的下午。台上的人,生死离别,上演革命加爱情的戏码。女主角生涩而美丽的六角形脸庞,在想象中,不断叠合另一张脸。

在漠漠的黑暗中,他大着胆子,端详着银幕上的脸。无助而笃定,天真而勇敢。另一张脸,神情别无二致。但没有憧憬,眼里有光,瞬息湮灭。

---

[1] 粤语,形容人笨手笨脚,行动不灵活。

259

他看一对男女真刀真枪,贴身肉搏,无端起了反应。黑暗也掩藏了潮汐的欲望。事毕,他看女主角点起一支烟,着睡衣站在窗前。睡衣上开着大朵的金色鸢尾,缓缓滑下,脊背青白,长而优美的颈。

他回到家,已是夜半。他悄悄开门。思睿房间黑了,照例是睡了。近来他早出晚归,已是常态。无人关心,也无人以之为怪。

卧室里倒有一盏灯。他推开,见袁美珍躺在床上,好像也睡着了。手边摆着一张强积金的宣传单。这灯便不知是忘了关,还是为他留的。

袁美珍睡着了,人便松弛下来。光的柔和,抚平了脸上的褶皱。还有嘴角的法令纹。这法令纹里,集聚的平日里的一点狠,也隐没了。许久未见这女人的脸上,呈现出了一种憨态。这憨态是对世界不设防的,在香港女人脸上尤其稀见。他心中莫名产生一股柔情,他悄悄地上了床,从背后拥住妻子。这背让他有些许陌生,坚硬而厚实。他犹豫了一下。但是,同时间若有若无的香气,从女人的头发间散出,并渐浓郁。是素馨花的气味。这气息,是女人与自己信守的诺言。如二十多年前,还是让他心驰神往,进而迷离。那已经退潮枯败的欲望,出其不意地泛绿。他将下巴贴到妻子的颈项间,让那气味离自己近一点。热烘烘的、丰熟的,让他有一丝痒。呼吸也重浊。袁美珍并未避开,反而感到一点隐隐的贴近。这对彼此也是久违的。不知为何,刹那间,他心里出现"相濡以沫"这个词。他不再动作了,只想维持这一个静止。

不知过了多久,他几乎昏沉睡去,忽然听到了急促的声音,是一阵杂沓有序的脚步声。这段西班牙踢踏舞者的舞步,被袁美珍用作手机铃声已经多年。

他看见袁美珍"腾"地坐起身来,神经质地将他推开。

她接通电话,旋即便也放下。她看着他,眼里有光。

"那个女人终于死了。"她说。同时紧张地搓着手。连粤名看她身体微微颤抖,双颊潮红。

在袁美珍后母的葬礼上,连粤名再次见到了她的家人。上一回还是二十多年前,出现在婚礼上的,只有她同父异母的大弟,袁尊生。

尊生的样子似乎并无变化,那时已是个持重成熟的青年,代表家庭出席长姊的婚礼,于他如同与年龄并不相称的使命。然而,他做得很好。礼貌周到,举止言行均无可指摘。还有一种令人舒服的雍容大气。就连最挑剔的阿嬷,在婚礼结束后,都放下了成见,说袁家大弟"好得、好生性"。他的得体,令众人似乎都忘却婚礼上缺了一方高堂的事实。特别是他代表女方致辞,为连家塑造了一个他们所不熟悉的袁美珍。这个袁美珍,是个独立而低调的都市丽人,不袭家世,溯流而行。他甚至表达了对他已去世的大娘的敬重,完成了他所塑造的完美长姊其来有自的逻辑。听完了这段致辞,众人将目光投向了连粤名,仿佛他是那个入深山得珍宝而不知的樵夫。

在这个过程中,袁美珍只是浅浅微笑,并未对大弟表现出任何言语和神情上的呼应。但连粤名当时想,这或许会是一个节点,代表着她与家庭的和解。

然而,第二天清晨,袁美珍在敬公婆

茶之前，对连粤名说，她没有娘家回门的环节。她放弃了对父亲的继承权，袁家便陪她将这场戏做圆。

事实上，袁美珍的确没再回过家。她最后一次与大弟见面，是在西半山附近的一处私人会所。那是一九九九年，袁美珍与他借款，为筹满何翠苑的首期。

在丧礼上，连粤名第一次与袁美珍的整个家庭会面。确切地来说，是一个家族。他并未预料，袁美珍拥有一个庞大的家族，并有如此广泛的交游。在过去的这些年，袁美珍除了间或提到尊生这个名字，甚至对其他的弟妹未有只字。而显然，除此之外，她还有至少两位叔父和一个姑姑。这时以一种矜持的神情和她说话，丝毫不理会她身旁的连粤名。对连粤名而言，这是一个完全陌生的环境，这个环境反而让他自在，无须敷衍。他获得一种特权，可以理直气壮地做一个旁观者，环顾周遭。

然而，这个情形未几便被打破了。他看到一个花白头发的男士向他走来。他一眼认出是袁尊生。他似乎没有变，除了头发白了些，脸上还如青年时般光洁红润。举手投足，是优渥生活造就的良好修养。连粤名无法对尊生陌生。因为后者城中名人的身份，每周六十点档——《港人说法》的常驻嘉宾。

他看到这张名人的面庞，穿过陌生的众人的脸，向他飘浮而来。尊生亲切地唤他，姐夫。然后，就近将他介绍给来宾。他说，姐夫是南华大学的教授，研究高分子物理。然后以征询的目光，看一眼连粤名，说，姐夫，我没有说错吧。这都是你们科学家的事情，平常人哪说得清。

连粤名愣了一愣，恍惚于长久缺席于自己生活的妻弟，昨天是否刚刚见过。他也感到了身上有一些灼人的眼光。意识到，这意味着头发半秃、黑西装上还有褶皱的麻甩佬，忽然被人刮目相看。尊生将他引见给其他人，一如既往地得体周到。他不禁也打量。时光荏苒，和这个男人的会面，漫长的空白，竟然是在一个婚礼和一个葬礼之间。那时尊生不过是一个法律系实习生，如今已是国际知名律所KMC的合伙人。即使作为袁家的长子，并未继承家业，但丝毫没影响他的地位。比起二弟正疲于应付商界往来，此时他倒有了一种游刃左右的超然。因为他，这个葬礼未显得过分沉重，更像是带有暖意的追思。

面对宾客致辞，尊生提到了自己的父亲，说到他与母亲的相识。连粤名禁不住看一眼袁美珍。她的神色倒是很平静，一如当年在她自己的婚礼上。听的过程中，连粤名有些走神，因为在这致辞中，他感觉到了某种套路和圆滑。这或许是律师的职业品行所致，他想。尊生在致辞中塑造了他父母的婚姻，一如多年前塑造自己同父异母的姐姐。他忽略了这桩婚姻门当户对的功利实质，而凸显了父亲的一往情深。台下的宾客唏嘘。连粤名想，这是多么完美的因势利导的案件重现。

因为走神，连粤名将目光落在尊生身后的遗像上，活在袁美珍口中的女人，今天的主角。这是张无法激起他人仇恨的脸，与尊生面目类似，但更为平和，平和至平淡，甚而眼神有些恍惚。连粤名不知道，这是在袁老先生身后，经受了长年的抑郁症折磨所致。这一点，袁美珍一直未告诉他。她需要她生命中的敌手，始终是个强者。

在致辞的尾声。连粤名看着妻子缓缓站了起来，然后转身，在众目睽睽中离开。

261

尊生似乎停顿了一下。或许并未停顿，仅是连粤名的错觉。致辞便走向了华彩一般的收束。

回到家里，袁美珍立即将自己关在了房间里。隔着门，连粤名听到了一阵号啕，继而安静。

思睿抱着阿木走出来，父女两个站在门口，对望了一眼。连粤名对思睿挥一挥手，让她回房去。在长久的寂然之后，传来极其细隐的啜泣声。

第二天清晨，袁美珍才从房里走出，竟还穿着参加丧仪的黑色套装。连粤名想，尽管袁美珍是个孤寒[1]的人，却为了后母的丧礼定制了套装。这套装质地精良，剪裁可体，扬长避短。连粤名看妻子穿上套装的那一刻，双眼生辉，如同临阵的武士身着铠甲。

然而此时，穿在同一套衣服里的袁美珍，似乎整个人都坍塌了下去。套装皱巴巴地发着晦暗的黑。脸上的妆，被泪水冲洗得七零八落，冲出两道干枯灰黄的沟壑。她站在门廊处，发现了丈夫和女儿的目光。于是竭力将身形撑持，但似乎自己也感到徒劳，就放弃了。她用手背胡乱在脸上擦一把，掩饰已干涸的泪痕。在桌前坐下，她从连粤名手中抢过一块还未涂好果酱的面包，狠狠地咬了一口，咀嚼几下，然后用含混不清的声音说，佢点解要死？

连粤名看着她。她将面包掷在桌上，大声道，那个女人，佢点解要死？

说完这些，她好像泄了气，再一次地失声痛哭起来。

---

[1] 粤语，孤寒，形容人过于节省。

这次回到房间，她没有将门关上。晨光初至，厅里的光线，渐渐亮了起来。一束光沿着露台，投到了餐桌上，桌上有远方在风中摆动的稀疏树影。这光线朗净，似乎划破了令人压抑的安静。让父女俩都松了一口气。

这时，思睿轻声说，爸，孩子大咗，我想回去上班了。家里请个保姆带阿木吧，钱我自己出。

还未等连粤名应她，房间里传出一把嘶哑女声：使乜晒钱请菲佣，我来带！

八

研究所出事，是在两个月后。

旁人都说，早前就有征兆。这高分子研究所的风水不好，前身是嘉风楼的一处货仓。日据时被征用，因禁试东江纵队的几个队员，在附近行刑，胡乱埋掉了。因为北向，四围寸草不生，是极阴之地。连粤名是不信这个邪的。但先前做过化学系的实验室，莫名发生了爆炸案，有史有据。虽说已是一九六〇年代的事情，至今未调查清缘由，炸死了一个英籍的管理员，是确实的。所以研究所挂牌那一天，听几个老同事的建议，还是点红烛、上高香，摆了切乳猪的仪式。

后来谈起，连粤名自己都好笑，说，上香拜祖师爷，倒该有个名目，是拜保罗·弗洛里，还是爱因斯坦？

可就算这么着，还是出了事。

连粤名接到医院的电话，听完，愣愣地一闭眼睛。

许栩是他带的第一个博士生。研究所

成立时，已在多伦多大学拿到 Tenure[1]，手中握有三项专利，前途大好。但听说导师需要人手，便毅然请辞，回来母校效力。连粤名看他毕业多年，还是那个白马轻裘的少年，毫无学院积习带来的圆滑和暮气，不禁欣慰。许栩加入研究所后，未负众望，短短一年间已申请到两个重点科研项目，发表了数篇SCI论文。长此以往，连粤名是有心让他接下研究所的重任。上回见院长，问及下一任系主任人选，连粤名当时未表态。但事后却专函推荐了许栩。按理说，这有违他低调的作风，但想一想，举贤不避亲。院长再见到他，便说，论学术，你这个学生是真好。但人事上，不怎么成熟啊。连粤名笑笑说，路遥知马力，多历练就好了。去年和威斯康星的研讨会，他操办的。办得如何，您有数。不像我，就不是管人的材料。

连粤名自然知道院长说的，是许栩张扬的个性，毫无乃师之风。因为恃才傲物，得罪了一些前辈。甚至博士论文答辩时，还被为难过。这些年在学术圈摸爬滚打，褪去了不少脾气，为人圆融了些。但一涉及学问，还是寸土不让的性格。

作为导师，连粤名明里暗里，也为他护航，当初是不想看到初出茅庐的才俊，便被汹涌的暗潮淹没。久了，其实心里有些羡慕，是为这孩子的不变。他总想，只要硬铮铮地硬下去，终有一日，能做那掌舵的人，立于暗潮之上，便无人可奈何了。

但他未免乐观。在周年庆典的前夕，院里的学术委员会收到一封实名举报信。

举报人是美国一间社区大学的学者。举报的对象是许栩，直指他去年底发表的一篇Tier 1 Journal（重要期刊文章）涉嫌抄袭，列出了十多处比对性细节，为证确凿。对方发表的刊物名不见经传，但发表时间比许栩的这篇早了三个月。因这篇论文是研究所去年立项后的重大科研成果之一，兹事体大，学术委员会便成立了调查组，专司此事。

一切发展得太快，连粤名来不及反应。一周之后便要召开听证会。早晨他收到了许栩的邮件，说已经准备好发给文学院的 appealing letter（说明函）。这十多处引证，有一半以上是来自他在夏威夷年会上发表的论文，他倒要问问这举报人的实验数据从何而来。

不等连粤名动作，院长已找到他，让他说服许栩，压下这封 appealing letter。连粤名道，别的好说，但自证学术清白，有什么商量的余地？院长说，这些都交给委员会。此时自己申诉，无异于飞蛾扑火。

见连粤名茫然，院长犹豫一下，叹口气，你以为这个举报人是什么来头。他是莫里斯以往在密歇根时的学生。

连粤名一怔，脑海中映出一张牛肉色的脸。莫里斯教授是系里的老同事，退休已有四年。据说未拿到荣休资格，和数年前那起风起云涌的学院政治相关。当时物理系的系主任，即是如今的院长。也就是说，此次来者不善，恐怕没那么简单。

院长说，他是冲着我来的。树欲静而风不止，何必殃及池鱼。按住许栩，要保证研究所的周年庆典如期进行。

院长想的是近在眼前的研究所的声誉，许栩想的是学术清誉，似乎都没有错。这

---

[1] 指"终身教授"，是在美国和加拿大等地的大学里对教授职位的一种保障系统，使得大学教授通过考核期被正式授予终身教授后没有正当法律上的原因其职位不会被终止。

263

时候，连粤名接到老李的电话。老李说，退休生活淡出了鸟来，约他出来喝一杯。

两个人在中环一间居酒屋见了面。老李似乎老了不少，大约是神情里少了许多的意气。但他一见面就嘲笑连粤名的外公相。连粤名看着他拿着酒杯的右手微微抖动，嘴角也有些歪斜。老李年初时小中风了一场，落下了后遗症。连粤名不确定，这是否与周令仪相关。但如今的老李，确不是那个洋气的、浑身散发着古龙水气味的 Leo 了。他身上是件讲究的黑缎唐装，白色袖口上绣了 L.&L.，是他与他太太姓氏的缩写。

连粤名说起近事。老李眯眯眼睛，说，本来我是写一幅字给你共勉："两只麻甩佬，一对老学究。"如今看，不对。麻甩佬是我，老学究是你。这几年，我还是比你看透多了。我们系里两只乌眼鸡，以往在乐团争首席，后来在大学里争讲座教授。争到一半，死了一个。另一个高处不胜寒，去年也死了。我送他们两个字："挚敌"。

连粤名说，我倒是无所谓。可是老辈的恩怨，应在年轻人身上，还是欠公平。

老李摇摇头，说，儿孙自有儿孙福。不聋不哑，不做翁姑。

连粤名叹口气。老李说，不如我给你讲段古。

连粤名说，我正愁，你仲同我讲古？

老李说，听听无妨。当年我老婆肯嫁给我。上门见家长，没说一句，我岳丈先用这一段来考我。是个单口相声，《解学士》。里头说个明朝才子，叫解缙。出身寒门，细个时读书好叻。解缙家对面是曹丞相的后花园，门对丞相的竹林。除夕，他就在门上贴了一副春联："门对千棵竹，家藏万卷书。"丞相见了，想他好大口气，就

叫人把竹砍掉。解缙呵呵一笑，于上下联各添一字："门对千棵竹短，家藏万卷书长。"丞相更加恼火，这回下令把竹子连根挖掉。解缙不动声色，在上下联又添一字："门对千棵竹短无，家藏万卷书长有。"

连粤名会心说，这个才子，还真会搞搞震。

老李说，我就问你，这才子蚀底没？

连粤名说，佢蚀底？分明占了人便宜。

老李又问，那他得罪了人没？

连粤名说，得罪了？好像又谈不上。

老李说，当年我丈人问我，在这相声里头看到什么。我那阵普通话都说不利索，听得半懂不懂，只好说，看到我亲事黄了。他呢，哈哈大笑。说这后生真老实，就把女儿嫁给我了。

连粤名笑说，你要是人老实，猪乸会上树。

然而接下来，他愣一愣，忽而懂了，说，这是个好故事。

连粤名终于没来得及对许栩讲这个故事。他看到了许栩将写给文学院的 appealing letter，电邮抄送给了他。他不禁有些光火，立即打了电话给许栩，但手机关机。

许栩的消息，是第二日清晨传来的。当时连粤名睡眼惺忪，立时间清醒了过来。当他赶到研究所时，空气中似乎还流淌着残余的乌头碱气味。在服毒之前，许栩给自己注射了肌松剂。这样在清洁工人发现他时，他嘴角上扬，脸上竟呈现出了柔美的微笑。

警方很快将凶案定性为自杀。因为在傍晚时，全校师生都收到许栩预定发送的邮件，是他的遗书。这封中英双语的遗书，

遣词造句都非常准确，且文采斐然，令人不得不佩服许教授的语文造诣。更难得的是，其中颇有几分举重若轻的幽默，甚至用来陈述自己饱受抑郁症困扰已有六年的事实。

当然，这封信的后半部分，剑锋所向，是南华物理系多年的朋党之争，以及隐藏其下的学术腐败与利益输送。这是积重难返的卷裹，似乎少有人能独善其身。在这封信发酵一周之后，理学院院长与物理系系主任，分别递上辞呈。

信的末尾，他说唯一愧对的，是自己的导师。

连粤名再见到许栩，是在一周后，又是个周五。那一天本来是研究所的周年庆典。

已成为植物人的许栩躺在床上，仍然微笑。这笑意或将永恒地凝固在他脸上。连粤名望着他，想，这孩子生前总和自己拗着劲，活得太紧张，总算让自己放松了下来。

他迅速地纠正并说服了自己，说许栩还活着，和他一样活在空气和阳光里头。只不过不用再为生活缠绕，如窗台上的一棵黄金葛。他看着许栩生动的脸，像是个装睡的人，嘴角憋着一股笑意，时时将要在他面前睁开眼睛。他看得很久了，看到窗外暮色苍茫。这张脸终于成了一张面具，不再是他的学生。与他同存于世，幽明两隔。

走出医院的时候，他遇到了月华。

女人手里拿着一只保温桶，看上去憔悴了些。她说，公公前两天进了一次ICU，抢救过来了。醒了，连她都不认了。

她遮掩了一下，他还是看到她眼角的伤痕。她的声音很轻，对他说话，神情与问候，也都是浅浅的。

他这才想起，已经许久没去北角了，便也未再见过月华。曾有那么半年的日夜，他们常坐在临窗的桌前，有时吃煲仔饭，有时是豉油鸡，都是味浓质厚的。窗外看出去，是万家灯火。由于楼距近，甚至能听到声响。父母责骂孩子的声音，年轻情侣的嬉闹。对面是新建的公屋，新移民多。这声音里便有南腔北调，共同积聚为浓重的烟火气。近在眼前，又恍若隔世，让他心里砥实。

不知为何，他不再去北角。不去了，便也好像从未发生过，留在了那一时，那一处。

月华于是对他浅浅点一下头，说，连教授，我先走了。

他听得一怔，定在了原地，看女人转身离开，走出了很远，消失在人群里头。他这才想起，她以往是叫他"阿名"。

九

四月时，连粤名送阿嬷骨灰回仙游县。

这是阿嬷生前夙愿。米寿时已经请定了佛塔的位，等着回去。

复活节假期，港人北上出行得多。高铁对面的男人，挈妇将雏，是不胜其烦的模样。那男孩哭闹够了，便看着连粤名。眼睛晶晶亮，又盯着连粤名手中的包裹。尽管连粤名将它包成礼盒模样，他眼睛却挪不开似的。终于问，里头装的是什么。

连粤名笑笑说，朱古力。

孩子便向他索要。

孩子爸爸呵斥，说，冇礼貌。一边对连粤名颔首致歉。

连粤名说，唔紧要。便从背包里真的拿出了一板朱古力，给那孩子。

两下都算亲切，便攀谈起来。男人问他去哪里，他说，去仙游。

男人说，那我们同路。仙游一年一变，你回去怕不认得了。

连粤名说，我有三十年没回去了。

男人笑说，那是变得天翻地覆。我是以往的糖厂子弟，"文革"后跟亲戚去的香港。父母还都在，年年都回去。

连粤名依稀记得听阿嬷说起过糖厂，就问他还在不在。

他说，早就没有了。关了也好，污染得乌烟瘴气。你去看看，如今木兰溪的水，清回去了。

连粤名就印象深刻一些，想起了这条河。想起那回阿嬷急躁躁，颠着小脚，一路骂着他，在乡野小道疾走，走得比他快，终于太阳落山前赶到了坂头村。阿嬷站在大桥上，眯着眼睛向河水上望。河两岸都是成熟的荔枝，红彤彤的一道弧。那时甘蔗也熟了，溪上有木船，运的都是甘蔗。甘蔗绑得密匝匝，船吃水很深。阿嬷说，当年要有咁多甘蔗，无饥荒，你阿公就不用逃去印尼。

那一回，阿嬷买了许多莆田糖厂产的"荔花牌"白砂糖回香港。送遍北角街坊，还有许多存在家里。吃不完，招蚂蚁；雨季招潮，结成块，比砖都结实。还是不肯丢弃。谁要是动，她就骂，骂得震天响。

想到这，连粤名喃喃，怎么就关了呢。

男人跟上他的话说，产业调整呗。一九九八年停产，一千多个工人下岗。我阿爸办了内退。我让他到香港来，死硬颈，说不甘心，要做糖厂的鬼。就辛苦我们来回跑。

车到了莆田站。

连粤名和男人一家一起出了站，在站口道别。连粤名站在太阳底下，等了许久，这才拨了电话过去。电话那头气喘吁吁，说，表叔，我的车在高速上被人追尾了。你和祖阿嬷等等啊。

连粤名听到电话那头嘈杂得很，还间或吵闹声音。忽然间就挂了。

他愣愣站在原地，这时一辆比亚迪在他跟前停住，车窗摇下来，是方才的男人。男人对他说，教授，我载你一程。

连粤名犹豫，说，不用麻烦，我等等。

男人头往后一扬，说，上车吧。送老人回去，耽误不得。

连粤名恍恍惚惚上了车，想起男人的话，问，造次了，你点知概？

男人说，谁会这样毕恭毕敬，抱着一盒朱古力？

连粤名嗫嚅道，这怎么好。

男人摆摆手，唔好念多咗。我冇乜忌讳，当年我也是这样送舅公回乡的。

车到仙潭村，已是下傍晚。苍茫暮色。余晖里，连粤名认出村口那两棵枝叶交缠的榕树。他记得其中一棵遭到雷劈，树冠已经焦黑。然而在树干的中段，竟又生出了一丛旁枝，枝叶甚至已经粗壮葱茏。有气根曳曳垂下，已又落地生根。

村口有个黧黑的年轻后生，迎上前，怯怯问，堂叔公？

他茫然，后生说，我是阿胜慨仔。

后生接过他的行李，道，阿爸的车拖去修，他接了你电话，叫我在村口迎着。

他才恍悟。打量下，后生说，叔公叫我发仔。你上次和祖阿嬷回来，我还没出生。

连粤名想，上次回来时，比这后生大

不了多少。如今自己都是半老的人。

他跟着发仔,在村里走,周遭认不识。多了许多二层的小楼,都很排场,墙体用贝雕和蚝壳镶嵌作为装饰。好像也看不到什么田地。连粤名就问,还种不种甘蔗?

发仔说,不种了。我细路那阵时,糖厂就关了。种甘蔗做乜喔。

连粤名问,那还种什么?

发仔说,山上种茶叶,种蜜柚。大棚种巴西菇,都好过种甘蔗。

他们经过一处,门口写了"福胜工艺家具厂",里头有宽绰的厂房,听得见隆隆机器运转的声音。发仔说,这是阿爸开的厂,我同老婆都在里头做工。

连粤名说,原来阿胜出息做老板了。

发仔挥挥手,谦虚地说,这样的厂,在我们村里有十几家。我们这个算小的。

说话间,就到了阿胜家。也是两层小楼,外头的院墙上也有贝雕装饰。镶拼成了醉八仙的图案,洋洋大观,一团锦簇。仔细一看,张果老却是倒坐在一架屁股喷火的飞机上,不知是谁的创意。

这时有个年轻女人,抱着孩子迎出来,是发仔的老婆招淑。

招淑灵秀模样,与发仔交代两句,便唤他叔公。这一唤,用的莆仙话。他才恍然想起,说,发仔,你先前同我说的广东话哦。

发仔摸摸头,说,我初中毕业,去东莞打工,学识讲广东话。怕叔公不会讲莆仙话了。

连粤名说,我怎会唔识。阿嬷日日夜夜同我讲。

他便改用莆仙话同俩夫妇交谈。倾谈过一阵,两下觉得有些词不达意。招淑说,叔公说的是老派莆仙话,这些说法,现今年轻人都不这样讲了。村里老人勉强听得。

连粤名说,阿嬷怎样讲,我就怎样讲。几十年过去,说话学成化石了。

他便跟着发仔上楼去。到了楼上,直进去了一间。里头竟然搭了一个很大的龛。发仔说,阿爸一早给祖阿嬷留了龛位,叫好师傅做了牌。今晚住一夜,明天就送她老人家去广胜寺。

连粤名在牌位前,恭敬放好阿嬷的骨灰坛。牌位上写着"连何氏　秀英　莲位"。

连粤名知道阿嬷娘家姓何。

何是仙游县的大姓,却来自异乡。传说仙游县以往叫清源,得名自安徽庐江何氏九兄弟为避淮南王刘安叛乱,隐居该县九鲤湖畔,炼丹得道,乘湖中鲤鱼羽化升天。以后就改叫仙游。阿嬷便总说自己是仙人后代。

发仔点上香,要和连粤名一齐拜拜。听到有人杂沓脚步,噔噔上楼来。听人叫他堂叔。回身一看,大头大脑的人,是阿胜。连粤名竟还记得他当年模样。除了老些,并未大变。阿胜不及和他寒暄,便叱责发仔。一边小心上前,将阿公牌位旁的另一牌位撤去。

连粤名看到那牌位上写的是:"连荣氏"。

记得阿嬷说,当年她嫁给阿公,旁人都说大吉之姻,莲荷得藕。所以连粤名的阿爸小名叫阿藕。"六七"那年,阿爸出街给英国人乱枪打死。以后家里人便不再吃藕。阿嬷买拖鞋,倒还是爱买"鱼戏莲荷"。可有年始,也不再买,断了念想,以往的鞋也都收埋。后来,连粤名在庵堂听乡党阿金婆说,阿嬷知道阿公回了仙潭,还带了他印尼的老婆。

阿胜连连说,小孩子不懂事,不周到。

堂叔和祖阿嬷莫怪罪。

连粤名说,也没什么。都算是团聚了。

阿胜说,不好。至少今晚,让祖阿嬷和太阿公,自己两个说说话。

晚上,连粤名与阿胜一家人吃饭,又来了旁系几个亲戚。

招淑在旁头烧芋粿,包膶饼。将那面团在锅底一旋,再一擦,便是一张薄如纸的饼皮。手势很娴熟。

阿胜与连粤名喝酒,说,堂叔,我这个唷林姆[1],是福安溪潭人。发仔打工认识的。来时上房活儿,蚵仔都不会煎,现在也做得似模似样。

他阿爹祥营,连粤名称堂哥。年近九十,耳朵半聋。大约听懂意思,便大声说,查某就要多做。

他对连粤名说,阿弟,你阿嬷当年在查某里是一等一,能做满堂流水席。你阿爸小我五岁,长在辈上。都还是小孩子,一齐玩到大。那年她刚嫁来,过年我磕头,叫她阿嬷。她笑笑脸就红,说哪来这么大个孙。我阿公长房,当年不放你阿公和四叔公去印尼,是看不得她年轻查某受活寡。多少人出去都回不来。那时还记得她眼湿湿,在屋檐下唤你阿爸回来吃膶饼。你阿爸吃,我也吃,往后许多年,没吃过这好味的。

膶饼。

连粤名看他纵横老泪,混着醉态。亲戚们方才热闹,此时也就肃然。外头有溪声虫鸣,院落里头一株刺桐,花期将尽,间或簌簌落下,浅浅飘香。香味生涩,醒了醉饮者的心神。连粤名吃一口膶饼,细咀嚼,也是五味杂陈。

月色朦胧,人散尽了。送罢了亲戚,连粤名回来,见招淑在堂厅里点一盏灯,上着绷架,俯身在飞针走线。连粤名不禁好奇,问发仔。

发仔说,我老婆是潭溪琴洋人。那整个村子,三百多户,没有查某不会织绣的。福安闽剧团,戏衣旦裙,八成都是这个村里制成。女仔从小眼看手做,绣桌围寿序,个个好身手。嫁给了我也闲不下来,你看这沙发巾,电视罩,都是她绣的。

连粤名这才打量那日常陈设,绣着花果百蝶,针线竟都十分精致。

招淑远望望他,笑笑,说叔公你先去歇着。明天还要早起身。

第二天清早,天蒙蒙亮,送阿嬷去广胜寺。

连粤名将骨灰坛由龛位取下。招淑从里屋出来,手里捧着一块织物,展开来,竟是金灿灿的一块织锦。

招淑两眼红红,有疲态,说从三个月前就开始织,织好了要上绣。可又有家具厂的工期,就耽搁了。其实只差了一面,昨夜赶工绣了出来。

连粤名端详那织锦,不禁心里一动。原来蓝色织锦正中是一尊金佛,面容慈正。周边是灿灿佛光,肃穆的圆中有圆。然而再仔细看,原来佛光里藏的全是佛手。佛有千手,各执法器,将金佛护于其间。他伸出手,摸那绵密针脚,只觉得这千手之佛,似曾相识。倏忽想起来,原来是早前在巴塞尔展上看到的那张巨大装置,如教堂穹顶。成千上万蝴蝶翅膀,艳异蓝黄,一圈又一圈如涟漪。最内深不可测,似旋

---

[1] 莆仙方言,指儿媳。

涡，孤悬一只深蓝蝴蝶。

织锦正中的佛，面容忽而模糊，让他一阵眩晕。他问，这是什么。

招淑说，我听阿发说，祖阿嬷长年持斋信佛。我们村里的老人上路，都要由家里的媳妇手绣一块佛帐。叔婆是香港人，怕不会绣。祖阿嬷走时快百岁了，只有百岁人，才当得起这块"浮图"。

招淑静静地，用这块织锦，将骨灰坛裹起来，扎好。说，按规矩，"浮图"送葬不入葬。叔公记得，送祖阿嬷入龛要取下来，带回家里挂上，可为生人添寿。

回途，没有了阿嬷伴着，连粤名孑然一身，却紧紧将背包端放胸前。里头放着那块"浮图"。

然而，他终于没有将"浮图"挂起来。

回到家里，灯黑着。卧室门反锁。

他敲敲思睿的门，也没有人应。轻轻一推，门开了。

房间里是空的。不是人不在，是所有的东西都搬空了。钢琴、家具、书籍，那些在思睿少女时代便严丝合缝地镶嵌于这房间中的陈设，都没有了。只留下一张床，空荡荡的，上面是一只不甚干净的维尼熊。

他想，这只熊是怎么出现了的。这是思睿当年获得全港钢琴大赛的青少年组亚军时，阿嬷送她的礼物。但中四时，已经找不到了。思睿因此哭了很久。它是怎么又出现在这里的呢。

连粤名退出房间，一点点地。恍惚间，他走到露台上。露台的窗开着，吹来一阵冷风，将他吹醒。他这才想起，拨通了思睿的电话。

许久，思睿才接了电话。他说，女……

你系边？

思睿的声音传来，冷冷地，像从很远的地方飘来。她说，唔使指拟我返去。

连粤名问，点解？

那边是漫长静默。久后，他听到了女儿哽咽的声音，阿爸，她要杀咗我嘅仔，你会唔知？

电话挂了，是嘀嘀长音。再拨过去，已经关机。

连粤名愣愣站在露台上。这时，他听到后面窸窣的声响。他回过头，看见袁美珍坐在黑暗中，正打开桌上他的包裹，从里边取出一块牛蒡饼，嚼食。袁美珍坐在黑暗中，发出咯吱咯吱的声响，平静、规律而细碎。像是一只昼伏夜出的啮齿动物。

他打开灯，看着自己的老婆，披散着头发，穿着已经陈旧发污的睡衣，正不紧不慢地咀嚼，两腮的肌肉机械律动。他走过去，看着她，问，你做咗啲乜？

她的目光落在桌上的一块饼渣上。她捡起来，吃掉，然后说，我困唔到，佢好嘈。

连粤名用颤抖的声音问，你给他吃了多少安眠药？

袁美珍看一眼他，说，我想困，困唔到。

她站起身，走出客厅，顺手将灯关上了。连粤名重将灯打开，他拦住了袁美珍，他握住她的肩膀，才发现女人脸上敷了厚厚的一层粉。他狠狠地说，你给木仔吃了半瓶药。你知唔知，你谋杀紧你嘅亲外孙。

他摇晃着她的肩膀，看她冷白脸上无表情，甚至皱纹都被白粉所掩盖。双眼的瞳仁却深不见底，空洞无内容。她在他的摇晃间，松弛无力，像一只破败人偶。

半年间，连粤名从未想过，要将袁美

珍送往"青山"。

虽然他终于知道，袁美珍母系的精神病史，由来已久。他再次看到那个埋藏在景泰蓝香盒中的女人。所谓多年前的意外亡故，不过是用一条丝袜结果自己。

他打开香盒，看那张圆形小照。照片很老，上面印着一抹胭脂。外头镶着金丝绕成的枝叶，覆盖着莫可名状的月白花朵。不知为何，他忽而觉得此时袁美珍的面目，有些类似这张模糊照片。究竟哪里相像，说不清。

尊生望着他脸上的伤痕，有一种愧意的笑。仿佛是因为多年侥幸的欺瞒。他说，他可以将姐姐接回家里，雇专人照料。连粤名向他摇一摇头，说自己可以。

袁美珍在家中歇斯底里叫喊，终于被学生投诉。因思觉失调伴生脑退化，她数次从家偷跑出去，有次坐在舍堂门廊哭泣，引起校园围观。连粤名辞去了舍监的职务。一年后，又交了提前退休的申请。

他退还了买家订金，卖掉自己一处物业，清偿弟妹的业权份额，独自购下阿嬷的老屋。他和袁美珍搬进了老屋。

妹妹说，阿哥，要不要简单做个装修。去去老尘气。

他说，不用。

他如儿时，重新出没于北角。春秧街上，电车盘桓，两边的果档小贩，忙着收拾。街面上人潮分开，又聚拢。数次聚拢，一天便过去。

他去坚拿道东振南面厂买咸水面；去同福南货号买咸肉、火腿、芋粿、绿豆饼；他去马宝道，排档后在卖印尼杂货。老板娘为他留有自家制咖喱。他伸出手付钱。

老板娘看他胳膊上有块瘀紫，关切问起。他笑笑，说，唔关事。

以后，他们便也不再问。他们熟悉这样一个连教授，微笑得宜，言辞恳切。总有一些或深或浅的伤痕，有时在脸上，有时在眉间。

他用新出的咖喱，给袁美珍做咖喱鸡。袁美珍安静地吃。吃了几口，笑了。他便也安慰。袁美珍掰下一只鸡腿，沾满了咖喱汁，脸上有孩童的颠顶神情。她拎起鸡腿，认真地看了一会，开始在自己的面颊上涂抹。姜黄色的咖喱汁，顺着她的脸颊流淌了下来。涂满了自己的整张脸，或许眼睛有些辣。忽然，她开始抓挠，同时剧烈嘶喊。连粤名知道，这时他才可以动作。他拿起毛巾，在袁美珍脸上擦拭。袁美珍想要推开他，并一口咬在他胳膊上。他皱了一下眉头，未停止动作。他看着自己的妻子，更深地咬下去。疼痛渐渐成为一种麻木。女人似乎也放松。声音渐渐低沉、细隐。喉头含混，如受伤的兽。

他更紧地抱住她，闭上眼睛。室内充盈着浓厚的咖喱气息，馥郁微辛，带一点难以名状的苦涩，不洁净，却有暖意。然而，久后，有另一种气息穿刺了这浓厚，一点点地进入了他的鼻腔。开始极其弱小，但慢慢清凛坚定。他睁开眼睛，才看到是近旁地柜上，有一束素馨花。是他三天前买的，已经有些枯败，星状的花朵边缘，现出铁锈色的红。

及至九月，花期未过。北角街上还有卖素馨花。大约是错落在铺档前的走街小贩，多半是年迈阿婆，绑成一束一束在卖，自己便也在襟头或发髻上插一朵。他看了就买，插在一只郎酒的瓶子里。瓶子也是

270

阿嬷留下的，白瓷，觉得好看，与花辉映。

袁美珍精神好时，看着花，也欢喜。将鼻子凑上前去闻。目光柔软。神志稍混沌时，便撕扯花束，将那花瓣一粒粒扯下。目光仍是柔软的。

他在旁看着，由她。这时，他觉得这是他们相识前的袁美珍。目光柔软，清澈温存。

在袁美珍睡着的下午，连粤名请了护工，照顾妻子。然后去阿婆生前常去的庵堂。

他坐在缭绕的烟火里，看着头顶悬着"巍巍堂堂"和"慈航普度"的牌匾。但他不再听到阿嬷的声音唤他，叫他绕佛。外面阳光朗净，堂内可看见青烟旖旎而上。随师父念《大悲咒》。念罢，又念往生咒。这时，庵堂信众，多是有年纪的虔静人。空间有回响，如耳语。

再念罢，他坐在厅廊的蒲团上歇息。身旁的人，便开始闲谈。谈家庭、也谈子女。烟茶传递间，谈股票，也谈国是。谈三千烦恼，也谈一念无明。因多用莆仙话，是阿嬷说的那种，古老而诘屈。但始终声调嘈切，底色还是世俗。就为清冷的庵堂，布上一层暖。

这时候，点传师走过来，谢他观音诞上为北郊莲净寺修缮捐赠的香火。因为寄付瞩目，可上功德碑留名。问他镌谁的名，他想一想，报了袁美珍。

他又想一想，打开手机，将他拍下的那幅"浮图"给点传师看。师父仔细一看，说，收好，不宜张挂。

他再想问，点传师合十行礼，退身而去。

他回到家时，是傍晚。家门洞开，他看见袁美珍不在床上。那个护工也不见了，他心头一凛。

他走到了走廊，四处张望。从消防通道上下逡巡。这时候，却看到来电，是月华。

他愣一愣，还是接了。月华说，连教授，阿嫂在我这里。

他上了一层楼，看到那扇斑驳绿漆的安全门，门头上尚贴着已褪色的春联。已很陌生了。住过来这么久，竟好像咫尺天涯。他伸出手，想按那门铃。门却开了。他的手还静止在门铃上。

他想起许多时日前，月华也这样提前为他开了门。她微笑说，认得他的脚步声。

此时，月华只是将他让进门里。他看到袁美珍，正坐在临门的沙发上。电视里翡翠台在播放六点档的卡通片。她目不转睛地看。袁美珍身上穿着一件粉红色的蓬蓬裙。他记得是许久前，她直播时穿过。是从海淘上买的，不知她如何翻找了出来。这件裙子质料粗疏，却是晚装的设计，紧紧裹在她身上，却暴露着肩颈，露出一截皱褶的、橘皮色晦暗皮肤。

连粤名忽而觉得一阵羞愧。月华说，我买菜回来，见阿嫂坐在楼梯口。我想是荡失路，就把她带回来了。

他向她致谢，却跟一句，你认得她？

月华点点头，说，阿嬷给我看过许多次，你们的全家福。

他这才看见，室内堆叠起一些纸箱，除了基本的日常用具，已经没有了多余陈设。他犹豫一下，问，你要搬？

月华依然点点头。他看一眼袁美珍的方向。这时卡通片结束了，在播一个厨艺节目。主持人师奶模样，教人做芋头扣肉，语调夸张、喧哗，眉飞色舞。袁美珍为她所吸引，也模仿她的动作，兴奋不已。

连粤名终于低声说，没听你说起过。

月华淡淡笑，说，你搬过来，不也没说过？

她走到袁美珍跟前，递给她一只剥开皮的广柑。一边说，上月公公过咗身，我无谓再留下。这里揾食艰难，还是回乡下去。

月华走进厨房，再出来，端着两杯茶。一杯递给连粤名。

教授，坐下喝杯茶吧。她说，我回了一趟自贡。家里还在种"川红"。这"早白尖"，阿嬷没喝上，你代她饮一杯。

连粤名便依窗坐下，喝一口茶。早白尖汤色浓亮，味也是醇厚的。窗外已发黑了，灯火渐成流光。他看到一个老妇，正将身子伸出卧室窗口，拍打窗外晾晒的被子。那被套的颜色灰扑扑的，应该洗过了许多水，也用过不少年头。老妇人用力地拍打。拍完了正面，拍反面，最后一使劲，将被子抱拢起，回到屋里。阖上窗子，顺手便将灯关上了。便是一片漆黑。

这一黑，似惊醒了连粤名。他放下茶杯，说，我该走了。

月华说，你等等。

她再回来，手里捧着一双鞋。鞋面暗淡，闪现莹莹珠光。上有经年老绣，是"鱼戏莲荷"。鞋头的窟窿补得巧。衬了一块同色的缎，针脚密匝匝。月华低声说，你每次来，都不记得带走。

连粤名想接过来，两个人的手，却碰在了一处。都迟钝一下。连粤名在女人手背上轻按上一按，说，保重。

十

那天从春秧街取道回家，连粤名其实是欣喜的。因为"鸿记"的老板，给他留了一块上好牛排。这牛肉经络分明，丰腴鲜嫩，有饱满的汁水。

自袁美珍生病后，她不再节食，也忘记营养师的嘱托。她的口味变得浓厚而饕餮。这让连粤名的厨艺，重新得以施展。他在路上想着，这块牛排，即使原料鲜美，还是浇上黑椒汁，才更为惹味。

他为牛排码上海盐跟粗粒胡椒。胡椒要即磨，才能锁味。然后用手轻轻按摩。他闭上眼睛，感到指尖为滑腻的肉质卷裹，辛香冷冽，冰火两重。

这时，他听到了外面的声响。来不及洗手，急忙走出去。

他先看到袁美珍的背影。她在地上摸索一下，又重新举着一把剪刀，正在剪着什么。剪得十分用力。

他上前，看到是阿嬷的那双拖鞋。一只已经拦腰剪断。而另一只在袁美珍的手中。他见她微笑着，正在用剪刀尖，细心挑起那块补过的鞋头针脚。大约因为补得太密，她挑得艰难。脸上的肌肉也一同绷紧。终于被她挑开。一条跃然的锦鲤，从眼睛处断为两截，身首异处。

连粤名一动未动。此时才想起去阻拦，要从她手中夺过剪刀。

他不记得那一刻是如何发生的。他的印象，定格于袁美珍的神情。那是怎样的一张脸。他只记得，当血从她的脖子喷溅而出时，他似乎听到了簌簌的声响。他看到自己的妻子，脸相松弛，如云雾散。

等到袁美珍不再挣扎，他将她摆成了平躺的姿态。但颈项上的缺口，让他觉得触目。他走到卧室里，看见大衣柜的柜桶都敞开着。放着这双鞋的柜桶深处，正安静地摆放着一块织锦。

于是，他将那块"浮图"，铺在妻子的脸上，也遮盖住了她的颈项。他叹了口气，坐在了地上。他看到还是有一些血渗透出来，沿着浮图的圆周，一圈一弧。纷繁的法器，闪现金红，熠熠生辉。靛蓝入紫，正中深不见底的旋涡，一佛孤悬。

连粤名在打通了999后，才开始煎那块牛排。煎至五成，他想已经可以。他粗略地估算过了，这样警察来到时，他刚好可以吃完。

橘 颂

张 炜（《当代》2022 年第 5 期）

推荐语

　　小说的题目"橘颂"当然是源自屈原的《橘颂》。自二十世纪九十年代，和他的同路人一道确立了抵抗投降和清洁精神的心灵底色，张炜一直以持续的写作证明自己走在这条道路上。屈原是这条道路可能追溯的文化源头。小说《橘颂》最动人之处恰恰在"橘颂"是一只猫。三个老人一孩童一"橘颂"，在废弃的村落缔结生命共同体。这意味着张炜对人间生活的甘心和欢喜。虽然家族和个人的创痛隐然，但一饭一蔬一花事却慢慢活出生命的体贴和自在。（何平）

　　老文公等待儿子一家从海外归来，独自住了很久。陪伴他的是一只叫"橘颂"的猫。

　　冬日将尽，大洋那边的人仍难确定归期。春天就要到了，他看着窗外说："让我们去山里住一段吧，那里有我们的一座石屋。"

　　橘颂睁大眼睛看着他。

　　老文公抚弄它的额头："哦，咱们去吧，那里的春天比这里大。"

一

橘颂第一次出城。三月的早晨，风很凉。它贴紧老文公的腿，忍住颠簸。一辆旧货车，驾驶室里有烟味儿。车子爬过几个大坡，司机要抽烟。老文公指指橘颂。司机把烟放到一边。

山越来越高。松树很多，远处一层层墨绿。传来鸟鸣，橘颂站起，两爪按住车窗。"山里有很多鸟儿，还有许多你没见过的东西。"他的手放在它的背上，看着外面。

重重一颠。他赶紧抽手，扶住腰部。

希望能早些到。也许我太急了。——他这样想，没有说出来。柳树还没发芽，春天还在路上。"春天往北走，我们往南走，咱要和它在石屋那儿会面。"他对橘颂说。

车子爬坡，转弯。一道深壑，一个陡坡。坡下的一条小河快要干涸，露出大小卵石，像一堆彩蛋。三只小鸟飞过河，一只大鸟在山中呼唤。

橘颂挨紧老文公的膝盖，看着车外。

山更深了。啊，出现了一条宽河，对岸是幢幢相连的房屋：从河边到山腰，高高低低好大一片，全由石头砌成。真像一座老城堡。

橘颂贴近了窗子。

老文公站起，头触车顶，又坐下。

车子沿河行驶，几次接近那片石屋，却不想进入。老文公伸手指点，车子一直绕行。它最终没有过河，驶向了北岸的一个高坡。

坡上有一座孤零零的石屋，与南岸那片石屋隔河相望。

车门打开，立刻听到了哗哗的河水声。

老文公抱起橘颂。下车时他弓一下腰，它伏到背上。他揪住肩上的两只前爪，踏向地面。

司机打量这座石屋，点上烟深吸一口："这能住人？""哦，蛮好，我儿子去年来过，一家人在这里消夏。"

卸车。多少纸箱，杂七杂八。书可真多。

"他们能住，我们也能住。"他耸耸背上的橘颂，一手牵住它的前爪，一手提起一个柳条筐。那是橘颂移动的居所，它的睡床。

司机帮忙把一堆东西搬进屋里，要离开了。老文公谢过，看着车子驶下高坡。他的额头满是汗粒，喘息很重，坐在一个木墩上歇息。

橘颂四处嗅着，清点携来的物品，探究原有的物品。老文公站起，找出它在城里用的一只青釉碗，加水，放了一些吃的东西。它喝了一点水，穿过散放的杂物，走向另一间。

老文公闭上眼睛。有些憋气。需要待一会儿，等喘息平缓下来。像橘颂一样，他也想看看这座石屋。

橘颂走开一会儿就转回来，蹭他的膝盖，仰起脸。"你想知道更多。嗯，这是我老爷爷盖的，是一座有趣的房子。天气好的时候，咱们一起捉迷藏。"

他来过这里两次，那是很早以前了。记忆中的第一次，是和老伴儿一起。那时两人刚届中年。她跟上他在屋里绕来绕去，阵阵惊讶，总问及这座石屋的建造者，那位老爷爷。

"可惜我们再也见不到那个人了。"他对橘颂说着，站起。

它走在前边，不时站下等他。还记得第一次来这里的情景。那时他一边走，一边对老伴儿介绍逝去的先人：他是这片大山里最富裕的人，在河的南岸建起一处很

275

大的院落。老人大概想清静一下吧，又到河的北岸盖了这座孤单的石屋。

它坐落在隆起的崖顶，看上去并不高大。东西南北各有两间相连，向阳的是起居室，面西的是灶屋和堆房。他的印象中，通向灶屋的过道旁总有码得整整齐齐的劈柴，穿过它往前，有一个小厅，出门就是台阶，由它下到一个曲曲折折、宽窄不一的回廊。它连接起复杂的地下空间。这里到处堆积了陈年旧物，墙上悬挂的东西稍一碰就会脱落：蘑菇，野枣，薯干，大蒜串。有各种闲置的器具，它们大半朽坏了。

走过大大小小的隔间，摸索向前，最后总能重返地面，回到一个向阳的大间，这是正屋。原来那条地下长廊是交织连通的回环。他对老伴儿说："老人家一定喜欢捉迷藏。"

"一定的。"

"他会和晚辈一起玩这种游戏。"

"是啊，多有意思！"

老文公记得那次在地下小屋的一角找到了一束干花，嗅一嗅，有淡淡的香气。他捧着它，跟跟跄跄跑过去，交给了老伴儿。

"颂啊！你在哪里？"他知道它迫不及待地要和自己玩，大声说，"这会儿还不行。我们时间多得很呢。咱们先要安顿下来，做第一顿饭。"

找不到橘颂。这里太曲折了。他顺着弯弯曲曲的长廊往前，一会儿弓腰钻进一个矮门，一会儿踏上几道台阶。为了看得清楚，也为了透气，他一连打开几扇小窗。

这里真静。有的角落闪着微光，更多的是一片漆黑。"这种地方，橘颂肯定喜欢。当然，我也喜欢。"他的声音稍大，想让它听到。

还是没有它的踪影。他最后不得不拍手，一边呼唤，一边攀爬着一个个台阶。转过两个拐角，光线一点点强烈了。阳光穿过窗棂，照亮一扇小门。这是那个小厅，它的隔壁，就是那间有炕的正屋了。

马上要做的，是扫去炕上灰尘，把窗户擦亮，摆上卧具。蓬松的被子，被面是木槿花图案。荞麦皮枕头。"这是个睡觉的好地方。"他仰躺了片刻，看看太阳，想着要做的第一餐饭。

米饭和炒白菜，还蒸了山药。劈柴在灶里噼啪响：一共三个石砌的大炉灶，现在只用两个。儿子一家用过的炊具还在，他这次又带来一口炖锅、一些碗碟和杯子。

好香的米。橘颂回来了。

"咱们饱饱地吃上一顿，午睡一小时，然后干活儿。第一天总是忙的。你急于熟悉这里，这得慢慢来，这里比较复杂。"

一张老柳木做成的椭圆形餐桌，很结实。桌上摆了两个大碟、三个小碟。"我会找机会喝一杯的。"他咕哝着，坐下来。

二

睡了一会儿，很香。老文公醒来，橘颂还蜷在窝里。"累了，走了这么远的路。"他看着柳条筐里的大圆球，欣赏了一会儿它的睡姿。

整个下午都在忙。需要打扫的地方实在太多，这要一点一点来。他干得不急，不像是擦拭，而是抚摸。这座石屋的年纪太大了，是真正的山里老人。"而我，刚刚才八十六岁。"他这样说着，看了看仍在蜷睡的橘颂。

要找一张书桌。没有。堆房里有个老式卷边木桌，大概是用来摆放给神灵的供品的，看上去像个大号元宝。他把它拖到

276

了起居室。

有一个破损的柜子，摘掉几扇歪斜的柜门，也算不错的书架。一摞书摆上去，一切全变了。"我有了一间书房。"

他环顾卧室、外间，认为墙上还该挂点什么。"装饰总要有一点的。"他仰起脖子，腰和背一阵抽痛。他的两手使劲撑住那个元宝一样的木桌的卷边。原来卷边还有这样的用处。

太阳西斜。大半个天空染成了橘红色。老文公站在门前，看着河对岸那片高高低低的石屋。它们依河谷走势而建，好有气势。这会儿，它们红红的，害羞似的。这么大一座古堡似的村落，没有一丝人声，也看不到炊烟。

他怔住了，这才想起：从踏上河岸到现在，它一直都是静静的。是的，连一声狗吠都没有听到。"这里的人喜欢安静，包括动物们。"他看着对岸，摇摇头，"不过还是太静了。"

老文公告诉自己：凡事都不要急，先安安稳稳睡一觉，明天一早进村。他要去看望那些老乡亲，还要到店铺里买些日用品。

太阳落山前，他开始准备第二餐。除了米饭和白菜，桌上加了两个小碟：小鱼干和酱瓜。没有电，一盏老式油灯的罩子被他擦拭得锃亮。旁边，是一只闪亮的高脚酒杯。

橘颂跳上桌子，看灯，顾不得吃饭。他想阻止它踏上餐桌，但忍住了。闪烁的火苗真的让人喜悦。他为自己斟上浅浅的红酒。

橘颂的尾巴弄痒了他的脸。"颂，我们真该庆祝一下了。多好的夜晚。从今天开始，每晚入睡前我都会讲一个故事。"

他端起杯子，橘颂一直看着。"哦，好吧。"他伸手蘸了一点酒，抹在它的嘴上。它抿一下，不停地抿，跳到地上。

他说一句"儿童不宜"，捏起一条小鱼干细细咀嚼。

窗上有了一片繁星。他围上围巾走出屋子。

很久没有看到这样清晰的银河了。这儿的夜空不是黑色，而是紫罗兰色。一只大鸟的叫声把目光吸引到河对岸。看不到高高低低的石屋了，浑浑的，黑黑的，包裹在隐约的山廓中。没有灯光，没有一个发亮的窗口。

村里也没有电。这怎么可能？蜡烛和油灯总有吧？他把眼睛睁大，一遍遍从头寻索。没有，真的没有一扇亮着的窗子。河水哗哗，夜晚的水声更响了。一会儿，又有鸟儿在叫，在山上，在村子后边。

橘颂不知什么时候倚在他的腿上，也在看对岸。"颂，你的眼神好，你能看到灯光吗？"他指着远处。

他和它一齐看着。后来，他的目光凝住了：一片模糊的石屋中，西南方的高处，透出了很小的一点亮光。橘黄色，十分微弱，但真的是从一扇窗子里透出来的。

"哦，有光。"

他们多待了一会儿。风不大，有些冷。这里比想象的要凉。空气里有腐草味儿，还有淤泥的腥气。<u>一丝丝青生气</u>掺在其中，这是春天的气息。春天不远了，如果它没有耽搁的话，这会儿肯定走到了石屋南边的山坡上，翻过那座稍高一点的山，也就来到河岸了。

"咱们俩提前来了，咱们是赶早的。"他抱起橘颂，回到屋里。

灯光暖暖的。这种光色让人想到童年，

277

想到许多个类似的夜晚：奶奶为他读书，讲故事。他还记得她的声音。

他上炕坐下，围上被子。橘颂在那个柳筐里待了一会儿，也跃上炕头，坐到他身边来了。它发出咕噜声，鼻子频频翕动。他把被角掀开，让它钻进去。木槿花图案的被子将他和它盖得严严实实，只露出头部。他把枕头垫到背上，他和它半躺半倚，惬意多了。

他拿起一本书，又想起什么，拿来手机自拍了一张。"真是不错。你看上去很严肃啊。"他将屏幕放到橘颂跟前。

围紧被子还是有点冷。他去灶屋抱了一些劈柴，填进炕洞里。燃烧的噼啪声响起来，暖和了。

橘颂的身体很热，贴近时让人感到舒服。他看它脸上对称的花纹，发现那是一只大蝴蝶的图案，"奇妙之极，只有上苍才能描出这样一张脸。颂，我们在一起好暖和啊。"

一阵倦意袭来，打了一个盹。橘颂的眼睛离得太近，这让他很快醒来。它刚才一直在看他入睡，鼻子快要触到他脸上。他想亲它一下。"可是书上说了，我们口腔里的细菌群落是不一样的，沾上唾液你的喉咙会疼。多好的三瓣小嘴。"他拍拍它。

该讲故事了，他与它有个约定。窗外的星星在眨眼。有星星，就要有故事。"奶奶每天晚上给我讲故事，我在旁边，像你一样。"

"谁都没有她会讲故事。夏天的夜晚，我们坐在合欢树下，开始是我一个人听，再到后来，赶来听故事的就多了：大刺猬嘴里叼着、背上驮着小刺猬，一挪一挪过来了；黄鼬和小狐也来了，趴在紫穗槐下一声不吭；听故事的一群里，蝈蝈的个子最小，它们躲在树叶后面。"

劈柴燃烧的噼啪声变小了。

"它们悄悄地，谁都没有发现，一直躲在四周的黑影里。可是它们听了一会儿，什么都忘了，因为入迷了。它们咯咯笑，后来又哭了。我给吓了一跳。"

橘颂盯住老文公。

"'后面的故事留到明天吧，它是讲不完的。'奶奶最后总是这样结尾。"

又一阵倦意袭来。他眯上了眼睛。他发出鼾声，橘颂也眯上了眼睛。

他们的鼾声高一声低一声，此起彼伏，一直响到黎明。

三

早餐后第一件事是喝茶。带来的那只电茶炉用不上，还好，找到了一把老式茶炉。茶香弥漫开来，他高兴了。喝茶时，橘颂在一旁打理自己。他一直认为，它在个人卫生方面用的时间有点多了。"不过，这总是一件好事。"

他由此想到了自己洗浴的事。热水、火炉、莲蓬头，缺一不可。他想在两天内把这些全部搞好。有一间热腾腾的浴室，这多么好。不过防滑垫和莲蓬头之类，要去店铺里才能买来。

他计划了一下一会儿需要买的东西，饮下一杯茶，准备出门。他弓弓腰，让橘颂伏到背上。"咱们去村里了。好好见识一下吧。看看老乡亲，还有猫和狗。"

他们从屋旁的石阶走下去。寻找一座桥，没有。河心的水不宽，最窄处有几块大石头，

要踏着它们过河。水流有二十多米宽，中间有些急，发出哗哗声。一条黑色的鱼

蹿出水面，溅起一片水花。

上岸后，脚下是滑腻的青石，他一手揪紧肩上的橘颂，一手扶着矮墙。一幢幢石屋，屋顶长了许多瓦松，石缝里有墨绿的苔藓，墙头垂下一束束藤蔓。踏着一路上坡往前，街巷的石头被踩得发亮。

走到巷子尽头，再拐入另一条巷子，没有看见一个人。

他们来到宽敞的十字街口，这是村子的中心。有店铺，走近了，发现门窗紧闭，门锁已经锈蚀。"这么大的村子，一定会有人啊，会有不止一个店铺。咱们耐心些。"老文公拍拍背上的橘颂。

转过几条宽宽窄窄的巷子。石屋依山就势，有的卧在小块平坦的低地上，有的垒在高高的平台上。上坡街巷，两旁砌起的石墙有十多米高。穿过一道道拱门，钻进又深又长的石巷，让他再次想到了古代城堡。

"房子在，街道在，大树也在，人不在了。"老文公坐在石台上，擦着汗水。橘颂坐在一旁，望着半空——有大雁的声音。一只黑鸟在一边枝头上跃动，是乌鸫。橘颂站起来。乌鸫飞走了。一只小蜥蜴先是从石隙里探头，然后飞奔而去。橘颂跳过去，小蜥蜴昂头盯视，下颌飞快翕动。橘颂退后一步。小蜥蜴不见了。

他们返回十字街口。这里的石屋格外高大，也格外苍老，墙上挂满草须青苔。老文公拍拍脑袋，终于记起这些高大石屋的主人：爷爷的父亲，也就是老爷爷。当然，这些巨大的建筑早就归属村子了。留给自己后人的，只有那座河边小屋。

他一边走一边感叹："多大的石屋啊！近看就像一座宫殿！"这里是整个村落的中心，大小石屋都由此扩展开去，抵紧河道，攀上山腰。初步判断，这是一座被遗弃的村子。可是他总不甘心，一口气兜了好几条街巷，然后又向西绕去。

他走到一条窄巷的尽头，迎面是一个高高的小窗。

窗内好像有人，背上的橘颂在动。他看清了：窗扇半开，里面有个人影，是个女人。她正从高处看着他们。

他举手问候："啊啊，您好！"

窗内的女人把头探出。她五六十岁，头发有些花白。她只是微笑，没有应声。

"您是我看到的第一个人！"老文公大声说。

她一直伏在窗上。"嗯，我看到了。"她的声音很轻。

他觉得她在看猫，就把背转向她，说："这是橘颂。我们住河对岸。"

她从窗前离开了。一会儿，她踏着石阶下来，站在十几米远处，一脸欣喜："我昨夜看到对岸的灯了，知道有人来了！"

"我姓文，人们叫我'老文公'。"他自我介绍。她仰起脸，没说什么。他问起店铺，还有，人去了哪儿？

"啊，没有店铺了。人，都迁到镇上，都去城里打工了。这里只剩下三个人。"

"空村？这样一座大村？"他四下看看，歪着头，像问橘颂。

"来家里喝水吧。"她说着，没等回应就转过身去。

老文公说一声"谢谢"，跟她踏上石阶。她听见他在大口喘息，站下等了一会儿。高处有一小块平地，三间石屋，一个篱笆小院，院里有刚刚耘过的两个畦垄。进到屋内，里面很整洁，家具很少。老文公一进门就看到了墙上的一幅画：一个胖娃娃抱了一条大鱼。

279

橘颂从背上下来。

"水滑的大猫。多大了?"她看它,两手合在胸前。

"刚两岁半。十七斤二两。您贵姓?"

"我叫李转莲。"她又说一遍,"我昨夜望见对面的灯了。"

老文公也想起了晚上看到的光亮,喊:"啊,明白了,原来是您的窗子!"

四

老文公喝了一杯水。橘颂不再慌促。她想摸摸它,它躲开了。他对它说:"无妨。"

"多么胖,多么俊。"她看着它。

老文公摇头:"其实它并不太胖,不过是长了个双脊背。"

李转莲终于摸了它一下。她转身去了,一会儿拿来一片火腿肠。橘颂吃了,抿抿嘴。

"我想买肥皂、酱油和盐,蔬菜和肉,一些日用品。"老文公说。

李转莲点头:"有一辆串乡车,十天半月路过一次,进村按几声喇叭。只停一会儿。您老信得过,就交给我办吧。"

"那真是好极了!"他从兜里掏出纸笔,将需要的东西一一写下,连同一沓钱递过去。

李转莲把钱放在一只碗里,看看那张纸:"我认不得几个字。你从头说一遍,我能记住。"

"一斤肉,一条鱼,盐和酱。香皂和麻油。一节丝瓜瓤儿。莲蓬头和胶皮水管。绿叶菜最好。"

他不再说下去。

"我全记住了。见了会买。丝瓜瓤儿我家就有。"她说着去了屋外,果然拿回一条。

"这是搓澡用的。我要弄个浴室,所以还要一只莲蓬头。"

李转莲明白了,笑笑:"我名儿里也有'莲',忘不了。爱干净的大叔,一看就是学问人。"

"退休二十多年了。不知怎么谢您才好。"他缓缓站起,橘颂已经伏到了背上。他再次感谢,出门时想起一件事:"您说村里还有两个人,他们是谁?"

"'老棘拐'和重孙'水根'。他们住村东,大十字口东边的崖下。"

老文公念一遍他们的名字,离开了。

回到对岸已近中午。准备午餐时,发现白菜只剩了小半棵。"这事儿麻烦。我对山里情况估计不足。"他掰下两片菜叶,想了想,又放回一片。

劈柴也不多了。只有取之不尽的水:手压井就在灶屋,这种设备可真是奇妙。他想象不到前辈的创造和巧思。父亲是铁路工程师,有一次回老家,就做了这件大事。

源源不断的水,有些甜。

橘颂喝水的样子很好看。老文公为茶炉注水,对它说:"最甜的水。"

午睡后,他长时间站在窗前。对岸的一片石屋在阳光下发出黄色,金灿灿的。"黄金屋。"他说。

橘颂两爪抓挠了几下木墩,跳上窗台,和他一起眺望。"这么好的村子,他们也真舍得。这事儿谁会想得明白?"他看看橘颂。

"找时间,我们要从头走走大街小巷,看看这个了不起的村子。它至少在这儿待了几百年。"他叹息一声,走开了。

他想找一根绳子。他去了地下,在那些杂物中翻找。一截草绳,稍稍一拉就断了。一根布条,也不中用。最后找到一根麻绳,拽了拽,还算结实。

"我们要去河边找烧柴了,这比什么都重要。"他加了一件衣服,拍拍橘颂。

280

太阳好极了,天气不错。河边有几只青蛙在跃动,一团小虫在旋舞。槐树上蹲了一只很肥的喜鹊,一声不吭。他向树上的鸟儿举一下手。"咔咔,咔咔!"它叫着,长尾翘动,飞走了。

河边裸露着一块块青黑色的大石头,四周是一片白沙。橘颂在沙子上嬉耍,高兴得仰躺下了。他把散落在地上的干枝收起,它们有的细如拇指,有的粗如手臂。有一个更大的柳木墩,他试了试,搬得动。

"这么好的烧柴,如果村里人在,我们是不会捡到的。"他对橘颂说。

捆好木柴,分成多次背回。丰厚的收获堆在灶屋里,他看了一会儿,动手锯成一段一段,码起来。剩下两块粗大的木头,一个大柳木墩,这需要使用斧子。

很久没有抡斧子了。他让橘颂离得远一点。将斧子举至肩头,用力劈下去。斧子嵌住,木头纹丝不动。费力地取下斧子。这一次抡圆。成了。

整个下午都在劈柴。汗流浃背。劈开的木头散发出一股香气,很好闻;摞起来,很好看。

老文公做完这些,发现全身都痛。他唉声叹气,两手撑住书桌卷边,站了很长时间。橘颂将灶屋里的劈柴看了一遍,翘着尾巴走过来。"我们办了件大事。柴米油盐,柴排第一。"他扳着手指,告诉它。

太阳就要落山了。他想起了需要买的东西,咕哝一句:"李转莲。"

晚餐用掉了最后两片菜叶。"明天我们只能吃米饭和小鱼干了。这不算苦日子。"他揽住膝上的橘颂,端起白粥。

橘颂吃掉碟里的两条小鱼,舔着白粥。"你一点都不娇气,这就好。"老文公看着它吃过了,自己才开始用餐。小鱼有些硬,他嚼得很慢。

上炕前他又在窗前站了一会儿,看河对岸。一片漆黑。天空繁星闪闪。他往一个方向看了一会儿,看到了。橘颂跳过来,他对它指指东南方,高处,那儿有一扇橘黄色的小窗。

五

这是第四天。从前一天开始,他和橘颂只吃米饭、稀粥和小鱼干。他知道那辆串乡车还没有来。一直留意听着远处传来的喇叭声,没有。"谁知道呢,也许车子再也不来了,三个人的村子没有生意好做。"他叹气。

第六天,老文公背着橘颂来到河边。他想在这里找点东西。石头中间有一片淤土,上面积满细碎的草屑。拂开草屑,见到了绿莹莹的荠菜。"嚯咦!"他说。

橘颂和他一起扒着一团团草屑。这么多绿色。除了荠菜,还发现蔫了半截的宽叶子,是羊蹄菜。

采了一大捧荠菜和羊蹄叶。

荠菜连根取来,白根是甜的。羊蹄叶要在开水里焯一遍。两种野菜拌在一起,蘸一点盐和面糊,投进烧开的油中。这一餐好极了。

"那辆车子一个月不来,我们也应付得了。春天一到,什么都有。"老文公告诉橘颂。他想唱一支歌。

除了采来吃的东西,他做的最重要的一件事,是垒起一座新的火炉。它坐落在灶屋一角,连接原来的烟道。还是去地下,从那里翻找出一个大木盆,试了试,漏水。浸泡半天,缝隙涨紧了,不再漏。炉火燃旺,可以洗澡了。

老文公先将丝瓜瓤儿搓满肥皂，然后涂在身上。橘颂一直在看。"我是个爱干净的老头儿。不过，在个人卫生方面，还得向你学习。"

浴后很爽。他披了厚衣服在屋里踱步。这是下午的一段好时光，光线明亮。他打开箱子，从里面提出一个沉沉的、包得四四方方的花布包裹，放在桌子正中。

橘颂蹲在一旁，眼睛眯着。屋里静极了。

花布包裹一点点展开，露出了厚厚的一沓纸。"我要干活了。这是我的一个大活儿。它会完工的。"他将一支老式钢笔搁在纸上。

橘颂看过了桌上的纸，转向一旁凝神，一动不动。"你在思考。我不知道你在想些什么。不过你每天都要专注地想些事情，这真是太好了。"

他也陷入了思考。大约半个小时之后，他揉着太阳穴。"思考是很累的，我年轻时候能够连续思考两个小时，就像你一样。"他看着橘颂，"可现在不行了，比不上你。在这方面，你们是最擅长的。"

响起了笃笃的敲门声。

是李转莲。她站在门口，提了一个篮子。老文公还没离开桌子，橘颂已经跳起来。它向前一步，又退后一步，鼻子抽动不停。

篮子里是两棵白菜、一瓶酱油、一瓶醋、一把葱、一块豆腐。"没有鱼和肉，也没有莲蓬头。"李转莲把东西一一放好，"给你多买了一瓶老醋。"

"这很好。这好极了。"他搬过凳子，为她倒茶。

李转莲看着屋里，说："我从没进来过。啊，是这样啊。"她端起茶呷着，又看一旁的橘颂，"多好的大猫。"她向前一步，橘颂走开了。她仰脸看四周：

"我听老棘拐说，这屋里就有一口压水井。"

老文公点头，请她参观灶屋，让她亲手按了压水的手柄。清水哗哗流出。她喊着："哎哟哎。"伸手接了喝一口，咂咂嘴，"甜水。"

从灶屋出来，她看到了桌上厚厚的一沓纸。老文公把展开的花布合上，拧紧钢笔。她说："这布和我家窗帘一样，都是转莲花儿。"

老文公知道"转莲"就是向日葵。他这才注意到，布上真是那种花的图案。

"我不识几个字。这么大一摞啊，写得密密麻麻，这要写一辈子吧？"

老文公把花布包裹得更加平整，就像从箱子里刚刚取出的模样。他这会儿就想把它装到箱子里去。

"那是什么物件？"李转莲指指它。

橘颂跳上桌子，挨紧了布包。

老文公咳一声。左胸有些痛，他拍了拍那儿。"哦，全是字嘛，您刚才见了。"

她挨近了，抚摸着包裹。

"这个，"老文公把它挪开，"不好意思，您坐下喝茶。嗯。"

李转莲站起，搓着手："那我回了，你有什么要我做的，就告诉一声。"

"您为我买来这些东西，已经很麻烦了。真不知怎么感谢您才好。"他看看屋子，想找一件礼物送她。

"一个人孤单单的。"她说。

"我和橘颂挺好的。"他挺直了身子。

李转莲转过身去。

"谢谢，谢谢了！"他把她送到门外，一直看着她从石阶走下，踏上河心的石头。

六

日子过得很快，屈指算来，已经在石屋住了十一天。天气很好，南风吹得暖煦煦的。中午，他把木墩搬到门外，晒了一会儿太阳。橘颂蜷在一边的沙子上。

"春天翻过山头了。"老文公说。风中的青生气加重，还有一丝花香，"大概是大山阳坡的花开了。"

传来几声鸟鸣。橘颂不再躺卧。老文公站起来。一荡一荡的小鸟飞向河道，从一棵树飞向另一棵树。长长的柳枝有了绿色。

"我们去村里吧，这么好的春天不该待在家里。"他回屋里系上围巾，让橘颂伏到背上。

下石阶，过河，踏上河心的石头。河水比往日欢快，拍在石头上，溅起的水沫打湿了裤脚。"我们可千万不要摔倒。"他每次迈步都要打量一下，才踏上下一块石头。

上岸后站了一会儿，看岩壁上的水痕。一道道横纹，有深有浅。"从前的河水多盛。"他的手指在横纹间滑动，让橘颂看。

踏向上坡，他和橘颂都望着西南方向，那儿有李转莲的小院。"我们还是去十字路口吧，然后往东走走。"他拍拍它。

石板路的坑凹很深，磨得光滑，一条条街巷全由它们连接起来。

沿街的窗户都关得严严实实。可是老文公总觉得屋里的主人还在。他偶尔停步，透过玻璃往里看，黑洞洞的。

街巷深处更加安静。阳光照着黄色和青色的石墙，让人想到全村的人都在午睡，鸡狗鹅鸭也是如此。他放轻脚步，生怕惊醒什么。

又到了十字街口。他绕着围成几个院落的高大石屋走了一圈。它们好大好高，也比想象的更加古老，是那个年代最别致最讲究的建筑。阳光照亮了精心砌起的石墙、厚重的木门、一个个雕花窗子。"这是很久以前的那个人，爷爷的父亲，也就是老爷爷盖起来的。"他在心里提醒自己。

他听奶奶讲过，这片高大的石屋山里山外都有名：不光整个南部山区没有这么好的大房子，就是山外也见不到比它更好的。

往东是一个长长的斜坡。脚下的石板路有一道道纵向凹痕，原来是车的辙印。"这要有多少车子，碾压多少年，才能把石头磨成这个模样。"他站住，一阵感叹。

老文公蹲下抚摸车痕时，橘颂从肩头跳下。它昂头望向前方。他循着它的目光抬起头，叫了一声："啊！"

稍远一点的台阶上，站着一个又瘦又高的老人，拄着拐杖，紧贴一旁的是一个小男孩。

"这肯定就是老棘拐和水根了。"他站起，向他们扬手。瘦高的老人慢慢将脸转向这边。他看到了阳光下老人那张古铜色的脸，挺得笔直的腰板。小男孩身体纤细，一直贴在爷爷腿上。

老文公加快步子走过去。

台阶上的老人低头看着走来的人。小男孩手指咬在嘴里。他走近了，小男孩目不转睛，看伏在他背上的橘颂。

"我听李转莲说过！啊，见到你们真是太好了！"他一上来就介绍自己，抬手指指对岸。老人听着，没有吭声，后来看着他扬起的手，发出一声："哦。"

老人提着拐杖走下台阶，踏地有声。小男孩要凑到橘颂跟前，被爷爷牵住。

"您老高寿？"老文公大声问。

"虚岁九十。"

"您要大我好几岁呢！可您多么硬朗

啊！"老文公看着面前的人，声音低下来。他发现对方耳不聋眼不花，极瘦，但两眼有神。腰背挺直，结实。

小男孩挨近了，橘颂偎在老文公肩上。他抱起它，让小男孩抚摸："你们会是朋友，来吧。"

小男孩长得很白，肌肤细嫩，额上的脉管清清楚楚。男孩的食指触到了橘颂的脖子。老文公让男孩抱一下橘颂，交到怀中，马上压得男孩一个踉跄。

橘颂挣脱到地上。

"那石屋以前去过，有压水井，好。"老人昂着头。

"欢迎您啊，我那儿有好茶。"老文公离他的耳朵很近，大声说。

老人退开一步："听得见。嗯。"

七

河道里的绿色更多了。

早茶之后，老文公在门外站了一会儿，无心返回屋里。

他走下石阶，橘颂跟在身侧。在河北岸，几棵高大的槐树旁，有一大片灿灿的花枝，亮得耀眼。"这是连翘，像金子！看李子花、杏花！丁香就要绽开苞朵，过几天就会开花了！紧接着是桃花、梨花、山樱，这么多花，看也看不完，它们会挤满河道、街巷、山坡！我说过，这里的春天很大！"

橘颂钻到花枝下面，那儿有什么在活动。它想到灌木深处，身上沾了许多花瓣。

一阵沙沙的响声。一只刺猬从灌木另一边走出。橘颂跃过去，伏在地上，一动不动。刺猬停住。橘颂跳起，伸出前爪抚弄一下。刺猬蜷成一个刺球。

一群灰喜鹊吸引了橘颂。它的目光追着它们，回头时，刺猬不见了。

"我们再去看看梧桐和杨树。"老文公走在前边。

河岸上有大小不一的石块，它们中间是一片片沙子，又细又白。橘颂舍不得这样的地方，总要躺下滚动一番。

杨树相对疏离，每一棵都高大健硕，淡青色的树皮光滑闪亮。槐树高矮不一，连成一片片小树林，刚刚长出叶芽。老文公弓腰看了一会儿，又蹲在林下，看稀稀疏疏的绿色。"这是荠菜，还有地黄、马尾蒿、益母草、木贼和莎草。"他一一指给橘颂。

一丛浓旺的蒲苇，旁边有一个水湾。一只红色的水鸟受惊飞了。橘颂蹑手蹑脚走向湾边，头颅很快地转动，目光追逐水中的鱼影。

对岸传来几声嘶鸣。"喇叭声！"老文公喊着站起。一片安静。他相信自己没有听错。

他盼那辆串乡的车子，它将带来急需的食品，特别是一只"充电宝"。手机没电，已经与外界隔绝。李转莲一口答应，说车子一来，全都会解决的。"肉和菜、一瓶老醋，没有醋可不行。"她说。

"我们去吧，串乡车来了。"他背起橘颂。他心里最急的是用手机通话：远隔重洋的家人必须每个星期听到他的声音，知道他怎样了。还有，他需要按时和一个老家伙吵架。

那个人比他年长一岁，住在半岛东部沿海。他们一块儿退休，如今相距遥远，唯一的联系就靠手机。

老文公扯住橘颂的两只胖爪，踏上河心的石头。"我们吵了几十年。这个倔家伙。"

上岸后直接踏进那个街巷，赶往西南

方向，一路爬坡，去高处的石屋。

额上有了汗粒。他不得不歇一会儿，让喘息平缓一些。

李转莲正在小院田垄里忙着，把地上的一只小陶碗揭开——下面是刚刚出土的两瓣叶芽。

"啊，老文公来了！"

"我听见喇叭响了。"

李转莲摇头："没呀，肯定没。"

她请他进屋。他还是有些喘。"你跑来多累啊，我要买下了，会立马送去。"她递过水杯。"不好意思，也许听错了。"他让橘颂安静一会儿——它正看着小桌上的碟子，里面有一只鸡蛋。

李转莲剥开鸡蛋，将蛋黄给了橘颂。

"我来石屋时疏忽了很多东西。想不到村子是空的。"他看着剥开的蛋壳。

"我养了五只鸡、一只鹅。送给老棘拐一些鸡蛋。他给我水。"

他听不明白。李转莲解释："只有老棘拐家里有山泉，那是全村最甜的。再就是你们家的压水井。"

老文公说见过他们爷孙俩。"他比我大几岁，身板笔直，了不起。"

"他不吃大鱼大肉，全靠好水。"她指指桌旁的小桶，里面的水就从那儿取来。

李转莲领他去小院旁边看看。石堰下有鸡舍，大鹅见了生人昂头大叫。老文公明白了：这就是在河边听到的"喇叭声"。橘颂绕开大鹅，走近几只鸡，大鹅扑动双翅追过来。橘颂跳开。

"大鹅是护鸡的，夜里有黄狼。"她说。

离开时，李转莲送给他三个鸡蛋。推辞不掉。他说："我没有什么送你，如果喜欢，也送水吧，我那儿更近。"

李转莲欢喜得拍手。

八

早餐有了鸡蛋。老文公把半个蛋黄分给橘颂，剩下的留给自己。小鱼干和火腿罐头、稀粥和饼，还好。茶炉响起来。

他坐在桌前，旁边是一杯浓茶。每天九点钟坐下，翻书，记几行字。橘颂在它自己的地方思考，端坐或蜷卧一个小时。它的思考结束了，站起来蹭老文公的腿。它想邀他一起玩，他做个婉拒的手势。

手机哑了，扔在一边。他把手机放得远一点，可是耳边还会响起一个粗哑嗓子的声音。这是幻听。

"这家伙倔了一辈子，像我一样。"他打开那个木箱，取出有向日葵图案的布包。

这一大摞纸可真厚。他解开布包，像看一个陌生之物，从正面、侧面瞧着，伸手按一按。"李转莲说得不错，这是我的一辈子啊。"他把它们分成几沓，并列放在眼前。最下面的一沓厚两厘米，还是空白。"等这些格子全部填满的时候，也就完工了。"他抚着左胸。

他的头垂得很低，看着深浅不一的字迹。这是几十年的跋涉，断断续续，一路跌跌撞撞，好在没有趴下。

"只要往前爬行，就会留下痕迹。"他站起来，看着那个破旧的书架。薄薄厚厚几十本书，古籍、各种图册。最厚的是几本工具书。它们都是老友，一直跟随自己。

五十多年前的一个凌晨，他和一帮人乘一辆卡车，行驶一天一夜，来到一座高墙围起的农场。他们从此不再伏案，每天要扛石头、打夯和挖渠。

一天黄昏，他背着重物穿过一条坡路，没有躲过一辆急速驶来的采石车。

昏迷三天三夜。左胸破裂，腰椎骨折。

坐了半年轮椅，活下来。重新返回农场后，新的工作是看管库房，每天记录进出货物。

因为有纸有笔，等待车辆的间隙，他写下了一些纸片。几年之后离开农场，他带回一大沓颜色不一的纸片。

他重新伏案，最想做的是将它们连缀起来，让其成为一本书。因为越来越重的憋气，还有腰疼，几乎难以伏案。可是他无法扔掉那些纸片。他总是带着它们，去书库，去勘察之路，一次次晕倒。

"你这家伙不能趴下，你还得往前爬。"那个粗喉大嗓的家伙喊着。他们一起从农场归来，当年是邻铺。

那个家伙而今住在半岛，那是他们耗去半生的地方。

两人每隔一段时间就要通话。对方耳背，声音越来越大，脾气也大了。"我们都是老家伙了。你身边有儿子，可是没有橘颂。"老文公这样说。

没有那个粗咧咧的嗓门，缺了很多。来到石屋不久，他就向那个家伙做了通报。对方问："带上那个大活儿没有？完工时，我要赶去喝一杯。"老文公"嗯嗯哎哎"，不愿多说这个话题。

没有充电宝，不能与儿子一家和那个吵吵嚷嚷的家伙通话，也就没法安安稳稳地坐在桌前。他抚着胸口，长时间站在窗前。从这儿能看到河的对岸。没有人过河。

橘颂跑回来，发出稍大的叫声。啊，鼻梁上有一道伤。"我的天！"他上前揽住。还好，伤口很浅。"不过这是怎么回事？我说过，地下全是杂七杂八的东西。"

橘颂回头看看，引他向前。他跟着它去了地下。这里光线太暗，如果有只手电就好了。眼睛刚刚适应了一些，可是橘颂早就消失在前边。

到处都是杂物，其中最老的物品已经存在了上百年，堆在这儿。一想到它们的年纪，他就肃然起敬。"所以嘛，不该扔掉任何一件。"弯曲的长廊通向大小隔间，它们尘封日久，有的至少十年里没人光顾。

"我会找到你的。就算第一次捉迷藏吧。"他试着从一个狭窄的地方钻过，砰一声掉下一只柳条帽，正好扣在头上。他摘下看看，觉得还能用。这只帽子让他想起了父亲，"这一定是属于他，铁路工程师的。"

找不到橘颂。它的身子太灵活太柔软，钻到哪儿都行。他坐下歇息，一转头，发现身旁有个搁板，上面放了一只深灰色的木盒。打开，里面有一束白色的蜡烛，还有一只三叉青铜烛台。他将它们一并装进衣兜。

橘颂一扭一扭走过来，身后几米远好像还有什么。啊，看清了，是一只黄鼬。他明白橘颂鼻子上的伤是怎么回事了。

橘颂不时回头，引见一位新朋友。老文公向它招手。黄鼬一点点走近，站起，提起前爪。一张精致的小脸，一双水灵灵的大眼睛。

"你们一起玩吧。不要打架。"老文公对黄鼬说。

他想起一件事：屋中没有发现鼠类，这要归功于黄鼬。

他为橘颂有了新的朋友而高兴。

九

两天之后李转莲来了。她一只手提了篮子，里面是买来的东西，另一只手里是水桶。她一进门就取出一把菜、一块肉、一瓶老醋。

最后，她的手插进衣兜，变戏法一样

掏出两个四四方方的金属块：巴掌大小，亮闪闪的。

"我知道这是充电宝。好，可以跟远处的人说话了！"老文公接过来，左看右看，"怎么是两个啊？"

"要轮换用的，先给你看看，另一个还要带回去，让串乡车给充电。要收费的。"她特意说明，报出价钱。老文公点头，抚摸着：

"怪不得叫'宝'！"

他想马上拨通大洋那边的电话，时间还早。不过待了一会儿，电话就回过来了。对方口气急切、喜悦。他们一块石头落地了。

橘颂在李转莲带来的那堆东西旁边一一查看，拨弄出几只鸡蛋。老文公说："我该怎么感谢您！"她举举那只水桶："我来取水！"

他为她按压水手柄。她说："多甜的水啊，就像老棘拐家一样。他家独占一个山泉，真有福啊！"

说到老棘拐，李转莲话多了。她透露一个秘密：那个老人是全村年龄最大、身体最硬朗、吃东西最少的人。"他会活一百岁。"

"啊，那是个了不起的人，腰板真直。"

李转莲瞥瞥他："老棘拐全靠山泉。水啊，比什么都好。他儿子孙子一家都在城里打工，他偏不走，他舍不得这水。"

"我一定去看他的水！"

"你的身子也会硬朗，你的水也好！"

他的手从左胸那儿挪开："以前伤过。还好，没有趴下。我会多喝这水。"

李转莲提上满满一桶水，离开了。老文公站在门前，一直看着她过河。

茶炉响了。他喝不同的茶，每种取一点，混在一起。他看着那只柳条帽，想着父亲。这是一个了不起的人，爷爷将他送到国外，学会了修铁路。他回国后，马上参与了一件大事：修筑铁路，从这座城市修起，一直修到了东部半岛，修到了海边。

一百多年过去了，这条通向大海的铁路至今完好。

铁路修好的第一年，父亲回到了河边老屋。就是这次故乡之行，他在屋内凿出了一口压水井。全村人都把这事看成奇迹。

想过父亲，又想爷爷。没见过他。爷爷最大的功劳，可能就是送儿子到国外，学会了修铁路。

爷爷的父亲，就是老爷爷，他最大的功劳，是盖起了全村最大的石屋，又造了河边这幢小屋。

下午的阳光下，老文公站在门前看了一会儿对岸，然后回头端详这幢独屋。他好像第一次发现，墙上有这么多彩石嵌成的图案：南瓜、大鹅、玉米、猪、刺猬、成片的花……啊，有猫，好几只猫。

老文公绕着石屋看。西墙上，有一只橘黄色石块拼成的大猫。他看了很久。"老爷爷是喜欢猫的，说不定也有一只橘猫。"

他转身看一眼河道，这才发现两边的绿色越来越浓，丁香开了，香气浓得不得了。他回屋招呼一声，橘颂不在。"它有了新朋友。"

老文公坐在桌前出神，电话响了。"找你可真不容易。藏进深山了。"

老文公对着手机喊："这里再也不是当年了！人走光了，什么都没了！不过，我和橘颂过得还好。"

对方笑嘻嘻的："海边上出现了一只小海豹。"

老文公一下站起："啊呀？说细一些，从头说！"

"是这样，天刚蒙蒙亮，起早赶海的人看到了。是一只斑海豹，刚出生不久，身上有一层白毛儿。被环保人员拉走了。"

老文公大声喊："没有受伤？没有人粗暴地对待它吧？"

"怎么会，都喜欢得不得了。这种小海豹就跟我们十几年前见过的一模一样，好极了。啊，瞧瞧，一晃这么多年过去了。"

就是这番通话，让他不再安稳。他在屋里走了一会儿，又去了地下长廊。他喊着橘颂，一连打开几道小门，没有。他坐下歇息，大口喘着："我本来有个好消息告诉你，贪玩的家伙。"

晚餐炖了蘑菇肉汤。米饭、土豆、酱瓜。给肉汤加盐之前，先取一勺留给橘颂。加盐加胡椒，又加老醋。佐料架上已经并排放了两瓶老醋。"嗯，李转莲偏爱这东西。"

可能是肉汤的气味让橘颂匆匆返回。它鼻子上的伤好了多半。一顿丰盛的正餐。老文公把它的碗端到桌上，在凳子上加了厚垫。

他和橘颂都吃得有点多。

晚上，他照例伏在窗前看了一会儿："瞧天上的星星多密，多大。这儿的银河多好。"他指点星空，橘颂偎在一旁。河对岸一片漆黑。他往西南方仔细看着，看到了那扇闪亮的小窗。

老文公把灯移向窗台，掀开被角，让橘颂钻进来。他和它半坐半卧，将被子揪到下巴那儿。该讲故事了。

今夜讲的是小海豹。

十

一夜好睡，还做了一个梦，醒来仍觉逼真：他在暖暖的春天出门，走在河的南岸。旁边是穿了宽松衣裤的小童，肩上是颤颤的竹担。担子一头是几函老书，另一头是茶水和糕点。

他和小童在树下盘腿而坐，翻书，吃糕点，喝茶。小童布条束衣，扎了双髻，额上有一个蚕豆大的红点儿。"他叫橘颂，是我的书童。"

他醒来一直在想那个梦，摸摸橘颂。它的背部抵在他胸前，热如炭火。炕洞柴火已熄。他搂了它一会儿。

上午阳光很好。这么好的春天，不该闷在屋里。老文公携着橘颂出门了。

下了石阶，没有过河，一直走在北岸。要去看前边的丁香。他想起学生时代——那座海边学府里最多的就是丁香。第一次遇到未来的伴侣，就在丁香花下。她啊，二十一岁。

离那片花还远，老文公看到了瘦瘦的、一高一矮两个身影。他拍拍橘颂，加快步子。

老棘拐看过来，像看一个陌生人，一手揪紧水根。

"是我呀！老哥！"他扬起一只手。

老棘拐说："嗯。"

水根挣脱爷爷，跑过来。橘颂转到了他肩膀另一边。

"老哥过河真早啊！"老文公喊着，在心里惊叹：真是瘦极了，可是腰杆笔直；这双眼凹得厉害，但很亮，很圆。

老棘拐扬起拐杖指指河道："桥塌了。那是你老爷爷砌的。"

"如果是石桥就好一些，木头会朽。"他望一眼桥的残基，马上知道说错了——那儿有一堆散落的石头。

老棘拐不再说话，低头看丁香下边。他手中有一把小铲，弯腰去树下挖着，挖出一棵苦菜。他的两个衣兜已经鼓鼓的。

橘颂跳下，钻到灌木中。水根也伏下，将半个身子探进枝叶里。

老文公挖了一些苦菜，交给老棘拐。老棘拐塞好衣兜，转头寻找孩子。

水根和橘颂钻出了灌木。

他们一起往回走。到了河心石块跟前，老棘拐说一声："过河。"他踏上第一块石头。水有些急。老文公觉得时间还早，随他踏上了石头。

他们一直走到十字街口。在那片高大的石屋跟前，老棘拐站下了，转头对老文公说："家来。"

"谢谢老哥邀请。"他很高兴。他一直想看那个有名的山泉。

随着往东，石板路越来越高。老棘拐住在全村最高处：一幢再普通不过的石屋，黄色石头垒成，不大，大概是一座百年老屋。小院很窄，屋檐下挂了干菜叶、葫芦，还有镰刀和镢头。

"我想见识一下您的山泉。"老文公说。

老棘拐没有吱声，先进厢房，把衣兜里的苦菜掏到筐里，然后才走入中间的屋子。靠近北墙那儿有个石头凿成的椭圆形池子，上方伸出一根竹管，被一个木塞堵住。老文公想拔掉塞子，老棘拐先一步动手。清水哗哗淌出。

老文公伸手接水，饮下。凉，甜。他在想自己屋里的水，想它们哪个更好。

老棘拐说："我喝过你家的水。也好。"

"我想请您喝茶呢。我有老茶。"

老棘拐点头，转脸看一旁的橘颂和孩子。橘颂的尾巴被揪住，它看看两个人，然后捆了水根一巴掌。

老棘拐把孩子拉到身旁。

主人留老文公用餐。苦菜炒黄豆、玉米窝窝。简单的一餐。

饭后喝水，直接饮山泉。老文公想起一个说法：这人全靠山泉。老棘拐吃饱喝足，开始谈论老文公的先人："你家每一代都出一个了不起的人。老爷爷盖大屋，爷爷栽树，你爸修铁路。"

老文公低下头："我什么都没做成。"

老棘拐看他的头顶，又看窗子："哪天闲下来，我领你看老爷爷那些大屋。"

十一

半夜，老文公觉得一阵胸痛，有些憋闷。他坐起来，大口吸气。冷，披上衣服，给将熄的炕洞炭火加几块劈柴。

窗外没有星星，天阴了。要变天了，胸和腰正发出预告。"下雨总是好的，春雨。"他坐在桌前，点上灯。橘颂还在睡。

憋气越来越重。他走动，做扩胸动作，深呼吸。腰部扎痛，他趴在桌边。额上渗出一层汗粒。疼痛过去时，已是凌晨三点。

他还想睡一会儿。好不容易打了个盹。橘颂的胡须弄痒了他，它的咕噜声很大。他半睡半醒，用胳膊挡开它。不知过了多久，他听到了唰唰的雨声。

"我喜欢下雨，这是第一场春雨。"他想坐起，橘颂爬到了胸前，一下下踩着。它一边踩一边发出咕噜声，还眯上了眼睛。"舒服极了。"他也眯上了眼睛，抚弄它的额头。

橘颂踩了十分钟。他劝阻，可它的咕噜声更大了。"好孩子，那好吧。"他翻转身子，让橘颂挪到下边一点。它一下下踩着腰部，节奏均匀，沉着从容。

橘颂又踩了十分钟。

雨一直下到半上午。太阳出来，天地清新。老文公起得晚，将早、午两餐合在一起。蛋黄、小鱼干、菜粥和汤。橘颂吃得比平时多一点。它抿着嘴，坐了一会儿，开始打理自己。

喝过茶，打开一本图册。橘颂凑到图册前。"我跟你讲的小海豹，就出现在这里。"他伸手指着彩图。

那是东部半岛海湾。父亲把铁路修到了那儿，老文公在那里出生。爷爷不在了，奶奶去半岛照看他。"我那时一步不离跟着奶奶，就像你跟着我。"他抚着橘颂的脊背，"她为我讲了太多的故事。"

橘颂仰脸叫了一声。"哦，这可不是讲故事的时间。我要干活了，颂。"

橘颂竖起尾巴，在桌上徘徊了一会儿，离开了。

老文公的食指按住图册，在纸上记录。他将书架后边的几个纸箱挪过来，翻出一摞摞卡片。它们五颜六色，像扑克牌一样码在桌上。他一张张挑选。

天色越来越暗，他的脸快贴到卡片上了。有人敲门。他揉揉眼，看打开的门。

"我呀，老文公。"李转莲的声音。

她提桶进门。"啊，取水。"他站起，想接过桶。李转莲说"自己来"，从兜里掏出几个鸡蛋搁在桌上，进了灶屋。

她提着一桶水，说："我是来叫你吃饭的。"

"吃饭？今晚？"

"刚包了荠菜水饺。最新的荠菜。咱们走吧。"

老文公没有一点准备。他"哦哦"应答，左右看着，大声喊着橘颂。它出来的时候，李转莲已经等在门外。

"我们去吧。别再耽搁。"他催促橘颂。

满天的橘红色，晚霞真美。他们下了石阶。微风中的花香十分明显。模糊的山影里传来野鸡的呼叫。

李转莲的小院里有一株白海棠，正在盛开。

"我以前怎么就没有注意呢？"他站在树下，问了一句。

李转莲一进屋就忙起来。灶上冒着白汽，香味弥漫出来。老文公发现屋里的小桌上已经摆了两个碟子。

热腾腾的水饺端上来。他指指小桌："如果您不介意，再添一个碟子吧。"

他和她相对而坐，他的旁边是橘颂。李转莲为他的碟子加了老醋，当瓶子伸向另一个碟子时，他挡开了。

"我得说，这是我吃过的最好的水饺。"他用手帕擦着嘴。橘颂吃了四只水饺，离开了桌子。老文公看着灯下的李转莲，想说一句感谢的话。

"多好的海棠啊。"他说。

饭后喝茶，是野草茶。他饮一口："也是第一次。"

"你一个人，多不容易啊！"她叹息。

"有橘颂呢。你自己打理小院？"

"就是自己呀！"

离开时，老文公看着篱笆下整齐的田垄，手抚着海棠树。

李转莲用手电照明，扶他下了坡路，一直送到对岸。

十二

几天来天气晴朗，老文公呼吸舒畅，腰也不再疼痛。他一连多天坐在桌前，那些砖块似的工具书搬来搬去，一张张卡片全摊开来。许多卡片的字迹不是自己的，它们工整而娟秀。"我啊，真的到了冲刺的时候。"他对那些卡片说。

橘颂去找黄鼬玩了，大概一整天都在

捉迷藏。傍晚，它将朋友带回来，那个小家伙竟然没有生疏的神色。他第一次这样近地端详一只黄鼬，承认它是美的。

"它的个头比你小多了，颂，不准欺负它啊。"

手机响了，是那个老家伙。刚说了一会儿又扯到海豹："你大半辈子都在找它，知道为什么？因为你就是一头老海豹！"

"嗯，说得对。我应该待在海里，一被抛到岸上就艰难了，需要一点一点往前挪蹭。我不能离水。"

"你一离开水就糟了，就得以鳍当脚。快些扎进大海吧，那才是你的地方。再加把劲，快了。"

老文公瘪着嘴，说不出话。"我这只倒霉的老海豹，怎么糊糊涂涂给冲到离岸那么远的地方？"

答不出。老家伙对着手机喊：

"那可不是一般的海浪啊，那是一场风暴潮！"

他与老家伙说了一会儿，痛快了，也累了。他搁下手机，把向日葵花布包得方方正正，放入纸箱。该准备晚餐了。仅剩几只土豆、一点鱼干、一小块肉。李转莲一个星期没来，这说明串乡车又耽搁了。"看来我也该种几畦菜，养两只鸡才好。"

第二天橘颂归来，身后还跟着那只黄鼬。"颂，你要请客，也该提前通知我。这一次尴尬了。"

老文公拿出小鱼干，把土豆汤中的肉块挑出来，分成指甲大的四份——橘颂和黄鼬各一份，自己留两份。

晚餐只有土豆了。

他想到了老棘拐和李转莲，他们那儿可能有多余的蔬菜。不过他不想讨要。天亮后，他去河岸采来两兜野菜：荠菜、苦菜和柳芽。他发现槐叶就要展开了，这意味着再有不久槐花就会开放。

那就到了盛春，是大日子。缀满的槐花，一团团蜜蜂围上枝头。老文公想起奶奶烙的槐花饼。"槐花开了时，我会露一手。"

一连两天野菜米饭。小鱼干不多了，他没有吃，全给了橘颂。

终于等到了李转莲。这一次她的篮子里除了萝卜和绿叶菜，还有肉和鱼、两盒罐头、一小捆山药。这足够用来准备一场宴席了。李转莲扳动压水井时，他在想是否请她留下用餐。

他没有发出邀请。他认为第一次宴请，要正式一些才好。

这个夜晚饱餐了一顿。橘颂竖起尾巴在屋里走动。他给炕洞加了劈柴，过一会儿就要一起围上被子，暖暖和和坐着。他入睡很晚，不需要太多的睡眠，每晚看看星月，想想事情，最后讲一段故事。

劈柴燃烧的声音真好。在这个特殊的月份，屋外比屋内暖和得多，特别是入夜之后，屋里有些冷。"我是一个老家伙了，身上没有火力，所以更需要火炉。"他这样说时，橘颂跳到了膝上，"你就是我的火炉。"

他坐在桌前，拥着橘颂，把灯苗捻大。端详了一会儿屋子，觉得墙上光光的，应该贴点什么。"我要写一张大字了。"他说着，起身弓腰，下巴压在橘颂额上，去一个角落翻找笔墨和宣纸。这是他特意带来的。

橘颂跳到铺好的宣纸上，他不得不把它抱到一边去。

蘸饱了墨，想想要写的字。最后他写了八个字：

"深固难徙，更壹志兮"。

署上名字，盖了印章。贴在墙上，退远些看。意犹未尽，再写一张：

"青黄杂糅，文章烂兮"。

橘颂站在刚贴好的大字下面，仰脸看着。老文公念了两遍，对它说："这是战国大诗人屈原的诗啊，他在赞美一棵橘树。"

入睡前大洋那边来了电话。因为诸多原因，一家人的归期又要拖延。老文公告诉他们："这里一切都好。清静，有书，有橘颂。是的，睡前讲故事，这是固定的节目。"儿子说："小家伙找爷爷了。"那边响起了孙子的声音：

"我要橘颂！"

一夜睡睡醒醒。总是响着那个纯稚的声音。眼睛湿润。梦中有一双小手搂住颈部，睁眼一看是橘颂。它通红的小嘴离自己只有几厘米。他扳住它，用下巴压上它的额头。这样一会儿，他又将食指和拇指环起，隔开嘴巴亲了它一下。

"好了，这样好多了。"他揉按它的腹部，那里柔滑之极。每到凌晨，它浑身的热力都散发出来。他背过身，让它火热的身躯焐自己的腰部。

上午九时，太阳好极了。老文公站在门前，看对岸那片石屋。它在阳光下变幻，从山腰到岸边，高高低低呈现不同色泽，向阳的一面金色闪烁。"我如果是个画家，会一遍遍画这个村子。"

他一想起幢幢石屋都是空置的，就一阵沮丧。他不会原谅那些离去的人。

身上晒暖了，他要回屋了。

十三

每天十至十二时，是老文公最好的工作时间。他在日历上醒目地标出周末，这一天如果无风无雨，就要去河岸游走。这是橘颂最愉快的时刻。

他一想到这条河、这片山地属于自己的祖居地，就有一种异样的亲近感。河两岸全是石头，可耕种的土地很少，土地有的仅像炕和窗子那么大，都围上了石堰。这是一代接一代开垦出来的。

他不明白为什么老辈人选中了这里。为什么筑起这么大一片石屋？屋子从河的南岸盖起，一直爬向高坡，幢幢相挨，全由一块块石头垒成。那需要多少血汗劳苦，还有耐心？

"对这片石屋，咱们知道得太少了。"他对橘颂说。他从来没有进入十字街口那些高大的石屋内部。那是自己的家族老宅，是老爷爷亲手设计修建的。只说这些大而精致的建筑，它们耗去了多少时间？用去了多少人力？

老文公背着橘颂，在一条条石板路上走着。穿行宽街，迈进窄巷，不知踏向多少石阶，钻过多少胡同。它们曲折回环，让人迷路是很容易的。"我如果在小时候，会多么迷恋这种地方。"他对橘颂感叹。

现在也不算晚。他觉得只要胸和腰没有发出抗议，还能在这里钻进钻出。这些拱门、石柱、门楣上的雕刻，真是美极了。这全是用凿子一下下琢出来的。

一只壁虎在石缝间蹿动，橘颂跳过去。石墙上垂下一棵小蓟，它的刺叶掩护了壁虎。再过一段时间，小蓟粉茸茸的丝瓣就绽放了。

高高的梧桐，桐花正含苞待放，它们垂直向上，每一束都像待燃的灯烛。榆树生出了密密的榆钱，可惜太高，无法采摘。"那是真正的美味。"他仰脸看着树冠说。

橘颂跟在身后，并不跑远。老文公早

就迷路了，只好不时抬头看看太阳。街巷多得数不清，因为全是石头垒成，所以极陈旧极结实，面目相似。石块被一代代抚摸和踩踏，许多地方泛着瓷亮。

身上出汗了。转出一个巷口，老文公一眼看到了那个瘦高的老人，他依旧站在台阶上，身边挨紧了那个小男孩。他呼唤一声："棘拐老哥！"

瘦高的老人转过脸来，拐杖捣捣石阶，算是应答。

橘颂一看到水根，就爬到了老文公的背上。

他和橘颂跟上爷孙俩，一起往前走着。老棘拐今天兴致好，走得稍快。老文公不再担心迷路了。

走了一会儿，一连下了几个台阶，看到了前边的十字街口。"我答应过，要领你看老爷爷的大屋，这就去吧。"老棘拐往前指指，从腰上摸出一串钥匙。

水根挣开爷爷的手，跳一下，对橘颂伸伸舌头："去大屋了！"

随着挨近那儿，老文公的脚步也在变快。他一直盯着老棘拐手中那串长长短短的钥匙。

门打开了。门板很厚，门槛很高。院内是石板地，磨得很亮。一进院就是长长的厢房，有雕花小窗，窗前有一棵正在变绿的苍老石榴。从小窗往里望，什么都看不清。

正屋高敞。屋内梁木很粗，颜色有些深。老文公想在屋里待一会儿，吸着淡淡的松脂气味。老棘拐先一步走出，站在阳光里等他。院里是彩色卵石铺成的图案，那是大丽花瓣，还有一只凤凰。

院子左右各有一个月亮门，通向分开的两个小院。这里栽了海棠和丁香，还有不认识的树木。太静，花香太浓。

"这两个小院，再加前边的大屋，以前做过学校。"老棘拐声音沉沉的，看着水根。

老文公明白，水根该上学了。

老棘拐一连打开几间屋子，里面都是堆积的桌凳。墙上有黑板。老文公走到跟前，看着上面残留的几个大字：天、地、山、水。

老文公揪紧橘颂的两只胖爪，转身对老棘拐说："如果您不嫌弃，我可以每周抽出两个下午，教水根识字。还有，简单的算术。"

老棘拐的眼睛变得尖亮："真是这样？"

老文公点头。

老棘拐把水根揪紧，让他站到老文公对面，说："鞠躬！"

出了小院是长长的有顶盖的回廊，曲曲折折通向不同的石屋。有的屋子窄长，有的宽大，黑洞洞或明亮亮，各各不同。有的屋子有木头扶梯，踏着它一直攀上二层，再往上又连通阁楼。

"我走糊涂了，这又是一个捉迷藏的好地方。"老文公大口喘着气。他惊奇于这座建筑，也惊奇于一直走在前面的老棘拐：这人比自己大，腿脚还这么灵便。

老棘拐说："没有十次八次，谁都摸不清这里的胡同和屋子。我敢说，你老爷爷是个玩心太重的人，一个古怪的人。"

"有趣极了。我现在知道了，河对岸的石屋，不过是这里的缩小版。"

十四

从院里出来，老棘拐告诉老文公：村头儿是自己的远亲，所以才将大石屋的钥匙留给他。"都去了镇子和城里。我不走。

村子有几百年了,这里才是家。"

老文公点头:"还有李转莲。"

老棘拐的目光转向西南方。那边的高坡上,一幢幢石屋在阳光下闪亮。他点点头:"一个好人。"

"一直是她自己?"

"她十八岁,男人去支边,一走再没音信。后来有个弹棉花的男人,一走又没音信。"

"她的命真苦。"

老棘拐的目光从石屋那儿收回,看着他:"是那两个男人命苦。他们走了,再也喝不到这儿的好水了。"

老文公低下头。他在想李转莲,想那个田垄整齐的小院、海棠树、鸡和鹅。"那两个男人再也看不到这些了。"他在心里说。

他与老棘拐分手时,再次邀请老棘拐去家里喝茶。老棘拐点头,看看他肩头的橘颂,揪住水根。

他回到河岸石屋,打开门,第一眼看到的是直立的黄鼬。它在等待朋友,两只前爪提在胸前。橘颂从背上跳下。

它们前爪高举,碰了一下,跑开了。

第一件事是烧起茶炉。饮茶之前,他扳动压水井,伸手接了一点水饮下。凉凉的,的确有点甜。

他想,为了答谢那个慷慨的好人,这儿真该举行一次家宴了。

这次宴会要像模像样,礼节周全,菜肴和酒水也要讲究。这是一座古老的石屋,他认为在逝去的岁月里,说不定也有过宴饮的场景。

那个有趣的老人必定热情,他会那样做的。

老文公找出一张有玫瑰图案的信笺,要做一个请柬。毛笔竖书,刚写下"恭请"二字,立刻意识到对方不识字。换一张信笺,却不知该怎样办。后来,他画了一只高脚酒杯。"嗯,是这个意思。"

请柬装进一个信封,放在书架上。

下午三点到五点,老文公一直伏在桌前。工具书和图册垒得高过头部。一遍遍挑选和引用卡片。向日葵图案的布包装入木箱时,天色已暗。他把灯点亮,却没有离开。凝思片刻,再次打开木箱。一沓沓翻开,长时间盯着那些空白的格子。

大约用了一个小时,他填满了一页格子。他认为这一页非常重要。

橘颂蹭他的腿,提醒他该准备晚餐了。"这一天好极了。我们看了村子,看了最大的石屋。而且,开工顺利。"他拍拍橘颂,起身去了灶屋。

这一夜很难入睡。他看看身旁的橘颂,它困了,两爪蒙脸呼呼大睡。他为它搭上一条毛巾,坐起来。

他想起那些展开的纸页还放在桌上。他端着灯走近,看最后写下的一页,抚着胸部。真想跟那个咋咋呼呼的家伙通话,可惜太晚。"这家伙被吵起来,会骂人的。"他忍住,把茶炉点上,披上厚厚的衣服。

山地春夜,寒意很重。几十年前的那个农场,夜晚比这里还要冷——

他蜷在仓库一角,静等半夜归来的最后一拨卡车。

高墙后面有一个山洞,成串的卡车从那儿隆隆穿过。凌晨,大铁门响了,卡车驶进来。跟车的装卸工跳下来,其中一个用力拍打他的肩膀。就是那个家伙,当年和自己一样的年纪,不,他还要年长一岁。

自己被撞,昏迷三个昼夜,醒来见到的第一个人就是他。老文公至今记得他瞪圆的眼睛,他满脸的胡楂,他眼角的泪。

"这老家伙耳朵越来越背,打电话只得

294

喊了。"老文公每次与之通话，如果橘颂蹲在一旁，就这样解释一句。

今夜他想告诉对方：关于那个久久未决的悬案，那个可爱的动物，自己的主意从未有过地坚定。"这座祖传的石屋，确实是想事情的好地方。"

喝过一杯滚烫的茶，暖和多了。他还想干一会儿，继续填写几行格子。不知伏案多久，抬头看看，已是凌晨三点。

月亮在山洼上方。星星稀疏。一只鸟呼叫着，飞过河岸。静夜，鸟鸣传得很远。

"什么事让你连夜赶路？"他的鼻子触在冰凉的玻璃上，自言自语。

十五

天一大早，还没有喝茶，电话就吵过来。老文公与那个家伙真是心有灵犀："老海豹，你还在那里爬吗？离海不远了，最后加一把劲儿！"

他胸口那儿热乎乎的，说："嗯。我好像听到了海浪声，扑扑响呢。"

"那就是最后的一段路了。我在海边为你加油。告诉你，我也想当一头老海豹！"

老文公的耳膜被震痛了。这家伙最后的"豹"字是一个爆破音。橘颂瞪大眼睛，它不知道发生了什么。

"你知道，我一直在琢磨那个'夷'字。我们都属于'东夷'族。夷族建立了莱国，发明了炼铁和丝绸。他们烧制的黑陶比蛋壳还薄，创造了比黄河流域更先进的文明。"他向橘颂宣讲，挥着手。

橘颂跳上桌子。

"什么是'夷'？我找了它四十多年。古人一直说它是'猎人背了弓箭'。可我呢，认定它是一只海豹。"

老文公将橘颂揽入怀中，下巴抵上它的额头，双眼紧闭。

"这是一个氏族的名字，所以至关重要。'夷'字有多种写法，都是画了海豹的模样。"他把橘颂放下，找出纸墨，舒了一口气。

他一口气写出从古至今，所有不同的"夷"字。退远些看，取来印泥。

门响了，一根拐杖伸进来。老文公喊一声："老棘拐！"

老人手扯水根进了屋子，看着屋内四周。"欢迎您啊。"老文公扶着老棘拐，拍拍水根。

水根喊一声，几步蹿到桌前。原来橘颂爪上沾了印泥，把宣纸踏上了几个红点。

老棘拐看着宣纸，抱歉："我来得真不是时候！"

老文公打量桌上的纸，抚着下巴："不不，橘颂替我加盖了印章，它在帮我，等于说，'这事儿就这么定了！'"他向橘颂竖起拇指，然后又把写好的大字贴到墙上。

老棘拐凑近了看字。茶炉响起来。

"这些字啊，我一个都读不出。"

老文公为他念了墙上的几张大字，分别做了详尽的解释。老棘拐说："没见过海豹。吃过橘子。"

"这水也好。"老棘拐接过茶杯喝一口，咂嘴，"你爸打井时，我们跑来看。那时我还小。记得你爸领人干活，戴了一顶柳条帽。"

"那帽子还在，就放在下面。"

"多么了不起的人。还有你老爷爷，盖了多好的房子。祖孙四代，全都了不起！"老棘拐指点着屋内。

老文公垂下头，将"惭愧"两个字咽进肚里。他最想听的就是先辈的故事，尤其是老爷爷。听奶奶说,老爷爷是世上玩心最重的人,盖起一座又一座奇妙的房子,再没别的事情好做,就去了山外,结果再也没有回来。

"那到底是怎么回事?"他问。

"听说他在山下看到了一只从没见过的鸟,一直追着,去了山的另一面,越追越远。"

"那是一只什么鸟?"

"凤凰。"老棘拐捣一下地,"这不会错的。"

老文公以前也听过类似的说法。今天,在阳光明媚的春天,他不再怀疑这个传说了。茶香正浓,他为老棘拐添茶。

因为与老人促膝相对,他这会儿可以更清楚地看到对方:一口结实的、磨得很短的牙齿;皮肤皱纹不多,细而透明;眼睛清亮。他在心里说:这一定是水的缘故,水真的重要。

他们交谈时,水根与橘颂到下面去玩了。他对老棘拐说:"他们正在捉迷藏。再没有任何一座房子更适合做这个的了。不瞒您说,我作为主人,曾经在里面三次迷路。"

老棘拐点头:"我一点都不奇怪。"说着瞥瞥他,"你穿这么多?"

"哦,可能是石墙太厚,这个季节屋里太冷。半夜,我还要起来给炕洞加一两次劈柴。"

老棘拐瘪着嘴站起:"这怎么会?这样的屋子不该这样,别说春天,就是刮大北风的寒冬腊月,它也不会让你受冻。怎么会这样?"

老棘拐去看炕洞,又伸出拐杖敲敲石墙,在灶屋里转着,说:"准有什么机关没有打开。"

老文公笑了。

十六

已近中午。老文公要做午餐,老棘拐却阻止在灶中点火。他的拐杖从灶屋的四面墙壁敲起,又捣几下地面。最后他看着灶屋里一排三个灶口,将闲置的一个最大的炉灶顶盖掀开,又攀上灶台。

老文公看着他翻上翻下,想到了那只黄鼬。因为要随上他看,老文公不断地弯腰仰头,已经有些累了,可对方大气都不喘,早把拐杖扔到了一边。

老棘拐蹲在石台上,叩打几下,低头看了许久,拍拍手跳下来。

他发现石台的一侧有几块石头是松动的,拨弄几下,竟然抽出了长短不一的几片石板。"嗯嗯,明白了。"他点头。

老文公一脸茫然。

老棘拐指挥他在不同的灶膛里点火,依次抽换那些石板,然后自己跑到屋外。屋顶有许多根烟囱,老棘拐手搭凉棚看着它们。

原来屋内的炉灶连通了不同的烟道,有的直接通向烟囱,有的在墙壁空腔内绕行一会儿,才升入屋顶的烟囱。炉灶的烟火走向哪里,要由那些可以抽拉的石板来决定。

老棘拐让他将火燃旺,抽开一片石板,坐下喝茶。只过了半个时辰,墙壁变热了。"再有一会儿,这屋里就暖和了。"老棘拐拍着墙壁,"这叫火墙。"

屋里变热。老文公不得不脱下厚外套。"从今晚起,我再也不用半夜起来往炕洞添柴了。真得谢谢老哥指点。"

"到了寒冬腊月,坐在这儿喝茶比什么都好。"老棘拐跺跺脚下的石板,"地下还有两条烟道,这是专门为三九天准备的。"

老文公愣住了。

老棘拐的拐杖捣着脚下一块块石板，嗵嗵响，声音果然不同。"那是个多么聪明的老人哪，他在村里的大石屋和这座小石屋，藏下了多少窍门，够我们猜上一辈子。"

"真是这样！"

"村中的大石屋，屋顶有那么多烟囱，可是火炉在哪儿？莲池里的水又怎么流进流出？有一回我从阁楼爬进去，穿过三道门，摸进两间从没见过的小屋，里面有炕有桌，就是转不出去。我急得要哭，看见一只狗獾探头探脑。我最后跟上它，钻来钻去，这才从堆放劈柴的一间小屋走出来。"

"您领我和橘颂去啊！"

老棘拐摇头："我害怕迷路。"

"老爷爷太有趣了。他和所有人都不一样。"

老棘拐看着窗外的山影："不一样。传说他到老都像孩子。这样的人世间留不下，你看，最后凤凰把他领走了。"

老人叹气，要回家了，不肯一起午餐。他大声喊着水根。没有应声。

老文公去了下边。这儿很静。他不想惊动他们，放轻了脚步。推开一扇虚掩的小门，拐几个弯，不知怎么踏上了木阶，往下是一道石头滑梯。滑下去的一刻，他觉得自己变成了孩子。

他落在一堆草叶上，搓搓眼辨认四周。黑影中有一道明亮的目光。

"颂吗？"他叫一声。

那个柔软的身躯一跃，不见了。

他在微亮中摸索着回到长廊，想由熟悉的路径穿过小厅，回到那间睡觉的大屋。在一个拐角，水根戴了柳条帽待在黑影里。帽子太大，小脸遮住了。他向老文公做出不要吱声的手势。

不远处传来咚咚的捣地声。老棘拐下来了。老文公把水根拉到怀里："孩子，咱们明天接着玩。"

爷儿俩走了。

十七

橘颂在屋内走动，四处巡行。老文公知道它很满意。

屋子很暖和。他看看那个以前闲置的炉灶，发现它是三个当中最大的。里面炭火将熄，为了有一个舒适的长夜，他又添了几块粗大的劈柴。

午、晚餐合为一次。蘑菇、红肠和腌水萝卜、白菜根蒸咸鱼。打开一盒粉肚罐头，掂了掂，还是放起来。碟子里有几沓薄如纸片的煎饼，李转莲前些天买来，酸酸的，他以前从未吃过，产于泰山一带。

他烫了一杯老酒，想犒赏自己。酸煎饼抹上豆豉，加一点咸鱼。"嗯，这也算山中美味了。"

李转莲大约三天取一次水。七天过去了，她一直没来。"也许生病了。"老文公早餐时对橘颂说。

第八天，她还是没来。"我们要断炊了，她可千万不要生病。"老文公想去看看她。他拿起书架上的请柬，犹豫着，又放回原处。

上午十点，老文公正在伏案，李转莲提着篮子和水桶进来了。

她脸上喜气洋洋，脑门上有几颗汗粒。篮子满满的：鱼和肉、青菜、豆腐、酸煎饼、一瓶老醋。她把它们一一放到桌旁。篮子里还有东西，那是一束束捆扎齐整的香椿叶。

"好多天了，我正担心。"老文公说。

297

"我算过，咸鱼和煎饼能吃到今天中午。"

"您可真有数。"

李转莲笑了："知道我为什么耽搁？每年的这时候，也就十来天吧，是赚钱的日子。"

老文公看着她。她拿起一束香椿："我一天到晚采它，采上三天，串乡车就过来收购。"

"原来是这样！这太好了！"老文公看着半边透红的香椿嫩叶，放在鼻子上嗅一嗅。

"一年里全靠这一季。白天采回家，夜里用马兰扎好。"

他这才发现捆扎香椿的是马兰叶。"多么讲究啊！"他赞叹，抚摸香椿叶。

"用它炒鸡蛋最好。腌几坛放起来，能吃一年。"她说着，一抬头看到了墙壁新贴的几张大字。

老文公搓搓手："我写得不好。"

她抿着嘴，看着，过去摸了摸。

老文公读了一遍，一字一顿，解释它们的意思。

李转莲点头："嗯嗯。冬天没事了，我妈就生上炭火盆，坐在炕桌旁描花儿。我跟她学会的。"

他想起她屋里的"胖孩抱鱼"，原来是她画的。"这太好了！如果不为难，您能不能为我画一张？"

"胖孩儿？一条大鱼？"

"画一棵橘树，结了一树果子的橘树！"

李转莲摇头："这得有图谱儿。我妈留下一些，我回去找找看。"

"我明白了。但愿图谱里有橘树。"

李转莲走后，老文公还在想画的事。他觉得墙上有一张橘树，上面结满金色果实，那该多好。"这树应该是笔直的，树冠很大。"他的食指在桌上滑动，想着它的模样。

他想起了什么，对橘颂说："咱们下午帮她采香椿吧，这对她很重要。"

午后的阳光很强烈，外面的气温比前几天高了许多。下石阶时，两只蝴蝶追随舞动，橘颂伏在背上。

到了对岸，刚踏上街巷，他就看到了石堰下那些高高矮矮的椿树。他往那里一指，橘颂跳下肩头。香椿嫩茎生出不久，在枝干顶端。"采下一些，留下一些。"他开始采摘，一边干一边说。

有的香椿树很高，他不得不爬上石堰。

橘颂看到一只肥肥的大鸟，颈部有彩色环纹。它伏下，向前挪动，大鸟飞走了。

老文公站上石堰，一手抓紧香椿树，一手拨弄枝茎。枝叶落地的一刻，橘颂扑了过去。

"你能把它们归拢到一起就好了。"老文公从石堰上下来，咕哝着，把一地茎叶收在怀中。

有人在远处呼叫，是李转莲，她往这边跑来。她扶住老文公："我从上面看见有人站在堰上，吓了一跳。天哪，你要摔着怎么办！我会采啊，会送给你的！"

"我是帮你采的。这个季节对你很重要。"

李转莲吸着鼻子，不再说什么。

十八

夜晚，屋里到处都是香椿的气味。老文公来不及洗去手上的绿汁，只想坐一会儿。

屋内比外面凉多了。他想给炉膛加柴，刚一站起就"哎哟"了一声。腰部连连刺痛。他伏在桌上，两手紧攥桌子卷边。过了一会儿，试着直腰，可是不能迈步。

"还有这事儿？"他对自己感到惊讶。坐下，贴紧桌子，一点点捶打腰部，捏弄安抚。

老文公还记得农场的那次重创——

昏睡三昼夜，醒来后下肢无感，每一次呼吸都引起胸部的撕痛。他痛恨不能移动的身体，急得喊叫。医生说："知足吧，你等于捡了一条命。"从那时起，他才知道"身"和"心"不是一回事，它们其实相当于同事之间的关系，遇事还要商量着来。

他认为自己长期以来总是偏向"心"，许多时候并不在意"身"。它们两个，一个不愿长大，一个正在老迈。"有三节椎骨折了，你今生离不开轮椅了。"医生说。

邻铺的那个兄长看看医生，对他喊："那可不行。那怎么能行？"

这家伙粗暴吓人，不停地吆喝。老文公有些绝望。不过一年后，他真的站起来了。

今夜他一直在安慰身体，想让它消消火气。橘颂过来蹭他，一下一下蹭。

"颂，我知道该准备晚餐了。可我动不了。你碗里还有剩粥，先将就一下。"

橘颂仰起脸。他抚着它的额头和下颌，又按按它的宽背。"我说过，你并不算特别胖，不过是长了个双脊背。十七斤二两，好的，谁见了都喊一声'噢'！"

橘颂舔一下他的手。他眯上眼，说："噢！"

老文公一直揉按腰部，半个小时之后，刺痛减轻了一点。他扶着椅背站直，忍住了呻吟。

他一点点挪蹭，终于迈进灶屋。难以弯腰，最后费了很大力气，填进炉膛几块劈柴。"好了，这一夜没事了。"

那个嗓门粗粗的家伙总是莽撞，他竟然在老文公挣扎着往炕上爬的时候来电话了。"你怎么了？又犯了老牛憋气的毛病？"

老文公额上滴汗，说："噢！"

"这几天过得还好吗？"

"噢！"

手机掉了。总算爬上炕去。

橘颂把一点粥吃掉，抿着嘴跳上炕来，偎到他身边。他看了它一会儿，伸出两个拇指理它的眉头："这样会舒服一些，是吧？"

橘颂的脸庞又圆又大，今夜尤其如此。"也许又胖了一点。"他试着动了动，伏下身子。橘颂跳上后背，一下一下踩起了腰部。

老文公脸埋在枕头上，说话瓮声瓮气："颂啊，你是'及时雨'！也许我们今天不该去采香椿。可我总想帮帮她，为她做点什么。"

橘颂眯着眼，一下下踩得沉着，嘴里发出咕噜声。老文公扭头看它一眼，觉得此刻它就像一个耐心的、正在诊断和思考的、胡须长长的医生。

"你沉默、多思，总是专注于自己的事情。即便是玩，捉迷藏，也很认真。你身上有太多值得我学习的品质。"他没有说出，留在心里。

不知什么时候睡着了。

醒来时窗子已经变亮。他看着窗子，想到一个人夜里还在忙碌——坐在马扎上，将香气四溢的椿叶分成等份，然后用马兰草一一扎好。

"春天真好，春天能办许多事情。"他转脸寻找橘颂，它已经走开了。

一只小鸟在窗外窥视，光滑的头颅歪了几下。老文公说："您早！"小鸟啄响了玻璃，那是清脆的问候。

299

老文公两手按炕，试了多次，还是没能坐起。"不是我太懒，而是身体太沉了，我拖不动它了。"他对窗外的小鸟说。

阳光洒进来。

橘颂出现在屋里。老文公觉得阳光照着它的脸，特别是那两撇胡须，有一种雄赳赳的神气。"早餐会有的，不过晚一些罢了。"他提高了声音说。

上午九点钟，门被敲响了。

老文公无法下炕开门，只好费力拉开窗子。

是水根。小家伙伏在窗上看了一下，一跃而入。

"对不起，我还要再躺一会儿。你和橘颂玩吧。"

水根看着他，手指咬在嘴里。停了一会儿，水根叫一声，打开门跑了。

十九

老棘拐来了，身后跟着水根。

老文公几次想坐起来，都被老棘拐阻止了。老棘拐打开随身带来的一个玻璃瓶。橘颂跳上来，嗅了嗅，躲开了。老棘拐让水根给火炉加柴，然后端起瓶子，倒进掌心里一点。

原来是药酒。老棘拐给老文公涂抹在腰上，急一阵缓一阵地搓动。

"我不该去采香椿。"

"你不该爬到石堰上。"老棘拐收起瓶子，"我昨个站在东坡上，看见了。"

屋内温度升高了许多。老棘拐在屋里溜达了一会儿，回到炕前。他伸出两手，做"起来"的动作，并不扶人。老文公随着对方的手势一点点欠身，竟然坐直了。

"再过一个钟头，你扶墙下来。"老棘拐说一句，扯着水根回家了。

果然，时间一到，老文公真的能够挪动，站到了炕下。他用双倍的时间和力气，为自己和橘颂准备晚餐。为了取水，他将半个身体伏在压水的手柄上，让水哗哗流出来。

鸡蛋炒香椿，香极了。橘颂不喜欢这种树叶的气味，只吃了面糊鱼羹。

外面的月色真好。他披上衣服，将门打开一点，站了一会儿。河里的水声似乎比往日欢快。他能分辨出"嗵嗵""扑扑"的不同，那是青蛙和鱼的蹿跳。它们在月光下不再安分。一切多像小时候的半岛海边，在那儿，在小河旁，孩子们夜夜嬉闹，在白杨树下追逐不停——

"大头，你猜我在哪儿？"一个孩子贴在大树上喊。

大头像猫一样往前爬，到了白杨跟前，猛地跳起，将人和树一起抱住。

他没有和他们一起玩，因为奶奶用故事迷住了他。奶奶一连多天说着"冰娃"的故事："他们出生在海冰上，不怕冷，每年腊八前后就爬到岸上，在那儿待到春天。"

他叫着："冰娃！"

"他们和爸爸妈妈一起，住在冰做的小房子里。他们浑身长了白色绒毛，一双大眼水汪汪的。到了春天，岸上绿了，他们就跟上爸妈返回大海深处了。"

很久之后，老文公才知道，奶奶说的"冰娃"，就是出生在半岛海湾里的小海豹。在气候发生变迁之前，渤海湾和辽东湾的冰排连成一片，成年海豹每年都要千里跋涉，从最北部的大洋游到这儿，在冰排上筑起一座座小冰屋，赶在初冬之前产下自己的孩子。

今夜，老文公看着对岸：西南方向的高处有一个亮着的窗户。"她还在打理一天的收获。多么勤劳的人。"

他回头招呼橘颂，想让它过来看星星。橘颂无动于衷，端坐灯下，正在思考。

往日的这个时候，他要和它坐到炕上，围起被子，享受一天里最好的时光——相挨一起讲故事，天南地北，说个不止。它听到高兴处会将身体滑到下边，仰躺着，露出柔软的腹部。那是老文公最爱抚摸的部位。

回到桌前，橘颂还在思考。

"你在想什么？我觉得你有心事。"他看了看它凝重的眉头。

橘颂两只前爪动了动，瞥瞥他，目光仍然投向原处。那是夜的深处。

老文公无心看书，想这几天的事情。他记起：除了一起出门的时候，橘颂独自沉思的时间真的多了。哦，许久没见那只黄鼬了！"啊，好朋友离开了，它备感孤独。"

老文公可怜它。好朋友突然离去，这不是一件小事。"如果是不辞而别，那就更不好了。"他长叹一声。

这个夜晚他做了一个梦：一群"冰娃"坐在浮动的冰块上，吃东西，聊天，就像荡秋千一样快活。他们笑啊，说啊。这其中有熟悉的面孔，仔细看看，有橘颂和黄鼬，它俩紧紧相挨。离它俩最近的，是自己的孙子。

爷孙俩心心相印。果然，刚刚梦醒一会儿，他就接到了大洋彼岸的电话。是小家伙，脆生生哭啼啼："我要橘颂！"

没有办法。他将电话对在橘颂耳旁。它两耳竖起，嗅着手机，转头拱他的手。

早餐后，他觉得应该伏案工作了。算了一下，如果每天可以有三个小时，那就能填满八百左右的空格。还余下四万多个空格，那只需要不到两个月的时间。

"哦，那也未免太顺利了。"他站起，盯着厚厚的一沓纸，摇摇头。"可能太乐观了一点。要知道在许多时候，你只能大口喘气，趴在那儿。你是一头遍体鳞伤的老海豹了。"

橘颂去地下玩的时间减少了。它常在桌前转几圈，然后回到老地方思考。他在伏案，偶尔转脸看看它，说："单讲用脑和专注，我比你差多了。"

他不得不承认，每天伏案三小时是困难的。只要连续工作两天，一口气坐上半小时，就有点难以为继了。胸闷，腰沉，胯骨那儿一阵阵刺痛——有一回他甚至听到那个部位发出了吱吱的叫声。"嗯？"他低下头，屏住呼吸捕捉这声音。没有。可能是错觉。不过胯骨真的不悦，它在用它自己的方法表达抗议。

他至今记得那个下午的农场：天色血红，一辆运石车隆隆驶来。厄运降临的一瞬，总是猝不及防。

他试着将每天的伏案时间缩为两小时。"只要坚持下去就好。"他拨通了海边老友的电话，这家伙正与孙女一起吃草莓。"草莓？这么早就有？"他有些嫉妒。

对方嘴里发出哧哧声："暖棚里的，傻子。"

"我每天能干两小时左右。"

"那也很棒！这等于往前爬了两小时！你这头老海豹！"

他每次被这个粗糙的嗓门吵一通，身上都会添些力气。他蹲下抚摸橘颂，向它保证："再等几天，我就能和你一起捉迷藏了。"

301

二十

水根来了,背了一块薄薄的石板——镶了木边,拴了带子。老文公将它从孩子肩上摘下,正反面抚摸,叩几下,听着"当当"的声音:"好板。"

水根又掏出一根滑石条。

"这都是以前,几十年前,孩子上学要带的东西,现在的小孩没见过。爷爷给你的?"

水根点头:"爷爷说每个星期要来两次,识字和算术。"

"不错,这事儿早定下的。"

老文公用滑石条在石板上画几下,抹掉,再画。"这真是学习的好物件,嗯,咱们用起来。"

橘颂迷上了这块石板,一直围在旁边。老文公对它说:"只有下课才可以玩,我们现在上课呢。"

水根坐在桌前,身子挺直,手指咬在嘴里。他的头发又滑又软,是褐色而不是黑色;皮肤白皙,接近透明。老文公抚抚孩子的脑壳,抓起石笔写下一个大字:"人"。

水根立刻念出来。

他又写出另一个大字:"天"。

水根也认识。原来老棘拐已经教会了孩子四个字:"天""地""人""手"。

"这真不错。"老文公说。他在想接下来该教什么字,还有拼音和算术。他认为凡教学都需要一个计划,最好先做一个课程表。他认为拼音需要和字一起进行。这样想着,他像唱歌一样,背出了一串字母。

水根和橘颂一齐看着他,嘴巴张大了。

他自己也想不到,还会唱这样的歌。

窗外有鸟儿在叫,这使他琢磨:能不能用一些动物来代表这些字母?这样就不容易忘掉了。他首先想到了大鹅、鸭子和鸡。"嗯,慢慢想。"

橘颂刚开始对石板上的每个字都看得认真,后来就走开了。

一个小时之后,第一课结束了。橘颂带水根去了地下。

老文公开始做自己的事情。这时他才发现,已经很疲惫了。他不得不躺下歇息一会儿。

"我是个不服输的老海豹,只要别停,总会爬到海边的!如今前后鳍磨上了老茧,这就不怕荆棘沙石了!"他咬了咬牙关,爬起来,再次坐到桌前。

纸上的字迹重重叠叠,颜色、深浅、用纸全都不同,许多地方粘贴修补过,像旧衣服上的一块块补丁。

自己是怎么迷上海豹,最后也变成了一只老海豹的?是因为奶奶"冰娃"的故事?

爸爸妈妈都忙着修铁路,铁路越长,他们离得越远,身边只有奶奶了。她从很早就是一个人了:爷爷喜欢栽树,栽遍了四周的大山,最后迷失在林子里。

最难忘"冰娃"的故事。奶奶说很久以前,半岛东部有无数的河汊和湖湾,它们就出生在这里。"海湾里有成片的冰排,上面全是它们冰做的小屋,一幢连着一幢。这里气候好,还有吃不完的食物,爸妈就来这里养育它们。后来气候变了,河汊干了,湖湾没了,'冰娃'就再也不来了。"

他至今记得有一年初冬,海岸南边突然出现了一个"冰娃"。原来它迷路了,往相反的方向爬得太远,找不到海了,在沙滩上哭了一夜。人们去看这个哭泣的小孩,发现它的四个鳍都磨出了血。大家心疼,把它抬起来,送进了海里。

奶奶说:"那就是一只小斑海豹。"

那一天,他和奶奶得知消息太迟,赶到岸边时,迷路的"冰娃"已经离开了。不过他和奶奶都看到了沙滩上有一条长长的印迹,那是小斑海豹爬行时留下的。

几十年过去了,今年初冬,那个粗喉大嗓的朋友报告了一个惊人的消息:又有一个"冰娃",也就是小斑海豹,上岸了。

这一次,一定又是它迷路了。

那个老家伙研究了一辈子海洋。老文公自己做东夷史,有一半时间耗在了古文字上。那个家伙对东部半岛、整个辽东湾和渤海湾了如指掌。多年来,他们俩都着迷于"冰娃"的故事。

他写下了不同的"夷"字。他觉得,不,他直接认为,这就是那个时代,半岛地区河汊湖湾纵横,古代先民用这个字符记下的海豹形象。

那个家伙当时还是年轻气盛的海洋学家,他极力赞同。

那时候,老文公觉得自己就像一只斑海豹,在大海里畅游。因为好奇,或者是天生命苦,他游得离岸太近。结果一场突如其来的风暴潮,将他抛举起来,猛地甩到了陆地上。他摔得很远,很惨,四周全是乱石荆棘。

就这样,他浑身血迹,开始爬行。寸寸挪动,只想回到大海。那些血痂撕裂的日子,那些口渴难忍的时刻,他再也爬不动了。还是那个粗大的嗓门在旁边怒吼:"别停!你会找到海岸,爬回自己的地方,回到大洋!"

几十年了,这家伙一直在吼。

他正出神,橘颂和水根回来了。他想在石板上画一只小斑海豹给他们看,怎么也画不像。

二十一

南风中的香气越来越浓。老文公望着对岸自语:"了得,梧桐开花了。还有更大的一片,那该不是紫藤吧?"

他回头寻找橘颂,说:"如果梧桐和紫藤全开了,咱就不能待在屋里了,这样就太亏了!"

橘颂眯眼望向河岸。

"我知道你在想那只黄鼬。想念的滋味我懂,那真是难受极了。不过生活就是这样,朋友离开,回来,或者不再回来。唉。"老文公的眼睛湿润了。

"我们去村里吧,那里会让你高兴起来的!"

老文公背着橘颂走下石阶。刚进河道,一股蒸腾的香气扑面而来。什么都压不住花香。近岸的白沙上蒲苇翠绿,飞蝶旋舞。橘颂有些急,老文公只好让它下来。

几只小鸟在苇叶里探头。两只青蛙如箭一般射出。

在河对岸,老文公看到石堰旁高高矮矮的香椿树都被采过了。"李转莲的手好快。"他转脸看着橘颂,"她的手采起椿叶,像你一样快。"

街巷里的梧桐,每一棵都顶着紫红的大花冠,就像无数的烛台一齐点亮。老文公长时间仰着脸,一低头,又是一道道石墙上垂挂下来的紫色藤蔓,哗哗流溅的鲜花瀑布。

"天哪,咱们掉进了春天的旋涡!"老文公呆立在紫藤花旁,扶住石墙,一动不动。

"今年春天这片花海涌在山里,只有咱

们五个见过,只有鸟儿知道。"他揪着橘颂的两只前爪往前,脚步很慢。

沿着石板路往南走了一会儿,然后往东。"看前边,仰脖儿看!"他喊橘颂。

十字街口那儿有几棵奇大的梧桐,它们的花冠大极了。他加快了步子。

他在大树下站立许久,脖子都仰痛了。"颂啊,你这会儿该明白了,什么才叫春天,这里的春天又是多么大!"

橘颂搂紧他的脖子,胡须让人好痒。

东边的台阶上,站立着一高一矮两个瘦瘦的身影。老文公招手,那边扬起拐杖。

"大山外面,做梦也想不到会是这样!"老文公大声说着,快步走到台阶前,有些气喘。

老棘拐说:"哼,这些老藤,最年轻的也有几百年。"

水根和橘颂一块儿转到石墙后面去了,钻入藤蔓。

"这孩子贪玩。不过他学会了二十个字。"老棘拐歪头看看晃动的藤蔓,想起什么,转过脸,"你在这儿别动,我去一下就回。"

老文公待在原地,等老棘拐。橘颂和水根在藤蔓下发出窸窣声,好像一起捕捉什么。

只一会儿,老棘拐从巷口走出来。老文公吃了一惊——他身后好像斜背了一把宝剑,从这儿能看到胸前的一根布带、肩上露出的一截剑柄。他迎过去。

老棘拐站住,缓缓转身,让他看背上的东西。

天哪,原来是一条晒干的大鱼。"哎呀,好家伙!"老文公喊出来。

老棘拐摘下大鱼,挂到他的身上,说:"这是李转莲送我的,我送给水根的老师。"

"啊,这礼物太贵重了,让我怎么感谢!"

"我不喜荤腥。该怎么吃,要问李转莲。"老棘拐叮嘱。

老文公身背大鱼往前走,有一种异样的感觉。仿佛这是他亲手逮到的。橘颂跟着他,时不时仰头看一眼大鱼。

过河时,他把橘颂抱在怀里,一口气爬上石阶。

回到屋里,大鱼放在桌子上。要研究一番了。这是一条淡水鱼,有灰色花斑。长达九十六厘米,最宽处二十四厘米。他量过,把数值记在本子上,然后问旁边的橘颂:"她能逮到这样的大家伙?"

他看着桌上的大鱼,摇摇头:"它在水里,力气大得就像一头豹子!"

天黑前李转莲来了。这一次她带来了肉、蛋和蔬菜,还有三只柑橘。老文公把散发清香的金色果实摆在书架上,问:"找到图谱了?"

"没。"李转莲叹气,"只有桃树和苹果树的图谱。"

"嗯。那让我们想想办法。"老文公把三只柑橘摆正了一些,转身说起那条大鱼,"我不信是你逮到的。"

李转莲嘴角缩着,只不说话。她在看橘颂——它一直盯着那条鱼,两爪用力,好像随时都会跳起来。

"它在水里,会是个厉害的角色。"他说。

李转莲点头:"是我逮的。"

"啊?从这条河里?"

"就是这条河。"

二十二

李转莲的话让老文公惊叹。一条快要

干涸的河里会有这样的大鱼？许久以前还差不多——那时水多盛，石桥都被冲毁了。

李转莲说到捉鱼的情景："它蹿出水时比我还高。眼神好凶啊，盯着我。"

"就因为离开了水，它倒霉了。"他想到了一头不幸的老海豹。

"要吃这条大鱼，得有一把锯子。它比木头还硬，先锯成一块一块。"李转莲比比画画，介绍鱼的做法。

老文公在小本子上记着。

"浸泡一天一夜，盛到泥碗里，放葱姜和油。要有豆豉，有白菜根。"

"记了。请接着说。"

"再就是煎和炖，放茼蒿、一点点韭菜。收锅时要用老醋。"

"您是重视老醋的。"

"最后是做烤鱼。烤得酥脆，连鱼骨也能吃。不过要有一副好牙口。"李转莲看看他的嘴，不再讲下去。

老文公盯着本子，有些遗憾。他觉得这四种做法都不适合橘颂。怎样做才让橘颂喜欢？他没有问，留给自己琢磨。

李转莲去灶屋取水，擦擦手，从衣兜里掏出一张纸说："这么多日子了，也该结账了。你给我一碗钱，我给你买的东西。"

老文公记起，那天晚上，她把自己交给的一沓钱装在了一个碗里。

"一碗钱有整有零，我都记下了。你看看账单。"她把纸展平在桌子上。

老文公看到上面画了一个碗，旁边写了总的钱数。然后是肉和豆腐、鱼、蔬菜，依次注明钱数。"这太好了，这多么好啊！"他赞叹的是这些画。

"就是嘛，算账亲兄弟，我办事都是一笔两清的。"李转莲把那张纸推过来。

老文公还在看。尽管是草草画上的，可它们多么生动啊！而且，它们简直能散发出气味来，比如菠菜，他都闻到它的青生气了。他搓搓手："真是好极了！"

李转莲走了。老文公从窗前看着她往石阶那儿走去，然后又出门，一直看着她过河。

"真是一个了不起的女人。"他回到屋里，对跳到桌上的橘颂说，"她能文能武，样样都不含糊！"

电话响起来。嘀，是他，那个吵吵嚷嚷的家伙："一切都还顺利吧？伙食要好。吃得怎样？适当喝一点也不为过。"

他不得不让手机离耳朵远一点。他很高兴，说："这里的饮食不比城里差，不，还要好过那里！主要是水好！嗯，马上到了盛花期，我和橘颂都没有花粉过敏的问题，所以，这是一种享受！"

"能吃到鱼吗？老海豹不能缺了这个。"

"当然。我马上要吃一条大鱼了。究竟有多大，你听好：差四厘米就是一米！"

"哎哟，我想赶过去！不过这种大鱼你对付得了吗？听说要用老酒炖，不怕火大。"

老文公笑了："对不起，山里不是这种做法。"

离天黑前还有一个小时。这段时间工作效率最高。他将一大沓纸上标出的疑虑全部夹上纸条，加注，一一记下日后需要校对的图册及工具书。

他尝试在手机上查找一些资料，最终发现谬误百出。"这是最靠不住的东西。"他咕哝着，推到一边，却无意中发现了屏幕上的一幅照片——橘树。

"颂啊，快来看，图谱的事大半可以解决了。"

晚餐前，他的脑海里闪过一个灵感，那是突然到来的。起因是出门透透气，一眼看到晚霞映红了河道，照亮一丛蒲草。"那会是香蒲吗？"

他知道蒲有多种，只有香蒲的嫩芯称为"蒲菜"。他一直忘不了小时候，奶奶怎样采来鲜美的蒲芯做蒲菜汤。

他忍不住，立刻去了石阶下。不需要很多，几十片嫩芯而已。他取到手里，一路嗅着香气：

"一定是香蒲。"

二十三

迟迟不愿睡去。他把灯罩擦得锃亮，还做了一个灯伞。

橘颂提前到炕上等候，等了一会儿，开始打盹。老文公将被子拉到它的下巴那儿。

他在桌前坐了很长时间。不再继续白天的工作，只是想想心事。大洋彼岸的三个面庞一一闪过，最后停留在一张稚嫩的小脸上。老伴儿走得太早，她没有见过这张小脸。小家伙眉梢上扬，或有她的神采。

"你走后，我就是一个人了。本想从东部半岛回来团聚，他们却离开了。现在，所幸的是我和橘颂在一起。"他起来踱步，声音若有若无，"那一次在农场，你吓个半死。你从几百里外连夜赶来，我刚好苏醒一天。你握住我的手，说不成一句话。"

他把书架旁的箱子打开，把一摞卡片拿出来。他挑出其中一沓，嗅一嗅，贴在脸上。

"放心吧，我这头老海豹还能往前爬。今夜，我又听到了扑扑的海浪声。"

他盯着灯光照不透的地方，那是更深的夜色，它将屋里屋外、村子和大山，所有的一切连在了一起。

"我们第一次回祖居地，你高兴得像个孩子。你扯着我的手在这座迷宫里上下窜。你对建这座屋子的老人无比好奇。"

他喃喃自语，伏在桌上睡了。

午夜，有人给他披了一件衣服，走开了。他知道那是老伴儿。她在另一间屋里抄写卡片，每天睡得很晚。

他被脚步声弄醒，搓搓眼。一个背影消失在屋角。他叫了一声，没有回应。他站起，走几步，回头取了桌上的灯。

他一手扶墙一手持灯，从灶屋小门走下台阶。身上的衣服几次滑脱，他揪紧了。他听到脚步声消失在下边。

"我知道你要准备夜宵，下来找大枣和红豆。小心脚下，让我给你照亮。"他的声音越来越大，几乎在喊。

"你在哪儿？"听不到回应，他的声音更大了，还用力跺脚。

"捉迷藏？啊哈，我可是干这个的老手！"他嘴角瘪着，踏下台阶，在转弯处停留片刻，大口喘着气。

一连推开几道小门，里面的夜色更浓。他掌灯看过了每个角落，将杂物拨开。到处静寂。"从这里往前，就是那个石头滑梯了。"他从滑梯一侧绕过，想登上台阶。

"我来了。"他说了一句，迈出一大步——落脚处仍然是夜色，而不是台阶。他摔了下去。

究竟躺了多久，他不知道。睁开眼，想着身在何方，怎么也想不明白。他要坐起，伸手抓扶什么，腰部一阵钻心的剧痛。

疼痛让他想起了橘颂。"我一直是和橘颂在一起的，颂啊！颂啊！"他大声喊叫。他听着自己的声音，突然沙哑了，而且每吐出一个字都要忍受刺痛。

他呼呼喘息，使用了更大的力气，想坐起来。他仍旧呼喊橘颂，没有回应。

他觉得被无形的丝网缠住。一次次挣脱,全都失败了。

他再次睡去。醒来完全是因为一阵阵呼唤——声音太熟悉了,这是橘颂!是它,那张湿漉漉的小嘴一遍遍触碰他的脸,不停地呼叫。他说不出话,只握住了它的胖爪。

橘颂拱他的胳膊、手和腿,最后跳上胸部,一下下踩起来。它闭着眼睛,发出急促的呼噜声。他想翻一下身,让它踩自己的腰部,可实在动不了。

二十四

老文公身边围了三个人:老棘拐、水根和李转莲。橘颂坐在一边。"我弄不懂发生了什么。我可能睡得太久。"他逐一看着他们,十分抱歉。

这是上午十点多钟。最早进入石屋的是取水送菜的李转莲,她找不到主人,以为他去了村里,就坐下等了一会儿。后来她把带来的菠菜和韭菜择去干叶,把芋头和红薯洗干净。

等来的是水根,他一进门就找橘颂,喊着跑到了下面。大约几分钟后,水根蹿上来,跑走了。

李转莲有些发蒙,直到老棘拐赶来,才知道出事了。

老棘拐给老文公涂上药酒,蹲在一边搓弄,说:"摔得不重,一会儿就扶你起来。"

待了半个钟头,老棘拐拍拍老文公的脸,将一条胳膊伸到腋下,又让李转莲到另一边,学他的样子。"慢呀,起呀。"他说。

老文公被搀起来。橘颂一直看着,双目圆睁。

老棘拐嘴里发出"嗯嗯"声,往前挪动。他和李转莲将人搀上了台阶。

折腾了一会儿,他们终于把老文公扶到那间大屋,让他仰躺在炕上。李转莲去了灶屋。饭香开始弥漫。老棘拐坐在炕边,对睁开眼睛的老文公说:"下边,真是个玩耍的好地方!"

老文公笑了。

李转莲端了一碗菜粥,要给老文公喂饭。老棘拐阻止了她,把枕头垫高一些。老文公半坐半卧,老棘拐把碗塞过去。

"瞧他抓得多牢。"老棘拐对她说。

老文公喘息着,用了很长时间才喝掉半碗粥,吃了半个鸡蛋、一个芋头。

橘颂吃掉老文公剩下的半个蛋黄。

老棘拐和李转莲整个下午都待在石屋。老棘拐每隔一段时间就打开药酒,给老文公涂抹、揉搓。天色暗下来,老棘拐最后一次涂抹,把瓶口对在老文公嘴上,说:"喝一口。"

老文公饮下一口,呛出了泪花。

老文公躺平,两手在头顶和枕旁抚摸。水根把橘颂推过去。橘颂爬上胸前踩按,踩了一会儿又往下移动。老文公伏下身子,让橘颂踩踏腰部。

老棘拐说:"好。"

天黑了。李转莲看看破损的灯罩,说:"今夜就让我陪他吧。"

老棘拐说:"你还是回吧。"他拍拍炕席,"水根,你和橘颂睡这儿。"

水根答应得响亮。

老棘拐和李转莲一起离开了。水根和橘颂分别躺在老文公两侧。他们很快睡着了。

凌晨两点,老文公醒来了。

"我的腰好多了。"老文公说。他望着窗外,想看到远处的一扇窗子。没有。只有闪闪的繁星。"睡吧。天亮以后我再给你们讲故事。现在是睡觉的时候。"他对醒来的水根和橘颂说。

霞光从窗子射进来，橘颂伸着懒腰，打了个长长的哈欠。老文公也睁开了眼睛。其实他从凌晨醒来就没有再睡，一直在想心事。他大多数时间都要仰躺，这会儿痛得轻一点。水根还在睡。老文公看着他，目不转睛。

水根额头鼓鼓的，很白，头发像玉米缨的颜色，睫毛很长。

门响了，进来的是李转莲。她手里提着一个带盖的篮子，里面冒出香气。她的身子探到炕上，看老文公。"一夜都好。"他告诉她。橘颂跃到篮子那儿，踩醒了水根。

揭开篮子，解开一个粗布包，里面是几颗粽子。"这是我起早做的，红枣，香糯米。"她剥去竹叶。

正这会儿门响了，老棘拐进来。他双手按住拐杖，盯着她："伤成这样，怎么能吃粽子？"

"那吃什么？"

"山药鱼汤！"

二十五

老文公能够下炕走动了，每次可坚持三五分钟。"真得好好感谢你们，不然糟透了。"他说。

"应该感谢药酒和山药鱼汤。"李转莲说。

老棘拐说："主要是水好。"

老文公点头，转脸看在一边玩耍的水根和橘颂："还有两个小家伙。"他想起什么，看着窗外，"洋槐开花还有多久？"

老棘拐答："十天。"

"盛开的日子？"

"十三天。"

老文公看着老棘拐："只要不误槐花就行。说实话，我和橘颂来这儿，有一多半是为了槐花。"

李转莲睁大眼睛："原来是这样！"

老棘拐说："放心吧，误不了。"

"我太高兴了。许多年前我见过这里的槐花，嗬，开得像小山一样。那一次和老伴儿一起。夜里因为太浓的花香，还有月亮，说真的，入睡都难。我们就去了河边，坐在槐树下。"

老棘拐按着拐杖，全身的重量都压在上面。

"这些天，转莲每天来做山药鱼汤，棘拐老哥给我上药。可我没有像样的礼物送你们。"

老棘拐说："呔，水根识得三十二个字。"

李转莲说："您要舍得，就把墙上的字送我吧。"

"那一点都不难。过两天，我会写出一模一样的字。"

老棘拐瞥瞥墙上："也送我一张吧。"

老文公点头："一定的。"他接着讲了那几行字的意思。

李转莲说："橘树，多么好啊。我要画那棵橘树。"

两天后，老文公身上轻快了许多。他下炕走了一圈，又在门口站了一会儿。天很蓝，白云飘在山顶。河里水声依旧，可他嗅到了水草的青生气、鱼的泥腥气。

"再有一个星期，我和橘颂就能过河了。"

水根一整天都在这里。他想和橘颂玩，不愿坐在桌前。睡前的一段时间最好，和橘颂一起听故事。

308

他除了学字,还要学算术。水根把墙上的字加在一起,大声喊:"八加八加五,等于二十一!"

老文公说:"真不错。"又问,"还有旁边的署名、红色的印章呢?"

水根以更大的声音回道:"三加三加二等于八!"

"好极了。聪明的孩子!"

橘颂长时间坐在角落里,水根找它玩,它拒绝了。他想揽它入怀,它瞪一眼,坐到了更远的地方。水根向老文公发出抱怨。

"你不能打扰橘颂的思考。它每天都要思考,无论坐着、躺着和走路,都在思考。"老文公说。

水根看着橘颂。它还是那副神情,只望着一个方向。

"当它专心做事、想事的时候,我们谁都不能打扰,更不能强迫它,让它改变自己的主意。我们人无法做到这一点。水根,你不觉得这很了不起吗?"

水根低下头。后来水根到一边坐下了。他有时望向一个地方,有时垂下眼睛。老文公递给他一杯水,他说:"我在思考。"

李转莲送来了蔬菜和水果,还有一点肉。让老文公格外高兴的,是她带来的一只锃光瓦亮的灯罩。"啊,我以为再也找不到了。这真是好极了!"

破损的灯罩被换掉,又重新做了一个灯伞。

晚餐后,老文公挽起衣袖,将宣纸铺在桌上。明亮的灯下,水根和橘颂都围过来。老文公蘸饱了墨,一口气写了三张大字,然后盖上彤红的印章。

"这和墙上的字是一样的。"水根说。

"说得对。这是我送你老爷爷和李转莲的。"

他将字收好。橘颂跳到炕上,水根坐在旁边。

讲故事的时间到了。

二十六

老文公扳着手指算槐花开放的日子,又算满月的日子。"它们不是同一个日子。不过槐花长成小苞朵,再到一点点开放,也像月牙儿一样。"他看着橘颂。电话响了。

"老海豹,又想听听你的吭哧声了。"老家伙一上来就喊。

"'吭哧'指什么?"

"你的四只老鳍一用劲,嘴里就发出那样的声音。"他笑了,粗哑,嘎嘎响,一点都不难听。

老文公没有吭气。他有些走神:我现在爬到了哪里?"四只老鳍",说得不错,它们早就磨出了老茧,也就不在乎荆棘和土石了。剩下的就是继续吭哧!

"你睡着了吗?说话!"

"说话,好的。嗯,我在想'吭哧'的事儿。不过,对不起,好像有人敲门了。"

"好!好!"那边还在吼。

他拍拍电话,只得挂了。

老棘拐来了。他上前一步,伸出拐杖敲打一下老文公的腰背,哼了一声。

喝茶时,老棘拐嫌太酽,加了白水。他看着在屋内来回走动的橘颂,说:"好猫。"

"它不太胖,不过是长了个双脊背。"老文公说。

"你也该有双脊背啊!老弟,你到底是怎么回事?农场?这我知道。还有别的事?"

"那会儿不过是砌墙、挖洞、扛包。有一天,一辆小车把我拉到了海边。那里有一幢小楼,我们几个人住在里面,每天读读写写，还能吃上粉肚。我最喜欢粉肚。"

"粉肚。后来呢？"

"后来让我们专门赞颂一个人，那是最坏的人。我不干了。"

老棘拐抬起一双凹眼："还有这样的事？这个人是谁？"

"你不认识，古代的一个人。就这样，他们把我送回了农场。"

"粉肚没了。"

"没了。"老文公应一声，突然想起灶屋里的陶钵——下面是一个打开的粉肚罐头。"这下糟了。"他去了灶屋，揭开陶钵，看到的是长满绿毛的圆球。"多可惜。真可惜。"

他难掩沮丧。他没说这是为那场宴会留下的美食。

老棘拐在看墙上的字，咂嘴："你识字多，故事多。水根有福了。"

老文公看着青筋凸起的手，食指上有一点墨汁。"故事都是奶奶讲给我的。身边没有其他人，只有奶奶。有的事我不信，可还是难忘。"

"说说看。"

"奶奶说，爷爷变成了一棵树。"

老棘拐拍拍腿："这事你得信！"

他看着老棘拐，揸着手指。

老棘拐咽一口茶："你爷爷爱树，领人栽遍了周边的山。有个山大王到处找一种叫'坚桦'的树，用来打造战车的车轴。他们押你爷爷进山了。"

"奶奶说他不愿指认哪一棵是坚桦，又逃不掉，就变成了山里的一棵树。"

"山大王的人走了，你奶奶和村里人上山找爷爷。你奶奶搂住一棵又一棵树，哭问是哪一棵。有人说，用镰刀刮一下吧，哪棵流血，哪棵就是。"

老文公低下了头。

"你奶奶拦住他们。她怕你爷爷痛。不过一连几天她都上山。她后来看到不少大树都有镰刀刮痕，树皮渗出一颗颗泪，亮晶晶的，不红。"

"那就不是爷爷。"

"他一准在它们当中。肯定在。你奶奶信，全村人都信。"

橘颂一直走来走去，目不斜视。它这时站下了，看着两个人。

老文公叹息，不再说什么。他站起来，取来一张大字。

老棘拐"嚯嚯"几声，双手接过。他抚摸纸上的字，最后盯住印章："多么红！"

二十七

采椿旺季已过，李转莲又能按时来石屋了。老文公说："您能在槐花开的日子，最好提前一两天，为我买来一个粉肚吗？"

李转莲扳着手指，说："尽力吧。"她得到了两张大字，说，"可我还没找到橘树图谱。"

老文公想起来，打开手机，指着上面的图片。她说"慢着慢着"，看一眼，在纸上记一笔。

"回去时，我会比照桃树和苹果树，画出一张大画儿。"

"我希望它的枝叶是收拢的，形状像伞那样。它要果实累累，叶子又肥又绿。还有，上下左右的果实是对称的。"他叮嘱。

李转莲抿着嘴："嗯，明白。"

她走了。他目送她过河——她提着一桶水，踏上溅起水沫的河心石头，身体灵便。

一会儿水根来了。老文公说："按课程表，今天该识五十六个字了。"

学了一个小时，要游戏了。水根对橘颂做个手势，得知它是同意的，跳了一下。他们离开了。

老文公把水根的石板挪开，搬弄卡片箱和工具书，取出有向日葵图案的布包。

太阳照亮桌子。他认为这是一个很棒的工作日。他想起以前听过的一句妙语：记得住的日子才是生活。现在他想改一下：好好工作的日子才是生活。

可是伏案刚过半小时，腰那儿就开始隐痛。他站起，扭动，捶打，最后不得不离开桌子。他来到窗前，看远处山的轮廓。他从头想那些称得上"生活"的日子。"很可惜，没有太多，起码没有想象的那么多。原因很简单也很不幸——有人不让我过那样的日子。所以，我必须说，我的'生活'十分单薄。"

他重新回到桌前，重复一句："单薄啊！"

翻看那些等待填满的格子，它们看上去就像一些眼睛，这会儿看着一个老人，充满友善。正因为如此，他认为写下的每个字都要对得起它们。

面前这些斑驳的纸页，积成了多么厚的一沓，令人称奇。那些段落，或潦草或工整，差异真大。有些片段是粘上去的，很像颜色不同的布料。有些字该重新抄写，今天看就像一串串蠕动的蚂蚁。

他记得起每一页的情形：心情和处境，身在何方。有一些难忘的帮助。是的，他首先会，不，他永远会感谢一个人，就是那个老家伙。这家伙至今还在电话上吵吵喝喝，不依不饶。

那个人和自己一起，走过多少旱路和水路。他们曾在一座荒山上迷路，生命垂危，被一个采药人救起。他独自晕倒在一艘臭气熏天的私家船上，是那个家伙冒着生命危险前去搭救。在探寻"冰娃"的长路上，在破解古老谜语的黑夜里，那个人不离不弃，可能陪伴自己走过最后一程。

一阵愧疚泛起。他觉得或许有些迟了，关于那个家伙，应该做出一个郑重的决定。"没有他，我这头老海豹就会躺在荆棘土石中，绝望和孤独而死。"

这一次他不再耽搁，马上给那个老家伙拨通了电话。对方很不耐烦，可能手头有什么事情。不过他很快消了气，说："没什么。说吧。"

老文公呼吸急促，有些紧张。他尽可能说得平淡："没事，我不过是想你了。我想，我想完工以后，我们应该共同署名。这不是我一个人完成的。"

那边静得可怕。只一瞬间，那个人的火气爆发了，喊叫："你给我闭嘴！"

"可是，我们总要尊重事实。"

"事实就是，你是一头倒霉的老海豹！"

电话挂了。可他仍然能够听到那个人呼呼大喘，看到他愤怒红涨的脸庞。"算了，让这家伙发火不得了。"

他看着手机，咀嚼那刚刚吐出的两个字："倒霉"。是的，重创、垂危，以及其他。好在他最终还是苏醒了，活过来，而且摆脱了轮椅。他能使用四只老鳍，而不是那轮子，一寸一寸往前挪动。

不时袭来的剧痛、整夜的愁闷和喘息，断断续续几十年。他一直在记，如同缝补一件破烂衣衫，日夜连缀那些纸片。有一天，正是梧桐开花的早春，半岛上来了一位声名巨隆的"泰斗"。领导让他作陪——

有一次，记得是宴请前的间隙，他终于忍不住，开始请教。小心、恭敬、殷勤，说的是那个"夷"字。"泰斗"听着，眼睛在镜片后面转动了一下。

"'夷',我想那是一只海豹。"

"泰斗"一怔,笑了,咳嗽起来。旁边的夫人赶紧去拍丈夫的后背。老文公解释:"当然,典籍上不是这样说。然而,我想,这是个人的观点。"

"泰斗"还在咳嗽,把脸转开。夫人说:"请不要让先生笑岔气。"她转向一旁的领导,"先生会受不了的!"

领导射来严厉的目光。

那个夜晚归来,他无法入睡,胸部阵阵抽痛。老伴儿为他热敷,将他的背部垫高。

从那以后,他有了一个新的绰号:老海豹。

二十八

老文公要锯开那条大鱼。他将它锯成许多段,再锯成更小的方块,装入一个蓝花瓷坛中。

他记住李转莲传授的做鱼方法,准备一一尝试。白菜根、豆豉、泥碗,一切齐全。他认为她说的四种方法都不适合橘颂。"第五种方法应该发明出来。"他想着,想了很长时间,最后记下:浸出盐分,剁细,加菜屑,加面粉,做成豆子似的颗粒,晒干。"这样它会喜欢。"

晚餐时,老文公对橘颂说:"你的点心制作出来之前,蛋黄仍为首选。"他给它蛋黄,自己和水根吃了酸煎饼,还喝了咸粥。

老文公最感兴趣的是老棘拐的起居饮食,特别问到了一日三餐。水根说爷爷每餐只喝一点点粥,"菜粥"。

"所以他那么瘦。不过腰挺得笔直。还大我三岁哩。"

"他爱吃蘑菇,爬到柳树上采蘑菇。"

老文公盯着水根:"有这事儿?"

"爷爷见了柳树上有个大黄蘑菇,就把拐扔了。他一会儿就爬到了树上。"

他咂着嘴,想着那个攀在树上的人。"真像一只老猴啊。"他咕哝。

他们上炕了。水根和橘颂挤在一起,老文公只好挪到里边一点。水根捏橘颂的鼻子,还想亲一下。老文公不得不阻止:"这是不可以的。"

"它的小嘴比我还干净。"

"那也不行。它和我们的口腔细菌群落是不同的。"他指指嘴巴,"嗓子会痛。"

"我不怕痛。"

"橘颂怕。"

水根伸平两腿,想夹住橘颂。橘颂眯眯眼睛,坐到了老文公身后。

"咱们讲故事吧。"老文公把油灯推到窗台里边,看看窗外的夜色。

水根专注起来,一手扶在下巴上。

"咱们今天还说'冰娃',也就是小斑海豹吧。它们就像橘颂这么大,或者还要小一些。"

水根歪头看看橘颂。橘颂一直端坐。

"每年入冬前,它们的爸妈都要提前动身,从很远的北方大洋启程。赶到半岛海湾,正好是十二月,这里刚刚结出冰排。开始建一座座小屋了,它们要在小屋里出生。"

"用冰块砌的小屋?"

"爸爸妈妈用牙齿挖出冰巢,那是凹下去的小房子。'冰娃'出生了,它们和爸爸妈妈住在一起。"

"那多冷啊!"水根说。

"它们喜欢这样的冰屋,这里最适合它们,在它们看来,半岛海湾好极了,不冷也不热。这就是爸爸妈妈千里万里赶路,从最北边的大洋一路游过来的原因。那需要好几个月,战胜千难万险,躲过鲨鱼和海狼。什么都挡不住它们,一定要按时到达。"

"就为了在这儿生下'冰娃'?"

"是的。因为渤海湾的冰排只有十二月才有,到了来年三月就开始融化。所以爸爸妈妈必须在不到四个月的时间里完成这么多事情:建巢,生下'冰娃',让'冰娃'长大,学会生存的本领。一家子住在小冰屋里,每天出门晒晒太阳,爬到礁石上玩,快快乐乐,一直待到三月底。"

"它们吃鱼吗?"

"吃鱼吃虾。渤海湾里浅滩多,入海的河流多,河流从山地平原一路过来,带来无数好吃的东西。大海豹带着孩子在海湾游玩,还能顺着河道,去陆地的水汊湖泊中。这些地方与大洋完全不同,是小海豹们成长和玩耍的天堂。"

橘颂听得凝神,右爪举在嘴巴上,一动不动。

水根喊:"哎呀!多好,小海豹!"

"想想看,那会儿的半岛海湾,沿海有多少水汊湖泊,到处都是斑海豹!它们有的躺在冰排上,有的爬上岸上,有的一口气游到河里湖里。那时随处都能看到它们的身影。"

"我喜欢小海豹!它们像橘颂,都长了两撇胡子!我要去海湾!"水根嚷起来。

"由于气候变迁,现在海湾里很少见到斑海豹了。"

"为什么要'变迁'?"

"总要变迁的,比如咱们这片石屋,几年前还有很多人。几十年前,几百年前,这里的人多极了。"他的声音低下来。

橘颂跳上窗台。老文公想抱它一会儿,它拒绝了。它坐在灯下,长时间望向窗外。

"我们讲的是斑海豹,其实还有许多别的品种。据说世界上有四十多种海豹,它们都很温顺,招人喜欢。只有一种叫'豹海豹'的,是特别凶猛的家伙,侵犯同类,还会伤人。"

"那是海豹中的坏蛋啊!"

"是的。坏蛋总是有的。"老文公不再说话。待了一会儿,他起身找来纸笔,写了一个很大的"夷"字。

"它就算你识下的第五十七个字了。"

"这是什么?"

"古人画的海豹。"

二十九

老文公叮嘱自己:每天至少要工作两个小时。茶炉的咕噜声里,橘颂会陪伴一会儿。他翻书,写字,当一本本书摞到肩部那么高,橘颂就会离开。

水根像过去那样,每周来两个下午。他在石板上写字,大声念出一些押韵的句子。

一天下午,水根和橘颂仍旧去下面玩耍。过了不长时间,水根大呼小叫跑上来,说:"我们发现一个大洞!"

老文公放下手中的笔。下台阶时,他手扶墙壁,走得很慢。下边光线很弱,要适应一会儿才看得清。

水根蹲在前边,不时停下来等待。"颂,你在哪儿?"老文公喊着。没有回音。水根说:"它肯定自己进洞了。"

长廊最窄处只能通过一个人。水根蹦蹦跳跳,穿过一个椭圆形小屋,往前,站在一座秋千似的荡桥上。老文公只来过一次,认为这是小孩玩意儿,有些害怕。

水根指着桥头下边的石头:"看哪!"

那里黑洞洞的。老文公搓搓眼,这才看到橘颂——它从石头的空隙中探出头来。

他呼唤着走到近前，它却缩回去了。原来石头中间有一个很大的空隙。

橘颂在里面叫，引老文公进入。脚下是一堆倒塌的乱石，往前看，有一条狭窄的弧形甬道：宽约一米，地面铺了平整的石板，上边是严密的拱顶。看不到尽头，只透出微弱的光亮。

随着向前，光线变得刺眼。整条地下通道共有五十多米。它的出口已被石块堵住，光线从缝隙中直射进来。

他趴在塞紧的石块上，从间隙中看着外面——一片摇动的灌木和草丛，最茂密的是蒲苇。他嗅到了泥腥气，听到了哗哗的水声。"哦，明白了，我们到了河岸！"他对一旁的橘颂和水根说。

橘颂拨弄石隙，想钻出去，很难。老文公和水根几次要推开出口，费了不少力气，石块还是牢牢地堵在那儿。

"这可不行。咱们的力气太小了，要慢慢想个办法。"老文公劝住了水根。

返回屋里已经热汗涔涔。他坐在桌前，等待喘息平缓下来，想着那个老人。他不知道这个石屋，包括十字街口那片更大的建筑中，还藏着多少秘密。

门响了，他去开门。是李转莲。她进屋后，他却去了门外，往前走几步，回身看这座石屋。它的外墙用彩石拼出各种图案，并不高大，屋顶竖起稍多的烟囱，其余再无特别之处。

回到屋里，李转莲向他举举手里的篮子："实在买不到啊，没有你说的'粉肚'。只有火腿。"

"哦，很遗憾。"

"粉肚有那么好？"

老文公想说这将是宴会上的一道主菜，但忍住了。他不好意思，告诉她："小时候没有吃的东西。有一天爸爸带回一个粉肚，奶奶用细线把它勒成一片一片。那味道一辈子忘不了。"

水根在一边，抿着舌头。他回头看到橘颂往灶屋那儿走去，一拍脑袋："咱们去大洞！"

他一边往前走，一边说："转莲哪，有个事情要你帮一把。我们来吧！"

李转莲随着往下，往前，她发出感叹："瞧这些弯弯绕儿，非把人走迷糊了不可！"

进了洞子，李转莲不再吭声。到了尽头，老文公指指那些石块："还得你来推开。"

李转莲推了几次，石头纹丝不动。她上下看，摸，最后发现一根手柄样的木头。她扳住它晃动，拖拽，拔了出来。石块发出吱吱声。她一推，轰隆一声，洞口就敞开了。

他们拨开灌木和蒲苇，出了洞子，发现已经站在了河岸上。这里是一个高台，下边有一个深色水潭。李转莲拍手："啊哎，大水潭！这就是我逮鱼的地方！"

橘颂跳下台阶，在潭边绕行，用力嗅着。

"这儿水深，能藏大鱼。可是，你怎么逮得住？"老文公一脸迷惑。

李转莲指着水潭："三九天，它冻得严实。我带一把铁镐来，凿出脸盆大一个洞，坐下等，大鱼就跳出来了。"

水根不信："为什么？"

"我也不知道。它跳出来，后边跟一群小鱼。"

老文公明白了：水潭封住，大鱼憋坏了。"再大的鱼也要透气啊！它要呼吸啊！"他大声喊叫，看着蓝天，一脸悲愤。

回到屋里，老文公叮嘱：洞子的事先

别说出去，咱们发现了一个暗道，是老人当年留下的秘密。李转莲笑了："村里没人了，跟谁说去？"

水根问："老爷爷也不告诉吗？"

老文公犹豫片刻，抚着他棕色的头发说："我们不能瞒他。"

三十

夜深人静，橘颂蜷在旁边睡了。老文公一直无眠。他将窗户打开很小的缝隙，为了嗅一嗅午夜的气息。夜气中混合了水、树、山，还有星空的味道。"不错，星星和月亮也有气味。"

他记得小时候和奶奶坐在河边白沙上，长时间望着星空。有一次他说："我闻到了星星的味道。""它是什么味道？"他想了一会儿，说不确切。他想说：就像深冬里挂在树梢的桃子，遗下的桃子，冻成紫红色的，上面结一层透明的冰。

后来他还嗅到了月亮的味道——与星星不同，它和绣球菊差不多。满月的时候，整个天空和大地都是它的味道啊，浓得不得了。他不停地吸鼻子，说："啊，月亮！"

今夜，他连续吸鼻子。"没有办法，从小养成的习惯。"他叹一声，关上窗子。

睡不着，很想跟远在半岛的老家伙交谈几句。那人有按时上床的习惯，被打扰就会发火。可他最终没有忍住，还是拨通了对方的电话。

果然，一开口对方就骂骂咧咧，当听清楚是谁之后，稍好了一些。"实在对不起，我这样，是因为，白天，刚刚发现了一个秘密。我要告诉最好的朋友。"

他讲了通向河边的那个暗道：隐蔽而讲究，上面是石头拱顶，出口由灌木和蒲苇掩挡，用石头塞紧。

"我对老爷爷，那位先辈，越来越好奇了。他在一座石屋下边，竟然花费这么大的心思。我在想他的用意。难道只为了好玩？"

"好玩本身就很重要。这是他的创造。人这一辈子，应该留下自己的作品，它必须是自己的，不同于他人的。这就得专心致志，打定主意，不能看别人脸色。嗯，你明白的，老海豹。"

最后一句让老文公哑默许久。这个外号被对方叫熟了，所以完全能够容忍和接受。最初恰好相反，那是多大的污辱啊。

"说实话，我差点被这外号给毁了。"他的声音很小，只说给自己听，奇怪的是被那个耳背的家伙捕捉到了。对方哈哈大笑："就是它了，又怎么样呢？既然是，那就爬回海里去！好样的，你没有趴下，你是个好家伙！"

"你是我的老哥。"他充满敬重。

"那次'泰斗'害你停工半年。好在你的倔劲儿更大了！"

老文公闭上眼：我倔吗？我还不如橘颂！瞧它，多么自在的生灵，只做自己的事情，谁想强迫它、逼迫它，决不依从。

"时光啊，太快了，太快了。人只有一生，不短也不长。"

今夜交谈就这样结束了。他睡着了，睡得很舒坦。橘颂好像亲过他的脸，但没有把他弄醒。

早上霞光把窗户映红。他醒来后觉得心情不错，精力充沛，下炕后扩扩胸，动手准备早餐。他为自己煮了菜粥，蒸了蛋羹，又在碟中放了几片酸煎饼。橘颂享用半只蛋黄、一点粥。他想起前天晾晒的鱼丸，去屋外端来。橘颂大嚼鱼丸的样子让他高兴。

他饮茶的时候，橘颂通常要专心打理卫生。它舔洗前爪时如果突然停下，抬头看人，蜷起的爪子还在颔下，那模样好像在说："我有权。"

"是的，你有权做自己的事情，只要有利于他人和世界。"他看看它，站起来。

他从书架上摸出一个信封，这是为那场晚宴准备的请柬。他看着它，自语："也许，要同时发给老棘拐。是的，多大的疏忽啊。"他坐下，找了一张有松树图案的信笺，同样画了一只高脚杯，然后装入信封。

刚把请柬放好，老棘拐就领着水根来了，一进门就说："今个不是孩子上课的时间，不过我听说那个大洞了，过来看看。"

"那当然。这事也只有请教老哥了。"

水根在前边引路，橘颂紧随其后。下台阶时老文公搀着老棘拐，老棘拐挪开他的手。

进了那个通道，老棘拐马上放慢了脚步。他看得仔细，摸摸墙壁，仰脸望头顶的拱石，说："活儿多么精细！石缝多么严实！"

老文公问："老哥，我一直不明白，老爷爷为什么费这么大的力气？这又是做什么用的？"

"他这人玩心重，也许就为了好玩，为了跟孩子们捉迷藏。不过，"他转身看看，补充一句，"也为了防匪。"

"防匪？啊，我就没有想到这一点！"

"你该想到啊。世道多变，土匪是有的。有一年，传说一支土匪追赶你老爷爷，他一头扎进这座小屋，人就不见了！今天我知道是怎么回事了！"

老文公望着老棘拐。

"那真是一个了不起的人。这样的人土匪逮不住，人间也留不住。他最后是被凤凰领走的。"

三十一

经反复挽留，老棘拐答应在这儿用餐。老文公去了灶屋，老棘拐说："不用忙，我吃不了多少。"

桌上摆了三样小菜、米饭和粥。橘颂也有一个碟子，里面是一把鱼丸。老棘拐从它的碟中捏出一粒，嚼了嚼，对老文公说："来些。"

老文公取来一个装满鱼丸的陶罐。老棘拐倒在自己碗里一点，不再吃别的。

饭后老棘拐很高兴，抹着嘴，和老文公一起喝茶。"茶酽了。"他往杯中掺水，举着杯子，"你们祖上都是干大事的，我说过，你老爷爷盖起一片大屋，你爷爷栽了满山的树，你爸爸修了老长的铁路！到了你这儿，你这儿……"他四下看着，饮下一口。

"我很惭愧。"老文公说。

"你在干什么我不懂。"老棘拐喝下一口茶，像喝了一口烈酒，伸手在颏下捋着。

"再过两天，洋槐花就开了。"老文公想起了一件重要的事。

"不错，我没忘。路上看了槐树，快了。"

老文公想告诉他：到了那一天，除了看槐花，还要举行一场宴会呢。不过他没有说。

老棘拐转脸寻找水根。水根正和橘颂游戏，想动一下它的胡须，它躲闪一步，抬手给了水根一巴掌。水根捂着脸，看老棘拐。

"胡须揪不得！"老棘拐做个吓唬的手势，又转向老文公，"它坐直了的模样，它望着远处……啊呀！"

老文公知道老棘拐找不到合适的词儿。要自己来说，那就是：凛然不可侵犯。

"橘颂让我学到了很多。我是说，我和它，想在这儿长期住下去。不过，我听说山里的寒冬冷得吓人。"

"老弟，这是祖上的房子，你最该留下来。冬天？建这房子的人什么都想好了，天下没有比这里更暖和的了！"

"我信。我想每个季节都好。"

"那还用说！春天你见了；夏天去河里洗澡；秋天，漫山遍野的果子；冬天，最好的就是冬天，茶炉咕咕响，你坐在大炕上，盖着软蓬蓬的被子。"他说着转头看旁边。

"哎呀老哥，我被你一番话给迷住了！"

老棘拐去炕上捏了捏被子，说："还行。不过入冬前，让李转莲把被子里的棉花弹一遍。那个弹棉花的男人走了，手艺留下了。哎，一个好闺女。"

老文公没有吭声。他在想李转莲的小院，院里那棵盛开的海棠。

"男人哪，"老棘拐双手按着拐杖，嘴瘪着，"怎么舍得下这么大一片石屋？有山，有河，主要是有好水，更别说这么多花！我真是不明白！"

"我也不明白。"

老棘拐磕打牙齿，咧着嘴。这时老文公才发现，对方的一口牙齿完好无损。老棘拐看着他："你爸爸喜欢老家，他那次回来是不想走的。铁路修完，叶落归根。他就动手打了一口压水井。"

"您见过他？说说吧。"他在恳求。

"那时候我还小。全村的人都来了，看压水井，看你爸你妈。他们戴了手表。你妈还有一顶洋布遮阳帽。两人真和气，给上年纪的烟卷儿，给小孩儿糖。可惜没住几天，他们走了，再没回来。"

"如果在这里定居多好！"

老棘拐嘴瘪着。老文公习惯了他的这个动作，那是遗憾、生气，还有无能为力。

"只是传说。村里老人告诉我们，说上面的人还要他们修铁路。往东修到了海边，那就往西了。修啊修啊，一直修。西边是什么？一片大沙漠，望也望不到边。"

"奶奶讲过，妈妈绘图，爸爸修路，他们都从国外回来。"

"就是。铁路修进大沙漠，该停了，可就是停不下。"

"为什么？"

"往远处看，有一座发光的城。再往前，那城还在。怎么都够不着，就修个不停。就这样进了沙漠里面，再也回不来了。"

三十二

老文公双肘撑在窗前，看山洼上的月亮。橘颂在一旁等待。他回头看看它："多好的夜晚，天空是靛蓝色的。"

橘颂跳上窗台。一只银色的飞蛾落在玻璃上，它伸出右爪按住。飞蛾还在。

老文公开始讲故事，继续说"冰娃"："小斑海豹刚出生不久，身上的毛儿又滑又细，就像你的腹部。"

橘颂坐在老文公右侧，离枕头一尺远。天暖和了，他们不再将被子拉到颔下了。老文公说："如果我年轻一些，会带你去海边的。听老友讲，就在今年初春，还有一只'冰娃'上岸呢。这种事已经很久没有发生了，我说过，气候发生了变迁。"

他看着它的眼睛，看了很久。"颂，你看到了什么？你在想什么？你一言不发。"

橘颂这样切近地注视自己，从什么时候开始？哦，从很早以前，从一开始。它现在不到三周岁，据说它们的年龄与人相比，要乘以七，也就是说，橘颂现在相当于二十左右的小伙子。

它的目光打断了他的讲述。月光从窗上洒进来，灯上有粉色晕圈。"沉思的眼睛、纯洁的眼睛、询问的眼睛。还有，陌生的眼睛、热烈的眼睛、冷峻的眼睛。"

他坐直了身子——自己刚刚作了一首诗。啊，有这样的可能吗？我一直渴望成为一个诗人！然而年轻时试过，很难。"不过，也许，刚才，"他盯着它，说，"你今夜的眼睛像月亮一样清澈！"

做个诗人的梦想落空了，却从没遗忘。他曾经对儿子说："你试试看，也许能当一个诗人。"儿子说："哈哈，哈哈。"

"那小子最后搞了金融，国内国外飞啊，这不，一时飞不回来了。"他对橘颂说。

老文公沉默了一会儿，接着泛上一个心事：如果我不能和橘颂在一起，下一代，就是那一家三口，是照顾不好它的。他一阵悲伤。后来想到了孙子，想起他"我要橘颂"的呼叫，心情略好了一些。

他希望小家伙学会安静，像颂一样。小家伙太顽皮了，竟然揪它的尾巴。"它是看我的面子，才没有给你一巴掌的。"他说。

夜深了。难以入睡。老文公发现橘颂今夜像自己，毫无困意。他知道这是为什么——明天就是那个大日子，河两岸的槐花要开了。

"我们早些睡吧，攒足精神，去看那片槐花。我们不是一直在等这一天吗？"他率先躺下，拍拍橘颂。

他假装打呼噜。橘颂离得更近了，大概想用鼻头触一下他的额头。果然，轻轻地，鼻头有点湿。

老文公睡着了。

醒来太晚。他对睡眼惺忪的橘颂说：

"咱们得抓紧点，今明两天有重要的事情啊！"

早餐没有草率。点茶炉，煮白粥，烤酥饼，上了两份鱼干。

"多香的茶啊，可惜你不能喝。"他向橘颂举举杯子，"过节就得有个过节的样子啊，颂，我说过，槐花开了以后，我会露一手的。"

他去书架上取来请柬。看过槐花后有一个重要事项，就是要亲自把它们交到两人手中。他在请柬上填写具体时间：明晚七点。

"走吧，今明两天有我们忙的哩。"他将请柬放进内衣口袋，按了按。

一出门就是熏人的花香。"这可非比寻常啊！河边的槐花是有名的，听说那些采蜜的人，每年春天都来河岸搭帐篷。当然了，这是从前，时代已经发生了变迁。"

他揪着橘颂的两只胖爪，迈下石阶。

上午十点。多好的太阳，天上没有一丝云彩。河北岸，那一片树冠一夜间变得雪白，银色披挂，堆积得像小山，又像浪涌。

他站在最后一级石阶上，屏住呼吸。

"颂啊，你该从背上下来了，你要就近看，好好看。这是春天的高潮！一个连一个的高潮！前些天咱们看过了迎春、连翘、桃李、山樱、丁香、梧桐和紫藤！顺着石墙哗哗流下来的紫藤啊！你得记住！"

橘颂一边走一边嗅，眯起双眼。它轻手轻脚，像惧怕，像害羞，走到一棵高大的槐树跟前。它仰脸，纵身一跳，向上爬去。它一口气爬到了树顶。

老文公从繁花中寻找它的脸庞。好密的花冠。

"橘颂，你在哪里？"

三十三

为了一个盛隆的夜晚,老文公精心准备。这是第一次宴请。他觉得自己正代表亲人,举行一场迟到的宴会。

赴宴的只有两户,三人。但这是整个的山村,所有的乡亲。

条件所限,菜肴只能如此。他认为这场晚宴既要丰盛,还要讲究。橘颂从一开始就参与其中——它在树顶折下一些槐花,当槐花扑扑落地时,老文公就把它们兜在怀中。

那将在最后作为主菜端上:槐花饼,外焦里嫩,香气扑鼻,微咸,有一点蜜的味道。

他庆幸自己带来了几只高脚酒杯。"我这穷讲究的毛病一辈子都改不了,不过,多尊贵的客人!"他把杯子找出,擦得锃亮。

他长时间打量那张桌子:所有的书收起来,它成为一张长方形餐桌。美中不足的是两端的卷边,这太碍眼。整张桌子像一个大元宝,更像一张供桌。

"如果没有这两个卷边多好。"他咕哝,前后看,叩打桌面。

只能将就一下了。好在餐具不错。他特别满意的是三叉青铜烛台和一包蜡烛。"我们今晚要点蜡烛了!"他对橘颂说。

橘颂跳上桌子,嗅着刚铺上的桌布。老文公俯下身子,看到卷边下面有一个木柄。他扭了一下,卷边活动了——原来可以翻转向下。

"这真是妙极了!"他叫着,拍手。老爷爷真是神人!他怎么知道有一天要改做餐桌?"一切完美,好极了!"

他把每一道菜肴写在纸上:腌小黄瓜、火腿、香椿鸡蛋、蒲菜汤、煎鱼、炖蘑菇、肉片白菜。最后:槐花饼。他看着排成诗行一样的菜单,点点头:"不错。可惜没有粉肚。"

半下午时分,杯子和白瓷碟一一摆上。一瓶上好的干红、一瓶老酒。

五点多钟,门敲响了。李转莲提前来到,带来几只松花蛋。她要帮厨,老文公说:"这可不行。您是客人。"

李转莲的另一只手里有个布卷,一直没有放下。

"那是什么宝贝?"

李转莲把布卷放下。随着一点点展开,露出了斑斓的颜色——一棵橘树。

大伞一样的树冠,墨绿的叶子;累累硕果缀满枝头,而且是上下左右对称生出。

老文公站在桌前,一直没有出声。橘颂跃上桌子,老文公赶紧把它揽住。他深吸一口气:"多么棒!这就是我要的那棵橘树!"

李转莲两手合在胸前。

"咱这就贴在墙上!有了它,才是真正的晚宴啊!待会儿我们要敬它一杯!"

他放下橘颂,寻找贴画的地方。它被贴在了墙的正中,桌子对面。

老文公摆好凳子,将五个瓷盘端正一下,又加了白色的餐巾。他去灶屋完成最后的菜肴,让李转莲坐在桌前。

天就要黑下来,蜡烛插上了青铜三叉烛台。晶莹的杯子和瓷盘映着烛光。

一股香气溢出,李转莲坐不住了。她想推开灶屋,可门是合上的。

"哎呀,太香了!"李转莲在门外喊。

老棘拐一手扯着水根,一手提着布袋出现了。老文公端出一张又大又圆的槐花饼。"老哥啊!"他叫着,放下饼,拍打老棘拐的肩膀，抚摸水根的头发。

"我没别的好东西，就带来这个吧。"老棘拐打开布袋，取出一串蘑菇，还有一个很大的玻璃瓶，是一瓶水。

"这是最好的，再没有比它们更好的！"老文公双手捧住。

大家入座。橘颂坐在垫高的凳子上，在老文公身侧，对面是老棘拐。它和大家一样，大瓷碟上放了一个小碟，不同的是里面盛满鱼丸。

正式开宴之前，老棘拐从橘颂碟里取了一些鱼丸，放在自己碟中。

老文公举杯站起，看着墙上的橘树。

烛光闪闪，枝叶摇动，金色的果实一伸手就能摘下。

"尊敬的女士，先生们！在这个槐花盛开的夜晚，请接受我们——我和橘颂——我们俩的祝福！"

棣棠之约

孙　频（《钟山》2022年第4期）

推荐语

　　八十年代的诗歌生涯，是孙频《棣棠之约》所写戴南行、桑小军和赵志平三个男人的往事和回想，也是他们生命觉悟的起点。这个起点，差不多正是孙频的出生时间。两个时间的重叠，对一代人而言，可能是缅想和怀旧；而对于另外一代人，则可能是对这个所怀之"旧"的怀疑。正因为如此，《棣棠之约》不只是致敬八十年代诗歌的黄金时代，而且是反思顺时代河流而下的那些生命所保有的和所改变的。（何平）

1

　　多年前，我们三人经常一起结伴去看黄河，就像去看望一个很古老很古老的祖先。

　　黄河当初从青藏高原上下来便决心去往大海，于是一路东行，经过了黄土高原和河套平原，经过高原、沙漠、绿洲、草原。漫漫时光里，它大部分时间匍匐着走，偶尔会忽然站起来，大概是孤独得太久了，它会以瀑布的姿势大声喧哗几句，唾沫四溅，然后继续匍匐赶路。在水草丰茂的草原上，它会把自己折叠成优美的九曲蛇形；在黄土高原上，它会凶悍磅礴地甩出一个巨大的"几"字形。一条大河孕育出了城邦、村庄、古渡，孕育出仰韶文化中诡异的漩涡花纹和古老的羊皮筏子，还有幽寂绚烂的黄河壁画。

我们三人就在黄河边的峭崖上发现了一处黄河壁画。在绵延几里的赤色峭壁上全是被黄河水冲出的天然石画像，像人在天上，又像神降人间，人、神、花、鸟、兽、山、水，似乎全聚在一起了，分不清哪里是天，哪里是地，哪里是河，只见众神同欢，万物生长，天地间一片混沌。峭壁下是奔流而过的黄河水，再往前便是大石遍布、暗礁林立的碛口，水深浪急，船走到这里就不敢再往前走了，于是很早以前这里就形成了一个黄河古渡头，叫碛口渡。古时，那些从黄河上游满载着毛皮、油料、粮食、盐碱、中药的大船走到这里便无法再前行了，船上的商人们只得弃船走陆路，用骆驼和骡马把船上的货物运出去。所有的商人和驼帮都要从碛口唯一一条青石板路上走过。石板路的另一侧就是黄河，大河日夜不息地流淌，夕阳坠入河中的时候，河水会变成炫目的金色，有月光落在河里，河水就变成了银色，闪着霜一样的清辉。

我和戴南行、桑小军每次都是吃了午饭从学校出发，步行到黄河边的时候，往往夕阳已经开始落山，从两山之间穿过的黄河被染得通体金黄。从山顶上看过去，寸草不生的黄土山，金色的大河，天火般的落日余晖交织在一起，共同构筑成了天地间一座恢弘壮丽的城邦，一座只属于我们三个人的城邦。在这座秘密城邦里，我们观赏过落日焚烧着山河，等待着明月从山间升起，当月光乘着浩荡长风，大河也变得冰清玉洁。到了夜里，有时候我们借宿在碛口渡的窑洞里，有时候干脆躺在河边的巨石上，石上尚有阳光的余温，我们沐着星光，枕着碛声，彻夜聊诗歌、聊文学。

还有的时候，我们会沿着黄河北上，一直走到乾坤湾，那是一段黄河古道，越弯曲的河流便越古老，这种古河道的河岸都是夹心的，一层一层纹理清晰，中间有一层黑色的鹅卵石，而一百多万年前黄河刚形成的时候，这层鹅卵石就是黄河的河床。准确地说，让我们感到震撼的其实是时间，那么古老又苍茫无际的时间，居然被封存在一块块石头里。爬到山顶往下一看，一个形似太极图的大河湾赫然在目，那是真正的鬼斧神工。我们惊叹河流在大地上竟可以行走得如此优美壮阔，只是久久呆立在山顶上，全然忘记了时间和归途。

那是1984年，我们正在读师专。我们那所师专可以算是全中国最偏僻的一所师专了，藏匿在黄土高原深处的褶皱里，向西步行半日就到了黄河边，黄河的对岸就是陕西，两岸的人会划船去对方的地盘上赶集、娶亲。我们师专所在的那座小山城，在汉代曾是匈奴的国都，旁边还有大戎、小戎、西落鬼戎、奔戎这样的部族，所以当地人多有少数民族血统，喜欢吃牛羊肉，喜欢大碗喝酒。就在我上师专的时候，小城街头还时常能看到骑马当车的人。

初到师专的时候，我感觉自己一下被放逐到了时间的尽头，文明的尽头，华夏文明到此为止，再往前一步，就是异族的文明了。同学里面，如我一般的失落者其实不在少数，居然被贬谪到这样的深山里来上大学，简直去上个课都得骑骆驼，真够复古的。但就是在这样的深山里，在文明的断层处，我居然也结交到了两三知己，戴南行和桑小军就是那时候认识的。

戴南行其实比我们高一届，他本来上

的是物理系，因为热爱文学，执意要转到中文系，为此不惜留级一年，于是和刚入校的我们成了同班同学。初见此人是在宿舍里，报到完之后我心情不佳，正在上铺躺着发呆，忽见门里飘进来一个男生，又高又瘦，一头长发，穿着喇叭牛仔裤，尖头皮鞋，巨大的黑框眼镜遮住半张窄脸，这么时髦的打扮在学生中绝无仅有。来人把一卷被褥轻飘飘地扔到了我下铺，巡睃四周，发现上铺还躺着一个人，立刻来了兴趣，他扑到我床边，向我递过一只细长白净的手来，我半天才弄明白，原来他是要和我握手。这么隆重的礼节我还是第一次见。握完手之后，他便把他的头搁在了床边，他个子又高，正好能把一颗头完整地搁在我床边。从我的角度看过去，便觉得是他把自己的头摘下来摆在那里，正喋喋不休地和我说话。那颗头兴奋地问我，你喜欢读谁的诗？我正在思忖是说北岛还是舒婷，那颗长发飘飘的头已经很得意地说，你肯定准备说朦胧诗吧？我喜欢穆旦的诗，他把西欧现代主义和中国传统诗歌结合起来，节奏美，音乐美，建筑美，在穆旦的诗里都能找出来，他是真正的雪莱式的浪漫诗人，我来给你背一段吧：你的眼睛看见这一场火灾，／你看不见我，虽然我为你点燃，／唉，那燃烧着的不过是成熟的年代。／你的，我的。我们相隔如重山。／从这自然的蜕变的程序里，／我却爱了一个暂时的你。／即使我哭泣，变灰，变灰又新生，／姑娘，那只是上帝玩弄他自己。

那是我第一次听说穆旦，心中惊异，连忙从枕头下面抽出自己的几页诗稿递给来人，嘴里说，那你也写诗吗？看看我写的诗怎么样？

我从高中开始悄悄写诗，并经常为自己经营的这片秘密花园感到得意。此人用极为细长的手指接过诗稿，飞快地扫了两页，然后把长发使劲往后一甩，露出眼睛，不屑地对我说，你这也能叫诗？就算是诗吧，一看就是你硬找诗，不是诗来找你，我老家有个老玉匠曾经对我说过，玉石与其他石头相比，里面含有更多的阴气，但玉石认主，愿为其主人舍身破命。好的诗也是这样，会前来认主。

我心中一阵羞恼，忽地坐起，赤脚从上铺跳到了地上，只见来人比我足足高出一头，两条腿像蚱蜢一般又细又长，再加上喇叭牛仔裤的效果，更显得全身上下只有两条腿。我不服气地嚷道，你以为就你懂诗？他的长发一垂下来就把眼睛遮住了，他便又用力把长发往后一甩，让眼睛露出来，他并不厌烦，好像还很享受这个过程。只见他两眼放光，直着脖子说，里尔克说过，如果写得太早了，我们应该用一生之久，尽可能那样久地去等待，为了一首诗，我们必须去感觉鸟怎样飞翔，知道小小的花朵在早晨开放时的姿态，我们必须能够回想异乡的路途，不期的相遇，逐渐临近的别离，回想那还不清楚的童年的岁月，想到父母，想到儿童，想到寂静、沉闷的小屋内的白昼和海滨的早晨，想到许多的海，想到旅途之夜，在这些夜里万籁齐鸣，群星飞舞。可是这还不够，如果这一切都能想得到，我们还必须回忆许多爱情的夜，一夜与一夜不同。

那也是我第一次听到里尔克这个名字，我被镇住了，头耷拉下去，心想，没想到在这山沟沟里，居然也能遇到这等异人。便问他道，你叫什么名字？他龇着牙说，戴南行。我说，怎么起这样一个奇怪的名字？他又笑道，我那父亲一辈子没有去过南方，心之所向，便寄托到我身上来了，结果我不但没去南方，还干脆进这大山里来了。不过，我发现在这大山里也没什么不好，你不要以为这里是边地，这偏僻的地方其实是多种文明的交会碰撞之地。这山里曾经生活过匈奴、鲜卑、突厥、契丹、吐蕃、回鹘、粟特，至今有蒙古族、独龙族、藏族、东乡族、普米族、锡伯族、哈尼族等民族，在这里能看到文明积淀下来的清晰纹理，所以，这蛮荒之地其实是一座民族博物馆。这么一想，你不觉得这光秃秃的黄土山也很有意思吗？

我惊讶地问，你是怎么知道的？他昂起头，得意地说，如果你无法发现美，那你在哪里都会很痛苦。我断定他的家庭一定和我的不同，便有些羡慕地说，可见你父亲也是文化人了。他像没听见，或者是故意回避这个问题，头发又一甩，把两只眼睛扒拉出来，目光炯炯地看着我说，你除了舒婷北岛还知道谁？你看过聂鲁达的诗吗？我来给你背几句：我喜欢你是寂静的，仿佛你消失了一样。／你从远处聆听我，我的声音却无法触及你。

我有些羞愧，赶紧把话题岔开，说，到饭点了，我都饿了，我们去吃饭吧，我还不知道食堂在哪呢。他的长发掉下来，复又把眼睛埋起来，他不满地说，什么食堂，还没盖好呢，连张桌子都没有。我说，那怎么吃饭，你已经去过食堂了？他忽然又凑过来，有些讨好地说，吃饭不着急，我们还是聊聊诗歌吧。我不高兴地说，你不用吃饭？你不吃我还要吃呢，你不去我去了。

于是他在前面带路，我俩结伴去了食堂，一看，果真还没盖好，只有一个窗口供应面条，打了面条的学生就蹲在食堂门口吃，蹲了黑压压一片。我这才知道戴南行已经在这里上了一年物理系了。也是后来才慢慢从别人口中得知，他的父母都是大学老师，在省城的一所大学里教书，他是在省城长大的，却跑到这深山里来上大学。不过他对自己这样的家世只字不提，甚至厌烦别人提起，事实上，他对所有精神性之外的事物都只字不提，自动与世俗绝缘，他像一团庞大坚固的气体，一种精神性的存在，而并没有真正的肉身。我时常觉得他属于无形之物，与鬼神、灵魂、时间属于同一物种，它们游荡在难以被肉眼看到的一重神秘领域里。越到后来，这种感觉越强烈，最后，他的肉身彻底委顿，他渐渐变得像幻影，像巫，像宗教。

我们各自打了一碗面条，也蹲在食堂门口的空地上吃了起来。我把脸埋进碗里呼噜呼噜吃面条，戴南行却捧着面条只扒拉了几口便放下，又兴致勃勃地对我说，我觉得吧，写诗还是灵感最重要，柏拉图这样说过，灵感是灵魂在迷狂状态中对于天国或上界事物难得的回忆和观照，没有这种诗神的迷狂，无论是谁，都将永远站在诗歌的门外。

他说话的时候，嗓门特别大，神情又夸张，还辅以各种手势，自带舞台感，所以，无论他在何时何地说话，哪怕是在说悄悄话，也像正在剧场里做演讲。他穿着上鹤立鸡群，我们清一色的中山装和布鞋，个个灰头土脸，只有他一人穿着喇叭牛仔裤和尖头皮鞋，全身上下亮闪闪的，愈发像他一人站在舞台的灯光里，而我们都坐在观众席上。他在我旁边旁若无人地大声演讲，这既让我感到羞耻，又有几分奇异的荣耀；再加上他读过很多我没有读过的书，又让我一边钦佩他，一边在暗地里还有些怕他。

身边有戴南行这样的人，我生怕被他笑话了，便发奋读书，连初入学时的沮丧也渐渐淡忘了。戴南行很喜欢看书，晚上宿舍熄灯之后，我们躺在床上卧聊一会儿也就各自入睡了，他才点起蜡烛开始郑重其事地看书或写诗，烛光把他的影子投在墙上，石像般庄严，还略带诡异之气。宿舍里每晚萦绕着蜡烛燃烧的香味，以至于我每次半夜醒来，都有一种置身于寺庙里的恍惚感。后来宿舍里有人有了意见，说半夜点着蜡烛睡不好觉，还有人担心他点着蜡烛就睡着了，结果哪天一把火把宿舍给烧没了，八个人烧成一堆骨头，谁是谁都分不出来。这时戴南行又发现了一个新的去处，他发现阶梯教室是可以不熄灯的，于是晚上便跑到阶梯教室，通宵达旦地待在那里看书写诗，等到第二天早晨，我们洗把脸正匆匆往教室赶的时候，他悠然晃回宿舍睡觉去了。他已经发现有些课讲得实在是索然无味，便干脆逃课，并嘱咐我，如果有老师问起，就说他重病在身，没法去上课。我说，你得具体点，你这病到底有多重，我又不会编。他咧开大嘴，很快乐地说，老赵，我就喜欢你这点，连假话都不会说，老实得可爱，你想怎么编就怎么编，半身不遂啊，病入膏肓啊，奄奄一息啊，都行。

后来我又发现，晚上他也不是彻夜待在教室里看书写诗。有一段时间我失眠得厉害，每每睡到半夜醒来就再睡不着了，听着宿舍里此起彼伏的鼾声，只觉得自己独自沉入了一片水底，别人却都在我头顶兴致勃勃地划着船。在床上翻来覆去又怕把别人惊醒，于是，刚刚挨到窗户里的天光泛起一点点青色，我便赶紧穿戴好溜出了宿舍。整个校园还在沉睡，没有一个人影，天地间一片阒寂凛冽，似乎整个世界都变成了废墟，只在东方的尽头燃烧着些微的猩红色。我感到一种前所未有的孤独，正漫无目的地在校园里瞎溜达，忽见明冥交界的晨光里似乎孵出了一个人影，我顿时觉得我和这个人是这世界上唯一的幸存者了，便加快脚步向那个人影走去。

晨光一寸寸地被点亮了，对面的人影也渐渐长出了眉眼、长发、长腿，甚至长出了一副巨大的黑框眼镜。我心想，这人怎么长得这么像戴南行。待到几步之遥的时候，对面的人影忽然伸出细长的手指要和我握手，老赵，你也在漫游啊。除了戴南行还会是谁？！我说，老戴？你大半夜去干吗了？他站定，把长发往后甩了甩，昂首说，漫游去了。我惊异地说，你大半夜去哪漫游了？他指了指学校外面的后山，我昨日去山上赏落叶，真是好景致，无边落木萧萧下，因舍不得离去，不知不觉到了天黑，就在山上的那座庙里躺了一宿，真正是好，躺在庙里就能看到月光，身上盖的也是月光，可谓表里俱澄澈，那可真是赏月的好去处啊，再带上一壶酒就好了，可以举杯邀明月。

我倒吸了一口凉气，后山上确实有一座破庙，不知道是哪个朝代留下的，几近坍塌，又紧靠坟地，据说时常有狐妖在庙中出没。我皱着眉头说，就你一个人？也不害怕？他诧异地说，害怕？那么孤绝美好的月光，怎么会害怕呢？我昨晚在月光下还想出两句诗来：我是大地的守夜人，孤独地守护着大地上的梦。

说到诗歌，我也来了兴致，很想卖弄一下自己最近所读的书，于是两个人便站在半青半白的晨光里谈论起了诗歌。山上入秋早,早晚时分已经有了些寒意,我忍不住缩起脖子,把两只手拢在袖子里,戴南行虽然衣裳单薄,又刚刚在山上冻了一宿,但看起来却仍是器宇轩昂,长发在风中飘扬,挑在细长的脖子上,像面旗帜。他一手插裤兜里,另一只手比画着,一边慷慨激昂地谈论诗歌一边把唾沫星子喷了我一脸。我则一边对答一边不时掏出手帕来擦脸。事实上,在后来的很多年里都是这样,他一边旁若无人地大声演讲,一边把唾沫星子喷到我脸上,喷到我面前的酒杯里、碗里,我则镇定地从口袋里掏出手帕擦脸。后来手帕这东西基本已经绝迹了,我却仍然保留着几块文物一般的手帕,并随时随地携带在身边,以至于我一掏手帕便有人惊呼,你这是手帕?哪儿来的古董?

我俩站在那里足足争论了有两三个小时,竟不知道天光何时已大亮,直到夹着课本去上课的学生陆陆续续从我们身边走过去,我们才意识到时间,但仍然没有争论出什么结果,谁也说服不了谁,最后戴南行冲我大喝一声,老赵,我要和你绝交。我也大声回应道,好。虽然我们两个人怪模怪样地横在道路中间,戴南行的嗓门又是十里之外都听得清清楚楚,但路过的学生却并不多看我们一眼。因为那实在是一个属于诗歌的时代,走在校园里,迎面而来的每个人都像饱含酒神精神的尼采,即便是校门口卖烧饼的小贩,也能随口和人谈论几句诗歌,以至于到了后来,我们把那个时代神话了,总是动辄缅怀。

过了很久我才慢慢想明白,一个所有人都在谈论诗歌的时代其实并不正常,但像九十年代那样,所有的人都在谈论下海经商显然也不正常,两千年之后,网络加入到人世间,社会变得更光怪陆离了一些,却又连八十年代那点可爱的土气也荡然无存了。而戴南行的牛逼之处就在于,八十年代他是个诗人,九十年代还是诗人,两千年之后仍然是个真正的诗人。

他喊完绝交之后就回宿舍睡觉去了,我则跑到教室里去上课。第二天他便忘记了昨日说过绝交的话,站在高低床前,把一颗乱蓬蓬的脑袋搁在我的床板上,得意地把一首新诗递给我看。我说,老戴,咱俩不是已经绝交了吗?戴南行惊讶地看着我,有吗?什么时候的事?我怎么不记得。过不了几日,我们再次因为诗歌发生争执,仍是各执一词,于是他又隆重地向我宣布,老赵,我一定要和你绝交。第二天又颠颠跑过来找我。如此反复多次,到下一次又发生争执的时候,不等他开口,我就主动先替他说出来,老戴,我要和你绝交。也算为他省下了二两力气。

2

不觉就到了新年,刚刚下过一场大雪,放眼望去,整个黄土高原被白雪覆盖,那些干渴的黄土山好像忽然之间燃尽了所有的金色,只剩下一种骨灰般的白,洁净冰凉又无比盛大,连灰蒙蒙的小山城都变得晶莹剔透起来,像童话里的宫殿。在这黄土高原深处,能属于我们的颜色实在太少了,除了黄色就是黄色,于是连冬天都成了我们的节日,因为它会把洁白的大雪馈赠给我们。

新年的晚上,我们八个人聚在宿舍里,从食堂打了一脸盆饺子来,又拿出一包炒花生,一瓶劣质高粱酒,两张破木桌往起一拼,八个人便围成一圈吃喝起来,有的坐床上，有的坐椅子上，眼看还是坐不下，我便干脆坐到了上铺，由他们下面的人给我运输饺子和酒。大家正狼吞虎咽地抢着吃饺子，戴南行忽然起身，像变魔术一样变出了一个铝饭盒，然后打开饭盒，单手托着，一边展览给众人看，一边得意地说，这是戴某人献给大家的新年礼物，人人有份，不能多也不能少。我居高临下地往那饭盒里一瞅，只见饭盒里躺着八只饺子，看起来和脸盆里的没什么不同，心想他又在搞什么鬼。

戴南行给每人分了一只饺子，我也分到一只，也没多想，顺手就塞到了嘴里。一口下去，我在上铺呆住了，下面的几个人也都呆住了，整个宿舍出现了一刹那的冻结，接着就是戴南行的一阵狂笑，他一边笑一边使劲拍着桌子。原来他悄悄把这八只饺子掏空了，把一块巧克力塞了进去，做成巧克力饺子送给我们当礼物。巧克力是我们平时根本吃不到的稀罕物，每个人含在嘴里都不忍心咽下去，我把那块巧克力在舌头下埋了很久，直到它完全化掉。那是我第一次体会到什么叫礼物，在收到礼物的那一刻，忽然有种被点亮的感觉，被自己身体里的蜡烛。这使我感受到生活竟有它精巧和奇妙的一面，只是那一面不会轻易被人看到。也许别人的感受也和我相似吧，因为多是农家孩子，家境贫寒。出于掩饰，几个人一起动手把他按在了床上，我也从上铺跳下去，一边回味着巧克力的余香，一边喊着，快罚他酒。众人七手八脚地灌了他几杯酒才作罢，半醉的戴南行站起来，站在宿舍中央，使劲把长发往后一甩，昂着头说，还有一件礼物要献给我们的新年，献给节日，因为节日本身就代表着虔诚的祭祀。法国诗人瓦雷里曾这样说过，上帝无偿地赠给我们第一句，而我们必须自己来写第二句。这首诗的第一句正是来自黄土高原，所以我把它也献给黄土高原：

从北上灌木的枯枝
从空无一人的土窑破碎的窗纸
黑色的风呼啸而过
横卧于荒芜之床
承受着时间的鞭刑
我若愚若昏
未来的未来
我的灵魂不断消融
而我的肉身则是一只埋进时光的杯子
期待着载来初春之雨的一朵云

朗诵完毕，他对着我们庄重地鞠了一躬，我们只觉得头皮发麻，便使劲鼓掌。这时候他忽然穿起棉衣，脚步跟跄地往外走，我追了出去，问，老戴你这是要去哪里？戴南行头也不回地说，去看书，天黑了，我的生活才真正开始了，我是大地的守夜人嘛。我在他身后说，你喝了这么多酒还看什么书，快回宿舍睡觉吧。他已飘然而去，只让北风给我捎来几个字，能有什么事。我看着他的背影渐渐消失在黑暗中，忽然觉得这一幕有些似曾相识，确实，我不是第一次见到他这样了，毫无征兆地，忽然从热闹的人群中把自己拔出来，掷向清冷孤独之处。

到了晚上十一点多，宿舍里的其他人因为喝了点酒，基本都睡下了。我喝得最少，躺在床上忽然想起戴南行，心里总觉得有点不踏实，思谋一番，还是穿衣下床，悄悄出了宿舍。月亮高悬在夜空，伴着几颗疏朗的寒星，银色的月光照着地上厚厚的积雪，积雪反射着冷冷的宝石一样的光华，把夜晚照得如同一种白昼，一种很奇异的白昼，更像是白昼落在晚上的一个梦境，一切都发着光，一切都是邈远温柔的。我先是去了阶梯教室，教室里亮着灯，有一个学生在看书，但不是戴南行。我心里咯噔一下，心想他能去哪呢，不会是踏雪去后山的破庙里赏月去了吧。我一边在校园里漫无目的地走着，一边到处找寻他的踪影，走到图书馆前面的空地上，就着月光忽然看到前面似乎躺着一个人影，我赶紧跑过去一看，果然是戴南行。

我连忙拉他起来，他不肯，还要躺在雪地里，我有些急了，说，老戴你躺在雪地里不冷吗？他眼睛仍望着夜空，语气很平静，倒不像是喝醉的样子，只听他说，不冷。我说，你大半夜躺在这里干吗？他虽然能听到我的声音，但似乎并不是在和我对话，仍然对着夜空，温柔平静地说，我在仰望星空，我在寻找那些古老的星座。我说，你快拉倒吧，在这里躺一宿非把你冻死不可。说着又伸手去拉他，他的手已经冰凉，但还是执意不肯起来，一定要坚持躺在雪地里仰望星空，我便连拉带拽地把他硬拖起来，拖回了宿舍。他一边踉踉跄跄地被我拖着走，一边还在严肃地向我抗议，为什么不让我看星星？你说，为什么不让我看星星？星空辽阔灿烂，宇宙的秩序优美而永恒，而我们，我们又算什么？我一想到这里就觉得无比悲伤。

我说，你先不用悲伤，等着明天感冒吧。

果然，第二天戴南行便开始发烧，我请了假在宿舍照顾他。我说，老戴，要不是我半夜三更地出去找你，估计你现在已经变成鬼了，等你好了得请我喝顿酒。

那时候想喝点酒真是不容易，酒都是凭票供应的，也只有在过年的时候才能供应一瓶。为了解决喝酒的问题，戴南行曾试图给我们酿过各种酒。他跑到柳林的黄河滩上，那里种着很多枣树，摘了红枣回来，把枣捣碎，放在一只坛子里，坛子里加点酒曲，然后密封起来等枣发酵，半个月之后，把果汁滤出来再进行第二次发酵，再过个把星期，一坛红枣酒就酿好了。除了红枣酒，他还酿过杏子酒、沙棘酒、山梨酒、野葡萄酒，甚至还把一种叫龙葵的野果采来酿酒，酿好的龙葵酒色如墨汁，蘸着都可以写字，让人望而生畏。戴南行不管，先自斟自饮起来，几杯酒下肚之后，嘴唇和舌头都被染成了黑色的。他趁着酒兴演讲的时候，黑色的舌头在嘴里一闪一闪的，吓得我们都往后退了一圈，空出一个微型广场来。他独自站在广场的中央演讲，黑唇黑舌，激情澎湃，附带着一点果酒的芳香，像一个骄傲而邪恶的国王。

不管怎样，在那个连酒都喝不到的年代里，因为有了戴南行，我们却尝过五光十色的酒。那些酒，有的鲜艳到了恐怖的地步，像毒药；有的具备致幻的功能，因为里面加了曼陀罗花，喝下去之后忽然发现猫变成了老虎，室友都变成了巨人，只有自己变成了小矮人；有的具有强大的麻醉功能，喝了之后可以连睡三天三夜不醒，以至于让别人误以为都可以抬出去下葬了。这些美丽邪恶的酒均出自戴南行之手，到了后来，他手艺越发纯熟，可以把任何一种植物或果实酿成酒，有时候我会觉得，他像个巫师，躲在自己阴暗的城堡里，守着一堆瓶瓶罐罐，配置出各种神奇的魔药，光那些魔药的颜色便足以照亮我们贫寒的师专生涯。

戴南行躺在床上，鼻涕横流，却还是一脸鄙夷地说，我躺在雪地里仰望星空是为了灵感，为了能从宇宙里觅得几首好诗，你坏我的诗兴还没找你算账呢！不过酒还是要请你喝的，我父亲手里还存着两瓶老白汾呢，下学期我拿一瓶过来请你喝。我说，你要偷你老爹的酒啊？他立刻拉下脸来，拧着眉毛说，喝酒是何等风雅的事，怎么能说是偷呢，充其量就是擅自拿出来。等有了好酒，我们拿到后山上，就在那破庙里，你不知道，那真正是个好地方，清静自在，可以在那里一边喝酒一边赏月。

我说，那破庙旁边就是坟地吧，你也不害怕？他淡淡一笑，用纸擤了擤鼻涕，说，所有地方之外的地方，像图书馆、坟地、破庙、半夜的阶梯教室，都是很神奇的地方，我把这些地方统称为是异托邦。乌托邦并不是真实存在的，但异托邦却是真实存在的，异托邦其实就是一道有魔法的门，从这里还能去往别处，和别处的别处，但到底会去往哪里，有时候连你自己也无法知道。

我想了想，补充了一句，还有月光下的雪地里。

他抚掌笑道，老赵人虽无趣，但悟性是很好的，又呆又聪明，就像是一种组合动物，比如鸭嘴兽，比如麋鹿，再比如半人马。

我抗议道，你才是鸭嘴兽。

转眼就到了下学期，返校的时候，戴南行果然带来了一瓶瓷瓶装的老白汾，我让他把酒先藏起来，这么珍贵的东西，还是要等到什么重大节日再喝。只见他牛仔裤上破了一个大洞，他却似乎浑然不觉，我好心提醒了一下，他却哈哈大笑起来，说，这是我故意剪的，不知道了吧？这是今年最流行的乞丐服。我惊讶道，省城现在流行这种衣服？那直接穿点破衣烂衫不更省事？他不屑再搭话，从包里抽出一个厚厚的信封递与我。我一看，里面装着一沓信，便诧异道，这是给我的？他有些不好意思地说，老赵，这都是寒假里写给你的信，我想和你说话的时候就给你写信，只是没有给你寄出去，现在觉得还是物归原主比较好，这些信一旦写了就是你的了，还给你，不过你看的时候一定要一个人躲起来看，信也是属于魂魄的一种，要护好它，不能让别人看到了。

等他出去了，我才拆开信封，一看，里面共有五封信，清一色用毛笔写的小楷，字体苍劲而不乏秀气，通篇都是在谈论文学、艺术和哲学问题，丝毫不提及他的寒假生活。在最后一封信的结尾处我看到这样一句话："崇高的经验提升了人类精神，使其变得高尚，也巩固了我们作为有道德的生物的尊严。"

至于那瓶酒，我们迟迟没有商量好什么时候把它喝掉，主要是因为太珍贵了，实在不舍得轻易喝掉。他又怂恿我和他步行到杏花村去喝酒，说那里的酒多得可以泡进去洗澡，而且每一种酒都美得像诗。不仅有老白汾，还有玫瑰汾，是把玫瑰花放在汾酒缸中浸泡数月而成；白玉汾则是在汾酒中加入龙眼和紫油桂；还有一种极赏心悦目的酒，叫竹叶青，色泽翠如碧玉，是在汾酒中添入了竹叶、紫檀、公丁香、陈皮、广木香，所谓"兰羞荐俎，竹酒澄芳"说的就是竹叶青。那里方圆十里全是酒香，人们往往还没走到杏花村就醉倒在半路上了。说得我跃跃欲试，但杏花村属于汾阳，地处平原，我们背着凉水和石头饼，光出山就得出几天。

就在这个时候，学校里忽然又冒出一名诗人，叫桑小军，此人刚刚在某文学刊物上发表了几首诗歌，一时在校园里名声大噪。最可气的是，这人还是个理科生，分明是在欺负我们中文系没人。戴南行把那几首诗找来看了，又递给我看，他用一根细长的手指使劲敲着那本杂志，鄙夷地说，你看这诗写得比我好吗？写诗就写诗，还一定要发表出来，如此张扬，我写那么多诗，你见我发表过一首吗？

我没吭声，因为我知道他偷偷给好几家文学刊物投过稿，只不过都是泥牛入海罢了。我后来想，戴南行一生磊落到了明月刀雪的地步，唯独投稿这件事是背着人做的，可见对此事的在乎与恐惧。

然后他硬要拉着我一起上门叫阵，我推辞道，我笨口拙舌的，还是你去和他单挑吧。但他不由分说把我从上铺拽下来，穿上西服，郑重其事地打了领带，又在身上背了个书包，把那本杂志塞了进去。我们俩便来到数学系的宿舍楼下叫阵，因为无从知道桑小军到底住哪个宿舍，戴南行便在楼下用八字步站定，两手做成喇叭，扯着嗓子往上喊，桑小军，那个叫桑小军的，你给我出来。

正是中午时分，学生大部分都在宿舍里，戴南行叫阵之后，窗户里哗地探出了一大片脑袋，夹杂在挂在窗外的内衣袜子里，纷纷朝着我们张望，我们不但不觉得丢人，反而觉得很荣耀。因为那种弥漫在校园里的酒神精神，我们这些言必谈诗歌和文学的学生倒像是奥林匹斯山上的众神。我们正扬着脑袋往上瞅，楼门的阴影里忽然走出一个男生来，晃着膀子走到我们面前。只见此人个头不高，但体格敦实，上身穿一件洗得发白的中山装，下面是肥大的绿军裤，两只宽肩膀上扛着一颗方形脑袋，面孔黝黑，短发根根竖起，一脸悍气，怎么看都不像个诗人。此人嘴角斜叼着一根纸烟，歪着脑袋打量了一番戴南行身上的西服，劈面问了一句，你他妈谁啊？

戴南行十分气愤，像他这等风流人物，校园里居然有人不认识他！他把那本杂志从书包里抽出来，在桑小军面前晃了晃，倨傲地说，足下的诗我已经拜读了，并不十分欣赏，值得商榷，对诗歌我正好也有点陋见，所以想找足下辩论一番。这时候我们周围已经围了一圈学生，有的拿着空饭盒，有的一边围观我们一边站着吃刚从食堂打来的饭，刚来的不知是怎么回事，探进脑袋来询问可是有人在打架，挤不进来的就在外围拼命踮起脚尖往里瞅，还有的人跳起来往里看。一时人山人海好不热闹。桑小军两口把半根烟抽完，又把烟头捻灭，至此都不曾正眼看过我们，他把两只粗壮的胳膊抱在胸前，环视周围一番，冷冷说，这里人多，不方便说话，找个安静的地方去。戴南行把长发往后一甩，忽然露出了很天真的笑容，他对桑小军说，我想到一个极好的去处，后山上的一株桃树开花了，我前两天刚去赏过花，世上还有什么事情是比桃花盛开更美好的？在桃花下谈诗岂不是人生一大快事？

桑小军斜眼看着他说，你是吃什么长大的，这么阴阳怪气的？戴南行笑道，我们要谈的是诗歌，和吃联系到一起可就俗了。于是我们三人冲出重围，从学校后门出去，上了后山，爬了一段山路，走着走着，光秃秃的山路上忽然杀出了一树桃花，像一大团粉红色的火焰，燃烧得温柔热烈，树下已铺了一层厚厚的落花，深山空谷，花香侵人。桑小军站定，大喝一声，果然是好地方。戴南行得意地做了个邀请的姿势，似乎是到他家门口了，我们三人便盘腿坐在了桃树下。正好一阵山风经过，花瓣像雪一样纷纷扬扬落下来，几乎要把我们埋葬在这里。戴南行先发制人，开口便道，《文心雕龙》里有这样一段话：是以执术驭篇，似善弈之穷数；弃术任心，如博塞之邀遇。故博塞之文，借巧傥来，虽前驱有功，而后援难继。少既无以相接，多亦不知所删，乃多少之并惑，何妍蚩之能制乎。若夫善弈之文，则术有恒数，按部整伍，以待情会，因时顺机，动不失正。

桑小军抽着烟，简短地插了一句，你他妈能不能讲点人话。戴南行不为所动，继续往下说，古人论述文学时讲的道是天地之道，诗更接近于道。桑小军喷了串烟圈，一边欣赏着烟圈套着烟圈一边说，妈的，不管是天道人道，好的诗歌都应该是恢复人的尊严，如果连点尊严都没有，还他妈写什么诗。

戴南行立刻打断了他，滔滔不绝地说，想从人境里找尊严怕是难之又难，依我看，真正的道还是在天地之间，在破庙里，在月光下，在这棵桃树下。别看你今天发表了几首诗，就觉得自己是诗人了，真正的诗人可不是这样的，真正的诗人应该用一生去等待，去采集有光芒的诗句，也许最后能写出十行好诗，也许一辈子连十行都写不出来……

午后的阳光十分煦暖，发酵过的花香产生了一种类似于酒的效果，人闻多了便有了微醺的感觉。我不知不觉躺在桃树下睡着了，等一觉醒来，那两个人还像两个入定老僧在对弈，话题已经从诗歌说到小说了，他们正在讨论阿城的《棋王》、张承志的《北方的河》。显然戴南行是主讲，正说得唾沫飞溅，嘴角还挂着白色的唾沫星子，也顾不得擦，估计已经喷了桑小军一脸了，但桑小军显然并不介意，方形的脑袋微微前倾，貌似正听得津津有味。我便枕着胳膊又睡了过去，又醒来一看，那两个人的姿势动都没有动一下，话题已经从小说跳到美术了，他们正在说星星美展、罗中立的《父亲》、陈丹青的《西藏组画》，甚至还说到了超现实主义。我听了片刻，再次昏睡过去。

再次醒来是被戴南行叫醒的，他在我耳边大声吆喝着，老赵，快起来喝汾酒。听到汾酒二字，我猛地从地上跳起来，一看，可不，那俩人还是相对而坐，只是中间多了一瓶酒，正是那瓶珍贵的瓷瓶老白汾。我惊呼道，老戴，你怎么舍得把这瓶酒拿出来了！戴南行盘腿而坐，长发上落着一片花瓣，目光似古井，很深很静。他说，我早算好的，今天就是喝掉这瓶酒的好日子，没有下酒的，我们就用这桃花下酒吧，也体验一下《楚辞》中夕餐秋菊的洁净。我真是喜欢这棵桃树，看到桃花落下的时候，我能感觉到，这是植物对大地的一种祭礼，多么隆重优雅的仪式啊，我们有幸参与这样的仪式，应该先向桃树敬杯酒。

把珍贵的酒在桃树下洒了一点，然后我们开始喝酒。没有酒杯，于是我们三人在落花中相对而坐，轮流把一瓶酒传来传去，轮到谁了，便就着瓶口闷一口，用来下酒的，也只能是那些桃花了。直喝到月上中天，山谷积满清辉，遍地桃花似雪，我们三人才相互搀扶着，摇摇晃晃下了山。

3

没想到的是，桑小军不光会写诗，还

会打架。我们在桃树下喝完酒才没几天，桑小军就动手打人了。缘由是戴南行又在校园里与人辩论文学，越来越激烈，直至变成争吵，引来不少围观者。戴南行自己倒是拂袖而去了，反正他成天与人辩论，已经是一种享受，辩赢辩输他也不以为意，但桑小军不干了。他在宿舍楼下黑沉沉地蹲了几个钟头，抽了半包烟，等那和戴南行争吵的学生终于露了头，他一声不吭地跳起来，把对方打了一顿。我们这才知道，桑小军在考上师专之前，在山阴一带的牧场上放了好几年的牛。那里已是亚高山草甸，属于苦寒之地，广袤荒凉，几个月都见不到一个人影。他与牛相依为命，经常骑在牛背上看书写诗，有的牛老了就被卖掉了，牛被人牵走的时候，他步行十几里，一路跟在后面为牛送行，手里握着一柄匕首，如果看到买牛的人在路上打牛，他手持匕首就冲过去护牛。我这才有些明白他身上的悍气是从哪来的。但他的神奇之处在于，他身上的凶悍之气越重，你便越容易触摸到他裹在里面的那颗心脏，纯净，透明，有点像小孩的心脏。

又过了些时日，戴南行决定带头罢食堂，他认为食堂做的饭是用来喂猪的，简直就是把学生们当猪养。主意一定，他便扛着一条舌头开始四处游说，在校园里拉个人就不放过，直说得唾沫飞溅，鼓动学生们都不要去食堂打饭，饿上两顿又饿不死，况且饿死事小失节事大，我们要的是食堂对学生的尊重，我们是大学生，又不是猪。在整个罢食堂的过程中，桑小军虽然一言不发，状如黑塔，却起了很关键的作用。每天中午放学的时候，桑小军早早就守在那条去食堂的必经之路上，他阴沉地横在路中间，嘴里叼着烟，一只手上戴着一只破旧的拳击手套，不知是从哪儿弄来的。学生们走到这里便不敢再往前走了，纷纷掉头而去，有不信邪地坚持要往过走，桑小军吐掉烟头，一拳就挥了过去。坚持了几日，罢食堂小有成果，伙食多少改善了一点。此后，戴南行和桑小军便越走越近，有一段时间二人简直能同穿一条裤子，成了校园里一道新晋的风景，前面走着长发飘飘高谈阔论的戴南行，后面跟着打手保镖一般沉默的桑小军。

周末的时候，我们三人就一起去黄土高原的褶皱里游荡，从一座塬走到另一座塬，从一道梁翻到另一道梁，或者，一直走到黄河边去看黄河。我们还商量着做一条小船，然后随着黄河顺流而下，过临汾、运城、三门峡、洛阳、开封、泰安、济南，最后从东营入海，我们就最终到达大海了。不过我们更好奇的是黄河的上游，仿佛上游才有黄河真正的身世之谜，那些雄壮神秘的雪山、峡谷、沙漠、草原都聚集在黄河的上游，又纷纷把影子投射在黄河当中，让黄河把它们带入大海。所以当我们在下游看到黄河的时候，不仅看到它变得衰老平静，还能从河水中看到它昔日的容颜，看到那些雪山、峡谷、沙漠、草原依稀模糊的影子。

在干旱荒凉的黄土高原上，黄河是唯一经过的大河，只有在河流经过的地方才可能孕育出村庄和城邦，所以黄土高原上的人们，无法不崇拜这条大河。有一次我们正坐在黄河边看着河水流过，戴南行忽然说，如果有一只大雕能把我带到半空中，我敢保证，我一定会看到一幅奇景，因为黄河上布满了各种神奇美丽的漩涡和花纹。你们看这河面，它其实并不是静止的，到处是涡流、回旋、鼓水、漩涡，那种大的漩涡像个黑洞，能把一切吸进去，这要从空中俯视，是何等壮观啊。怪不得那些出土的新石器时代的彩陶上画的都是旋转纹和漩涡纹，我们的祖先多聪明，他们其实是把黄河画到陶器上了，所以盯着那些彩陶上的花纹看久了，就会被吸进去，一直吸到远古时代去。

黄土高原上很少能看到高大的树，却能在沟壑的缝隙间看到一些零散的窑洞，有崖窑，有箍窑，在光滑的黄土峭壁上，会看到窑洞一层摞着一层，像九层宝塔一般。有时候在一块平整的塬上正走着，前面忽然就有一个大土坑从天而降，坑里竟有几孔窑，那是土坑窑。还时常会看到路边有一些很小的窑，那一般是羊窑和柴草窑。戴南行说，窑洞在《诗经》里有一个很优雅的名字，叫陶穴。确实，窑洞在气质上更接近于古典的陶穴，而不是房子，这让黄土高原有一种独立于时光之外的沧桑与神秘。

在行走中，满目都是无边无际的黄土，在吸饱阳光的时候会变成一种纯度极高的金色，近于炫目。我尤其喜欢日落时分，那个时候爬到最高的梁上一眼望去，广袤的黄土高原有一种宫殿式的恢弘壮丽。

我也喜欢文学，也写过不少诗，但性格温和软弱，随遇而安，并无太多野心，平素虽然常和他们俩一起玩，但自觉更像他们的陪衬。他们二人，一个浪漫，一个沉默，却都是自性能在时代中有一番作为的人。他们二人的性情虽然迥异，却如榫卯结构，居然也能奇异地咬合在一处，而我和他们在一起的时候，觉得自己就像被塞进了两只大柜子里，经常处于隐身的状态，但我喜欢这种隐匿感，可以在幽僻处静静俯视着人间。

转眼就毕业了，我们三人都留了校，我留在中文系代课，他们两人则都被分配做了行政工作。戴南行的痛苦就是从那时候开始的。他很厌恶那些琐碎无聊的行政工作，他说他无法从中找到美感和愉悦。所以偶尔让他去讲一节课的时候，他总是分外珍惜，早早就候在教室里，讲课的时候从头到尾连口水都不喝，抓住每一分每一秒，直讲得口干舌燥唾沫四溅，下面哪怕只坐着一个学生，他也像正站在座无虚席的大剧场里，面对观众激情四射滔滔不绝。多年以后，我每次回想起他当时上课的样子，总觉得他并不是在讲课，包括他和人辩论也是如此，他其实是在布道。他是一个有天生的使命感的人，接近于神父，急切地要把他发现的关于这个世界的秘密告诉别人，一来可能是因为孤独，二来则是因为他身上那种与生俱来的宗教气质，他迷恋一切形而上的、精神性的事物。这也是他后来沉迷于《易经》的原因，当他发现与人的对话终究无法解决孤独的问题，便转而开始与天地对话。

下了课他还要给学生布置作业，让学生们写诗，交上来之后他一首一首仔细批改，还把他认为写得好的几个学生叫出来，请他们在校门口的小饭店里吃饭，我们当年把这种奢侈的行为叫"下馆子"。他那点工资不是请学生吃饭就是买酒叫我们一起喝，几乎每个月都是分文不剩。喝酒的时候就在他的单身宿舍里，一张单人床，一张桌子，像个蜗牛壳，我们在蜗牛壳里或坐或卧，有时光着膀子，自在得很。戴南行极喜欢喝酒，而且几乎不需要下酒菜，可以干喝。事实上，他对吃的兴趣始终是淡漠的，即使是在那个食物并不丰盛的年代里，他对吃也保持着一种奇异的淡漠。

我后来想，他之所以喜欢酒，是因为，酒是由粮食的精魂所化，虽貌似液体，但在本质上还是精神性的，也就是说，他喝的其实并不是酒，而是精神。不唯如此，酒精还能帮助唤醒潜藏在他身体里的更多冥想，他曾对我说过一句话，冥想就是对更高级食物的直接摄取。

确实，喝多酒的戴南行会呈现出一种轻盈的悬浮感，暂时离开了大地。他会在月光下给我们跳舞，光着脚，没有音乐，没有节拍，只是踩着月光很随性地跳，有时候会跳整整一个晚上，想怎么跳怎么跳，就像一个古老的巫师。可能因为月光的磁场与酒精属于同一物种，都具有招魂的功能，都能唤醒住在人身体里的魂魄，而他比常人更容易被唤醒。再或者，喝多之后他就去漫游。

事实上，在后来，我认为他是可以被称为漫游家的。在这世界的角落里散布着一些独特而纯粹的族群，即使在无人的角落里，他们也会散发出灿烂而幽寂的光芒，比如孤独家、梦想家、炼字家、爱情家，还有像他这样的漫游家。他的漫游分两种，一种是纯精神性的漫游，在他的蜗牛壳里也可以神游八方，他会滔滔不绝地谈论文学和哲学，从柏拉图到贺拉斯到海德格尔到聂鲁达到尼采到黑格尔，他坐着谈，站着谈，躺在地上谈，不时往后甩着长发，两只手使劲比画着，唾沫四溅，可以不眠不休地谈论整整一宿。而我和桑小军睡了醒醒了睡睡了又醒，有时候轮流和他辩论，有时候两个人不小心都睡过去了，又被他叫醒，反反复复直至天亮。另一种漫游是大地式的漫游，他用他强大的精神携带着肉身，就像在身上绑了两只巨大的翅膀，又像坐在一只独木小舟里，可以在深夜里身轻如燕地游过山河。他喝多了会去往任何一个可能的地方漫游，校园的各个角落里，后山上的破庙里，坟地里，黄河边，或干脆跑到黄土高原的任意一道沟壑里，跑到荒原上灯光到达不了的地方。他说那种地方的月光最为盛大，不像人间，更像神的宴会。

因为夜晚耽溺于漫游和冥想，所以只能白天睡觉。上学的时候，人家去上课了，他一个人回宿舍去睡觉；工作以后，没那么自由了，再加上对琐碎行政工作的厌恶和对抗，他便抓住一切能睡觉的缝隙来睡觉，在办公室的椅子上睡，在开会的时候睡，在领导讲话的时候睡，只有这样，晚上他才能复活过来。我经常在学校的会议上看到他正以各种姿势在睡觉，趴着睡，歪着睡，仰着头睡，或者背挺得直直的，眼睛却闭着。最神奇的是，每次他被校长从睡梦中叫醒发言的时候，他居然还是能口若悬河滔滔不绝，若没有人打断他，他就能一直演讲下去，他一边演讲一边鄙夷地扫视着周围，好像他在睡梦中也能轻而易举地知道他们刚才都说了些什么。

在一起喝酒的时候，他不止一次对我说过同样的话，老赵，我想把这工作辞了，我真的不想干了，你说辞掉工作行不行？我慌忙阻止他，语重心长地说，你可千万别，你说你辞了工作还能干什么？吃什么喝什么？你爹妈都老了，都要靠你养，再说了，你若连个正经工作都没有了，和社会上的盲流有什么区别？

他不吭声了，继续喝酒，几杯酒下去便换了个人，又开始眉飞色舞地谈论文学和哲学问题。

实在心情不好的时候，他会使用一种很奇特的办法来排解，他把自己反锁在办公室里，任是谁来敲门都不开，就是校长在他们口敲上两个小时，他都在里面一声不吭，也不开门。他的最高纪录是把自己关在办公室里三天三夜，那三天三夜里谁都找不到他，包括我和桑小军。我白天晚上地去敲他办公室的门，没人开，甚至里面连一点动静都没有，后来我怀疑他其实根本不在办公室里，他白天晚上躲在办公室里，吃什么喝什么？但桑小军坚持他一定在办公室里，而且说得很笃定。其他老师也都找不到他，后来大家都有些慌了，觉得他是失踪了，商量着要不把门撬开，桑小军挡在门口，坚决不同意。他厉声说，你们是强盗吗？不是强盗凭什么撬人家的门？门都随便被撬，人还有什么尊严可言？其他人只好作罢，还有人去派出所报了案。

三天三夜之后，他办公室的门忽然从里面打开了，戴南行蓬头垢面地走了出来，昂首挺胸地从人们面前走了过去，连个招呼都懒得打。也不知道那三天三夜里他是靠吃什么活下来的，或是根本什么都没吃。我觉得他的真正神奇之处在于，他是确实可以脱离物质，而只靠着啃噬精神存活一段时间的。也是在这个事情之后，我开始意识到，桑小军对他的了解其实要比我更深，不仅是深，还到达了目光到达不了的某种幽微之处，这种幽微之处与月光的场域相似，只供魂魄和精神往返其中。

到了九十年代初，我们仨先后都结婚了，但戴南行的婚姻只维系了两年。他对于为什么离婚绝口不提，一时之间，众人纷纷揣测，有的说是因为两人性格合不来，有的说是因为戴南行不想要小孩。我们也不问，但我猜测，像戴南行这种依附于精神而存在的人，很容易被婚姻中的庸常琐碎伤害到，不得不早早退出来。与此同时，

我们都感觉到了，时代变了，忽然变得和八十年代不一样了。八十年代那种逢人谈论诗歌和文学的酒神精神正从山城上空悄然消退，所有人忽然集体转向，抛弃了不久前的价值观，转向了一种新的价值观，这个过程发生得如此之快之迅速，简直让人措手不及。人们在一起谈论最多的话题是怎么当官和挣钱，怎么炒股和下海。连我们中文系当初留校的一撮老师也耻于再谈论文学，谈得最多的话题是工资太低了，物价又上涨了。一个说，一个大学老师一个月一百多块钱，还不如街上摆摊卖衣服的小贩。一个说，马上又要涨价了，你赶紧多囤点东西哪，可以半年不用进商店。另一个说，几年前我家光小米就囤了十口袋，现在小米都长虫了，爬得满屋子都是，过几天虫子都长出翅膀来到处飞，那就更好看了。明明是同一群人，却忽然之间就面目全非起来，一时竟难以辨认谁是谁了。

多年以后，我回首往事，想起我们在八十年代对文学的热情与真诚才发现，其实那种热情误导了我们，让我们以为会写诗的自己很有用，甚至可以引领一个时代，到了九十年代发现并不是那么回事的时候，又心生恐慌，唯恐跟不上时代，唯恐被时代抛弃。在这个过程中，我可以想象，戴南行和桑小军的痛苦要比我更甚，因为，他们比我自视更高，比我更有抱负，对诗人的荣誉更为看重。从某种程度上讲，我的平庸与随波逐流缓解了我的痛苦，其实也是一种自我保护。

作为反抗和自卫，桑小军不再写诗，也不愿再与任何人谈论诗歌。我想，还有一个原因，他是学数学的，这种并不浪漫的科学在师专时代就教给他一个道理，数学与人们的欲望、志向、痛苦，与人们是

否善良是否高尚没有任何一点关系，它告诉人们的只是那些永恒的必然性，这些必然性与时代也没有任何关系，比如日出日落，比如生老病死，再比如，万物都要顺应于必然，顺应于时间。而诗歌却远没有这样的理性，所以当它无法给人慰藉的时候，就会给人带来痛苦。

戴南行也感觉到了时代之变，也开始自卫。他的方式是，坚决不和任何人谈钱，谁要是敢和他谈钱，他一定会指着对方的鼻子，唾沫四溅地迸出两个字，庸俗。如果对方还要不识趣地继续说下去，他一定会跳起来再补充一个字，滚。所以愿意和他一起吃饭一起聊天的人越来越少，他越来越孤独，有时候他买好酒叫几个朋友过来一起喝，最后来的只有我和桑小军。甚至有时连我和桑小军都来不了，因为我和桑小军先后有了小孩，每天忙上班忙家庭，可以自由支配的时间越来越少，有时候真是分身乏术。

随着与朋友的聚会越来越少，戴南行对说话的渴望也越来越强烈，只要逮到说话的机会就不肯放过。我们偶尔聚一次，他一定是从头说到尾，一分一秒都不肯浪费，说到激动处会站起来，一边来回踱步一边手舞足蹈地说话，根本不给我和桑小军任何插嘴的机会；也基本不吃东西，只是不停喝酒不停说话，话就是他下酒的东西。我和桑小军自知根本插不上话，也就默默放弃了，于是，从前的辩论彻底变成了他一个人的演讲。当一场演讲终于落幕的时候，我赶紧找个缝隙插进去一句，老戴，你还是少喝点酒吧。他把眼睛一瞪，对我说，你凭什么管我？刚才说到哪了？然后用手帕擦擦嘴角的唾沫，又开始下一场演讲。

半夜，等到我们再次提出该散场的时候，他的演讲终于缓缓刹住，眼神落寞，一只手捧着瓶子里剩下的一点酒，另一只手对我们挥了挥，表示要赶我们走。我们走后，他把剩下的酒喝完，然后便在校园里四处漫游，有时候还会漫游到后山上，在坟地边的破庙里躺半宿，数数星星，有时候还会写首诗出来。等天亮了，别人都开始上班了，他晃回宿舍睡觉去了。

当我后来回首往事的时候，我觉得，戴南行早期的那些漫游其实多少还是带一点表演性质的，一来是自视甚高，不屑与凡俗妥协，二来可能是出于对魏晋士族名士气的仰慕和效仿。但到了九十年代，随着酒神精神的消亡，也出于孤独，他又独自向着真正的漫游靠近了一步，而他所有的诗歌皆来自漫游，漫游成为他诗歌的成长与栖息之地。我想，这与莱昂纳德·科恩把诗歌比作灰烬有异曲同工之处，漫游代表着精神的飘逸，代表着由精神反射成的诗歌最终像灰烬或雪花一样消散。

大约是为了缓解孤独，但我认为更多的是为了抵抗孤独，戴南行开始研究象棋，并以棋士自居。他说，以棋师自居不敢当，若称棋人对自己也是一种辱没，下棋本是雅事，何须摆出一副卑微的姿态。他在象棋界以白丁出身，但对博取功名并无兴趣。开始的时候只是热衷于观棋，为了多观棋路，他经常在上班时间大摇大摆晃出校园，出没在山城的各种犄角旮旯里，只要看见有扎堆的人，他就往里凑，里三层外三层的人夯成人肉墙，墙里包着的，百分之九十是两个正在下棋的干瘪老头。他像蜜蜂采蜜一样，一个人堆一个人堆地凑进去，一局一局地观摩，吸收招数，有时候一天能把大半个山城踏遍。

晚上在宿舍摆开棋谱,在自己对面摆个啤酒瓶子,自己走一步,替啤酒瓶子走一步。好不容易躺在床上了,忽然发现天花板也变成了棋谱,于是躺在床上接着下棋,好不过瘾。如此一段时日后,自觉棋艺大长,便开始挑衅学校里几个善弈的老师。他经常打上门去,不管三七二十一,霸住人家的桌子,昏天黑地地厮杀几盘,最后被人家老婆轰了出去,两个人只好携带残局落荒而逃,复又在校园里的大柳树下厮杀起来。路过的老师学生纷纷驻足观望,一时里三层外三层,摇旗呐喊,地动山摇,好不壮观。我猜测,一定是孤独许久的戴南行忽然在棋局中又找到了当年做风流人物的感觉,又有了站在剧场中央为众人做演讲的尊严感。所以戴南行此后每日就在大柳树下摆擂台,称只与贤人雅士下棋,人品不入流者概不奉陪。

一日,学校里一名姓石的老教师上前叫阵。石老师下棋三十余载,棋风缜密沉稳,极善长考,据说他一长考就是两三个钟头,一个钟头更是家常便饭。开始的时候,石老师气势夺人,棋子拍得啪啪作响,戴南行身轻如燕,棋风细腻。半局之后石老师开始频做长考,果然一个长考就是一两个钟头。两人从上午开始,一直下到太阳落山,都是滴水未进,观众换了一拨又一拨,源源不绝。天黑下来之后,有好事者还在旁边为战事打起了手电筒。下班之后,我也跑过来观战,只见老石已汗流浃背气息奄奄,戴南行则悠然叼着一根烟,跷着二郎腿,一副行到水穷处坐看云起时的自在。我心想,敢和老戴比不吃饭,真正是不想活了,他是能三天三夜不吃一粒米的人,谁能和他比?我观战良久,看出些门道,又希望他们早些结束战事,便在戴南行耳边悄悄说,所谓长考其实就是磨时间,只要他不落子,从今晚磨到明早,你也赢不了!何必呢,快快结束了吃饭去吧。戴南行吐了个烟圈,笑眯眯地说,如果今天输给这等无赖棋术,那我戴某人还活着干什么?不如买块豆腐撞死算了。

一直下到后半夜,只有零星几个观众还在挑灯观战,其他人都回去睡觉了,我在旁边为他们擎着手电筒,几欲站着睡着。即将昏睡之际,忽听啪一声,老石终于被自己三个小时的长考耗尽,甘愿败下阵来。戴南行跷着二郎腿,仍然笑眯眯地说,急什么,日本最长长考纪录是十六个小时,你这才几个小时。老石跌跌撞撞地扶墙遁走。回宿舍的路上我埋怨道,下个棋而已,就是个娱乐,你何必这么较真呢?

在黑暗中我也能感觉到他正瞪着我,果然,只听他愤怒地说,对弈是小事?这等风雅的事是小事?投机耍赖可是小事?还要不要一点节操了?这时正好走到了宿舍楼下,我哈欠连天地说,耗了一天神,你赶紧回去睡一觉吧,我也回去睡了。他一把拉住我,不让我走,只见他双眼发亮,两根手指夹着半根烟,神采飞扬地对我说,老赵,我和你说几句话,我现在是愈发悟到天人合一之道了。无论是下棋还是写诗,都是要合乎天道才好,真正的棋士当弃术任心,术有恒数,心则可遨游八方;写诗也是如此,弃术任心,不要被那些所谓的技巧拖累,才可能有几句好诗不远千里过来找你。

我困得眼睛都睁不开了,只好说,老戴,我们明天再聊吧,我站着都要睡着了。但戴南行还是不肯放我走,他牢牢抓住我的一条胳膊,怕我跑了,一边喋喋不休地说,老赵啊,下棋其实是伪装起来的数学和哲学，就像大地上的建筑物一样，都是伪装起来的音乐。把数学和哲学叠加起来的游戏，不仅显得高贵，其中还沉淀着一种很深很深的宁静。

说到这里，他又使劲摇晃我的胳膊，让我抬头看满天的星斗，他说，你看那些星辰，在我们头顶组成了一幅地图，在这幅星河地图里，同样有山川河流，有草原荒漠，可能也有你我这样的人生活在其中，和我们头对着头，如果我们做了什么可笑的事，他们都看得到，还会笑话我们。有时候我会听到那些星星在和我说话，它们用的是它们星球上的语言，但我居然也能听明白它们的意思，可见，宇宙之内皆为邻居。

他有时候像个神秘的术士，可以把万事万物轻易唤醒，每条河流，每块石头，每片树林，到了他这里统统都长出了灵魂。

对下棋上瘾之后，他会在开会中间借口去厕所，然后便跑到大柳树下摆擂台；有时候为了不让领导看到，他办公室的门紧紧关着，人家都以为他在里面办公，他却早已跳窗逃走（他的办公室在一楼），撒开两条长腿跑到大柳树下摆棋摊。每日定要厮杀几盘，加上他对精神性事物的迷恋，棋艺日益精进，一时大柳树下血雨腥风白骨累累，再无人敢上前应战。在这种情形下，戴南行成功招安了桑小军，桑小军调到了财务科，更是琐事缠身，但每天晚上一下班他就跑到戴南行的宿舍里，两人一边吞云吐雾，一边挑灯夜战，我每次进去都找不到人影，只在大雾中听到有棋子敲落的声音，好半天才看清，烟雾里还浮动着两个鬼魂一样的人影。我又是咳嗽又是开窗户，两只鬼根本不为所动，继续猫腰苦思鏖战，我旁观一会儿觉得无趣，给他们打两份炒面做夜宵，便回家睡觉去了。

不料那两只鬼却一直厮杀到东方既白。一夜战事自然辛苦，戴南行拉上窗帘开始睡觉，桑小军却还要按点去上班。三番五次之后，桑小军的老婆半夜打上门来，冲过去把棋盘打翻，把棋子从窗户掷出，然后揪着桑小军的耳朵把他给揪回去了。但过不了几日，桑小军又在晚上偷偷跑出来，为了迷惑敌人，戴南行让自己的宿舍彻夜亮着灯，伪装成现场，然后两人悄悄转移了阵地，跑到大街上，找了盏路灯继续下棋。路灯悲悯地俯视着他们，一束昏黄的灯光里扣着一高一矮两枚人影。

其实作为一个旁观者，我认为桑小军并不是真的迷恋上下棋了，他的理性不允许他轻易迷恋上任何事物，包括诗歌，因为对他来说，那意味着一种软弱。他和戴南行下棋只是为了能陪着他，不至于让他觉得太孤单太落寞。事实上，自从桑小军弃绝写诗之后，他对戴南行更是添了一层爱护，有时候近于宠溺。我想，其中的原因应该是，他抽身退出后，就把对诗歌的感情转移到了戴南行身上，他认为戴南行不只是为自己，也在为他桑小军写诗，戴南行一个人身上其实背负着两个诗人。只要戴南行还在写诗，他桑小军就也还在写诗。

为了能与天下高手下棋，戴南行开始向学校频繁请假，时不时外出下棋，他坐着绿皮火车，漫游到内蒙、河北、山东，到处找寻棋友。在一个地方厮杀上几天几夜，不吃饭，不睡觉，然后不管输赢，换个地方再战。就这样一路漫游一路下棋，最长的一次居然出去了两个月才回到学校，他愈加枯瘦，浑身晒得漆黑如炭，只有眼白和牙齿更白了，在阳光下咧开嘴大笑的时候，那牙齿更是白得惊心动魄，倒像亮出了一种武器。

好在学校的领导在过去多是我们的老师，如今的同事又多是昔日同窗留校的，大家都知道他行为疏狂，桀骜不驯，对他多有担待，所以他一年倒有半年在外下棋，别人也只是睁一只眼闭一只眼，由着他去，只是像提拔啊涨工资啊这类事情压根儿与他无缘。我估计他刚开始的时候也在乎过，尽管他嘴上总说不在乎，但到了后来，我觉得他是真的不在乎了，我能感觉到他离世俗的一切正越来越远。

4

就这么东游西逛地下了几年棋，转眼就到了二〇〇〇年。过了二〇〇〇年的新年，人们发现昨天的太阳又升起来了，傍晚又从西边坠下去了，与往昔并没有任何差别，于是关于世纪末的恐慌很快烟消云散，照样日复一日地活着。但不久之后人们又发现，两千年以后和九十年代终究还是不同了。八十年代的热情和真诚像一个饥渴太久的人忽然找到了泉水，于是轰一把大火把自己烧了，九十年代的商业大派对又像一个穷疯了的人忽然捡到了一沓钱，于是又一把大火把自己烧了。到了两千年，八十年代的那把大火和九十年代的那把大火已经先后熄灭下去了，灰烬似记忆中的大雪覆盖一切，整个大地上忽然变得寂静而斑斓，虽然饭店和超市如雨后春笋般冒得遍地都是，整个社会却不再有八十年代的庄严，甚至也没有九十年代的欲望，诗歌凋零，诸神撤退，个体重归于尘埃。与此同时，新的物种开始侵袭人类，电脑和网络如外星人降落山城，人和人对弈渐少，人和电脑下棋开始风行一时。

戴南行不愿和电脑下棋，他说电脑冰凉冰凉的，没有棋味，下棋就要有闲敲棋子落灯花的恬淡温裕，再不然，就是有老石那样的死皮白赖也是一种棋味，一个长考就是一夜，好歹也是有些趣味的。但和他下棋的人还是越来越少，棋人们都跟电脑下棋去了，后来他干脆在宿舍里摆起棋盘，自己和自己下棋，他时而坐在左边，时而又跑到右边，一晚上腾挪跌宕，把自己活活分裂成两个棋手，外加一群评头论足不时喝彩的观众。

这些年里，和戴南行一起留校的人都评了职称涨了工资，只有戴南行拒绝评职称，嫌这种烦琐之事浪费他的力气。没有职称，工资自然是最低的，他也无所谓。那种无所谓，刚开始的时候还有点遮遮掩掩，到了后来，却渐渐变成了他个人的独特标识，就像在身上佩戴了一枚亮闪闪的徽章。再到后来，不知是不是自己和自己下棋让他感觉到了某种精神分裂的恐惧，他对棋的痴迷渐渐收敛，转而开始迷恋《易经》了。

有一次，他把我拉到他宿舍里，神秘地给我看一本书，我一看，是《易经》，便说，你又转向了？他立刻正色道，你一定要看看，写得真是太好了。怎么说呢，这本书就像在写一种伟大的谜，天地间的谜，人世间所有的秘密都在其中了，读这本书的时候就好像真的触到了天地，你见过天地是什么样子的吗？老赵，读这本书的时候，我真是太快乐了，一半是拼命在破解谜的快乐，一半是无法破解的快乐，而且这种着迷，你知道吗，是最纯粹最典雅的那种着迷，和那些低级信仰不同，人活一世要是没有点真正的痴迷……

我抢着替他把话说完了，那还不如买块豆腐撞死算了。

此后他便日夜研究《易经》，不仅研究，还给自己算卦，连出门吃饭前都要先算一卦。据说他有一次骑着自行车出门，在路上给自己算了一卦，结果是此行不利，他便立刻掉头又回去了。不一会儿工夫，天色骤变，忽然下起了暴雨。他很得意地把这件事告诉了别人，这么一来二去他渐渐开始名声大噪，陆陆续续有人上门请他算卦，还有生意人愿付重金来请一卦。来人若是还有几分风度，不算俗气，他便不推辞，欣然为对方算一卦。但对那些掏钱来算卦的他一律轰走，他鄙夷地对我说，还真当我戴某人是个算卦的？居然还掏钱，笑话，简直是对我的侮辱。我开玩笑道，现在人家都在搞副业，你就么一点死工资，快连活都活不了了，把算卦当个副业也不错嘛。他瞪起眼睛，愤怒地说，赵志平，我今天一定要和你绝交。

对他痴迷于《易经》，我倒不是很奇怪。只要细细一想就会发现，他早年在月光下星空下的漫游与他对诗歌的热爱，后来对下棋的着迷，再后来对《易经》的兴趣，其实都是一脉相承的，根本上是一回事，都是在试图追寻天人合一之道，只不过这种追寻越来越清晰罢了。当月光的磁场主宰人体的时候，其实是人类触摸到宇宙的一种方式，而无论是写诗、对弈还是研究《易经》，其实都是人类在窥视天地间的某种秘密，在汲取来自天地间的能量。在与天地交流的过程中，人难免会现出一些神性，这也是戴南行在某些瞬间里看上去不大像人类的原因。

因为没钱，一年到头就那么几件衣服换来换去，领口磨得起了毛边儿，想起他当年穿破洞牛仔裤引领风尚，第一个在校园里穿西服打领带，忽然觉得恍如隔世，唏嘘不已。长发早已剪掉，一头短发因为洗得不及时，看上去总有些油腻。诗歌仍然在秘密地写，但写完只给我和桑小军看，并像个特务一样，嘱咐我们看完即焚。我明白他的意思，文字烧成骨灰，只留下一缕诗魂，才是真正的长存。

他彻夜研究《易经》、写诗、独自下棋，白天则在办公室里打瞌睡。学校的领导换了两茬，原来教过我们的老领导基本都退休了，新领导多是外来的，不了解也没心思了解老师们的个性，见戴南行这般疏狂，便对他多有不满和排挤，于是他的岗位被调了又调，越来越边缘化，眼看就要被调进食堂做保管员了。我和桑小军劝他给领导送点东西，并打算去校长那里为他说情，结果被他指着鼻子痛骂了一番，我和桑小军只好作罢。

后来真的被调到了食堂，但他看起来并不在乎，依然器宇轩昂地出入在校园里，开会的时候依然在领导眼皮子底下打瞌睡，叫他起来发言，发完言继续再睡。每个月的工资倒有一大半用于请朋友们喝酒，他点一桌菜，几乎一口不吃，别人吃菜他喝酒，一边喝酒一边唾沫飞溅地演讲。他无比珍惜这为数不多的演讲机会，别人知道他喜欢讲，便由着他唱独角戏。我坐在他旁边，一边吃菜一边镇定地掏出手帕擦脸上的唾沫星子。轮到我们叫他出来喝酒的时候，他总是以奇快的速度立马答应，连个考虑的缝隙都没有，好像生怕别人反悔了一样。挂了电话我一阵心酸，几乎落下泪来。

学校分了一次房，自然是没他的份，

他不奇怪，别人也不奇怪，有他倒不正常了。过了几年又分了一次房，这次戴南行居然分到了顶层的一套小房子，六十多平米，小虽小了点，但那毕竟是自己的房子。再和刚毕业的年轻教师们挤在单身宿舍里，多少都有点像远古文物了。

后来我才知道，戴南行这次之所以能分到房子，是因为桑小军揣着菜刀在校长办公室门口守了一天一夜。

这些年里桑小军再没写过一首诗，他说话倒还是那样，极尽节俭，能用一个字说完，就绝不用两个字。和戴南行在一起的时候，经常是戴南行唾沫飞溅地说九十九句，他简短地补充一句，好像就为了凑个整数。他被提拔之后工作越发忙碌，但有时候还是三更半夜地跑到戴南行的宿舍里下棋，两个人挑灯夜战直至天亮。戴南行开始研究《易经》之后，他便时不时找戴南行给他算一卦，至于他到底信不信，那就只有他自己知道了。除此之外，平时他基本都是隐身的，呈一种藏匿的状态，像条巨鲸一样静静地蛰伏在戴南行身边的水域里。但一旦嗅到危险，他会忽然跃出水面，手持利刃，像侠客一般，吐出封存在他身体里的刀气。

我不知道戴南行是否知道分房的真相，我假装什么都不知道，桑小军则再次沉潜下去，又恢复到木讷寡言的常态。他搬家那天，我和桑小军过去帮忙，发现他的东西少得可怜，除了被褥和几件衣服之外就是书，堆得像小山一样的书。书背在身上很沉很硬，有一种背着骨骼的感觉。他所有的用品都追随着他的性情，肉身陨落，精神畸形地庞大，神秘地参与着天地人之间的能量转换。

搬完家的那天晚上，我们仨在他新家里喝酒一直喝到半夜。都喝得有些醉了，我们便下了楼，踏着月光，脚步踉跄地在校园里漫游，戴南行在月光下作诗一首，并为我们大声吟诵：

天之不公，兄弟你何以理解？
箫声咽咽。一列火车呼啸着穿过村庄。
凡你我生命中最尊敬的人，比如你我的父亲
都在这人间遭遇了苦难。
兄弟啊，你们还年轻，我们老了，无所谓了。
伞下的老人悲伤而平静，目光炯炯
雨水打在他身边无数青年的脸上。
遥远的地方另一个老人执笔成诗
一滴热泪无声落入一杯凉茶。

不觉就又是大半年过去了。这天黄昏，我正在阳台上看书（好不容易有了个阳台，恨不得吃饭睡觉全在这里），忽听有人敲门，开门一看，是桑小军。只见他脸色异样，进了门连拖鞋都不换就一屁股坐在了沙发上。他就那么呆呆地在沙发里足足陷了有五分钟，目光呆滞地盯着茶几上的一只杯子，但显然他根本就没看到这只杯子，因为他的目光是空的。我连忙给他泡茶，小心翼翼把茶杯摆在他面前，他好像忽然被惊醒了，猛地抬起眼睛看着我，目光似刀，锋利异常，吓得我倒退了两步。他舔了舔嘴唇，忽然开口说话了，声音里有一种奇异的沙哑，好像很久很久没喝过水了。他说，老赵，我来问你借点钱，顺便和你道个别。我大惊，问，你要去哪里？他这才把原委粗略地讲了一下，原来他所在的财务科最近在一笔账上出了问题，学校认为是他的问题，怀疑他私下里动了那笔钱。

他又舔了舔并不干枯的嘴唇，阴沉沉地盯着茶杯说，我是有口难辩，这种钱上的事情，怕是跳进黄河也洗不清，我的嫌疑怕是摆脱不了了，所以我准备逃走，去天涯海角躲起来，让他们都找不到。这下连工作都没了，前路未卜，所以走之前得问你和老戴借点钱，不过我有言在先，如果我日后还能混出个样子来，就把钱还你，如果后半生落魄潦倒了，这借的钱我就不还了。

一听这话，我连忙把家里仅有的一张存折翻出来，只觉得脑子里乱糟糟的，便在屋里来回踱了几圈，方对他说，走，找老戴去。我们二人又去敲老戴的门，老戴正好也在家，憋了满屋子的烟，桌子上摆着棋盘，他在对面摆了只酒瓶，正吞云吐雾地和酒瓶下棋呢。桑小军塌陷在简陋的沙发里，把刚才对我说过的话又对戴南行说了一遍。戴南行听罢，点了一根烟，并给我和桑小军各递了一根，我们三人相对无言，像三支烟囱一样，默默地抽了会儿烟。半响，戴南行终于问了一句，小军儿，你给我说实话，你到底动过这钱没有？桑小军冷着脸答了一句，不是人的才动过这钱。戴南行一拍桌子，大声说，好，我信。桑小军深吸一口烟，用烟圈裹着头脸，冷笑着说，你信管屁用，我现在就算浑身是嘴都说不清了，我还是赶紧找个地方躲起来吧。不行的话，我今晚就走，你借我的钱我日后要是能还，一定会还，万一要是落魄了，你也不要怪我。

戴南行捻灭烟头，伸手就去拉桑小军，桑小军慌忙往后躲。戴南行使劲把他拽起来，说，就这屋里的东西，你想拿什么拿什么，包括这房子，随便拿，不过你得先和我去公安局自首去。桑小军使劲挣脱出胳膊，冲戴南行喊道，我又没做犯法的事，凭什么要去自首？戴南行又一把抓住他的胳膊，唾沫飞溅地说，就因为你没犯法才要去自首，我陪你去，清者自清浊者自浊，还自己一个清白日后才能正大光明地做人。你要是找个地方躲起来，一来坐实了你做过不光明的事，二来一辈子躲在暗处和鼠类有什么区别？你觉得这种痛苦就比坐牢好？

经过戴南行一番劝说，最后桑小军同意去公安局自首，我和戴南行一起把他送到了公安局。没想到的是，桑小军居然被判了两年半有期徒刑，并被开除了公职，就在山城边上的第二监狱里服刑。

桑小军进去大概三个月的时候，戴南行去家里找我了，当时我正在备课。这三个月里我俩谁都没有提过桑小军一个字，每次快碰到桑小军三个字的时候，我们就赶紧小心翼翼地绕开。没想到，戴南行开门见山地对我说，老赵，我们俩去监狱里看看小军儿吧。我想到当初正是我俩把桑小军送到公安局自首的，情何以堪，便摇了摇头，说，我不去。戴南行听罢，把手里的半根烟一甩，疾步走到窗前，用力把窗户大打开，然后指着窗户外面，高声对我说，你快从这里跳下去吧，快跳啊。我哭丧着脸说，别人得意的时候我不想凑过去巴结，别人落难的时候我也不想凑过去，免得让人觉得我是在怜悯他，伤人的自尊。戴南行厉声打断我，放屁，无情无义，你就是在给自己找借口。

最终，我和戴南行一起去监狱探视了桑小军。一见桑小军，我吓一跳，他瘦了一圈不说，脸上左一道右一道的伤口，胳膊上还有个很深的牙印，已经发炎了。原来桑小军一进去就受到了里面几个老犯人的欺负，以桑小军的性格哪受得了这个，于是他三番五次和那些老犯人厮打起来。更没想到的是，桑小军见了戴南行，第一句话就是，等我出去了，第一件事就是先杀了你。

我也是后来等桑小军出来才知道的，他进去以后因为不甘被欺侮，几次和一个老犯人打架，把对方打得还不轻，因此受到了惩罚，至于到底是怎么被惩罚的，他只字不提，我当然也不敢多问。

那次我和戴南行回去之后，又是几个月都不敢提桑小军一个字，桑小军三个字成了亘在我俩中间的一口深井。事实上，那几个月的时间里，我俩连见面都很少了，因为熟知戴南行的作息时间，我便有意把时间错开，就是为了能躲着他。从桑小军进去的那天起，我们这个三人团体便残废了。我很久不写诗，也不愿读诗，只日复一日地把自己埋在论文里、琐事里，偶尔拉开存放诗稿的那只抽屉，也只是看一眼就赶紧关上了，心里疼得慌，后来我干脆给这只抽屉上了把锁，因为觉得这抽屉就像一座收留我们三个人的坟墓。在一个空间里，起初只关着物体，慢慢地，物体变成了凝固的时间；再慢慢地，那些凝固的时间会完成向幽灵的转化。也许我哪天再拉开这抽屉的时候，发现里面竟然已经空了。我、戴南行还有桑小军早已遁形而去。

这天晚上，戴南行忽然给我打来电话，叫我去他家里喝酒，说还准备了下酒菜。我犹豫了片刻，还是答应了。然后我起身到校门口的卤肉店里切了两只猪耳朵，又买了一包五香花生米。我对他说的下酒菜不敢轻信，因为他所谓的下酒菜不是两首诗就是一番清谈，都是形而上的，最多加一盒香烟。就着诗歌喝酒，迟早要胃穿孔的。没想到，他居然真的准备了具备肉身的下酒菜，一碟卤牛肉，一碟拍黄瓜，旁边是一瓶三十年的青花瓷。见他如此大宴宾客，我心里暗叫一声不好，估计他这是又要出什么大招了。

果然，两杯酒下去之后，他一边抽烟一边笑眯眯地对我说，老赵啊，今天我也和你道个别，我打算进去陪小军儿去，免得他在里面太孤独，毕竟是个诗人，只怕在里面连个说话谈诗的人都找不到。我大惊，手里的酒杯差点摔到地上，我连忙说，老戴你，你要干什么？戴南行用两根细长的手指夹着香烟，高高端在嘴边，继续笑眯眯地对我说，我想好了，想进去还不容易，杀人放火的事就算了，强奸太猥琐，抢劫太暴力，偷窃个东西当回贼总可以吧。说是偷其实就是借来一用，反正还要物归原主的。我这辈子虽然没偷过，但可以现学啊，反正横竖就这一次嘛，技艺差点也不至于被人耻笑了。只是，偷什么倒是个问题，做贼也要做个雅贼，有点风骨才好，你觉得偷什么最合适？我思来想去，窃古籍最为合适，不仅风雅，还显得我品味不俗。

我从椅子上跳了起来，倒退几步，指着他大喝道，老戴，你是不是喝多了？胡说些什么呢？戴南行悠然往嘴里倒了一杯酒，然后抹抹嘴，又理理头发，庄重地说，我昨日夜里刚作了一首诗，读给你听吧：

如《易经》中的坤卦
凝神倾听乾卦的召唤
如身体里的血液
倾听心脏的搏动

浸入晨光的温泉
融入无限的循环
肉体化为乌有

意念归于自然
与山间小道边的野草
与河流上翻飞的鸟群
与林中小亭、亭中远眺的人
一起，跃入真相涌动的深渊

5

我以为他不过是酒后胡言乱语，并没有放在心上，没想到几日以后，这厮真的从学校图书馆窃了一本古籍出来，是光绪年间的桐城吴先生全书《尺牍补遗》。他还抱着古籍，兴冲冲地跑到我家中向我展示他不俗的品味。他小心翼翼地在我面前翻了两页，咂嘴道，老赵你看看，精写刻字体，字体奇特，有北朝隶楷古韵，开本宏阔，镌刻古拙，有金石味；且吴汝纶的文章既得桐城整饬雅洁之长，又矜炼典雅，意厚气雄，我这段时日里先后对比了《昌黎先生集》《红雪楼九种曲》《顺天府志》，还是最喜欢这本。末了，他又得意地问我，怎么样，我戴某人的品味还是可以的吧？

见他真的偷出了古籍，我急得脸色都变了，催促他赶紧还回图书馆去，现在去还也许还来得及，等到图书馆发现去报了案就麻烦了。他不再多说什么，收起古籍，仰天大笑着出了门。我没想到的是，他并没有去图书馆还书，而是直奔公安局自首去了。因为盗窃的是珍贵古籍，他被判了两年有期徒刑，如愿以偿地进了监狱。

我第一次去监狱探视他的时候，给他带了一条烟、一盒巧克力，我们很简短地说了几句话，他不说他在里面过得怎样，也不提有没有见到桑小军，只说他在这里已经写了好几首诗了，都写在烟盒上。我也不知道该说点什么，沉默片刻才安慰他

道，那你多写点，等以后出去了就可以出本诗集了。他倨傲地说，你让我自费出本诗集？简直是羞辱我。我想说，你不是一直想有一本自己的诗集吗？但最后只是对他笑了笑。

直到后来桑小军出来后给我讲了个里面的故事，我才知道我那盒巧克力最后派上了什么用场。桑小军生日那天，在监狱里忽然收到了一份生日礼物，摆在他床铺上，也不知是里面的犯人送的还是管教送的，是一只用报纸叠起来的纸盒子，里面放着十几个洁白精致的饺子，饺子皮是用大米饭做成的，里面包的馅儿竟然是巧克力。听桑小军讲这个故事的时候，我立刻就明白了，这是戴南行的手笔，当年我们读师专的时候，也吃到过一次巧克力饺子，就是出自戴南行之手，当时他想把那盒巧克力分给我们吃，又怕我们自尊心受伤，就想出了那么一个办法，瓜分了那盒珍贵的巧克力。

我猜测，戴南行在里面一定是绞尽了脑汁，最后才想出了这份生日礼物。而且，人难免会模仿自己当年最为得意的手笔。他从自己的伙食里偷偷扣下了大米饭，用这些米饭捏成饺子皮；至于我送给他的那盒巧克力，他没舍得吃，一直留着，留到了桑小军生日那天，做馅儿包进了饺子里。

桑小军出来没几天，学校就给他平反了，说上次财务上的事情已经搞清楚了，不是他的责任，同时把他的工作也恢复了，通知他可以去上班了。我得知这个消息的第一时间就跑去找他，我说，我们得祝贺一下，我请你喝酒吧。他同意了。黄昏的时候，我俩走出学校，找了个僻静的小饭店，在一条巷子里。我点了一大桌菜，点完又有些后悔，这样的补偿方式着实有些

拙劣，与他那两年多受的苦相比，更是不值一提。

果然，他对那些菜看都不看一眼，只是大口喝酒，简直像戴南行附体，只差没有唾沫飞溅地演讲了。我便也只是默默陪着他喝，我俩很长时间说不出一句话来，都有相对如梦寐之感。那两年半的时间好像并没有真实地存在过，只是一个梦境或者是比梦境更稀薄的东西，我和他一起喝酒仿佛就是昨天的事情，但我又多少感觉到，他到底还是和从前不同了。倒不是因为他脸上添了两道伤疤，而是，他身上原来封存着的那点刀气忽然被放出来了，这使他整个人身上散发着一种森冷的气息，在那么一两个瞬间里，就着灯光的反射，我甚至能看到他眼睛里闪过的寒气。

后来，我还是小心翼翼地把话题绕到了戴南行身上，我试探着说，再过半年，老戴就也该出来了吧。他不吭声，独自喝了两杯酒，又往嘴里塞了一根烟，一根烟几口就吞下去了，最后他用手指捻灭烟头，终于说了一句，那个二货，谁让他进去的？！我小声说，他进去是为了陪你。他忽然猛地一拍桌子，对我喊道，我说过我需要别人进去陪我了？

我们走出小饭店的时候，夜已深了，居然是满月，银白的月光流了满满一巷子，像一条发光的河流。我俩慢慢蹚着月光往前走，不知是谁家门口，几枝夹竹桃从墙里探出头来，一身妖气地朝着我们张望，粉色的花瓣飘落到我们身上，我们像鱼儿一样在水面上啜食着花瓣，连门口的石墩都在月光下闪闪发光，如水底的贝壳。我忽然觉得，八十年代的漫游之夜在这月光下又复活过来了，那些夜晚，我们在月光下星空下，在雪地里漫游、吟诗、冥想。

用戴南行的话说，冥想和漫游就是人在不断向神靠近的过程，这个神格化的过程多少可以减轻人的痛苦。

我向桑小军提议道，月光这么好，不能浪费了，我也好久没上后山了，咱们去山上看看吧。他欣然同意，于是，我们俩披挂着一身银霜，抄了一条歪歪斜斜的小径上山。山上没有一点灯光，月光亮得有些惊心动魄，所到之处，万物度化为安详的银色，如涅槃之境，而在月光照不到的地方，万物又退向了幽暗的深渊。仿佛整个世界只剩下了明暗两种色调，如一只巨大的钢琴，黑白的琴键上甚至能听到天体的音乐。戴南行曾和我说过，我们平时听不到天体的音乐，是因为杂音太多了，但在绝对的寂静中是可以听到的。他就听到过月相盈亏变化时发出的竖琴般的音乐，流星划过夜空时发出沙锤般的音乐，他甚至听到过地球转动的音乐，他说，地球就像一只巨型的木质音乐盒，会发出嘎吱嘎吱的音乐声。

桑小军走在我前面，他时而消融于黑暗，时而又在月光中浮了出来，像个魂魄，又像是他留在梦中的倒影，不真实中带着一点诡异之气，如果他此时回头看我，大约也会有这种不真实感。我们沿着山路一直爬到了山顶，明月高悬于群山之上，离我们如此之近，似乎一步就可以跨进月亮里去。我和桑小军屏息站在山顶上望着月亮，月光净化着一切，万物归于慈悲寂静。我们像是真的又回到了八十年代的月光下，但我和桑小军一句话都没有说，就那么静静地站着。月光从我身体里流过时，我能感觉到体内的血液正像潮汐一样涌动，我忽然明白戴南行为什么喜欢在月光下漫游了，因为，这来自宇宙的光亮本身就是人类肉身的一部分，人与月光其实从不曾真正分离，所以人才会在月光下得到治愈，或发疯、痛哭、或变成狼人。而戴南行只不过先我们一步窥视到了这种宇宙的秘密。

戴南行出狱的时候，是我一个人去接的，我没让桑小军去，他被平反，又恢复了工作，而戴南行出来连工作都没了，他又是极讲尊严的人，如果这时候见了桑小军，怕他心里多少还是会有些不舒服吧。去监狱的路上，我一路都在盘算，没了工作，像他那种手不能提肩不能挑的文弱书生还能做什么，一分钱难倒英雄汉，总不能到大街上给人算命去。

我把戴南行接回他家里，又帮他收拾了一下屋子，犹豫一番才对他说，老戴，我晚上叫上几个熟人，一起给你接风吧。他正坐在椅子上抽烟，看上去很是枯瘦，坐在椅子上就像一堆干柴架在那里，架着二郎腿，但裤管里空荡荡的，好像里面什么都没有。他一听我这话，慌忙摆手，别别，千万别，我很久没有一个人待着了，晚上睡觉都是多少个人挤在一起，我就想一个人清静几天，你们谁也别烦我。我也点了一根烟，抽了两口，小声说，那个，小军儿比你早出来几天，也就早几天，要不就咱们仨一起喝点酒？我刻意不提桑小军平反和恢复工作的事，我现在要是提这些，简直像在向他炫耀了。他两根手指捏着一只烟屁股，马上就烧到指头了还舍不得扔。他吸着烟屁股，咧嘴笑道，你忘了？他当年说出来第一件事就是先杀了我，我哪敢见他。我夺过他手里的烟屁股扔了，他嘴里哎呀一声，连忙起身又把烟头捡了起来。我的眼泪差点下来了，我又蛮横地抢过烟头，扔到地上，用脚使劲踩灭了。他静静站在我身后，忽然不再说话了。

过了几日，我想他应该也适应得差不多了，便上门去找他。却见门上贴着一张字条，上面写着："本人去天地间漫游去了，勿来寻我。"我敲门，不开，又使劲敲了半天，里面无声无息的，不像有人在的样子，我只得走了。第二天第三天我又来敲门，一连敲了七八天，里面都是静鸦鸦一片，我心想，莫非这厮真的又去漫游了，他现在连工资都没有，从前也没多少积蓄，能去哪里漫游？

我把这事和桑小军一说，他皱着眉头说，身无分文地去漫游，那和讨饭叫花子有什么区别？说罢找了一张纸，用毛笔在上面写了几个斗大的字，隔着几里地就能看到："戴南行你给我出来，老子还没和你算旧账呢。"他一定想着，以老戴的性情，哪见得了这样的挑衅，即使正藏在火星上也会嗖一下蹿到他面前，唾沫横飞地对他说，我戴某人进去陪你两年，虽说时间不长，但图的就是情义二字，你当戴某是进去逛公园呢？

我们去了戴南行家门口，又敲了半天门，里面依然毫无声息。桑小军刷上糨糊，啪一声把白纸黑字贴在了门上，然后信心满满地对我说，放你的心，不出两天他肯定去学校里找我决斗。

一下又过去十来天，不但戴南行没去学校找桑小军，连他门上贴的那张纸都完好无损。我心想，看来他还真的出去漫游了。又考虑到一个身上没有钱的人不可能走多远，我一有空便在山城的大街小巷里寻找他，看见街上有讨饭的叫花子或摆摊打卦的算命先生，就一定要凑过去看个仔细，唯恐是由戴南行变化而成的。我又把后山上那些他爱去的地方，破庙、坟地、桃树下挨个儿寻了一遍，也不见他的任何踪迹。后来我又去了黄河边，把碛口渡、乾坤湾都找了一遍，也没有他的影子。

这天晚上，我坐在台灯下整理他那些写在烟盒上的诗，这些诗都是他在里面时写的，他一出来就都送给我了。其中一首这样写道：

大雪之中的木槿花树在寒风中战栗
冻僵的月光如冰块般砸到它的身上
父亲暗夜出去，为木槿花树祈福
我在暗夜起来，默默为父亲祈福
夏天，木槿花盛开。父亲告诉我
一朵木槿花，晨起盛开黄昏颓败
这是最高意志给出的象征
它的时间自成轮回，它对此安之若素

我久久看着最后一句"它的时间自成轮回，它对此安之若素"，忽然有种奇异的感觉，感觉他在里面的时候，心灵并不痛苦，起码不像我想象的那样痛苦。我甚至觉得，在里面那两年时光也许也是他漫游的一种，与他在雪地里、破庙里、桃树下、黄河边的漫游，本质上并没有多少区别。因为他所有的漫游都是精神性的，空间对他来说并不是真正存在之物，它们只是一种不停幻化的背景。而且，在越是逼仄的空间里，精神越容易被唤醒，甚至，所有精神性的同类也会被一起唤醒，神灵、鬼、巫、魂魄、幻想、诗歌，逼仄的空间变成了歌剧院，变成了神话世界，斑斓、奇幻、辉煌、庄严。我想起他曾在办公室里待了三天三夜，任是谁来敲门都不开，那何尝不是他的一种漫游方式。

想到这里，我脑子里忽然闪过一个念头，会不会是他又故伎重施，而事实上根本就没有离开他的房子。他喜欢把自己的一些经典桥段第二次、第三次拿出来使用，就像巧克力饺子一样，再次拿出来使用的时候，他会像个导演一样偷偷坐在观众席上，饶有滋味地看戏。看看表，已经半夜一点多了，妻儿早已睡下，我披了件衣服，轻手轻脚地推门出去了。我走到戴南行住的那栋楼下，仰脸一看，果然，他的窗户正孤独地亮着灯光，而其他窗户都黑黢黢的，猛一看，他住的那间房子正像鸟窝一样悬浮在半空中。我爬上六楼，桑小军贴上去的那张纸居然还在，只是旧了一点。我横下心来开始敲门，敲了足足有半个小时，快把整栋楼里的人都敲醒了，他屋里还是一点动静都没有。我便对着门骂道，姓戴的，你就在里面装死吧，有本事，你就一辈子像蝙蝠一样躲着，算什么英雄好汉。

我骂完片刻，门嘎吱一声开了，一缕灯光泄了出来，灯光里立着一个面目不清的瘦长人影，是戴南行。我进去一看，戴南行顶着一头乱蓬蓬的长发，倒像是回到了他读师专时候的发型，只是白了不少。地上摆着一箱方便面，估计他这段时间就是靠吃这个为生的。桌子上摇摇欲坠地摞着一摞书，几乎顶到了天花板上，简直像在玩杂技，地上、桌子上、椅子上到处是横七竖八的稿纸，我捡起一张看了看，上面龙飞凤舞地写着一首诗。茶几上摊着的棋刚走到一半，好像有两个隐形人正在对弈。

戴南行并不招呼我坐下，自己先坐在了椅子上，背挺得笔直，跷着二郎腿，像从前那样把长发一甩，露出两只眼睛，倨傲地看着我说，老赵，你凭什么说话那么难听？我在自个儿家里漫游，碍着别人什么事了？吃你的还是喝你的了？

我上下打量着他，只见他虽然枯瘦，

不过穿戴还算整齐，起码没有在身上胡乱披个麻袋。我走过去，冲着他说，你老这么关着自己，也不怕发霉了？你每天在屋里干吗呢？他往后仰了仰，好像要躲开我的声音，他敲着桌面说，我要做的事实在太多了，漫游、看书、思考、参卦、下棋，有时候一盘棋就能下两天两夜。我说，这屋里除了你连个鬼都没有，谁和你下棋？他用手理了理头发，傲然说，我的影子和我下棋，不可以吗？我愤怒地说，下棋能当饭吃？他把背挺得更直了，昂首挺胸地说，何须吃那么多，吃，本就是个存活的手段，多了就是累赘。

忽然他像想起了什么，眼睛在枯瘦的脸上燃烧起来，倒吓了我一跳。只见他跳起来，从一堆稿纸里刨出一张皱巴巴的纸递给我，说，老赵，忘了给你看这个了，知道这是什么？河图，这可是远古星空啊，你想想，地球上还连只猴子都没有的时候，这远古的星空就已经挂在那里不知道多少年了，你不觉得这才叫伟大吗？我第一眼看到这河图的时候，就觉得这图里有一种奇特的力量，会让人沉下去，沉到很深很远的地方去，是不是很奇妙？你来看，这河图的黑白点必是由昼夜演化而来，就是阴阳二爻，中间的这个点就是太极，两仪居中，动而辐射四方，故三八居东为少阳，二七居南为老阳，四九居西为少阴，一六居北为老阴。观河图之形，四象既生，两仪乃立，则知两仪之生气未尽，必继续生化出八卦，八卦既生，天地定位，山泽通气，雷风相搏，水火不相射。先天之理，五行万物相生相制，以生发为主，后天之理，五行万物相克相制，以灭亡为主，这就是一生一死。老赵你看明白了吗？我们所有的文明其实都是由远古星象繁衍出来

的，我们其实不是大地的子孙，而是星空的子孙，古人祭极星，因为极星代表永恒，现在呢，还有人祭祀明亮与永恒吗？有，热爱文学其实就是一种祭祀，而祭品就是那个作家或那个诗人。

我也被震撼到了，把那张河图铺到桌上，久久地看着。看久了果然会产生一种错觉，这远古的星空从天上掉到了地上，离我咫尺之遥，我可以真实地触摸到它的光芒，可以触摸到宇宙间最古老的秘密。然而，我很快就清醒了，我把目光从河图上移开，走到窗前打开窗户，看着窗外黑黢黢的夜晚，我说，老戴，你不能一直这样逃避下去，再这样下去，恐怕你连买袋方便面的钱都没了。人在这世上活着，有些事是躲不过的，你还是得找个谋生的事情做，你自己得好好想想了，我也帮你想着这事，现在不是清高的时候了，现在没人稀罕清高。明晚一起去喝酒吧，我叫上小军儿，就咱仨。戴南行仰头大笑起来，说，我可不敢，桑小军不是说出来第一件事就是先杀了我吗，哈哈哈哈哈。我打断他，瞪着他说，他要是想杀你不是早就杀了吗，你要是怕被他杀了还会在这里干等着？

说完我走过去，不等他开口就把口袋里的几百块钱加零头全掏了出来，放到桌子上，然后迅速朝门口走去，唯恐被他抓住。我正在下楼梯，忽然见一架纸飞机从上面飞了下来，一头撞在了地上，纸飞机是用百元大钞折成的。随后就是第二架，第三架，第四架，几架纸飞机在我头顶乱飞乱撞，像一场混乱的战争。最后飞过来的是戴南行傲慢的声音，请你们不要随便可怜我，我过得很好，不，是非常好。

6

我把见到戴南行的经过和桑小军说了一下,他大惊,说,那货居然一直就躲在屋里?他要实在不开门,不行就把他的门撬开吧。我听了这话不禁大吃一惊,想起当年戴南行躲在办公室里不出来,我们要撬门,桑小军坚决不同意,他说,你们是强盗吗?不是强盗凭什么撬人家的门?门都随便被撬,人还有什么尊严可言?

真有恍如隔世的感觉。我只好说,快别,我现在觉得老戴其实也不是完全脱俗的,他现在不愿见人,可能因为多少还是有点自卑吧。别人都有正经工作,就他没有,还平白无故地戴了顶刑满释放的帽子,你想如今这社会这么势利,没钱没势的本来就被人小看,再加上刑满释放,人们会怎么看他?他当年进去的时候就是出于哥们儿义气,想着进去陪你两年,大不了到此一游,如今他心里有没有后悔还真不好说,只有他自己知道了。下棋参卦写诗漫游都不是问题,关键是,他一直这样下去,那还不就是等着饿死了?

桑小军咧嘴笑了笑,说,你太小看老戴了。

我忽然像想到了什么,犹豫一番,还是盯着桑小军问了一句,小军儿,你呢?你为什么也不愿意去看老戴?莫非你心里真的对他有了怨恨?

桑小军冷笑一声,你也太小看我了。

过了几日,我下课后正骑着自行车往回走,忽然看见桑小军远远朝我跑过来,在阳光下面孔放光,好像有什么喜事急着要告诉我。他跑到我面前,一把抓住自行车的龙头,像是怕我跑了,然后兴冲冲地对我说,老赵,今晚请你喝酒。我说,有喜事?他一笑,说,我从学校辞职了,目前正在办离职手续。我差点从自行车上摔下去,明白他这是为了陪老戴,心里不免一阵感慨。还不等我开口,他又抢着说,你可别以为我是为了老戴啊,是我自己早想辞职了,就那么点工资,还得一天到晚看人脸色,他妈的像施舍叫花子一样,说赶你走就赶你走,说收留你就收留你。他们主动给我恢复工作的时候,你猜我为什么要答应呢?就等这一天了,老子主动辞了工作还多少显得有点风度,以为老子就那么稀罕这破工作?

我叹道,像我们这样的穷书生,又没有谋生的一技之长,离开学校还真的不知道能干什么,老戴还能给人算命打卦,像你我又能做什么?总不能去大街上卖凉粉去。桑小军笑道,那是你还没想明白,自在最重要,大不了我再回山阴放牛去。

我推着自行车,他一定要陪我走一段。走了一段路,却又两个人都沉默着,忽然无话了,只是默默地走。明知道他即使辞职后也还在山城生活,在烧饼大的山城里,见面还是很容易的,我却忽然生出一种生离死别之感,不胜伤感。他一路送我,大约也是因为有同样的伤感吧。

一直走到我楼前的柳树下,我说那我上去了。他却还是不走,拽住我的自行车,一边玩着我自行车上的铃铛,一边慢条斯理地说,你急什么,再说说话呗!这些天我一直在琢磨一件事,老戴对工作的厌恶比我更甚,以前他不止一次和我说过想辞职,说这工作琐碎磨人毫无意义,人际关系也让他受尽折磨,我每次都劝他,总得有个饭碗吧,辞了工作干什么去?要饭去?我能感觉到,越到后来他对工作的厌恶越重,因为这种工作完全背离了他的本性,再加上换了领导之后他不断地被边缘化，已经没有什么尊严可言，但他可能也有点害怕，害怕真的没工作了如何生存下去，总不能去大街上摆摊吧？于是工作完全成了鸡肋，他又是那么高傲的一个人。后来他主动把自己送进监狱，一方面确实是想进去陪我，一个心理上的陪伴，另一方面，你觉不觉得，也许老戴正是趁这个机会故意让自己丢了工作，他以前就想辞职但一直下不了决心，这样一来，他就被外力推着达到了辞职的目的。你想想他是何等人物，怎么可能因为没了工作就自卑到羞于见人？

万千柳条披拂下来，如烟似雾，把我们二人笼罩在其中，像一座泊在这里的孤岛，周围来来往往的人声都被推到了远处，桑小军按铃铛的那只手也忽然停下，一切在瞬间归于寂静。我愣了半天才问他，那你觉得他到底是因为什么不愿意见人？桑小军仰脸看着柳树倒垂的头发，脸上有一种罕见的温柔，我听见他说，我觉得是因为，他本来就不喜欢人，只是他从前自己都不明白，现在，他想明白了。

深夜，我独自枯坐在书房的台灯下，回味着桑小军白天说过的话。台灯里流出来的橘黄色灯光，在黑暗中圈起了一块小小的牧场，牧场里生长着文字、书、钢笔、笔记本电脑，还有一块黄河石，是多年前我在黄河边捡到的。方寸大小的牧场之外，就是巨大的黑暗，在这窗户的外面，则是更加无边无际的黑暗，好像全世界就只剩下这盏孤灯了。我忽然想起多年前戴南行提到过的一个概念，异托邦。异托邦是所有地方之外的地方，是世界之外的世界，通过它还可以去往别的地方。那可不可以说，这盏孤灯也是一处异托邦，通过这里，我可以去往更深邃幽暗的时光深处，甚至可以去往戴南行的世界里。

莫非，监狱对他来说，也是一处异托邦？同图书馆、破庙、坟地根本没有什么不同，时间在这里忽然中断，分叉出多条小径，状如迷宫，而走上其中的任何一条小径，都可能来到另外一个时空里。也许，时空本身就带有随时可以变形的魔法性，它可以幻化作不同的形式，但无论形式如何变幻，内里的东西却是无法改变的。那么，戴南行在监狱里的时候，照样可以漫游、写诗、思考、参卦、和自己的影子下棋，所谓囚禁对他来说只是个形式，并不能真正困住他，和他坐在桃树下是没有什么区别的。那他现在到底是因为什么不愿意见人？真的是因为，他从来就没有真正喜欢过人？

我想起读师专的时候，每次在人最多最热闹的时候，戴南行就会忽然抽身离去，一个人去山上的破庙里躺着，或者干脆躺在雪地里数星星。我又想起他短暂的婚姻，传说离婚的原因之一是他不想要孩子，因为孩子是一个新生的人。我又想起他坐在一桌人里高谈阔论的孤独与凄凉，想起他对于人际周旋的厌恶与痛苦，当他没有办法消化这种痛苦的时候，就把自己关在办公室里，不见任何人。又想起越到后来，他越发与人疏远，却越发与草木鸟兽亲近，每认识一种新的植物，都要兴致勃勃地把名字告诉我，还要给每种植物写首诗。

从我们认识的那天到现在，居然已经过去二十多年了，从八十年代对乌托邦的狂热，到九十年代对商业的狂热，再到两千年之后对网络的狂热。八十年代在一起讨论文学和诗歌的同学，如今有的升官有的发财有的成天在电脑前搞网恋，在网上聊一段时间就去见面，见光死之后又回到电脑前，找下一个目标继续聊。狂热其实从未消退，只是变换了颜色和方向，于是时间变成了一种奇幻的怪兽，每往前奔跑十年，便变幻出一副新的模样，而始始终终其实就是那一只兽。

我纵使随波逐流，紧跟随时代，还时常被老婆斥为无能，因为每月只会拿一份死工资，又因为要评职称而不得不对人低三下四，时常觉得在人世间饱受伤害。我也时常在想，到底什么样的人在这人世间才能不被伤害？如果有的人站在原地不动，只任凭时间像河水一样从他身边流过去，那就会产生一种奇特的效应，这个人的周围就会形成一个黑洞，这个人就变成了一个被包裹在黑洞里的人，时间对于他来说就是失效的。无论时代如何更新迭换，他都岿然不动地站在自己的浪漫与尊严里。

想到这里，只觉得唏嘘不已，便关掉台灯，只枯坐在一团巨大的黑暗中。那橘黄色的灯光倏地消失了，牧场般的异托邦也随之消失，融化在黑暗中。我忽然明白了，一个人是可以创造异托邦的，它们不同于乌托邦的虚幻，它们是实实在在存在于大地之上的，甚至可以成为一个人真正的居所。

又过了几日，我拎了些水果吃食去看戴南行，一路上想着该不该把桑小军辞职的事告诉他。到了他门口，只见门上贴了一张新的字条，上面仍是写着："本人去天地间漫游去了，勿来寻我。"我把纸撕了，开始乒乒乓乓地敲门，不开，又敲，还是不开。足足敲了有一个小时，我实在没有耐心了，脑子里又闪过一个念头，那厮会不会是饿死在里面了？连最后一包方便面也吃完了？想到这里，我心里竟有些紧张，

最终还是决定打电话让桑小军过来撬门。没想到，这门最后还是被撬了。等到门撬开后，我俩一拥而入，准备惊骇地发现戴南行正倒在地板上或床上。没想到，屋里是空的，别说人，连个鬼影都没有。门后也贴着一张字条，上面写着一行字："借用结束，房子还给小军，家具和书一并送给小军。"我和桑小军看着那张纸都半天说不出一句话来，原来他早知道桑小军为他要房子的事。桑小军走过去，把那张字条撕了。

什么东西都没少，那些书和诗稿也都放在原处，我拿起最上面的一页诗稿，只见上面用俊秀挺拔的钢笔字写着一首诗：

悬浮于你的头顶
只见翼，不见翼上的鸟身
一片灰羽缓缓落下
覆盖大地上的灵魂
孤独之茧包裹骨脊山
破壳的声音传遍四野
你的心日益被落羽填满
悬浮的灰翼是如此沉重

桑小军把散落在桌上地上的那些诗稿都整理起来，居然有厚厚一沓，他坐在沙发上一边抽烟，一边一首一首地读那些诗。我则在这套不大的房子里游荡着，从一个角落游荡到另一个角落。因为戴南行的离去，这房子忽然产生了一种失重的效果，房子里的一切器具，锅碗瓢盆、书架上的书、窗台上的花盆、衣架上的衣服，好像都长出了翅膀，几欲飞翔，它们都在寻找戴南行。由于戴南行过于庞大的精神性，使他离开的时候都无法把自己的灵魂全部携带走，多少还留了一部分在这屋里，我

能感觉到他的那部分灵魂还在这屋里写诗、下棋、参卦。我打开窗户，一阵穿堂风立刻从我身体里奔跑而过，也像个幽灵。这房子简直像座中世纪的城堡，住满了各种灵魂。包括我自己，在这里竟也变得像个灵魂，脚步无声无息，可以与一切无形之物交流。

我站在窗前迎着风，心中忽然升起了一种隐秘的快乐，他到底还是漫游去了。这次，他离开他熟悉的那些角落，图书馆、破庙、坟地、桃树下，终于去往更广阔之处漫游了。也许他从前就下过不止一次决心，但这次，总算是实现了。

我下楼买啤酒、花生米和卤菜，我和桑小军说，我们应该为老戴庆祝一下，庆祝他终于获得自由。等我回到房间，看到坐在沙发上的桑小军正满脸是泪，我有些惊讶，心里似乎明白了什么，但还是问了一句，小军儿，你怎么了？桑小军抹了一把脸，对我笑道，还没来得及和你说呢，我准备贷款买辆大卡车，跑焦煤，听说这个容易赚钱，以后我不是诗人不是大学老师，我就是个货车司机了。你看，我和你和老戴走着走着就走散了。可是我和你说句实话，我一想到我至今还有老戴这样的朋友，我心里就有一种骄傲。

转眼就是一年。在这一年里，我再也没有到处去寻找戴南行，在街头看见算命打卦的，也不会凑上去看个仔细，而是远远躲开。我心里有一种奇异的笃定和踏实，一定不会是戴南行。他就是某一天忽然再次出场了，也不会是以这样的方式，他是何等傲慢的人物。某些时候，我会把他和挂在夜幕里的那些星星联系起来，好像那张古老的河图才是他最终的归宿。

这一年里我和桑小军也只见过一次，他果然开始跑货车了，所以他的大部分时间都在货车上吃住，车上带着电饭锅、煤气炉，甚至洗衣机。堵车是家常便饭，最长的一次堵车长达一个星期，他就一个星期在车上住着，每天早晨下车做早操洗脸，上午还被人叫过去打会儿麻将，中午逮着什么吃什么，最贵的时候，路边的一个鸡蛋能卖到二十块钱。渐渐地，我们三个人好像真的走散了。

春天再次来到了山城，我站在窗口看到黄土山上栖落着几团粉色的云霞，就知道，是山上的桃花又开了。我找了一个阳光灿烂的午后，独自沿着窄窄的山路往上走，一直走到了那株桃树下。桃花开得正好，有一种沉穆野逸之气，我在桃树下独自赏了一阵桃花，然后便枕着煦暖的春阳盹着了。等醒来的时候已是下午，这才发现自己身上盖了厚厚一层桃花，地上也铺着一层桃花，微风过处，桃花像雪一样漫天飞舞。我脱下外套，包了一包桃花，心想，用这些桃花酿酒就能留住这个春天，储存一坛桃花酒给戴南行留着，这些天地之物与戴南行有着天然的亲缘关系；又想到许久没有他的任何音信了，他的电话早已停机，我甚至不知道他是不是还活在这个世界上；但又想到他是追逐本性而去，终究去了他该去的地方，心里便又生出一种奇异的安宁与稳妥。

7

这天，我正坐在书桌前看书，忽见窗前站着一只鸽子，过了一会儿一抬头，它还站在那里，没走。我有些好奇，便打开窗户看个究竟，却发现那鸽子腿上居然绑着一封信，竟是一只信鸽。现在居然有人用这么古典的方式给我送信，除了戴南行还有谁？我连忙把信打开，果然是戴南行的字迹，那厮如今连个手机都没有，也只能用信鸽送信了。

老赵，见字如晤。我如今是一名大地上的牧民了，但不是放牛也不是放羊，而是放蜜蜂。因为蜜蜂多数时间都在空中飞行，所以说我是大地上的牧民也不见得合适，但说我是空中牧民更不合适，我毕竟没有翅膀。但放牧蜜蜂和放牧牛羊的差别并不大，除了蜜蜂的性格比牛羊更自律更强硬，它们不放过自己更不放过同类，且不怕死，它们其实更像勇士，千万不要被它们的小个子所迷惑。我一年中的大部分时间都在天南地北地追赶花期，你想想这是一件何等浪漫的事情。而花期其实就是一个变种的时间，追赶花期就是追赶时间，所以在这个过程里，我看到了形形色色的时间。二月份是油菜花，三月份是桃花和杏花，四月份是梨花，五月份是黄刺玫和枣花，六月份是丁香和石榴，七月份是椴树花和槐花，八月份是桂花和向日葵。花蜜的品种也是绚烂至极，花蜜的颜色是在同一个谱系中繁衍出了无数种金色，把它们摆在一起的时候，就会看到，金色在琴键上优雅地流动着。桃花蜜、梨花蜜、槐花蜜、百花蜜，还有一种神秘有趣的花蜜，是花蜜里的女巫，会让人产生幻觉，这种花蜜叫曼陀罗花蜜，哦，它的花粉还能制作蒙汗药。对于我和我的蜜蜂们来说，这些花就是我们的节日，隆重、盛大、热烈，所以我和蜜蜂们一年到头都奔赴在去往节日的路上，喜气洋洋。即使换场的时候，亲爱的小蜜蜂们也不会走丢，我赶着马车拉着蜂箱走在大地上，蜜蜂们则在我头顶跟着我飞，我走到哪，它们就跟到哪，蜜蜂要比人类更忠诚勇敢。

等我再抬起头来，那只前来送信的鸽子已不见了踪影，灰蒙蒙的天空里倒是掠过了几只飞鸟的影子，但到底哪只是它就无法知道了。戴南行居然训练了一只信鸽，这信鸽居然还能找到我家，简直有点像魔法世界里的猫头鹰信使，这让我觉得戴南行和我已经不在同一个时空里了，而是在和我平行的另一重古典时空里，那里不用手机，不开汽车，至今人们还在使用马车和信鸽。我又想到了桑小军，他此时可能正拉着一货车焦煤奔跑在千里之外。他和戴南行，一个开着货车拉焦煤，一个驾着马车追赶花期，貌似形式有别，但本质上却十分接近，他们俩其实又成了同一个品种，都属于漫游者的族群。而像我这样终日往返于学校和家中，多数时间坐在书房里的笼中之物反而被他们抛弃了。

本来我想打听一下附近哪里有养蜂人，又觉得我这种寻找，对于一个四处追赶花期的人来说，完全是一种多余，便作罢了。但以后，不管在哪里，只要见到有鸽子飞过，我就要盯着看半天，直到它的身影完全消失在天空里。我在猜测，到底哪一只鸽子是戴南行的？那鸽子平时不送信的时候都在做什么？可它给我送的信如此之少，它会不会觉得闲得发慌？

就这样又过了大约一年，那只鸽子再次来到了我的窗前给我送信。一年不来，它居然还记得路，真是天生的信使。我送走鸽子，连忙打开信。

老赵，见字如晤。我在黄河入海口给你写了这封信，请大鸢给你带过去，大鸢是我信鸽的名字。我不再放牧蜜蜂了，我卖了蜂蜜买了几张羊皮，做了一只羊皮筏子，我敢说，世界上实在没有比羊皮筏子更可爱的船了。吹起来的羊皮就像一只只羊形的气球，把这些羊形气球赶下水的时候，感觉自己就像在水上牧着一群羊，看来我真是做牧民做出感觉来了。一群羊共同驮着一只木筏，木筏上再驮着我。而且羊皮筏子极轻，轻得根本不像一条船，倒像一根羽毛漂在黄河上，有时候它驮着我，有时候风浪大了就我背着它。羊皮筏子是黄河上最古老的船只，少说也有几千年的历史，我坐在这样的船上，有时候觉得自己要去的不是大海，而是时光的源头。你是否记得，当年我们总是猜测黄河的上游是什么样子的，让我来告诉你吧，黄河的源头在巴颜喀拉山，我从卡日曲口开始漂流，经过了星宿海、鄂陵湖，看到了红嘴野鸭和灰天鹅，我还在甘南州的黄河边上看到了峭壁上的苦行僧，他们在黄河石壁上凿洞静修，一苦修就是几年。我还闯过了拉加峡、羊曲、野狐峡，九死一生，又走过了李家峡、盐锅峡，从兰州穿城而过，然后过乌金峡、黄河石林、黑山峡、黄石漩、青铜峡、塞上江南、河套平原、十二连城，来到晋陕大峡谷，过壶口瀑布，进入黄河下游。黄河在下游无比温顺，像位真正的老母亲。

一路上，我和羊皮筏子绑在一起，黄河站起来，我和筏子也一同站起来，黄河躺下去，筏子和我也躺下去。我准备了一麻袋干馍馍，带了只小煤油炉，我一边在河里走一边放网捕鱼，捕到黄河鲤鱼就煮了鱼汤。有时候岸上人多，我就白天睡觉，晚上走。晚上有月光的时候，整条河都是银色的。你想想看，在黢黑寂静的夜里，一条光灿灿的大河独自在赶路，世界上所有的高山大川都隐匿于黑暗，只有这大河又辉煌又快乐，口袋里装着月亮、星辰、鲤鱼、黄河大铁牛、河神、羊皮筏子、河底的尸体，还有我。如果是满月，那天地间会变得静穆而神圣，大河会与天体对话，会生出更湍急更诡异的漩涡，月光就是它们之间的语言。这群羊形的气球驮着我，越走越开阔，大河在渐渐变宽变胖，最后，就像变魔术一样，大河忽然消失了，我发现我已经进入大海了，果然，在大河消失的地方就是大海。

又过了一年，那只叫大鸢的鸽子给我送来了第三封信。

老赵，见字如晤。到达大海之后，我又回到大地上继续漫游，因为我意识到自己终究不是海洋生物。这一年里，我见到了很多岛屿，不是海洋里的岛屿，是大地上的岛屿，它们散落在大地上，却与大海里的孤岛没有本质上的区别。我曾在一片白桦林中看到了一小片红桦，它们鲜艳得如同雪中红梅，像点燃了一样。我不知道它们是怎么来到一片白桦林中的，又孤独又美艳，它们是森林中的一座孤岛。我在山中行走的时候，曾经过了一个村庄，村里有几间快要坍塌的房子，有一个盲眼的老人正在河里洗土豆，整个村里就住着他和他的狗。他看不见却什么都能做，他记下了从房子到河边要走几步，到自己地里要走几步，他会生火做饭，会晒地里的玉米棒子，会躺在河边的草地上晒太阳，他一点都不觉得孤单，甚至很快乐。他一个人就撑起了一座孤岛。我曾漫游到南方的一个小山村里，那里住着十来户人家，村口有一株十几个人都抱不拢的大香樟树，少说也有一千多年了。我发现村人的方言里有一些很古老的发音，他们把"筷子"叫"糜箸"，"晚上"叫"瞑"，"故事"叫"古"，"他们"叫"伊人"，"忘记"叫"无忆"，"钱"叫"纸"，不仅古雅，还自有一种清旷的风度，视钱为纸，与芸芸众生背离，多好啊。这个小村庄是一座语言上的孤岛。

　　我还在途中见过形形色色的孤人，补锅匠、换铁掌的、采香椿的、做火纸的、绞面师、弹棉花的、耍猴的、拉纤的、守墓人、修伞匠、磨刀匠、放排工……他们是人群里的孤岛。大地上的岛屿实在太多太多了，它们藏在大山里、森林里、村庄里、月光里、人群里，藏在语言的尽头、社会的边缘、民谣的褶皱里。大地的斑斓性并不仅仅在于山川大河，只这些陆上岛屿变足以成为大地上的一种奇观。它们由封闭、自卫、弃绝、怀念和某种傲慢组合而成，主动或被动地远离时代与社会，它们可能最终消失，化为大地上的一把尘土，也可能在最幽暗偏僻的角落里生生不息，繁衍子嗣。无论如何，陆上孤岛的奇异和可爱一点也不亚于大洋里的那些岛屿。写到这里，我忽然发现我落下一个人，我自己，一个漫游者，也是一座孤岛。

　　转眼之间六年就过去了，在这六年时间里，戴南行每年会给我写一封信，都是让他的鸽子给我送过来的，然后，大鸢连口水都不喝就转身飞走了。那只鸽子看上去一点儿都没有变老，估计，给我送信就是它毕生的使命。我想，就为了让这只鸽子不迷路，我也不能搬家。我并不想搞清楚他信里写的到底是真的还是只是他的想象，这一点不重要，因为我本来就把那些信当诗歌来读的。

　　这几年时间里，山城的变化很大，扩建了很多街道，盖起了很多高层楼，我们原来分的房子已经显得老旧了，很多老师都搬进了新的楼房。山城像被吹起来的气球，体积一下膨胀了两三倍，又因为四面被山包围，无论有多少高楼，还是让人觉得在大山里。我经常想，如果站在周围最高的山顶上往下一看，群山之中忽然长出来一丛水泥高楼，终究还是很怪异，山间万物看到了，会不会觉得那像一丛毒蘑菇？学校也盖了新校区，比老校区大了十倍都不止，简直有些浩浩荡荡，我在校园里骑自行车已经骑不动了，改成了电瓶车。过于浩大又过于整洁的校园，使我走在半路上时经常会心生迷惑，怀疑自己是不是走错了地方。

　　一切物质都在以惊人的速度繁衍，所以看上去周围全是物质，密密麻麻的物质，几乎要把人埋葬起来。手机的屏幕越变越宽，宽得把电脑装进去，把电视装进去，把人装进去，把魔鬼装进去，身上装着一部手机就感觉像扛着一只巨大的口袋，一旦把它丢下又感觉像失了魂魄一般，这才明白，手机那只大魔袋里还装着无数魂魄。

　　有些东西在加速繁衍，有些东西正渐渐绝迹，一圈人围在一起喝一瓶劣质酒吃一脸盆饺子的时光再没有了，通宵达旦讨论诗歌的时光再没有了，用巧克力和大米饭为对方做一盒饺子的时光再没有了。正因为这种大雪无痕一般的湮灭，和物质太多造成的冰冷与拥挤，我加倍珍惜那只鸽子一年一次的到访，我觉得这是我能拥有的一个最古典最浪漫的秘密，而且这个秘密的另一头牵着戴南行，无论他漫游到何处，我都觉得他像一只风筝一样飘在那些书信的尽头。

　　偶尔，我和桑小军也会去巷子里的那家小饭店喝点酒，那是真正的喝酒，因为话已经变得很少。我们不谈文学，不谈改成学院的师专，也不谈他的生意，只是默默陪伴着对方，一杯一杯地喝酒。他跑了三年多货车，攒下一点本钱就不跑了，开始与别人合伙开焦煤厂，焦煤的利润惊人，不过几年时间，他已经跻身山城的富人阶层。数学系的功底再次发挥了作用。听别人讲，刚办焦煤厂的时候，他年底出去要债，身上别着两把大菜刀，进去二话不说就先砍掉对方一根手指，那手指还在桌上蹦了半天。他坐在我对面，身上镀着一层寒光，脸上没有任何表情，话变得比从前更少，多少让我觉得有些害怕。好在他每次叫我喝酒的时候，去的都是从前的那家小饭店，而没有去那些新开的高档饭店，这又让我觉得心安。我每次收到戴南行的信，都会带给他看，他就着灯光把信看了一遍又一遍，然后放在桌子上，倒三杯酒，我们各喝掉一杯，剩下一杯被他倒在了地上。我说，给死人的酒才往地上倒，老戴还活着呢。他撇撇嘴，不以为然地说，他那种人，半人半仙，给他倒天上和倒地下，有什么区别吗？

这种时刻变成了我们三个人之间的一种秘密约会，而与戴南行的约会又让我感觉是在与自然和宇宙秘密约会，在我们周围拥簇着大地上绚烂的花事，满载着月光的大河，燃烧的红桦树，高山峡谷间的小村庄，散落在大地上的古老方言，来自宇宙间的天体音乐，一切变得神秘、辽阔、悠远起来，使我们三个人之间仍然维持着一种无法言说的友谊。只有一次，大约是喝多了，桑小军使劲拍着我的肩膀说，老赵，你给老戴写封信，让那鸽子捎回去，告诉他，什么也别怕，等他老了我养他。我心里一阵发酸，嘴上却奚落道，你敢对老戴说这种话，他不把唾沫星子喷你一脸才怪。

某一天，桑小军忽然拿着一本刚出印刷厂的诗集来家里找我，我一看，竟是戴南行的诗集。桑小军把这些年里戴南行写的诗全部搜集整理出来，自费出了一本诗集。山城中学有个退休老教师就自费出过一本诗集，印了一千本送亲朋好友，日夜送人，连我都送了一本，结果怎么送都送不完，垛在家里又嫌占地方，烧火做饭还被老伴嫌弃不经烧。我一边翻着诗集，一边叮嘱他，以后千万不能告诉老戴，他的诗集是自费出版的，不然他肯定要和你拼命。桑小军把鞋脱了，躺在我家的沙发上，看着天花板说，不自费？不自费谁给你出诗集？想都不用想。老戴早在上师专的时候就想有一本自己的诗集了，他不说就以为别人不知道？我倒是有个设想，我想办一座诗歌博物馆，给咱们大学时候那拨人，你想那时候写诗的人有多少啊，几乎是人人都在写诗，我给他们每人出一本诗集，肯定都是自费的，然后摆在诗歌博物馆里，供人瞻仰凭吊那个诗歌时代，你说好不好？

我笑道，你这就是有两个钱烧的，再说了，大学时候的那些诗人们早都不写诗了，现在你把人家早就作古的诗翻出来，还要出成诗集供起来，你觉不觉得，你说的这诗歌博物馆有一种阴森森的感觉，好像一本诗集就是一座墓碑。凭吊，你这个词倒是用得好。

桑小军往嘴里塞了一根烟，点着了，抽了一口，若有所思地说，那只鸽子，叫什么来着，最近没来给你送信？等它再来了，给它腿上绑一本诗集，让它捎给老戴，不行，太重了，挂脖子上？也不行。要不，在它身上背个背包吧，我动手缝一个，把诗集装进去，给老戴捎过去，让他也高兴高兴。

我说，小军儿，有个事情我一直想问你，你说为什么老戴从监狱里出来之后就再不愿见你了？我原先以为，是因为他从监狱出来后既没了工作，也没了身份，而你出来后却被平反恢复了工作，他心里多少有些不平衡了，可到后来，我又觉得事情并不是这样的。

桑小军盯着天花板吐了两个烟圈，淡淡笑道，你连这个都没想明白啊，老戴一半是因为我进去的，为了进去陪我，另一半是为他自己的自由，他想要的真正的自由，老戴是何等人物，他怎么会愿意让我为他感到愧疚和不安呢？我知道，他不想让我看到他后来的样子，他觉得自己不够体面，怕我见了他会难过会不安，所以我也就尽量不去找他，这才是给他自由。

我站在窗前看着远处的金色山峦，久久说不出一句话来。

转眼又到了夏天。这天，大鸢真的又来到了我窗前，捎来了戴南行的一封信。信里画着一张手绘地图，地图上有山峰有河流，河流上标注着碛口渡和乾坤湾，我认出来了，这不是黄河吗？又在河岸上画了一座亭子，旁边标注着"鹤亭"二字。地图背面写着一句话，老赵，邀你来鹤亭喝茶，独自前来便好，勿叫小军。

我大惊，莫非是戴南行回来了？只是那黄河边一片荒芜，没有人烟，更没有见过什么亭子。我没有告诉桑小军，只把那瓶桃花酒背在身上，便独自前往黄河边赴约了。地图上画的，是位于碛口渡与乾坤湾中间的一片河滩，我印象中，那里只长着几丛沙棘树，此外就是无边无际的黄土还有旁边的黄河，别的什么都没有了。我没有坐车，而是像年轻时候一样步行到了黄河边，以作为一种对往昔的缅怀和致敬。爬到最高的一座山梁上往周围一看，夕阳已经开始西下，群山波澜起伏，层层叠叠，山的外面还是山。在群山之间，一条雄壮的大河奔腾而过，一直伸向无限远的地方，夕阳就在那水天交接之处，真正是长河落日圆。不一刻，夕阳的余晖就把西边的天空，把沟壑纵横的黄土高原和九曲蛇形的黄河统统都染成了金色，天地间一片辉煌的肃穆。

我终于找到了，金色的河滩上居然真的孤坐着一座小棚屋，简直像沙漠里的龙门客栈，莫非这就是鹤亭？我慢慢走到那棚屋跟前，心里一阵激动，又疑心这只是一个梦，疑心这棚屋并不是真实存在的，有时候梦境太逼真，我就不愿醒来，情愿在梦里待着。在梦里，总有已经消失的人和事从远方赶来，已经去世的父亲、奶奶、姑姑，穿着喇叭牛仔裤的戴南行，纷纷从远方赶来，不是坐车，不是坐船，他们乘着风，乘着雨滴，乘着梦貘，乘着一切无形之物进入我梦中，与我相会。有时候我觉得，梦境真是人类的一大发明，供无处可去的人们藏身之用。

只见这棚屋很是简陋，是用一些木棍和木板搭建起来的，四处透风，看上去摇摇欲坠，说是"亭"真是有些牵强了。仔细一看，木板上有洞，竟是船木，门口挂着一块木匾，上面刻着两个字："鹤亭"。我走进屋子里，里面更像一个梦境。没有人，中间有一张桌子，也是用船木做的，桌子上摆着几只陶土做的茶杯和碗，还有一只陶土烛台，有点返回到了石器时代的感觉。除了这一张桌子和两只树根做的凳子，就再没有一件多余的家具了。

一天当中最后的余晖正在迅速消散，屋子里也跟着暗了下去，我这才注意到屋里还是有其他东西的，墙角有一团蓝色的火苗正在跳动。只见角落里放着半截破陶罐，里面燃着几截木柴，吐出了蓝色火苗，正好当成炉灶，灶上架着一只茶壶正在烧水。借着火光，我看到墙上的木板上有字，是用毛笔写成的王羲之的《兰亭集序》："此地有崇山峻岭，茂林修竹，又有清流激湍，映带左右，引以为流觞曲水，列坐其次。虽无丝竹管弦之盛，一觞一咏，亦足以畅叙幽情。"字体愈发俊朗飘逸。又见地上摆着几只歪歪扭扭的土罐，里面种着些花草，我拿起那土罐细细端详，土罐十分粗糙，但自有几分野性之美，我心想这些拙朴的陶器莫非都是戴南行自己烧出来的？他简直变成了一个神奇的吉普赛人。光线越来越暗了，天火烧尽，群山熄灭下去，整座屋子也向大地深处坠去，与此同时，那团蓝色的火光愈发澄净明亮起来，像一种可怕的笑容。

我正盯着那火光发呆，忽然有一个人影飘了进来，我吓了一跳，还未开口，就听见那影子稳稳地叫了一声，老赵。戴南行的声音倒是未老去，我激动地朝那影子扑过去。但戴南行只简单地和我握了握手，然后拿起桌上的半根蜡烛，凑到火光旁边点着了，插在了陶土烛台上。烛光立刻在黑暗中挖出一个洞来，我和戴南行面对面地坐在洞中。我们像退回到了几百万年前的大洪荒时代，正坐在原始人的洞穴里。

他苍老了不少，眼窝深陷，颧骨突出，眼角已经有了明显的皱纹，顶着一头胡乱剪过的头发，一大半是灰白的，估计是他自己剪的。不过大体还是七年前的样子，只是老了些，枯了些，比我想象的要好，我以为我会看到一个穿着树叶的野人，或者看到一个人留着一部托尔斯泰式的大胡子，又嫌大胡子碍事，便用橡皮筋把这部巨大的胡子扎成辫子。其实老了的何止他一个，这些年我也开始变老了，想起十八九岁刚上师专的时候，我们就以老戴和老赵相称，唯独对桑小军却一直以小军儿相称，有时候，他越是彪悍，我们就越想把他当小孩子对待，一个戴着面具拎着花锤的小孩子。如今，却是真正的老戴和老赵相对而坐了。

这时候炉子上的水烧开了，咕咚咕咚地响着，倒有了些红泥小火炉的意境。他起身提起水壶给我沏茶，茶倒在我面前的陶土杯里，我有很多话想问他，又不知道该从哪里说起，问他都吃什么喝什么，又唯恐被他嫌恶。只听他很平静地说，老赵，这茶杯和茶壶都是我自己做的，不太美观，凑合着用，来，尝尝我的茶吧，这茶叫月空茶，我曾在福建的深山里寻到一棵千年老茶树，这么老的树其实已经不是树了，已经步入妖的行列了，物老就会成精，这是自然界的规律，我在老树上采了些鲜嫩的叶子，又采了些千里香焙进去，千里香是只在月光下才会开的花，花香吸足了月光，有一种极致的阴柔，喝这样的茶就像喝月光一样静美，让人心里能生出纯白色的光辉。还有这种寒香茶，待会儿也尝尝，是用雪中芭蕉和红梅焙成的，我记得那天行走在江南，积雪初霁，红梅次第开放，雪光中芭蕉掩映着红梅，寒香阵阵，我忽然想到，天下之大，万物之美，什么不可以用来沏一杯茶呢？何必一定要拘泥于某种形式。所以我后来又做了风竹茶，生云茶，冰壶茶，四照茶——四照取义于《山海经》中的那句：招摇之上，其花四照。

他说话的语气实在过于平静，没有伤感，也没有激动，好像我们俩昨天才刚刚面对面喝过茶，但我一个人痛哭流涕地怀旧显得也很滑稽。我喝了一口茶，一股土味，我便问，你用什么水泡茶？他咧嘴一笑，仍然是多年前的那种笑容，近于天真，他说，当然是黄河水。我说，黄河水那么浑，也能喝？他说，黄河的源头本是雪山，纯净的雪山水从卡日曲和约古宗列曲发源后，形成一段极美的河道叫孔雀河，孔雀河向东流淌进入星宿海，再经星宿海流到扎陵湖，是后来经过了沙漠和黄土高原才有了泥沙，再说了，有泥沙怕什么，沉淀一下不就行了，黄河之心其实仍在雪山之上。

我又环顾了一下这间棚屋，说，没有床，你晚上住哪？他又一笑，往门外的黑暗中指了指，说，天地之大，哪里还没有个睡觉的地方，黄河边的石头上，废弃的窑洞里，树上，月光下，或者想在哪里睡了，随便往哪里一躺就是，躺在大地上的时候，人的神经会像植物的根系一样向大地深处生长，所以我能听懂来自大地上的各种声音。我能听到大地上流浪着很多古老神秘的方言，有的方言里飘着雪花，有的方言里落着雨，有的方言从北方一直迁徙到海边，有的方言正在死去，一种方言就是一首诗歌。我能听到黄河走路的声音，听到它在唐乃亥发出的喘息声，听到它在河套平原悠闲地打着口哨。我还能听到群山对话的声音，昆仑山用的是吐蕃语，喜马拉雅山用的是梵语，祁连山用的是蒙古语。

我打断他说，老戴，你这些年到底过得怎么样啊？你终于想起回来了。

他说，我这些年的生活都已经在信里告诉过你了，至于为什么要回来，我想回来看看黄河，看看老朋友。

我说，那你怎么住这里啊？你都吃什么？没水没电的，和原始人差不多，还是回城里住吧。

他说，那天我走到这里的时候，正好看见岸上搁浅着一条老木船，龙骨都断了，早没人要了，我就把它拆了，用船木做了这鹤亭，又做了张桌子，我可以用这桌子喝茶、参卦、写诗。老木船和鲤鱼都是黄河送给我的礼物，我收了它的礼物自然就在这河边住下了。再说了，住在哪里不一样呢？就是睡在床上，床是用树木做的，那同样也是受了大地的馈赠。

我想起他多年前半夜躺在破庙里倾听自然之音，或者躺在雪地里数星星的行为，竟与现在一脉相承，没有半点出入。我想，这也是这么多年里，无论他行为如何疏狂怪诞，我和桑小军都以认识他为骄傲的原因。听到他说还在写诗，我下意识地摸了摸装在身上的那本诗集，犹豫了片刻，还是没敢掏出来。烛光在过于庞大的黑暗中跳动着，赋予这张桌子一种奇异的舞台效果，以至于我们说的话都具有一种歌剧般的庄重。我努力想打破这种庄重，便笑着说，你这个人哪，又不是没有房子，为什么不回去住呢？回去住多少舒服些。

戴南行起身走到炉前添了把柴，壶里又加了些水，他静静看着火苗舔舐着壶底，对着火光说，你记不记得多多的那首《入屋》，诗里写道：但屋在何处，如无终极，就不必寻找。诗的最后一句是，再次入屋，不为居住。那套房子本来就不属于我，我迟早要把它还给小军儿的，那是他牺牲自己的尊严换来的。

往事在黑暗中一幕幕掠过，我有一种沧海桑田之感。又听到他终于提到桑小军了，心里有些高兴，便赶紧趁机说，老戴，哪天我把小军儿也一起叫来吧。你可能还不知道，他后来从学校辞职了，开了几年货车，拉焦煤，后来自己又做了点小生意，我们仨好多年没一起聚过了，哪天一起聚聚吧。

我故意避开不提桑小军现在的经济状况，怕伤他自尊，但转念一想，戴南行要是在乎这种事，那还是戴南行吗？他背对着我又往炉子里添了几根柴，守护着那团小小的火光，好半天才说，老赵，有时候，不见的意义甚于见过，只要我一直还在他想象中的远方，还在写诗，对于他来说，就是一种心灵上的安慰。我知道，自从他不写诗之后，他心里就认为，我写的每一首诗都有一半是属于他的，我不光在为自己写诗，也在为他写诗。如果我再写不出一首诗了，那就是诗人桑小军的死亡之日。可是，我希望那个桑小军活着，那个从他内部分裂出来的桑小军，纯净、柔软、忠诚。尽管，死亡就栖息在所有的诗歌当中。

我想起桑小军和我提到过的那个设想，建一个诗歌博物馆，去祭奠和凭吊那些在岁月里消逝的诗人们，原来他自己也位列其中。只是，自己凭吊自己的时候，会不会陷入一种恍惚当中，究竟哪个自己才是真实的？我的手再次伸进口袋里，摩挲着那本已经被我焐热的诗集。忽然，我心一横，像拔剑一样把那本诗集拔了出来，用力甩到戴南行手中，语气很快地说，这是你的诗集，是桑小军帮你找出版社出的，你写了这么多年诗，也该有自己的一本诗集了。说罢，怕他问我是不是自费出版的，我赶紧又说，有本自己的诗集总不是坏事，也算是一种对岁月的见证，我们这些人从八十年代走到九十年代又走到现在，就像坐着过山车一样，一路上什么风景都看过了，现在我们都不年轻了，总要有点见证才算没有白来这世上一趟。

他并没有说话，只是就着火光，认真地翻了几页诗集。这时候桌子上的蜡烛燃尽了，烛光化为一缕青烟，只剩下炉子里的那团火光。我看到火光里的戴南行专注地看着诗集，像一个远古的巫师，而火光照不到的地方则是深不见底的黑暗。忽然，戴南行做了个动作，他把诗集塞进了火里。红色的火光猛地蹿了起来，在那一瞬间，我看到我和戴南行的影子都被投在了船木上，斑驳阴森，像被沉在水底的魂魄。黑色的纸灰飞起来，又纷纷扬扬落下去，是诗歌们的亡灵。戴南行看着火光说，老赵，其实我早已经有自己的诗集了。你还没有想明白，到底什么才是真正的诗集，春日的雨滴，夏日的蝉鸣，秋日的凉风，冬日的雪花，把这无法留住的一切做成标本，就是诗。每一株植物是诗，每一个星座是诗，跳动的烛光、炉子里的火苗、茶杯里的新茶都是诗，蜜蜂采的蜂蜜是金色的诗，夜是黑色的诗，友谊是血红色的诗，所有的这一切放在一起就是诗集。其实，诗集最古老的定义，就是关于植物的合集。一定要把诗关在这样一本薄薄的册子里，反倒是不给它们自由了。

火光渐弱，我和戴南行走出鹤亭，来到黄河边，坐在一块巨石上，我掏出那瓶桃花酒，我们像多年前一样，一人抱着酒瓶子闷一口，再传给对方。夜空倒扣在大地上，大地上一片黑色，连河水都是黑色的，从我们脚下流过的时候，带着一种可怕的幽冥之气。而古老的星座像神话一样悬挂在我们头顶，就连我们脚下的巨石也散发出某种精神场域，仿佛天地之间的一切都拥有了自己的灵魂。

不知不觉就把一瓶酒喝完了，我和戴南行躺在巨石上看着星星。我说，老戴，你记不记得上师专的时候，你躺在雪地里数星星，你真是个天生的诗人。半晌，他说，老赵，其实我年轻的时候也不是不想成名成家，也有英雄主义，但我现在已经不想成为什么诗人了，因为，一旦你想成为某个人物，你就不再自由了。我漫游了这么多年才明白了什么是真正的漫游，就是不急着找到终点，也不想快快到达哪里或急于让自己变成什么。而漫游与自由永远是一体的，真正的自由就是，我坐在这河边，看着河水，看着黑夜，数着星星，发现万物静美，内心温柔宁静，没有一丝恐惧，对我来说已经无所谓得到和失去，现在任何人任何事都勉强不了我。你不要觉得我是因为在人类社会中混得不好，一无所有，所以羞于见人，也不要觉得我是在刻意避世隐居，你这样想都是对我的侮辱。你还没有意识到吗？其实我就坐在某个坐标的正中央，就沉在自我的最深处。

我看着满天星斗，心里忽然感受到一种巨大的纯净与悲怆，差点落下泪来，却一句话都说不出来。

我们就那么躺着，直到月亮从天地相扣的地方升了起来，是一轮有些残缺的下弦月。随着月光涌向大地，河水开始发光发亮，然后，渐渐变成了一条银色的大河，蜿蜒在一片混沌的天地间。银色的波光反射在石头上，还有我们的手上和脸上，好像我们来到了一重奇异的水晶空间里，一切看上去都晶莹剔透。我又想起了戴南行多年前发明的"异托邦"，在所有时间中断的地方，它就出现了，通往神秘和安宁。

戴南行看着河水，忽然对我说，老赵你看，河水开始由阴而阳了，到了明天日落时分，它还会由阳而阴。天地之间，阴阳是随时都在转化的，也就是说，失去的时间其实并没有真正失去，古代和现在就是一回事。我原来以为八十年代的酒神精神和理想主义到了九十年代以后就彻底消失了，为此经常怀念那个时代，后来我想明白了，它们其实并没有消失，只是由阳而阴了，只要时光不灭，人类一息尚存，它们就还会由阴而阳。天地大化，阴阳相合，本就无生无灭，所以，老赵，要是有一天我不再给你写信了，你也别以为我是死了，天地之间本就没有生死，只有过客。还有件事我得嘱托给你，我这几年陆陆续续写了一些诗，有个三四十首吧，我把这些诗留给你，你每年给小军儿一首，就说是我的鸽子给你送来的，这样，我就能再陪你们几十年。你们活到八十，我就能陪你们到八十，你们要是活到一百岁，那我就陪不了你们了，剩下你们两个白胡子老头，下下棋也挺好。

我在黑暗中愣了半天才忽然明白过来，他这是在和我道别了。我猛地从石头上跳起来，一把将他拉了起来，他轻得吓人，我只一只手就把他整个人提了起来。我就着月光端详着他的脸，我刚才怎么没想到呢，他这么多年在外风餐露宿，居无定所，根本吃不到什么像样的东西，身体怎么可能好呢。我有些语无伦次地说，你是不是病了？你得了什么病？走，跟我回去看病去，有病就治，这里治不好还有省城，省城治不好就去北京，总能治好的，我们现在就回去。

然后我拖着他就往前走，在乱石堆里跟跄着走了几步，我们都摔倒了。他倒在地上哈哈大笑起来，说，老赵，你真是白认识我这么多年了，你为什么一定要把我想象成是死了呢？你可以想象我就存在于这黄河中，想象我存在于一朵桃花里，一只蜜蜂身上，存在于太阳从黄土高原升起之时，存在于风中、月光下、夕阳里，存在于一切可能的地方。不要怕看不见，就是无形无相的东西，想得久了便也成了真的，真与假也是相互转化的，一面是时间的阴面，一面是时间的阳面，在你看到那个阳面的时候，那个阴面也是同时存在的，你可以认为一个人死了，也可以认为，他只是存在于一切可能存在的地方了。

我的眼泪哗地流了下来，戴南行和我一起立在河边，只是笑而不语。

那晚，我们就睡在了黄河边的大石上，像多年前那样，枕着磺声，沐着月光，聊着文学和诗歌，聊到后半夜，不知不觉就睡着了。早晨我被淙淙的河流声叫醒才发现，周围已经没有戴南行的影子了。于是我一边沿着河流走，一边四处寻找他。我发现河边的一些大石头上长满了诗歌，有的是完整的一首，有的只有一句，显然是戴南行写上去的。从这些石堆中穿行而过的时候，会产生一种奇妙的感觉，仿佛我不小心又走进了一处异托邦，这里介于图书馆、坟墓、歌剧院和博物馆之间，静穆、安详、神秘。

我沿着黄河走了很久都没有看到戴南行的身影，便又折了回去，鹤亭里是空的，炉火早已熄灭，茶壶里的水尚有余温。然后我看到桌子上放着一沓参差不齐的纸，有信纸、稿纸、包装纸、烟盒、餐巾纸，还有从小学生的田字本里撕下来的纸，每一页纸上都写着一首诗，或长或短。我一页一页地看下去，其中有一首诗名叫《棣棠》。

棣棠

一滴雨珠
又一滴雨珠
因与棣棠花有约
从遥远的晴空
长驱直下
轮椅上的母亲
不让我为她撑伞
她说，她忆起了谁的诗句：
"因为花朵的渴望，
人间才有了春雨。"

从此以后，那只叫大鸢的鸽子也再没有来过我窗前。有时候我觉得我再也不会见到戴南行了。还有的时候，我觉得我每天都在和他见面，在夕阳里，在月光下，在每一朵桃花里，在每一片金黄的落叶里。

后来，我自己也养了一只鸽子，和戴南行那只如同孪生兄弟。我训练它送信，只给一个人送信，桑小军。于是，它每年只送一封信，每一封信都是一首戴南信的诗歌，写在信纸、稿纸、包装纸、烟盒、餐巾纸，还有从小学生的田字本里撕下来的纸上。他几乎没有回过信，只有一次，鸽子回来的时候，腿上绑着一张小字条，我打开一看，是桑小军的字迹，上面只有一句话：老戴，你在诗歌的尽头等我。

（文中诗歌皆引自Z君，以此致敬。）

疫狐纪

张　翎（《北京文学》2022年第5期）

> **推荐语**
>
> 《疫狐纪》是由疫情引发出来的一篇小说，但让人惊异的是这种背景设置在作品里面并没有某种越位或溢出。两个极其敏感的女人，一个是因成全领养女儿的前程不得不放弃专业举家移居国外多年的建筑学家，一个是因车祸刚刚失去花季女儿的中年家庭临时雇工，她们各自带着无法言说的人生重负及缺憾时空交会纠缠在同一屋檐下。花园里出现的一只瘸腿小狐狸触动了两个人柔软脆弱的神经，养老院里一起目睹到的令人崩溃的生活真相让两个人敞开心灵，相互慰藉。小说的叙述如履薄冰，人物的心理活动拿捏恰当。在后疫情时代还能读到这样的小说是奢望，也是一种幸运。（宗仁发）

第1天

厨房里有一扇大窗，站在窗前能看见整个后院。她正在院子里干活，但她不知道我在看她。

我的颈子上有一丝凉风，我知道那是小雨在我身后，看着我看她。

黄雀在后。我突然想起一个三百年没派上过用场、早已生锈的成语。

"该上网课了吧？"我忍不住提醒她。

小雨没说话,但我知道她走了。

十九岁零九十八天,这是小雨的年龄。她不会长大。和这个年龄的孩子沟通,你不知分寸在哪里,一句不合宜的话,就能让她变成哑巴。小雨是个不惊不乍的孩子,她用来表达情绪的工具不是语言,也不是表情,而是沉默。小雨的沉默经过了十九年的锻造,已经炉火纯青。

院子里的那个女人正在拔杂草。她不能久蹲,只能坐在一张板凳上劳作。八十岁的身体没有奇迹,该消耗的都已经消耗完毕。她只是把她空荡松弛的身体摆扯得比别人略为周正一些,所以我还能找见她颈脖到后肩那根走样了的弧线。这一刻,她的世界就是以那张凳子为圆心画出来的一个小圈。她把一只两爪小锹扎入野草的根部,抬成一个四十五度的斜角,然后将根铲起。两个指头一夹一扯,断了根的野草就落到了身边的铅桶里。无论在院子里还是在屋里,她干什么活都有那么一股子精准较真的范儿,像是在解剖青蛙,或者是检查合成电路。

五月在多伦多是个找不出什么词来形容的尴尬时节,离冬天远了些,但离夏天还差几步路。倒是白天见长了,太阳开始有些小劲道。阳光里她的头发是一朵扬着絮的金色蒲公英。昨天她是一团银色的绒草。我们是谁,在白天取决于光线;在夜晚,取决于梦境。

它就在她身后的那棵大枫树下,离她十余尺,最多十二尺。我没看见它是怎么进来的,它仿佛是从地上冒出来的。我的第一反应是狗,又很快知道不是,不仅因为它尖长的脸颊和嘴,还因为它的步态和神情——它没有狗身上那种在人群中厮混熟了的市井圆融。过了一会儿我才意识到那是狐狸。在我心里,狐狸出没的场所只能是童书、动物园和电视节目。每当我想起狐狸,就会想起赵忠祥低沉抑扬顿挫的解说词。当它甩脱童书电视和赵忠祥,独自出现在都市人家的后院时,它突然变得不像它自己。就如同在一个尺度很大的夜店里,你猛然撞见平日里正襟危坐的古汉语老师一样,参照物的突兀转移会将你抛出惯性思维的轨道,让你一时迷糊。

它大概刚从冬天的洞穴里走出来,瘦骨嶙峋,皮毛上满是斑癣,火红的颜色在那一刻还纯属惯性带来的联想。它沿着篱笆走了一遭,咻咻地闻着脚下的地,好像是为了辨识地界,又好像是为了寻食,它所过之处皆悄无声息。后来,它靠着枫树,在那个女人的身后坐了下来。女人没发觉任何异常。她在干活的时候背对所有,目空一切。五月中旬的树枝上还只有嫩叶,树荫尚未形成,它身上洒着大片的斑驳的阳光。兴许它就是为了这棵树这片阳光来的,可是,哪里没有树没有阳光呢?

我没敢提醒那个女人,怕吓着她。当然,我也怕吓着它。疫情把人的活动半径裁去了一圈,兽走进了人让出来的地盘。兽和人都在新的边界线上试试探探,它的每一根毛尖都颤动着惊恐和不安。它和我都身在异乡,它的胆小让我心安。我愿意在有阳光的日子里见到它,看着它的皮毛渐渐变红,知道夏天来临。

我拿出手机,拍了一张女人和狐狸的合影:女人意识之外的狐狸,狐狸视线之内的女人。

今天是我来到女人家的第三天,也是我和狐狸第一次相遇的日子。我用编辑笔在照片上写下了"第一天"。后来再看到这张照片,我才醒悟过来其实冥冥之中我已经知道：我和它还会再见。我不知道为什么我会把和它初次见面的日子（而不是进入女人家的日子）定为元日。

我马上把照片发给了小雨。"一个人一生里能有几个机会在后院遇见狐狸？"我加上了注解。

"Lillian阿姨，吃早餐了。"我打开窗户，对院子里的女人说。现在是8：42，我本该在12分钟之前提醒她。她的日程规律得像米达尺画出来的一条直线，早餐8：30，午餐12：30，晚餐6：30。但今天，狐狸搅乱了她的时间。

她抬起右手，把被风吹乱的头发拢在耳后，起身，收起凳子工具和铅桶。

我眼角的余光里已经不再有狐狸，它已在她转身之前消失。

第-10天

"我们需要问你几个问题。"凡·丹伯格太太用南腔北调的普通话对我说。后来我知道她也说口音很重的英文。

"特树庆况，愿谅，请你。"凡·丹伯格先生从屏幕的右上方插进来，用破布絮一样的中文替他妻子做着补充。屏幕有些暗，他那颗头发蓬松的脑袋看上去像一株挂歪了的吊兰。背景里有个孩子在跑来跑去，嘴里发出呜呜的声响。

我是从小雨常用的那个留学生互助网站上发现这则广告的。公寓租约快要到期，我不想再续。我离饿肚子还有好几百公里路，我仅仅是不想坐吃山空。这份差使能满足"衣食住行"里百分之五十以上的内容。

"不要一脸猴急。"我的耳根一热——那是小雨在悄悄提点。

世界是你们的，也是我们的。我突然想起一句小时候背得滚瓜烂熟的话。伟人老矣，世界是他们的，完完全全，没有"也是"。一个才上大一的孩子，如今她比我识得世面，我混场面时不时得她提点。白白浪费了我一整个前半生的阅历。

"问吧。"我说，语气不卑不亢，不疾不徐。

"你是一个人吗？"凡·丹伯格太太问。

我猜想这个问题的硬核是婚姻状况。迟疑了片刻，我才说："是的。"

我甚至想好了下个问题的回答："离婚，不可协调的分歧。"这是我在八卦新闻和美剧里最常听到的分手理由。它像一块大披肩，遮挡住了华丽袍子上的无数黑虱。我不用告诉他们那些找上门来的女人和银行账户上时不时消失的金额。没有人喜欢黑虱。

可惜，别说黑虱，连披肩也没用上。凡·丹伯格太太没有在这个问题上深究。

"对不气，因为，Covid。"凡·丹伯格先生继续用中文为他妻子的问题作着笨拙的解释。

Covid和我的婚姻状况之间的关联，是我在结束了视频对话之后才慢慢醒悟过来的：他们希望家里人口简单，减少感染概率。疫情修订词典，改变审美，让一切粗鲁变得合理。

凡·丹伯格太太消失了几秒钟，突然，屏幕上涌来一股白色的潮水——原来她去开灯了。现在他俩都坐得离摄像头很近，脸看上去像两只拍烂在玻璃窗上的冬瓜。

"你可以合法工作吗？"她问。

"我有部长特许居留，正在等待枫叶卡。"我答。

"你会讲几句英文吗，假如遇见紧急状况？"凡·丹伯格先生换成了英文问我，我和他同时松了一口气。

"不遇见紧急情况也会说，而且，比几句略多一些。"我也换了英文回他。口音没有完全盖住那丝刻薄（这个词在某些场合也可以理解成幽默），他哈哈哈哈地笑了起来，屏幕上泛起了波纹。

"你还拥有哪些技能？"他问。

他的笑声大大鼓励了我，我顿时失去轻重平衡，口中隐隐似有莲花开放。

"技能没有，本能有。会开车，急了也能换轮胎，知道怎么使用电钻和千斤顶。能在第一时间听见火警和二氧化碳警铃。不畏高，能爬梯子，必要时也能跟保险公司磨嘴皮子。煮得熟饭，懂得基本荤素搭配。除了打架织毛衣，其他都会。要是把我们同时丢在荒岛上，保不准我能先逃出来，运气好的话还能返回来救你……"

"更年期。"我似乎听见了小雨在嘀咕，立即止住话头，满舌头都是没吐干净的话渣子。"更年期"是小雨对我所有行为的万能解释，就像"抑郁症"是适合于一切莫名症状的均码帽子。

时间停摆，飞尘在半空驻停。屏幕一片死寂，凡·丹伯格夫妇的五官固定如山石。一场刚刚开幕的戏已经被我演砸。无可救药的更年期女人。

半晌，我看见他们的嘴巴渐渐扭曲变形。我是在听到声响之后才明白过来那是笑声。

"我妈一切都能自理，就是不会开车。家务事不是主要责任，你管好她三餐营养搭配就行了。主要是三年前她发过一次心脏病，现在有限制令，万一有个意外，你在，能救个急。"凡·丹伯格太太说。

我猜这大概就是录用的意思。也就是说，我会的那两脚正是他们需要的，而我不会的那九十八脚，也还在他们的容忍范围之内。

"我们住在纽约州的罗切斯特，麦克在市政厅工作，疫情中间也开放，每天都接触不同的人。所以，我们不敢回去看妈妈，怕身上带着病毒。"

过了一会儿我才明白她说的是她的丈夫。

"薪酬已经在电邮里说过了。你觉得什么时候可以……"

现在猴急的是她，我已经明显占了上风。

"我还有问题。"我制止住了凡·丹伯格太太。

"老人家叫什么名字？"我开始反守为攻。

凡·丹伯格太太怔了一怔，才说："我妈姓周，大家都叫她 Lillian，这么叫着方便。"

"她有几个子女？"

"就我一个女儿。"

"她从前是做什么的？"我追问。

凡·丹伯格太太神情犹豫，仿佛我问到了她的内裤尺码。

"我需要了解一点背景，跟她沟通起来比较容易。"我解释道。

理由很充足，而且没学他们的样拿疫情来说事。她被逼到了墙角。

"干了一辈子，技术活。"她终于说。

"技术员？"我不依不饶。

"算是吧。"她说。

"养老院那边，亲爱的。"凡·丹伯格先生提醒妻子。

"我爸有老年痴呆症，住在养老院里。现在不开放探视，只能通视频。我妈想通视频时，你一定要事先通知轮值护士，她好安排我爸连线。联系方式我电邮你。"

366

"你有什么要求吗？"凡·丹伯格先生问。

我能有要求吗？我急切地想搬出那个公寓。我其实没有选择。

我假装在认真思考，半晌，才回答："请转告你母亲：未经允许不要进入我的房间。"这是一个安全的、实施起来很容易的要求，它其实只具备象征意义：那是一个人不值一文的自尊。

视频完结后我才突然想起，这是我人生的第一次面试。我走出大学校门就嫁给了小雨的爸，除了在他公司断断续续地管过几年账，我一天也没上过班。我一辈子吃的都是那个男人的饷，先是作为他的妻子，后是作为他女儿的母亲。

带着疫苗注射证明和相隔五天的两次核酸阴性报告，我走进了Lillian的家门。

第10天

狐狸又来了，这是第三次。我站在窗口，第一眼里还没有它，第二眼里，它就在了。

我见过松鼠、浣熊、野兔、臭鼬，还有蓝松鸦、红脯罗宾、黄莺。它们或是沿着树干爬行，或是从草地的一头蹿到另一头，或是在树枝间飞来飞去。它们都有一条行动轨迹，你看得见它们的首尾。但是狐狸不同。院子的篱笆上没有容它穿越的窟窿，但它总能猝然出现，猝然消失，它的来去仿佛是刹那间的一丝风。我开始怀疑是否真有遁地而行一说。

它每次出现，都是在8：15左右，它的早餐之后。早餐是我对圈养动物的惯性想象。野生动物的进食，纯属饥饿和运气的偶然碰撞。

今天狐狸显得有些躁动不安，沿着篱笆走了一圈又一圈，迟迟不肯在枫树下落座，长着一圈白毛的尾巴尖在轻轻颤动。后来我才明白，狐狸是在空气中嗅出了Lillian的情绪，狐狸是Lillian的镜子。

Lillian又坐在板凳上拔野草。院子里时令最早的水仙已经开败了，郁金香正红火，其他的多年生植物刚刚蹿出新枝。新枝在地底下憋过了一个严冬，钻出地面时都是紫酱色的，长开了才会慢慢褪去那份面红耳赤的愤怒。野草已经长过了三茬，时下最猖獗的是蒲公英，黄色的花朵像浮在油上的火苗子，扑了这团，还有那团。

院子里的事，除了割草浇水这样的粗笨活，Lillian很少让我插手。"不懂，添乱。"她说，那份不屑仿佛来自一股三世为农的底气。以小板凳为圆心画出的那个圈，是她一个人的城堡，容不得他人插足。可是今天，在她的城堡里她并未安心。她的手有些颤抖，两齿锹挖出来的，是蒲公英的花枝而不是根。根不除尽，一眨眼又是另一生。

"Lillian阿姨，吃早饭了。"我推开窗喊她。现在是8：45。只要狐狸在，我总会往后推延她的早餐时间——我想让它多待一会儿。我不知道它怕不怕我，但我知道它怕她，它总会在她起身的那一刻消失。

吃完早餐，我洗碗，Lillian在我身后磨磨蹭蹭，半晌，才犹犹豫豫地问："小陈，会剪头发吗？我几个月没去过理发铺了。"我摇头。我的十八般武艺中，偏偏缺了剃头这一招。Lillian开始游说："很容易，分三层剪，里边短，外边长，各相差1厘米。这样剪完了，最外边这一层自然朝里弯曲。"Lillian的讲解听起来像深入浅出的中学课程，我一下子懂了。

我搬了一张椅子，让 Lillian 围了一条毛巾坐到后院的阳台上。太阳到这时已经升到树枝分叉处了，草地上是一块块深深浅浅的光影。风起来，影子勾肩搭背地跳舞。Lillian 的头发依旧厚实，捏在手里是满满的一把，从头到尾地白透了，白得清楚彻底，稍稍一抖，就闪着一丝淡淡的蓝。

"到了你这个年纪，我很少看见腰背还这样挺直的。"我说。

好好的一句夸奖，从我嘴里出来，就带上了一根毛刺。八十岁又怎样？到了八十，查尔斯王子恐怕还在排队等着当国王。

"从前在大学里演话剧，练过形体，肌肉还有记忆。"Lillian 没有在意毛刺。或者说，她压根儿没有觉出毛刺。在她这个年纪，哪怕是等着当国王的，得到的夸奖已经有限，每一句都得当真。

Lillian 的指导有方，成果基本如愿。半个小时后，剪短了的头发在她耳后绕成了一个弯，她的脸在那一刻是一片利落的废墟。在冲澡之前，她吩咐我给朱迪打个电话，让她安排十点一刻和叶千秋通视频。叶千秋是 Lillian 的丈夫，朱迪是叶千秋的主管护士。前两天我问过 Lillian 要不要和养老院通视频，她不置可否。今天是她主动要求。

我突然就懂了，她的头发想见叶千秋。

我在卫生间里清洗剪刀和毛巾上的碎发屑，洗脸池上的镜子正对着 Lillian 的卧室。镜子有手，伸出指头轻轻一钩，就把房间里的情景近近地扯到了我眼中。Lillian 的平板电脑连上了线，一阵地动山摇之后，屏幕稳定在一堵白墙上。白墙渐渐上升，镜头落到一张白色的小床和一个白头发的小孩脸上。是的，我没说错，是小孩，一个脑子里所有乌七八糟的记忆都已被时间涤荡干净的老小孩。

"老叶，你好吗？"片刻沉默之后，Lillian 先开了口。

"好，嘿嘿，好。"老头摇晃着身子，蚕一样白胖的脸上浮起一团茫然的笑意。

"知道今天是什么日子吗？"

"知道，嘿嘿，知道。"老头把所有的回答都重复了两次，似乎坚持就是一种证明。

"五月，二十五号，你说，是什么，日子？"Lillian 一字一顿地给他递着线索。

老头的五官突然扭成了一团，太阳穴上有一根青筋在游走——那是脑子在找路。路歪歪扭扭，老头走了几步就走丢了，眼角一垂，似乎要哭。

"娟子哦，娟子！"老头别过脸去，冲着门外大声号叫。这家养老院是香港人出资建造的，护士都会讲中文。"娟子知道，你问娟子。"

"George 啊，George！"走廊深处传来一个女人的狂喊，接着便是一片嘈杂和混乱。脚步声，物件翻落声，哭声，安抚声。有人从外边关上了老头的房门，世界重归寂静。

"老叶，老叶！"Lillian 喊了几声，才把老头的魂招回来。老头看着她，又仿佛没在看她，目光穿过她，虚虚浮浮地落在一个无名之地。笑容还在，那笑里却有些悲从中来的意思。

"你知道，娟子在哪里？"Lillian 盯着老头问。

"他们把她拉走了。"老头嘴角一瘪，呜呜地哭了起来。

Lillian 看着老头用手背窸窸窣窣地擦着鼻涕，蚕皮似的脸上满是青黄水迹。两人再无话，便关了视频。Lillian 呆呆地坐着，陷在椅子里的背影很瘦，肩胛骨高高地戳着衣服。

"是生日吗？"我探进头去，小心翼翼地问。

"妈，那是人家的隐私。"我仿佛听见了小雨的提醒。即使是气急败坏，小雨的声音依旧听起来波澜不惊。

我知道我问了这句话，就坐实了自己在偷窥偷听。我只是管不住，都是那两根肩胛骨惹的事。

Lillian没说话。沉默是最尖利的羞辱，我讪讪退出。走了几步，我才听见她的声音颤颤巍巍地飘出她的房门："五十五年，结婚……"

五十年是金婚。六十年是钻石婚。五十五年是什么？金钻？还是钻金？

"那个娟子是谁？"我问。

Lillian走出来，倚靠在门框上，隔着走廊看我用抹布蘸着清洁剂擦拭着水龙头上的水垢。一下，又一下。

"是我。那时演话剧《橘颂》，他是屈原，我是婵娟，后来他就叫我娟子。"半晌，她才说。

我被这句话一下子压瘪，终于知道，天底下能说的话很多，管用的却很少。她心里的那个洞和我的一样，无可修补。

"Lillian阿姨，你知道院子里有狐狸吗？我拍了几张照片，你和狐狸的。"我突然说。这不是我想说的话，可是我不知道我想说的到底是什么。

女人怔了一怔，突然，脸涨得赤红，毛孔粗如猪皮。

"为什么要偷拍？你想干什么，拿这些照片？"她的声音撕裂了，每个字都冒着青烟。在这个言语和情绪都很节俭的女人身上，我第一次看到了愤怒。

第14天

自那天以后，我和Lillian之间的沟通几乎降到了零。除了我简洁的招呼和她更为简洁的回应（基本由"嗯""哦"之类的语气助词构成），我们几乎完全生活在沉默中。和她在同一张桌子上吃饭，堪比中世纪的任何一种酷刑。我们中间隔的是果冻一样凝结的空气，每一粒米饭都是扎在喉咙里的针。

除了去后院劳作，大部分时间她都待在自己的房间里，安静得让我时时刻刻都活在关于她心脏的各种可怕联想之中。可是每顿饭她都按时出现，除了沉默，并无异常。每一次我经过她严实得没有一条缝的房门（那是去卫生间的必经之地），那些堵在食道里未能消化的食品都在化为柏油一样的液体，从我的毛孔里渗出，将我的皮肤熏成一张黑纸。

你以为你是谁，约克王妃？女神卡卡？迪丽热巴？赵丽颖？怕我会隔着门缝拍下你的两根肩胛骨，奉献给八卦新闻网站？

我突然感觉身上的每一个毛孔盖都在扑哧扑哧地跳动，像迷你蒸汽阀门。我在屋里再也待不下去了，忍不住打开后门，冲进后院，在阳台的台阶上坐下来，牛一样地喘着气。

天空瓦蓝，没有一丝云，像一匹扯得很紧的土布。左侧花圃里，旧年的玫瑰已经爆出无数蓓蕾，维多利亚节里种下的喇叭花正在盛开，红的粉的白的紫的，一朵一朵相互别着苗头。花儿不知人间有瘟疫。花儿也不知这座房子是樊笼。狐狸知道。狐狸已经好几天没来了，狐狸闻得出这里的空气已经变馊。

"妈妈快憋死了，救救我。"

我拿出手机，给小雨发了一条信息。我知道这是枉费心机。纵使我赤身裸体毫无廉耻满街狂奔撕心裂肺，她都不会有回音。十九岁零九十八天，我的小雨。母亲不过是她蜕在世界上的一层皮。可是皮也有毛孔，需要呼吸。

是的，我快要憋死了。我已经两个多星期没见过除了Lillian之外的任何人了。凡·丹伯格太太（她的中文名字叫丹丹）给我的"禁令"（通常以"请"字开场）很长，可以绕地球两圈仍有盈余。

"请不要出门，哪怕是散步，所有的食品我会网购给你们。你可以没有症状，但依旧可能携带病毒。"

"请不要和快递员直接接触，让他把邮包放在雨棚里。"

"请不要把快递直接带进屋里，要先用来苏尔纸巾消毒。"

"请不要和邻居近距离说话，尤其是靠右手那家，她在医院工作，什么病人都接触。"

"如果需要取处方药，请不要去药房，打电话让他们送货。"

"日常所需提前告诉我，请不要临时出门采购。"

请不要。请不要。请不要……

为什么不直接订购一个真空玻璃罩，把我们从头到脚裹住，隔绝病毒，隔绝世界，无菌无毒无声无息无风无雨无悲无喜。反正我们不是死于病毒，就是死于窒息。失去呼吸难道不是一切死亡证明上的直接死因？

这时，我感到耳膜上有一丝颤动。那是风。说风实在有点夸张，至多只是空气发生了一丝精密仪器才能测量得出的轻微位移。我的耳膜告诉我发生了什么事，就在我视线右侧大约120度角的位置。耳膜也有眼睛。

我不敢发出动静，只是将颈脖一毫米一毫米地缓缓朝右挪动。我的视野里出现了狐狸。刚刚平息下来的毛孔盖子突然被再次掀起，汗毛一根根竖成了针叶林。

天！那是两只狐狸，一大一小。

这是我第一次面对面地和狐狸对视，从前我们之间隔着一层厚厚的玻璃。我们的目光在空中无声地相撞，六只眼睛都同时怔了一怔。我纹丝不动，它们开始缓缓后退。

我闭上眼睛，太阳在我的眼皮上盖下一个金红色的印章。

"上帝，不要让它们走开，求你……"

我慢慢睁开眼睛，它们还在。它们的视线已经如雷达般将我从头到尾扫描过了几遍，它们嗅出了我的无趣和安全。警觉的探针平复下来，它们对我失去了兴趣，开始在院子里巡游。

那只幼狐还很小，身个只有大狐狸的一半，走路的姿势有些古怪，一蹦一跳的，像澳洲袋鼠。原来它的一只前腿已经伤残，伤腿失去了筋骨的支撑，软绵无力地蜷缩在肚腹之下。它正在努力重建新的平衡系统，用三条腿的力气，来追赶四条腿才能抵达的速度。

我的心揪成一团。它在还没学会走路时，可能就已经失去了一条腿，世界何等残酷。我不知道伤害它的是什么东西。也许是一块滚落的石头，也许是一根被风刮下的大树枝，也许是一只护家心切的恶犬，也许是一只跟它抢食的同类，也许是一记来自人类的棍棒。不管是什么，我都想用最龌龊恶毒的语言，诅咒他们，愿他们坠入最深黑无底的地狱。我甚至诅咒它的母亲，那只大狐狸。它为什么不用自己的一条腿，来换取儿女的健全？如果不能为儿女赴汤蹈火决然舍身，这世界上为什么还要有母亲？前几次在院子里看见那只大狐狸时，它显得如此安然如此宁静。能够在儿女经历劫难时不动声色的，一定不是真正的母亲。

今天它们行走的速度有点快，几乎像小跑。大狐狸并未格外在意小狐狸的伤腿，甚至没有慢下来等它一等。它们沿着篱笆来回奔跑，像是在逃离一场看不见的灾祸，又像是奔跑在急切的归家途中。偶尔停下来，用前蹄和尖嘴刨土，翻找旧年丢弃在地里的果实。一圈又一圈，周而复始。后来它们跑累了，终于在枫树前停了下来，用鼻尖一抽一抽地嗅着树干，开始啃树皮。疫情已经改变了肉食动物的肠胃。

我悄悄用手机拍了一段视频，发送给了小雨。"两只狐狸同时出现在后院，是什么兆头？"我等了一会儿，没等到回复，鬼使神差似的，便又将视频转发给了另外一个人。

"这是现在院子里的情形。你悄悄走出来，就会看见它们。"我加上了说明。

过了几分钟，我的颈脖感到了一丝重量。我背上的眼睛告诉我：她出来了，没穿鞋子，佝肩耸背，把身子尽量缩成最小体积，悄悄地穿过木头阳台，在我身后坐下。狐狸抬头看了她一眼，很快将她归为我的同类，不再搭理。大的那只靠着树身躺卧着，两只前蹄铺展开来，神情慵懒得像只怀着身孕的猫。它已经不是我最初看到它时的模样了，肚腹圆润了一些，皮毛有了隐隐的金红色的光泽（我不想知道它肚子里的内容）。小的那只从树后的枯叶堆里搜出一只空矿泉水瓶子，用一条前腿帮衬着尖嘴，用力撕扯着塑料瓶身，嗞啦嗞啦的声响有些瘆人。

"一只空瓶子，能吃出什么山珍海味？"我自语。

"磨牙。"她说。

"也不护好自己的犊子。"我听出了自己语气里那丝不知出自哪一门子的怨恨。

"总有不听话的儿女，和罩不了儿女的父母。"她叹息。

"你没看见那只大的，都不等一等小的，只顾自己跑路。"我依旧愤愤不平。

"它在教它，小的总得学会自己生活。"

这是这几天里，我们之间唯一一次接近于谈心的对话。

"那天，我看见你和狐狸同框，怕它跑了，不敢招呼你，就拍下了，那些照片。"我期期艾艾地说——这是我迂回的道歉。

她没吱声，半天才说："转发给我吧。"那是她婉转的原谅。

在这个瘟疫划出的牢笼里，我们是难友。除了结盟，别无出路。

"丹丹真贴心。"我找出了一句自认为安全得体的话。

她哼了一声，我听不出那是赞同还是嘲讽。

"她欠我。"她面无表情地说。

我情愿小雨也欠我，欠一座喜马拉雅山一汪太平洋我也认了。可是小雨没给我这个机会，我永远不能像Lillian说丹丹那样地控诉我的小雨。

"她来的那年，我四十岁。等她长到十八九二十，正该人管的时候，我管不动她了。"她似乎听见了我肠子里走动的心思，就跟我解释。

"她看起来，那么懂事。"我试探着把问话装在了一个陈述句中。

"亡羊。"她说。

"你的车这么久没开,还能动吗?"她很快转换了话题。

"我隔一两天都启动一下,没问题。"

"那好,我们出门。"她拍了拍我的肩膀,站起身来。那不是征求意见,而是告诉我她的决定。

"去哪里?"我吃了一惊。

她呵呵地笑出了声——是那种恶作剧得逞后的得意之笑,状如孩童。

"哪家超市卖猪杂碎、便宜的鸡翅鸡腿?"她问我。

"丹丹说需要什么,她去网购。"我犹犹豫豫地说。

"我喂狐狸的东西,能让她买吗?自找啰唆。"她头也不回,径直朝屋里走去。等我回过神来,我已经尾随着她走进了厨房。

"她不允许我们出门。"我说。我的语气里已经出现了第一丝裂缝,她立刻见缝插针。

"卫生部都没有禁止出门,她的话是法律吗?管个屁用。"我第一次从那张干净的嘴里听见了与消化道相关的词。

"万一……"我欲说还休。

"你我都打过两针疫苗了,再戴上两层口罩,离人三米,要是还染上了,世界上一半的人都得死。"

"可是,要是丹丹知道了……"

"除非你告密。"她坐到车库门前的那张穿鞋凳上,慢条斯理地系着旅游鞋的带子。

我如释重负,每一个毛孔都嘶嘶地通气——那是越狱的欣喜。

第 23 天

狐狸勾出了我们心底那一丝隐秘的不安分的欲念,我和 Lillian 从那天起,就在凡·丹伯格太太(哦不,丹丹)的监控之下过起了双面人的生活。在丹丹看得见的时候,我们是严守规训的中学生,在她看不见的时候,我们是探险家哥伦布麦哲伦。在早饭和午饭之间的那个空当里,我们每天出门(Lillian 管它叫"放风")。刚开始我们只是在家门口胆战心惊地转一小圈就回来,后来我们的胆子越来越大,行踪越来越野,穿过街区公园,走入林间小道,直到一条小溪挡住我们的去路。

Lillian 让我开车带她去家居五金商店买木板、电钻、铁钉、油毡、木屑,去华人超市买猪杂碎、鸡胗子、鸡爪、鸭脯,去西人超市买哈根达斯冰激凌(那东西无法网购)。我们购买的货物都不是日常所需——那是丹丹的管辖范围。我们必须持续地、信誓旦旦地让丹丹相信我们足不出户。Lillian 防贼似的防着她的女儿。

我和 Lillian 制订了一套缜密复杂的行动方案,来抵抗病毒,应付丹丹,笼络狐狸。我们(确切地说是我)在车库里隔出了一个角落,用新买的电钻砸下一排钉子,来悬挂我们从外边回来时脱下的外套和口罩,免得把脏东西带进屋里。省政府允许室外不戴口罩,若遇见迎面走过的行人,彼此绕开一个安全距离即可。可是我们还是决定小心行事,戴上了丹丹从美国寄过来的医用级别口罩。我们在屋子的每一个进出口处都摆上消毒洗手液,用烧香拜佛式的守时和虔诚,逼迫彼此吞下一把一把提高免疫力的维生素胶囊。

对丹丹隔三岔五发给我的各种指令,我早已应对自如。我及时而恭敬地回复"明白""知道""OK""放心""好的""没问题""交给我吧""谢谢提醒""就这么着"……我突然发觉我的语文功底大见长进，尤其在同义词的使用上已经抵达登峰造极的水准。

对于丹丹源源不断的物资供应，我渐渐感觉不安——那纯属狗咬耗子式的操心。有一天我脱口说了一句："凡·丹伯格先生没意见吧？"话一出口我就后悔了。每次走三步整好的时候，我总会多事地跨出第四步。Lillian立刻懂了，倒也没恼，冲我一笑，说："我在上海闹市区的房子，你说可以够我吃多少顿饭？"我想说那得看房子有多大，胃口有多好。这时小雨在我的脑袋里咚咚地擂着鼓，我最终还是没有迈出那第五步。第四步已是弱智，第五步是压根儿没脑。

丹丹是程序员，在家上班，时间自由，八爪章鱼似的在公事、丈夫、女儿和父母之间浮游。她一天里发来的各种微信信息，可以汇编成一本书。

"精力无穷。"我惊叹。

"从小就是这个样子，一哭能哭整整一宿。一眼没看紧，能爬出十里路。"Lillian说。

丹丹的信息容易对付，可以随时随地回复。应付她频繁的、不可预知的视频要求，却是件费智商的事。我和Lillian列出了一串不方便接视频的借口，如上厕所，洗头洗澡，在后院干活，起晚了，正跟网课学太极，午睡，手机没电……有一天下午Lillian不小心使用了一个一时兴起的借口，说在和肖阿姨通电话（肖阿姨是Lillian在北京的老同事）。时值国内凌晨三点半，这个四六不靠的时间点让丹丹起了疑心。她倒是没往别的方面想，只是害怕她父亲脑子里的那一锅酱是不是也洒给了她母亲。丹丹立刻给我打电话求证。当时我们正在家居商店买密封胶，丹丹问我怎么有这么多背景杂音？我急中生智用"正在看电视"和"肖阿姨刚才有点急事要找你妈咨询"为由，最终有惊无险地扑灭了一场有可能烧毁一座森林的大火。

"偷汉子被逮了个正着。"Lillian嘀咕着说。

我听了笑得天昏地暗，直笑到眼中溢泪。我已经忘了我竟然可以活得如此没脸没皮，忍不住想起《聊斋志异》里那些深夜潜入书生房中的狐狸精。自从院子里出现了狐狸，Lillian说起话来时不时地就沾了点邪气。伙同外人欺骗母亲不是新闻，母亲生来就是活该受骗的人，这个角色注释已经明明白白地写在了宿命里。而伙同外人欺骗女儿才是新闻——那是Lillian独一无二的创举。Lillian的创造力让人目瞪口呆，一天一天地翻着新。

今天我们不出门，我们要动土开工盖狐狸窝。"狐轩"是Lillian给狐狸窝起的名字，文绉绉的听得我起了一身鸡皮。倒也算不得是心血来潮，自从那次我们在后院看到那只残了腿的小狐狸之后，她就生出了这个念头。后来狐狸还出现过两次，但每次都是大狐狸，我们再也没见过那只幼狐。这几天Lillian一直坐在餐桌前，在卷尺、计算器、米达尺、圆弧尺、模板尺的重围之中，用最原始的方法设计"狐轩"的图纸。上一次我见到这些玩意儿，是在我爸的办公室——那都是三十多年前的事了。Lillian一张一张地画，一稿一稿地改，鼻梁在老花镜的挤压之下蹙成一个线团。这就是他们那一代人的样子，事无巨细地较真。

小雨也是这样想我的吧？每一代有每一代的较真，每一代都鄙夷前一代较的那个真。前一代算什么东西？都是些没有一个毛孔的榆木古董，为一些毫无意义的芝麻鸡毛烧脑烧心。

倘若前人不较他们的那个真,还会有万里长城吗?

"你出国还带这些东西?"我好奇地问Lillian。

Lillian从鼻孔里哼出一声嘲讽:"带着做个念想儿罢了。都是四五十年前用过的东西了,那时候还是刀耕火种。"

我父亲发迹之前也干技术活,在一个三千人的工厂里管土木工程设计。那时他天天回来吃饭,吃完饭和我一起搭积木,有时也让我坐在他的自行车后座,带我去他的办公室,看他画设计图。偶尔他也驮我去施工现场,我有一个最小号的安全帽。Lillian的图纸对我来说不是盲文。

"你看哪个方案好?"Lillian认真地征求我的意见。

我有些受宠若惊,顿时头重脚轻起来,一脚踩到云里。"这一稿像别墅,这一稿是湖边公寓,这一稿是交谊会所。都好,只是不像狐狸窝。"

Lillian扭过脸来看着我,仿佛吃了一惊。"这话老早就有人说过。当年在干校,老叶写了好几篇检讨,就是因为有人说他把猪圈盖得像安徒生童话里的小屋。"

"他会盖房子?"我问。

"那对他算个什么事,小菜一碟。"Lillian摇了摇头,对我学龄前水准的提问表示了深切的同情。

"他这个病,有多久了?"

"说不好。当时只觉得他说话忘词,突然有一天,我打开冰箱,里边有一只鞋子。"

我听过很多阿尔茨海默症病人的故事,哪个里头也没有鞋子。这个细节很温文,远够不上惨烈,可不知怎么的,我感觉揪心。

"他那个大脑,可不是吹的。千个百个寻常人凑在一起,也填不上他的一个角。"Lillian说到"千个百个"的时候,伸出一个手指头在空中画了一个大圈,把我绕了进去,却把自己留在了外边。本来不过是一份无伤大雅的小自得,却因为这个囊括了我的圆圈,就有了一丝得意忘形的傲慢和轻狂。我一下子被惹恼了。

她以为她男人是谁,爱因斯坦?图林?李政道?杨振宁?

"那又怎样?现在连老婆也认不出。脑子是个定数,早用了早空。"我脱口而出。

这话我从前说过,那时说的是美貌,是对那些找上门来的女人说的,今天我临时把它换成了脑子。说完我浑身通气,过了一会儿才觉出了残酷。有必要和这个岁数几乎是我两倍的女人较鼻尖上的那点真吗?可是话已出口,说出去的话是泼出去的水,覆水难收。

Lillian把米达尺搁下,定定地看着我,这一眼看得我浑身发毛。有一个小鼓包在她的额角隐隐跳动——那是憋急了情绪在急切地寻找出路。我闭上眼睛,等待轰的一声大爆炸,宇宙沦为一片废墟,我成一堆齑粉。

我等待了差不多一个世纪,终于听见了一个声音钻过一条长长的隧道,嘤嘤嗡嗡地传了过来。

"你们仗着年轻就可以这样说话?你妈没教过你?"

宇宙毫发无损,我也没成齑粉,只是蹭伤了一层皮。一股热潮涌上了我的脸颊。我知道我不能开口。假若我此刻开口,从我嘴里飞出去的必定是毒箭和匕首。

我冲进卫生间,哗哗地开着凉水洗脸。她有她的死穴,我有我的。我不知道她的是什么,就像她不知道我的。我不能去碰

374

她的，她也不能来碰我的。伤害面前人人平等。

擦干了脸，我在镜子跟前待了几分钟，直到鼻孔渐渐变小，才出来。

"我不知道你说的是哪个妈。我有一个亲妈，三个后妈。"我站在她身后，语气平静地说。

她的肩膀颤了一颤，僵住了。我看不见她的脸，但我知道她的五官此刻凝固如木雕。空气绷得很紧，每一口呼吸都割肺，墙上的石英钟嘎啦嘎啦地在耳膜上刮着肉屑。她慢慢地站起来，收拾了桌子上的图纸和绘图仪器，走回自己的房间，关上了门。

那是昨天下午发生的事。昨天我们没有再见过面。做完晚饭，我把食物摆在桌子上，没招呼她，只是盛了自己的一份，在卧室里吃完。八点左右，我听见她出屋，独自吃完晚饭，窸窸窣窣地收拾了餐桌和脏碗。

"在有些人的词典里，永远不会有sorry（抱歉）这个词。"入睡前我给小雨发了一条信息。

发完了我才醒悟：我贬损Lillian的话，也同样适用于我自己。不用等待，我们都不会道歉。我们还会继续用语言制造匕首刀剑，相互伤害，永不认输，继续生活。

再见到她，已是今天早晨。我们坐在餐桌的老位置上，谁也没再提昨天的事。

"狐狸不是宠物，不住窝里，只住洞穴。"我看着自己的饭碗，低声说出昨天没说完的话。四十三岁的"年轻人"依旧没有学习能力，吃一堑没有长一智。错误不是智慧之母，错误只引向另一个错误。"不如就搭一个棚，给它们躲一躲雨雪。"

Lillian拨着碗里的粥，很久不出声，竹筷子嗒嗒地敲打着陶瓷碗壁，我第一次发现她吃饭咂嘴。

"那就改名叫狐棚，取个'狐朋狗友'的音。"她说。

我没敢笑出声。一个名字就这么紧要？不叫棚就遮不了雨？叫了狐棚就能挡住松鼠浣熊？人一老就糊涂。

一顿饭的工夫，我就手刃了她的宏伟计划，把她几天里画的图纸铰成了一堆废纸。吃完早饭我们开始以农民工的方式动手搭雨棚，没有图纸，边干边修正错误。

在今天之前，Lillian并不真懂"纸上谈兵"的含义，我让她了解了什么是纸，什么是兵。兵没有纸也能找路，纸没有兵寸步难行。我用一把裹了一块厚海绵的方锤，在枫树前的地上砸下几根短木桩，在木桩上钉了一块木板，木板上粘了一块油毛毡。又在油毛毡上纵横交错地绑了几根被风吹落的树枝——那是我的诱饵，哄着狐狸相信这是树林。

我使用工具的手法自如，十指生风。这不是熟能生巧，我并没有多少机会练兵，我的熟稔来自基因。我爸曾经告诉过我：我过五岁生日时得到一盒积木，我把随盒的范本图丢在一边，坐在凉席上半天没动窝，靠想象搭出了十几座样式各异的房屋；我七岁时把家里的闹钟拆了，在妈妈的惊诧眼光里，只花了十分钟就照原样搭了回去。我爸曾经很可爱，把我的每一种淘气解释成天分。后来他变得面目可憎。在可爱和可憎之间，只隔着几张银行存款单。发迹是人世间最残酷的破坏性试验，没有人可以从发迹中安全脱身。发迹的虎口狼牙吞下了两个最紧要的男人：我的父亲和丈夫。

"天冷了还可以围上防风布。不过，冬天不会有狐狸，它们都要回洞穴。"我退后几步，歪着头端详我的作品。

"待会儿把猪杂碎从冻箱里拿出来，丢在棚里。"Lillian 说。

她进屋，端来两杯冰水。我们都懒得搬凳子，一屁股坐在草地上喝水，凉得嘶嘶地嗫腮帮子。在她这个岁数上敢喝冰水的女人还真不多见，她有一副牛马一样的肠胃。

"昨天没告诉你，他是受了刺激。"Lillian 突然说。

"啥？"我听得一头雾水。

"老叶是受了刺激，脑子坏了。"Lillian 说。

"什么刺激？"我问完了，虽有忐忑，却无悔意。我决定从今天起有话就说，说了绝不后悔。Lillian 不想让我知道的事，她就不该抛出话头——那是引诱。冒犯有错，可是引诱错在冒犯之先。扔出鱼饵，难道还指望鱼不来上钩？我母亲没教错我怎么说话，是她母亲没教会她怎样打开话头。

"丹丹的事。他一根筋，想不开。"

"什么事，这么严重？"我已经完全上钩，她怎么甩也没用了。

Lillian 叹了一口气，文不对题地说了句："万事有时。"

"什么事？什么时？"我穷追不舍。

"我不该在那个岁数上有她。四十岁，不是开枝散叶的时令。所以从第一天起，什么都不对头。"

Lillian 喝完了水，开始收拾摊了一地的工具。

"我生小雨时二十三岁，一朵花的时令，那又怎样？"我说。

这是我经过了克制的反驳。假如我真的口无遮拦，我说出来的就会是："胡扯。"

"她管你吗，你女儿？"Lillian 问我的时候，语气犹豫轻柔，是一种知道分寸的小心翼翼。我不能怪她多事，这一回，是我甩出去的鱼饵。

"完全，不管。"我回答。

第 -92 天

"妈，阅读周我和桑迪一家去蓝山滑雪。她爸在那儿有个分时度假屋，不用就过期了。"

吃晚饭的时候，小雨突然对我说。

桑迪是小雨的高中同学，两人又一起进了多伦多大学，都还没定专业，在选通识课程。桑迪的爸是云南一家烟草公司的老总，从国内飞过来探望留学的女儿和陪读的妻子，没想到被疫情耽搁在这里，一待就待了大半年。

我知道用疫情阻拦她不是个特别好使的借口。新冠来来去去好几波了，她的同学在各样的缝隙里游走，趁机票便宜去了温哥华、夏威夷、纽约、墨西哥，胆子大些的，甚至还飞去了葡萄牙海滩度假。而小雨，一直乖乖地守在家里，哪里也没去。蓝山离多伦多只有 170 多公里，开车也不过两个小时，再说，桑迪一家也是靠谱的人。

可是，我心里挡不住有一股子火，正一蹿一蹿地往上冒。阅读假从明天开始，也就是说，我女儿提前了半天告诉我她的行程。

我的脑子唰的一声劈成了两半，一半是家长，一半是看客。家长有很多话要说，一句一句地在喉咙口排着队，等着挤出舌头。

"出发了再告诉我，那不更好？"这句话笃定排在第一。

排第二的那句是："你一针疫苗都还没轮上，就敢往外跑？"

376

第三句就不好说了，兴许是："那个英文写作补习课下周开始，定金都付了，你让我取消？"

这都是跑在最前面的，还有一些搬不上台面的话，正等在后头，比如"人家是有钱的大佬，你蹭人家的光鲜，有意思吗？"再比如"一年到头给你做煮饭婆，阅读周你在家陪一会儿老妈，就这么难？"

看客的那一半一看形势不对头，急急地冲过来，捂住了家长的嘴，把那些溜到舌尖的话生生地塞回了肚子里。

"她不是来和你商量的，她只是告诉你一声而已。那是客气，你别头重脚轻。"看客对家长说。

家长给噎得满眼冒金星，却不得不承认看客有理。

小雨不像她这个年纪的留学生，从来没有非分的要求，比如好车、名包、品牌衣物。今年过春节我给她网购了一件鹅牌羽绒服（她的中国同学人人一件），她推说颜色不好，自己去网邮退了货。她父亲每年汇到我们账户里的钱，不多也不少，她把我划给她的那一份分成十二个月花。她在那个数额围出来的墙内行走，沿扣沿地计划着她的开销，不透支，也不留盈余，但从未生出过跳墙的念头。

小雨几乎是个零麻烦的女孩，从小到大无病无灾。除了打预防针、得过几次一瓶吊针就满血复活的感冒，她从没进过医院。没长过蛀牙、青春痘、沙眼、香港脚，没犯过中耳炎、湿疹，而且视力良好。成绩虽不拔尖，却也从未掉队。从没和同学邻居吵过架，没和老师家长顶过嘴。哪怕我和她爸吵得天昏地暗，她也坐在自己的课桌前做作业，眼观鼻鼻观心，纹丝不动。

九岁那年，她开口对我提出了第一个、也是唯一的一个要求。那是在我和她爸吵过第一千次架、他拔了一柄牙刷离家的那个夜晚。她走出屋来，靠在墙上，静静地看着我跪在地上收拾一地的碎碗碴，灯光把她的瘦腿扯成两根黑竹竿掷在我眼前。竹竿抖了一抖，她说："你们离了吧。"她的声音细细的，里头却包着一根铁芯，我立刻知道了分量。

两个月后，我们办完了离婚手续。

离婚后，小雨在我和她爸两边走动，几乎隔一阵子就会在她爸那里遇见一个不同的女人。小雨和每一位都礼貌相处，管她们叫XX阿姨。偶尔会把她们的名字记错，但从不讲她们的坏话。任凭我如何兜着圈子打听，她也不愿开口传那头的闲话。每次从那边回来，既看不出开心，也看不出烦恼，仿佛父母的事只是浮在她皮肤上的水珠子，在是在的，看也看得着，却不入心。

小雨就像是一块弹力极好的海绵，什么样的拳脚加上去，也不能在上面留下凹痕。那份平稳有时让我心中暗暗生出惊恐：这样的宁静底下，会不会掩藏着一个惊天动地的大阴谋？所有日子里的平顺，是不是都在预备着一颗大炸弹，在我毫无准备的时候把我炸成一地碎屑？

这种恐惧时不时会出现在我的梦中，我醒过来一身冷汗，心跳得如同万马奔腾。我宁愿她像别的孩子那样偶尔犯些小浑，如同正常人患场感冒，好将身上的能量丝丝缕缕地消耗一些，而不要攒到火山爆发不可收拾的那一刻。对一个极少提要求的孩子来说，每一个要求都有重量。离她九岁时提的那个要求，已经过去了整整十年。假如我非要阻拦她的蓝山之行，她兴许很长时间不再开口。你可以撬开山石，你很难撬开一个不想说话的孩子的口。我不想在沉默中憋死——这种死法太慢太苦。

作为家长的那口气慢慢地平复了下来,换上了看客的那份心平气和。

"去几天?"

我若无其事的语气让她惊讶,她的回答反倒有些结结巴巴。"四天,算上来回五天。"

"几个人?"我的口气依旧平静,看客一直把守着家长的嘴。

"一车五个人,桑迪一家,还有一个朋友。"

家长的心里咯噔一下,想问是男是女?看客及时拦阻:这个问题是炸药,会炸毁所有的信任通道。家长再次忍下了。

"谁开车?"我接着问。小雨疫情之前考下了临时驾照,但只能在有正式驾照的司机的陪同下开车——那是我最不放心的事。

"桑迪的爸爸妈妈轮换开。"

我松了一口气。

"路上去超市买点菜,自己在家做,别上餐馆吃饭。"我叮嘱她。

"妈,"小雨拉长了语调,那是委婉的不耐烦,"哪有时间做饭?我们会叫外卖,不堂食就是了。"

我们的对话已经走到尽头。对于向来寡言的小雨来说,她的回答已算详尽烦琐。

小雨进了卫生间洗澡。水哗哗地溅在瓷砖上,微启的门缝里飘出薄薄的水雾和小雨断断续续的歌声。

　　没有了联络,
　　后来的生活我都是听别人说,
　　……怎么过,
　　放不下的人是我,

　　……就怕别人问起我……

后来我才知道,那是一首周杰伦的歌,叫《说好不哭》小雨爱听歌,但很少唱,要唱也只是在莲蓬头下蚊子似的哼哼几句。水声是最好的屏障,让她感觉安全勇敢。今天小雨的歌声和往常有些不同,羞涩怯弱里微微地带着那么一丝喜气,是从铁窗里猝然看到蓝天的那种欣喜和期盼。母亲是拿来逃离用的。我突然想起了一句不知从哪里听来的话,心里有针轻轻扎了一扎。我们生养了儿女,却要在他们情绪的窄巷里踮着脚尖走路,生怕碰飞了他们。可是无论我们如何小心翼翼,他们终将离我们远去。

我从厨橱的医药包里找出几个平常不舍得用的 N95 口罩,想让小雨带在路上。推开她的房门,床上摆着她的旅行箱。果真不是心血来潮,这是一场经过了没有母亲参与的事先筹谋。等她告诉我的时候,细节早已在她肚腹里消化成了决定,话一出口就没打算回头。

我比她略大的时候,不也是这样?我和那个男人去民政局领过了证,第二天才打电话回家告知父母。跟我自作主张的婚事相比,小雨不过施了一个人畜无害的小计谋,严格意义上来说还不算是先斩后奏。

旅行箱的盖子虚合着,没扯上拉锁。掀开来,里头是几件换洗的内衣,还有泳衣、毛衣、外套和户外保暖的秋裤。她把每一件衣服都卷成一个圆筒,按尺寸大小排成整整齐齐的队伍。在这点上她像我,容不得肮脏杂乱。这个收拾衣物的方法是她从网上学的,她说这样叠的衣服折纹少,旅行时打开箱子就能穿,不需熨烫。

我把口罩塞在两排圆筒中间,又觉得

不妥，想找个地方单独放置，就打开了边兜的拉锁。指头一探，里边已经装了东西。勾出来一看，是个密封的小纸盒，面上印着一男一女两个年轻人，在夕阳之下亲密依偎。不用看那行英文说明，我就知道了那是什么东西。只觉得脊背上的那根骨头一酥，人瘫软下来，脑子淌了一地。

我害怕了多年的事，终于来了。这就是我那个寡言的、听话的、从不顶嘴的、零麻烦的女儿，在我身后悄悄制造出来的那颗定时炸弹。一个人纵使能掌控眼前的一整片天，也无法看见身后的一小团阴影。我防不胜防。纷乱的想法从各路涌上来，沙子似的，怎么也捏不成团。世上的叛逆我知道多少？至此我才明白有一种悖逆叫沉默，有一种顺从叫阳奉阴违。

假如我能未卜先知，我就会知道那一刻我是何等鼠目寸光。跟后来发生的事情相比，这哪称得上是炸弹？至多不过是一只喑哑的小炮仗。

水声终于安静了下来，小雨洗完澡，头上裹着一条浴巾，从卫生间走了出来，颧上冒着湿气，红扑扑的，娇艳欲滴。看见我坐在地上，她吓了一跳，忙过来扶我，一眼就瞅见了我手里捏的那个纸盒，怔住。

"有什么要说的吗？"我颤颤巍巍地问。我的声音裂了，裂成了一簇一簇的毛刺。她就是弹力最好的海绵，她也该知道疼。

她没吱声，只是拆下头上的毛巾，开始擦头发。她的头发很长，一条条黑蛇似的在白毛巾里窸窸窣窣地爬行。终于擦完了，她转回身去卫生间，插上电吹风呜呜地吹头发。我知道她是在想话，我甚至看见了话在她的脊背上爬来爬去，想往喉咙里窜。我不想帮她这个忙。她的沉默可以很长，但是我的耐心更长。我准备在地上

坐到万里长城倒塌，南极长出棕榈树，赤道结冰。

她吹干头发，用一根橡皮筋绾成一个松松的髻子，走到床沿坐下，斜对着我。

"妈，我不想像你那样，一辈子只经历过一个人。"她平静地说。这话是解释，听起来却更像是控诉，但完全不是道歉。

"假如你多一些经验，你就不会跟了他，你们就不会那么，吵架。也就不会，有我。"她没看我，只是一下一下地揪着睡袍上的带子，松开，系拢。再松开，再系拢。

那个在紧闭的房门后做作业、脸上永远风平浪静无悲无喜的女孩子，到底还是听进了门外我和那个男人之间刀子一样飞来飞去的每一句脏话、每一个诅咒。

"你不想，有你吗？"我有气无力地问。

她没有正面回答。

"我不想那么早结婚，可是我也不想等到那个时候才有……"她停顿了一下，似乎在找合宜的词。"才有那种经验。"她说。

她已把话说完。每次她用牙齿轻轻咬住下唇的时候，我就知道那是在锁门。她一旦锁门，就不会再开，砸锁也没用。有锁的门还能在合宜的时候打开，一旦失去了锁，你也就同时失去了门——那是永远。所以我从来没敢去砸她嘴上的那把锁，我至多是赖在门外不走，靠耐心挨到下一轮开门的时候。

"是第一次吗？"我知道那是自己在发问，但听起来压根儿不像是我的声音。

我憎恨自己的贱。我脑子里作为看客的那一半，已经完全被家长那一半制服，爱莫能助。我明知这个问题是粗野的僭越，是没脸没耻的窥视，是不计后果的破门而入，可是我只是忍不住。那辆车里的第五个身份不明的乘客，这时突然变得面目清

晰。我看见了他浓密的络腮胡，铁板一样的腹肌和臂肌，还有毛孔里冒出来的油腻汗珠。我听见了他丝毫未经节制的大笑，还有他硕壮的躯体碾过小雨扁瘦的肚腹和小小的乳房时发出的碎裂声。一场毫无仪式感的破碎。

小雨默默地从我身边跨过，径直去了厨房，开冰箱，取水，喝水。从吐出第一个字时我就知道，我不会得到回音。

可是，我阻拦得了她吗？种子要体验春天，鸟雀要经历天空。我可以掐断一朵花，却压不住一个春天。我可以拴住一只麻雀，却无法捆绑所有的翅膀。一个不顾一切的疯狂母亲或许可以遮暗一角天空，可是，我遮蔽得了小雨渴望探险的眼睛吗？纵使没有蓝山，难道不会有白山、红山、粉红山吗？

我突然开始厌恶自己。我为什么要看见那个盒子？那个盒子是红苹果上的一个小黑孔。假如我没看见那个黑孔，我就不会知道果芯里有虫。岁月依旧静好。

只经历过一个男人就结婚的生活，是生活吗？到底要经历过多少个那样的盒子，才算是真正活过了？

那一夜，我的睡眠被各样的梦境搅成一床满是破洞的旧棉絮，到凌晨时分才沉沉地睡着了。醒来时发现小雨已经走了，她在餐桌上留下了一张字条：

妈：你放心，没有人可以欺负我。我知道保护自己。

第39天

在和丹丹绞尽脑汁的斗智斗勇过程中，Lillian 是无可推卸的主谋。而我，不过是在错误的时间里出现在错误的地点的被动同谋。我这么说是不是在替自己洗白？我难道没有从中体验到走钢丝般的惊悚和兴奋？在那些险些被识破的紧急关头，我甚至能觉出心在微微颤动。我终于知道我还活着，而且还有点小用处。

但我也不总是那么厚颜无耻，糊涂油蒙心。偶尔我也会良心发现，敦促 Lillian 向丹丹主动发起视频邀请。当然，那都是在 Lillian 洗漱一新、头脸光鲜、把一切户外痕迹抹除干净之后的事。从 Lillian 敞开的房门里，我可以看见她坐在平板电脑前的样子，端端正正的，像个从不旷课的高中生，向女儿汇报着一天里的生活内容。偶尔，凡·丹伯格先生也会插进画面，用蹩脚的中文表达着对丈母娘的关心，稀稀疏疏的头发在吊扇刮起的风中飞扬跋扈。

Lillian 对他们娓娓地讲述着日常，耐心地列举着一些作为佐证的细枝末节。我一如既往地伸长耳朵偷听，听着听着幡然猛悟：许多年前小雨的爸爸也时常在早餐桌上对我显示着同样的耐心和温存。原来每一个贴心的早晨背后，都有一个掩藏着幽黑秘密的夜晚。和颜悦色和不必要的细节，是谎言最昭彰的警示灯。可惜我当年太年轻，还看不透。

当然，我这样说是对 Lillian 的极大不公。她没有撒谎——至少没有红嘴白牙地撒谎，她只是没有讲出全部实情。就像是在给丹丹看一张人数众多的合影，她小心地裁去了里边的几个人，剩下的部分，依旧是实打实的真相。

昨天和丹丹通视频的时候，Lillian 突然说起院子里有狐狸——她不知不觉间已经走到了离照片上的裁剪边缘很近的地方。这个话题一下子勾住了丹丹的女儿萝丝玛丽的耳朵,她立刻放下手里的拼图,问外婆,狐狸吃树上掉下的苹果吗?丹丹打住了女儿的话头,紧了脸警告母亲:"你绝对不能给它喂食。狐狸是最容易产生食物依赖的动物,你喂了一次,它就天天来,按时定点讨食。"

我不得不说丹丹料事如神。起初,Lillian和我是把食物放到雨棚里的,期待着狐狸在接受食物的同时也熟悉雨棚。可惜,我们关于遮风避雨的家园想象,终是一厢情愿,狐狸并未领情。我们一枚钉一块板搭建起来的雨棚,无论是当时还是以后,狐狸从未光顾过。那天我们放在棚子里的肉食,第二天早上才发现消失了。我们永远无法得知那夜行的饕餮者到底是狐狸,还是松鼠、黄鼠狼、浣熊。

后来我查过网络,知道在城市里走动的狐狸,平均一生只能经历三个夏天。第一号死因居然不是猎杀也不是饥饿,而是车祸。这个数据让我心惊。城市是人和兽的天堂也是地狱,车太多,性命不够。在夏天瞬间即逝的北国,狐狸珍惜每一个逃离车轮、遭遇天空的日子,它们宁愿淋雨也不愿失去天空。

后来我们决定早上在后院干活时,把食物放在身后的草地上引诱狐狸。由于那天搭建雨棚的惊艳表现,我在Lillian心目中的地位得到小小提升,她现在允许我在她的指导下参与诸如浇水、施肥、除草之类的"技术含量不高"的园艺活。我们的伎俩立即奏效,狐狸来了,每天定时定点(正如丹丹所言),有时是大狐狸,有时是一大一小。刚开始时食物放置于我们身后约十米处,后来距离渐渐缩短,从八米到五米再到三米。最近的一次成功经验是一米五,狐狸在我们伸手可及之处安然吃

完了早餐,并绕着我们转圈行走,似有亲近感恩之意,Lillian深受鼓舞。Lillian的最终目标是让狐狸从她手中衔走一个苹果。我们依旧在努力之中。

丹丹提到不可给狐狸喂食时,我的心刹那间提到了喉咙口——丹丹无意之中把她母亲逼到了一个隘口。此时Lillian无论是沉默还是接应都会落入陷阱。沉默是无言的认罪,开口是公然的撒谎。这两者Lillian都不擅长,她的神情一定会露出破绽。

事实证明我完全多虑了。Lillian只是端坐着,轻轻嗯了一声,没有紧急刹车的刺耳噪音,也没有临时撤退的慌乱和惊恐,她用一个音节把局面稳稳地降落在沉默和开口之间的黄金分割线上。她的双面生活里没有可疑的接缝。

和Lillian相比,我撒谎的本事是学龄前水平。我只会拙劣地涂改事实,比如夸奖小雨的中文作文写得很棒,让她千万不要放弃东亚系的汉语课程;再比如告诉小雨她穿迷你裙裸露出来的大腿有点弯曲,不如穿长裙好看;再比如对丹丹诅咒发誓我们一直足不出户。我不能像Lillian那样多才多艺,懂得省略编辑剪裁迂回婉转顾左右言其他。我们之间相差了一个"文革"的段位,我望尘莫及。

今天是周三。周三和周六的早上我们绝对不出门,那是丹丹和老人院预约好的时间,雷打不动。现在Lillian不再和叶千秋单独视频,她和丹丹约好每周三周六上午十点和老头在facetime上见面。无话可说的难堪,分成两份总比一个人扛起来轻省。

叶千秋出现在视频里的样子,总是平头齐脸,干干净净,每一个纽扣都扣对

地方，假牙整整齐齐亮得晃眼。我一向心理阴暗，忍不住想到这一切表象背后的排练——我就是这样把拾掇完毕的 Lillian 推坐到电脑跟前的。

叶千秋坐在床沿上，白花花的头发衬着白花花的墙壁，脸上挂着白花花的笑颜，没心没肺地经受着女儿和妻子的一轮轮拷问。

"认得她吗，爸？"丹丹把萝丝玛丽推到摄像头前。

叶千秋嘿嘿地笑着，不置可否。

萝丝玛丽不安地扭动着身子。五岁的脑子，还没有找到一张布满皱纹的脸和一副婴儿般的举止之间的那条古怪逻辑。

"叫外公。"丹丹催促女儿。

萝丝玛丽嗫嚅地说了句什么，突然跑开了。

"爸爸，知道我是谁吗？"丹丹问。

"妹妹啊，我三妹。"叶千秋怯怯地说。

丹丹叹气。失望不长记性，无论走过多少趟弯路，依旧走不到绝望。她总觉得在某个拐弯之处，会出其不意地撞到侥幸，她父亲脑子里的黑锈，会在一夜之间突然洗清。

"那她呢？"丹丹指着 Lillian，锲而不舍地问。

"我女儿啊。"叶千秋毫不犹豫地回答，嘴角泛上微微一丝愠意，仿佛智商遭遇了空前绝后的侮辱。

Lillian 清了清喉咙，伸出一根指头指着丈夫，缓缓地问："那你知道，你是谁吗？"

老头哈哈哈哈大笑起来，笑出了一个硕大的鼻灯泡。

"我不告诉你。"他说。

我听不下去，跌跌撞撞地跑回了自己的房间，一头钻进被子里，蒙上了耳朵。

上帝，求你不要让我活到那个地步。

我不在乎记不记得自己是谁，可是，我不要活到忘记小雨的那一天。不要让我忘记小雨。求你。

不知不觉间，我昏昏沉沉地睡了过去。"睡"在这里是一个意义模糊的动词，其实失去感觉的只是我的身子，我的脑子完全清醒。它伸出一万只脚，不停地踢打着我的身子："起来啊，你起来，你还没有锁门。你不能让她看见，橱柜里的那样东西。"可是我的身子却无论如何也不肯配合："一分钟啊，你再给我一分钟，我实在，实在是太累了。"结果我的身子非但没有被脑子踢醒，我的脑子反而被身子拉入了万丈深渊。等我睁开眼睛，已经接近中午，我突然想起我还没有准备午饭。这是我一生中最累的一次睡眠，我的筋骨散了一床。

我挣扎着起了床，打开房门，走到厨房，猛然看见 Lillian 坐在餐桌边上，怔怔地面朝着后院。狐狸来过也去了，花儿正艳，我不知道她在看什么，她的脊背直直的，仿佛绑了一副钢板。听见声响，她转过脸来，神情倦怠，皱纹深刻。"你陪我出门走走吧。"她喑哑地说。

我想说吃了午饭再出去吧，但我最终把话吞了回去。我知道此刻她需要新鲜空气远胜过食物。我们用食品袋包了几片面包，戴上遮阳帽、墨镜和口罩，朝街上走去。

Lillian 的脚力很好，平日行路如风，丝毫不输给我。她说那是在五七干校里练出来的。"文革"时她和叶千秋在河北农村待了三年，却不在一个农场，彼此相隔三个半小时的路程。两人不在同一天休息，轮到她休息时，她就去看他，大多时候无车可搭，都是走路，一来一回就是一天，渐渐练就了一副铁脚板，至今劳健。可是今天她的脚上似乎缺了一根筋，有些绵软，我得放慢节奏等她。叶千秋失忆不是新近的事,住进老人院也已快三年,我原以为一拳一脚的早已把她踢打得皮实麻木了,却没想到每一记都还是新的痛。

天一下子就热了。在多伦多这种地方,季节的转换粗鲁而直截了当,没有试探挑逗前戏过渡,一阵风一场雨之间就完成了。一觉醒来睁开眼睛,太阳就已经长了牙齿。我们走到街区公园时,已是一头一脸的汗,知了咿呀咿呀地扯得人太阳穴发紧。

公园先前是个水库,作泄洪用的,一大片空地,外沿高内里低,像只海碗。如今闸门依旧在,空地却已用作了休闲的草坪。坡上有一家人正在玩飞碟,两个大人一个孩子一只狗。狗大概跑累了,趴在地上喘粗气,脑袋转来转去地目追着空中的那个飞碟。

我们渐渐地走到了坡顶,朝下一看,突然就看见了低坡上的狐狸,不禁同时怔住。四只,三大一小,在人和狗的视野里安静地来回走动。显然已在那里多时,人和狗都已经接受了它们的存在,不惊不乍,各行各事。

这是我们第一次在后院之外的地方见到狐狸。那只小的在草地上一蹦一跳如袋鼠,三条腿的走路姿势让我们一眼就认了出来。而那三只大的却一时难以辨认。狐狸和猫狗不同,皮毛并无明显差异,只要身形大体相同,混在一起时,不仔细看几乎没有可区分之处。

我们缓缓走下坡,在狐狸不远处停住了,看着它们各自低头行路,似乎并无目的,一路走走嗅嗅停停。一只若走近些,另一只便退开去,中间相隔的,总是那若即若离的一两步路,既没有相争生出的怒气,也没有相嬉必需的亲密,眼中无人无己也无彼此,竟是一种全然的陌生和冷漠。我们突然就生出些惶惑来:它们到底是血脉相通的一家子,还是仅仅在途中偶遇的路人?那只时常在后院出现的大狐狸,是它们中间的一员吗?或许,它们哪一只也没来过 Lillian 的后院;或许,它们每一只都来过,在不同的时段里,只是我们有眼无珠地把它们认作了同一只。

Lillian 双手拢住嘴,发出了一长串呼喊。哦哦,哦哦,哦……那声音听起来不像是从她的身体里生出来的,更像是风穿过空心竹筒时的气流,悠长、尖锐,带着一股憋急了的劲道,在山坡形成的那只碗壁上一圈一圈地回旋,直到化成回音,依旧连绵不绝。你无法设想一具日暮的躯体,可以制造出如此清亮的声响。这是她平日里召唤狐狸进食的信号。同样的呼唤,此时听起来却和在后院时不太一样,旷野给了一切声音胆量。我们从来没有听过狐狸的叫声,渊博如赵忠祥,也不曾泄露过狐狸声带和喉咙的幽深奥秘。Lillian 的喊叫只是她关于狐狸秉性的一厢情愿的想象,我永远也无法证实狐狸走进她的后院,是因为她的召唤,还是因为食物气味的诱惑。

可是今天 Lillian 的呼喊没有得到任何回响,它们甚至没有抬头看她一眼。也许,它们的确来过我们的后院,但我们自以为的老马识途,不过是它们在任何一个有食物的地方的偶然停留。它们经过我们,就如同它们经过公园,经过草地,经过飞碟和狗。我们精心设计的笼络,对它们来说仅仅是一次果腹。这一次和上一次,这一次和下一次,并无任何区别。它们并未在千万座房屋中刻意挑选了我们的后院,它们也未在千万棵树木中格外钟情于我们的那一棵枫树,一切不过是鼻子和肠胃的一场游戏。我们给它们强加了千种情绪，我们忘记了它们原本无心无肺。失去了食物的烘托，它们不认识她的声音。她既不能危害它们也不能哺育它们，她不值得提防也不值得讨好，她的存在此刻对它们毫无意义。

它们不过是瘟疫在改变城市版图后随手丢给我们的纪念品。我们不拥有狐狸，就如同 Lillian 不拥有叶千秋，我不拥有小雨。我们只拥有关于他们的记忆。即使是记忆，我们也无法长久拥有。记忆可以随时丢弃我们，我们也可以随时丢弃记忆，没有人知道丢弃会在哪一刻发生。

空气突然变馊。

"回去吧，我饿了。"我对 Lillian 说。

第 61 天

今天早上，在晨光已将睡眠戳出细窟窿眼的时候，我和 Lillian 同时被一阵怪异的声音惊醒。像是婴儿发出的声响，但又比婴儿的嗓音尖利，一声接一声，短促有力。我之所以用了"声响"两个字，是因为我一时无法判定这是哭声还是笑声。

Lillian 和我同时从各自的卧室冲出来，跑到厨房——从厨房的那扇大窗可以看到整个后院。

是那只小狐狸。

那天我们在社区公园遇见那群狐狸之后，Lillian 回家便兴趣索然。世上没有无条件的爱，Lillian 期待从狐狸那里得到的，其实只是一个似曾相识的眼神，承认就够了，不需感恩。Lillian 不知道她要的东西是狐狸不曾拥有的。八十岁的 Lillian 有时还是个孩子。老人其实都是孩子，像孩子一样健忘，却比孩子更能记仇。她对狐狸所有的好奇和热情原本就是心血来潮，来得急，去得也急，至此已心灰意冷。

后来我们不再喂食。狐狸依旧还来，却不再定时，突然出现，突然消失，渐渐行迹稀疏了。

这只小狐狸来过后院多次，每一次都是跟着一只大狐狸，或许是母亲，或许是父亲，或许是族亲；或许同一只，或许不是。见的次数越多，我们越糊涂，永远也无法厘清它们之间的真正关系。但小狐狸从未单独出现过——今天是第一次。今天它的动作很奇怪，先是伸长腰肢趴在枫树干上，身躯纹丝不动，只是下颌不停地颤抖——那是它在发出亦哭亦笑的喊叫。它已经长大了许多，铺展开来的躯干上肌肉坚实紧致。它贴在树身上的模样，竟有几分像在出声祈祷。

突然，它仰身往后一倒，在草地上打起了滚。夜里下过雨，草上留着水迹，它的皮毛沾湿了，颜色变深。后来，它毫无预兆地腾跃而起，在空中画出一条长长的弧线。清晨的阳光像油画颜料一样厚腻，它的皮毛是一团红色的火焰，每一根毛尖上都刷了金粉，它甩出去的每一滴水都是金光灿灿的珠子。我和 Lillian 面面相觑：我们一生未曾见过这样的光线里这样的一只狐狸。赵忠祥的解说词突然消磁。

在画完那个完美的弧线之后，它落地，迟疑片刻，便开始沿着篱笆徐徐行走。Lillian 突然扯住我的衣袖，说："你看见了吗，小陈？"Lillian 的声音压得很低，低得近乎战栗的耳语，仿佛害怕惊扰了狐狸。她似乎忘了，我们和院子之间隔着一扇由三层防风玻璃制作的玻璃窗。"它、它的前腿。"Lillian 激动得语无伦次。

我这才注意到，狐狸行走时用的是四

条腿。左前腿虽略有犹豫,每一步似乎都经过试探,但最终都扎实地落在了地面上。我突然醒悟:它发出的那些声响是笑,是狂欢,而绝无可能是哀伤。它在庆贺它生命中许许多多的第一次:或许是第一个夏天里的第一次独自离家行走,或许是记忆中的第一次四肢落地。这条腿第一次感受到了湿润的泥土和青草,虽然也许依旧有痛楚,但有什么能比得过失而复得的自由呢?

Lillian 转身去开冰箱,拿出面包香肠和火腿,开始做三明治。那是我的早餐风格,Lillian 从来不吃这类东西。Lillian 也许行过了万水千山,但她始终没有丢弃她的中国胃,她的早餐是稀饭、花卷和咸菜。正在我惶惑间,她拿着三明治开门去了后院,赤脚,穿着睡衣,头发打着结子。走到一半的时候,她回过头,用那只闲着的手对我做了个按键的手势——她是要我录下视频。

Lillian 走到草地和花圃连接之处,蹲下来,伸出那只拿着三明治的手,遥遥地招呼狐狸。狐狸已经一阵子没在这个院子里看到过食物了,似乎有些惊讶,犹豫了一会儿,才慢慢地走过来,在离她五六米左右的地方停住了,咻咻地抽着鼻子。

嘎嘎。嘎嘎。她学着发出了狐狸的声音,学得很像。Lillian 的声带像水一样柔软随性,几乎可以瞬间融入她想模仿的声音特质。

狐狸的眼睛闪了一闪——那是一种隐约相识的神情。它朝前走了几步,再次却步不前。Lillian 蹲不住了,八十岁老人的膝盖和筋骨再也载不动八十岁孩子的好奇。她朝后挪了挪身子,坐到了身后的一块石头上。石头在院子的每个角落泛滥成灾:一条碎石子铺成的窄路,一方石卵砌成的花池,一汪石块镶边的鱼池,一个岩石堆成的流水台。每一块石头都不一样,但每一块石头她蒙着眼睛也能认识。Lillian 身下是一块鱼池的围石,石面上有几个凹凸不平的棱角,可是她顾不得,她的心只在三明治和狐狸中间那条看不见的连接线上。

院子里一片静默。风停了,树梢不动,知了屏住呼吸,万物都踮着脚尖踩在由兴奋和恐惧绷扯出来的那条窄线上。唯能颠覆这岌岌可危的平衡的,是诱惑。诱惑无往而不胜。狐狸终于走近来,从 Lillian 手里咬下了第一口三明治。Lillian 先前费尽心机没能抵达的目标,却在如此一个毫无准备的早上轻而易举地实现了。

可是 Lillian 没有见好就收,她把她的目标又悄悄地往前推了一步:她更紧地捏住了剩下的那大半块三明治。狐狸吃完了第一口,走过来,咬住了第二口。这一次,用"扯"这个动词可能更为贴切。它扯剩下的那一口,几乎已全在 Lillian 的手中了,再往前一嘴,就是她的指头了。Lillian 依旧没有松手,她只是动了动手指,把剩下的面包往前顺出了一寸。

我的心扯得很紧。我的脑子一遇上事就分崩离析,从无例外,此刻已经一分为二。一半是凡·丹伯格太太的雇工,另一半是吃瓜的群众。凡·丹伯格太太的雇工一下子想到了狂犬症。我不知道狐狸带不带狂犬病毒,但我知道狂犬症可以死人。吃瓜群众却唯恐天下不乱,只想把戏看到红血白牙的热闹处。没想到这出戏远还没到撒狗血的地步就收场了,狐狸的最后一招动作太快,我根本无法分清那最后一角三明治到底是它叼走的,还是她放的手。总之,等我看清楚时,她手里已经没有了东西，它嘴里也没有——东西已经落在了地上。它并未着急去找，而是围着她转了一圈，用嘴轻轻碰了碰她的手。

关于这个动作，后来我和Lillian发生过许多争执。Lillian坚持是狐狸舔了她，我坚持是闻。这两个动作中间隔的是一条鸿沟。舔用的是舌头，舌头有情感的嫌疑。闻用的是鼻子，鼻子连接的仅仅是肠胃。最后我们只好把我录下的视频一框一框地回放。在某一框里，我们找见了一条粉红色的舌头。"我能没有感觉吗？我又不是木头。"Lillian不依不饶地说。

不过这都是后来的事，当时我们没有探讨这个问题，我们顾不上。当我从厨房走到院子里，挨着Lillian在石头上坐下时，我发觉Lillian在瑟瑟发抖。狐狸已经消失。它来的时候只有三条腿和一副空瘪的肠胃，走的时候四肢健全，肚腹里装着一个夹有火腿香肠的三明治，鼻腔里残留着一个女人的手指的气味。而我们，在这时才感到了后怕。

太阳升高了，树荫变得浓腻，知了肆无忌惮地扯开了嗓子。有些东西产生了变化。Lillian似乎跨过了一道坎。到底是什么坎？我说不清楚。这事得问小雨。我能看见的事，小雨都能看见，而小雨能看见的，我却未必。我那十九岁零九十八天、永远也长不大的小雨。

"我给你拿件衣服吧。"我对Lillian说。七月的夏天已经热透，只是清晨还略有几分凉爽，尤其是在下过雨之后。

她摇头，让我陪她坐一坐。我侧身，半张脸看她，半张脸看鱼池。昨天夜里的雨打落了一些叶子，当饰物用的橡皮莲花已经丢失了一个角。在两片落叶之间，我看见了一抹白色的鱼腹。

"又死了一条。"我说。Lillian养了一池金鱼，夏天的时候放在室外鱼池里，冬天的时候收回室内的鱼缸里。这些鱼她已经养了十几年，红的依旧不红，白的依旧不白，无精打采的，一味地清癯。我来的时候，池里是二十条，现在是十四条，不算这条翻了肚子的。

"浣熊又跳进池里了，荷叶也咬去了半边。"我猜测。

"许是昨夜的雨，气压低。"Lillian说。

我弯腰把那条浮在水面的死鱼捞出去扔了。鱼不到一只手掌的长度，却死得一副昭告天下的架势，无比腥臭。

"兴许，就是时间到了。"Lillian轻轻一笑，"当年老叶买下来，是给我六十五岁生日的礼物，一年一条。是鱼店当作鱼食卖的，一块钱五条，比蚂蚁大不了多少。最劣等的鱼，他说好养。养了十五年，还有活着的，已经出乎意料。"

65条，15年里死了51条，平均每年死3.4条。今年死了6条，超出平均死亡率的76%。我脑子里的键盘在飞快地跳动，泛上来一堆泡沫般的数字。

"他在的时候，鱼死得慢。他走了，鱼也走得快。"Lillian说。

"鱼也有寿命，他在不在，鱼都一样会老。"我说。

她不回话，望着远处，心不在焉地微笑。

"这么大一个院子，你一个人，将来怎么管？"我问。

"买下这房子的时候，谁会想到是我一个人？院子里所有的石头活，都是他干的。那个流水台的岩石，是他一块一块捡的。他骑着自行车满街跑，看见古怪的石头，只要是无主的，就绑在自行车后头驮回来。"

无主的？我暗笑。在这个城市里，连

天空都划了管辖权，真正无主的，只有女人。

"一趟一趟的，我只想着他心里烦躁，就没阻拦他，谁想到这后来的事呢？谁也没想到。"

Lillian 今天说话的语气，像个新寡的妇人在絮叨她逝去的男人。我听着心里发冷。

"小陈，那天你说得对，脑子是个定数。就像是一桶水，早上用完了，下午就没有，无非是聪明在先还是在后。"

随口的胡言，她竟然拿来当真，我突然生出些愧疚。

第83天

"这样，行吗？"一直到坐进车里，系好安全带，我仍在犹豫不决。

"我看自己的男人，又不是别人的，还得谁批准？"Lillian 说。

"可是，丹丹交代过……"

Lillian 立即将我打住："丹丹不是我衣服上的虱子，她不用知道每一件事。"

我无语。那头那个是我的雇主，这头这个也是。我一仆二主，顾得了这头顾不了那头。我已经替这头做了无数回的同谋，也不多这一回。我为自己开脱。

当多伦多全城都淹在瘟疫里的时候，老人院是重灾区。但叶千秋在的那家防守得严实，倒没出什么大乱子。这几个星期确诊人数持续下降，他们刚刚恢复了正常探视。Lillian 让我网购了一套法兰绒睡衣，要去看丈夫。Lillian 在上海市区的那幢房子如今租给一家公司做高管居所，月入两万人民币，再加上两头的养老金，即使扣除叶千秋在老人院的费用，她日子过得依旧算得上从容。她像极了她那一代人，数着口袋里的铜板过日子，指头缝很窄，

她又不全像她那一代的人，在当花的时候，她并不抠门。

半路上我们在一家街角便利店停了一停，她要买一束鲜花。满屋的玫瑰百合兰花康乃馨，她脑子都没过一下，就直直指向了小向日葵。一打十二朵插成一竹篮子，黄艳艳的像一把野火。

"还是打个电话预约一下吧？"丹丹的嘱咐一直在我心头拱着，毛烘烘地让我心神不宁。

"干什么？让他们有时间沐猴而冠？我就是想见一见没来得及洗澡的猴子。"

我忍不住笑。如今和 Lillian 厮混熟了，多少知道点她的秉性，说话像南翔小笼包，轻轻一啄一口汤汁。有点刻薄，不够厚道，刚好有趣。那是气顺的时候。假如气不顺，便又多了些姜醋调料。

前台的护士是新来的，不认识 Lillian，也不熟悉情况。我们隔着一百层口罩、脸罩和一千层戒备，开始了嘤嘤嗡嗡的对话。

请先洗手。

我需要量一下体温。

探访人名字？

受探访人名字？

关系？

联系电话？

有任何新冠症状吗？

旅行史？

接触史？

疫苗证明？

核酸检测证明？

……

虽然已经开放探访，但依旧有条件限制：一次只能有两位访客，必须是直系亲属。我不是，但我是直系亲属的生活助理，也算合情合理，倒也没有人难为我。

终于完成了问答、填表、签字画押的手续，小护士要打内部电话请工作人员带我们进去。

"不用，我来过多次，知道他房间怎么走。"Lillian一口拒绝。

"这个时间，叶先生假如不在房间，极有可能在娱乐室。你知道娱乐室在哪里吗？"小护士好心地问。

"知道，熟门熟路。"

叶千秋果真没在房间里，Lillian拉着我去娱乐室找人。叶千秋的房间和娱乐室中间，隔着一条长长的走廊。走廊看上去还挺干净，敞敞亮亮的，两边挂着几幅油画，有乡村景致，也有静物写生。正是早饭和午饭中间的那个空当里，四下很安静，有一个清洁工在拖地。我的鼻子犯贱，在浓烈的来苏尔芬香中窸窣穿行，坚持不懈地找到了一丝尿布的气味。迎面走过一位拄着助步器的老太太，正和边上一位年轻些的妇人（估计是女儿）聊天。"牛奶没味，寡淡得像水。"母亲说。"脱脂脱得太厉害了。"女儿说。她们说的是带卷舌音的中文。

走过半条走廊的时候，Lillian突然停下来，在一只大玻璃窗前站住了。窗外是老人院自带的小花园，花园里有一株梨树。树大约种下多年了，蓬蓬松松的一大片枝叶，已经挂上了梅子大小的青果。梨树下有一张歇凉的长椅，上头坐着一男一女两个老人。阳光把茂密的枝叶扯成一团一团的影子，胡乱扔在他们身上，有的地方很亮，有的地方很暗，但是他们没有在意。他们半侧着身子，定定地看着对方，两双手相互牵着，像幼儿园里被老师配上对玩游戏的小朋友。两人都裸着脸。老人院的住户不用戴口罩，工作人员和访客则必须戴——那是围着他们筑起来的城墙。

我仔细看了几眼，才认出来那个男的是叶千秋。

Lillian一动不动地站在窗前，我看见她暴露在N95口罩之外的耳朵垂子从苍白变成粉红，又从粉红变成绯红。我不知道意外、嫉妒、震惊、愤怒这些词在遭遇阿尔茨海默症时是否依旧有效。

我扭过脸去，不敢看Lillian，我觉得她也是。我们心怀各自的难堪，她为自己，我为她。

过了一会儿，我听见Lillian轻轻地咳嗽了一声，咽下了她的那份难堪。她推开通往花园的门，我跟在她身后，我们朝着那棵梨树走去。

"老叶，我来看你了。"Lillian在离那张椅子两步路的地方停住了——那是规定的社交距离。我站在她的身边。

面对面的时候，叶千秋看上去比视频里稍显清瘦。头发和衣服都干净，指甲是新剪的（我视力是2.0）。看来他是有人管的，他们并未一味做花样文章。女人看上去比Lillian稍矮胖一些，穿了一件细花洋布太阳裙，裸露的手臂上布满了星星点点的太阳斑，脸是一张平平扁扁的喜饼脸。阿尔茨海默是一样欢喜病，每一个遭遇它的人脸上都没有愁容。

两人同时扭过头来看着我们，并无惊讶之情，似乎一个月以前就在等候着我们的来临。

"哦，来，来看我。"叶千秋喃喃地重复着Lillian的话，却没有松开那个女人的手。

"我是娟子啊，老叶。"Lillian摘下口罩对丈夫说。

"George，她是谁？"那个女人歪着头打量着Lillian，好奇地问叶千秋。

"三妹，哦，三妹。"叶千秋对女人解释着。

"你是谁？"Lillian戴回口罩，反问那个女人。

"我是Mary啊，你问George。"女人拽紧了叶千秋的手，仿佛她已落在河里，而他是漂在水面上的一根木头。

叶千秋耐心地看着女人，腾出一只手来，抚摸着女人的脸颊，那轻柔的样子仿佛女人的皮肤是一块上好的丝绒，稍微用力些就会钩扯出线头："是啊，娟子，你是Mary，你是Mary。"

女人放心地笑了。

他记得娟子，又没有记得娟子。他记得的娟子已经不是《橘颂》里的婵娟，他记得的娟子和三闾大夫和话剧团和青春和爱情都没有干系。他记得的娟子是泛指，是进入他眼前的一切事物。

"老叶，这位是小陈，我的朋友，也来看你。"Lillian把我推到了叶千秋的雷达屏幕中。

"小陈，哦，小陈。谢谢，谢谢。"叶千秋终于松开了那个女人，伸出一只手来给我握。我欠了欠腰，却没接他的手。护士交代过，不可以和病人有任何身体上的接触，比如握手、颊吻——那是防疫要求。

"给你买了花。"Lillian把手里的竹篮递给男人，"记得这是什么花吗？"

"记得，记得。"叶千秋一遍又一遍地点头。

在阿尔茨海默症病人的嘴里，你不会听到No。没有"不记得"，没有"不知道"，永远只有Yes。阿尔茨海默版的Yes，是对存在感的最后一道把守。

"这是向日葵啊，老叶。你不记得啦？干校的农场里，到处都是向日葵，多得像野草，谁也不稀罕。你来看我，举着一朵向日葵，三四个小时的路，走到我这里已经是一把干柴了。"Lillian说。

她依旧在一下一下锲而不舍地叩着那扇没有钥匙可开启的门。她不仅仅是不甘心他，她也是不甘心自己。她的大半人生都是和他一起过的，他们原本是两股结在一起的麻花绳。日子久了，风吹雨淋，它们已经腐烂成你我难分的一体。可是他一意孤行地要撕走他的那一股，他撕得血肉淋漓。他撕走的那些东西不再是他，而他剩下的那些东西也不再是她。他毫无商量余地地抹改了他们的历史。她不甘心啊，她只是不甘心。

叶千秋从竹篮里抽出一朵小向日葵，递给那个女人。女人举到鼻子跟前，闻了又闻。"玫瑰啊，玫瑰。"她呢喃地说。"George，扎我。"女人被花茎秆上的绒毛刺了一下，伸出一根手指，递给叶千秋。叶千秋接过来，含在嘴里，轻轻地嘬着："不疼啊不疼。"

我实在看不下去，扯了扯Lillian的袖子，想让她走。Lillian犹豫了一下，但还是站住了。

"我给你买了一套新的睡衣，小陈挑的，很舒服，你摸一摸。"Lillian把睡衣从包里拿出来，撕了包装，递给丈夫。

100%纯棉精纺法兰绒，红色的底，海军蓝的条子，胸前绣着一匹马。经典的马球牌设计，159.99加元，一分钱不打折扣。Lillian自己穿的睡衣，是沃尔玛的尾货，跳楼价，9.99加元。

叶千秋接过睡衣，用脸颊触摸着衣服上的细软绒毛，眼睛眯成一条细缝，带着猫一样懒散的惬意。

"下雨的时候要穿鞋子，娟子。"他对

那个不是娟子的女人说。

"戴花要戴大红花，George。"女人对不是 George 的那个男人说。

"红花。红花。"叶千秋热烈地回应着，"他们有书包，娟子。"

迟暮的记忆是破旧的木桶，里边装的是一辈子的阅历。活得太久，桶装不下，就一层一层地往外溢。最先溢出的是今天，然后是昨天，留在桶底的，是永远不会溢走的前天——那是烙在一个人骨血里的童年和少年。他的前天和 Mary 的前天不是同一天，它们是两条平行线，一直并排却永不交叉。他们不需要共情，也不需要理解，他们只需要倾听。失忆的世界不再匆忙，他们可以忠诚地奉献给彼此每一天里每一个醒着的时辰。不再有会议需要参加，不再有项目需要完成，不再有儿女需要拯救，不再有爱情需要修复。失忆的世界里没有斤斤计较睚眦必报，三百六十五天，天天都是自给自足永无磨损的快乐。

通往天堂有许多扇门，其中的一扇叫阿尔茨海默症。

Lillian 傻啊，Lillian 真是傻，还想死死地拽住那个早已没有心了的男人，不肯放手。

"老叶，我们院子里来了狐狸。"Lillian 低下八十岁的身子，蹲在草地上，伸出一只手，把手机里的视频递给叶千秋看。假如按脸对脸的距离来计算，Lillian 是守法公民。假如按最近点计算，Lillian 已经坏了院方的防疫规矩。

"记得吗？这是我们的院子。这个鱼池，这个流水台，都是你搭的，每一块石头。那年夏天，我们刚买了房子。"

Lillian 放的是我拍的那段视频。我突然醒悟，当时她嘱咐我录下视频，目的就是为了今天。

"这只小狐狸，在我们的院子里创造了一个奇迹。奇迹，你知道吗？它残了一条腿，谁也没指望它还能好。可是就在我们的院子里，它站起来了。老叶，它站起来了，它四只脚都落地。"

一个一心沉浸在自己故事里的人，总会在不知不觉中放大一厢情愿的部分。狐狸也许创造了一个奇迹，但未必是在你们的院子里。在你见到它四腿落地的时候，奇迹兴许早已在别的地方完成。Lillian 的眉毛在颤动。一只扑火的飞蛾。不，不是飞蛾。飞蛾不知道死，她知道。她明知无望，却还要试。一次，再一次，直到心死。

"狗，George，狗。"那个叫 Mary 的女人指了指视频里的狐狸，掩嘴笑了，像个十七岁往十八岁走的少女。

"Shut up, you（你闭嘴）！"我忍不住吼了那个女人一声。我忘了她不过是另一户人家的另一个叶千秋。

"George，哦 George。"女人委屈地看着叶千秋，似乎要哭。

"娟子啊，娟子。"

他们不再有新的话，他们脑子里有限的词汇都已经告尽。他们只是一遍又一遍不厌其烦地呼叫着彼此认定的名字，痴痴地对望着，仿佛活在一个真空玻璃瓶里。瓶子里只有他们两人，没有世界，没有病毒。她是他的娟子，他是她的 George。在他们的瓶子里，他们是国王，划分疆土，修订词汇，改变自己和他人的身份。他们没有昨天，他们也不会有明天，他们有的，只是永恒的今天。他们刀枪不入。不安全的是我们。

我们回到停车场，坐进车子里往家开去，一路上 Lillian 都没有说话。开到一半的时候，丹丹的电话进来了，先是打给她母亲，Lillian 没接，她又打给我。铃声在封闭的车子里听起来扎耳。我也没接。之后便是一串闪亮的指示灯，是丹丹在留言。我知道那是全方位的火力攻击，我有点怕，因为我还没想好对应的路数。但惧怕并不是我不接她电话的唯一理由。在这一刻，不知怎的，我就是不想听见她的声音。

"我现在才知道，她为什么一定要我们事先和那头预约。他们不是要给猴子洗澡，他们是要先支开那个女人。全世界都知道，只有我，还有那个可怜的小护士，不知情。" Lillian 扭头对着窗外说。

我搜肠刮肚，竟找不到一句可以回她的话。

回家后，Lillian 直接进屋，关上了门。我听见手纸擤鼻涕的窸窸窣窣声。我走进自己的房间，坐在床沿上六神无主。有一句话这一路上一直在我心里突突地炖煮着，到这会儿已经熟透。我知道这句话兴许能治 Lillian。可是这句话太毒，能治人也能杀人。我非得要沾那一手血吗？她不是我的娘我的姐我的姑妈婶子，我甚至都不知道她的中文名字。我管得了这么多吗？

我坐在床沿上给小雨发信息。小雨照例不回音。可是小雨也没在我的脑门里擂鼓。也就是说，小雨没有明目张胆地反对。小雨没反对就算是支持。我站起来，走出去，推门进了 Lillian 的屋。

"他早不是他了，他已经死了。你看见的，不过是他留在世上的皮囊。你和死人较什么真？"我恶狠狠地说。

血从 Lillian 的脸上慢慢退下，我甚至听见了液体的流动声。滴答。滴答。她的脸白得像粉笔灰。血流到哪里去了？是脚趾吗？我看不见她的脚，她的脚藏在桌子底下的阴影里。

我不知道我是否救了她，但我知道我肯定已经杀了她。

后来我才从丹丹那里得知：George 是 Mary 死去的丈夫的名字。当然，那是墓碑和人口普查数据库里记载的信息。在 Mary 现在的记忆里，George 只是她的弟弟，就如同在叶千秋的记忆里，Lillian 是他三妹一样。Mary 晚叶千秋半年住进这家老人院，开始时一直闹着要回家，直到认识了叶千秋。两人一见如故，形影不离，除了睡觉，每分钟都黏在一起。老人院把实情告诉了两家的儿女，征求他们的意见看是否有必要将其中一位迁移。两家儿女经过协商达成了共识：目前两位老人情绪稳定，心情愉快，没有必要改变这个有益无害的现状。当然，他们也想到了这个荒诞事件中唯一可能受到伤害的人。对付那个人的方法相对简单，就是眼不见为净。丹丹开了绿灯放行。

当他们商量这一切的时候，他们唯独没有想到半路上会杀出一个一无所知的新护士，还有一个阳奉阴违的家政助理。

第100天

"把她带回家的那天，大雨淹城，天黑得像墨盆。老天都知道是灾祸，只有我们糊涂。"

Lillian 说这话的时候，我俩已经把那一瓶红酒喝得七七八八了。酒真不经喝，一会儿就见了底。人也真不经酒，Lillian 的脸已经红得像一盏火油灯。

今天 Lillian 亲自下厨，荤的素的红的绿的做了一桌子，坚决不让我插手。"今天的菜必须是我自己来。"她说。

"生日？"我问。她没吱声，我就算她是默认。

全部的食材都是丹丹网购的，我没沾过手。这些日子Lillian使起丹丹来有些狠，隔三岔五一长条的购物单，连葱姜蒜这样的小物件，也列在里头，很有几分撒气的意思。

那天从老人院回来，Lillian和丹丹通了很久的电话，是读书人的干仗架势。关起门来，但总有门缝，满屋便都漏着烟，却听不到一句粗口。"他的事，我不管了……"我依稀听见Lillian给丹丹丢下了话。

从那以后，Lillian再也没去过老人院，每周两次的全家视频，也随了Lillian的心思，不再定期。现在Lillian和我说话，不谈老叶，甚至也不怎么提丹丹。Lillian现在即使有话，说的也都是些无厘头的事，比如种花养草的心得，怎样挑选合宜的茶叶，在干校时从老乡那里听来的神鬼故事，刚出国时闹出来的种种乌龙……她常常讲到一半就得紧急停车，我满耳朵都是刹车片的吱呀尖叫声——她害怕再走一步就要撞上她不想撞的红灯。她这一长路哪躲得过那父女二人？她躲得辛苦，我听得也辛苦，她永远也无法真正躲得消停。

现在只要天不下雨，我们依旧出门。我们的活动半径不再拘泥于门前的那一小片天地。我开车带Lillian去二三十公里外的渔人村，在早期德国移民留下的居民点旧址散步，累了就坐在一条人称"天鹅湖"的小湖边上，拿面包屑喂水鸭子。在N95口罩的严格卫护下，我们有时开车到稍远一些的特色店，买一些略有些犯罪感的小东西，比如韩国蛋糕、日本甜点。我们仍旧挑些便宜的肉食喂狐狸，但不再定时定点，一切随缘。我们依旧提防着丹丹的监

控，但已经不像先前那么惊恐。没错，我们一直在对丹丹撒谎，但比起丹丹绕着她母亲织的那个局，我们所行的一切不过是雕虫小技。丹丹但凡还有几分脑子，都该自知理亏。每次丹丹来电话，我几乎都是屏着呼吸等待她来揭穿我和她妈共谋的小把戏，好和她来一场嗞啦啦冒火花的舌战。我自以为不过是个吃瓜群众，但不知从何时开始，我已经择了边，把自己归在了"我们"阵营，竟全然忘了我每个月的工资是来自凡·丹伯格夫妇的银行账户。

"谁把谁带回家来？"我揪着Lillian回到了话头。

她把剩下的酒和我一人一半地分了，扬了扬瓶子，看着最后几滴都抖利索了，才哼了一声，说："福根，他们管这叫福根。我们领回来的，却是祸根。"

我知道她的秉性，催她没用，只是由着她把那剩酒一口喝干了，夹菜的筷子伸出去，又停在半空，像两根偷闲的平衡木。

"丹丹不是我生的。我不能生孩子，流了几次，都保不住胎。到四十岁那一年，他突然说要不咱们领一个？说这话没几天，他就抱回了这个孩子。现在想起来，他早就有了想法，在一路留意着。那孩子大概三五个月大小，说不上多丑，只是那眉目间不知怎的看上去有几分粗野。我问他是什么来路，他说朋友介绍的，能办合法手续。你少知道点背景，心里能少点成见。他还说丑孩子好养活。我也就信了。

"从第一天起，这孩子就没让人睡过一个安稳觉。没有一样她没得过的病，我简直怀疑她是按着儿科常见病大典来一样一样地折腾我们的。那时'文革'刚过去没几年，我们回到了北京，都想干点事，单位常常加班。我和他轮着管孩子。一个大

男人，他不怕笑话，把孩子绑在背上在办公室里干活。他说孩子长大了有了抵抗力，我们就轻省了。我也信了。后来才知道，她真正的祸害这会儿正藏在一天一样的病里，还没露头呢。

"小学毕业升初中的时候，她来例假，身体果真渐渐强壮了起来，我们才稍稍松了一口气。有一天放学回家，怎么劝也不肯吃饭，说要找她自己的家。领养她的时候，我们跟人换了房子，从六十平方米换成四十平方米，城里换到了三环外，就是为了能避人眼舌。没想到她初中班级里有一个同学的爸，是老叶单位的同事，多嘴把这事告诉了她。"

这是自老人院那事之后，Lillian 第一次开口管他叫"老叶"，先前实在绕不过去的时候，她只用一个含含糊糊的"他"字。

"从此家无宁日，天天给你气受。大人想不出来的词，她都用上了。你不能想象一个十二三岁的孩子，啥事都还没经过，一张嘴就像一口烟囱，熏死一屋人。隔了这么些年，我想起那些话来，都还会打哆嗦。后来她扬言要到她爸单位闹，我们爱面子，他只好把她领去了她亲生父母的家——幸好那家人还在老地方住。我这才知道，她亲生父母在房山，生她的时候，前头已经有了四个女儿一个儿子。她找上门的时候，她最大的姐姐也才二十三岁，还没出嫁。她亲爸早先是搬运工，后来干不动了，才改了拉人力车。这孩子骨子里这么横，是因为她娘怀她的时候，没给过她一句好听的，她还在胎里就听够了诅咒。

"她找上门去，正巧全家都在。她热切切一张脸贴上去，却没有一个人搭理她，谁都怕她来了就不走。他们家二十多平方米的房子，加上爷爷奶奶是九口人，连再搭张地铺的地方都没有。她亲爸开口就叫她滚，她往人家门槛上一坐，准备坐到天亮。老叶实在不忍，就悄悄给那家的爸塞了点钱，让他给张好脸，才总算把她劝回家来了，哭了一路，号得像狼。我们心想只能对她好些，再好些，她就不再惦记那头了。谁知她隔三岔五依旧还去，还不能踩在饭点上，因为没有人会留她吃饭。老叶只能月月悄悄给钱，他们才勉强跟她说句话。后来她哥哥姐姐就问她讨东西，我们给她买的随身听、计算器、羊绒手套、墨镜，三天两头就不见了。我们明知缘由，心想东西若能买个太平，我们都认了。

"谁知东西买不得太平。那家越冷待她，她越赶着往上贴。她在那家受的每一分气，回来就加倍撒在我们身上。有一天，我加班回家，看见家里没点灯。她的新大衣不见了，一个人坐在地板上，两只眼睛绿莹莹的像狼。我问她吃饭没，她没吱声，半晌才从牙缝里挤出一句话：'总有一天，我要杀了你们。'我告诉了老叶，他说不能再这样下去了，得破了这个恶性循环，才有救。他就跟单位递了申请，要求调到上海的分部工作。三个月后，我们全家搬离了京城。"

Lillian 停下来，让我再去开一瓶酒。这样的故事，谁能一口气讲完？她的嘴巴挺得住，我的耳朵也不行。我开了新酒，我们接着吃喝，依旧是吃得少，喝得多。

"刚到上海，太平了一阵子。老叶依旧时不时给房山那头寄钱，这回是让他们不要再搭理丹丹。好在那年头那家人没有电话，丹丹只能写信。写了几封信没有回音，渐渐地，这一厢情愿的兴头才败了下去。我们以为这就像生了一场大病，过了这个坎就好了，日子还能回到从前。谁知有一天我骑车出去替单位办点事，经过一家电影院，正撞见她和一群男孩在抽烟。紧接着老师打电话到单位，说丹丹已经两天没来上课，期中考三门功课不及格。老师告诉我们丹丹整天和校外的一群孩子厮混，都是些不学好的人。老师恳求我们给孩子转学，省得影响班里其他同学。我们只好又一次跟人换房，大换小，近换远。搬的那个家，我们上班得倒三趟车，一来一回一天在路上浪费三四个小时，就是为了给她换个环境，心想能断了她和那些孩子的联系。后来才知道她的血里有气味，走到哪儿，立刻有人叮上她。谁能说清是人惹的她，还是她惹的人？总之，很快她就黏上了新的一拨人。

"有一天，我们从她的书包里翻出了一盒避孕药。十五岁半，她还没到十六岁。那天我和老叶关起门来，抱头痛哭。这孩子不是一件买错了的衣服，我们可以打包退回去，再换一件新的。她也不是一只讨人嫌的猫狗，你可以跑到一个人不知鬼不觉的地方悄悄扔掉。从她来的那天起，她就是我们永远甩不掉的责任。我们第一次感觉无能为力，不约而同想到了死——那是唯一能摆脱她的方法。老叶说我们攒安定吧，他常常失眠，隔三岔五地要吃安眠药。没想丹丹就在门口，听见了我们的话，总算知道了害怕。她冲进屋来，说：'爸妈你们给我再换个环境吧，这一次我一定学好。'那是第一次她跟我们认了错服了软。我和老叶心想浪子总算知道回头了，就换个地方吧，一切从头开始。那个时候社会开始松泛起来了，老叶通过他三妹在苏州给我俩找了个新单位，我们全家又挪了地方，去了苏州。"

北京、上海、苏州，我在脑子里飞快地画了一张地图。我现在终于知道了丹丹普通话南腔北调的缘由——那是她居住过的每一个地方在她血液里留下的踪迹。它们不甘寂寞、各不相让地借着她的唇舌发声。

"到苏州后，安置下新家，风平浪静了半年。这次学校没来告状，她成绩单上的分数虽不算好，但至少没有挂科。她每天准时出门上学，晚上我们下班时，她已经在家里做作业了。我们以为她真懂事了，没想到她不是学好，而是学聪明了，知道怎样卸下大人的警觉，把自己缩在我们的盲点里，在我们身后悄没声息地继续玩她的游戏。这次的事闹大了，不再是学校和家长管得了的了。高一的时候，有一天放学她没回家，晚上警察来电话，说她在公共汽车上行窃被抓。她不是一个人，而是一伙人，这伙人已经多次犯案，不仅在公车上，也用万能钥匙撬锁进屋。我这才明白过来，为什么这一阵子她不再问我们要零花钱。她进了少管所，劳教三年。判刑那一天，我和老叶突然感觉轻松：这么长的日子里，我们第一次终于不用担心她和谁在一起了。"

第二瓶酒喝到了一半，我开始感觉晕眩，太阳穴一蹦一蹦的，像有两只螳螂在斗法，头痛欲裂。Lillian 的脸渐渐变形，成了一张戳了几个窟窿的大饼。有声音断断续续地飘过来，我已经听不太真切。

"为了她……从北京调到上海……到苏州，地方……越来越小，职位越调越低……结果……"

我肚腹突然抽了一抽，像有人在我的胃里捅了一棍子，喉咙一紧，哇的一声毫无防备地吐了。Lillian 拧了一条湿毛巾过来给我擦脸。凉水一激，我清醒了过来，才发觉一地狼藉，满屋弥漫着酸腐之味。两人拿了拖把抹布垃圾桶，一阵叮叮咣咣地收拾干净了，都出了一身汗。Lillian摇头："我没事，你倒醉了，白年轻了这么多。"

"后来，怎样？"我问。

我们又坐了下来，酒是不喝了，换了热茶，再接着吃菜，却已索然无味。

"她做下的那些事，我和老叶单位的人都是不知道的，因为是未成年人，没有公开审判。她刑满出狱，老叶去接，却被一个在少管所采访的小报记者撞见，偷拍了照片，放在网上，把老叶一张老脸丢尽。从此他一看见人拍照就紧张。他想了再想，觉得再换个单位换个地方，都是换汤不换药，不如就狠狠心送她出国。要是再等下去，下次她若再犯事，就是成年人了。一旦有了公开的犯罪记录，她就哪儿也去不成了。于是，我们就提前办了退休手续，陪着她出国来念完高中。

"六十出头，势头正猛的时候，我们出国了。我们年轻时学的是俄语，到这儿只能当流水线工人。每次听到国内同事的消息，晋升提级发财，他嘴上不说，鬼知道心里是怎么想的？他脑子开始忘事，刚开始我还想使劲拉扯他，陪他下棋，玩填字游戏，找搭档打桥牌。后来我才明白，他是累了，不想记了，他想把这一切乌七八糟的事都忘了。一个人铁定了心思要放弃，那是一万匹马都拉不回来的。"

我叹息。"那丹丹呢？"

"她到了这里，英文烂得没人和她玩，伶牙俐齿的人，突然成了哑巴。再加上三年监狱，一下子杀了她的气焰。过了二十岁这道坎，她总算把一场癔症犯完了，突然醒来，做起了正常人。念完高中，上了大学，再上研究生。碰上麦克，去了美国，找了份好工作，结婚生子。"

"也算浪子回头……"

Lillian哼了一声打断了我："你想说金不换吗？那些馊鸡汤，我一句也不想听。她回头，可我们哪有金子去换她？我们已经一无所有。那些整天拿'原生家庭'说事的人，全是白痴。按正态分布，我们是顶尖1%的好父母。她在她亲娘的肚子里就已经是狼，她生下来本来是要在狼群里活下来的，我们偏偏把她抱到羊圈来——这是我们唯一的错。"

我无语。那小雨呢，我的小雨？小雨的原生家庭是正态分布里的什么百分点？我不敢想。我们从垃圾堆里造就了一个从不惹事的女儿。

Lillian起身，从冰箱里端出一盒日式小蛋糕——那是我们昨天买的，放到桌子上，又去客厅把茶几上摆的一张旧结婚照拿过来，摆到蛋糕跟前。

"今天是他的生日，我年年都给他过生日，今年是最后一回。"

她让我帮着把桌子上的剩菜和杯盘碗盏都收了，又让我爬上凳子，拿出藏在橱柜顶层的景德镇骨瓷——那是来客人时才用的。她在桌子上摆上三套杯碟，我们各自一套，另一套留在空位上，然后颤颤地点上了蜡烛。

"小陈你说得对，他已经死了。他把自己归零了，现在他的世界里只有Mary，我和丹丹都是前世的事。过了今天，我也归零，两清了。"

Lillian鼓起腮帮，噗噗地吹蜡烛。肺气终是不足了，听起来声嘶力竭，绿茶蛋糕的白色奶油上落下了肮脏的烛烬。这是最后的挣扎，过了这一餐她不再有心。

"叶千秋你生日快乐，我送你了，你好

走。"Lillian 喃喃地说，口气像祝寿，更像是永诀。八十岁的日子还能归零重来吗？我不知道。

只有最亲的人才伤得了你，刀子捅起来最顺手，不需防备，因为他知道你总在，且不会还手。

Lillian 给我切了一沿蛋糕，我却怎么也咽不下去。奶油太腻，面粉隔夜已经变硬。我扔下餐巾纸，往自己屋里跑去，只觉得两颊隐隐刺疼，过了一会儿才醒悟过来那是眼泪。我已经很久不哭了。

我打开屋里的柜橱，从顶层抱下一只黑漆雕花木盒。

"我也不想把它带到你家来，可是我真的没有地方好放。"

我把那只盒子放到餐桌上，Lillian 的眼睛碰到盒盖上那一行烫金字，像燎着了火似的抖了一抖。

廖小雨　2002.11.10－2021.2.15

"这是我女儿，Lillian。她没有故事。她还没来得及有故事。她本来可以至少有一个故事，可是我没允许她。"我泣不成声。

第 -89 天

小雨，今天是你和桑迪他们去蓝山滑雪的第三天。记得刚到蓝山的第一天，你给我发过信息也打过电话，报了平安。第二天白天我一直没有你的消息，直到半夜你才发来一条信息，说你们白天去滑了一天雪，晚上去镇里吃了晚饭，然后又在镇上逛了逛，回到公寓就晚了。

你到底也没有听从我的劝告，还是在外面吃了饭。这么冷的天你们只能在室内用餐，我不知那家餐馆是不是遵守了防疫规定，座位设置了严格的社交距离？我有些生气，但转念一想，这天是情人节，让你们憋在公寓里不出门也有点勉为其难。情人节。你并没有告诉我你和谁吃了这顿饭，是所有人都在场，还是和某个身份不明者单独去了烛光晚宴？你没有给我发来照片。我查了你的微信朋友圈（还好，你并未像有些孩子那样把父母隔在圈外），你也没有 po 任何动态。这和你平时的习惯不太一样，平时你连偶尔炒个西红柿鸡蛋也要拍出四五个角度来显摆一番。

这丝异常让我心中突然生出些疑虑，我很想多问你一句话，但最终我还是缩了回去。假若我没有在你的行李箱里发现了那个盒子（我至今还不能坦然地说出那玩意儿的名字），我可能就自然而然地问你了——那是天下母亲的招牌做派。可就是那个盒子叫一切最普通的问话也生出歪腻，让我变得难以启齿。做父母的大约都想控制儿女的行踪，却又不敢走得太过，怕得罪了儿女。控制和得罪之间的距离太窄，一口气没喘匀就越线了，我走不好这样的钢丝。不过，你既知道我已经发现了这个盒子，无论我敲不敲门，无论你让不让我进去，你都知道我就在你门外，我的影子本身就是震慑。我感觉稍稍释然。

今天早上起床，我的左眼开始剧烈地跳动，仿佛有个木偶戏师傅站在我的头顶，疯狂地扯动着缝在我眼皮上的木偶绳子。左眼跳灾右眼跳财。还是我记反了，该是右眼跳灾左眼跳财？我只是感觉心神不宁。你一天没给我发信息。我知道你们今天也要在外边滑一天雪，桑迪的父亲给你们请了私人教练——那是有钱人的做派。忍了半天，终于没能忍住，傍晚时分我还是给你留了一条语音信息,问你带的防寒服够不够暖和,你没回音。

下午六点三刻,我接到了一个陌生的电话。平常我从不接陌生电话,不是广告就是诈骗,烦不胜烦。可是今天鬼使神差我竟然接起来,是个陌生的男人,讲英文。

"我们是安大略省警察署,你是陈太太吗?我们是从你女儿的驾照信息里查到你的电话的。"

"我女儿,闯了什么祸?"我颤颤地问。

愚蠢啊,愚蠢。小雨,你妈对世间灾祸的想象力,最远也只能抵达鼻尖前的三寸地。我只想到大概是你违反了交通规则,擅自驾车。你只有临时驾照,你只能在有正式驾照的成人监护下驾车,而且车里不能坐有别人——桑迪的车里有五个人。

电话那头是片刻的沉默。是雪崩、海啸之前的那种天地停摆的沉默。我一下子醒悟。

那人轻轻咳嗽了一声,说:"我有不好的消息要告诉你:你女儿乘坐的车,在山道上出了事故……"

后来发生的事情我毫无记忆。

第-85天

小雨,今天我从警察署拿回了你的行李箱。打开箱子,我把你的衣服一件一件地摊在床上,俯下身去,细细地闻。洗衣机把衣服洗得太干净了,它们现在闻起来只有洗涤剂柔软剂的芬芳,而没有你的体味。你喜欢蓝颜色,从防寒服到内裤,每一件衣物都是蓝。海洋的蓝,松石的蓝,黎明时分的蓝,暮色将至的蓝,婴儿眼睛中的那一丝蓝。你穿上小蓝衣,你的身体裹在里面,蓝是你的小世界,你感觉安全。

可是你的蓝并没有包裹好你,它把你丢弃在路旁。你仰面躺着,在白皑皑的积雪里,面朝暗夜的蓝。你去的是一个没有人回来过的世界,一个没有妈妈坐在地板上带着惊恐唠叨你的自由世界。那个世界里也有蓝吗?

我拉开行李箱边兜的拉链,临行前我塞进去的 N95 口罩少了一个。但是那个盒子,那个封面上印着两个亲密相依的男女的盒子,却完好未动,塑料包装纸依旧严实。小雨,我的孩子,是妈妈吓着你了吗?真是奇怪,在你尚未出发的时候,我多么希望你不会去拆那个盒子。不,我多么希望你压根儿就没拥有过这个盒子。哦不,我希望连这个盒子的影子,都没有进入过你的梦境。可是现在,当你已经不在这个世界上了的时候,我却希望你用过这个盒子里的东西。假如这是你的第一次,你会带着战栗的疼痛和惊喜上路;假若这不是你的第一次,你的经验会教会你享受。可是,我剥夺了你体验人生的机会。那天我坐在地板上的神情,是一种你从未见过的样子,沥青一样深黑的惊恐和绝望,仿佛你要去做的是一件盘古开天地以来没有人做过的,会让你祖宗、故里、每一个亲人和朋友脸上蒙灰的事。我的神情一定吓住了你,我使你的生命永远定格在一个从未体验过身体奥秘的、十九岁零九十八天的雏儿上。我心如针扎。

带着这样复杂的愧疚,下午我去看望了尚住在医院里的那个男孩子。我已经从警察那里得知:你们那辆车里的第五个乘客的确是个男孩——假如二十四岁依旧还可以被称为男孩。请原谅我,我总是习惯性地把你的同代人都划入孩子的队列。其实当年我生下你的时候,比他还年轻。

警察告诉我：那天开车的是桑迪的父亲，他是这辆车里唯一一个安然无恙的人，浑身只擦破了一块皮，在手背上。掌握方向盘的人，总会在最后一刻听从直觉的强硬介入因而偏离危险，而乘客座上的人，则往往会因为司机的直觉应急动作，陷入毫无防备的危险。直觉不听命于智力、情感、道德，直觉是跑在理性之前的那股子与生俱来的蛮力。直觉不可阻挡。那天坐在前排乘客座的是桑迪的母亲，而后排是你。你被发现时已经没有生命体征，桑迪的母亲则是经过了五个小时的抢救，才宣告不治。桑迪和那个男孩都受了伤，很糟糕的骨折，但都不致命，目前都还在住院治疗。

警察还告诉我：那个男孩证件上的名字叫 Henry Y. Wang。显而易见，这是个糊弄洋人的名字，真正能把他从人群的大海里捞出来的定位指南，是那个代表他中文名字的字母 Y。这个字母缩写落实到纸上，可以是"阴"也可以是"阳"，可以是"云"也可以是"雨"，甚至可以是"元""渊""圆""远"……我可以瞬间想出三千五百种可能性，可是我没去想。这些可能性对我来说无关紧要。我唯一需要知道的是：把你和他这两个名字首字母都是 Y 的孩子连接起来的，是一条什么样的线。我只需要找出这样一个答案。

我走进病房，他睡着了，一条腿吊在牵引架上，两只手在小腹上交叉成一个圆弧。也许是镇痛剂的效力，他睡得很沉，发出像猫被挠得舒服时的那种轻呼噜。我不得不称赞我女儿的审美标准。他真是一个漂亮的男孩啊，睡态里浮现的是一种刚刚脱离少年的青涩、还没来得及粘上成年人的油滑的纯真。一个人一生中拥有这样干净的日子，何其短暂。和长而无趣的一整个人生相比，这样的年月还占不到一个零头。他的眼窝很深，睫毛像两排尽忠职守的卫兵，举着交错的长矛守护着眼睛。鼻梁挺且直，上唇和下颌的胡子长出了淡淡的新茬。谁会给他刮胡子呢？是护士？还是母亲？此刻我希望有一把剃刀，把他的头枕在我的腿上，用肥皂水给他刮去那些成年人的痕迹。此刻他身边既没有护士也没有母亲，我感觉心疼——是一种因为你而连带着扯出来的心疼。

我还是不要吵醒他吧，打断这样的睡眠是一种罪过。我可以等。我还有什么需要着急的事呢？我再也没有一个女儿需要喂养看护拯救。我现在一天有七十二个小时，我可以等到他把镇痛剂的最后一丝余迹排出他的汗腺。

这时我突然看见他的身子抽了一抽，像婴儿在母腹里的那种悸动。他一定是做了个梦。是什么样的梦呢？他的梦里有你吗，小雨？我希望有。至少梦见你的不再是我孤孤单单的一个人。

在平静了几秒钟后，他的身体突然再次抽搐了一下，夹着脉搏血氧仪的那根手指头也跟着轻轻地跳动着，眉头蹙成一个小小的紧紧的线团。没有人可以解开那样的线团，仿佛全世界的纷乱都缠织在那里，哪一根线头都是陷阱，任何一次碰触都会引发地震。他是在做噩梦。我突然有些不忍。即使他的梦里有你，小雨，我也依旧不忍。我拍了拍他的脸颊，把他拍醒了。

他醒来，眼帘上的两排卫兵猝然闪开，露出他的眼睛。他茫然地看着我，嘴唇微微张开，却没有声音。我猜想他眼中看见的一定是一团迷雾。我静静地等待着他的眼神聚焦，我的脸在迷雾中浮现，五官定型。

"小雨妈妈？"他疑惑地问。

我吃了一惊。"你怎么知道是我？"

"小雨给我看过你的照片，她说……"他的语气突然有些犹豫，"她说临行前不该惹你生气。"

我的血"轰"的一声涌到了太阳穴，脑门里有人在敲锣。我以为我要绕很久很远的路，经过许多废话，才能抵达那个话题。我没想到他用一根夹着脉搏血氧仪的手指头，轻轻一勾，就将我领过了千山万壑，直接抵达那扇门口。

"她有说是为什么吗？"我没敢看他，我害怕他说出来的话将会污染他眼睛里的那丝洁净。其实在这个世界上没有人是真正洁净的。一个人看见洁净，是因为他的眼睛还不认识泥淖。

"她说你总是不放心她一个人出门。"他说。

这不是我所期待的话，却是我的耳朵想听的。我松了一口气，却又陷入绝望。他松开了他的手指头，我失去了捷径，又落回到原路。我依旧还得靠自己的那一口力气行路，试探、迂回、辗转、顾左右而言他，一步一步地趋近那个话题。

"Henry，你的中文名字是什么？"这是我重新开始的第一步。

"王云，云彩的云。"他说。

一个可男可女、但更像是女孩的名字，正符合他略带阴柔的长相。

云催生雨。云和雨。云雨。

小雨，连你俩的名字，都带着这样隐秘的暗示和联想。是天意吗？天造就的，天毁灭。

"王云，给我说说，那天的事。"我说。

"那天我们从滑雪场往回开，原本是桑迪妈妈开车的，可是前一天她喝了太多的酒，宿醉，头疼，就换了桑迪爸爸开。天黑得很早，又开始下雪，对面开过来一辆卡车，贴我们很近，叔叔打了一个急转，滑出去了……"

"小雨，她，痛吗？"我问。我想知道实情，又不想知道实情，我不知道我想知道什么。我甚至不知道我为什么要问这个问题。

"小雨应该，没有。桑迪很痛，因为肋骨戳到了体外。我醒来时，小雨离我最近。她已经没有呼吸，像是睡了，很安详……"Henry，不，王云，他的喉咙口鼓起一个大包，他喘不过气。

我捂住耳朵，此刻我不想听见任何声音，包括我自己的哭泣。我知道汉语里关于哭的动词很丰富，细细究来能有十数个。有泪无声者谓泣，有声无泪者谓号，有泪有声者谓哭……但我不知道我的哭声能用什么词来形容。我无泪无声。其实我不是没有眼泪，而是心太空，泪不够。一条蚯蚓似的细水，如何能爬过无际的荒漠，依旧留得下痕迹？

"你和小雨，认识多久了？"我干涩地问。泪水已经在沙漠中蒸腾，地面上只剩下一条裂缝。我知道我问的每一句话都是刀子，我也知道小雨你心疼他，可是也请你心疼你的母亲。他是最后一个见过你的人，我只能通过他来走进你生命的最后时刻。我每刮他一刀，自伤无数处。

他没有立刻回答，仿佛在进行复杂的心算，最后终于力不从心，"记不得具体的日子了，就是在士嘉堡恩慈医院做义工的时候。"

那是小雨高二下学期高三上学期的事了。为了申请大学时履历上能有些亮点，她和桑迪一起去医院做义工。他们在那里相识，算起来，应该有一两年了。

"你们，常常一起玩吗？"我在绕过千山万壑之后，又一次走到了那扇门前。

"我们有时去看电影，喝珍珠奶茶，K歌，偶尔也参加校园团契。"

"出事的前一天，情人节，你们，去了哪里？"我看见自己的脚尖颤颤巍巍地踩上了问题的圆心。

男孩闭上眼睛，侧过脸去，面对着一堵白色的墙壁。我知道他脑子里正在回放记忆。那些记忆有毛边，拉到哪里都疼。可是我顾不得。我若不知道那个夜晚的事，我这一生不得安宁。

"我们没想到，疫情里蓝山镇还有这么多人。因为室内人数限制，几乎每一家餐馆都满了。幸亏我们事先在一家西餐馆订了座，是想给他们一个惊喜的。"他说。

"我们"是谁？"他们"又是谁？是什么惊喜？

他读懂了我眼睛里的问题。

"那天晚上，我告诉他们我们的事。桑迪的妈妈很嗨，使劲喝酒，劝都劝不住。要是那晚没喝这么多，第二天就不会，就不会……"他哽咽住了。

"什么事，要告诉，他们？"我疑惑地问。

"我明年研究生毕业，要和桑迪……"

轰的一声，我的脑子炸成一地碎片，漫天尘土飞扬。愚钝啊，愚钝，我是何等愚钝。小雨，我的女儿，在你人生最后一个夜晚的这出戏里，你只是旁观者、见证人，而不是主角。

"小雨，事先知道这事吗？"我听见自己的声音遥遥地飘过来。

"知道啊，所有的细节，都是我和她一起商量的。"

我不知道自己是怎样离开医院的，也不知道要往哪里去。天黑了，天一黑我就安心。暮色是最好的保护色，涂抹在我的心境上，把我变成不惹人眼目的背景。等我最终停到一条长旋梯跟前时，我才知道我已经走进了地铁站。医院的停车费太贵，今天我没开车。我的脑子不在现场，但是我的脚依旧有记忆，带着我走到了该去的地方。

正是下班的高峰期，地铁车厢里挤满了人。我太年轻、太健康，我的皮肤没有伤口，脸上没有干涸的泪痕。我正常到没有人会想到给我让座，问我"Are you OK（你没事吧）？"我把自己吊在高高的扶手杠上，身子在速度中摇摆不定。

小雨，我的小雨，假如你已经知道了所有的事情，你为什么还要带上那个盒子？我的心咯噔一声，涌上了一个先前从未想过的问题。那天收拾行李的时候，你到底在想什么？你是不是想蜕下那一层套了你十九年的好女孩皮囊，铁了心要去做一次一生里最绝望也最勇敢的探险？也许你做了，是他把门关死了；也许你到最后一刻被怯弱征服，退缩了回去。真相我永远无从得知。我唯一知道的，是一件铁一般不容更改的事实：你没有动过那个盒子。

小雨，假若你能活到天年，我一定会像天底下所有苛严的母亲一样，劝你在诱惑面前转身离去。假如我有天眼，知道这会是你生命中的最后一个夜晚，我还会劝你吗？是的，我依旧还会劝你，但我会劝你做一次扑火的飞蛾。扔下你循规蹈矩的好皮囊，去偷、去抢、去作一次恶。桑迪还有很长的未来可以疗伤，小雨，我的小雨，你却再也没有机会犯错了。一个没有过错的一生是没有活过的一生。你如果用过了那个盒子，你无须忏悔，不用负疚，因为死洗白了一切，叫所有的过失归零。死就是到了头，死没有余辜。

小雨，妈妈的小雨，是我吓住了你。我让你天使般洁白而无趣地上路。我一辈子不得安生。

第 101 天

昨天的那顿生日饭（或者叫祭奠饭，两者并无区别），我记得是在中午开始的，却不记得在什么时间结束。何时回到屋里，何时上的床，我已毫无印象。今天醒来时已是早上十点多，我这才发觉我压根儿没脱衣服，脚上还穿着拖鞋，怀里依旧抱着小雨——我是说装着小雨的那个木匣子。我坐起来，脑袋里仿佛有一把钝锯在来回扯动，连肉屑都不成型。我感觉这次宿醉有可能进入我的个人纪录。

Lillian 已经起来了，但她没有叫醒我。我走到厨房，昨天的狼藉已经不见踪影，唯一留下的蛛丝马迹是三个空葡萄酒瓶子，个挨个整整齐齐亮闪闪地站在台面上，像接受检阅的三军仪仗队首领。这就是 Lillian，连失态都保持着风度和台型。

我们喝了三瓶？

三瓶酒，两个女人，醉是醉了，却还没有成泥。完美的血液酒精浓度，正正地把脑子放置在好斗和嗜睡中间的那个黄金分割线上，话意浩浩荡荡地开了，嗓子也还有力气配合。我们说了多少话？我们把前世今生的伤疤都揭了。一个人完全清醒和彻底烂醉的时候，都是不可能这样剥自己的皮的。没有足量的吗啡，谁忍得下那个疼？过了那个量，谁还能有力气？

酒醒了我们会后悔吗？也许会，也许不会。我们终不过是陌路人，喝过了一百瓶酒依旧还是。陌路人之间没有前因也没有后果。我们一起被推上了瘟疫这艘船，阴云一散我们就会下船，各自赶路。昨天 Lillian 说疫情完了我们要结伴出去浪。是的，她没说旅游，她用的就是这个"浪"字。八十岁的人用起"浪"字来，和四十三岁的人并无大不同，甚至更肆无忌惮。不用再等女儿懂事、男人好转，反正懂了事的女儿是凡·丹伯格先生的妻子，失了忆的男人是 Mary 的 George，他们和我再无瓜葛。Lillian 说。小陈，你和我一起去浪吧，你也没有需要等候的人。我出你的那份钱，我给你写下保证书，无论路上出现什么状况，心脏猝停，脑出血，中风，汽车撞死，走路摔死，游泳池淹死，被导游气死，在梦中睡死，吃饭时噎死，你都不用负责。Lillian 还说。

我信誓旦旦地答应了 Lillian，还拍着胸脯说钱我大大地有，保证书我大大地不要。醒来才明白那不过是一句酒话而已，酒话岂可句句当真？疫情之后，我要做的第一件事，肯定不是陪 Lillian 旅行。我要带我的小雨回家。小雨离家的时候是十四岁，那十四年占了她整段人生中的 74%——我有数字癖，任何事情只有化为数字和百分比才能进入消化系统。小雨，我十九岁零九十八天的小雨，理当长睡在那个她度过童年和少年的地方。只有在那里，她才可能是有娘也有爹的孩子。那个男人或许活到一百岁也成不了好丈夫，但他是一个过得去的父亲，一个在众多女人的怀抱里依旧努力为女儿腾出手来的父亲。我也许还会回到多伦多，也许永远不会。我也许还会见到 Lillian，也许今生永不再见。我并没有刻意对 Lillian 撒谎，至少在我拍着胸脯的那一刻，我是真心的，就如同那些当着众人的面说出"我爱你"的男人，在奉上九十九朵玫瑰和一枚钻戒的那一刻，也是真心的。

况且，Lillian 说的酒话，也不见得句句是真。即使在烂醉的边缘、唇门洞开的时刻，她依旧没有告诉我叶千秋是谁。我似乎已经知道了关于他的所有细节，但即使把这些细节一一铺陈组合，我依旧无法搭出一个整体。就如同我即便知道了一件衣服的所有细节，比如纤维成分、纺织密度、颜色、花样、锁边方式、拉链材料，我依旧不知道它到底是外套、衬衫，抑或是裙子。

一阵好奇心猝然涌上心头，我打开手机，在谷歌浏览器里输入了"叶千秋"三个字。屏幕上跳出了几十个词条，领英、百度百科、维基百科、微博、脸书、推特、Instagram。田径运动员、硅谷电脑工程师、婚介公司老总、心理咨询师、育苗基地负责人、公司项目经理……真名、网名、化名。我没想到这个名字竟是如此红火，它满足了无数人（包括叶千秋母亲）的美好愿望，或者说，虚荣心。谁不向往天长地久，无论是功名、爱情、还是寿命？

这些都不是我要找的那个人，他们都比他年轻。我在叶千秋的名字前面加了过滤信息，先后试了"学者""工程师""北京""上海""苏州"几个关键词，词条依次减少，但依旧没有找到线索。当我浏览到"苏州"索引页面的第十四页时，屏幕上突然蹦出一个前面没有出现过的怪异组合："配偶叶千秋。"

我点入这个词条，发现它是一个陈旧的学术网站。这个页面已经多年未曾更新，有诸多乱码错行漏字。引用了叶千秋名字的那一行内容是：著名建筑学家周黎安和配偶叶千秋（机□工程师）今天下午到访苏州科□大学，据悉市政府有意通过特□人才□道将他们引入本市。

我键入"周黎安"的名字，页面上立刻浮现出几张照片——那是我熟悉的脸。确切地说，是我熟悉的那张脸的年轻版本。

周黎安，著名建筑学家，毕业于莫斯科国立建筑大学（前身为莫斯科古比雪夫工程建筑学院）。曾任北京建筑设计院副总工程师、上海建筑设计分院副院长、苏州科技大学建筑与城市规划学院学术部主任。国务院特殊津贴获得者。1998年获得夏雷特国际建筑奖，是亚洲第一个获此殊荣的女建筑师。

我怔住。昨天的酒，到这一刻才完全清醒。

Lillian 有一句真话吗？

也许，她告诉我的每一件事都是真的，她只是胡乱指派了做事的人。她把最疼的角色都安在了叶千秋身上，因为叶千秋不再有疼痛神经。叶千秋再也不知道疼。我又拿什么来苛责她呢？我是比她勇敢？还是比她诚实？在正态分布中（套用建筑学家周黎安最喜欢的描述方式），我们承受疼痛的阈值大概都在最高的百分之十里，但我们依旧不是勇士。在某些见不得光的时刻，我们都是懦夫，甚至是爬虫。

Lillian 此刻已经在后院干活。夏意已薄，秋声渐起，这个时节院子里当令的是菊花。假如我从来没有和 Lillian 一起种过花，我永远不会知道菊花是天底下最贱最不吝力气的花，只要有一条缝，哪怕是岩石，它也敢钻进去，没脸没皮地开它个姹紫嫣红。每隔一两天，Lillian 就要修剪几枝下来插瓶。Lillian 坐的凳子边上，摆着一个带有保温层的餐盒，里边放着一个冰袋，是用来冷却鸡爪子的——她在随时等待着狐狸的光临。

狐狸第一次来到这个院子时，尚是五月中旬，北国还未完度过霜期。院子里的许多花，在那时尚未栽种入土。那时我们对动物世界的认知，还停留在赵忠祥为我们推开的那一丝门缝里。狐狸给我们带来了严冬之后的苏醒和好奇。一整个夏天，我们从未停止过向狐狸索求，我们的贪婪没有止境。我们问狐狸讨要麻醉药镇痛剂，索取逃离和治愈。狐狸最终为我们打开了赵忠祥没有完全打开的门，门里其实并无奥秘。我们看见的，是我们早已知道却不肯面对的现实。人兽之间的情感交流，不过是两个寂寞女人一厢情愿的臆想。狐狸记住的只有食物，而不是给予食物的人。狐狸对一切喂食者一视同仁。

我们知道了真相，却依旧在孜孜不倦地等待着它们的来临，那是因为我们仍然心有所求。现在我们向它们索求的是依赖感。这世上已经没有依赖我们的人，连记忆被掏空了的叶千秋，都不再需要我们。他现在舒舒服服地待在 George 的外壳里，一心一意地依赖着不是娟子的 Mary。

除了狐狸，我们还剩下什么？

第 136 天

小狐狸死了。

它的尸体是今天早上我和 Lillian 收拾落叶时，在雨棚里发现的。大概刚死不久，皮毛依旧闪着血脉供养的光泽，肌肤还留有弹性。它身上既没有外伤，也没有任何经过激烈搏斗的迹象。它的身体松松地蜷成一个椭圆，头垂在两条前腿之间，神态安然，仿佛仅仅是吃得太饱，有些倦怠，需要在一场酣睡中消耗一些多余的脂肪。

夺去它性命的，是一朵雨后绽放的毒蘑菇？或是一场最终销蚀了某个器官的慢性病？这将是一个永远无解的秘密。

这个为狐狸而建的小雨棚，狐狸却从来没有光顾过。久而久之，连我们自己也渐渐忘却了它的存在，由着不需要阳光的野草在里边疯长。在我和 Lillian 一枚钉子一块木板地搭建这个雨棚时，我们以人类的固执理念推及动物，认定它会是遮风挡雨的家园。我们赋予了它温暖、抚养、呵护相关的属性，但我们没有想到它也可以装载死亡。我们绝对没有料到，这只在所有的狐狸中最得我们垂怜的小狐狸，会在这里做完它一生的最后一个梦。我只听说猫在病痛的时候，会默默地去到一个远离人群和同类的地方，舔舐自己的伤口，告别世界。我不知道狐狸也可以这样。它来到我们的后院乞食，纯属偶然。但是它在这个雨棚里静静地死去，却是刻意的挑选。

这只小狐狸的母亲在把它带出树林之前，一定告诉过它：冬天来临的时候，它们会回到树林。或许它的母亲还答应过它：下一个夏天它们还将走出树林，重返城市，在人心里找到一块柔软之处——那里或许还会有猪下水和鸡爪子。假若在城市和树林的边缘讨生活的狐狸平均只能活过三个夏天，这一只却只活过了一个夏天。在它一生唯一的一个夏天中，它又在我们的后院度过了多少时光？不知为什么，现在我常常会不知不觉地用"我们的"来形容 Lillian 家的后院。这里不是我的家，即使我使用了一千次"我们"，我依然不会成为她的一部分。这是题外话。正题还是狐狸。这只小狐狸的母亲食言了，没能把它带回树林，更没能把它带回到下一个夏季。它甚至还没来得及见识一个真正的秋天，一个每家门前摆着南瓜、玉米和稻草人的装饰品，所有的母亲都期待在餐桌上给儿女切火鸡的加拿大感恩节。

我们震惊，坐在雨棚之前的草地上，相对无语。

后来Lillian建议我们在雨棚边上挖一个坑，把小狐狸埋在后院。我说怕有动物半夜来掘土挖尸，还有细菌病毒的隐患。最后我们决定通知动物控制中心，让他们来处理后事。疫情拨慢了所有的钟表，城市的节奏延迟了许多个节拍。电话占了很久的线，不禁让人产生是不是有大批动物同时感染新冠的怀疑。两个小时后终于接通了。工作人员似乎堵在每一个街口，等到他们的车终于到来时，已近傍晚。

整个下午院子里格外安静，松鼠在别人的后院搬运松果，野兔躲在别处的树洞里，惊魂未定地颤动着耳朵。蓝松鸦、红脯罗宾收起了翅膀，连麻雀也挑了另一角天空飞行。它们都从空气中闻到了死亡。它们在逃离死亡。静默巨大而充满了威慑的力量。

在他们取走小狐狸之前，我剪下了它的一绺毛发，装在一个小小的首饰盒里。我把开着盖的盒子放在一天中最后的一缕阳光里，我看见了一束金灿灿的火苗。小雨，等我带你回家的时候，我会把这束火苗放在你边上。你和它生下来就是一把火啊。就是靠着这把火的气力，它把那条蜷曲在肚腹上的伤腿掰直了；而你，在一对任性自私的男女设下的婚姻陷阱中，一次又一次地闪避了他们射向对方的明枪暗箭。你和它本来都渴望着更多的夏季，它兴许会带着它的孩子，你也会的，在某一天。你们本来还会去一些你们的母亲没去过的地方探险，战栗惊恐，却又兴奋无比，可是你们的母亲没有保护好你们。你们的母亲把你们弄丢了。十九层地狱也不足以惩治她们的罪愆。

小雨，我总觉得这几个月里发生的事情，Lillian、叶千秋、凡·丹伯格夫妇、大狐狸、小狐狸，甚至疫情，都与你有关。这一切似乎都是某种暗示和隐喻。你想告诉我什么呢，我十九岁零九十八天的女儿？我是你四十三岁的、依旧没有长大的母亲，我还没有想清楚。

但是，人是健忘的。用不了多久，当冰雪降临、万兽归林的时候，这条街上的话题就不再会是狐狸。

很快，话题会变成奥密克戎，一种新兽。

变 脸

常小琥(《上海文学》2022年第1期)

> **推荐语**
>
> 《变脸》透过一张脸在舞台上和现实生活中的千变万化,捡拾起杂技艺人那些被人遗忘的高光时刻与漫长的苦熬岁月记忆。仿佛是一面镜子,忽然将每一个人不为人知的秘密泄露出来,使所有貌似严密的遮掩变得徒劳无益。作者在叙述时克制住主观过多介入的欲望,反倒不时带来了文本上的惊奇。
>
> (宗仁发)

大伙儿交换意见时,金少声却往外走。

他们只好告诉体操队的教练,让孩子们散了吧,我们还要去下一所学校。

教练追出校门口,堵住众人。

"这片儿好苗子全在我们小学,你们一个也看不上?新杂那么牛逼呢?"

老师们面面相觑。也是,经"文革"这么一折腾,上两届学员早就废了。这些天看过的学校,能吃杂技这碗饭的更是凤毛麟角。每人心里自然空落落的。

"我这儿还有个小子今儿没来,他发烧了。"教练又说。

老师们全不吭气,瞄金少声。

"我这就把他从家提溜过来,好赖你们看一看他。"教练拧着脖子,直勾勾地盯住金少声。

"不必了。"老金仰头,看白漆木匾的校名,"下礼拜我们再来。"

那孩子身短瘦溜,目似点漆,睫毛丛密,小脸不笑也带有酒窝,老师们进屋时他正单蹦儿一人站在中央，鼻尖通红。那间教室凉得拔人，加之太阳尚未完全升起，四面暗幽幽的，还伴有烟灰般薄雾。教练把桌椅推到旮旯，腾出一片空地，金少声随众人坐成一排，两眼不停打量小孩，像是他很容易融进墙面那道黑影里。

"叫什么名儿啊？"有老师问。

"路昆！"男孩小细嗓带点儿齉鼻。

"几岁了？"

"九岁半！"

"你这身子没好利索吧？"老金插了一句。

小孩墨黑眼珠骨碌一转，扭头看他。

"你都会什么啊？"老金又问。

"那要问您想看什么啊！"小孩又答。

"先活动活动！"有坐跟前的老师提醒，大人们倒先松了松身子，互相对一对眼神：这孩子不㧟。

"翻跟头行吗？"老金再问。

小路昆用力扒掉身上棉袄棉裤，喘息中，跨栏背心上可见肋杈子在鼓动。教练让他站在一块方砖上，朝他脚下指了指。

"原地小翻儿，不许出这圈儿！"教练说。

他屏住气，身子一提，接连跳起后翻。随着太阳升高，小孩身体在金光中被映得通红，像是暗房里越发鲜艳的胶片，或者是一个回转的火轮。跟着数到两百以后，老师们不再说话，足足二十分钟，教室里只听见手脚蹾到洋灰地的闷响。此时正值隆冬，小孩又病了几天没练功，后面的跟头能看出身子发飘、腿下没根。尽管速度明显慢下来，可这时人已经翻蒙了，想收根本收不住。眼见小孩就要窝到地上，老金登时起身，大步过去上手一抄，把小路昆稳稳抱住。

"他在什刹海体校武术队学一年了，最高纪录二百五。"教练说。

小路昆被老金从怀里放到地上，像只小鸡子一样，两腿哆嗦。他抓着老人的袖子，还没回过神，教练又发出指令，让他拿顶。众人愣住，见这孩子已经大头朝下，纷纷围上去让他站好答话。教练不以为然，示意他倒着也能答话。

"为什么要学杂技？"有人问。

"为国争光！"汗水倒灌进男孩眼睛，也不眨动，"我也想出国拿金牌！我也想见周总理！"

"莫斯科电影厂拍的《'新杂'在苏联》，我们组织学生看好几遍了。"教练说，"培养民族荣誉感。"

透过很多双鞋，小孩瞧见刚才抱他的老师，同样颠倒了个，独自坐在把边的椅子上。

"老金。"有人喊，"亏了听你的又跑一趟，这孩子不赖！"

老金点头，若有所失。

路昆原本是自新路的小霸王，胡同里出点什么篓子，警察先上他家了解情况。这孩子十句话有九句是瞎话，但这次的回答至少一半是真话。那年月杂技被总理定名，和乒乓球共为新中国外交名片。"新杂"又总被派往亚欧社会主义兄弟国家演出，就连中美关系破冰，也有杂技演员一笔功劳。当然这些真话全是教练教的，小孩儿想的还是要翻跟头。小路昆喜欢翻跟头，他喜欢孙悟空，他觉得所有玩儿杂技的祖师爷都应该是孙悟空。

团里培养孙悟空们的头半年，统一从腰腿顶、小武术、毯子功这种基本功练起。团长还把对面京剧院的老师叫来上形体课，云手、拉山膀、跑圆场、丁字步，一戳一站，正规坐科。在嗡嗡作响的练功房里，路昆每天都能见到号称"平地抠饼，对面拿贼"的老先生，比如古彩戏法大师杨小亭、飞车大王皮德福、空竹大师王桂琴、把式匠朱国全，还有郝树旺的坛子、熊飞飞的腾空飞杠、小耳朵徐云川的耍花盘和关玉河的千斤担。这帮奇人异士总在他头顶有去有回，如受到操控一般。他盼着自己也能在攒底的集体车技里，当最上面那个尖儿，齐天大圣也不过如此。

一天，孩子们被轰到后院集合，团长招呼各科师傅过来挑人。由于早年间磕头摆知、签拜师帖的那套老礼儿被视为"四旧""毒草"，他就在新杂搞了这么一出"官派"场面，让师徒当众配对儿。

新杂院子确实挺杂。紧挨着传达室，是专为外国学员盖的封闭式二层小楼。靠东边一排是食堂和锅炉房，二道的垂花屏门把边是宿舍楼、爬山廊和砖木阁楼，四周铺设雕纹砖石。中间一个沙土院儿，建有东西南三个练功厅，北边是四层红砖的行政楼。这里处处都是到此止步，还被老瓦盆、旧石槽和春凳杂物搭出亮亮暗暗的隐秘隔断。青白色冷日下，路昆在内的五十名学员，一水儿的练功服白球鞋，在院心处两棵干老条垂的大杨树下站成三行，令大院儿显出少有的肃静。路昆年纪和个头最小，自然站到第一行排头兵位置，看老师们两手背后，从自己面前相继走过。

路昆终于看见老金了。这半年他总听人念，老金在莫斯科的世界青年联欢会上，为新中国夺得第一块金牌。团里每个孩子都声称亲眼见过那块金牌，只有路昆没见过，但是此刻老金离他最近。他的黑眼珠一直盯着老金看，好像他能带自己一个跟头翻到莫斯科。

老金身形魁岸、站姿笔挺，像塔一样。他头上卷曲着浓密的灰发，长方脸上鼻梁高挺，还架着副贝母色镜片的圆形角质眼镜，一双微鼓的乌黑大眼，令他宽慈中略带狡黠，很像后来日本电影里的老牌帅哥三国连太郎。总之和其他老师相比，这位怎么看都不像玩儿杂技的。

看到老金并不走动，路昆伸直脖子朝他挤眉弄眼，恨不能原地再来个小翻儿，可贝母色眼镜偏挡住了老金的意图。正在此时，有人冷不丁照路昆后脖子一拍。抬眼看，却是一位锥脸鳌黑的师傅。

这位关老师是团里的车技大王。原来这半年他们早就暗中观察，哪个孩子卖相不错，哪个协调性好。见老金没动，他就从后排过来挑中路昆。这小子心中除去得意，还有止不住的失落。他又瞥向老金，却见贝母镜片让到了一边。关老师薅脖子叫他："怎么着爷们儿，等我八抬大轿明媒正娶呢？麻利儿的！"团长也说："跟关师傅好好学。"在师哥师姐注视下，路昆从老金身边被提溜走。这回老金没像上次那样，把他拦住。

路昆哪里知道，这帮当年撂地圆黏子的大王们，尽管摇身一变成了文艺工作轻骑兵，可是思想上进步有限。各科师徒仍靠血亲维系，山头林立，没人傻到把家传的真东西往外掏。团里知道这些祖宗在教学上要留一手，所以明确规定艺人子弟不准进校，老师们也只好硬着头皮对付差事。表面看关老师是车技头一把，这又是团里攒底的大节目，可实际上关家还有八瓢孩子，都憋着成年后进新杂上班。这能耐如果传给路昆，他倒是齐全了，人家孩子去哪儿吃饭？

关老师辛苦，自打收了路昆，便要在家和团里两头奔波。对于这位不行磕头礼的学生，老先生也是煞费苦心。他把路昆搁在一个三十平的道具库里，学独轮车，算是领他进门。老师告诉他，就算只有一个辘轳的车，方向也要靠自己找。

道具库是从练功厅里辟出的隔间，无窗无暖气，如在棺内。小路昆每天被关在里面，暗弱钨丝灯下，听哥哥师姐在门外练功。他身边则堆满团里的木偶，木雕笑容，面孔逼真。路昆把它们摆好，在空地上架起圆桌，自学"骑车过桌"。他反复练习登台阶蹦桌，又从桌上连人带车翻落在地，从一米高的台面摔下后，脑门被车把砸出鹅头似的大肿包，只有木偶可作见证。晚上他捂着脸，一头扎进宿舍。师哥们怪他一练功就见不到人，害他们满世界找，还说准是老师给他开小灶吃，避讳人看。路昆知道，根本没人找自己。

那晚伴着剧痛，他硬是把脑门上的大包给揉下去了。

托老师的福，他也被团里带去演出，还总能碰到老师的孩子们。老师带孩子上台时，画好了装的他就跟自己聊天。关家只演攒底的集体车技，全家人用扛龙头的手法，车上使出双飞燕和双层倒立，在台上垒出移动长城。眼见小师妹的独轮还会高车踢碗，七八个瓷碗如劳燕归巢般被小脑袋稳稳接住，台下叫好时，小路昆全明白了。很快关师傅放话，这孩子玩儿心太野，练功惜力。老师少有褒贬自己学生，众人意外。团里也觉得每次演出，犯不上为一独轮节目多运张大八仙桌，只好把他混进集体活做背景。没了道具的路昆，再也不用到处求人运桌子上车，没多久连他自己也不用上车了。

他又躲进道具库里，和木偶待在一起，起码它们会对他笑。他没有放松训练，既然老师说他不努力，必是自己有不努力的地方。他甚至对着一个个木偶亮相、握手、鞠躬谢幕，找在台上感觉。直到某天门被打开，他看到那个像塔一样的身影进来。他认出那是老金，他甚至有些恨意。

老金去找老关要学生，按常理不合规矩。

"这孩子心浮气盛，不把老师放在眼里。"老关说。

"我听说了。"老金说，"这得狠治。"

"您教不了他。"老关说。

"我自己孩子不吃这碗饭。"老金说，"算是您帮我忙。"

路昆终于能转投老金学艺了，可他还没来得及在宿舍显摆，就听师哥们说这人身上背有政治污点。他在团里最小，师哥们爱他护他，怪他换老师不长眼睛。小孩哪懂什么是政治污点，能听懂的，只是有次老金带队到北欧演出，临行前跟老婆吵架，走嘴说了句："你再来劲我出国就找个蓝眼睛黄头发、臭胳肢窝的大妞儿不回来了！"本是在天桥撂地时养成的毛病，如今却成了他"企图叛逃国家"的铁证。隔天练功棚挂出"狗特务金少声老婆揭发他出国不回来！"的大字报，老金也从夺金英雄变为专政对象，不仅撤销了演出队队长的职务，就连节目也全被撤换。很快他又被调到马戏队，在驯兽场里搞卫生，兼任教学工作。

开课当天，就有个宽下颌、穿墨色制服的文书，手拿纸笔，对着他们边看边记。老金正要纠正路昆的动作要领，却被文书打断："你是拿过金牌，为国争光了，但这

408

个荣誉先是国家的，其次是团里的，最后才是你个人的。"老金怔住，两只眼睛被镜片放大，显出空洞。"没有组织拯救，你什么都不是，能明白吗？"路昆赶紧放下动作站好，望着那塔一样的体魄。老金手扶眼镜，头一点一点。文书凑到路昆面前，歪着脑袋告诉小孩："以后除了练功上的事，不许跟他谈别的。"他又拍了拍他的小肩膀，"每次下课后去我那儿，汇报他在课上说过什么。"路昆和老金对望后，老金替他说"是"。

很多画面在路昆心里翻涌，他无法把老金和电影里的叛徒联系上。更大的麻烦是，老金节目已被撤换，给他当学生，登台梦想岂不彻底黄了？他再也不想站到侧台，眼巴巴望着别人表演。他想在台上翻跟头，翻到最高的地方。

路昆终于能和师哥师姐们一起，光明正大地练功了。他每天和大伙吃早饭，看时间表，找自己的练功厅。前四十分钟是基本功，到了九点孩子们抄起道具，跑向分好的场地练节目，之后再换第二拨孩子进来。路昆练腰腿跟头顶时，老金坐上条凳，慢条斯理地卷关东烟。他卷得并不好，别人是斜着一卷，舔瓷实了抽；他撒上大把烟丝一夹，却卷个扁卷。路昆还算惬意，只因是他唯一学生。他知道老金是靠皮条爬杆夺下金牌，等他学会这一科，为国家再拿第二块时，谁管你师父是不是叛徒？俩人每天能练到全团下班，没有人的新杂，原来这么大。

路昆注意到，只要文书一走，大厅关门，老金就不是老金了。他让路昆对着练功镜盲走、学猛禽捕食、学提线木偶。路昆两眼清澈，擅长假笑。老金却要求他不许动头，手伸展到什么位置，眼珠子再跟着瞪过去。一度老人干脆走过来，用那被烟丝熏黄的手指，抠他每一个小动作。他还要路昆回家去练口技和五官移位，次日检查作业，合格再去食堂打饭。

路昆知道这种文活属于马戏，他妈带他去西四的地质礼堂看过，演员和狗一起表演，逗观众笑。他担心学这种活，被别人看到。见他做不到位，老金就站他面前充当镜子。为了让路昆清空自己，师徒俩脸对着脸一起五官移位，师父给什么动作徒弟就模仿什么。大到四肢的摆动幅度，细至锁眉弄眼，连呼吸叹气都要同步。

沙色余光下，汗水在地板泛起晶光。路昆眼看那张慈眉悲面孔和明亮双眼在哭，嘴里却对着自己伸舌顶腮、撇嘴抽搐地笑。前一秒老金还是欣喜若狂，后一秒又伤心欲绝起来。直到他眼镜歪斜、头发披散，进入某种难以判断的谵妄状态，像另一个人。

人脸毕竟牵连内心，文活这么个练法，竟比别人的武活更耗气力。老金很快又坐上条凳卷起烟丝。

"师父，咱每天这是干什么呢，咱不会犯错误吧？"路昆问。

"这叫滑稽戏。你小子灵份儿，模样也好玩儿，天生就是干滑稽演员的料。"老金手抖、大汗，令纸卷又松又潮，更难抽了，"刚我那套哭不出的笑，没几个能跟下来的。"

"那咱几时学皮条爬杆？"路昆问。

"我已经不练那个了。卖傻力气的活，意思不大。"老金说，"注意看了吗？团里的杂技演员只会在台上假笑，可这对滑稽戏来说远远不够。咱每个表情都要有潜意识，观众在台下看得明白，才能相信你的人物和动作，所以你要会用五官说话。"

"可是我想爬到所有人头顶翻跟头，像

孙悟空一样，您见过我翻跟头。好像整个世界都颠倒过来，我喜欢那种感觉。"

有烟丝掉落。路昆上手卷烟，看着老人。

"你现在才是孙悟空，这科你是头一份儿。"老金低下脸，从滑下去的贝母眼镜上，翻起眼睛看他，又露狡猾笑容。

"那这滑稽戏，"路昆递烟，"能拿金牌吗？"

"你都成孙悟空了，还稀罕一块金牌？"老金问。

"您先让我看看吧！团里只有我没见过那块金牌。"路昆说。

"看它干吗？"老金闭眼，深吸一口徒弟点的烟，嘴里吧唧吧唧，香味扑鼻，"那玩意儿早被他们没收了。"

路昆心说完了，金牌都能被没收，说明他是叛徒没跑儿了，而且将来自己的金牌也留不住。

新杂各科老师要礼要面儿，只在背地里蹿腾徒弟们干仗，话一听就是师傅的味儿。待听不下去或者见血了，大人们再出来打圆场，找回台上丢掉的脸面。奈何路昆太小，师哥师姐们只能把他拿来宠着，摆出家长威严。新杂食堂，国家供应，鸡蛋酱肉、肉松牛奶，全是高营养高蛋白，他们把好吃的菜夹给他吃，把好听的话说给他听。

路昆这才知道，老金在资本主义国家的法国登过台，观众席里还坐着卓别林看他表演。他们说当时这俩特务一准是在接头，否则老金怎么回国后就写报告，一再说节目间不能让观众看空场，撺掇团长同意他弄串场滑稽。可他写的节目要么是讽刺社会主义大团结的《抢椅子》，要么就是在困难时期表现资产阶级生活作风的《喝

假酒》，这都是里通外国的证据，后来团长干脆让他进牛棚写检查了。

路昆展示五官移位，逗大伙儿笑，他们却为小师弟可惜。多好的苗子，错认叛徒为师，还净学讽刺工人阶级、抹黑社会主义的玩意儿。别说这东西上不了台，就是上得了台，串场滑稽算什么正经活？不过是我们铺地毯、换服装、支爬杆时，你上去逗个乐，还没人给你报幕。路昆侧目，看他们的僵硬笑脸，嘴角微微上弯，半开半闭间，分不清谁在讲话，比"百鸟争鸣"的口技还逼真。他犟脾气被点起来，双唇打嘟，吧唧着嘴学老金抽烟。见众人不语，他嘴里又含半口水大笑，看大伙儿散去。

老金把路昆领回道具库，这样耳根子清净。他指着遍地的木偶问他，你以前被关在这里，仔细看过这些傀儡的脸吗？路昆摇头。老金说，你要记住这里每一张脸，记住这些傀儡的五官，把他们转化成表演动机，将来到台上释放。

师徒俩要完成一段新节目。暗涩灯光下，老金拍球，震得人心底发麻。路昆冷着面孔，掌心朝上，要球。老金对着那些傀儡，做满不在乎状。路昆气得上蹿下跳，过来抢球。老金那副塔一般高大的身体于无声中避让，如舞如醉，路昆分毫触碰不到。接着老金背对着他，昂首挺胸，原地拍球。路昆像猫一样压住步子，看准篮球，向前翻轱辘毛，把球打飞。眨眼间，他把自己蜷成篮球跳过去。于是老金一边对着那些傀儡，拍徒弟脑袋，路昆一边在师父手心下，随节奏起蹦。师徒俩绕场一周，如影随形。这节目老金没写脚本，全在脑子里诞生，他提醒徒弟，时刻牢记哭不出的笑。于是路昆对着练功镜和木偶，每天笑着眨眼、悲伤，笑着发怒，这令他感到

压抑。当他从道具库里走出来,觉得师哥师姐们全在笑他,他也想对他们笑,可是不知该用哪一种笑。

老金又训练路昆抱住篮球,跳上自己肩膀,把球放到他头顶后,踩球站稳。这也是老金发明的高潮段落,世界难度。可是路昆害怕,就算他能扶墙暂时立住,只要师父两手从球上松开,他就会立即栽下。师哥师姐们说,你跟他绑在一起练?他自己都上不了台,你跟他练个什么劲儿?再说这玩意儿没法上台,因为它太特殊了,哪个科愿接在你们后面?路昆不懂,老金何苦练一个没机会上台的节目,而且他受够了被他当球拍。

"您还是教我能在大厅里练的活吧。"路昆索性坐在地上,"您不想登台,我还想呢。"

"王八蛋不想登台!"老金正用针线给徒弟缝练功裤,一张嘴烟卷掉了,"你不是一直想上去当人尖儿吗?以后我来给你当底座儿。"

"可我不想踩您。"路昆把烟又从地上捡起来,塞进师父嘴里,"不想让别人看着我踩您乐。"

老金叼住烟,两眼失神中,又露出半哭不笑的模样。

"爷们儿,滑稽耍的是'帅卖怪坏',你天生就是那个坏。"他继续缝针,声音变得粗哑,缓缓地犹如自言自语,"你踩我,我高兴。"

"可是滑稽戏真能拿金牌吗?"路昆又问。

"你怎么又他妈绕回来了,金牌是你用嘴问出来的?"老金掸掉裤子上的烟灰,让他换上,"咱爷儿俩能上台就有戏,事在人为嘛。"

"太好了,等我们的滑稽拿了金牌,您可别再交给他们。"路昆站了起来。

老金看着徒弟,眼神藏在眼镜里,又吧嗒着嘴抽起烟。

"小子,那不是你该想的事儿。和我比起来,你能登台更重要。"

团里调回一头科的老学员,指派老金负责教功。这人大名彭辉,中等个头,长得脸似银盘,一对粗大眼眶里,嵌有白眼珠,嘴厚如泥。按老礼他得管路昆叫师哥,可新社会不兴这么论,况且彭辉早在十年前刚建团时就已入学,是变戏法的世家,眼下是从南苑外的团河农场插队回来。别看人家半路改攻杂技,可基本功比起路昆只强不差,这令他在老金面前压力陡增。不过他觉得这样也好,至少以后在食堂听闲话的,就不只有自己了。特别是一旦吃饱,众人更要起哄让彭辉变个小戏法。每到此时他就挂出一副恭顺与冷笑交织而成的表情,令大伙无趣,散开练功。

路昆问他,师哥怎么才从农场回团?彭辉说当年在鸡舍里,他专为农民表演戏法,施展几次,军代表却逼他讲出机关。那等于砸他家传的饭碗,誓死不干,于是每天拉沙子扛水泥,被强留至今。路昆又问为何回团还不演。彭辉说多少年没演过了,回团里也是一样,再说演了师兄弟自然缠着要学。索性忘了,忘了好。师哥笑笑。

每天练完基本功,老金便不管彭辉,由他在道具库研究戏法。彭辉也会看师徒俩合练滑稽,想从中学些表演套路。这人识货,很快从外面买来带把儿的大前门给老金敬烟,想学五官移位,出门便绝不跟其他人来往。

学艺的儿徒,若论师父疼不疼你,得

看师娘留不留家吃饭。老金乐意把徒弟领回家，一来两口子可借此少打几架，二来把练功厅搬到家里，不用防人。老金有一女，大名金月琴，路昆知她不在行里，可仍喊她师姐。师姐眼窝深且眉骨高，浓黛睫毛下，双眸如水中净月，极深情状，随她爸。一条麻花辫，在身后如钓钩般跃跃欲试，平常讲话下巴颏对人，言语间充满肯定句式。唯身形矮短，算一明显缺陷，快十八了，个头只比路昆略高。但在她面前，师兄弟俩像是道具一样任由摆布，她若踢碗，俩人负责扔碗；她若拿单手顶，俩人扶稳条凳，彭辉还要护住左右。行里人讲"一看您这活就是师娘教的"，以此褒贬对方所学属于左范儿。彭辉说月琴确实是跟师娘学的，但咱师娘就是椅子顶大王。这话一箭双雕，捧人于无形。月琴翻起眼睛白他，却抿嘴乐。

"师姐将来要进新杂吧？"路昆问。

"让你们长长见识得了，我可不干这行，"师姐说，"太熬人了。"

"那你学戏法吧！"彭辉说，"我们是祖传的宫廷戏法，伺候老佛爷的。"

"拉倒吧你，闹革命先收拾你们这行，欺骗工农兵，罪大恶极。"师姐说，"我要学的，说了你们也不懂。"

老金家住里仁街西北口，砖石裸露的弧形围墙下，一座有木架支撑的青堂瓦舍。露筋的枣木门板、被砍伤的箱形门墩，以及藤萝摇曳的葡萄架，在空寂素白的天幕下，光影婆娑。初秋时，孩子们吃完饭在当街乱窜，兄弟三人也趁老金打盹，使个小武术（彭辉底座、师姐二截儿、路昆当尖儿）叠立在树下摘石榴。快得手时，老金眯着眼，嘟囔着慢点儿啊，吓得三人撒着掉头就跑。

在老金屋里，路昆没见到他和总理的合影，或者是戴金牌的纪念照，或者什么演出海报。桌上有的只是草帽、烟叶、杂瓣子和鸡毛掸子，还有个笸箩，老金就是用里面的针线给他缝裤子。他悄悄拉开老黄铜锁当，从抽屉里一沓材料底下，翻出一张炭笔的宣传画。上面是个穿燕尾服、手持文明杖、戴领花和高顶礼帽的大个子，挺腰招手，身前有只乌鸦落在路牌上，牌子写着"资本主义"四字。边上竖排大字："狗特务金少声死路一条。"名字还被打上黑叉。路昆像是被蛇咬了一口，把抽屉咣啷推回去。

傍晚他们围坐在院心里，坐在高矮起伏的瓦陶片和梅竹图案的花牙子雀替下，吃师娘手擀的芝麻酱面。老金却在老灯伞下，架着眼镜，又拿针线缝他的皮球，如在团里般沉默。只是听到女儿讲话，他会露出一口白牙，少见的没有心事的样子。父亲面前，月琴同样满脸骄慢、出言无忌，人却不再乱动，像长在椅子上。

有次路昆交出饭碗，让师娘添饭，师姐却忽然看他。

"知道么？你被关小黑屋的时候，我爸每次回家都要念叨。有次饭没吃完，又回团里看你。"

路昆不语。

"老师真想给他好东西。"彭辉接过话，"教这小子学表演动机，提醒他多在活里用潜意识动作，这都是往他兜儿里塞钱呢。可惜新杂没有人认。"

"这都是他去苏联学来的。那儿有个叫波波夫的小丑演员，和卓别林齐名，当年他们一起在莫斯科比赛，还成了朋友，没想到如今不能提这人。"师姐说，"回国后，新杂给他开了三次批斗会，被俩硬气功演员从身后揪住脖领子，架到舞台上。他们说他是文艺黑线里的黑尖子、黑干将，还押他回来抄家，我们差点被斗死。我妈把波波夫送他的徽章和画全烧了，还让他别再碰滑稽戏了，可他哪里肯听？"

"原来老爷子不得烟抽，缘由在这儿。"彭辉自己嘀咕。

"他也被关过小黑屋，专案组命令他在里面写交代材料。"师姐紧紧地看着路昆，"现在团里有没有人，又说他什么了？"

"没有。"路昆说。

"那你就把耳朵支棱起来，他脸皮薄，忍惯了。要是谁再冲撞他，你年纪小，别硬来，回家告诉我。"师姐给他夹菜，胡噜他后脑瓢，"我去团里跟他们闹。"

路昆闷头吃饭，脸扎进碗里。

老金的皮球终于缝好，他在球里塞满了棕，用胶带封住，外面安个小铁碗。有这道门子，球放头顶，徒弟就能踩住。不过路昆去侧台捡球时，量活的彭辉要把这个假球给他。为了配合徒弟踩头，老金先要平躺在地，路昆旱地拔葱，老金膝盖屈起接住徒弟。他抱球再蹦的同时，老金翻身，徒弟飞檐走脊一般，落到师父背后。最后一蹦老金挣命起身，徒弟跳上肩膀，始终像网一样罩住老人。这套三蹦站肩的动作，要的就是个斗榫合缝，有齿轮咬合的美感。

此后每到师徒碰面，老金一句"上脑袋！"，路昆就要像猴儿一样蹿上师父头顶，单摆浮搁地立住。为了在球上保持平衡，他要时刻绷紧腰眼，稍不留神脚脖子就会转筋，手一扶墙，彭辉就要点他。老金嘱咐，怕他扶惯了会有依赖。

身为底座，铁碗扣头、双脚坠肩，即便承受小孩身量，老金也难消化。长此以往，凹痕血印那是外伤，眩晕痉挛才如釜底抽薪。更大问题，两条腿的膝关节不得不用绷带紧紧勒住，才能吃住劲，而且双目在眼镜后鼓起，有碍观瞻。眼见自己从半小时一下地，到后面越练越短，老人越歇越久，路昆心里轻松。彭辉却不再敬烟，请老金坐下。他说底座儿他也能来，老师示范几次就好，真压断脖子，吃饭就不香了。于是彭辉扛起路昆，老金专练这个尖儿，俩人轮流盯他的站姿、手臂位置和发力要领。甭说半小时，一小时他也下不了地。

那时团里每天给老师们上政治课，严禁体罚学生。老师们心里含糊，坐科学艺，不打不骂还要学真东西？好在老艺人们懂得变通，拿顶时再遇到屁股裹不紧、勾脚面偷懒的学生，甭管男女，照大腿里帘一掐，立刻长出一条滚烫的青紫色大拶唇，不怕你不长记性。踢腿时老师人手一根藤条，仿佛它自有尺度，随便一撩，腿踢到位就过去，没到位的肯定挨打。

唯独老金，教学时只拿卷烟，带有知识分子的黯晦消沉。也许是怕徒弟一下课就去告发，路昆没有挨过打，可他却自认最受迫害。原来有几科老师看这小子上手快，都爱抱着他在自己队里玩儿。甭管钻圈、踩跷、顶碗，跟在师哥师姐屁股后面，样样他都耍得起来。从上海大世界过来的老哥儿仨，在团里专教小武术，他们找路昆单聊，说你费劲巴拉学个串场滑稽，不如来我们这科攒底的正活，最高纪录十三人蝶式站肩，在台上跟孔雀开屏一样。我们把尖儿留给你，也不耽误你管他叫师父。路昆回来，老金也装不知道。

413

眼瞅师徒三人合练一年，站皮球上，路昆默数着被荒废的时间。偶尔他也去为师哥的戏法量活，帮他抛托（故意演漏）机关，俩人才能混个串场。赶上他们状态不盘道，一使起活难免别扭。历来底座都爱刺棱尖儿，谁让当尖儿的岁数小，被师哥骂几句正常。但路昆脾气属狗，更不懂别人难处，下地后逮谁跟谁翻脸。他能在食堂对着彭辉连踢带挠，师哥大他一轮，哪能还手，顶多按住师弟脑门，碰不着自己就行。

道具库里，哥儿俩私下打得像在热窑，老金一到，他们又浑然一体。只要老金去上政治课，这俩又立即分开，去他妈的谁也不理谁。再合练时，老金站他们身前抽烟，一支抽完又来一支，熏得路昆在上面流鼻涕。老金忽然抬手一推，他连人带球摔到地上。

"你的脸和从前不一样了。你在球上过于正常，忘了我教的潜意识动作。"老金说，"你忘了滑稽演员不能只会傻乐，忘了每次上球两条腿要一直哆嗦。尤其是登台表演的时候，否则观众看不出你害怕。"

师哥搀扶下，路昆咬牙站起，他的脚踝崴到地上，疼得冒汗。

"你抱球的姿势也不真，观众一看就知道我们用了两个球。"老金从地上捡起他缝的皮球，递给徒弟，"你要用肢体语言跟道具合二为一，否则观众就不会相信你的表演。"

"哪儿来的观众。"路昆低头嘀咕，"这东西根本上不了台。"

老金目光笔直，盯着徒弟，直到彭辉把球接过去，他半天才眨一下眼。

"你去别的科晃荡我不拦你，滑稽戏本就不该有门户之见，所谓博采众长、天马行空，你外面学到本事，回来我叫你老师都可以。就怕你这么下去什么也学不好，糟蹋的却是我的东西。"老金手指夹烟，在徒弟脸前戳来戳去。

彭辉拍拍师弟，提醒他别还嘴，同时重回位置扎好马步。路昆却梗着脖子，全身硬邦邦的，小脸像极了被踩在脚下的皮球，涨得发紫。老金还要张口，徒弟却把头压低，身子一蹿，使了个钻地圈的动作，撞向师父肚皮。老金能在滑稽戏里躲过徒弟抢球，眼下却躲不过他这一撞。他仰面退步中脚下拌蒜，摔了个老头钻被窝，头还磕在条凳上，极响。彭辉叫嚷着去扶老金，很多老师也涌进来瞧个究竟。文联系统里，徒弟打师父虽不鲜见，但在新杂还是头一桩。看着老金的贝母镜片上开出两道新裂隙，众人纷纷劝慰：至少咱也出了个"反师道尊严"典型。一旁，路昆被彭辉单手勒上墙犄角，双脚离地。

那天还没下班，老金就离开了道具库，径直走出新杂大门。彭辉说咱俩完了，金老师一定去搬救兵了，师娘和师姐很快就到。千防万防，家贼难防。后来知道，老金从新杂一路走到内城紧靠城墙的一个大水坑，站到半夜才回家。那里常年能看到自杀后漂上来的尸体，男女老少都有。可是谁也不知道老金去那里做什么。

新杂接到任务，要去人民大会堂给外国元首表演。更大震动，上级要求节目单上有滑稽戏，点名要看金少声演。团里安静了。

路昆想不通，身为叛徒的老金，早就是不许登台的看管对象，怎么还能被点名，上大会堂演滑稽？他心里为当时顶撞师父感到懊悔。

新杂连日组织学员开会，要求发扬新杂人特有的拼搏精神，彻底实现零失误。由于师徒合练的《拍皮球》没有通过，老金只能独演一个节目《快乐的炊事员》，路昆彭辉就被派进大集体节目加练，失误一次重练十次。回道具库里，他也暗暗观望，害怕老金反攻倒算，令他精神紧张到小便失禁，尿一度流到师哥头上。

被点名登台的老金，并没有团里要求的那种振奋。他一不提当年进中南海怀仁堂演出，总理当面定名"杂技"的往事，二不传达"失误就是犯罪"的会议精神，他仿佛成了团里唯一的哑剧演员。放走徒弟后，他把自己关在了道具库里，彭辉说他见过金老师又在搞创作，一个伟大的节目就要诞生了。食堂里也有人说，"叛逃国外"就是句玩笑，老金当年跟随新杂演遍祖国大地，矿山、油田、山洞、树林，大大小小上千场都打不住，人民大会堂还没完工呢他就参加过"群英会"了。压根儿没人相信他真会叛逃，而且那也不过是个别人在以讹传讹，今后大家不要提了。

演出前夕，每天有辆墨青色、圆头圆腚的斯柯达克罗莎型客车，接新杂的小演员去小礼堂。孩子们一下车先吃早餐，再溜达到专为贵宾演出用的小礼堂，一起适应场地、装台，晌午再坐车去北京饭店吃饭。新杂食堂按说标准不低，和这里竟不可同日而语，菜心鲍鱼、金钱牛里脊、香酥去骨鸭，还有猴蘑扒盏菜，吃得路昆腮帮子发酸。喝冰糖莲子时，他问"我师父吃什么"，师哥师姐们像是不认识他一样，守着各自的碗。众人饱食后，捷克车拉他们回团睡午觉，下午又送到小礼堂。就这样，路昆在北京饭店连吃三天，餐桌上没重过样。

演出头天傍晚，师兄弟在道具库里试新彩衣。老金进来，坐木箱上。

"饭店好吃么？"老金问。

"好吃，尤其是水晶馒头！"路昆说。

"水晶馒头？"老金问。

"师哥给起的名儿！那小馒头特白，蒸出来是透明的，摆上桌能把整个餐厅都照亮了。"路昆忽闪着长睫毛，酒窝笑成花生粒，"一进嘴里又软又甜，比富强粉做的好吃多了。"

"多久没练功了？"老金问。

路昆不语。

"金老师，我们在小礼堂也排练来着。"彭辉说，"小武术，白给一样。"

"拿个顶我看看。"老金对路昆说。

路昆用手顺顺喉咙，使劲咽下几口气，打嗝。

"金老师，他刚吃了十个水晶馒头，现在拿顶还不全倒出来？"彭辉说。

老金对着路昆弯起眼睛，又做哭不出的笑脸。孩子一愣，这才跟着笑。

"小子，终于要上台当尖儿了，还是人民大会堂。"老金说，"这下称心了？"

"我不会给您丢脸的。"路昆说。

老金摆手，眼中神采透出贝母色镜片。

"犯错误不丢脸，没人可以零失误。哪怕从上面掉下来十次，舞台也会接住你，只要你把节目演完。"老金说，"丢脸的是那些无视失误的人。"

这个说法和团里宣传的不一样，哥儿俩不敢应声。

"我知道耽误别的老师教你，你记恨我。可你知道我为什么偏留你练滑稽？"

路昆低头，左思右想。

"你想过么，咱们杂技人吃尽苦头，为国争光，为什么反不如京戏评剧风光？"

"为什么？"彭辉问。

"咱没人物没表情，没有那张人脸。每个坐在台下的观众，全是来看惊奇特、看意外的。可是演出一结束，没人记得你是谁。"

老金把路昆搂到身边，用手捏住他后脖颈。他喜欢这样，路昆也喜欢这样。

"小子记住了，咱不做夺金牌的工具，咱只要自己的脸。就靠滑稽戏为这一行留下脸了，这只有你能做到。"

"金老师我们记住了。"彭辉说。

"以后就是你扛着我喽。"老金像是挂拐一样，撑住路昆肩膀站起身。

路昆抬头望着老金，张开嘴，却讲不出话。他只会蹦高骂人。

"干这行要指望观众吃饭不假，可我们不是要饭的。水晶馒头是好吃，可吃多了，很多动作你就做不出来了。"

老金摘下眼镜，在身上拍了拍，从上衣兜里摸出半根烟。

"换好衣服就出去吧。"老金说。

"您不一起走？"彭辉问。

"让我给您量活吧。"路昆盯着老人看。

"我这个活，你量不了。"老金说。

那晚在小礼堂，路昆踩上师哥肩膀一亮相，就听台下掌声四起，像是师娘的面条溢锅了。他并不知道，小礼堂当时只有半座儿，半座儿里又有一半是警卫。至于哪个是总理，哪个是金发碧眼的外国元首，他更看不见了。他只知道身穿彩衣，在攒底的集体节目做人上人的感觉太美妙了。

回到自新路的师父家里，路昆趴在师姐床上，浑身遍布着兴奋退去后的疼痛。他裤子又漏了个洞，师姐正对着他的后屁股缝线。

"师父说，他的活，我量不了。那天在小礼堂，我倒想看看他使的什么活。"路昆顿了顿，师姐并没搭话。"可是我在侧台一直站到集体谢幕，也没等到他的节目。"

他忽然感觉针尖扎到自己肉里，疼得小屁股蛋一襄，比拿顶时还标准。

"我看见他了。"师姐说。

他回过头，师姐却错开脸，把他按了回去，叫他老实别动。

"他空心穿着逃荒时的旧棉袄和破棉鞋，身上系一条麻绳，二十级台阶一个平台，他走到一半后坐在地上。当时你们所有人都进去了，但是他坐在地上。两名工作人员，低头紧盯这个光着身子穿黑棉袄、腰上缠一块包袱皮、裤脚用绳子系住的老头。他们绷着脸问他，你是谁，怎么跑这儿要饭来了？他说我是滑稽演员。你怎么坐在这里？我不知道。他说。接着门口有走出来的、转身回去的、还有握着枪的，紧张得像是踩了地雷。你知道，现在特务很多。"师姐说。

路昆把脸扎进枕头底下，憋得心里闷沉沉的。

"那是我头回看他演滑稽。"师姐说，"那张摘掉眼镜后，五官移位的脸，还有跟醉鬼似的双臂向后架起，弯成飞机的身骨。他让他们进去通报，他金少声来了。我现在还是觉得他不会演滑稽戏，但他又是最好的滑稽演员。我以为我就要为他收尸了。"

"你说的这些，我怎么没看到？"路昆问。

"你们团谁也看不到，只有我能。"师姐说，"因为我是他闺女。"

新杂有能耐大、散淡惯了的老先生，受不了长久的按时练功、上下班的拘束日子,或者由于节目丑陋不雅、道具过大,也不适合发展要求,被淘汰出去。比如《螺旋式飞车》和《自行车钻火圈》,每次演出除了带一辆德国产的线闸自行车,还要运送一个六米高、直径四米的圆桶,观众还得扒着桶沿观看。而且自组的飞车走壁队只有一个演员,内容也过于惊险,所以团里演出基本没份。老不登台演员就废了。当然,有人登不了台还不是技术问题,比如金少声。眼见几位老伙伴相继离开,但是他不能走,他还要带徒弟。

师徒俩一起进了演出队,跟着文化局去石家庄慰问。绿皮车慢,慢到他们足以看完一朵又一朵云在天边聚散。看累了,路昆就拿出三个土豆练起抛接球的手技,漂亮肌肉在云下烁烁发光。

"师父,我什么时候能在台上给您量活?"他问。

"没有人告诉你吧,我以后也不能上台了。他们说我还没有平反。"老金说。

路昆没说话,他知道不能上台,对于一个演员的滋味。

"以后我当你的观众。"老金说,"我在台下看你。"

"您什么时候才能平反?"路昆问,目光透过翻飞的土豆看向老人。

"还不知道。"老金皱缩起那双善于伪装的眼睛,做出可惜状,"你长大了,个头儿太大,演滑稽就困难了。"

"那怎么着?要不然您把我锯了。"他依次接住土豆,看老金,"您信不信,我就是半拉身子他们也演不过我。"

老金咧起嘴,大眼睛乐成两道拱桥。

慰问演出,同行单位还有京剧院、曲艺团、评剧院、河北梆子和歌舞团,由文化局带队过去赶大集。众人到那儿才知道,每个团占一个大棚,头顶的席棚全用麦秆搭成,脚下是一个破木台。老乡们在集上各走各的,爱看不看,像是早年间在天桥撂地。即便如此,也是杂技台前观众最多。

演出结束,路昆和师哥们忙着换服装收道具,老金去茅房解手。出来时一不留神,碰倒京剧院一花脸的皮箱。老金笑着说:"小伙子对不住,我没看见。"花脸在台上抡铜锤可以,讲话却没个轻重,骂骂咧咧半天后,竟让老金把箱子舔起来。寸了,这一幕正被在乐队打扬琴的姑娘撞见,她一路小跑回来,说外边不知哪团一孙子,欺负金老师!路昆正蹲在台口,跟台下的彭辉斗嘴,一听这话两眼发直地冲出去,彭辉和其他学生也接连跟上。

过去讲"好武艺打不过武把子",没人敢跟京戏武生递葛。所以花脸和京剧院的武生们见对面赶来一伙人,个个架着翅子肉,乌泱乌泱站成一片,心里不免纳闷。两拨演员码好位置,局长团长夹在中间。彭辉拦住路昆,众人理论。

"孙子,你丫满嘴炉灰渣子是吧!"路昆说,"今儿小爷我就给你掏一掏!"

花脸问你们哪儿的,彭辉亮出新杂招牌,武生们一听对手是杂技演员,已走掉五分之四。

"我们也回去吧,显然这是一场误会。"团长笑中皱眉,看着路昆,"不要让领导和乡亲们看笑话,不要再丢新杂的脸!"

可是师哥们知道,只要路昆这狗恁脾气上来,不让他打着人今儿这事完不了。所以他们虽比路昆劲儿大,可谁也没玩儿命卡着他,加上这小子身手灵活,刺溜一下挣脱开,骑着花脸就打。

"金少声人呢?"团长见铆不动他,伸

417

直脖子吼他师父,"金少声!"

此刻老金早被众人挤到后面,听团长叫他,忙伸出双臂挤进队伍,搂住徒弟。

"这就是你护犊子护出来的小混蛋。"团长说,"不给你平反是对了!"

路昆趁金少声这片刻的松动,一脚踢飞花脸的衣箱,由里面甩出两件绣蟒的官衣。接着他立眉瞪眼,脸贴团长。

"怎么着,真以为自己成嗨腕儿了?"团长说,"难不成你小子还敢动我?"

"杂种操的!我打你还他妈看皇历?我师父干什么了你不让他上台?他干什么了?"

老金终于没能按住徒弟。只见路昆胳膊肘发力,照着团长胸口就是一拳,师哥们这才在慌乱中把他四肢锁住,还有人捂嘴。他们像是抛接球一样,把小师弟交替传送到队伍尾巴。

彭辉蹲到地上,把散开的官衣捡回箱子里。老金接过衣箱,拿给花脸,扶对方起来。

新杂积极淘汰糟粕节目和荒废的老演员,各演出队补充年轻学生保持活力,可在上千人的中山音乐厅连演半年,场场爆满。别说是鲜鱼口的吉祥戏院、广和剧场,就连王府井大街的首都剧场、工人体育馆的万人演出,那也是几个售票口被群众队伍围得里外三层,包粽子一样。路昆有了师弟师妹,但他依然是最得宠的小子,只要他一出场,山呼海啸,辉煌程度不虚八个样板戏。

他成了新杂的二台柱。一场晚会十五个节目,中间要有他四段滑稽,才能串成一个整体。别人的节目他也能伸一条腿,以至于来不及化装和换服装。可是一个队平常有近三十个节目,相当于多一半的师哥上不去台。尤其是顶坛子、蹬桌子这些卖傻力气的活,年头和功夫比谁都足,一演出就被舞台监督筛下来。没办法,观众爱看他们漂亮的小师弟演滑稽,晚会的每段高潮也要靠他顶上去。

这当然得益于站在他身后的师父。既然不能登台,老金便整日盯着徒弟练功。他深知自己这辈人的能耐,顶头不过是技巧赢人。在波波夫的表演体系里跌跌撞撞半辈子,练成哭不出的笑,也不大好使。他只好绞尽脑汁,把各门杂技融进滑稽戏,打磨结构、设计意外,还要画出脚本。从简单的《抢椅子》《抢帽子》《打嘴巴》《跳跷板》,到用哭不出的笑模仿悬丝傀儡,老金把滑稽当成一门艺术,眼看着路昆的脸一点点完整、立体,直到成为一个人。路昆也盼着,何时能跟师父同台演出,他习惯了老金在身旁压阵,心里面踏实。

身怀各科绝活的路昆,技术形体可以假乱真。光是《抢帽子》一招,在他弯腰伸臂,眼看手指就要捡起地上的帽子时,他却用脚尖快速踢走。捡和踢同时完成,快到在观众眼前形成视觉差,以为地上的帽子像魔术一样会自己飞走。再说金牌项目皮条爬杆,正活表演前路昆要先从后台蹿出,单手抓杆,一条胳膊带动身体,空中绕杆连转三圈,本行师哥都拿不下来。可每次身体腾起,按照老金设计,他必须松手,像一把戳在地上的刀子那样,将自己摔出去,动静还要响彻剧场。为此他苦练各种摔法,他知道只要摔得越重,观众笑声就越热烈,那是一个急需笑声的年代。

当徒弟在台上摔跟头时,老金坐到台下检验观众反应。身边路昆父母,看儿子出来进去,全团最忙,高兴极了。他们问老金，怎么别的演员都在天上像孔雀开屏一样，我儿子却总摔到地上？老金说因为他是滑稽演员，使命不一样。

终于老金告诉他，假如你不懂表情和动作背后的动机，哭不出的笑和摔跟头都不过是为了模仿而使出的怪样。你不该模仿我，这样下去不会有什么出息，咱们吃就吃在模仿这个亏上了。路昆问，您不管我了？老金说其实我也不会表演，可我知道滑稽戏里摔跟头是为了讽刺。这需要你走到外面，去讽刺你能看到的一切。记住你是个艺术家，你不是真的傀儡。

路昆被赶到街上，整天盯着别人的脸。巡警侉子追上来，以为他是盲流，他立眉竖眼，嘴里吧噔吧噔装聋哑人，轻易把警察骗走。各大影剧院哪里演话剧舞蹈，他第一个溜进去，买点头票看。杂技演员看芭蕾，传出去新鲜，他就请师姐一起去看。看着舞蹈演员在台上单腿鹤立，师姐问他，怎么样？他说挺好看的，就是穿得真少。师姐没说话，眼含泪光。

回去路上，俩人绕着新杂的胡同兜圈。师姐像是自有方向，八字步脚下生风。路昆跟在身旁，意识到自己已高她一头，不由心满意足。

"我不进芭蕾舞团了。"师姐忽然开口，鼻音浓重，"他们说我跳芭蕾有股杂技味儿。"

"不去更好。"路昆一脸充悦，想拉师姐的手，"他们那几把活才没看头。"

"全赖我爸，非要干什么滑稽。"师姐两手攥拳。

路昆不语。

"我要结婚了，你师哥跟你说了吗？"师姐扭头问他。

"结婚？"路昆止住步子，"你为什么结婚？"

"他想去'北歌'，结了婚，我户口也能跟着落进去。全市的文艺团体，一看我是金少声的闺女，跟他妈除'四害'似的撵我。既然跳不成芭蕾舞，我就挑个靠拢组织的单位，'四害'还有平反的时候呢。我告诉他，去'北歌'就领证，否则免谈。"

师姐转身昂头走道，只是八字步明显收敛，改两手背后，像是巡视一般。

"他又为什么要去'北歌'？"路昆追上去问。

"你是不是跟我爸学傻了？人家当然许给他分房提干了，他还能自己去给国家领导人变魔术。在新杂他算什么？谁节目时长不够了才找他救个火，吃屎都赶不上热乎的。"师姐说。

"想不到魔术还能变出这么多好处，难怪他变得神出鬼没了。"路昆说。

"他也在权衡，备不住拿对方提的条件跟你们团长聊聊待遇，再说新杂也不一定放人。"师姐抬起眼皮，瞥了师弟一眼。

天空残留着少许丝绒质感的云霞，暖意重新浸入安静氛围，沿着护城河沿，不觉中姐弟俩已离新杂很远。

"你现在不用道具库了？"师姐再次打破安静，"我和你师哥打算合练魔术，用你那块地方好不好？"

"你不是讨厌魔术吗？"路昆说，"再说有什么好问的，反正你们什么事都背着我。"

"阴阳怪气，这不是有老爷子管着你么。爱听不听啊，老头儿爱滑稽戏，你就跟他面前演戏。把他稳住了，不耽误你出去走穴、跟团长吃饭。你的道具小、能耐多，在新杂还有进步空间，别再为了不切实际的想法，连累身边的人。现在到处都提倡解放思想，谁和谁还深仇大恨？"师姐讲完叹气，"我就是血的教训。"

在长长的河沿，路昆想到师父曾被自己撞翻，气得半夜跑到这里，如今他开始体会到相似的困惑，难掩心中黯然。

"师父说，摔跟头是为了讽刺。"路昆说，"你明白讽刺什么吗？"

"听他给你说山呢。你们团长正扩招新学员呢，他还组建了艺委会班子，编《新时代杂技艺术理论与实务》。要我看新杂早晚要统一调性，凡是观众反响差、道具成本高、内容低级不合时宜的节目，都会被消失掉。"师姐说。

"随他们便，反正谁节目也少不了我。"路昆说，"我只惦记着师父早点平反，我还没在台上给他量活呢。"

"傻帽儿，京剧、芭蕾舞、相声小品，各家已经拉开架势抢地盘了。新杂需要宏伟盛大的集体节目，需要有夺金实力的高难技术，不需要艺术家。"

"这全是彭辉跟你说的吧。"路昆说，"你以前不也说师父是滑稽大师么？"

"我以前还觉得全世界处于水深火热之中呢。团长就因为滑稽门有了你，才有底气停老头的演出。真为你师父好，就干出点儿成绩。"

路昆发现他被师姐带到灯火通明处，两人站在空旷的广场上听钟声报时。他认出这里是北京站，在站前广场他们显得格外渺小，还被武警注视。

新杂陆续接到出国演出和比赛任务，团里选拔节目，从柔术、中幡、走索，到蹬花伞和训白鼠，团长看着演员身穿一件件龙纹唐装、犀牛胄甲和束腰绑腿，看着金丝线绣的偏襟上衣和一丈彩绸的流星锤从头顶舞过，眯眼喝茶。轮到路昆上来，团长差点没被呛死。只见他脸蛋抹着腮红、嘴部勾线，穿起自制服装——一半绿色警服，一半红色背心，表演滑稽戏《二鬼摔跤》。这是他专为和师父同台写的节目，可是老金还没平反，路昆只能一人分饰两角。通过五官移位，他用不同侧脸表演两个人吵架，当警察骂哑巴时，还朝中央的团长使个眼色，好像他们是一伙的。哑巴起急却说不出话，另半张脸开始哭不出的笑——双眉高高翘起同时咧开嘴岔子。高潮段落，路昆两条胳膊左右互搏，连续摔出漂亮跟头，绿警服和红背心翻滚在地，还有口技逼真表现挨打和哀号的环境音。主席台鸦雀无声。

团长当场给出意见：让丫写检查，限期整改。

当天路昆站团长办公室门前，骂了三个小时，他说你宁可让白鼠出国也不让我演是吧？我操你姥姥！团长在屋里憋得小便失禁，隔着门喊，你小子能耐大是吧？信不信我养废了你！这是杂技演员最怕的一句话——好吃好住，登台无路，逼你自废武功。对待老金，就是这招。既然路昆想学老金，怨不得团里一视同仁。师哥们看不过去，分拨去找团长，说他毕竟还小，要停只停讽刺滑稽，犯不上把人毁了。后经领导决议，新杂全年的慰问演出都分给路昆，以此帮他将功折罪。

路昆被编进了广播艺术团的演出队，他几乎每个月都在最艰苦的地方和老山前线慰问。当攒底的集体车技绕场时，他望着最上面那个尖儿，五内俱焚。他知道在这里师哥师姐谁也不需要在节目前加滑稽，或者让他演个小段儿串场。他们习惯了整齐划一地演传统活，各科的难度和花样也比他深。他每次临场发挥或者假装抛托，才是累赘。

由于腰伤发作，他开了张假条，不再慰问演出。晚上他和师哥师姐们一起坐大厅里看电视，上面播着彭辉在中央电视台演魔术。

"你们谁能看懂他的机关？"有师哥举手指向屏幕，"想不到玩儿道具的活也能成腕儿。"

他们又回头看路昆。

"你怎么没去慰问？后面还有三个军等着你呢。"

"你丫怎么不去，凭什么累大爷我？"他两眼盯着电视。

道具库一直空着，师姐和师哥搬到一起，早用不着他这里。

他干脆回家泡起病假，几天都不去团里上班。炎炎烈日下，团长蹬车找了过来，但这回是路昆不给开门。

"我正式通知你，明天回团里开会，准备去美国。"团长拽不开把手，拍门。

"你挨他妈什么骂？又骗我慰问去。"路昆躺在床上喊，"大爷累了！哪儿也不去！"

"这次真不是慰问。"团长说，"你先让我进屋。"

他在床上四仰八叉地眯着眼，团长在地上转磨。

"上次出国演出，咱们团里跑了俩。"团长身子歪过来，低声说。

路昆刺溜坐正，挠了挠刚刮的光头。

"咱们团学生太多，他们肯定走不了。明天开完会你抓紧办护照，否则这次任务完不成。出国人员是一个萝卜一个坑，多一个不行，少一个也不行。"

团长眉头紧皱，朝他点了个头，起身要走。

"我师父能去吗？我保证他不会跑。"路昆一把拉下他，点火敬烟，"我负责盯着他，我小时候就盯过他。"

"你开什么国际玩笑？"团长把烟推开，肉嘟嘟的肿眼泡翻了起来，"他可还没平反呢。"

路昆垂着脑袋，把火吹灭。

路昆依旧不能演讽刺滑稽，他在国外负责给演员加餐。到美国一下飞机，众人被当地华商和留学生接走，领着他们吃饭、买东西、看录像，还有人让他们留下。彭辉拉着路昆跟他们说，把这小子交给我。哥儿俩脱离团长视线，自驾福特野马，在州际高速公路飞驰。

"我跟你师姐结婚，你不高兴了？"彭辉说，"说真的，你要是想留在美国，我帮你申请永居证。这里六旗集团的 Magic Mountain 老板是我朋友，他的马戏团每天有四个时间段演滑稽。他还有个漂亮女儿，你真该见见。"

路昆反戴着鸭舌帽，坐副驾驶位，玩起了汽车的收音机旋钮和真皮座椅，车内发出聒噪的黑人音乐。他所难过的，好像一切都属于表演机关，被彭辉隐藏起来，有神秘用途。

"被老爷子领进这一门可够倒霉的。"他把话岔开，"如果不干滑稽，我早成武打明星了。什刹海体校一个武术队的李连杰，演个《少林寺》就火遍全国。"

"如果没有老爷子，你注定是一个少年犯。是他救了你，是他在用滑稽戏改变你。"彭辉说，"我们都是这么想的。"

路昆戴上灰绿色蛤蟆镜，别过头去。师哥紧握方向盘的同时，笑着看看师弟。

"当年我在农场被欺负，也和你现在一

样。我本该比所有人先回新杂,那时我问自己,如果不会魔术挨整的就是别人了吧,或者这么坚持到底值不值?"

路昆面朝平静的漫无边际的深海,望向蓝色峦纹上蒙着的那层银灰暮霭,维持笑容。

"老实说我不知道,我能想到最好的答案就是不知道。"彭辉说,"每个人都想戳穿我的机关,可是一夜之间,所有人又想看我骗他们。"

"操。一夜之间。"路昆咳了口痰,打开车窗,吐了出去,"如果滑稽也能像魔术这样,一夜之间登上大雅之堂,今天开跑车的人就是我了。"

公路开始弯曲,绯色夕阳透过彭辉那一侧的峡谷,洒进车里,令两人身上如同燃烧一样。彭辉暂时放下了话,随着跑车飞速行进,铜棕色的层崖峭壁,依次展现出巨石嶙峋的一面。

"我没你能忍,我随时可以离开。"彭辉说,"可你能坚持到现在,说心里话,我没有想到。"

晚上,洛杉矶华人商会设宴,彭辉着长袍、披彩单,演古彩戏法海碗变鱼。路昆终于能在脸上涂银白色油彩。随着肩上大袡一抖,师哥先来个空碗取水。路昆向师哥要鱼,彭辉摆手犯愁,海碗再入大袡,须臾间,一尺的玻璃碗已有金鱼欢蹦乱跳。喝彩中,路昆手捧鱼缸拿单手顶,向观众展示。

掌声持续,师哥把手蘸进鱼缸,对空气弹指。遍地开花般,观众席里接连站出无数美国小丑。按照设计,身穿礼服的小丑们从四面八方走向路昆,上台击掌,变幻醉人微笑。他们演起卓别林的无实物擦玻璃,还一起抢椅子。路昆很久没演抢椅子了,做起动作却快如闪电。他头一回见到这么多滑稽演员,还和自己一模一样。他能感觉到血管正激剧跳动,同时仿佛又不知自己是谁,心里极度孤独。

路昆转身,朝师哥使个眼色,做出要使对头顶的意思。彭辉扎好步子,两人双手相互攥住,试一下力。随后师哥屈臂,稳稳承住师弟。只见路昆双腿绷起、慢慢离地,直到身体升过师哥头顶,舒展四肢,如一束花朵绽开。众小丑和观众掌声雷动,还喊起他们听不懂的洋文。

师哥仰头看他,"再问你一次,想不想留下来?"

他看到师弟那张哭不出的笑脸,肌肉颤抖不止,眼珠充血,咬牙却不答话。

深夜,路昆背靠走廊墙面,独自坐在地毯上喘气。淡橘色灯光下,他脸上的妆花了,但迟迟没有擦掉。他始终闭着双眼,歪着头一动不动。

路昆回国不久,新杂内外,特异功能者俯拾皆是,社会上美其名曰"科学主义"。所谓沉渣泛起,一拨捞不到演出的硬气功演员,也冒出来成了学界领袖。过去在天桥管这一科叫"大腥买卖",和杂技的"尖买卖"以示区分,借喻里面有"托"。这伙人从大力金刚指、掌削鹅卵石、灯管吊人、踩鸡蛋,到银枪刺喉、汽车过身和钢筋铁骨吞宝剑,没有他们不玩儿的。前面表演全是铺垫,靠后面卖膏药和大力丸挣钱。当然,吞宝剑两面不能开刃,演员平日用木头和菜帮子给嗓子眼捅大,练就神经麻木。头撞石碑的石头更要敲酥,底座的铁架把石碑卡好角度,反作用力下一磕即碎。至于手指钻砖,事先要在砖上钻个小洞,把砖末和水再填回去，表演时找准位置手指一钻就簌簌地掉砖面子，瞬间可钻出洞眼。诸如胸口碎石等，概莫如此。这行虽也练功，但主要是忍功。当初组建新杂时，这一门的人也来应考，结果无一录取。后来为了艺人团结，才勉强归马戏队管，却始终上不得台。

如今他们被大使馆、科研所和电视台远接高迎，聘为顾问名医，又组成"气功团"去英美做报告，成为国家象征，自然也想在新杂继承正统，在各科面前打翻身仗。正好此时的路昆没有演出，他不想继续在串场活里，为了迎合别人，无谓地洒狗血、摔跟头，为此他反复提出要演自己的节目。等他在办公室和练功大院里骂也骂了、闹也闹了，师哥师姐躺在车上，手摇着脚蹬子与他擦肩而过，仍没人搭理。他只能回家泡病假，或者把道具库反锁起来，和新杂的五朵金花幽会。

大师们把他请为座上宾，席间好意劝他入伙，更不惜动用人体生物能为路昆隔空斟酒。"你小时候我就想教你气功，可惜你师父拦着，其实都是马戏队的谁看不上谁啊。如今我的徒弟遍布全球，比十个新杂还多，你师父又不管你了，还得说咱爷儿俩有缘。凭你的滑稽为我量活，行里有句话怎么说来着？这就叫'腥加尖，走遍天'。有假有真才能站得住脚！"见路昆不动声色，大师举杯跟他桌上酒盅一碰，先干为敬。所有人喝完后，路昆绕过面前的酒盅抄起酒瓶，一饮而尽，面容痛苦。

路昆去看师父，他很久没有看师父了。他特意到王府井的建华皮货，花一百四十块钱买了件立领的蓝色小牛皮夹克，又穿上从红都定制的高跟三接头皮鞋、紫罗兰色的喇叭口裤子，腕子上戴着美国买的英纳格，还借来一辆绿色的加快轴凤头车，驮了两箱二锅头，尼龙网兜里揣两条万宝路，去看师父。

推车进院时，师姐帮忙把东西卸到地上，说自己正在往新杂调，躲来躲去还是要干杂技。路昆说，还是师哥有本事。师姐又说，老爷子跟北屋看报呢，你今天别多说话。路昆活动五官，提起笑脸，推门进屋。

他一眼看到地上放着脸盆，师父正两腿挺直并拢，弯腰蜷着双臂洗手。

"师父，我看您来了。"路昆去取毛巾。

老人转头瞧瞧徒弟脚上的皮鞋，接过毛巾，擦干双手。

"你穿这裤子是上我这儿扫地来了。"老金笑笑。

"那您给改改，您改过的裤子我穿着舒服。"路昆说。

"我可不想改你这个，我也改不了。"

老金坐藤椅上，继续打量徒弟。路昆花衬衫上敞开三颗纽扣，露出毛乎乎的胸脯，袖子正好卷到手腕上方，卡住手表。

"真晃人嘿。"老人用贝母眼镜挡住那双善于掩饰的大眼睛。

路昆磨蹭过来，师姐也赶紧站到一旁。

他从衬衣兜里又取出一块手表。

"这是去美国演出，当地游乐园老板送的一批表，镀金表盘、双日历。"路昆说，"团里每个人都有。"

"昆儿有出息了，"师姐说，"心里知道惦记您。"

"新鲜玩意儿。"老金仍然盯着徒弟手腕，"可是我们文活演员，身上从来干干净净儿的，因为在观众面前显贵是大忌。灯光一打，还刺观众眼睛。"

"这不是没有观众么。"路昆说。

"我就是你的观众。"师父取下眼镜，严峻双眸中渗入黯然，看向徒弟的脸。

"赶紧摘了。"师姐提醒。

路昆迅速把表从腕子上褪下来，放进屁兜里。老人头上像是洒满银霜，尽管精气神挺足，但皱纹已如麻线一样勒在面额。师父越上岁数，徒弟见到就越犯怵。

"师父，我错了还不成么。"路昆说。

"是我错了。你最近跟那帮干腥买卖的挺对路？在团里上班三十多年，我从没见他有过什么超自然能力，也没见他练过这种神功。早见过的话，你也犯不着跟我苦练三年拍皮球，耗到现在才入人家这个门。别怪师父，你知道，尖买卖和腥买卖永远不是一家人。"

"这是谁毁我呢？"路昆瞪大眼睛，疑惑中转头看向师姐。

老人把报纸拍到桌上。他看到一幅跨版照片，大师在表演隔空斟酒，坐旁边眯眼观看的人就是他，配以醒目标题："万有引力在气功大师身上失灵"。

"爸，昆儿也不能和他们弄僵吧，这说明他会做人了。这是好事。"师姐说。

"嗯，会的真多！"老金点头，脸又变出笑意，"他还会锁道具库、泡病假、在练功大院骂街，这么多能耐，哪样儿是我教你的？"

路昆仰起头看屋顶，使劲咽唾沫，脖子上青筋毕露。

"爸，他也有他的难处。"师姐说。

"滑稽是我的使命，这总是您教的吧？"路昆问，"我不想总给别人当混儿。"

"小子，将我？"老金猛然站起，身姿依然挺拔，"你小时候，没份儿登台，自己知道跟道具库搭个桌子练功、学谢幕。你瞧你现在，就算让演滑稽了，你能登台吗？我说过，哪怕是掉下来十次，舞台也会接住你，只要你把节目演完了。因为演员是要活在台上的，上一天台就美一天，上两天台能美一星期，你连舞台都敢丢哪还来的使命？"

老金背过身，拿起笤帚扫炕。

"有些人一上台就卖惨、卖委屈，可这不是滑稽使的活。滑稽从不卖委屈，不卖别人不能忍受的痛苦。你觉得你冤，胳膊折了怎么样？藏袖管里，难受劲儿别到处散。到了演出的时候你演不了，那才是这行的耻辱。咱爷们儿要脸要面儿，别忘了你是艺术家。"

路昆说句"我回去了"，出门就推着凤头车要走，师姐前后脚跟了出来。

"你师哥月底回国，团里要去西亚北非演一个月，让他带着你。"师姐说，"老头儿太久没见你，他怕你打退堂鼓，才把心里想的一股脑全倒出来，你要会听好赖话。"

路昆扭头望向里屋，看到老人在揉报纸。

"还是那句话，想跟老爷子同台，你自己要先在台上立住了。回团去认个错，后面的事我想办法。"师姐说。

路昆的肘关节里，确实有块软骨头掉下来了，连着后面的筋膜，每次伸直就发出嘎巴声，挺疼。杂技演员都横，四人桌圈，同时蹿出去，落下来并到一起，一师哥手腕被屁股压折，腕骨翘起来了，照练。有个老师跳板，后空翻两周砸下来，左脚踩歪，低头看，腿肚子跑前边去了，他照着墙一踢，硬是给正了回去。路昆也忍了一年半，终于胳膊伸不直了，才去友谊医院找大夫。大夫说你迟早要做手术，躲是躲不过去的。可这样他就赶不上去北非六国的集训了,国家级代表团,节目不能随意更换。况且在新杂这么多年,人体早就变形到极致了,所以他选择和从前一样,继续忍受。

西亚北非六国,第一站塞浦路斯。半开放式剧场,观众席带顶棚,舞台露天。彩排时演员心里嘀咕,因为杂技就怕露天演出,除了场地大小会对发挥有影响,更麻烦是无处"找罩"。这行里的"罩"是指在视觉宽度和高度上的参照,普通剧场内可把幕沿子当罩,但露天的大阔场却极易让演员失去准星。

那天路昆和师哥们有个钻圈的集体节目,排在第五场演。候场时,彭辉打开道具箱提醒大伙,上台后注意他的手势。路昆却拧着眉,看着身上穿的绸料彩衣,两眼犯愣。钻圈,他笑笑,我是艺术家,最棒的滑稽演员,却要跟你们一起钻圈。师哥们回头看他说,你小子跟住了我们。我早晚要演自己的节目,比你这玩意儿绝。路昆盯着彭辉,轻声说。长年为师哥量活,他对他的机关已无兴趣。彭辉点头说,艺术家,钻圈前别想没用的。

钻圈是传统活,扔块饼上台,连狗都会。可是与以往钻地圈、桌圈不同,这次彭辉站舞台中间,手持特制罗圈。此圈随着他上下摆臂,可瞬间变成正方、三角、五星等图形,且仅一人肩宽。前三把活,师哥们配合圈形变化蹿进蹿出,漂亮且连贯地使出侧体穿、团身穿、背身穿以及双人对穿动作,过圈时仿佛骨头能缩小。最后轮到路昆,本该是他从侧台跑过来的同时,彭辉把圈扔向两米高的空中,他在圈下哈身,双肩和脖子一缩、脚面绷直,在那圈变成菱形的瞬间,身体一颠,翻个三百六十度跟头,像箭一样从圈里射出,接着滚轱辘毛潇洒落地,节目达到高潮。

可不知何故,这个练过上万遍、闭着眼都能蹦过去的动作,路昆那条胳膊却刚好磕到道具,还把圈撩飞了。台下的掌声早早鼓起了一半,此刻却在骤停中发出"呜"的长吁。

罗圈滚出去很远,路昆站起身后追着圈跑了半天,才拿回来还给师哥。彭辉眼里充满不解,一直看着师弟重回侧台重新助跑。正常情况下,演员再钻一次肯定能找补回来,可是第二次他又失脱了,甚至到第三次还钻过不去,台下已经响起骚动和哄笑。你他妈耍我呢?这不是演滑稽,你现在是钻圈演员!彭辉瞪眼骂他。可是路昆脑袋里全空了,相比起国内的剧场,这个露天舞台太大了,仅是从侧台跑到演区中间的距离,他就呼哧带喘了。而且这明明就是平时训练的圈,在没罩的时候一看,却失去原有比例,像紧箍咒一样反复收缩。

第四次他不仅连人带圈砸到舞台,而且一屁股坐在圈上,圈一倒他还跟着躺了上去,后腰当即被硌出个大鼓包。他在台上疼得打滚时,却听到台下尖笑频出。彭辉不敢再骂,他说我的圈不变形了,你就按常规套路钻过去吧。他在路昆脸上寻找答案,却拿不准他是否听见了。其实全场最难熬的人是他,因为师弟好歹能溜回侧台,趁助跑前喘口气,可他始终要站在舞台中心,简直是度秒如年。

面对忽远忽近的罗圈,热汗像疾雨一样流遍路昆全身。他边运气边提醒自己,我不是滑稽演员,我不能摔跟头。他心底又回响起师父的教诲,哪怕掉下来十次,舞台也会接住你。他必须要给出一个交代,可是他的身体又本能地不想钻那个罗圈。失脱到第八回时，他早不知道该怎么做动作了。团长和局长从观众席里走过来，师哥师姐们全挤到侧台看他。这时台下"呱呱呱"地响起有节奏的掌声，观众在用自己的方式鼓励他。路昆正想范儿呢，脑袋越听越蒙。有位老师在他身后说，你当年怎么顶你师父来着，你看那圈儿像不像他的肚子？再顶一次呗。第九次，他像一头公牛那样，几乎是胡撞过去的，什么动作也没做。

后台为演员备了个一人高的灰铁桶，桶里装满水和冰块。路昆回来后，站在旁边脱衣服。绸料子被汗沤塌，粘在身上，他死活脱不下来，也没力气脱。局长、团长和师哥师姐们凑过来，一起扒掉他的彩衣。他在所有人中间，无力地发起呆，任由自己从上到下被扒光，然后一猛子扎进冰水里。没有人埋怨他，也没人安抚他，大家知道劝了也是白劝，太丢人了。只有彭辉说，谁都有鬼打墙的时候，这没什么。但是路昆扎进去后，头一直没有出来。

为了能够成功改制、适应市场经济，团里开了个"认清形势——保护新杂传统文化"的研讨会，旨在划清哪些节目要保留，哪些要废除，一次性达成共识。每个演员一进会议室，就要去主席台前领一张表，路昆走过去时，团长瞄了他一眼问，你师父呢？路昆笑笑，我说了算数。随即他弓着身，点了个头，去找座位。坐好后他看到了师姐，她当上了编导部的副主任，正在听团长说话。接着他环顾会场，发现这次来的各科老师都已年过半百，只有自己是替师父来的。他和他们点头，暗暗高兴。

师姐正张罗着给老师们发笔，她有些忧心忡忡地看了看他。路昆低头，扫了一眼表格，很多字不认识。"我现在点一下名。"团长说，"今天参会人员有弹弓的方盛、顶碗的常小林兄弟、耍花盘的袁士海、扔飞叉的刘清源、蹬伞的赵连弟、硬气功的白连启，还有小武术的成氏五兄妹，今天来了两个……哦，还有串场滑稽的金……路昆。这些人都是长期演不上节目的，不过你们放心，这种情况不会继续下去。这次会议说白了就是要定下来，谁留谁走。"

团长看看大伙儿，没有人说话，仿佛所有人都能接受任何结果。

"新杂坚持不懈地推进精神文明建设，致力于培养有文化、有道德、有纪律的表演艺术家。祛除杂技表演中残忍、低级、丑陋肮脏和不健康不卫生的节目。"师姐站起来念发言稿，洪亮嗓音，如警钟长鸣，"诸如已被证实是骗术的气功节目《吃玻璃》《开磨盘》《汽车过身》《大卸八块》，以及至今滑稽戏里还有的《打嘴巴》《擤鼻涕》《放屁冒烟》，绝不可继续在舞台上毒害观众。请各位前辈放心，咱们也要与时俱进，共识是要通过科学调研得出的。你们桌上的表格里面，已经写出所有问题的答案，各位只要根据自身情况，选择认为正确的答案，最后自己的节目是改是停，由领导们根据分数决定。"

路昆这才明白，今天坐在这里，以及刚才师姐看过来的眼神意味着什么。想到要替师父做这样的决定，想到他再也不可能给老人量活了，他感觉两眼有些眩晕，而且手脚发麻。

老师们相继端将起手中表格，郑重地捧到脸前，有人眼泪落在上面。

路昆趴在桌上，仔细看那张纸，那上面问他什么文凭、会几门外语、是否入党，其他内容他一概看不懂。他正要下笔，替师父答卷，师姐却把他的表收了回去。她告诉他，你的表回头我给你填。

后来师姐告诉路昆，你可以开新节目了，属于自己的节目。她说经研讨和打分，这次开会的节目一个都不留。倒是为了加固中朝友谊，团里决定引进朝鲜马戏团的蹦绳节目。师姐说，你练出来就是全国头一份。路昆问，谁来教我？师姐说，整个国家都没人会，哪来的老师教你？路昆不语。师姐又说，拿下这个活，我保你三年内直升队长、五年开科收徒，更重要的，夺金指日可待。路昆不语。师姐又说，你不是一直想演滑稽戏么，只要这节目练成，想怎么使滑稽，谁管得了你？路昆不语。要不我把你那张表填了，师姐又说，到时候什么都晚了。路昆说，我练，但是你别告诉师父。

交到路昆手上的，只有几页文字资料和照片，介绍蹦绳的历史沿革和伟大精神。不过专业演员，看照片就能记住动作要领，加上路昆个头没长起来，身体也灵活，练这个正合适。他需要用一个节目，拯救另一个节目。

那时正值演出市场繁荣开放，西方的霹雳舞、摇滚乐、Disco和交响乐迅速虏获人心。对于杂技，老百姓已不买账，认为是土老帽才看的无聊玩意儿，更有"看了一个团的杂技，等于看了半个中国的杂技"的说法。失去政府扶持的新杂演员，多在小剧院演旅游专场，演员心里清楚，不过是糊弄老外，糊弄自己。从前一场晚会下来，往往身上已是一道汤，水着下台。现在什么活也没使，刚出去台下就已掌声如潮、闪光灯频闪，演着演着，自己都疲了。

那时有本事的，尚可走穴挣点外快；能耐差的，干脆找路子转业；中间一拨半死不活的，没演出就窝在团里。当年团里公派拜师的学生们，现在说起谁找领导喝酒送礼，申请调离，像骂逃兵。互生怨嫉中，三锅炉水都喝没了，也不练功。坐科出身，创新更是大忌。一听路昆要另起炉灶，独创节目，平日哄着他惦记传他能耐的老师，没一个肯搭这手，还吹胡子瞪眼，说他有欺祖灭祖的嫌疑。

师姐还要负责其他选手冲金，只能兼管他训练、拉保险。她先帮他借来练功楼顶层的小剧场，那里舞台高出地面两米，挑高足有十米，比观众席的顶子还高一倍，堪称全团制高点。至于道具，路昆要自己坐四小时车，去大兴县的胜利麻绳厂，买三米长的白棉绳，用肩膀扛回来。他把棉绳两头穿上铁环，再折过来，拿三个卡环卡死后，缠到两边木架上，又跟钢丝挂住，让钢丝在舞台上生根。

棉绳受力面极小，但质地坚硬、绷劲十足。路昆试着踩在绳子中间，先往起颤，四五下后借势弹起，越蹦越高时，肢体打开，落回绳上。不过直上直下，算不得能耐，和从前一样，他还要翻各种跟头。这本是他的拿手好戏，但两脚在绳上空翻却有插翅难飞之感，况且很多技巧要靠自己摸索。

路昆就这样被关进小剧场，灰白色照明灯映射下，四周异常暗寂。他每天要在高空中学会控制气息和身体平衡，这好像重回当年的道具库，在傀儡面前使范儿的状态里。直至他蹦到八米以上，前后空翻，不落绳上，仿佛永远停在空中。起初有师弟师妹们来看热闹，后来这些人什么时候又不见了，路昆全没在意。他太需要创造点什么了，那些被视为奇观的集体活，有太多程式、捷径和门子，只要循规蹈矩，这碗饭能吃半辈子。可一旦尝过讽刺的快乐，他再也受不了在假笑中做观赏性表演，受不了认命般钻一辈子圈。蹦绳就能用上他所有滑稽能耐，当他连极度危险的空中转体和三百六这种跟头，都熟练到不挂保险就翻，某种自由抒发之上的美感，足可点燃身上每一处躯壳。他感到自己真成了齐天大圣，带领观众上天入地。

他已有十个月没出过新杂大门，人像是长在绳子上。他不知道外面在发生什么，也感觉不到练功楼的日渐冷清。只有师姐偶尔来盯进度，还找来三个海绵垫铺在绳下。为了令蹦绳看上去更像一个完整节目，她还编了几个讨俏的动作。比如路昆要练习侧坐绳上，或者劈着腿落下来，骑在绳上翻个儿、打飘悠，这需要他学会把自己的蛋缩回去，否则会断命根。没练多久，他的裆部就被磨出血泡，一片青紫。但他没有告诉任何人，他站在绳上的时间，比在地上走路的时候还多。

他不仅在空中翻跟头，还要表演五官移位，这时他俯视着师姐那张不可思议的脸，看到她已经那么小了。他还想象着师父坐在下面看向自己的样子。可当他重新回到地上，反而显得无所适从。两腿无力地弯曲着，真像在走小丑台步，师姐嘎嘎笑个不停。她送给他一件皮革做的裤衩，让他这就套上。她告诉他，这是师父缝的。

那天清早，路昆照例先在舞台蹦几个前后空翻热身，落地时感觉身子有点歪。上绳后等一来劲儿，他又做个后空翻接转体一百八，十拿九稳的动作，却歪得更离谱，干脆从最高处摔下来。以往他也经常挨摔，绷飞了或者踩空了，他都犯过，好坏有海绵垫接着。可这次是大头朝下的坠落，当他反应过来时，眼瞅就要扎进两块海绵垫的夹缝里。好在他下意识地偏头，才把肩膀让出来先着地。哐咚一声闷响后，他感觉哪里一疼，直接就趴下去了。当他还想像平时那样站起来，却发现身体已无法动弹。他的半张脸陷在海绵垫里，只有右眼在恍惚中看着空荡荡的观众席、照明灯和那件还没来得及套上的皮裤衩。他像一条搁浅的鱼，张大口鼻扑哧倒气，同时两腿用力，撅起屁股。当他用尽全力也只是翻个身，仰躺在海绵垫上，看着高得吓人的屋顶。他感觉不到那半拉身子了，他大声吼叫着，叫声从剧场大门，又传回到舞台上。

师姐和众师哥们，先把人送到最近的建宫医院，大夫看了他一眼就说这伤治不了。一行人出门直奔北医三院，那里的运动医学科很有名。路上师哥们都怪路昆，又不是你一人没演出，偏要开什么新节目，这就叫活该。师姐问他，疼不疼？经过自新路时，他迷迷愣愣地看着车窗外面，也不回话。X光片显示，路昆的左肩胛骨是螺旋形粉碎性骨折，里面全是骨头渣子，根本接不上。至于那半张脸，也由于下颌骨骨折，致使嘴部肌肉大幅移位，无法闭合。术后他的胳膊要一直抬起，做举杯状，填进去的碎骨头才能待住。大夫说你的脸要去整形医院，用钢板和钢钉才能固定。

路昆顾不上脸了。他以举杯姿势，在北医住了两个月。他的半拉身体被石膏糊住，连脑袋里面似乎也无法转动。团长给他定了工伤，父母说没摔死就算不错。师姐没敢告诉师父，她编了个理由跟老人说，路昆出国学习了。看他平躺在病床上，左臂竖立，像被一根木棍插进喉咙，师哥们全都乐了。既然他伤成这样，那个奇怪的节目终于能停了。他问师姐，以后还能不能表演了。师姐说，那要等你师哥回国，看他能不能变个新的你出来。断了登台的念想吧，你能活着就是老天开眼。如果当时反应慢点，没偏那一下脑袋，断的就是脖子了，只能说你真是太幸运了。

路昆那张面孔上，永远留下了笑脸。为了不妨碍伤口愈合，他不再说话，也不再想滑稽戏的事，只是在夜里，有眼泪和口水流出。

出院后，路昆又恢复了三个月，然后他知道自己再也干不了杂技了，那条胳膊始终无法抬过脑袋。别说引以为傲的翻跟头，就连从前常使的捡帽子，他都做不出来。最大的问题是，他那张脸真的五官移位了，特别是半拉嘴像钩子一样歪向颧骨，纵起皱纹，槽牙也翻了出来。他没了酒窝，没有了杂技演员的漂亮模样。

团里只能把他调到小卖部去，那本是为了照顾职工家属的闲差，里面已经塞进三个结了婚的中年人，但是他们把进货的重活都交给他。路昆没有了从前跟师哥撒野的狗脾气，他明白他们的意思后，戴上鸭舌帽，低下歪脸，用一条胳膊去蹬三轮、扛酒箱子，进货时他感觉自己张不开嘴。还好他车技不错。

数九隆冬，白霜铺地，胡同里的土路都被冻裂个大口子。小卖部里没有啤酒了，他们让他去大栅栏进三十箱啤酒。回来时赶上菜市口铺柏油路，满街泥泞，车技再好，眼前的路也蹬不过去。风口处，他不得不跳下车，让粉碎过的肩膀吃上力，将三轮车推过坑坑坎坎，天黑才把三十箱啤酒拉回去，卸到店里。

团里在天桥有个练功场，冬天缺烧锅炉的人手，路昆提出去那里烧锅炉。和杂技相比，烧锅炉真简单，他日子过得也真难。除了整日无所事事，他不知道自己能干什么。学了十年五官移位的坏小子，终于意识到最难的是脸上没有表情。每次对着自己的脸，对着肩上那道蜈蚣一样的疤瘌，生平头一次有了羞耻感，为练过滑稽感到羞耻。

早上，他在锅炉房里挑火，屋外有人敲门，玻璃窗上，可认出师父的身影。

"昆儿，你师哥都来看我十几回了，我寻思你学什么去了一次也不来？"师父语气舒缓，好像还是对待从前那个浑小子，"他来得越勤，我就越觉得不对劲儿。你明白吧，咱们滑稽人不傻，咱们多精啊。"

路昆直立起身，不敢走近半步，只是使劲看着那面毛玻璃。

"昆儿，记不记得你小时候跟我怎么说的？你说就是剩下半拉身子，他们也演不过你，这话我可一直记着哪……"老人顿住，使劲嗾嗾嗓子。此时风声渐响，他只好贴近玻璃，声音变大且喑哑，"好孩子，人活就活这么个精气神儿。节目没了不丢人，以后咱就是不吃这碗饭，起码能耐在你身上，谁也抢不走。"

老人像是忽然意识到什么，身影开始一起一落，仿佛随时会消失掉。

"这些年家里攒下几摞书和笔记，我全给蹬过来了。你放心，我不进去，我都给你码在地上。你把自己关在这里，可不能胡思乱想，不能钻牛角尖儿。这滋味我受过，那没有什么用。"

他始终没有回话，直到师父离开很久，才出门把书搬了进去。

路昆还是离开了新杂，带着师父给他的书和笔记。那段日子他在几家民营剧团学做道具、画布景、给演员装台，全是些从前不入他眼的零工。他还看到很多人打着"新杂"旗号混饭吃，报幕必言必称是某位大王的徒弟。就是新杂保留的金牌节目，也被安个"世界杂技锦标赛冠军"的名头改改就演，他们还让他画到海报上去。车技站不了十三人，站三个也行；钻圈钻不了肩宽的，就改钻城门宽的；双头空竹轻得像是皮掸子，不仅抖不出声，扔高时掉到地上，也不耽误演员继续使范儿。他们对外宣称自己是新杂，在县城和乡下的票价就能翻几番。有次他们被同在一地走穴的新杂演员撞见，两拨人扭打在一起，各有胜负。混战中，路昆被小师弟踹了几脚，但是他们没有发现他，因为他一直捂着脸。

他也注意到一些滑稽演员。比如有一对专攻无实物表演的双胞胎，五官周正、绅士风度，自报家门是金少声弟子。他看了他们几个节目，活不错，技巧也新，但都不是老爷子的东西。尽管和师父失联很久了，但他每天读起老人的笔记，仿佛他就在身边。当他看到有人能不受叛徒师父的影响，公然以弟子身份上台演滑稽，他意识到可能自己连同笔记一起被师父放掉了。

双胞胎从会计办公室结完账，回休息室收拾东西，路昆前后脚跟进来，背靠墙站着。

"你们怎么不演《抢皮球》，怎么不使五官移位？"他问。

兄弟俩转身，见到那张歪脸同时哎呦一声，相互看看，像还在戏里。

"那是什么？"左边那人，可能是哥哥。

路昆拉了把椅子坐下，他点了颗烟，学老金的样子吧嗒着嘴，眯眼看兄弟俩。

"你们什么时候拜的老爷子？"他问。

"我们跟金先生是带艺投师。"右边的人说，"认识他之前，我们已经在法国拿过金魔杖奖了。"

路昆点头，抬手请两人坐下，他看到他们一举一动像是在照镜子。

"怪不得，一看就知道这买卖不是老爷子教的。你们在台上甩的包袱，全围绕双胞胎这个预设，没有这个身份，你们俩就不会演了。你们的笑也太圆熟太温良了，你们没见过他演哭不出的笑吧？"他越说越快，歪嘴跟不上了，就用手比画，"而且你们节目里还缺一样东西，讽刺。每当表演到该爆发的时候，到了该看到勇气的时候，你们全选择了沉默，连一个讽刺也没用。没有讽刺，你们演的就只是哑剧，即便拿了金牌，你们演的也是哑剧。"

兄弟俩再次互相看看对方，像是没听懂，但其实再明显不过，他们知道他在说什么。

"你他妈是谁？"右边的人说。

"别这样，弟弟。"左边的人说，"哥们儿，咱们没仇吧？还是我们挡着你的财路了？"

"老爷子到底怎么教你们的，还是你们把他的东西给改了？"

路昆吸烟，两根手指和烟卷能挡着他的嘴，却抖个不停。他很久没跟谁讲到师父，讲到滑稽戏了，一种久违的情绪向残破的脸上暗涌。他又很羡慕对方，能演独立的滑稽戏，不是给谁串场，也不是为谁量活。他却不知道自己算是什么。

"你新杂的吧？看得出来。你说的那种滑稽，早就没人演了。你也看到了，观众就吃我们这一套。"左边的人笑笑，"反正也结完账了，不妨跟你多说几句。拜这个师，是你们新杂主动找我们的，我记得是那个很矮的女人？"

哥哥看向弟弟，询问眼神，弟弟连连点头。

"是她来请我们代表新杂，参加百戏奖大赛的。"弟弟接着说，"她说如果赢下冠军，金牌归新杂，奖金是我们的。她还说金先生就演了一辈子哑剧，我们和他才是一脉相承，所以夺金的可能性自然最大。"

路昆的脸像木偶一样定住，烟灰如同雪片般接连落在裤脚上。

"我们听懂以后也是你这个反应，这是新杂干的事儿吗？我不敢信。"哥哥说，"我告诉她，我们不缺奖金，重要的是这么干不合规矩。"

"但她确实是金老师的女儿，就是经她介绍，我们才见到金老师的。"弟弟说，"可我们还没答应她，搞这种小动作，要被除名的。"

"不过显然新杂是没人了。"哥哥站起来。

"新杂早就没人了。"弟弟也站起来。

他们拿起收拾好的东西，绕开路昆，走出房间。

"那老爷子呢，他好不好？"路昆问。

他们走得很快，没有人听见他在问什么。

从外人的嘴里，路昆得知了一些关于新杂的事。他知道团里已经发不出钱了，从前的义演，按规矩，演员们自愿放弃劳务费。可后来才知道，钱不仅全进了领导口袋，演员还成了往上报账的人头。这口气师姐自然咽不下去，在工人俱乐部的后台，她告诉团长，不把这次义演的劳务费发到每个人手里，我们决不登台。团长说，罢演可是大忌，是重大演出事故，这么大责任你担得了吗？再说观众又没得罪你，你们先演，钱的事回去商量。当时观众已经陆续进场，可是师姐仍然拒绝演出，她说我认钱不认人，差一分钱我们都不演。团长说，来了这么多领导，你总不能让团里下不来台吧，我再给你最后一次机会。师姐像疯了一样拦住那些拿起道具的演员，她说我看谁敢动！领导们认为她这个状态，还是不上台为好。团长说，真没想到你还是金少声的女儿，你爸什么没见过？他这辈子没误过一次场，更不会罢演。不管有什么想法，他绝不拿舞台上的演出发泄。这是艺德！你没有艺德！去把她爸叫过来。

老金是一路小跑进的后台，他看到女儿独自坐在木凳上。身前站着演出队长带着两个人，在盯着她。老金搬来一个凳子，父女俩坐在一起。"我早说了你吃不了这份苦，你偏不信。"女儿没有说话，头埋在双手中，像在认罪。

后来父女俩还说了什么，没人知道，也没人在意。但他们是一起走出的工人俱乐部，有人专门负责，盯着他们两一起回自新路的家，谁也没离开谁。

借着彭辉的面子，路昆调到了新世纪剧院，挂策划职位，实际上是白拿工资。他整天跟在一帮舞美灯光屁股后面搬东西，别的全插不上手，晚上还住在剧场，被同事当成吃闲饭的废物。有时彭辉谈完事会过来看他，师哥告诉他，自己和师姐离婚了。路昆翻身睡觉，把屁股对着他。师哥又说，团里终于允许金老师登台了，不过他年纪太大，只能上去报幕。路昆还是不语。师哥问他，你这样能睡得着吗？路昆说，我用你管？接着睡觉。

睡足了，他多半会跟着剧院里的明哥、英姐和琪姐等几个演员打麻将。从二四八升到大五一二，从三五百一圈赌到三五万块钱。随着本钱越下越大，明哥越赢越想赢，两个女人为了回本也总在掐架，至于路昆，经常三天两宿没合过眼，好像把白拿的工资全输光了，心里才痛快一些。

半夜在明哥家里，轮到他翻牌时，人却歪着脑袋睡着了。

"你醒一醒！"明哥说，"看牌啊！"

他举着那张牌，缩着眼睛，半天认不出上面的字。这时从电视里，他却听到熟悉的声音。他两眼一转，伸直脖子，让明哥躲开。

他在电视机上看到了师父。

老人瘦了，灰色面容上，皮肤干缩，嘴唇有些发绀，腮帮子也瘪起来。新染的黑发倒是梳理整齐，那副贝母色的眼镜也换成深褐色的大镜框。他看不清他的眼睛，但毫无疑问那是他的师父。

"该你出牌了！"明哥拿起遥控器，"想看电视回家看去。"

路昆瞬间夺走遥控器，明哥看了一眼他的脸，也跟着扭头看了过去。

"作为全国公认的滑稽大师，看到我们的幽默事业蓬勃发展，请问您老作何感想？"

"这门艺术能从那个该笑的时候不让你笑，不该笑时命令你笑的年月演到今天，其实不光是我一个人在坚持。"老人说。

"你们还打不打了？"琪姐问。

路昆的手指紧紧抠着遥控器按钮，像是随时准备关掉电视。

"还要有徒弟的陪伴，我才能走过那黑暗甚至是绝望的时刻。"老人扶了扶眼镜，用力抿住嘴。直到主持人把话筒挪开，他才喘出一口气。

"请问您说的是哪个徒弟？"主持人问。

"哦，我只有一个徒弟。"老人说，"那孩子叫路昆。"

"哟，还跟你重名儿。"英姐说。

"他练新节目的时候受过一次重伤，后来就离开我们新杂了。"老人说。

"老爷子说的不会就是你吧！"明哥看着他的歪嘴，"你还会演滑稽戏呢？"

路昆的面部异常坚硬，神情黯然，两眼盯着屏幕一眨不眨。

"他还是个小不点儿的时候我就教他滑稽了。那时团里只允许我教串场滑稽，过去有句顺口溜，节目不够滑稽来凑嘛。可是我不能糊弄孩子，我得好好教他，让他将来能演专场滑稽戏。说起来也算是有点儿私心，总觉着带这么个孩子学节目，我也能保住工作，我也能安全一点儿。"老人把脸侧开，开始习惯性地吧唧嘴，努力稳住气息，他还伸手接过了话筒，"我是一边哄着他一边教学，我其实特别怕他跑了。当时如果没有这孩子在身边，我可能也活不下来。正是因为有他支撑着我，每天一起训练、交流创作，有他一直刺激我，滑稽戏这门艺术……我的意思是它是一门艺术，才能在我们这里生根发芽。后来我没东西教他了，也没有再见到他。这么多年过去，也不知道他是不是把我教的给忘了。"

明哥站起来说："你以后别来我这儿打牌了，你们玩儿得太大了。"

琪姐还拿着牌，甩在桌上。她说这把她本来能和。

凌晨，路昆独自走上剧院的舞台，在上面翻起了跟头。他用一条胳膊，原地翻了无数跟头，翻到他喘不上气、汗水在地板流淌，也没有停。后来他才想明白，原来和师父学了那么多年滑稽，自己对于老人才是最重要的，那甚至已经超过了他对滑稽的坚持。

路昆问师哥，你还用我量活么？师哥说，我等的就是你这句话。

他们的演出多数是儿童专场。为了回到舞台，路昆左右开弓，把脸涂上厚实的油彩，眉毛剃光，勾蓝色菱形眼影。想挡住那半拉歪嘴，他还必须把玫红色油彩画到颌骨处，连出夸张的"V"字形笑唇，再用半个乒乓球扣在鼻子上，穿黑白条纹绸布。他试着把师父笔记里的节目演出来，并让主持人郑重报幕，原作者是金少声。他抬起僵化多年的肩膀，再度用五官移位表演哭不出的笑，还对着孩子们自扇耳光，这些都是当年禁止表演的动作。他扇到脸上的每一记耳光，都能令身体飞速旋转、栽倒，然后又像不倒翁似的重回原位。他打的耳光如枪声大作，令每个孩子有被击中的感觉。

他还走下台，对着他们表演抢帽子的手技。草帽、解放帽和高顶礼帽，不同形状和质感的帽子通过他缭乱的倒换，来回扣在自己脑袋上。孩子们乐得捂着肚子，还有从座位上栽下来的。他还和师哥玩起了跳跷板，当师哥在对面坠下，他再次被弹到了空中。反复几次之后，他褪去了恐惧，像上次那样重重摔到地上，失败的效果反而引来孩子们更大尖叫。这一次他没有躲，全身都拍在地板上。当然在小丑戏服里，他给四肢都裹上了海绵。

在不断表演的过程中，路昆理解了师父。尽管以他现在的身体，很难吃下自己的节目，但他还是演了《二鬼摔跤》。与从前不同，这回他面对的全是孩子。他把两条胳膊包上海绵，手脚都套进靴子里，抓着拐子抢起来。忽然他向孩子们弯身，背上像是长出花树一样，立起一个老头和孩子。那是他这些年学的道具手艺，用木头、海绵和硅胶做出的人偶，连头发和服装都是自己缝的。他把自己藏进衣服下面，用后背驮着人偶，用四肢当腿。由于重量过沉，加上旧伤发作，他演起来相当困难。可他还是用抢、转、滚、磕、绊等古典跤技法，让人偶做出当年他和师父抢皮球的样子，在口技制造出的环境音下，老人把孩子推倒，孩子还用头撞向老人。他以自己的方式，如愿和师父同台。

师哥住院了。他在创作新节目时，被训练场的骆驼咬了一口，半条腿在细菌感染后成了绿色，大夫说他只能截肢锯腿。路昆整天守在师哥的床边，和多年来为他量活一样。

师姐也来看他，三人终于又见面了。

"你是来看他还是看我的？"师哥问。

"都看。"师姐说，"看他看你，都一样。"

"可我不愿意让你看我。"师哥说。

"你们俩这是怎么了？"路昆说，"我们不能像以前那样吗？"

师姐也明显老了。尽管头上戴着假发，妆也过重，但面部难掩臃肿，两眼发灰，而且充满淡漠。由于从小练习椅子顶，她站一会儿就有些犯晕，路昆赶紧把凳子让给她坐。

"我带老爷子去看了你的滑稽。"师姐挽住师弟的手，"他果然没有白疼你。"

"我涂那么厚的油彩，他都能认出我？"路昆问。

"没有，他认不出你。"师姐说，"他连我都认不出来了。"

"他也病了？"路昆问。

"我在新闻上看到那个俄国的波波夫，又成了深受各国欢迎的滑稽大师，新杂还把他请过来做百戏奖评委。我陪着老爷子去新杂的政工处，想恢复他的职务级别。可他们说平反政策是落实给错划的右派，他没被划成右派，不属于平反范围。而且根据有关文件，行政处分不能撤销。"

路昆挤了挤眼睛，不知道该说什么。

"经过我再三要求，他们才给我看了原始的抄件，那上面记录着他是资产阶级思想极其严重、违法乱纪行为极其严重、个人品质极其恶劣。他们当着我们的面把三条结论又念了出来，还加重读那三个'极其'。老爷子当时脸上已没有血色，他半哭不笑地张着嘴，泪水在眼眶里打转。那是他第一次知道这些记录。我拿着报道他去朝鲜战场慰问的《人民日报》，指着在新杂大厅展出的那块金牌，我说他是被总理点过名的演员！但是没有用。后来老头儿抱着那摞他亲手写的交代材料，找到练功场的锅炉房，他把那些照片、材料和报纸都烧掉了。然后他就什么也不记得了，连我都不认识。"

"不认识你，是好事。"师哥说。

"骆驼应该啃你的脸。"师姐说。

"你就不该带他去，你想的只是自己。"师哥闭上眼睛，他有些困了。

师姐不再理会，只是看着路昆。

"趁老爷子还在，我为金氏滑稽申报了非遗传承项目，这么伟大的传统文化必须得到发扬和继承。"师姐说，"既然是传承，就要有徒弟。他干了一辈子滑稽戏，连个正式收进门的徒弟都没有，说不过去。"

"我就是他徒弟。"路昆说。

"但你没有拜师仪式，没有见证人。我现在才知道，这很重要。"师姐说。

"当时国家不许搞这一套，我是团里公派的，新杂就是见证人。"路昆说。

"新杂见证的，老爷子是罪人。我申请的非遗传承，要请引保代、摆知签帖，还要带老爷子和那个波波夫会面，来个寻找有缘人。我要让媒体来见证，他们都是跨越半个世纪的滑稽大师。你要借这个势，给老爷子磕头拜师，那才算数。"

"我都这副样子了，还要搞仪式？再说他已经不认识我了。"路昆说。

"你不拜师，怎么收徒？金氏滑稽的非遗项目申请下来，最大获利者就是你。"师姐说。

"我不会往下传的。师哥受伤了，他无法登台，我以后也没地方演了。"路昆说，"说出来你别笑，有次我在观众席里假装难过，伤心地哭。有个小男孩儿过来摸我的脸，他竟然在安慰我。我想，至少这些孩子看过我的滑稽，他们能记住多少，就是多少吧。"

"我就问你一句，拜师仪式上，这个头你磕不磕？"师姐问。

"师姐，我一直很听你的话，但这次我想听师哥的。"路昆说，"你容我问问他。"

师哥睡着了。

在自新路的万寿西宫，路昆找到了师父。老人坐在轮椅上，被保姆推到马路边晒太阳。他没有戴眼镜，而是扶着头发愣。路昆走过去告诉保姆，自己是老人的徒弟。对方不信，她说这些日子，很多人都来认他当师父，门槛都快被踏破了。

"师父，我是昆儿，您还认得我吗？"

师徒俩还是见上了这一面。可保姆站在中间，令路昆想起他们的第一节课，同样有个文书在监视和记录。这令他有些话难以张口。

"不认识了。"老人仰起脸，小心地望

着他,仍在努力回想,"您是哪位?"

路昆蹲下身,努力闭上自己的歪嘴。老人认真辨认起他,那双大眼睛还如最初那样明亮、慈悲。

"他什么都不记得。"保姆也瞥着他的脸,"你别浪费时间了。"

路昆笑笑,两条腿轻轻跪到地上。

"您还记得吗?是您把我从小黑屋里领出来的。"他说。

老人瞪愕地对着他,强烈哆嗦中,摆动起又瘦又皱的手。

"我小时候踩您脑袋上练功,我还用头顶过您呢,您都忘了?"他问。

老人听完所有的字,又面带歉意地摇头,嚅动着嘴角朝他笑笑。

"这个您还记得吧?"

路昆抬起脸,露出哭不出的笑。

几乎是同一时间里,老人随他变出相同表情。

师徒两人脸对着脸,一起做五官移位。

母亲和她的第一个连手

马金莲（《长江文艺》2022年第3期）

> **推荐语**
>
> "连手"是回语，就是"闺蜜"的意思，马金莲舌灿莲花，不再需要民族、题材这些外部因素，她完全依靠语言的能力，把两个回族女性的关系写得极为生动、细腻、饱满、幽微，这是一部真正的小说。（吴玄）

1

如果我以自己比较清晰的童年记忆为起点，来细数我母亲在羊圈门所结交的好朋友们，第一个应该是马东的女人。那时候的羊圈门人还不知道闺蜜这个说法，更不会用好朋友这种洋气但拗口的词儿，我们有着更土气更实用的称呼，叫连手。连手，连手，试着喊一喊吧，是不是挺顺口的？再细想一下里头的味儿吧，感觉这含有土腥味的称呼挺得劲儿的对不对？试想一下，两个人，你的手，我的手，手和手相拉，勾连，便是连手，手既然连起来了，关系还会远吗？自然是不远了，是亲近的密切的关系了，用如今的时髦话来说，那就是闺蜜。

男人和男人很容易成为连手。而那时候村庄里的女人似乎更含蓄一些，也总是被生计捆绑在比较狭窄的日常范围里，她们交朋友的圈子要比男人小，概率也比男人低。经常跑去赶集的是男人，办大事的是男人，出远门的是男人，撑赌博摊子的是男人，凑一堆儿打牌、下方的也是男人，商量各种重大事务的更是男人，男人和男人间很方便结交。女人就要困难一些。除了偶尔走个亲戚，赶一趟集，她们大多数时间都困在村庄里，守在土地上，日子本分到枯燥的程度，除了本村庄的几百号人，又能去哪里认识更多的人呢？好在她们自有排解的方式，一日三餐也能忙个不停，生儿育女也有很大的乐趣。除了操持好自己一家老老少少的吃喝穿戴之外，在日常生活中偶尔也会结交到连手。

母亲怎么和马东女人就拉近了关系，今天无从追考——生活里有很多事情就是这样，等你注意到的时候，已经进行到了一定程度，要追查起缘，往往是困难的。我记得有一天阳光暖烘烘的，把院子晒白了，我在墙根下看蚂蚁在春风里乱跑——在刚刚过去的那个漫长单调的寒冬里，好像连蚂蚁也冻得消失了，现在看到还挺亲切的。一阵清脆的鞋底响传进耳朵。我慢慢抬起头，看到了一对红色平绒干板鞋，再往上，一个中等略宽的身躯，一张国字脸。我认得她，马东的女人。姑舅嫂子！我喊。那时候我们姊妹在羊圈门没别的美誉，能拿得出手的就是懂礼了，见了庄里男女老少都要打招呼，该喊啥喊啥。这也得益于羊圈门那时候良好的庄风，几百号人，分几个门户，各门各户有前辈们传下来的约定俗成的辈数划分，谁家辈分大，谁家又小，都清清楚楚，小辈们会主动承接前辈流传的这笔人伦财富。稳定的秩序在一辈一辈之间传递。早在我们牙牙学语、睁眼认人的时候，父母就开始教给我们，这是谁谁谁，该叫啥，那是谁谁谁，又该叫个啥。都是有理有据有头有尾的。

马东女人身边站着我妈，她们只草草扫我一眼，注意力就转移了。在议论下院的一棵梨树。我们老大家那个长得咋么快，年时一茬梨儿结得繁，我吃谋能卸一大笼子。马东女人望着我家的梨树，对我妈说。她们背对着我。一高一矮，一肥一瘦，两个身影并肩而立。穿戴是大同小异的。头戴白圆帽，身上是棉袄，腿上裹着棉裤，脚上的鞋不一样，我妈是家常布鞋，马东女人是干板鞋。后者的那双鞋显示了她的郑重，她是到别人家串门子的，所以出门前特意换了新鞋。只是一双鞋，也能让一个人有了不一样的气息。作为马东女人的话，我觉得这双鞋让她变得洋气了。她不是邋里邋遢随随便便到我家来的，她做了准备。从头到脚都换新的话，太显眼了，也没有必要，所以就只是换了鞋。

我歪着头一直看她的鞋。这样的鞋我妈也有一双，就藏在我们大房地下的那个柜子下面。平时她舍不得上脚，只有出门的时候才拿出来。这时候的羊圈门，妇女们中间大概正流行这样的鞋。马东女人穿这双鞋不好看，反而衬托出了她的一个缺陷，我一眼就看出来了，她的脚拐子太大。右脚的拐子尤其大，就在大拇指和脚心之间的那个交界处，一个肉骨头坚硬突兀，隔着鞋也能看到，鞋被撑得有点走形。这种鞋轻便、柔软，最容易走形。我为这双鞋可惜。两个女人不知道我一个小屁孩的注意方向，她们还在议论梨树。我听明白了，几年前我爷爷从集市上拿回来的三棵梨树苗，一棵被马东哥哥拿走，如今他家那棵树长得远比我家这棵高大，还开始结果子了，去年那一季果子尤其多，卸载了一笼子。而我家这棵才开始开花，去年开了一茬，最后一个果子都没坐，原来开的是谎花。

就没给你几个尝一下？我妈问。

我皮嘴没洗干净！马东女人干脆利落地回答。

谈论出现一瞬间的中断。有一种微妙停顿在里头。更有一种情绪在中间酝酿，交换，碰撞，裂变，融合。

我慢慢转过去，望马东女人的嘴。她嘴唇干干的，有一抹愤慨和委屈在唇线间紧紧绷着。我大概能领会她此刻的心情。她在诉苦，更在鄙夷，在表达长期积压的委屈，也在发泄她的愤怒，更在表露一种内心的孤单，也在寻求可能的同盟。她抛出的是心底不轻易外露的秘密，一旦抛出来，预示着她的真诚，还有恳切，她要用这些换取一种东西，那就是友情。

人和人结识，深交，产生友谊，稳固友谊，有个奇怪的过程。后来江湖上有个段子形容友谊，说人生四大铁指的是一起扛过枪一起同过窗一起分过赃一起嫖过娼。当然这指的是男性之间的铁杆友谊。放到我们羊圈门的妇女们身上自然不合适。当时我们庄的女人们结交、深化友谊的办法是，以秘密换秘密，以好换好。好，是后来漫长的日子里，巩固和彰显友谊的办法；而交换秘密，往往用在开头。名著《百年孤独》里有这样的片段，吉普赛人梅尔基亚德斯帮何塞·阿尔卡蒂奥·布恩迪亚搭建实验室的时候说他在世界各地流浪时沾染上的流行性疾病毁掉了他的健康，这个情景被布恩迪亚当作一段伟大友情的开端。吉普赛人敞开了胸怀，道出了自己的秘密，换取了布恩迪亚的信任。那是远在世界南半球的故事，甚至可能是虚构的。但，这里头的那个核，放到我们羊圈门也是贴切的。那时候我们羊圈门的女人们目不识丁，但在人生和生活里的智慧，丝毫不亚于乌尔苏拉、蕾梅黛丝、梅梅她们。

马东女人吐露了她的秘密。

当然，秘密吐露之前我妈肯定做出过暗示、诱导和试探。

马东弟兄不合，这是羊圈门人尽皆知的秘密。哥俩原来都在下庄子那里住，墙挨着墙，后来大闹了一场，马东把家搬到了羊圈门的最南端，在一片庄稼地里起了新家。当时羊圈门的南边还没有一户人家，马东新起的家显得分外孤独。瘦零零一个房子，房子旁边是挨着墙掏出来的一个浅窑。应该有个院子的，用土墙把房屋围起来，再装个大门，这样才是有里有外有门有户的一个完整的家。但是要置办齐全这么一个家，何其不易！老父亲当年给儿子们依次娶了媳妇，又分别给他们另了家，一旦另出去，就预示着这个儿子的日子和老父亲再也没有关系了，亲情当然还在，但为人父的那份责任已经卸掉了。父亲给马东另了家，他不能和大哥和睦比邻而居，要另外安家，这就得完全依靠他们两口子的能力了。而这个过程中，我们听得出他老父亲是明显偏向大儿子的。所以，孤立无援的马东两口子，要另外开辟一个家，活出一份像样的光阴，是需要背负很多重压的。

既然不合，经常闹事，老大家院子里的梨儿，就算烂掉，就算填沟，也不会轮到马东女人。我母亲的故意一问，有着激将的意味。马东女人的回答，看似自我贬低，其实爆发了她的愤慨。

初春的梨树，杆梢都黑黢黢的，显得固执而冷硬，没有苏醒过来迎接春天的迹象，还在酣睡当中。

马东女人抬手扳住一根树杈，慢慢往下拽，她用的劲不小，我真担心会咔嚓一声掰断。冻了一冬，树木硬邦邦的，柔韧性正差。我母亲无动于衷，她没有我这样的担心。就算真断了，看样子她也能坦然接受，因为不是别人掰断的，是她刚结交上的连手。我不知道她们之前有过怎样的努力，怎么忽然搭上了线，擦出了火花，我只看到母亲的脸颊红扑扑的，眼里有一抹亮晶晶的光，她欢喜得很，她忽然拉一把马东女人的胳膊，两个人进屋里去了。

她们进去后，厨房那座沉默的房子顿时就活过来了。好像本来是一炉蓄着的热灰，她们俩是新投的干柴，柴一进去火就哗啦啦燃起来了。两个女人也能成一台戏，还是一台挺热闹的戏。不用刻意备脚本，羊圈门的生活本身就是最好的戏本子。这一刻突然迸发的投契感，让她们相见恨晚。我不看蚂蚁找食，骑上小花园的矮墙墙子，隔着窗玻璃，远远看这两个女人把自己燃烧成两盆火。窗玻璃其实脏兮兮的，窗缝隙里我妈在初冬时节塞进去防备寒风乱钻的棉花疙瘩、破布条条，都还没有扯掉。那时候我们的窗户也不大，要透过玻璃看到屋里的情形，是困难的。我干脆听。声音是脏玻璃挡不住的。我妈这个女人容易兴奋，她今儿显然兴奋起来了，她一兴奋，嗓门就高，还尖细，她欢快地嘎嘎笑着，忽然就把头探出门帘外来，扑哧擤一大把鼻涕，摔在门外，手在墙上摸一把，大概抹掉了大部分，残留了一点痕迹还在手指间，她又很顺溜地在衣角上一抹。大人有时候跟我们孩子何其相似，尽管他们动不动训斥我们在身上乱抹鼻涕。

屋里飘出香味来了。空气变得寒凉。虽说是春天了，早晚还是很冷。我从她们说笑声的诱惑里挣脱出来，好像挣破了一个梦，然后我摆脱了夕阳的残光走进厨房。

要是可以，我还真舍不得打破这暖烘烘的热闹气氛。她们在做什么？我看到案板上已经晾着几张泛着金黄色泽的饼，我妈坐在灶前烧火，马东女人腰里系着我家的围裙，正弯腰往锅里刷油。

多放点油，不要给我省！我妈笑着提醒她。我的心颤抖了一下。这老婆子疯了吗？好在我看见马东女人没有听这疯女人的胡话。她稳稳抓着油瓶，右手里的油抹布在锅底里擦了一圈，麻利地放回油瓶，没有再蘸一抹布油。就这已经很奢侈了。你看案板上那五张饼，那亮灿灿黄葱葱的颜色，分明是清油和火候共同配合的结果。香味就是它们发出来的。我踮起脚尖望，口水早就蓄了满满一口。但我不敢扑上去拿一块犒劳自己。我妈的家教有时候很严，比如这时候家里有外人，在她不发话的情况下，绝对不许我们哪个孩子私自做主抢在大人前头吃东西。别看她现在笑呵呵的，这马东女人又不会长在我家里，等她走了有我肉疼的时候。

妈。我试着喊。提醒她，有个孩子在这里，正被美食诱惑得要吞掉自己的舌头。没人理睬我。我妈似乎被一种亢奋的东西给控制着，她从来没有这样高兴。她兴奋得脸蛋泛出粉色，鼻子尖都红了。她正和马东女人说话。我也算个耶题木[1]啊——她摇着头，一副感慨万端的样子，声音里有一抹哀痛般的喜悦。火灭了，她拉一下风闸，呱嗒，风板的舌头鼓出一股风，通过风道传到灶眼上，暗下去的火渣再次明亮，刚塞进去的一把麦柴燃起来了。她不再拉风闸，一个手拄着膝盖，一个手软软地抓着那束麦柴，通过一股轻微的力量掌控着

---

[1] 耶题木：孤儿。

火,让火势尽可能地绵长、均匀。烙饼就需要这种不硬不猛的绵火。

火光映亮了她的脸。好像她体内原本有什么沉睡着,现在被唤醒了,她整个人也被点亮了。她熠熠地闪着光芒。她忽然起身扯下半片饼,毫无征兆地递给我,说快吃,看你姑舅嫂子做的莜荞面摊馍馍好吃吗!

幸福来得这样突然。我被这豪爽吓着了,两个手惶然捧住饼,好烫啊,锅底的热气扑人。我妈已经又坐回去了,往灶眼里续柴。我确定我走狗屎运了。和马东女人相谈甚欢,深感投契,可能让我妈有些兴奋过头,昏头昏脑中把我也当客人了吧。管它三七二十一呢,我坐在炕沿边就吃。摊馍馍是用莜麦面掺和上荞麦面做出来的,里头还撒了一些用擦子磨得很细的洋芋丝儿,又撒了葱花。还放了油盐花椒和味精。难怪香得天下无敌。我听见牙齿和舌头欢快地配合着,味蕾大声赞美着。好吃,真好吃!我要是此刻一头栽倒死了,你不用寻找死因,就是香死的。

又一个大摊饼出锅。马东女人右手用锅铲,左手捉筷子搭了一下,飞快将一张黄亮的大圆落到了案板上。接着又往锅底刷油,又开始摊下一张。

我慢慢咀嚼,分辨着饼子的组成成分。荞麦面酥软,但缺乏韧劲,莜麦面柔韧、劲道,却黏性极差,让它们结合,就互补了彼此的短处,完全变成了优势组合,而洋芋丝儿改变了纯面食的现状,洋芋里含有淀粉,烙熟后绵软又有嚼劲。这些食材是我们生活里最平常不过的,这些年我们几乎天天吃,煮洋芋、炒洋芋、洋芋面早把我们吃腻了,莜麦面做的饭和饼子也吃得不爱吃了,荞麦面搅团和面条也难吃得很……食材还是那些食材,现在改变了组合方式,就是完全不一样的美味,这惊喜是马东女人带来的。真没看出来这个女人能有这样好的厨艺。

饼子终于烙完了。我看见我家的半瓶油见底了。

那我再倒一瓶儿去!我妈麻利地接过玻璃罐头瓶,拧身往后院跑去。她的口气是那么豪爽,好像我们家的清油存储量很大,就应该被这样大方地挥霍。

后院的窑洞里装着洋芋,也放着一个瓦坛子,那是我家的总油库。我追撵上去,表达着自己一直没敢问出口的疑惑:妈呀,她是不是放油太重了?那半瓶子油够我们吃七八天呀!叫她一顿就给使唤光了!

也就是说,马东女人的一顿饼子,生生烙掉了我家一周的用油量。我妈一把拉住我,把我扯进窑洞,声气压得变了音,你吵个啥?她瞪着我,不就是半瓶油么,你叫她听着笑话!

这话里头的道理我懂一点儿。谁都不愿意让外人看破自己家日子里的一些内幕,比如我们家的节俭,磨一壶油能吃大半年。每次做饭就往锅底里刷那么一油抹布,用我妈的话说,油要比眼泪还稀罕。我家的日子全靠了我妈的精打细算。话说回来,羊圈门谁家的日子不是精打细算过下来的啊。屎肚子百姓嘛,日子不这样过,你还能咋样过!

话说油多放点那饼子就是香,我吃了半片这会儿舌头上还香呢。我不是不能接受这个女人浪费我家的油,我是不能接受我妈忽然表现出来的大方。她忽然变了一个人一样,简直让人难以接受。

我妈给瓶子里灌了一瓶油,仰起头对着窑门口透进来的光瞅了瞅,改了主意,又倒回去半瓶,然后盖好油坛,端着多半瓶油出去。多年后我才能明白我妈当时的举动。这个一贯节俭的女人,今天忽然迸发的豪爽,这一刻还是败给了多年养成的节俭习惯。她终究没有勇气端一满瓶油去见马东女人,她怕接下来这瓶油又被挥霍掉。突然升级的友谊确实让人欢喜,甚至欢喜到晕头转向,但日子是一天一天过出来的,一时的大手大脚,需要后面无数时日的更加俭省去弥补。

接下来两个女人打了荷包蛋。整个过程我坐在门槛上看着。马东女人不建议打那么多。她甚至不建议做荷包蛋。她把所有的饼子切成了菱形的箭头,重新回锅炒了。她一边往一个盆子里铲炒热的馍馍丁儿,一边说算了,不年不月的,吃啥鸡蛋哩,这摊馍馍就好得很!再说家里又没来亲戚。肯定是最后一句话激发了我妈心里的豪情,她撅着屁股从案板底下的一个树皮壳子里掏出一堆鸡蛋,说都打上,每个人都有份儿,你就是亲戚,头一回上门的贵客!

鸡蛋摆在案板上,一共二十三个,白灿灿的一堆。我妈在锅里烧了开水,水开了,马东女人掀开半边锅盖,我妈将火撤了,看着马东女人忙碌。我也望着她忙碌的身影。想想真离奇,做梦也难想得到吧,有一天这个女人会跑到我家的锅台上做起饭来。事实就在眼前上演。女人的友情就是这么奇幻吧,它把不可能变成了可能。在这以前,这个马东女人对于我来说是遥远的,跟村庄里大多数妇女一样,她们忙碌着自家的日子,具体过着怎样的生活我一点都不清楚。只有谁家过红白事的时候,寺里过圣纪的时候,沟里担水的时候,上地干活儿的时候,会碰到,碰到了可能会打招呼,就是这些了。没法更多。她家住得离我们本来就远。而人和人交朋友,更大程度上会受地缘因素的影响。她让我们第一次高度关注到,是她家和马东大哥的矛盾白热化,大闹那一场,然后她两口子赌气搬了新家。不过整个事件中,都是马东在和他父亲、大哥吵架,这个女人没有多显眼,她不像那些泼妇跳出来撒泼,她默默跟在男人身后,给人印象最深刻的一幕是,她只是一个劲儿地抹着眼泪。

一个就知道哭鼻子的女人,现在忽然和我母亲亲近了起来,无论如何,事情来得有点突然。她在打鸡蛋。鸡蛋抓在手里,飞快地在锅边上磕一下,然后两个手一分,蛋液就滑进锅里,蛋皮她头一低丢进了灶火眼。我妈嘎的一声大笑起来,说你姑舅嫂子你晓得吗,有些女人连个荷包蛋也不会打,水滚了还不撤火,大火烧着,鸡蛋都给冲化了,做出来半锅鸡蛋汤,连一个囫囵蛋也见不着,看你信吗?马东女人已经打完了,二十三个蛋,光磕撞就得好一阵子,亏得她麻利。她在护裙上擦着手,把锅盖盖上,也嘎地笑出声来,调门忽然提高,说信哩么姑舅阿姨,咋能不信哩!我家老大的女人,那么能的人,不会刺豁鸡,说手不敢往鸡肚子里塞,热烘烘的,一塞进去手就抽筋了。早些日子宰了鸡都是我婆婆刺豁。等我进了马家门,拾掇鸡的活儿就全靠给我了。

她语速不快,嗓门比较粗,不看她本人只是听这语声,会让人误以为这是个嗓门稍细的男人在说话。

我妈开始烧火,火哗啦啦笑,她也笑,好像她这辈子从来没有这样欢快过。这时候的鸡蛋已经在温开水里坐住了形,可以用大火烧了。她就一边用大火烧着,一边不停地笑。我感觉我妈像个刚下完蛋的母鸡。她兴奋，欢快，轻薄，要飞起来一样。这是一个让我感觉陌生的母亲。是什么让她这样高兴，高兴到失掉了惯有的稳重和分寸？

天擦黑马东女人才走。我妈亲自送她出门，看着她走进前方的暮色里，我们才转身回家。临转身，我妈还给满眼的暮色抛出去一句话：明儿闲了再来啊，你姑舅嫂子！黑沉沉的前路上回应过来一句：闲了就来了，姑舅阿姨！

一段伟大的友情就此拉开了序幕。从这以后，大概有三四年的时间吧，我妈和马东女人成了最好的连手。后来我回头追忆往事，替母亲梳理这段友情，有些地方让我迷茫，我不知道是什么让她们友谊的开头给我留下了这么深刻的印象。

我妈很喜欢马东女人，对她的评价特别高。记得那晚送她离去后，我们一家人坐在煤油灯下做过一阵回味。主要是刚刚装进肚皮的这顿晚饭太丰盛了，摊馍馍，油汪汪的，还又炒了一遍，炒的时候还把腌白菜切碎放了一些，馍的柔韧，菜的清脆，酸中带咸，风味独特。还有荷包蛋，每人三颗。这晚的荷包蛋打得真好，没有一颗残破的，都珠圆玉润，饱满可爱，汤液清亮，鸡蛋雪白，你能想象这美好吗？我妈忽然变温柔了，对我们每个人都那么和气，她把碗送到我们每个人面前，把马东女人拉到炕头坐下，她给我们介绍这个女人，好像我们第一次认识她。她又指着我们一一给马东女人介绍，先说到了我们的父亲，父亲这会儿不在家，我妈却不想放过他：你姑舅巴，经常不在家，你晓得，当着个破大队长，忙得没个日月！你可千万别以为她在贬损我们父亲，鬼都知道她在夸！羊圈门几百口子人，当大队长的就他一个！她指着我大姐，金女，我大女子，九岁了！又指我，银女，老二，七岁了！指头轮到我家老三身上，老三自己先开了口，说：三窝子，花女，五岁。说完她指趴在被窝里啃脚指头的那个婴儿，说落屎嘎嘎子，也是个赔钱货，叫赛赛子。

说完，过了几秒钟，我们大家都笑了。

都说疼大的，惯小的，中间夹个受气的。意思是一奶同胞的孩子们当中，最受委屈的往往是不大不小中不溜儿的那个。可你看到了，我家老三哪里有一丝受欺负的迹象，她生来就有张八哥巧嘴，谁也不怕。

马东女人郑重地看我们，用目光一一跟我们对接，算是正式认识，预示着从此以后她就是我妈的连手了，她们会常来常往，不是姊妹亲似姊妹，没有血缘，胜过血缘。羊圈门的连手情意就是这么神奇。

姑舅嫂子。

姑舅嫂子。

姑舅嫂子。

我们依次给她打招呼。郑重而热情。

我说过了，羊圈门人老五辈就是这么个礼性，长幼有序，辈数分明。马东的爷爷跟我们爷爷互道弟兄，马东父亲跟我们父亲以姑舅称呼，到了马东这一辈，跟我们姊妹平了。马东女人是娶进来的，这之前她跟羊圈门没关系，现在她按马东的身份和庄里每一个人排大小。

她走后我姐金女问过我妈，干脆你和她结拜算了，认她当干妹子！

其实这是可以的。不结干亲之前她是马东的女人，如果真的一旦结了干亲，她就是我妈的妹子了，她可以和干姐姐平辈，以姊妹相称，等于她们的关系已经超过了从前的固有关系。

我妈的眼睛亮了一下。好像金女的话往她眼睛里投了一把火星，点燃了她的某种隐藏的心思。连空气也忽然被增温了一样，有了一丝让人不知所措的灼热感。

要多一门亲戚了！我心里飞快地运转着这个信息。真认了，马东女人就是我们的干姨娘。我们还没有一个距离这么近的亲戚。以后常来常往要多方便有多方便！

不成。大队长走进门来，出声打断了我们。羊圈门唯一当官的人（大队长算是官吗？反正当时我们羊圈门的人都认定这是官），话语是不多的，本来就不多，自从最近当上了大队长，就更少了。贵人语迟，我妈这样夸赞过。话说多了比屎都臭！她这样表达对爱说话者的鄙视。她肯定是忘了，我们家除了这个当官的，其余人都随了她，一个比一个话多。现在我们家里话语表达是不均衡的，所有的女性都叽叽喳喳，合起来就是一窝麻雀。唯一的男性，我们的父亲，他轻易不说话，这让他偶尔说出来的话具备了奇异的功效，他往往四两拨千斤，一个人就能平衡我们这一窝的喧闹。他说不成。就两个字，平息了空气里蒸腾的热度，好像有人兜头泼了两马勺凉水。

为啥不成？我妈第一个反应过来，情不自禁地反问。她的腔调里还残留着热，她还没有从一个高度上及时降落回地面。她口气有点撒娇的意味。今儿她高兴，高兴让她有些轻狂，轻狂让她忘了自己是谁，是四个娃的妈，她肯定以为她还没有长大，她还是个小姑娘，小姑娘总归是拥有撒娇的权利的吧。

是啊，为啥不成？除了四妹太小，不谙人事，我们姊妹三个齐刷刷望向父亲。

就算我们都也还不太懂大人的事，但香和臭我们能区分。马东女人一出现，就大大改善了我们的伙食，今晚这一顿美食啊，你敢说你没差点香破了头？这样好的女人，如果真的亲密起来，以后常来常往，亲如一家，我们的口福就到了，当然清油是不敢再由着她这样挥霍了，鸡蛋也不可能这样一人一碗地吃，那就隔三岔五让她做个摊馍馍吧，哪怕少放油，也肯定比我妈做的好吃。我们都是馋嘴巴，我们的味蕾已经牢牢记住并将不断怀念这顿美餐。

她比你堂深。你交不住她。

这是羊圈门的新晋大队长，在马东女人这件事上头，唯一送给我妈的建议。后来的三四年当中，我妈将会验证这句话，并且佩服大队长目光深远，能看穿人心。当然，这是以后的事，眼下这个夜晚我妈难以接受这个评价。

你就是眼红，看我有了个连手！这是我妈的抗辩词。奇异的是，软绵绵吐出这句话，我妈就没那么亢奋了，她甚至很快就懊恼起来，她举起油瓶子在灯下瞅了瞅，说使唤起油手还真个重哦，差不多费了我一瓶子！父亲用舌头舔着嘴唇，好像刚吃过的美味还黏附在嘴唇上，需要他认真舔舔才不至于浪费。他打一个大哈欠，说摊馍馍这么做好吃！荷包蛋多放点油也好吃——

这一晚的摊馍馍和荷包蛋，给我们每个人都留下了难忘的记忆。主要是太香了。柴火烧铁锅，莜麦面用开水烫熟了，再和荞麦面揉到一起，洋芋丝儿细细的，这些平时不搭界的食材愣是被放到了一起，还酝酿出了这样柔软又嫩脆的香。荷包蛋我们偶尔也吃，可马东女人打出的荷包蛋怎么就那么嫩呢，入口后你都来不及发动牙齿咬，蛋已经欢呼着拥裹了你的口腔。我们多么贪恋这口腹之欲，我们已经在怀念马东女人带来的美味。

难道心不实在？母亲忽然问。目光炯炯，望着父亲。队长大人拿手背抹去哈欠带出来的眼泪，哈哈一笑，说算了算了，说到底是妇道人家，心思再大，还能有多大？他坐起来，神色严肃，显然是在说正事了，你和她做个连手嘛，成么，要结拜么，我看还是缓一缓，说不定过上一两年，你就不想结这个拜了。

看来人还是要当官儿啊，父亲当上大队长才多久呢，话能说得这么讲究，充满了艺术味道。态度也好，语重心长，春风化雨，抚慰人心。

母亲把油瓶子放回到架板上，说算了，听你的，日久见人心，日子长了再说。

我们不得不承认，这一搁置，就把事情拖进了遥遥无期当中。

好在马东女人从来没有催促过我母亲，我印象里都没有听到过她再提及这件事。几天后她又来了，还是穿着家常衣服，脚上还是平绒鞋。我一眼就看出来鞋很新，肯定上次从我家回去后，她就脱下收起来了，今儿才又上脚。羊圈门的生活我还不清楚吗，抱柴、烧火、喂牛、背粪、担水……干板平绒鞋太娇了，哪里经得起这样高强度的蹂躏。她胳膊上挎个笼子，笼子用一片白包巾苫着。她走路不急，缓缓地迎面走着。西北风从她身后吹过，掀动了她的罩衣襟子，也掀得苫笼子的包巾四个角儿此起彼落，她伸手压着包巾，因为使劲，腰身微微地前倾，这让她好像负载了某种重压，她就在重压下一步一步走近我家大门。后来这样的情景经常出现。

2

在对待连手方面，我妈一直都很大方，同时不会随便占对方的便宜。马东女人要是带了什么来，我妈肯定要想法子也备些什么给她带回去。有时实在找不出可以相赠的，第二天或者稍后几天，她就会想出办法来，打发我们姊妹给马东家送去。因为结拜的事迟迟没有实现，马东女人没能变成我们的干姨娘，我们还喊她姑舅嫂子。

有一天我妈把一个草编小篮交给金女，又叫我护送，快送给马东女人去。一定抱稳了啊，不敢跑，不敢磕碰，不要揭开看，不能受冷。母亲再四地盼咐。里头是一堆麦衣，麦衣里埋着几枚鹅蛋。

为啥要把鹅蛋给她？金女不情愿，质疑母亲。谁不知道现在鹅蛋稀缺，正是用鹅蛋抱鹅娃的春季，羊圈门的妇女们一个个疯了一样恨不能满世界找受过精的鹅蛋呢。甚至有人出五枚鸡蛋来换取一个鹅蛋。母亲白白将鹅蛋送给马东女人。金女可以容忍她把一辫子蒜全送给马东女人，把一包菜籽给了她，把窖里最后一背袋大萝卜叫她背走……唯有这件事她不乐意，她早就盼着母亲准备一窝蛋，一旦有母鸡造窝，就马上抱起来。她太喜欢鹅娃了，她渴望我们家能抱出羊圈门的头一窝鹅娃。可母亲这样慷慨，要把好不容易攒起来的几个鹅蛋都送给马东女人。这是疯了吗？

金女子！母亲喊了一声。

就这一句，把大姐镇压下去了，她乖乖接过小篮，抱在肚子上方，出发去马东家。记不得我们这是多少次来马东家了。她家的狗都认得了我们，见了面不咬，还给我们摇尾巴。马东女人接过蛋篮子，掀开看看，笑得露出牙花子，拉着我们进屋

444

坐,又用一个碟子装了玉米面碗坨来让我们吃。金女早就警告过我了,这回要给马东女人一点脸色看看,叫她知道她有多可恶,正是因为有她,我妈就事事处处把她想在前头,啥好的都要给她留一份,害得我家不能抱头一窝鹅娃了。马东女人把碗坨子用切刀切成薄片儿,往我们手里递。我看见她做的玉米面碗坨子黄灿灿的,鲜亮又蓬松。我忍不住伸手去接。我姐没接,她忽然一把打掉了我手里的,拽着我,说:走!

连篮子也不要了,我们噔噔噔冲出马东家的大门——他家大门是啥时装起来的,我竟没一点印象。

再见面的时候,马东女人把那天我们姊妹的表现告诉了我妈,她不是告状,是连说带比画,当笑话讲给我妈听。在我们印象里,这个马东女人就没有生气的时候。除非说起马东的大哥一家欺负他们的事情,她才有一副气愤的嘴脸。她笑呵呵拍着我妈的腿面子,说娃娃灵得很,心疼着嗷,就那么跑走了,我心里过意不去得很么,没有眼看着叫娃娃吃上我家的碗坨子!我妈也嘎嘎笑,说管她哩,屁大点儿人儿,还毛病多得很,你有给她吃的碗坨子,你喂狗去,狗吃了还给咱们摇尾巴哩!

听听,在她老人家嘴里,好像我和金女连狗都不如。当然我们知道大人嘴里的话往往没个真假,现在不是有那么句流行语嘛,说宁可相信世上有鬼,不要信大人的嘴。可见大人的嘴里不说真话是多么普遍,到了哪一时代都具备普遍性。

接着两个女人嘎嘎嘎笑了。就在这笑声里我找到了相通的感觉。对,就是我妈和马东女人之间有一个地方相通了。她们俩像一个人,嘎嘎声是从我妈嘴里发出来的,同时又是从马东女人嘴里发出来的,不一样的两个身体,不一样的嘴巴,发出了一模一样的声音,这一刻她们俩是两个一模一样的瓦罐,形体一样,盖子一样,捏造的泥巴一样,烧制时候的火候也一模一样。她们是双胞胎?不,是一个人,裂成了两半,一模一样没有任何区别的两半。我妈满脸都是欢快,马东女人鼻子窟窿里都蕴含着欢乐,她们嘎嘎嘎,咯咯咯,下了蛋的母鹅一样,下了蛋的鸡婆一样,偷人得逞了的贼娃子一样。她们脱了鞋坐在炕上,被窝盖着她们的腿,她们手里开始做冬天残留下的一点针线活儿,春种马上要开始了,她们相约好这两天在一起给这些针线活儿收尾。

这一天我妈和马东女人坐了整一天。马东女人来的时候,我家早饭刚吃完,等她离去的时候,我和花女骑在门槛上催我妈做晚饭,我们一直催啊催,扭来扭去地催,把裤裆都要磨破了。她们说话说得太忘我了,一高兴就忘了人间还有鸡零狗碎的俗事需要她们抽出身来处理。这一天这两个女人好像完全忘掉了各自是女人,身后还有着一个家,还有娃娃要吃要喝,她们成了两个没出阁的大姑娘,只有自我,不管别的,啥男人啊娃娃啊老人啊鸡狗啊,她们都摒弃了,再也不能烦扰到她们了。她们让我第一次明白了什么叫扯磨,拉闲,还有个后来我走出羊圈门才能知道的词儿,聊天。这一天这对羊圈门的乡村妇女,把中国汉语里有关用语言面对面交流的词儿,都活生生演绎了一遍。从天上聊到地下。从地下扯到天上。从今世拉到后世。从袜子跑到长面。从拔草牵连到坐月子。那一天我才发现我们羊圈门原来有

445

这么多可以说道说道的事情：人物，趣闻，正传，八卦……两个女人舌灿莲花，两个女人让万物复苏又枯死，两个女人的笑声把屋顶哨眼里瓦格间歇脚的麻雀吓得一愣一愣。

关于马东和他大哥一家的纠纷，缘起和过程，我这天第一次亲耳听到。有全貌，更有细节。说到艰难处，马东女人哭了。她哭起来像一头牛，被草疙瘩噎住了，呜，呜，哽咽几下。头甩着，好像不愿意要这颗脑袋了，这头颅沉甸甸的，扛得她太累了，她要甩掉了它。情势有些骇人。我从门槛上抬起头看。确定她不是噎住了，她在哭。哭泣突兀而短暂，很快画上了句号。如果我不是近在眼前，可能都难以察觉这突然发生的变化。地下炕头边，摆着马东女人的鞋。不是平绒干板鞋。那双经常登我家门的洋气的鞋，已经被替换掉了。不知从何时起，马东女人和我妈一样，也穿着布鞋来串门。她的鞋比我妈的肥，前头尤其宽，脚拐拐总会顶宽鞋的前帮子，顶出一个明显的包。这个包现在显得这样忧伤。我望着这个包，我的心里也在滋长着忧伤。这忧伤里混杂着惶惑、担忧、悲戚和细细的一丝害怕。马东女人已经不哭了。她这样迅速地结束了她的悲伤。她就是这样，有时候是个像男人一样干脆利落的女人。可是她把某些东西传递给了我妈。现在我妈变成了悲伤者。她拿手背抹着眼睛，她脖子咕噜扯一下，咕噜再扯一下，她说妹子啊，你今儿把心给姐交了底儿，你不把姐当外人，姐就也不把你当外人。

如今想起来那时候我们心思真是比清水还纯净，纯净到一整天也不起一丝波澜，对世界不抱有任何奢侈的欲念，所以随便坐在哪里都能有滋有味地打发掉一天的时间。我和花女骑在门槛上，我们耍一串纽扣。用一根长线把它们一枚一枚串起来，然后抽了线，看着一串纽扣欢快地掉落，然后我们再重新穿。这次把大纽扣放到一起，下次把小纽扣放到一起，下下次按照颜色分类，下下下次根据纽扣的形状穿，再下次，一颗大，一颗小，一颗圆，一颗扁，这样轮流变换着穿。三四十枚纽扣，可以变换出很多组合，足够我们从早玩到晚。我玩一次，花女玩一次，我们轮流着来，我和她都是乖娃娃，总是能安安静静地坐着一玩一天。金女就不是这样，龙生九子哩，她就是个长虫！我妈常这样自嘲般比喻她的大女儿。在我妈的心目中，我和两个妹妹是龙，金女姐就是一条不听话的蛇。也不是我妈对金女有多厌弃，我觉得我妈之所以这么说，是为了给她自己找个台阶下罢了。毕竟这条虫是她生出来的。尤其金女敢公然跟生她的这个女人顶嘴的时候，在我妈眼里她就是一条舌头上有毒的长虫。

我们的安静和对游戏的沉迷，让两个女人完全忽略了我们的存在。我们是一个世界。她们俩是另一个世界。大世界和小世界没有交集，互不干扰。春风透过门帘一股儿一股儿地送进薄冷来，好在春毕竟不是冬，就算春风也是刀子，这刀子不剔骨也不割肉，至多划破点细皮儿。我们就在门槛上一边感受着屋里暖烘烘的炕气的抚慰，一边吹着凉飕飕的春风，在冰火两重天中玩到忘记身外的世界。两个女人也忘记了身外的世界一样，不停地说着，你一句，她一句，嗓门忽高忽低，情绪一会儿激动一会儿愤恨，话题的跳跃度也很大，恍惚间我记得马东女人是在哭来着，可不知不觉间她又在笑,我妈前面刚在骂什么人,后面又一脸贤良地说要饭的上门了一定要多多少少给上一点,不敢叫空手离开,有罪哩!马东女人就举了个例子,说马东大嫂不给叫花子舍散吃的,还隔着门把人家骂走了。说完两个女人再次达到了一个高度一致的认同,一起摇着头,咂着嘴,嘘嘘地感叹着。有一次我妈忽然拍手打了马东女人一巴掌。啪,寂静的空气也抖动了一下。我和妹妹一起抬头望。我妈好像自己也没想到忽然会对人动手,她噗噗地吹自己的手,又在自己膝盖上拍了一巴掌,说哎哟,我这爪子,打娃娃打惯了,你疼吗?马东女人今天好像比过去这几年里的任何时候都温和,她有些慈祥地望着我母亲。她扑哧笑了,轻轻一巴掌拍还给了我妈,说疼着哩,姐你手重,以后可不敢这么打娃娃了,娃娃碎嘛,那点嫩肉肉咋吃得住你这重手。我妈呱呱地笑了,说碎狗日的都不听话么,就得巴掌伺候。

关于这一天的时间,后来我回忆过,这一天好像比任何一个初春的天气都长。打春后昼夜开始增和减,昼慢慢比夜长,但也不至于长过1991年的这个春天里的这一天。大概是中午时分吧,我妈跳下炕,麻利地调了一疙瘩面,裹上清油和苦豆子,她把面卷成花卷,又把花卷挤进一个圆圆的小铝锅里,然后搂紧了,抱出去埋进了我家的炕眼里。炕用牛粪填的,中午时分往往最热,炕里睡着的赛赛小脸蛋红得能沁出血来,就是给热的。过了两个钟头吧,我妈又跳下炕,麻利地捞一碟子咸菜,从炕眼里掏出那个铝锅,锅盖打开,一股滚烫的热气升腾,锅里一个圆鼓鼓的花形馍馍熟了。

这个叫煪子[1]。白面、苦豆和清油,本来是最佳搭档,加上埋在火里烧的方式,让食材变魔法一样绽放出了最诱人的形态。七个小花卷已经紧紧胀成一个整体,众星拱月般形成了一个大大的花的形状。花的最外一层瓣儿被烘烤得黄葱葱的,不要说吃,就是看,也能让眼睛流馋水。我妈把煪子轻轻掰开,一分好多瓣儿,摆在一个碟子里,端到炕桌上,让马东女人吃。金女、我和花女在地下就被打发了,每人手里分到肉厚厚的一个花瓣儿。她们的话题就自然而然又转移到了煪子上。马东女人由衷表达她的赞叹,说这个铝锅锅子真好用,哪哒买的,多少钱,咋烧才能把馍馍烧好。我妈就轻狂起来了,把一泡稠鼻涕擤出来抹到炕头边,欢快地笑着介绍她在葫芦镇集市上用一堆废铁烂铜换这个铝锅锅子的经过。

两个女人笑成一团。注意的焦点早就偏离了今天好吃的煪子馍馍,包括那个圆溜溜的瓦盆形状的铝锅,题跑到葫芦镇街头那个专门用废铁烂铜倒锅锅的光头身上去了。说来那光头还真日能,平时破破烂烂的废旧金属,什么水壶啊盆子啊勺子啊炉盖子啊,折胳膊的、断腿儿的、漏气的、渗水的,总之都根本没法使唤了,丢了却又可惜,这些东西被那光头收集起来就成了宝,他有变废为宝的本事,能从破烂里挑拣出哪些可以炼铝水,然后就灰头土脸臭味扑街地烧炼。现在两个女人讨论着那个光头。叽叽咕咕笑着,一边笑一边消灭着咸菜和光头烧制的铝锅里煪的馍馍。好

---

[1] 煪:音qun (qiong),西海固方言,《固原方言词典》:"聚火干也,凡以火而干五谷之类,秦晋之间或谓之煪。"本文中的"煪子",意思就是用炕洞里的火烧制的馍馍。

像把光头变成了下菜，正一口一口脆嫩地嚼着。

　　马东女人的要求是什么时候提出来的，我没留意到。我是个孩子，孩子有着孩子的兴趣。炕上两个女人的世界，和我的世界只是偶尔碰撞一下，然后会分离。我只注意到她们一直都很高兴，太阳都落山了，马东女人还不走，我们肚子饿了，开始催我妈做饭。我甚至有一丝隐约的期待，希望马东女人能像第一次来我家那样上锅做饭，再给我们来一顿摊馍馍和荷包蛋，那个香这几年我就没舍得忘记。可那好像真是个千古难求的事情，自从我妈和这个女人交往以来，也就发生了那么一次。后面的交往变成了你来我往，人和人隔三岔五走动走动，要么她来我家，要么我妈去她家里，同时互相赠送东西，她来的时候带着，或者我妈去的时候带上，有时候打发娃娃专门送去。两个人成了连手，关系就比一般人深厚起来，特殊起来，往往没有亲缘关系，却比亲缘还亲密，互相来往和牵挂，成为常事，别人见了，要么心生羡慕，要么习以为常。马东女人是个很大方的女人，她的馈赠不是天天有，隔上一段日子才会有一次，但她一次出手，能抵得上别人的三五次。有一次她提来一个布袋子，里头是一些扁豆，还是生的。拿些生扁豆做啥哩？我们看了觉得失望。我们觉得有用的馈赠都是马上能吃进嘴里的东西。马东女人亲自把扁豆淘洗了，装进一个瓦盆，还捂到了我家炕上。然后我们就忘了关注。偶尔看见我妈在给瓦盆换水，用清水把扁豆洗一遍，又捂回去。几天后我们吃到了扁豆菜。居然发出来一大盆菜。我家哪吃得完这么多？我妈说再长就坏了。于是我们给奶奶家送，给前后左右的邻居送，也给马东女人留了一大碟子。多少扁豆发出了这么多菜？我们才记起来追究这个问题。八九碗哩。我妈眉眼里渗出笑影儿，说马东女人还真是不抠啊，你看她哪回给我的东西小里小气了？还剩下几碗呢，我准备明年种一片扁豆。羊圈门的大队长往嘴里夹一筷子凉拌豆芽菜，响亮地嚼着，打出一个冒着豆腥味的嗝儿，说就怕是太大方了，里头有谋头哩。

　　说得我妈的脸绿了一霎。

　　她很快调整好了，挑剔出豆芽菜里长坏的，说嗨，你就是心眼多，是当官儿当坏了吧，看谁都有花花肠子！她翻检一阵，挑出一小撮坏扁豆，拿筷子指着给我们看，说看着了吗，好的多还是不好的多？当然是好的占绝大多数，世上人心还是好的多！这是她的结论。不知道她为啥就认定了这一结论。她摇着头，显得有些固执，也有些累，说：她这个人啊，话语迟点，话总是爱说半截，咽半截，不过心好着哩，我试了几回，都好着哩。

　　母亲什么时候，用什么样的方式试探了她的连手？我们竟然一点都不知道。也没兴趣去注意这些事。我们有我们的乐趣。大人的事情枯燥，没啥值得留心的。我只记得这天马东女人离开的时候脸色不大好。她本来是皮肤偏黄的那种人，这个傍晚脸上隐隐挂着黑气，她下炕穿上鞋，回头看了我妈一眼，掉头就走了。我妈赶着下炕，嘴里说你吃了饭再回去么——大门已经被从外头闭上了。我没有觉出这里头有什么异常，一个黄脸女人在黄昏脸色泛黑，没什么不对劲吧。况且这两个女人今天说得那么投机，整整高兴了一天呢，能有啥不对劲！

　　人已经走了，我妈把金女堵在墙旮旯

里,清算没吃马东家碗坨子的旧账。她一会儿气得眼睛比平时大出半圈,一会儿又心口疼一样揉着,她说马东家的碗坨子得吃,不吃不成!哪怕是只尝上一口,也要比纯粹不吃的强。

金女气愤得眼睛变了颜色,说我明明饱得很嘛,还能硬塞着叫人吃?你们大人太假了!

母亲哆嗦了一下。接着她一把揪住了金女的辫子。疼得金女也一哆嗦。母女俩眼对眼瞪着。金女忽然就哭起来,说你啥心病我清楚,她叫你帮她家要救济,你不敢跟我大张嘴,你就拿我出气!有本事你跟大队长说去啊。

她挨了我妈的一个嘴巴子。

我妈打了,又后悔了,好像这个嘴巴子把她的手打疼了,她拿手摸着我姐的脸,语气加重了,说娃娃呀,你咋不听话哩,吃了,说明你心里没啥,你愿意吃她家的五谷,我家和她家之间是不生分的!可你尝也不尝,还把你妹妹手里的打掉了,这是啥意思,难道人家的馍馍有毒哩!人家会咋想?是你个人不吃的?还是你父母叫你不要吃的?这里头事情复杂着哩!

母亲显得有些忧心。

我姐拿鼻子冷笑,说复杂啥哩?那个脚疙瘩女人,一开始就没抱好心,你就是不信。看看,她的野狐精尾巴夹不住了吧,露出来了吧?她要是你的真连手,今儿就不可能跟你翻脸!

我妈被气得呵呵笑起来。她笑着把事情跟大队长提了出来。本来这件事,按过去的旧套路走,她可能需要揣在心里掂好多个过儿,翻来覆去寻找跟大队长开口的机会。嘴不是好开的,一旦开了,事情就得有个差不多的结果,她需要酝酿,找准那个最合适的机会。过去这些年里的那几件事就是这么办成的。今儿这件事叫金女揭了盖子,馍馍没熟哩,气溜了。我妈肯定是临时有的灵感,她干脆破罐子破摔了,气既然溜了,那就给大队长上一笼夹生馍馍。她把事情光明正大摆到了桌子上,她说马东女人开口了,叫大队长帮个忙。是个大忙。

大忙?除了金女和被窝里吃奶不谙人事的老四赛赛,我们所有人都张大了嘴巴。大队长的嘴最大,嘴里刚扒拉进去的一口饭全露了出来。

大忙?啥忙?有多大?我妹花女的舌头还没发育好,总给人感觉嘴巴小,舌头大,舌头太占地方,一说话就满嘴都是肉,话被搅碎了,需要你拼凑才能听得清。听上去她发的不是大,是介于大和啊之间的一个模糊的音,带着一股嫩嫩的奶腥味,好像她在一个混沌的空间当中走迷了路,在费劲地寻找出口。

没人理睬她。

大队长重新吃饭。

队长夫人不按常理出牌,试图四两拨千斤,用轻巧办法把难题撬起来推给男人。对于她来说,往往最难的不是开了口以后的路,而是开口前的这个过程。因为她是女人,她脑子里有女人的行事逻辑。开口前,她输理,属于多揽闲事,一旦真的开了口,她就变被动为主动了,理重新回到了她的手中。就像一个人要处理一泡屎一样,甩出去前他前怕狼后怕虎,很不好意思,只要一旦甩到了别人的身上,他就不怕了,他会反过来催逼着别人尽快处理那泡丢人现眼的排泄物。你不接招,那就是你的错了。她可以抓住这个错,天天敲打你,不给你好好做饭,不给你铺炕暖被,不给你双手递茶，不给你笑脸……一个女人要整治她的男人，可以想出千百种办法。你只要是个想好好过日子的男人，最后屈服的肯定是你。因为女人能把她带给这个家的气氛都搅黄，变凉，改味儿，她就有这个本事。

大队长心情不好，饭量大增，一口气吃掉两大碗黄米馓饭。等米粒咽净，饭在肚子里坐稳，他脊背靠住墙，懒洋洋说老婆子啊，我是吃馓饭的，你也是吃馓饭的，我们一天吃的是一样的饭菜，这心思咋就不往一搭里想哩？我往左想，你偏偏往右边拧，你掰着指头数数，自打你交往了这个脚疙瘩女人——我们姊妹几个哗啦啦笑起来，脚疙瘩是金女给马东女人起的外号，起因是她脚面上那又宽又大的疙瘩，想不到大队长在这里也引用了。

金女笑得尤其亮，有一种暂时在精神上取得了胜利的欢欣。

笑场打断了大队长抒怀，他干脆将身子躺平，看我们笑得差不多了，才又续上说下去：那个女人不简单哪，她头一回来，我就看出来了，羊圈门老老少少上百号女人，我都能一眼给看个差不多，就这个女人，我没看透！他举起手来，三个指头撮成一团，在半空中摩擦着，说：就差这么一粒粒，就一粒粒啊，我死活看不透这个女人。

夜早来了，屋里的煤油灯点起来了，大队长的脸在灯影下肥了一圈儿，有些虚幻，让人觉得我们正在梦里夜谈。真不是个简单女人！他把手收了，目光逮住我妈，说你是个没脑子女人，脑子比人家碎了一疙瘩，也就算了，还像犟槽上拴的那个家伙——

哪个家伙？我抢先问。我姐发明的脚疙瘩受到了大人的肯定，我羡慕得很，也想在父母面前展露一下我的聪明。

犟驴。大队长一本正经回答。

嘴夹紧！

随着女人的断喝，我结结实实挨了我妈一巴掌。

这是属于挨了打也不敢哭出来的那种哑巴亏。

我劝你多少回了，你听不进去，你真是个犟板筋！你从头到尾好好细想一下，你们交往这几年，她通过你，在我这里办成了多少事？大队长说完，微微笑着，等着一个答案那样，静静看着。

我妈的脸上显出认真来，眉头慢慢皱出三道竖纹，说，好像还真个不少啊——她肯定在脑子里摆出了一个时间图谱，然后从这个图谱里往出提取比较准确的答案。

那年给她要了一个大羯羊！她喊。为自己的好记性惊喜。

对啊，那羊本来轮不到马东家的。大队长很简洁。

我妈很快又想起来了：还有那三袋子白面，一袋大米，一壶油。

大队长像老师看着健忘的学生：米，面，油，不止一回吧？你再好好想想。

那是最多的一回，五六袋子，她两口子背不回去，还是我给借了架子车拉回去的哩！那回好像是啥单位给的扶贫对吗？

大队长不说话，等着笨学生自己启发她自己。

我妈眉宇间的川字像刀刻了进去。她嚷了起来：那是最多的一回！除过那回，另外零零碎碎给的，怕一共有十几回了吧？每一回不是一袋米就是一袋面，春里给了，夏里还给，冬天不光给面粉，还给炭。

炭是另外一回事。大队长提醒她。那

年为了一车炭，我把人家支书都给惹了。本来是他准备给他姑舅妹子的一车炭，愣是叫我送给了马东。马东两口子在门外装炭哩，大队部里头支书在地上转圈圈，来来回回转了上百个圈，差点把砖头都给踏出脚印来。

大队长的神情有些迟缓，不知道往事让他难受哩，还是在怀旧。

唉。我妈吁了一口气。

还有那个红乳牛哩，你记着吗？大队长的语调柔和下来了，可能他意识到这样咄咄逼人一路紧追并不是最好的办法。

忘不了哎。我妈感叹。为那个牛，她给我说了两回，我给你寻了半个月的闲气，把你逼急了，才算把问题解决了。哎，那个大乳牛真俊啊，胎气也好，一年多就能下一个牛娃，牛娃也是长身子，红毛色，模样子打眼，哎唉，说起来那乳牛真是甜和马东家了。

大家沉默了。

那牛如今还养在马东家里，我们都见过它，确实是母牛当中难得的好牛，牙口好，肯上膘，耕地拉车都是好手，还好生养，马东家一两年就有一头牛娃能卖钱，那乳牛简直就是个小型银行。

说起那头牛啊，还真是没少给我家惹麻烦。为这个牛，大队长得罪了柯万金。据说按贫穷程度，牛应该扶贫给柯万金家。不知道柯万金在哪里扫了一缕耳风，就疯了一样天天往葫芦镇跑，找镇长告状。还扬言要拦书记的摩托。说红乳牛的事不给个结果他就告到北京去。现在你可以设想当时我家的气氛了。每天空气都紧绷着，好像头顶上悬着一个炸药桶，谁也说不准啥时候轰隆一声，那桶就炸了，把我们这个家给轰出个大坑。大队长嘴上说不怕不怕，柯万金爱上哪告就上哪告去，反正北京的大门又没上锁子锁住，谁都可以去逛一逛的。反正那牛又不是拴在了我家的槽头上，给了和柯万金一样穷的人，又能错到哪儿去哩。

最后事情咋落地的，我竟然没一点印象。可见当时那个年龄段的小孩子有多不靠谱，注意力和记忆力都十分随意，说断片就毫无商量地断了。这件事是我父母的一个伤疤。过去也就过去了。这几年他们俩从来没有再提起过。好像根本就没发生过一样。有几回金女提起来，她只要看了马东家新添的牛娃，回来就有意见，问那么好的牛，为啥不扶贫给我们家？难道我们真比马东家富有？凭着家里有个大队长，给自家弄一头牛，谁还能把你给吃了？第一次，我妈发出警告，叫金女夹紧她的嘴，少胡说。第二次，我妈用一只鞋砸金女，金女逃掉了。第四次或者第五次的时候，我姐瓦罐难离井口破——只要来的回数多，被我妈狠狠打了个嘴巴子。现在大队长主动提了起来。他已经很平静了。

倒是我妈，有了明显的悔意。叹了一口气。

大队长可能觉得这个圈子兜得差不多大了，开始单刀直入，问，这回又是啥事？你先不要说，叫我猜一下。接着他笑笑地看着我妈的眼睛，说：救济款，想套这回上头刚拨下来的救济款对不对？

我妈人在梦里一样，软软地点了一下头，她的声音瘦瘦的，薄薄的，好久没吃饭那样。她说对啊，救济款，她说她家要是能弄上这个救济款，就盖个厨房，这几年困难盖不起厨房，就在牛圈跟前那个草棚棚子里凑合着哩，冬天能冻死，夏里一下雨锅灶就泡在水里头，那苦日子她过够了。

大队长叹了一口气。大队长自从当了这个官儿，变成了一个意气风发的人，好像每一天的日子里都有着让他高兴的事，他很少像我妈这样愁眉苦脸，也绝少这样无奈地叹息。

她这回给你下了个大绊子！他忽然坐直身子，正视着面前的女人，声音里有着少见的坚决：这事不成。你明儿就挑明了跟她说，救济款本来就不多，是给那些没房的、还住在塌窑里的真正的困难户的。这笔款咋分配，书记镇长都盯着哩，我要是帮了马东家，我这个大队长也就当到头儿了！

我妈的脸本来是苍白的，现在干脆透出黑来。她起身把所有碗筷拾掇起来，撤掉饭桌，哗里哗啦洗刷起来，碗碟在铁锅里撞出惊心动魄的声响。

第二天的太阳和平时一样，慢腾腾赶它自己的路程，阳光温暖，明亮。日子又是原来的模样。大队长吃完饭就去大队部了。我妈忙了家里忙家外。过了三天，马东女人来了，我妈这回没停手里的活儿，一边掏炕眼里的灰，一边腾出嘴跟连手扯磨。她好像干活儿干上瘾了，把本来计划明天干的一些活儿也在今天干完了。又过了几天，马东女人抱着个大瓠子来了。两个女人坐着说话，我妈把瓠子开了膛，拔出肚子里的瓢，揉搓出小半盆儿乳白色的籽。我妈要蒸瓠子包子吃，说这么大一个瓠子，放一冬还没烂，太难得了。等她蒸出包子给马东爷儿几个端上些让尝尝。马东女人坚决不要，说昨儿她已经做给他们吃了。

她走后我妈蒸了两锅包子，放凉了装进一个大蒲篮，等大队长回来了随时能热给他吃。她把圆形包子装了一碟子，又把羊尾巴形的扁包子另装一碟子，然后望着两个碟子看。看一会儿，动手把一个圆包子放到扁包子上头，看看，再取一个羊尾巴包子放到圆包子上头。包子们被搬来搬去，次序乱了，最后又变成了一碟纯圆形，一碟羊尾巴扁形。

是要我们去送吗？我给金女努嘴，示意她看案板前失魂落魄的那个女人。

嘘。金女给我挤眼睛。说这包子不用送，以后咱们也不用跑那个腿子了。

啊，日头要打西边出来吗？

两个女人要臭！金女从牙缝里挤出金玉般珍贵稀少的几个字。

3

救济款是做啥的？任凭我们想破了小脑袋，也还是想象不出来。也许那根本就不是我们这些小屁孩应该关注的东西。大人比我们强了太多，他们也能被折腾得风云迭起，是非横飞，更何况我们呢。据说羊圈门有两户人家得到了救济款。马东女人再没到我家来过。大概过了一个月吧，春种忙，都没时间串门子，她不来正常。忽然一天我妈想去，说等明儿种豆子的时候她想在地边上加种几行大豌豆，大豌豆种子马东女人有。她曾建议我妈种，还说种子她从娘家背来了，给我们两家收着呢。我妈要去拿大豌豆种子。她把自己打扮了一下。换了新外衫，旧裤子外头套了新裤子。走到院里，低头一看，又退回来，从门匣里翻出新鞋，是一双平绒的干板鞋，她换上鞋，上下打量，自己把自己惹笑了，说这叫做啥哩？太扎眼了吧？金女在边上看，鼻子里嗤喷出一股气。我妈脱掉了新衣新裤，只穿着那双新鞋走了。

我妈长着一对细长脚，那双三十七码半的鞋她穿着不给人感觉脚大，反倒显得好看。她只有去跟集、走亲戚的时候才会这样穿。现在她到村庄南面的马东家去了。

看着，肯定呛一鼻子灰回来！

金女和我扒在南边的矮墙豁口上，目送母亲远去。金女冷笑着下结论。这个结论母亲听不到，即便已经听不到，金女还是带着嘲讽说。我妈说过，这个大女子不是她贴心的碎裹肚儿，是一件光板羊皮外衣，挨着肉就扎你，比刀子刃还利，好像她生出的是个仇人。金女是不是豆腐心，反正嘴绝对是刀子嘴，刀刀扎肉，刀刀见血。我早就习惯了她的毒舌，她要是忽然不毒舌那才叫人不踏实呢。

我深感遗憾，这一趟我应该跟着母亲去的。她穿了新鞋，显得隆重而认真。这和马东女人第一次来我们家的打扮有点像，几年前那女人也是穿着一双干板鞋上门来的。今日和当年的区别只在于颜色。我妈穿的是浅紫色绒面鞋，马东女人当时脚上的干板鞋是干红的。那时候她们都还年轻，这几年过去了，山里女人老得快，青春已经在她们身上加倍地溜走了好大一截子。我有些幼稚地幻想了一种可能，会不会我妈这一去，马东女人将和她烙几锅莜荞面的油摊馍馍，再打几碗荷包蛋，摊馍馍用腌得脆黄的白菜一炒，荷包蛋舀在白瓷碗里，大家面对面坐在炕桌前，亲亲热热地享用一顿美食。

口水顿时涌上来。吞咽一口，又涌上来一口。金女纹丝不动，我就不敢擅自做主。我们只能长在墙豁口里。我幻想着对面的烟囱里马上升腾起柴烟，那是母亲和她的连手开始生火做饭了。

童年唯一的好处就是注意力不持久。那个晚春的下午，我们很快就忘掉了最初扒墙头的用意，一个从墙下路过的男孩冲我们扔了土块，激怒了金女，她带着我和他展开了游击战。土块扔上扔下，打来打去，他忘了回家，我俩忘了盯妈。我们从墙豁口掰下土块，伴随着脏话一起砸下去。他用同样的办法还击我们。直到门口一个人出现，才让这场莫名其妙打起来的战斗戛然终止。

我妈回来了。

这天的晚饭很丰盛。大队长出门没回来，就我们几个人。我妈把洋芋丝儿用开水煮一下，拿凉水激了，然后用滚烫的清油拌了。原来洋芋还可以这么吃。我发现我们过去这些年的洋芋白吃了。完全是闭着眼睛填肚子呢。今儿我妈让我们见识了洋芋的灵魂。醋是从马东大哥家倒来的。马东大嫂这两年醋做得越来越好，全羊圈门出了名。麻椒面，味精，油泼辣子。洋芋丝儿被拌得黄中有白，闻着香，吃到嘴里脆生生响，香味直往嗓子门里窜。还有炒鸡蛋呢，鸡蛋里稍微打一把面纤，撒一大把葱花，油盐调味品也放上，慢火摊在锅里，起出来一大张子鸡蛋饼。用切刀划成碗口大的片儿，每个人分了半碟子。现在我们知道世界上有比莜荞面摊馍馍更好吃的饼。我妈还示范给我们一个新吃法，把洋芋丝卷在鸡蛋饼里，裹着吃，一口下去有蛋有丝儿，舌头和牙齿惊喜得一起打战。

我们吃得欢天喜地，直到花女喊，妈你咋不吃？我们才发现母亲真一口都没吃。

饱着哩，吃不下。她揉着心口窝说。心口窝里究竟装着饱还是饿，我们拿不准。

难道是马东女人给你做好吃的了？

没见马东家冒烟啊。

那大豌豆种子哩？咋没见你背回来！

我们两个臭了。母亲望着我们的脸，眼里的神色是我们从来没有见过的。至今我都忘不了那种眼神。瞳孔里蒙了一层什么，让她的眼睛比平时浑浊了一些。我仔细留意过，那不是眼泪，是一种别的东西，这东西厚厚的，黏糊糊的，好像要把这女人的一双眼睛都给糊起来，让她再也看不清人间。而她和马东女人最好的那些日子，她的眼睛总是亮晶晶的，有光在闪。

金女的乌鸦嘴又一次取得胜利。我说得准不？她得意地炫耀，我就晓得会是这么个结果！

这一回母亲没有给她一个嘴巴子。母亲似乎很累，只有些悲凉地看了她一眼，然后草草洗了锅，爬上炕喊我们去顶大门，去拿尿罐，快吹灯睡觉。

母亲得眼病了，这病害了很长时间。先是流泪，喊痒，就一个劲儿挤眼睛，拿手背擦，擦得脏乎乎的液体不停地淌。很快就红肿起来，眼仁也红了，瞳孔上空蒙了一层网一样的血丝。她不敢见光，躲在屋里流泪。大队长专门去集上问了大夫，买回来一管眼药膏。大夫还有话带了回来，大队长传达上级会议精神一样传达给老婆。大意是我妈在害眼，害眼是大事，最容易落下病根，害眼的人得好好缓着，不敢叫风吹日晒，也不要累着。一句话。在家里好好待着。母亲像个乖孩子一样听话，乖乖地点上眼药，闭着眼睡在枕头上。

我和金女都害过眼病的。害眼确实很难受。可真的有这样难受吗？母亲还是个大人呢。再说她脾气急，还爱操劳，这个家没有她一刻不停地操持，是无法运转的。现在她好像忽然看开了，把世事看透了，也就全部放下了，她静静地躺着，一个冷水里拧出的手巾搭在额头上，她不看我们，不看眼睛之外的任何事物。

大队长留下来关顾家里，他把洋芋剁成锤头大的疙瘩，开水锅里煮烂了，把面条投进去，煮出半锅稀烂的洋芋面给我们吃。我们吃得龇牙咧嘴，像在咽刀刃。大队长笑呵呵的，自己吃一碗，端一碗给炕上的人，说老婆子啊，人能害几天病其实是个好事情，身子缓一缓，心也缓一缓，尤其这闭上眼睛缓啊，它还有个好处——我妈摸索着端起碗往嘴里刨面，说灯不点亮黑得很，话不说透，不耽搁啥事吧。亏你还是个大队长，话还是那么多。

大队长伸手摸了摸他自己的嘴，噤了声，从此他们再没有议论过害病和休息的关系。

过了半个月吧，也许是一个月，反正我妈已经下炕正常生活了，她歇息的这段时间家里家外都积攒了太多的活计，她忙得不亦乐乎。这些日子病着，她养胖了，羊圈门的妇女们见了都说她白了，脸圆了。我妈用手摸着脸，有些茫然，也有些没来由的羞赧，好像她不能确定自己真的胖了并且白了，好像胖了白了是一件令人困惑的事。

四月豆花盛开的时节，一个西天飘浮着豆花紫的云朵的傍晚，一对男女走进了我们的家门。他们穿戴一新，脚步坚定，神态更坚定，不用主人邀请就主动走进我家上房，将正在上房桌前算一笔旧账的大队长堵在了屋里。男人迎头给大队长作揖——我们羊圈门的这个问候方式很特别，先弯腰双手作揖，规矩板正，像古人一样，嘴里说的是色俩目—坤。后来我专门查询过这一现象，这是西北地区回民中的一部分人所保留的一种见面方式，中外合璧，古色古香，别有特色。

大队长作揖还礼。

来的是马东，身后还跟着他的女人。

不等大队长说话，马东站直了身板，说姑舅巴，我要走了，搬到玉泉营去住家，临走前跟大家说一声。

大队长吓了一跳，赶紧让座。

不了不了——马东抬起一只手摆，我们这就走，还有好几十家子没去哩，得挨家挨户说一下。

大队长借着残阳的余晖打量马东，他第一次有机会这么近距离地接触这个人。他和马东年龄差不多，奇怪的是从小到大竟然都没好好打过交道。小时候都干啥去了？大队长在脑子里搜寻着。隐约记起来了，这个人其实是存在的，只是被他大哥遮蔽住了。青少年时代的大队长，和马东大哥是一波，放羊，放牛，斗狗，打群架，拔烟洞眼，掏兔子窝……身后应该跟着个拖了鼻涕的小弟弟，哭哭啼啼要融入大家，大哥哥们都嫌弃这样的小尾巴。

马东的女人和马东个子一般高，她的身材要宽大一点。让她显得比马东更突出。大队长看到她马上想到了自己的女人，男人跟男人告别，女人跟女人更应该有个告别。尤其这两个女人是羊圈门人尽皆知的连手。也许有一刹那大队长想到过别的，比如两个女人交往这几年来，马东女人那些暗藏着的用意和目的。现在都要结束了，明天这两口子就走了，所以两个女人的友情，不应该再有杂质掺在里头。他一边让马东在椅子上坐，一边给马东女人伸手指隔壁，示意她自己去厨房见她的连手。

马东好像想坐，屁股来不及落到椅子上，他身后女人说话了，姑舅巴，我们就不坐了，还有半庄子人家没去哩，天气要黑了。

这一说，马东就不坐了，退出门，说：一个庄子里长了这么大，这些年有啥亏欠你们的地方，都原谅着，给个口唤。弯腰又作一个揖，转身走了。他的女人也匆匆作了一个揖，紧跟着男人一起离去。

大队长站在院门口看呆了，他发现那两口子脚底下踩着风。

黑夜如期降临。羊圈门的所有人家都知道了一个消息：马东要走了，连家带舍搬走，去一个叫玉泉营的地方。也就是说，这一去，有可能再也不回来了。这是一个让人没法接受的消息。一种蕴含着悲伤的气息在村庄上空悄然弥散。很多人家为此推迟了进入睡眠的时间。

我们家的空气从来没有这样压抑过。先是我妈和大队长狠狠吵了一架。我妈责怪大队长没有及时喊她出来，以至于她错过了和马东见面的机会。她抱怨着就哽咽了，抹着眼睛，说她在厨房里忙着做饭哩，风闸拉得吧嗒吧嗒响，满心里就想着早点让饭出锅，给我们这一家子饭桶都吃上，她哪能晓得是马东来了，马东那个人是多好的人，这些年就没见过他跟谁吵嘴，见了谁都和气，该叫巴的叫巴，该叫阿姨的叫阿姨，将小得很，从不拿架子，也没听过他偷鸡摸狗，使坏行歹，就算和他大哥家不睦，那也是大哥一家子欺负他们，如今忽然要搬走，肯定是受不了他老子他大哥合伙欺负，才要离了故土的，那么一个良善人，如今要走了，无论如何该好好送送嘛。

说着她又抹了一把眼泪。

谁都看得出来，这个女人今晚有些胡搅蛮缠。奇怪的是，大队长今儿脾气好得离奇，他接受了女人的抱怨，他像哄娃娃一样拍了拍女人的肩膀，说啊哟，我今儿头有点疼，可能叫风给吹了，偏头痛犯了，啊哟，你晓得我偏头痛一犯，人就瓜了，你跟个老半瓜子计较啥哩嘛，你就高抬贵手放过他么。

我妈哭得更伤心了，一屁股坐在灶火门跟前，眼神蓝幽幽的，说，我就想着大家做了几十年邻居，种着一个山洼上的地，吃着一眼泉里的水，有事没事三五天都能碰个面，这说走就走吗，这老家的摊摊子舍得下吗？外头就那么好扎根？怕是跑出去要受罪哩。

说完她可能觉得有必要再往深处挖掘一下，说你记得吗，爷爷口唤的那阵子，马东帮咱们上了多少回坟哩？只要阿訇不在，你就得请他。你们一窝孝子贤孙，顶不上他一个人尽的力。

这个我们知道。前年我太爷爷去世了，确实经常请马东早晚去走坟。

他还帮我们宰鸡，不管他有多忙，只要我把鸡抱到他跟前，他都放下活计给我们宰牲，要是身上没水，就赶紧进屋洗一个，洗上再给别人宰这个牲。

金女和我蹲在炕梢，她忽然捅我一拳，悄声说：真没出息！

是骂我吗？我看她。她拉我一把，低声解释：她，你看她这没出息的嘴脸！

她的嘴努向地下，指的是我们共同的母亲。

说实话，此刻我也觉得那女人鼻涕、眼泪两汪汪的样子确实有点损害一个大人的形象。可我不苟同金女的看法。我妈罗列的马东的善良行为，原来这么多，要不是她今晚说出来，我们都根本不知道，或者早就习以为常，不觉得这也是难得的好品性。细想马东那个人，确实是个老好人，这些年就没见过他和谁交恶，当然他哥除外。

要不我们连夜去看看？大队长忽然提议。把你的鸡蛋拿上些，看还有啥心意吗，一并带上。

油灯的光闪了一下。可能是门缝里钻进来的风招惹了它。

那个抹泪的女人愣了一下，扭头看窗外，此刻窗外已经是黑漆漆一片。不过真要去的话行得通，我家有手电筒。

不去！她分明想起了什么，脖子忽然扭回来，跟人吵架一样。从地上站起来了，给我们下命令：都上炕，吹灯睡觉！

她是长官，我们都是小兵，军令如山，大家乖乖脱衣进被窝，紧跟着进梦乡。

别看大队长白天在人前挺有威望的，其实回到家里他也是我妈的兵，尤其吹灯睡觉这件事上头，他没有发言权，只有服从权。

四月的夜静谧而温柔。我们开始有热瞌睡了，能一觉睡到天大亮。等我们醒来，发现案板上摆着一堆鸡蛋。我妈站在鸡蛋旁边发呆。

谁下的？

花女傻愣愣问。她被鸡蛋的阵容吓住了。

不是我，我才睡起来！

聪明的金女才不会给别人背黑锅哩，马上替自己辩解。

三秒钟后，我们一起哈哈大笑。

金女在笑声中脸红了，跳着蹦子辩解：不是那意思！我不是那个意思！

下蛋、生孩子，乃至世间一切的生殖行为，在我们这个年龄的小孩子看来是耻辱的，尤其和小女孩挂钩的话，那就预示着她不知廉耻，这是当年羊圈门人们意识当中的一种奇怪的共识。

母亲笑得最响，她嗨嗨嗨嗨嗨笑着，

把鸡蛋分给我们。鸡蛋是热的，从锅里出来不久。每个人分到了六个，除了被窝里的赛赛还不会吃，我们大家瓜分了三十个鸡蛋。

花女用小衣襟撩着她的六个蛋，隔夜的小脏脸被惊喜撑大了，像个热乎乎的玉米饼，她用牙齿漏风的嘴巴说 nie（我）能一顿都吃了吗？

我妈笑累了，摆手，吃去吧，由着你吃，反正都是你的。

我妈把放在枕边的一匹毛蓝色新布抖开，瞅了瞅，又折叠起来，打开箱子重新放回去，然后坐在窗子边，一边给赛赛喂奶，一边看玻璃外墙头外更远的天地。其实墙头外是大片灰蓝的天，其余的风景都被黄土墙挡掉了。她的眼睛总是腾起一片泪蒙蒙的东西，她就擦，我们羊圈门的人都习惯用随手抓起的什么东西擦眼泪擦鼻涕，我妈一会儿用手背擦，一会儿用手心擦，一会儿用被角擦，还有一次她干脆抓起赛赛的尿布子擦了两下。

大队长今天没去大队部公干。他先在羊圈门溜达了一圈——自从当上大队长以后，他就变得爱溜达了。早起第一件事就是背搭手溜达一圈。步伐悠闲又有力，低调而威严，从我家门口一直走到上庄子，转身往下走，走到下庄子尽头，这才回家来吃早干粮。遇到的人都和他打招呼，人家要是没有看见他或者故意看不见他，眼看着可能错过一个招呼，他就会咳嗽一声，大声喊人家，主动打一个温和的招呼。羊圈门有人送他一个很诛心的外号，牙狗。就是公狗的意思。他们的意思是，公狗早晚巡视，无非是树立自己威风，维护自己的地盘。从这一角度去看，这外号也不算太亏了大队长。我妈为此劝过他，叫他稳

着点，聚点，不要惹得猪嫌狗不爱的。大队长坚持不让步，他有自己的理由，这理由是妇道人家和我们这些碎屁子儿不能理解的。他说要压稳沟子下这个位子，就得忍受一些东西，遭人嫌恶怕啥，人还不都是眼红，换个人坐大队长的位子上你试试看，说不定比我还会二哩。大队长是官儿，操着大心，干着大事，我妈就不敢干涉了。再说我妈作为队长女人，也确实感受到了身份带来的好处——大队长溜达回来就坐在炕沿边生气，大骂马东的老父和大哥，说他们不是人，合伙逼得马东背井离乡了。

骂完他看着摆到面前的一碗鸡蛋，拿起一个，磕破了剥皮，剥光了送进嘴里，大口吃下去，说嗯，好吃，一顿吃这么多鸡蛋，享福了！

接着剥下一个，眼睛不看我妈，低着头自顾自地说着话，嗯，我们是沾了马东两口子的光，嗯，有人鸡叫了就爬起来拾掇煮鸡蛋，把一筒子鸡蛋都给煮了，咋又没给马东家送去哩，还有那块子布，也送给马东女人么，毕竟两连手好了一场，谁都不是坏人，只要拿着东西赶去送，她还能冷着吗，唉唉，你说你咋就低不下这个头哩，是迈不过心里的那道坎儿吧——

吃你的蛋！

我妈忽然吼。

多亏是大队长，这个吃着蛋还饶舌的人要是换了金女，我妈肯定用的是"皮嘴夹紧"这类猛词。

等太阳出来，世界又暖洋洋了，今天和昨天没什么区别，豌豆花儿还是一片紫一片白地开着，孩子们照旧凑成堆儿在风里乱跑，我们撵蝴蝶，追蜜蜂，从北边跑到南边，把世界跑小了。我们转悠到马东家门口。大门开着，屋门开着，牲口圈

门开着，茅房门开着，马东家变成了一个洞开的世界。马东两口子，他们的两个娃，一头牛，一匹驴，一只狗，几只鸡，还有应该早就出世的鹅娃，都不见了，好像他们从来都没有在这个家里生活过。

后来据羊圈门那些爱搬弄是非的人们传播，说马东一家是在东方刚放亮就起身离开的。马东放开悲声哭了一嗓子。他女人没哭。娃娃们估计还在梦里挣扎，被安置在架子车上的铺盖卷里，就那么做着残梦离开了故土。

莲花白

宁不远（《西湖》2022年第7期）

推荐语

宁不远的《莲花白》叙述少女之间的友谊与猜疑，爱慕与排斥，淡淡的笔调写来，却有着挥之不去的阴影和难以释怀的沉痛。而主人公近乎执念的追忆与探寻，又将在过去与现在之间制造出新的紧张和矛盾，小说撕开了人与人之间的表层面纱，直现内里千疮百孔的本质。（吴玄）

1

这么多年过去，只要煤油燃烧后在空气里飘，那气味就会引发我的食欲。水煮莲花白，酱油拌饭，咸菜，有时会有一点点肥肉。生理上的饥饿感和这饥饿即将被填满的幸福感同时涌来。

所以当我将从山顶机场租来的捷达车拐进半山腰的垭口，那座加油站出现的时候，一股煤油味让我振奋起来。尽管煤油味混合在汽油柴油和尘土味里，我还是准确捕捉到了它。这是不管过去多久都会想起的气味，水煮莲花白，酱油拌饭，咸菜，有时会有一点点肥肉。如今还有人用煤油炉煮饭吗？我把车开进了加油站。

这座加油站距离老家所在的县城还有一小时路程，距离渡口市区也差不多。和十几年前一样，大渡河的河水在几百米下的深沟里流淌，不同的只是公路边沿加上了铁护栏，护栏隔一段总有被车撞得变了形的弯曲。那些弯曲让我想起一位小学同学的爸爸，他为了避让公路上的一头牛，把车开进了大渡河。

事后想来，当时进加油站，纯粹是被煤油味吸引，事实上我的车烧汽油，油箱里的油也还充足。

就这样，十六年后我又一次见到大春。

一开始我并没有认出是他。他一个人坐在加油站十米外，峡谷上方的水泥墩上。他嘴里叼着一支烟，双手反撑在台阶上。烟雾熏到他的脸，他眯着一只眼睛打量我的车。车子开进加油站，他将烟头扔在公路边用脚摁灭，跟了进来。在他离我大约只有两三米的时候我认出了他。

我希望他不要认出我，所以假装不认识他。

我摇下车窗，他就站在我面前，他一边检查加油设备一边问我，加好多？我低着头整理坐垫，小声回答他，加满。

很快就加满了。油费149元，我递过去两张一共150元钞票，说不用找了，同时低着头快速启动车子准备离开加油站。大春迟疑了下，伸出手拿钱。

车子离开，后视镜里，大春捏着钱站在原地望着我的车。他当然也认出了我。这样的见面完全在预想之外，我大脑一片空白往前开了几分钟，在一个拐弯之后停下车，长长呼出一口气。我发现我握住方向盘的手在抖，很显然，十六年前遭遇的那件事在我们心里投下的阴影从未散去。

这是十多年来我第一次回到这里。我从几百公里外的南方飞回渡口市，再租一辆车从机场往县城开。渡口市位于云贵高原的边陲，攀西大裂谷中部。渡口与我老家县城之间的这段国道，海拔两千多米，沿途随山势起伏。车窗外是森林、草甸和乱石丛生的高坡，偶尔有村庄从眼前飞过，大多数路段荒无人烟。我没想到会在这里遇见大春。

我以为我们会有一个比较从容的见面。这样的方式未免草率和突然了些，我既紧张又沮丧，同时想到，为什么我经历过的大多数事情都这样，还没准备好就开始了，还没好好面对，又结束了。

车子继续往前开，刚才的混乱渐渐消失，手也不抖了。我这才开始回想大春的样子，他看上去比当初老了许多，我猜他也会觉得我老了。他还胖了很多，脑袋上多了一顶发黄的白色棒球帽。让我一眼认出他的是他走路的样子，他的头略微歪向一边，似乎在想着什么和眼前无关的、但却重要的事。他十多年前就是这样。十多年前的夏天，一个吹大风的下午，从县城到学校操场，他先是追上我，然后我们一起往杉树林走，走着走着就跑起来。到了杉树林我蹲了下来喘气，他站在我身边歪着头对空气说，走嘛，再也不要回到这个鬼地方了。

他说这话的时候我蹲在一片阴影里，我们身后，杉树被风吹得沙沙响。不久后我就离开了我们的学校，离开了学校所在的县城，也离开了乡下老家，再也没回来。

我自然还是回想起了李美。其实看见大春的一刹那，我首先想起的就是李美。这么多年了，我所有的慌乱和空茫都来自她。

2

车子在峡谷中穿行，翻过这座山，那座长满木棉和凤凰树的小县城就不远了。我印象中的县城还是以前的样子，它是群山之间一个小小的存在。实际上现在的它可能比我印象中还要小，而且破旧。自从十多年前确定下游要建大型水电站，它就停止了生长。

此刻窗外还是山和瓦蓝的天空，我内心有点期待又有点忐忑，我摇下车窗，风吹了进来。这风干冽中有暖意，是山区特有的风。我突然意识到，生活在大城市里这么多年，我没有体会过这样的风。大城市不太吹风吗，还是吹了我也没感觉到？我不知道。

半年前的一个晚上，我下班回家走进家门，当时的丈夫肖原坐在餐桌前，递给我一张报纸，上面写着我老家县城将于八个月后被淹没的消息。他说，你不打算在淹没前回去看看吗？我还没回答，他又说起来："报纸上说当地居民已经陆续撤离，游客们在老城里穿梭合影，记录下即将消逝于水下的世界。"

"即将消逝于水下的世界"，这是他一个字一个字照着报纸上念出来的，他平常可不会这么说话。我接过报纸，旅游版的右下角，四分之一的版面在说这件事。

文中还有一张小小的配图，相机镜头从灵关山俯瞰整个小县城。一条河流把县城分成两半，河的西岸上方，依稀能看到我们的学校，它还是我记忆中的样子，不同的只是那栋木头小楼（我们当年的宿舍）看不清了，那个位置只看见一大片茂密的杉树，也许房子已经拆了，也可能只是被树挡住了。

照片拍摄于不久前，记者的配文说，自从十多年前公布建设水电站的消息之后，这座县城就停止了建设。但因为各种层面的原因，水电站几经搁置，虽然造成了不少时间和精力的浪费，但也有一个意外的收获：这座即将被淹没的县城完完全全还是多年前的样子。也因此，它成了"不可多得且即将消失的旅游资源"。

"你应该回去看看你的学校，看完学校回来我们再去办离婚手续吧。"肖原一只手推了推他的眼镜架，仰头对我说。肖原在表达他很了解我，同时还有点洞察一切的自得。过一会儿他又补一句："离婚的事我不急。"这句话中隐藏着一丝温柔，但我讨厌这样的温柔，它的内部包裹的是一种情绪上的压迫，且让我无从反抗。

两个月前我在肖原的大衣口袋里发现一支口红，我猜是个女人故意放进来的。那晚他在一个深夜回来，把大衣递到我面前，要我帮忙整理一下，第二天拿到干洗店去洗。没有一点余地，我当着他的面掏出了一堆东西，其中就有那支金色磨砂外壳、细管、我从来不会用的口红。

当时肖原站在原地咳嗽了一声，想说什么，又觉得应该等我先开口。他望着我，我觉得他是在等我说离婚。我拿着那支口红，像一个演员说出规定的台词一样对他说，那就离婚吧。他说好的。我们都松了一口气。

然后我转过身，眼里充满了泪水，一个孤寂的、自负的女人的泪水。我尽量不让自己呜咽出声来，我不想让肖原听见。肖原走过来，一只手放在我的肩膀上，但我马上把身子一挺，往旁边扭了下，试图甩开他的手。他倒好，顺势就把手拿开了。

唉，他叹了口气，走进厨房了。那管口红还留在桌上，第二天我才想起来把它扔进垃圾桶。扔之前我还打开看了下口红的颜色，大红，鲜艳，骄傲，我心里被刺了一下。

这两个月我们还住在这套房子里，按照约定，离婚之后我就得搬出去。现在，肖原要我在离婚前回老家看看学校，我知道他认为我们走到今天，我之所以是现在这样的我，早由十多年前决定了。我给自己倒了一杯水，喝了一半就打算回自己的房间。我离开前他还坐在小餐桌前，他拿起我剩下的半杯水，一口气喝完，然后他说："米小易，你呀，不要总盯着过去。"

我们关系还好的时候，有一次坐公交车，上车不久，几米外的一个乘客大声喊，说她的钱包丢了。一车人躁动起来，有几位上了年纪的阿姨在帮那个乘客分析，试图帮忙找出偷东西的人。这时候肖原发现我的手变得冰凉，额头冒出汗水。

下了车我整个人还是瘫软的，脸通红，我们在站台旁边的台阶上坐着休息了五分钟。

肖原问我是不是哪里不舒服，我说没事。我打开自己的包包翻看，把包里的手机、笔记本、钱包、纸巾、一瓶逍遥丸、两支笔都拿了出来，再一件一件收回去。后来进了家门我又开始打开包找东西，肖原很诧异，他问，米小易你在做什么？你认为你和那个丢了的钱包有关系吗？

我确实有这个想法，会不会是我在某种出离状态下，拿走了那位乘客的钱包？

理智告诉我，这想法是荒唐的，但在那种场合下，当那位乘客用他询问的眼神四处搜寻，并在我涨红的脸上停留了一秒钟，我马上陷入了一种完全孤单的、无限臆想的境地，逃无可逃。我跟肖原讲起十多年前在县城中学的遭遇，讲了和李美有关的那件事，肖原一把抱我在怀里说，没事米小易，不是你的问题。

但后来肖原就常说："所有的问题都是自己的问题。"他这么说的时候总是用那种宽容的眼神看着我，这使得这句话包含了特定的意思。在工作上他也常对包括我在内的下属这么说。我们在一家广告公司，是同事，他做总策划我做文案，公司主营业务是为房地产企业做建筑企划和楼书。他之所以喜欢上我，用他的话说，米小易你是最听话的小黄人，这么好，不娶你回家就太可惜了。

而我之所以答应嫁给他，是因为他对我好。大学毕业后的第一份工作，遇见第一个对我好的人，我就跟他好上了，一切理所当然不是么。老实说我想不清楚我到底是爱他，还是感激他。我会因为感激而爱上一个人，也许潜意识里觉得自己不配人家的好，只能去爱。

结婚不久肖原就想要孩子，而我拒绝了。他没有想到我什么都听他的，却单单在要孩子这件重要的事情上一意孤行。其实我也没想到，结婚的时候我也没想过这个问题。但我就是不想要，也许那是我们关系恶化的开始。

我们很快离了婚。如果那个晚上肖原递过来报纸时不说那句话，不用那种温柔的语气，离婚后我应该会回一趟老家的。但因为他说了，我就不打算回了，这算是我小小的反抗吧。离婚后我辞职，换到了另一家广告公司，业务还是为房地产企业做楼书。我们生活的城市最不缺少的就是即将拔地而起的高楼。

一个人的生活没有我想象的那么难，文案工作虽然枯燥，常常加班，但不需要应酬交际，且工资待遇已超过我的期待。我对人对事向来不会有过多期待。生活在大城市里，每天上班下班，除了工作上必须要见的人，回到自己的小房间就跟小时候钻进深山老林差不多。

只是在一些时刻，那个即将淹没在水下的世界就会在我的脑子里铺展开来。我开始想象大水淹没县城的场景，想起操场，篮球架，通过教学楼的楼梯，每一间教室，宿舍走廊，还有灵关山上成片的马尾松和夹竹桃。我看见大水是如何流向它们，漫过它们，慢慢浸出一个水下的世界。

就这样，学校在我无数次的想象中愈发清晰起来，且时不时地以另一种方式再次与我相遇。

有一次公司安排我和领导去东面一个海岛上看项目，海岛上有个很小的渔村，一家大公司准备在这里开发度假房，选址是一所废弃的学校。我们沿着岛上唯一的公路往山坡上爬，隐藏在山坳里的学校突然出现。小小的操场以及旁边一栋红砖房，一下子让我想到了我们县城里的中学。虽然眼前这栋比我印象中的县城中学更荒凉，也没有凤凰树掩映下的木质宿舍楼，但我总觉得李美就坐在一楼其中一间昏暗的教室里。我跟同行的人说，我想走进去看看，理由是也许将来企划书会用到。我就一个人走进那间一楼教室，坐在讲台边发很久的呆，直到他们等得不耐烦把我叫走了。

有时我会在下班后驾驶（离婚分得的那辆）大众POLO车，从公司出发漫无目的往前开。沿着随意选中的一条路开下去，经过漫长曲折的公路，远离城市，到达一片沼泽，或者没有人迹的荒野。到了路的尽头又马上掉头，回到灯火通明的城市。

最近这几周，我开始变得害怕黑夜，并不是害怕黑暗本身，晚上睡觉必须把窗帘关得死死的，怕有光进来。有时候明明已经躺下了，闭上眼睛了，总觉得窗帘还留了一小条缝隙，赶紧再拉一次。而到了早晨，睁开眼睛却浑身没有力气，不想面对新的一天。我通常会清晨醒来躺在床上看天花板，看上一小时才有力气爬起来走出我的小屋。我还慢慢开始怕冷，准确地说是怕皮肤裸露在外面，盛夏的时候我也穿着长袖衣裤，晚上睡觉用一张薄床单把自己全身上下包裹起来，只露出鼻孔。

每天总还是可以挣扎着按时上班，吃饭就没那么规律了，两三天才吃一顿像样的米饭，没有食欲，不吃也不觉得饿。其他时候就是零食、面包和咖啡，一杯又一杯的黑咖啡。有段时间嘴皮上长了一排疱疹，出于担心，去医院做了个全面检查，结果显示没有任何问题。医生说可能是工作压力大，免疫力低下，给开了些维生素就过去了。除了每个月固定时间给在另一个城市的我妈打个电话报平安，我几乎和所有朋友亲人断了联系，就这样一个人进入黑暗的底部。

一个月前单位组织去旅行，在一处风景区的山顶，大家都在最高处一块石板上站着拍照，我默默地退到一边，我心里很清楚，只要条件允许，站上石板我很可能会往身后的悬崖跳。那种控制不住的冲动，看到高处就想跳下去。

上个周末，半夜因为胸口出现一阵压迫感，在睡梦中惊醒，全身瘫软，汗流不止，我用身体里残留的一丝力气把自己移动到电脑前，查了老家县城的消息。网上的消息是，县城还没有被淹没，但是距离电站蓄水的日子越来越近，现在是县城经历的最后一个春天了，这两周正是河边成片的野樱开得正好的时候。

我记得那片野樱，我想回去看看。

3

我的车里还留有加油站漫进来的煤油味,现在还有人用煤油炉做饭吗?

那个时候,县城中学的食堂只负责煮熟白米饭,下饭菜需要学生自己解决。一些人每周从家里带来咸菜、酱油、豆豉或豆腐乳,条件稍好些的是猪肉碎炒泡菜,用开水泡一泡这些东西就可以下饭吃。也有的人用煤油炉自己做菜,因此每间宿舍都有至少一个煤油炉子,我们那间住十六个人的大寝室有四五个。宿舍是木质二层小楼,一楼住男生,二楼住女生。每天中午,我端着食堂里带回的米饭爬上二楼,穿过晾晒着各种衣服的走廊,穿过每间寝室飘出来的煤油味,总会看见小维和李美站在我们寝室门内的木桌旁。李美看见我了,隔多远就大喊,米小易,吃饭喽。

木桌上就是冒着火苗的煤油炉,煤油炉上总有一锅莲花白,当然我们一定也吃过别的菜,茄子或者南瓜什么的,但如今能想起来的,总还是莲花白。

这座小县城在河谷地带,河谷两岸的人们种植莲花白,再由火车送往全国各地。莲花白在这里最便宜。莲花白正式的名字叫包菜,也有的地方叫甘蓝,但在这个小县城,它就是莲花白。莲花白本身没有什么味道,也因此加强了我对煤油味的印象,闻到煤油味,眼前自然浮现一碗飘着几颗油花花的莲花白汤。

煤油炉是小维家里人买的,我们达成了默契:小维出煤油炉和煤油费,李美负责做菜,我则每天中午穿过一排凤凰树走进食堂认领我们的米饭。米粒装在一个搪瓷小盆里,每天早晨交给食堂大姐,中午就变成了白米饭。初二那年夏天,凤凰树开始长一种菜青虫模样的白色虫子,满树满地都是。那虫子真恶心啊,我得小心不要踩到,更不能让虫子掉到碗里。每次走回寝室,李美和小维总要让我原地转圈,从头到脚检查一遍,看有没有虫子被我带回来。如果有,我会半真半假尖叫一声,李美则伸出两根手指头一把从我身上拧起虫子。虫子在她手上乱动,她捏着在我们面前晃来晃去,我和小维大声惊呼,她这才扔地上,一脚踩下去。

除了虫子恶心,我很享受自己分到的任务。奶奶每个月托人从山里送来一袋大米。把一袋大米平均分成一个月每天两顿三个人的量,这是我的小乐趣。对了,早饭我们不用操心,食堂有馒头和稀饭,是一位"成功校友"捐助的,他和校长握手的大照片就挂在学校礼堂外。据说这位成功校友如今在北京,很多高楼都是他修的。

李美很擅长做莲花白汤,她跟我说,清水煮不能盖盖子,否则莲花白会发黄,口感也不脆甜了,如果有油就可以盖。"有油的话,最好先放进锅里炒一炒再加水,味道更好。当然最好还是有油渣,那就干炒,不加水。"她确实也是这么做的,我们都觉得味道不错。

如果李美现在还活着,她一定会做更多好吃的菜。岂止是做菜呢,她会把一切都打理得很顺当,她会有很多朋友,她那时就有很多朋友。

我们的大寝室一共住了十六个人。大通铺,木板搭建的两层,我们三个的在一层,并排着紧靠门口。其他人都是高中部的。初中住校的学生很少,我们班总共就我们三个。

我住校是因为离家太远,我的家在远

离县城的乡下，从家里到县城坐车也要三个小时。本来我们乡里也有初中的，但奶奶把我送到了县城，她说是我爸临死前在病床上嘱咐她这么做的。县里的学校教学质量好，在这儿读才可能考出去。我爸跟奶奶说，女孩子不通过读书走出这个鬼地方，将来要受苦的。我爸在我五岁那年死于矿山的山体滑坡，也因此给我留下了一笔读书的钱。

我与奶奶感情淡漠，如果我是男生，情况可能不一样。至于我妈，她在我爸死去不久就走出了这个鬼地方，再也没有回来。奶奶从不在我面前提起我妈，我只是偶尔从亲戚口中听到她的消息，他们说她去了很远的大城市。我从初一就开始住校，我喜欢住校，因为可以远离亲戚们同情的目光。

小维家离县城倒不算远，但她家里人忙，她家贷款买了一辆中巴车，专门跑县城到市区那条线，她爸开车她妈卖票。"他们一直在车上，很少下车。"小维这么跟我们说。

至于李美，她是开学一周了才转学来的。班主任常老师把她领进教室站在讲台上，对同学们说，大家欢迎市里转来的新同学李美。李美个子比我们班大多数女生高，快有常老师高了。她留着一头长发，扎了个很高的马尾，没有像我们一样剪刘海，光亮饱满的额头整个露出来。她挺直了身子，嘴角抿着向上翘，似笑非笑的，眼睛在全班迅速扫视了一遍，似乎与每一位同学都有短暂的对视。就这一个动作和神情，没人敢小看她。

刚来学校的时候，常老师特别关照李美，有时候正上着别的课，常老师走到教室门口示意上课的老师出来一下，再过一会儿，上课的老师就让李美跟着常老师离开了。每一次，李美总是仰着头，在全班同学的注视下回到教室。

我和李美的第一次正面交道发生在寝室，也就是李美住进寝室的那天。

傍晚我从食堂打回自己的饭，拿出一罐豆瓣酱和着吃。小维就坐在我旁边吃，尽管开学好几天了，我跟小维也还不熟悉。李美探过头，一把抓住我的豆瓣酱罐子往自己碗里倒，同时她扔给我一个塑料袋，里面是些泡菜。她说，这样才好，说完咯咯笑起来。她用同样的办法从小维那里换来了豆豉，还分给了我不少。李美朝我和小维做了个鬼脸，好像在说，要是你们两个不爱搭理人，那我也不勉强你们。但我们三个人的友谊就从那个时候开始了。

后来常老师来到我们寝室，她仔细看了看我们的床铺，拍拍李美的肩膀说，李美，你要好好和她们做朋友哈。李美撇嘴答应了一声。

期中全面测试，李美考了全班第三名，我的名次在她之后两位。李美似乎没把成绩当回事，她在课间大声说她是留级生，她在为她的好成绩辩解——那不是她努力的结果。这在无形中增加了她的魅力。

那时候值得炫耀的一点总是你最远到过的地方，走得越远的人就越厉害。全班人最羡慕的是去过北京的一位同学，其次就是李美了，因为李美是从远方来的，虽然只是市里，但对我们来说，那地方已经足够远了。我也是从很远的地方来的，但乡下在我们的世界里不叫远方，远方是一种更高级的存在。

要不是都住寝室，从乡下来的我不太可能跟李美成为朋友，很快李美就在全校有很多朋友。那时候班上有很多小团体，李美天然属于另一个世界，那个世界轻松又颓废，学习成绩好不好并不是第一重要，重要的是另外的东西，就比如像李美第一天出现在讲台上，扫视全班的那种眼神。

4

我曾经怀疑过李美是不是和常老师有亲戚关系，但很快就打消了这个念头。常老师是和我们同一时间来到县城中学的，之前她在省城上大学，她教我们语文，同时兼任班主任，她的普通话带着浓重的北方口音，跟李美以及我们所有人都不一样。我慢慢发现常老师对李美的关照更多是出于某种担心。

李美刚来那些天，一开始并没有表现出任何异样，但有一个晚上，我被一串尖叫惊醒，窗外照进来的清冷月光下，李美正捏紧拳头在空中挥舞，她平躺着紧闭双眼，不知道是醒着还是在做梦。寝室里几个高年级的同学也被吵醒了，有两个发出很不高兴的抱怨声，我摇了摇李美，尖叫声慢慢平息。我听到她在啜泣，随即她翻身继续睡觉了。

这一天，常老师又出现在教室门口，但被叫出去的不是李美，是我。我来到常老师办公室，是一间很大的办公室，不过这会儿是上课时间，除了常老师没有别人。她搬来一张椅子让我坐下，她自己也坐了下来，坐在我旁边，与我形成九十度直角，而不是办公桌对面。

常老师先是问我，米小易，你最近学习方面还好吗，英语跟得上不？我说还行，跟得上。她又问，你奶奶身体还好吗？我说，还好。她又问，那你妈妈呢，她跟你们联系没有？

"她跟我奶奶有联系吧。"我想起奶奶上个星期托人带来几个笔记本和文具盒，我猜是我妈寄回来的。

常老师用那种满是关怀的眼神望着我："你有什么困难都跟我说，老师会帮忙解决的。"

我真不想待在这儿，更不想面对常老师这样的关心，但我还是忍住难受说，好的。这时常老师站了起来，回到她的办公桌前，拿起水杯喝了一大口水，又回到原来的位置。她在坐下的同时像是顺便提起了李美。她说，李美最近和你们在一起都还好吗？

我立刻想起了李美半夜的事，但我告诉自己，就是做梦而已，完全没必要告诉常老师。我跟常老师说，还好。常老师叹了口气，身体往后坐，像是比先前更放松了些，她说，米小易，你要多关心李美，有什么情况记得来告诉我。

我在下课铃声里走出常老师办公室，一抬头，李美站在不远处。她双手抱在胸前，虽然面色苍白，眼皮有些肿，但一副神态自若的样子看着我。我走了过去，她用咄咄逼人的口气问我：

"常老师叫你去做什么？"

"没什么，问我的学习情况。"

"真的？"

"嗯，她还顺便说起了你。"我装作漫不经心的样子回答她。

"她说什么了？"

"什么也没说，她只说让我多关心你。"

李美顿了顿，放下双手。哪个需要你关心，她说，说完她一只手伸过来揽住我的肩膀，我们一起走回了教室。自那一刻起，我感觉到我们的关系发生了微妙的变化，我们更好了。我突然觉得很轻松，好像身体结构都跟过去不一样了。

我仔细想过应该怎样表达对李美的关心。李美能需要什么关心呢？她长得好看，成绩比我好，从更大的城市来这里，有很多朋友，看起来什么也不需要。当然李美的家境应该不算好，她带来的下饭菜也没什么油啊肉的，但我比她更差。

但我还是很想关心李美，不仅出于对常老师找我谈话的反馈，也因为我想成为她最好的朋友。

我妈在离开黑山的时候给我留下了一只真皮箱子，这只箱子我带到了学校，就放在通铺的床底下。箱子不小，我的衣物全部装进去后还有不少空余。恰好李美没有箱子，她每次来学校都提一个布袋子，布袋子就放在枕头边。我向李美表示她可以和我共用箱子，为此还专门跑到学校门外的地摊配了一把箱子的钥匙。把钥匙交给李美的时候，她很开心，立即把她布包里的衣物拿出来叠好放进了箱子。没过多久，我和她还有小维就开始搭伙用煤油炉做饭了。

李美后来又在半夜尖叫过，我听见了就赶紧摇她的肩膀，她的叫声就会慢慢变弱，这样好几次过后，除了离她最近的我，已经不会再有人被她的声音吵醒了。老实说，我喜欢那样的夜晚。

5

那时候初中部的学生下午四点半就放学了，我们常常结伴走出校门，在县城里四处晃荡。这座县城依山傍水，就建在安宁河的两岸。我们的学校在地势较高处，出了校门，往下走是缓坡，地势平坦的地方有菜市场和百货大楼。我们最喜欢的是逛百货大楼，虽然什么也不买。我们也穿梭在街道和楼房之间，遇上好玩的事就停留一会儿，比如旁观做生意的人吵架、外地人在街上耍猴之类，看累了又继续游荡，时间不知不觉就过去了。

到了月底，我们节约下的钱总够得上吃点什么，校门口有家名叫"实惠餐厅"的饭馆就是我们的乐园。说是餐厅，也就是卖点包子米线什么的，我们一人点两个肉包子，那包子很大，可以把胃填得满满的。

偶尔我们也会跟着小维去她家稍作停留，不过这仅仅是为了满足我和李美的好奇，小维自己对回家没有太多兴趣，反正她每周末都会回家。她的家是一排红砖房中的一间，老远就能看到摆在门口的一只蜂窝煤炉和一盆大丽花。她家房间的墙上有张小维一家的合照，照片里小维站在她父母的中间，她父母端正坐着，瞪大了眼睛注视镜头。李美和我都盯着看了好久。

更多时候，我们顺着学校后门的一条小路往灵关山上跑，找一块马尾松旁边的大石板，坐上去看书或者玩点别的什么。

坐在大石板上可以看到我们的学校，学校附近的楼房，楼房下面的河流，河流对岸的人家。夏天常有谁家的鸽子在那些屋顶盘旋，南面有火车鸣笛驶入山洞，偶尔听见遥远却有穿透力的口哨声和呐喊声，是河对面的武装部在组织民兵训练。有时看书累了我们就看着远处聊天，说些女生之间最亲密的话，偶尔小维和李美会因为一个话题争吵起来，最后总是我大喊，别吵了，你们这两个讨厌鬼。然后大家就笑成一团。

我曾经在一个合适的时机问起过李美晚上尖叫的事。我是这样问的，为什么你有时候晚上会突然发出尖叫，一定是在做梦吧？李美愣了一下说，是的，一定是在做梦。过了一会儿在我们已经换到下一个话题的时候，她突然对我说，米小易，下次我再叫，你就继续像以前那样拍拍我的肩膀。

坐在大石板上还可以看到远处的黑山顶。我乡下的老家就在黑山半山腰。从黑山到县城，交通工具有摩托车、面包车和班车。如果运气好，可以坐一辆面包车直达学校，三个小时就到学校了。在通往学校的路上，我爱上了一个小游戏。有一天我决定把这个小游戏告诉李美和小维，在我心里有一个标准，知道这个小游戏的人，就是这个世界上和我最要好的朋友了。还是在灵关山，马尾松旁的大石板上，我跟她们说起了这个小游戏。

小游戏是这样的，坐在车上往窗外看，我会选喜欢的东西编自己的故事。车子从黑山往外面开，盘山公路的远处有一座竹林掩映的房屋，我想象自己是那个房屋主的女儿，我在房前种上喜欢的指甲花，有时还给自己安排一个弟弟。那座房屋距离大路实在很远，有时因为转弯，房子从我的眼前消失，不多久它又冒了出来，我可以盯着它看很久。每一次都这么看那么想，这房屋就变得越来越生动和具体。我甚至想象出房间里的桌子是上了浅色油漆的，属于我那间屋子的床是木头的，床单是碎花的。出了山区来到大坝，公路变得越来越宽阔，路边一棵木棉树下有户人家，房屋前有个院坝，我给这个院坝增加一辆大货车，这下我就变成了货车司机的女儿，每周五放学，货车司机开着车来接我回家。

类似这般的小游戏还有很多，可以将从家里到学校的三个小时拉得更短。很快就来到了河谷地带，公路上长着行道树，行道树后面是大片大片肥沃的土地，人家户在土地的后面。我最希望进入的，是距离县城大约半小时的地方。那里有一处村落，有一栋两层小楼。每次经过那栋楼的时候都是傍晚了，昏黄的灯光亮着，依稀看见从楼顶垂下的一大窝三角梅，花儿开得正艳。啊，我对自己说，我的家应该在这里。我给墙壁刷成了明黄色，窗户上安了白色窗帘，这样灯光就是通过窗帘射出来的。尽管我那时候只是个初中一年级的小女生，但借着那些远离黑山的事物，我可以把自己的一生都想象出来。我总在不断地往上面加东西，不断地让故事更完整。我甚至想到了结婚，生孩子，有一大群孩子，有一个孩子们的爸爸和我一起对着孩子们露出满意的笑容。反正是想象，没有什么不可以。

当然我给她们讲的时候没讲得这么具体，我主要表达的是，我们可以通过想象活在另一个自己喜欢的世界里。我还指了指河对面县城上方，灰白色岩石构成的缓坡尽头，一个小村子。我说，你们看那里，我也可以把家安在那里，那里离县城多近啊，左边那个大烟囱看见了吗？应该是个酒厂。我当酒厂老板的女儿吧，我要闻着酒糟味儿长大。

"那我做你的邻居，酒厂旁边应该有个小卖部，我最喜欢的就是开商店了。"小维把头靠在我身上，还摸了摸我的头发，像个大人那样。

至于李美，她选择了村子边上，离城市最近的一个院子，她说那个院子旁边的一窝三角梅太好看了。原来她也和我一样喜欢三角梅。隔太远了看不清，我和小维觉得那不是三角梅，李美坚持说是，她说那是大红色的花瓣，很少见的品种，她小时候家里就有一棵。选好了地方,我们进一步建设我们各自的家。这成了很多个下午的保留节目。

小维有一次提议我们应该走到河对岸那个村子去看看,这样我们编的故事就会更明确,内容也更丰富,李美则坚决表示没必要。

李美也跟我们讲过她自己的小游戏,她一边讲一边示范:她趴在地上,一边耳朵紧贴地面,另一边耳朵紧紧捂住。她示意我们照着她做,我们跟着做了。她说,你们听,仔细听,听见了没?

我闭着眼睛听了很久,远处的车流声,学校操场上篮球撞击篮板和地面的声音,还有谁家的公鸡在错误的时间打鸣。和坐起身听相比,这些声音有些变化,像是从一个地下通道传来,但也没觉得有什么特别。我说,没有听见别的什么。

"不,不一样的,可以听到另外的东西。小时候我妈我爸打架的时候,我就会跑到外面的地上趴着,闭上眼睛,耳朵紧贴地面,他们吵架的声音就听不见了。我听到有人在唱歌,像更小的时候我妈在哄我睡觉。"说到这里,李美咬了咬嘴唇,爬起来坐在地上,望着远处说,然后我就没那么害怕了。

小维则贡献了一件她听来的事情:"我那天在寝室里听一个高中的学生说,如果能穿过火车站那边的隧道,走到山的另一面,就可以在另一面的隧道口许愿。那个同学说,她也是听以前的高年级学生说的,据说有人这么做过,那些许了愿的人都如愿了。"

李美对这个很感兴趣,她要求小维讲得更详细些。小维说,她只知道那条隧道很长,走路穿过去至少一个小时。李美听了很激动,她说,一小时,不算长啊。

6

小游戏的交流没过多久,李美就跟一帮高年级的学生去了铁路。

李美坐在教室里跟同学们讲她的经历,男生女生都围拢过去,我们站在她周围,一个圆圈,而李美坐在中间。

"我们先是花一小时翻过灵关山,灵关山的那一面很陡,坡上长满了夹竹桃。从夹竹桃树林往下滑,滑到尽头站在一个水泥坎上,大春喊跳,我眼睛一闭就跳到了下方的碎石堆里,睁开眼睛铁轨就出现了。回头看那个水泥坎,妈哟,至少有两层楼高。"

李美给我们展示她的手,她右手手肘上有一大片伤痕,她说是在夹竹桃树林里滑的时候剐蹭到的。这时候有人问李美,是大春约你去的铁路吧?

"不是,是初三一个女生约的,但到了水泥坎,那个女生不敢跳了。要是没有大春,我们就都不跳了。大春喊一声跳,大家哇啦哇啦叫着一齐跳了下去。我们沿着铁轨走了很长一段,中途还避让了一趟火车,后来遇到上方是个草坡才又爬上去,原路返回。"

关于初二年级大春的任何事大家都感兴趣。大春的父母在火车站上班,他是大家都羡慕的"铁路子弟",听说坐火车不要钱,听说他是坐着火车去过北京的人。这还不是他最吸引人的地方,我们都知道有关大春的一件事:他拒绝上物理老师的课,因为那位老师在课堂上收走了他手上的一本小说。但是期末物理考试,他考了全班第一名。那时候我们最羡慕的人就是不努力也可以取得好成绩的人。大春和李美都是这一类，他们轻松拥有的东西，别人要花很大的力气才能获得。我也属于"别人"，有时我为了让自己显得轻松一些，不得不在半夜躲在被窝里，打着手电筒复习。我猜那时候有不少人和我一样。

李美在提到大春的时候总是神采飞扬，同时又带着点轻微的嘲笑。有资格对大春表示这"轻微的嘲笑"，已经表明他们的关系很好。关于去铁路，她继续说："本来大春是要带着我们穿过隧道的，他家是铁路上的，他才不怕穿隧道。隧道那一面就是站台了，我们只要快速跑过站台就可以钻进隧道，但是妈哟，有几个人怕了——"

这时候常老师突然出现在教室门口，大家四散开去。

因为有潜在的危险，学校禁止学生去灵关山另一侧的铁路，"去铁路"也就代表了对抗权威的勇敢。学校最终知道了李美大春他们去铁路的事，贴出了一张通报信，点名批评之外每个人还写了检讨。那些通报和检讨都张贴在教学楼外的报栏里，隔着玻璃也能看到李美好看的字迹。李美也因此巩固了她在整个初中部学生中的地位。

很快我们就上初二了，我们的周围开始流传一个消息：不久的将来，安宁河的下游要修建一座巨型水电站，大坝筑起后，我们的县城就会被水淹没。一开始这个消息只在私底下流传，直到有一天，那位捐赠早餐的校友回了一趟县城，这事就变得更加确定了。

校友是陪几位领导和专家来考察电站修建的，他在繁忙的工作之余抽空回了一趟学校，在全校大会上发表了一场演讲。那天我们全体师生站在操场上听他的演讲，他讲述早年的奋斗经历，讲述故乡在他人生路上起到了作用，他还提到了电站的修建。他说，电站建好之后，我们这个县城将名扬天下。想想吧，他说，这里的电汇入国家电网，向全国人民输送电流，造福五湖四海。到那时，人们会来到这里参观电站，我们的县城不久之后就会变成一座水库，不，一座高原湖泊，可以养鱼，可以发展旅游业，可以坐着快艇在水面上看风景，这一切，将会对我们县的经济产生深远的影响。

"就是说，我们每个人都会变得更有钱。"李美这么认为。

对我们这些学生来说，变得更有钱的那一天还很遥远。跟我们相关的事只有一件，原本作为宿舍的那栋木质小楼因为年代久远，存在安全隐患，学校计划今年修建完工新的宿舍楼。新楼的地基在去年就打好了，因为水电站的事搁置了下来。我们不得不继续忍受夜晚成群结队的老鼠在楼板或者什么地方跑来跑去，以及到了下雨天，大寝室里就得摆上一两个接雨水的盆子。

当然，还有一个小小的变化。我们的小团体如今再坐在石板上，编故事的游戏就遇到了障碍。河水会淹没到哪个位置呢？小维认为所有我们看到的房子都会被淹没，李美则坚持那个"我们的村庄"会保留下来。李美的理由是，那村庄在她看来高度跟山背后的铁路差不多，而她听大春说，大春他爸说，电站的修建不会影响到成昆线。小维的说法让我愉快，我还没去过铁路呢，我想总有一天我也要从夹竹桃树林滑下去，再大喊一声往下跳，一抬头就看见铁轨。我也总有一天会坐上火车，去更远的地方。

7

十多年过去了,成昆铁路一直在运营,没有受到电站修建的影响。我的车开在峡谷里的公路上,时不时能看到在大渡河的对岸,铁轨穿过山坡钻进隧道,偶尔一声火车鸣笛响彻山谷,随即是轨道与火车摩擦产生的隆隆声。公路和铁路并行在大渡河的两岸,不远处的渡口市盛产钢铁和煤炭,源源不断的钢材每天从此地运往全国。

据说在二十世纪五十年代,这一带的铁路修建耗费了巨大的人力和财力,因为河水蜿蜒,山又多,每隔一小段就必须开挖隧道修建桥梁。我曾经听李美讲过关于修建铁路的骇人故事,说是在用水泥浇筑桥墩的时候,有一位工人不小心掉进了翻滚的水泥浆里,根本来不及救他,更多的水泥浆倒了进去,天气又冷,水泥浆很快凝固,他最终变成了水泥桥墩的一部分,永远留在了成昆线上。

李美讲这个故事的时候语调平静,她总是可以平静地讲出严重的故事:"你知道琥珀吧?那效果就跟一只蚊子掉进树脂差不多,区别只是水泥浆不是透明的。"这故事当时吓了我一跳,很多年后回忆起也觉得毛骨悚然,后来上大学时,我还专门上网查了资料,网上有篇文章部分印证了李美的故事不是凭空编造。那篇文章说,成昆铁路是"二十世纪人类征服自然的三大奇迹之一",全长1100公里,一路上铁路过桥梁991座,穿隧道427条,堪称"奇迹之路"。平均每公里有两名筑路者献出生命。

事隔多年,当我读到土耳其作家塔朗吉在《火车》里写下"愿桥都坚固,隧道都光明"时,脑子里出现的还是李美讲的这个故事。"愿桥都坚固,隧道都光明",李美和比她更早出生和死去的年轻人一样,永远都读不到这首诗了。

8

春天在这座小城来得特别早,河边的野樱花早就开过了,天气一天比一天热和,但开学两个星期了,全校几百个学生,没有一个女生穿裙子。

"其实早就可以穿了,根本不会冻感冒,只是没人敢第一个穿。"

这话是李美说的,她又说对了。从严冬里走出来,每个人都变得更保守,在春天刺目的阳光下,露出小腿接受大家的注视是需要勇气的。

李美从枕头下拿出准备了好几天的百褶裙穿上,同时吩咐我们照着她做。就这样我们成了全校第一批穿裙子的女生。李美走在前面,我和小维紧拉着手跟在后面。李美穿一件白衬衣搭配卡其布百褶半身裙,半身裙是藏青色,在宿舍里看还很暗淡,此刻在阳光下突然闪耀起粼粼的波光。小维是一条褐色料子布连衣裙,裙子袖口有点小,把手膀勒得有点难受。她一只手拉着我,另一只手总忍不住要理一理袖口。我的裙子是那个时候最过时的纯棉浅色碎花布,村里的亲戚送的,很明显大了许多,我瘦小的身体在一堆硬邦邦的、上了浆的棉布里晃荡。不得不说,我和小维像两个相依为命的逃难者,而李美是那个走在最前线冲锋的英雄。

那天以后,果然校园里穿裙子的女生就多起来。

关于那一天,我还要讲一件事。那天天气晴好,木棉花还长在枝头,因为头一晚下过雨,空气很新鲜。我们三个人走到教学楼外面台阶的时候，风吹过来把李美的头发吹乱了，一些发丝遮住了她的脸，但她只是甩了甩头，把头发甩开了，非常自然和勇敢，她还故意放慢了脚步，四周是假装无视但其实隆重的目光。

我心跳加速，低着头往前走，差点撞上转身的李美。李美转身对我们说，你们陪我去趟初二的教室。米小易你不是想读小说吗？大春有，我帮你找大春借。

"那跟我没关系了哈。"小维三两步就跑进了一楼我们班的教室，剩下我跟在李美的身后上二楼。

楼梯拐角处就是大春所在的班级。我躲在楼道里再不愿往前走，李美也没有强求，她一个人走了上去。只听见李美站在教室门口对着里面喊："大春，大春，有人找你借书。"

短暂的安静之后是一阵哄笑声，接着大春和李美站在了我的上方。他们所在的位置比我高几级台阶，逆光中两个本来就高的身影显得更高了。站在楼道阴影里的我，当时一定很局促，我什么话也没说，只是抬着头望着这两个被众多男生女生喜欢的人。

"就是她，米小易，我们一间寝室的，借本小说来读一下。"李美一只手指着我，另一只手叉在腰间。她双眼盯着大春。

嗯嗯，我说，借来读一下，过两天就还你。慌乱无措中我理了理皱巴巴的花裙子，两只脚忍不住往后退。

大春低头俯视我，一副漫不经心的表情，他问，哪方面的小说？我有的话明天带来。

我不是非得读小说不可，但我把书拿回寝室，李美就多了再一次出现在二楼教室门口的机会。我想了想说，读外国的。

我那时没读过什么小说，说不出想读的书，但是觉得让大春和李美听到我想读外国的，会比较有档次。大春听了眼睛发亮，他说他最近得到两本书，分别是《远大前程》和《雾都孤儿》，问我想读哪一本。"孤儿"两个字让我心里一紧，我赶紧说，《远大前程》。他说，那你等两天，这本我正在读，读完了就给你。

9

两天后我拿到了《远大前程》，没想到它写的也是一个孤儿的故事。读到第八十三页的时候，我看到一段话被画了线："人生的长链不论是铁打的还是金铸的，是荆棘编成的还是花朵串好的，要不是你自己在一个难忘的日子亲手制作了那一环，你也就根本不会一生都受到它的束缚了。"

从这一段开始，后面越来越多画过线的段落，不仅是画线，在有些地方，大春还会将一些句子抄一遍在空白处，或者在下划线的尽头打一个大大的感叹号。读到那些部分，我总会反复读。

"我先是胆子太小，明知不该做的事却不敢不做，后来也还是胆子太小，明知该做的事又不敢去做。"

"雾已经全散了，世界在我面前展开。"

"又是一个晴朗的夏日，我一路走着，旧时的光景一幕幕映入眼帘，那时我还是个孤独无助的小东西。"

"马换了一次又一次，路愈赶愈远，再要回去也来不及了，于是我只得继续往前赶。"

……

该怎么讲述这种感觉呢？通过那些线条，就好像突然之间，我拥有了一个秘密通道,一连串的密码,一道又一道向我敞开的门。

读这部小说花了一周时间,那一周内,李美天天问我读完没读完没。终于读完了,李美拉着我去初二教室门口还书,和上次一样,我还是在楼道阴影里等他们。李美在门口大喊:"大春,出来,我同学还你书。"然后他们又一次出现在我上方,我走上去把书还给大春,大春拿起书随意翻了几下问,读完了?我说读完了。他又问,还想读别的不?比如那本《雾都孤儿》。我说可以。就这样我又用同样的方式读完了《雾都孤儿》,还有《简·爱》和《三个火枪手》。

读《雾都孤儿》的时候,李美问过我小说好不好看,我说好看,她说那我也看。我把小说给她,她翻了几页,看到一段画线的,她站着晃动身体读了起来,她模仿电视晚会里的诗歌朗诵,用一种夸张的语气:"天将破晓,第一抹模糊的色彩与其说是白昼的诞生,不如说是黑夜的死亡。"

读完她哈哈大笑,我心里有点不舒服,我不想属于我的隐秘快乐被这样对待。但我也只得配合她笑,因为只有这样,那些快乐才是完全属于我一个人的。笑完她问我,这是大春画的线吧?你觉得他为什么要在这里画线?

我在刚才笑声的余韵里说,莫名其妙,书里到处都是线,比蚯蚓还难看,可能是想显得自己很懂吧。

李美继续笑起来。她又翻了几页说,不好看,外国人的名字太难记了。

一天中午,一楼教室外昏暗的走廊里,大春两手揣在裤袋里,歪着头迎面走来。当时除了我们两个再没有别人。我的心脏突突跳起来。大春叫住正准备加速离开的我,他问我,你喜欢读那些书吗?我站定了说,喜欢。他又问,你看到我画的那些线了吗?我说看到了。他说,你也可以画的。我说好的。他的嘴角慢慢往上翘,头不再歪向一边了。他一只手从裤袋里掏了出来,好像是一时找不到地方,最终挠了挠头发。

突然,他像想起了什么,赶紧从书包里拿出一本书递到我面前说,再给你看一本。他还说,这本我也读过,送给你了。我还没反应过来,他已经跑远了。

我把这本书捏在手里,书的封面上写着"傲慢与偏见"。我一时不知道应该怎么对待它,走回寝室的时候,我悄悄将书塞进了枕头下。有点担心被人看见,我又把床褥掀起来,放在了最下面的木板上。

晚上躺在通铺上,半天睡不着,楼板里的老鼠也似乎比往常多。不过我想得更多的是白天与大春的见面,我仔细回想每一个细节,回想我穿的是哪件衣服,大春问我喜不喜欢读那些书的时候是什么表情。想着那本《傲慢与偏见》就放在床褥下,我的心里闪过一丝温暖。现在想来,那种温暖就好像你低头走了很远的路,突然被一个人看见。

我玩起了那个驾轻就熟的秘密小游戏。我把大春安排进了河对岸那间小酒厂。房间里的桌子是上了浅色油漆的,院子里停着一辆货车,屋外一大窝三角梅开得明亮耀眼,昏黄的灯光亮着,我们一起把墙壁刷成明黄色,在窗户上安装白色窗帘。

我大胆地往后想,想到很多年后,各种细节,我们仍然在一起。我跟自己说,反正是想象,没有什么不可以。

小游戏进行得很顺利的时候,我听见

隔壁的李美在翻身。从那种恍惚的状态里清醒过来，我还是不敢跟她说点什么，过去的一个下午我都在避免和她单独在一起。这时李美说话了："这个周末我们去河边玩儿，逮爬沙虫。"

"我们三个吗？"我问她。

"当然是我们两个，小维要回家的嘛。"

过一会儿她就像想起了什么，随口说了一句："对了，还有些人参加，初三的，还有学校外面的。"

爬沙虫是长在安宁河边的一种生物，可以炒来吃。我向来不敢吃，更没想过去逮。李美的胆子总是比我大，她也总有办法进入那些对我来说陌生的团体。我不敢问她，另外参加活动的几个人里有没有大春。不管有没有，我现在没那么心烦意乱了，很快就睡着了。

春天的安宁河像它的名字一样安宁。岸边有农民劳作，莲花白一片连着一片，莲花白的尽头就是县城，有喇叭声偶尔从楼房和木棉树中间传来。从雪山流经此地的河水，在雨季到来之前都是清凉而缓慢的，太阳照在河面上，白光刺眼。爬沙虫全身黑色，长得有点像蜈蚣，只是没那么长，没那么多脚，是安宁河沿岸特有的。现在它们中的几只躺在一只塑料桶里，我负责守在桶边。远处是李美和一帮比我们大些的学生，还有两个学校外面的人。李美穿着白衬衣和百褶裙，她将百褶裙的一角提高在膝盖处打了个结，光着脚站在水里，和那帮人嘻嘻哈哈打闹着。

大春是很晚才来的，他从野樱花树林往我的方向走来。我有些担心他会问我小说读到哪里了，因为从昨天到现在我都找不到机会把李美撇开，我一个字都还没读。

我赶紧站起来往河水的方向去了。我走到河水里，转身看见大春在塑料桶的地方坐了下来，手里摆弄着什么。

"大春来了。"我跟李美说。

"来就来呗。"李美一边说一边抬起头，她往塑料桶的方向望了一眼，然后低下头继续掰开大大小小的鹅卵石寻找目标。这时有个男生说他又逮到了一只，李美凑过去抓起那只虫子往岸边走了。后来我们都回到了塑料桶的位置，大春已经用石头搭好了临时的灶，上面放了一块不知哪儿来的瓦片，灶膛里燃着火，瓦片上炕着几只爬沙虫，有人往上面撒了点盐。

"午餐"的时候大家都坐了下来，我不敢吃虫子，坐在一边看着他们吃。大春捏起一只递给我说，试一下嘛，很香。我接了过来，闭着眼往嘴里放，确实有点香。

初三的学生聊着热闹的天，李美时不时插嘴，她总能在合适的时机说出一句逗大家发笑的话。他们聊天的内容无非是那些事，谁谁喜欢谁，谁很招人讨厌，哪位班主任比较偏心，哪位老师课堂上有惹人发笑的怪癖。我发现自己一句话也插不上。

这时大春开启了一个新的话题："下个星期的风筝比赛我报名了，你们报名不？"

那个比赛我也恰好报名了。比赛内容是自行制作风筝，再统一在操场上放飞，老师按照制作水平和飞行的高度来判定名次。我觉得自己会画画，可以按照老师教给的方法做出一个漂亮的风筝，至于能不能飞上天，倒没想太多。大春问出这个问题后，我正犹豫要不要回应他，李美说话了：

"我报名。"

大春没有理会李美，转身对我说："米小易，你应该报名。"他用那种在当时的气氛下难得一见的眼神望着我。

　　短暂的安静之后，我听见李美又说话了："是哦，米小易你报一个，我和你一起组队参加。"随即她看着我笑起来，同时还瞟了几眼大春，是那种"有件事很好笑，但是只有我和米小易两个知道"的笑，然后她冲着我说："你记不记得那天，读小说那天。"她继续笑着，一边笑一边捂起嘴，像是在控制自己发笑。

　　我一时不明白她要表达什么，但我必须对她的笑做出回应，于是我也笑了一下。终于，她转身对大春说："米小易说你书上画的那些线条，比蚯蚓还难看。"说完咯咯咯大笑起来。过一会儿她又看着我补一句，"为了显得自己很懂。""为了显得自己很懂"这句话，她明显是在模仿我的语气和神情，尽管不像，但所有人一看就知道，她是在模仿我。说完她又笑了。

　　大春的嘴角轻微抽动了一下，刚才在他脸上浮现的真诚退了下去。他歪着头看向天空，一副无所谓的样子，然后他也露出轻松的笑容，对着天空说："是的，是这样的。"

　　我用了很大的力气控制住就要涌出来的泪水，挤出一丝笑容，学李美的那种语气说，是挺难看的。整个过程只有两三分钟，我们三个看起来像是在开一个轻松的玩笑。周围的人并没有意识到发生了什么，更没人知道我心里经过了一场怎样的风暴。

　　事后想来，我为什么不找大春说清楚当时真实的情况呢，第一是我觉得自己说不清楚，第二也因为，在当时那种微妙的氛围下，我的大脑陷入一种无力和混乱中，就算知道应该怎么做，也无法去做。

　　那天很快又有人开启了新的话题，都是我插不上嘴的内容，我默默待在一旁听

着。李美神采飞扬，处于话题的中心，她充满生机的笑声，像磁铁一样吸引着大家。大春到后面也不乏幽默，他好像忘记了刚才的微妙瞬间。虽然话不多，但只要他说话，所有人就很认真地在听。天气那么好，我感觉到我正和一个聪明、自足、轻松的小世界待在一起。我要用力让自己放松下来。我坐在一块石头上，捡起一根树枝敲打旁边更多的石头，装作享受春光和友谊。他们说笑话的时候，我常常笑不起来，但也努力地咧开嘴笑着。

10

　　风筝比赛在一个天气晴朗的下午举行，大春没有参加，也没有作为观众出现在操场上。我和李美共同制作的风筝拿了第三名，但我们俩都没有表现出特别开心。那只风筝拿回寝室，李美把它放到地上，用脚顺势推到了床底下。从此我们俩都像忘了这回事。我们好像比过去更好了。

　　上周我们三个人路过操场，操场上是打篮球的男生，大春也在他们中间。李美跑在我们前面，转身大叫我和小维的名字，她穿着那条百褶裙，转身的时候裙子扭成一个圆。我们跟了上去，她开始讲一个最近听来的笑话，讲完自己放声大笑起来。我和小维一起配合她的笑声。我们回到房间，白天的太阳将李美的床烘得暖暖的，我坐在她的床上，她一屁股坐在我的床上，小维挤在我们中间，有一会儿我们就那么坐着，笑着。

　　我终于找到合适的机会读大春送我的书。那天趁李美和小维都不在，我打算拿出书到外面随便什么地方读。我小心掀开床褥，但是书不见了。

一开始我还怀疑自己是不是搞错了，我把整个床铺翻了一遍还是没有。这时李美和小维进寝室了，我的第一反应是千万不能让内心的慌乱暴露出来。

我一边整理床铺一边哼着歌，装作心不在焉的样子。小维问我，米小易你在找什么？我说没什么，一本书掉了。李美似乎没注意到我，她三两下爬到上铺找高年级的学生玩去了。至今我仍然不知道那本书去了哪里，并且时常想起它。一想起它，当年丢失一件东西那种无处诉说的难过就涌了上来。

那段时间，我被一种奇怪的情绪包裹着。说不清楚那是种什么情绪，就好像在我的周围罩起了一个半透明的塑料圆球，人们说话的声音在经过那个圆球到达我的耳朵时都变了样。我想冲破它，但它总在离我半米远的地方，够不着。世界飘飘忽忽，像个影子。

但不管怎么说，表面看起来，我什么也没有失去。一次数学考试，我还拿了高分。有个细节我应该说说：老师发试卷的时候，我先是看到自己的分数，92，我立即想知道李美考了多少，就听老师在讲台上说，李美是全班第一名，95。我松了口气。

我到现在也没有读过《傲慢与偏见》，大春也没再问我读了那本书没，逮爬沙虫那个下午之后，我们之间就失去了那个隐秘的连接。

一切都不一样了。

11

最近高中部的学生下晚自习之后，李美就不属于我和小维了。

她总爬到上铺，在中间靠边的铺位上玩儿，那个位置有个高中的女生，也是从市里转来的。李美坐在上铺，小腿从床沿垂下，在空中晃荡，她欢快的笑声总是传得很远。她们，还有上铺另外几个学生经常开一些我听不太懂的玩笑，有时她们发现我和小维在听，就不往下讲了。熄灯铃响过之后，李美才从上面下来，在夜色里钻进自己的被窝。

这期间还发生了一件生活中的大事，我们隔壁寝室一个女生在用煤油炉做菜时引发了火灾。那天我们被隔壁一连串的尖叫声惊呆了，大家纷纷挤到隔壁去看，只见浓烟密布下，木桌子燃了起来，火苗正往上升，做菜的女生躲在角落蒙着脸哭喊着。这时候李美大声叫起来，她说大家快跑啊，大家才如梦初醒般往楼下跑。

楼道那么窄，有人摔倒了，有人从后面踩上去，李美拉着我和小维一路跑在最前面。万幸的是一楼的男生冲上去扑灭了火苗，除了几张桌子和邻近的床铺被烧坏，两个女生在跑的过程中受了伤，没有更大的危害。

这件事引起了学校领导的重视，很快学校颁布了一项规定，禁止学生在寝室里使用煤油炉，学校食堂也开始提供下饭菜。我们三个人组成的搭伙做饭小团体就这么解散了。

李美在半夜还是会试图发出尖叫，我仍然会拍拍她的肩膀。有一次她啜泣着抱住我，大夏天的，她全身冰凉，发着抖，但是到了白天，她又变回了那个骄傲的李美，她大声说笑，在课间和男生打闹，在外处处罩着我和小维，回宿舍就和高二女生一起玩。

慢慢李美和我们傍晚在一起的时间也少了些，快期中考试了，我们不再去县城里晃荡,有好几次只有我和小维两个人爬上灵关山。李美又多了一条新裙子,她说是她妈妈给她的,但我们并没有看见她妈妈来过学校,她也没有在周末回市里。最近两个周末她都穿着那条裙子一个人跑了出去,在寝室熄灯前才喘着气跑回来。

这一天傍晚天气放晴,灵关山上方出现晚霞的时候,我向小维提议,我们又去了大石板。我发现了一条陡峭的小路,沿着这条路往上走,可以比过去更快到达有马尾松的大石板。我们手拉着手走在小路上,我想起了李美。我心里想,这是一条李美没有走过的小路了。

坐在大石板上,天光渐渐暗下来,有一会儿我和小维都沉默着,呆呆地看着远处。我还在想李美,显然小维也想起了她,因为小维突然说:"李美跟我们本来就不一样,要不是住一间寝室,她不和我们做朋友的。"

"嗯。"

"她和大春的事你晓得吗?"

我说我不晓得。小维说,有人看见李美和大春在安宁河边散步。"是散步,不是走路,两个人并排着走,就他们两个,这也太明显了。你懂吗?"

我不想继续这个话题。我说,李美是我们的朋友,我们不要在背后乱说她。小维用惊讶的表情看着我:"这就叫乱说?再说了,李美巴不得全校的人都知道她的事。昨天在教室里她不停地在那儿炫耀他们一帮人又去河边逮爬沙虫了,她还说放假之前他们要一起穿过隧道呢。"

那之后,小维就特别想在我面前证明大春和李美的关系。第二天傍晚去食堂打饭的路上,小维建议我们打好饭去操场那边吃,她说,我们去早点,今天有男生在操场上打比赛。然后她放慢语速,充满深意地说,大春肯定会在。她说的时候望着李美,同时身子往李美那边挤了挤。李美瞪了她一眼,脸上浮现出暧昧不明的笑容。她俩就这么挤去挤来往前走。

当然,我们始终不能确认李美和大春有关系。李美最擅长的是用她那种特定的微笑,一个暗示,表达她想表达的内容,而她什么也不会说。

12

李美很喜欢她的新裙子,不穿的时候她总是把它叠得整整齐齐,放进我的真皮箱子。

这一天我装东西的时候忍不住顺手摸了摸那裙子,是腈纶格子面料,一点褶皱都没有,滑滑的真舒服。来回摩挲了几下,我又忍不住把手伸进面料里面,闭上眼细心体会光滑冰凉的触感,突然我感觉摸到一个硬硬的东西,捏了捏,好像是一串项链,绳子的尽头有一块金属吊坠。

我从来没见李美戴过项链,一种奇怪的感受涌来,我不敢掀开裙子看那串项链,这感觉就像我不敢在李美的面前直视大春,也不敢语文考试比她考得好,我很快把手缩了回来。

夜晚熄灯前,寝室里有个高二女生突然大闹起来,说她的东西丢了。她说丢了二十块钱,还有她亲戚在内地给她买回来的项链。她一边哭一边说,项链是在寝室里丢的,她昨晚睡觉时把项链取下放在了钱包里,今天早晨因为脖子发痒就没戴,现在才发现项链和钱包里的钱都没了。

有人问她项链长什么样。她说,皮绳子的,拴了个吊坠,是一只猴子,她属猴。

又有人问，钱包一直放在寝室里吗，会不会带去过教室？她被问得犹豫了一下，随即又直摇头说，没有带去过教室，一直放在枕头底下的。

一股巨大的恐惧朝我袭来。我满脸通红，心跳加速，下意识用眼睛搜寻李美。李美正站在那位丢了项链和钱的高二女生旁边，表情严肃而平静。她双手交叠抱在胸前，跟那天我从常老师办公室走出来看到的她一模一样。

高二女生哭了一会儿开始破口大骂，有人建议她挨着搜，这个建议一提出来，立即得到好几个人的响应，搜寻工作马上开始。李美这时和别人一样坐回了自己的床位上，我也跟着坐了回去。

我不断安慰自己，箱子里那个我以为是项链的东西也许不是项链，就算是，我只是摸过，并没有亲眼看见，根本不能确定那串项链就是高二女生的项链。

一只猴子，李美不属猴，她从没说过她喜欢猴子，我也没摸出那个金属吊坠是猴子。只是碰巧，李美恰好有一串项链而已。

但我还是没办法让自己的脸恢复正常，它越来越红，越来越烫，同时我捏紧了双手，呼吸也不受控制，好像是一直在吸气，要专门找个时间才能把吸进去的气吐出来。

每个人都回到了自己的铺位上，搜寻工作从上铺那个高二女生旁边的位置向左右两边铺开，很快就蔓延到了下铺。我整个人僵在床上。如今想来，当时的感觉就像是坐在河岸边无法动弹，眼睁睁等河水漫过身体。坐在我身边的李美还是很平静的样子，小维则把她整个身子往铺外探，注意力完全集中在搜寻工作上。

她们开始搜小维旁边的旁边那个女生了，很快会轮到小维，接着就是我，李美的位置在最边上，她是最后一个。就在这时，宿舍灯熄灭了，睡觉时间到，差不多同一时间，常老师和高二的班主任一起出现在了寝室门口。大概是有学生把事情报告了老师。

待那个高二女生把事情原委详细讲了一遍之后，常老师说："情况我都了解了，偷东西肯定是不对的，但随意搜查也是不对的。大家都帮她好好想想，还有没有别的线索？同时，如果真有哪位同学拿了别人的东西，可以来找老师坦白，我们一起把这件事处理好。大家现在睡觉吧，不许再搜了。"

灯熄了确实也没法搜了，常老师走到她班上的三个女生旁边，在我们每个人的肩膀上轻轻拍了两下，离开了。两位老师离开后，大家又压低声音谈论了很久这件事，声音慢慢变弱到没有，一轮月亮升起在窗外，有几只鸟在杉树那边叫。我一直睡不着，直等到从各个方向传来各种沉重的呼吸声和鼾声，我还是睡不着。我想知道李美睡着了没有，但她那晚很安静，我也问不出"你睡着了没"这样的话。

恐惧和好奇折磨着我，我想知道箱子里的项链吊坠是不是一只猴子，又担心它真的是一只猴子。我没有力气，也不敢在这个时候翻身下床从床底下拉出那只装满秘密的箱子，时间就在这折磨中溜走。迷迷糊糊中，我感觉到一个身影在我身边爬了起来，是李美。她下床了，我的第一反应是她要去打开箱子，但她没有。只见她侧躺在通铺前面的一小块空地上，一只耳朵紧贴地面，用手捂住另一只耳朵，整个身体缩成小小的一团。是的，就是那个她教给我们的小游戏。

李美躺下的位置正好对着窗户，窗外

的月亮又大又圆，月光下她抽泣了一会儿就没了声音。我担心她睡着了，要是躺在地上保持这个姿势，明天早上被大家看见怎么办？我把自己的身体从床铺上往外挪，挪到能伸手碰到李美的位置，拍了拍她的肩膀。她马上坐了起来，什么也没说，她回到了自己的铺位上。我最后还是睡着了。

天亮了，起床铃响起，新的一天终于开始了。晨读之后的早餐时间，我吃到一半就回了寝室，那种复杂的情绪折磨着我，我想再打开箱子看看。我想好了，如果是猴子吊坠的项链，我就把它放回那个高二女生的铺位。如果不是，我和李美会成为永远的好朋友，无论她以后做什么我都会原谅她。寝室里这会儿一个人都没有，箱子比往常的感觉更重，我拖出箱子，拿出钥匙弄了半天才打开。

掀开那件腈纶格子裙，没有项链，什么也没有。有一瞬间，我想是不是在做梦，或者，昨天我摸裙子的动作只是个梦。

我是背对着寝室门跪在地上打开箱子的，突然我发现自己被阴影罩住，一转身，李美站在我身后。也许她一直跟着我，由于我太紧张，居然没有发现她。李美没有说话，只是用那种平静的眼神望着我，她这个样子比任何时候都像一个大人。

"昨天，我在你的衣服里摸到一个东西。"我鼓起勇气说。

"你为啥子要翻我的东西？"她的口气逼人。

我一时不知该如何回答，咬了咬牙，把脸转向窗户说："那串项链，你应该还回去。"

"你乱说，"她快速回应了我，过了一会儿，她又重复，"你乱说。"

在一定程度上，我确实在乱说，我并没有亲眼见到那串项链，也没有见到高二女生丢失的那串项链。那个时候，偷窃是非常严重的行为，你可以打架，甚至可以抢别人东西，但偷东西就是令人不齿的。面对我的怀疑，李美的反应比我以为的要温和些，但事情的复杂程度超过了我的承受力，我一屁股坐在地上，把头埋在膝盖里哭起来。

现在，也许过了五分钟，李美一声不响，蹲下来从箱子里取出她所有的东西，包括那条裙子在内的几件衣服、两本书和布袋子，然后从她裤袋里掏出了箱子钥匙。她把钥匙扔在我面前的地上就离开了。

我就这么埋着头继续哭，不知道哭了多久，一阵上课铃声把我从悲伤里拽了出来。我拖着身子往教学楼走，迟到了。早晨空旷的教室走廊，短暂的平静，我的脚步声轻得不能再轻，教室里偶尔有桌子和椅子摩擦地面的声音传出来，一个短暂的哨音回荡，一阵风从远处吹来，又吹走了。

来到教室，语文课，常老师站在讲台上示意我进门，李美低着头坐在位置上，没有抬头看我。

整堂课我都在想我和李美的关系，我后悔跟她提起那串项链，既然项链不在箱子里了，那一切就不在我可以控制的范围了。李美进寝室的时候，我应该装作只是在找自己的东西，装作什么也没有发生，那么不管李美是不是小偷，我们都还可以做朋友。她那么聪明，一定可以处理好这件事的。虽然当时的我不能接受偷窃行为，但如果李美是小偷，我是可以原谅她的，她做什么事我都可以原谅。

我想不清楚一会儿下课之后我如何面对身后的李美。小维坐我旁边，我也不知道应该怎么与她解释我和李美之间发生的事，她迟早会发现我们的关系不一样了。

这堂课一直上下去多好，但今天的时间过得特别快。下课铃响了，行完下课礼，常老师走到我身边叫我跟她一起去办公室。

不用马上面对李美让我获得短暂的放松，但这放松并没有维持多久。还是像上次那样的方式，常老师坐在我九十度角的位置，示意我也坐下。这一次她在坐下来的同时就提到了李美。

"米小易，昨晚寝室里发生的事，也包括今天早晨的事，希望你不要对外面讲。"

我不知该怎么回答。

"事情会处理得很好，你是李美的好朋友，我们给李美一个机会，她很不容易。"

常老师微微歪着头望着我，两只手放在大腿上来回揉搓，她沉沉地吸了一口气又慢慢吐出来，期待我给出她满意的回答。我还是不知道应该怎么回答，我只是茫然地望着常老师，有时候我的眼神飘移到常老师身后的玻璃窗上，玻璃窗破了一块，上面结了蜘蛛网，风吹得一只蜘蛛摇摇晃晃。这么安静了一会儿，我试图说点什么，但我一张嘴，寝室里没流完的眼泪这时候又不争气地流了下来。我赶紧把嘴巴闭上了。

"就是说，不管发生过什么，你看到了什么，你都不要随意跟别人说，好不好？"

我说，好。同时，我隐约感觉到当我跪在女生寝室木地板上埋头哭泣时，事情已经按李美的意志往某个方向发展了。

回教室的路上，我先碰到的是小维，她冲到我面前说，常老师找你去是关于昨天晚上的事吧？上课之前她先找了李美，接着是我，我就猜到她下课会找你。

我还没问小维，常老师跟她聊了什么，她就主动说起来：

"常老师说项链和钱已经找到了，希望我们不要在班里谈这件事。她跟李美也这么说，是不是也这么跟你说的？"

"嗯。"

"你觉得会是哪个干的呢？我猜是那个女生身边的朋友，就她们一个班的。"

"常老师说了，不要谈这件事。"

小维脸上浮现出一丝困惑和不甘，她说，我们之间都不谈了啊？我没回答，她又说，你不谈算了，我去找李美谈。对话就这么结束了，

离上课时间还有几分钟，教室里李美和几个女生站在讲台附近的窗户下说话。她的话没有平常多，但似乎在认真参与谈话，我看她的时候，她正在对一个女生的话表示同意。看见我和小维走进教室，她并没有给予特别的关注。小维走了过去，在她身边停下来。我一个人走回座位。

那个丢失项链的女生中午在寝室公布，钱和项链都回到了她身边，至于具体是怎么回来的，她没有细说。她只说钱和项链都是老师给她的，老师说了，让她不要再说这件事。她说这些的时候，李美时不时盯着我看，我感觉她的眼神里有强烈的不信任。好几个女生表达了惊讶，也有人说，东西回来了就好，大家以后还是把贵重的东西放好些。有个女生还顺带提到了我，她是这样说的：

"我准备周末回家也带一个箱子来，像米小易那样，上个锁。"

我心里一紧。当时我坐在床沿上，我把身子缩进上铺床板投下的阴影里，希望没人看见我涨红的脸。我也不敢再看李美此时的反应。

13

小维有两次在我们面前谈论过失窃事件,但我和李美都不接这个话题。在这一点上,我和李美有很大的默契,总有一个人能找到别的内容岔开小维。一开始我和李美很小心地维护着什么,后来我渐渐感觉到我们之间的一些变化,那种你很难用具体事件去描述的、微弱的变化。比如,我们再也不会手拉手一起上厕所了。这让我不安。后来,这种变化很快就蔓延到了我们三个人的小团体。

这天早晨,我从厕所出来回到寝室,看见小维和李美已经收拾好书包准备去教室了,我说,你们等我一下。但她俩一边说好,一边就出了寝室。我不得不三两下整理好东西追上她们。半路上,我胡乱放进书包的一本练习册掉在了地上,在我蹲下去捡的时候,她俩加快了脚步,我只能走在后面,一个人进入教室。

这堂课是自习,小维在我身边坐下来打开书本,我像往常一样,随手在她的文具盒里拿了一支铅笔。以往这样的时候,她总会瞪我一眼,扁着嘴巴哼一声,但今天她什么也没说,只是埋着头继续看她的书。

下课了,李美很快和一帮女生跑出去了,这倒没什么,她以往也这样,她有很多朋友。我做好了充分准备,跟小维一起出教室,但小维加快速度跑在我的前面离开了。站在走廊上,我不知道该去哪里,又转身回到教室。

教室的角落,几个女生正围在一起谈论着什么,我感觉自己有必要加入她们。看见我,她们突然停止了谈话,短暂的沉默之后,她们开始讨论昨天语文课上的一篇文章,但用那种很小的音量,很显然并不欢迎我的参与。我跟自己说,这很正常,我平常本来也很少参加她们的谈话。

阳光还没有照进一楼的窗户,我回到自己的座位上,觉得有些冷,但也不知道应该往哪里去,只好坐在原地等上课铃声再次响起。小维从厕所回来加入了那帮女生。

中午我们三个人还是一起去了食堂,我心里怀着感激和委屈跟在她们身边,三个人都很沉默。这时凤凰树上的一只虫子掉在我肩膀上,我吓得叫了一声,她俩没有任何反应。

自那天起,事情变得越来糟糕。李美还像过去一样,喜欢跟高年级的学生一起玩,但现在她总会带上小维。有时一整天小维都不跟我说一句话,在我想要靠近她时,她总会转身离开。

一个晚自习,我鼓起勇气给小维传了张字条,上面写了几个字:你在生我的气吗,怎么了?她倒是回得很快,但她在那张小字条的下方只写了两个字:没有。这比我预想的还要糟糕。这两个字意味着拒绝沟通,我被排除在什么之外了。我再没勇气按事先想好的,给李美写同样的字条了。我想找个合适的时机同李美当面谈谈,但是从来没有这样的机会,李美在避免和我单独相处。

体育课上,老师要求同学们五人一组进行接力赛,我走向李美和小维,但她俩早已和另外三个女生拉成了一个圆圈,我不得不找寻别人。我四处搜寻,所有的女生都拉好了属于自己的小圈,老师把我安排在四个男生那一组。四个男生忍住笑把头扭向一边,那些女生互相传递眼神,她们在试图笑,并忍住笑。我走向四个男生,站在他们中间,把脸转向别人看不到的方向。

我发现我自此变成了被全世界遗忘,

同时又总能在一些时刻被突然看见的那一个。

在接力赛上与我传递接力棒的一个男生,我摔倒的时候他拉了我一把,我以为这件事没什么大不了,但后来事情往意想不到的方向发展了。

事情是这样的,那个男生坐第三排,有一天他跟常老师说,他的眼睛近视,越来越看不清黑板,希望可以调到第一排坐。常老师希望坐第一排的我跟他换位置,我刚站起来,全班就骚动起来,有两个男生开始"哦——",更多的同学响应:"哦哦——"这样的呼声此起彼伏,然后大家都哄笑起来。常老师拿着黑板擦敲了敲桌子,嘘声慢慢平息,但大家在低头悄悄传递着某种氛围。我低着头走到第三排坐下。

从此我希望下课铃声永远不要响起。

在教室里那种奇怪的氛围很快就蔓延到了寝室。不管如何,在教学楼还可以因为坐在教室里上课,暂时忘记自己需要朋友,在那间十六个人挤在一起的小屋子里,我不得不随时遭遇那些微妙而复杂的眼神。

有个女孩坐在床上看书,我整理桌子的时候,不小心饭盒往她的地盘放了,她眼睛不离开书本,随手把饭盒扔回我的位置。有些人看到了,带着暧昧不明的笑容。

晚饭时间,另一个女孩拿出一罐泡菜,往坐在床沿上的每个人碗里舀,到了我这儿,她迟疑了一下,飞速完成舀的动作,没有留一点时间给我说谢谢,转身离去。寝室里突然安静下来,所有人在默默咀嚼食物,这状况持续了大概一分钟,突然有个人咳嗽了一声,另一个人又咳嗽一声,随即有人在笑,有几个人互相传递眼神,很快所有人都笑了起来。

某个时候,我走路不小心撞到谁,连忙说对不起,对方毫无反应,我又说,严重不?对方很不情愿地吐出三个字,没关系。不用看我都知道,又有人在交换眼神。

诸如此类小小的"事件",每天随时在发生,只要我是一个有感觉的人,就不可能假装一切正常。我试图结交新朋友,但好像所有的门和窗户都在我面前关闭了。有时候我感觉到某个女生在走廊、教室或者寝室跟另一个女生说悄悄话,她们笑着说,而且望着我说。或者她们开玩笑的时候会顺便看我一眼,这一眼会让我整天都不安。

我开始觉得自己很糟糕。个子矮和瘦是一定的,加上从小在海拔更高的黑山长大,太阳直射下,我皮肤黑而粗糙。最近脸上开始长痘痘,额头上布满了,刘海再多也遮不住。没人的时候,我拿起小圆镜挤痘痘,痘痘越挤越多,后来下巴上也开始长了,我找一根缝衣服的针戳它们。现在我的脸仿佛永远洗不干净,我对着镜子哭,看着自己变成全校最难看的女生。当我这么想的时候,那些眼神和说不清来路的嗤笑都自动变成了对我外貌的攻击。

我和小维李美当然离得更远了。因为不再和小维同桌,所有事情都变得很自然:我们不再一起去食堂或者厕所,回到寝室都各做各的事,到了周末小维回家,李美跟一帮高年级男生女生在县城里游荡。李美最近还认识了更多没上学的朋友,总有人在校门口等她放学。

李美在班里一直有众多朋友,现在甚至更多了。小维跟李美在一起的时间也比过去多了。我生活的世界就这么变成了两个世界:我一个人的世界,他们的世界。

只有在夜晚,当李美在梦里挣扎的时候,我感觉到她还需要我,我还是会像往

482

常那样拍拍她的肩膀。只有在那样的时刻，我总算可以短暂拥有一个"我们的世界"。也是在那段时间，李美的挣扎越来越频繁，事情变得很不可理解：她在白天有多明媚，在夜晚就会有多么需要我伸出手去，在她的肩膀上轻轻拍几下。

然而白天更加漫长。过去我就不敢在课堂上发言，现在更不敢了。我害怕站起来被全班人看见，我害怕跟别人不一样，我希望所有人都把我忘了。我的成绩一路下滑，直到再一次被常老师叫到办公室。

这一次的主题是我，这一次常老师只是坐在她的办公桌后面，我站着。她翻看了我最近一次语文考试的试卷，叹了口气，抬头问我，米小易你最近怎么回事？我低下头什么也没说。

"米小易，你不能让别的事情分心，成绩是第一位的，那天换座位我就发现，你最近有点问题。"

我又一次满脸通红，全身透凉。我发现自那次失窃事件之后，我渐渐养成了一个应激反应：只要别人指出我有问题，我就会满脸通红，全身透凉。即使没人指出，我也变得异常敏感，我总忍不住去想，这是，或者应该是我的问题。总之，当时的我还能说什么呢？面对常老师的"发现"，无论我怎么说，我想我的身体表达出来的东西都在表明，常老师的发现是对的。我的身体在说是的，是我错了。

但我还是试图作最后的努力，我红着脸说，常老师，我没有。

"那你每天都在忙什么？"

我紧咬下嘴唇，努力控制自己的身体不颤抖。我每天在忙些什么？

我在应对教室和宿舍里随时可能出现的可怕的东西，那种氛围。而常老师和其他老师，所有的大人们，他们和我们处在同一空间，却根本看不见也感受不到那种可怕的氛围。如果有谁走到我面前打我一顿，他们可能会看得见，那么我不用作任何解释，常老师也会知道发生了什么。但是现在，我什么也不能说，因为看起来也确实什么都没发生。我应该怎么跟她讲我遭遇的一切呢？我不知道。我也想不明白事情怎么会走到今天这个地步。现在，连常老师也变成了"他们的世界"。我带着屈辱低头走出常老师的办公室。

这之后，我把所有能用上的剩余的力气都用在了努力提高成绩上，我担心自己会变成倒数第一，这会让我又一次变得和大家不一样。你理解那种感觉吗？你所有的努力根本不是为了脱颖而出，只是为了让自己变成茫茫人海中默默度日的那一个。你害怕被看见。

每一天，每一堂课的下课铃声都是煎熬，总要忍不住倒计时，五分钟，四分钟，六十秒，你一个人面对世界的那一刻又来了。所有人都笑逐颜开，走在自己的轨道上，只有你一个人，你假装很忙，收拾文具，检查作业，努力证明自己一切正常，然后用余光看着她们结伴离去。她们和世界都是完整的，与我无关。我也比过去更渴望黑夜的到来。晚上十点钟，熄灯铃一响，宿舍自动断电，我早已躺在床上等着这一刻。黑夜包裹着我，这一天终于结束，然而白天就在不远处。我知道我会在焦虑中入睡，在绝望中醒来。

现在只有我一个人爬上灵关山了。我再也不想坐在马尾松下的石板上，我只是用力往山顶爬，越爬越快，只有很多汗水从身体里冒出来我才觉得好受些。上了山顶，我又迅速原路返回，一路小跑下山。

山区里的风呼啦啦吹，马尾松林间的茅草长得比我还高，我的个子也让我焦虑，现在班上的女生里，只有两个比我矮了，要是我变成最矮的那个，我又会与大家不一样。

有时候我也会找个草地坐下来，把身体藏在茅草里，抬头看茅草被风吹成一浪又一浪。时间很晚了，但我不想离开这里。只有在这片茫茫的自然里，我才能获得片刻喘息的机会，夕阳把山下的县城照成一片金色，安宁河水也比平常更晃眼。

有时候往山下望，我内心也会对这座山区小城充满了感激，我知道它一直是我第一次见到的样子，它不会再变，它只是在不久的将来会突然被大水淹没。这样多好啊，不像我正在经历的事情，总是慢慢发生，痛苦那么缓慢，时间被拉长得望不到尽头。

即使现在回忆起来，那也是我一生中最漫长的两个月。

14

接下来是一段笔直且平缓的公路，公路上没有车，近处山坡有牛羊在吃草，天空中飘浮的云朵跟着车子移动，这景象平和而亲切，把我从十几年前的屈辱里暂时打捞出来。但也只是暂时，原因在于，结束这屈辱的，是一件超出我承受力的事。

我永远失去了李美。

两个月后，我清楚记得是一堂数学课，老师正在讲一道几何题，李美给我传来一张字条。她约我放学后去灵关山。"下午五点，第五棵马尾松下的大石板。"这是字条的全部内容。

那时候如果你收到一张字条，有人约你在某个地方见面，通常意味着即将发生一件严重的事。有些女生的小团体很擅长做这样的事，她们会质问被约见的女生，为什么做出某一件事，或者要她承认一件事。总之，被约见并不表示你被对方接纳，相反，你从此被永远放在了对立面。

我延续了两个月的九分绝望，一下子变成了十分。将那张字条捏成一团揣进衣兜的时候，我甚至想到了死。如果死了，就不用面对那个世界了，但我不知道应该如何去死。跳进河水也许好些，但安宁河水流平缓，我又会游泳，不一定死得了。而且就算死了，尸体会被打捞上岸吧。一想到我死后，尸体随意扔在一个地方被很多人围观，衣冠不整，头发可能很乱，而我动不了，做不了任何事情，就觉得难为情。

我最终还是决定去赴约。字条的传递意味着事态的进一步发展，不管如何，我应该去面对这种变化。我跟自己说，不会有被全世界孤立更糟糕的事了，我已经在深渊里待了那么久。

下午五点，我走向灵关山。穿过一片荒草丛，路过一棵又一棵松树，第五棵松树出现在视线里，李美双手抱着膝盖坐在大石板上。

只有她一个人，我原先以为的一个团体并没有出现。看见我，李美从石板上跳下来，她今天穿着那条腈纶格子裙，风从山下吹上来，格子裙紧贴在她的小腿上，她脸色苍白，双手紧紧抱在一起，我也忍不住理了理衣服，傍晚确实比白天更冷。

"米小易，我要转学了，我妈明天来接我。"

她说这句话的时候，语气轻快。尽管如此，她的表情却让我感到不安，果然，她抱紧的双手开始有轻微的颤抖，她的下嘴唇也在颤抖，她在努力控制住这颤抖。我望着她，期待她说出更多的话，告诉我为什么要转学。然而她没有继续这个话题。她突然说，谢谢你让我和你一起用箱子。

这时她哭起来，两行泪水从她僵硬的脸上往下落。她还说了很多谢谢我的话，到最后，她哭得差不多了，太阳也落山了，她约我和她一起去隧道。

"穿过山那边的隧道，到了另一边的隧道口就可以许愿，所有许过的愿都会实现。"她这么说。

我跟她说，我不会去。这句话说出口，我自己也吃了一惊，印象中我还从来没拒绝过李美的任何请求。我的身子不觉往后退，脸上的肌肉扭曲着，好像就要号啕大哭起来。但是我马上咬紧牙关，不让眼泪流下来。从她谢谢我做的一切里，我已经明白，只要她转学离开，我经历的黑暗就会慢慢消失。我很快就可以从深渊里爬出来了，这是我那时最大的愿望，我不需要再穿过隧道许那些永远不能实现的愿望。

我试图平复情绪，努力控制自己的声音，我跟她说，你有那么多的朋友，你不缺我一个，你可以叫上任何一个人跟你一起去隧道，小维，班上的任何女生，高中部你们那个团体的女生，你在学校外面结交的那些朋友，甚至，我说，你叫上大春啊，他家就是铁路的。说完我转身跑开了，这时她在我身后哭着说，米小易，我还要谢谢你帮我保守秘密，谢谢你不喜欢大春。

我停了下来，眼泪开始顺着我的脸颊往下流，但我没有转身看她一眼。她继续说，走啊米小易，我们一起去隧道。我最终还是离开了。

如今想来，我不想和她一起穿越隧道，还因为她那天一直在跟我说谢谢，但她一句对不起都没有。她还是那个骄傲的李美，我多么想原谅她对我做的一切，但她只说谢谢，不说对不起。

15

成昆铁路一共有隧道427条，李美试图穿过的那条全长五公里，山的这一边是县城，穿过去就是大峡谷。据说那边的隧道口有几棵高大的木棉，站在木棉下可以看到大渡河，那是比安宁河更大更急的一条河，它最终汇入长江。不知道李美看到大渡河没有。

一周前，我问奶奶要了我妈的联系方式，在一个明晃晃的白天鼓起勇气走向县城邮局。电话通了，我跟那边报出我妈的名字，我说我是她女儿，有重要的事找她。那边的人说你等一下，接着是咚咚咚的跑步声，有人在大喊我妈的名字，过了很久，一个陌生女人的声音拿起电话说你好。我跟她说，我是米小易，我们寝室死人了，请你带我离开这儿，你不带我走我也要死。我那么平静地说到死，一定把我妈吓坏了，她很快就回到县城帮我办理转学。

那个箱子我至今还保留着，它就躺在我卧室的床底下。我现在几乎不用它，它一直空着。几年前，上一家公司需要为一家房地产企业拍一组怀旧风格的照片，当时的丈夫肖原还翻出箱子拿去当了道具。拍完照片它又回到了床底下。这么多年，它跟着我到过很多地方，上高中，大学，工作，它都跟着我。不管是住在宿舍里，还是后来租房子，搬进结了婚后的房子，到现在又是一个人租住的房子，它永远在我的床底下，和当初在县城上中学时一样。

每到一个新的地方，箱子放在地上，顺脚一推，箱子就滑了进去。

我当然还记得我离开县城的时候，箱子里装满了我全部的家当。我妈提起箱子走在我前面，她的身子微微向前倾，几天的奔波让她疲惫不堪，她一边走一边说，妈哟这个箱子确实能装东西，好重。过一会儿，她转身对着我喊，米小易，你走快点啊，我们快赶不上火车了。那时候我妈也穿着一条腈纶面料的裙子，比李美那条更明亮。那是我第一次去铁路，第一次坐火车。我们这一站上车的人很少，加上我和我妈只有五个人，但是火车里特别挤，到处都是人，坐着站着躺着的都有。我们没有座位，在两节车厢的连接处，我妈找到了一个空位。她把皮箱子往那个空处扔，把我拽过去往箱子上扔，我就这么坐在了箱子上，眼睛只能看见我妈明亮的腈纶面料裙子的下摆。

随着一阵鸣笛，火车启动了，很快就眼前一黑，我意识到火车正在经过那条长长的隧道。我忘记了许愿。我眼前出现的还是那个画面：常老师站在教室门口，一手扶着门框，一手擦去脸上的汗水和泪水，对着全班同学说，李美走了，她一个人去了铁路上的隧道，她走了。她在我们的惊愕中停顿了一会儿，深吸一口气，瞪着眼睛看着大家说，你们谁也不许再往铁路跑。

离开老县城的前一天，又是个吹大风的下午，我从我妈住的旅馆走回学校，在县城街道上穿梭的时候，大春从后面追了上来。他没有跟我打招呼，而是站在我身边和我保持同样的速度往前走。县城街道边的店铺正在关门，木板门一块一块拼上门框，夕阳在石板路面投下暖色的反光，人越来越稀少，偶尔有猫啊狗的窜出来。

我们穿过这些，往位于高处的学校走。有一会儿他想对我说点什么，他就要对我说点什么，我感到害怕，怕他说出我难以面对的话来。我也担心他走着走着就离开了，希望他默默陪在自己身边，就这么往前走。我们越走越快，风也越吹越大。

我们走进校门了，在前方，操场后面的杉树林里有几只鸟在叫，我感觉到有一种温暖的情谊像毯子一样裹着自己。几乎是小跑到那几棵杉树下，我喘着气蹲了下来，因为再往前走我就要进宿舍了。这时候，大春站在我对面，歪着头对着空气说，你也要走了，走嘛，再也不要回到这个鬼地方。

当时我的眼睛一定睁得又大又圆，我嘴唇哆嗦，想说什么，但什么也没有说出来。他又说，米小易，你这两天千万不要去钻那个隧道。

我说我不去，说完我就跑回了宿舍。我们那时候也就十四五岁，有太多事情搞不明白，更不知道应该怎么表达。我知道大春没能说出他想说的话，我也没有。

16

我的车就要靠近老县城了，大峡谷也走到尽头。一段上坡路之后，眼前所见慢慢开阔起来，山势变缓，大渡河水朝我相反的方向奔涌。再往前开，视线内出现一片白色建筑，就在前方的山坳里，白色建筑周边还裸露着大面积的红土，几辆工程车正在红土上奋力工作。不用说，这里是新县城，准确说是新县城的一个角落。那些建筑很白，很亮，在刚翻出来的红土映衬下，发出刺眼的光芒。我发现，那堆白色建筑所在的位置，就是当年我们坐在灵关山上看到的小村落,那个我们的秘密小游戏无限展开的村落。

不会错,那一堆灰白岩石构成的缓坡还是当年的样子,只不过现在,岩石的尽头变成了白色建筑。当年的酒厂、院子、木棉树,以及开出少见的颜色的三角梅都不见了。

我猛然意识到,自我当年转学之后起,我的人生若说有什么明显的不一样,就是我再也不会玩儿那个秘密小游戏了。跟着提着箱子的我妈往前走,走向火车站的那天,我在一瞬间就长成了一个大人。

就在白色建筑渐渐靠近我的时候,手机响了,陌生的号码。是个女声,女声用试探的语气问,请问你是米小易么?

"是的,我是。"

"我是小维。"

小维说,大春给她打电话说我回来了。她约我一起吃晚饭。我们约好晚上在县城中学外的一家餐馆,"就是当年买包子那个地方,实惠餐厅,你找得到吧?"我说我能找到。挂完电话白色建筑就远去了。

几分钟后电话又响了一次,还是小维,还是那种试探的语气:

"对了小易,你回来是不是想来学校看看?我在这儿教书,我在校门口等你吧,看完我们再去吃饭。"

我说好的,谢谢你,小维。

车子正在下坡,不知从什么时候开始,安宁河已经在我的左面静静流淌了。河滩上是一片整齐排列的大棚,看不到劳作的人们,也看不到棚内是不是还种着莲花白。公路边渐渐出现人家,房屋比我想象的还要破败,作为行道树的木棉和小叶榕似乎比当年矮了许多。在我意识到这一带也即将被淹没的时候,我摇下车窗,一股热风扑面而来。风里夹杂着灰尘,我的过敏性鼻炎很快作出反应,一个响亮的喷嚏。

窗外传来一连串的喇叭声,大货车和小汽车隔三岔五从对面飞速而来,绝尘而去。间或有几辆摩托车从后面一阵轰鸣,然后远远地把我抛在后面,前方是老县城了,暮色中一个躁动的世界。

路边有个胖胖的小男孩一只手举着一块牌子,另一只手朝我的车奋力挥舞,我慢慢靠近他停下车。他十来岁的样子,圆圆的脑袋,脸上沾满了灰,他把头探进我的车窗:

"带路带路,去看县城最老的房子,南城老桥,大桥头照相馆,烈士陵园,电影院和北街那家手工铜锅店。"

这时我才看清他举起的牌子上写着"带路"两个字。我说我不需要带路,不过想知道县城中学搬走没有。

"没搬,学校都没搬,我姐姐就在中学读书,现在还没放学呢。"他说完熟练地吸溜了一下就要掉进我车里的鼻涕。

"这么说,很多单位都没搬了?"

"没搬没搬,但是很快就要搬了,再不看就看不到喽。"

后面又来车了,小男孩不再理我,他用手在鼻子上一抹,再次举起那块牌子,高喊着,带路,带路。

我又启动了车子。此刻是下午四点半,公路两旁的树变得稀少,渐渐有了行人和店面,修电脑的,卖化肥的,挂着羊骨架卖羊肉粉的,间或路边开阔地带有些人围坐着打桥牌。所有的建筑都像蒙着一层黑灰,倒是人们身上的衣服新鲜夺目。很快我就到了县城最大的十字路口,往右拐上坡就是学校。十字路口也比我印象中小了很多。对面那个当年的百货大楼还在,只

487

是现在一楼变成了一家很大的美发厅，名字让人印象深刻："空了吹"。

右拐上坡，一个人影在校门口站着，是小维。她比过去瘦了些，头发烫成齐肩小波浪，穿一件黑色小西服，搭配蓝色九分裤，手里拿着一个卷起来的皮包。她看见了我的车，朝门卫那边说了些什么，大门就打开了。她跳上我的车，哎呀小易，你终于回来了，她说。我刚想说点什么，她的手机铃声响起，她有些顾虑地看了看我，我努嘴示意她请便。她看了看对方的号码，就接了起来。我们就这么进了学校。

听小维打电话我大概猜出，她现在是县城中学高中部的数学老师，似乎还担任了什么管理职务，电话那头的内容和教学安排有关。小维在这头时不时回答：是，好的，我知道，没问题，可以，等等看，没关系，你用不着担心，我会处理好，不怕，不会，那也行。她一边回答，一边用手指挥我车子往哪里开，同时给我一个无可奈何的表情。我按照她的意思把车子停在了操场不远处的一片空地，等停下来我才意识到，这块空地是我们当年的宿舍楼。

空地凹凸不平，停车的地方相对平整，泥土裸露在外，靠边的地方有积水，边缘长出一堆一堆的杂草。从这个位置能看到当年的操场、食堂和教学楼，我发现通往食堂的那两排凤凰树没有了。

等小维挂了电话，我已经站在空地上很久了。她从车上下来，很抱歉地朝我笑了笑。她说，真不好意思小易，临近期末了，学校事情多。

我问小维，学生们现在住在哪儿呢？她说，教学楼后面那片教师宿舍现在是学生在住了，大部分老师都搬进了新县城。她还说，老宿舍因为有很大的安全隐患，停用了半年了，不过三个月前才拆除。我记得当年在校的时候，就说宿舍有隐患，我感叹了一句，没想到又用了这么多年。小维说，是啊，谁能想到，修修补补坚持了这么多年。

我问那学校为什么还不搬，小维说，新的学校还没搞好，修建上出了些问题，而且很多走读学生的家也都没搬，老师们也不愿意搬。虽然大部分老师的家在新县城，但每天统一坐车来旧县城上班不算远，而且在旧县城买个菜什么的也方便。

小维说完这些，突然转换了一种语气，她的声音也变得低沉，她说，这些年我们一直在等着搬，一次又一次时间往后推，时间久了，大家都习惯这种暂时的生活了。反正谁也不知道老县城什么时候才会变成水库。

我们继续聊了聊与学校有关的话题，给对方简单说了说自己现在的状况，两个人努力维持着表面的热闹。最终不可避免地，在走向教学楼的路上我们谈起了李美。

"你还记得不，小易，我们三个人穿裙子那一次。"

"记得啊，你当时一个人先跑进教室了。"

"哈，这我倒不记得了，就记得穿裙子很开心，那天以后很多人都和我们一样穿起了裙子。要不是李美，我俩怎么可能做这样的事。"

我俩都沉默了一会儿，小维带着我往前走，她提议到教学楼看看，再去她办公室。走到教学楼前那段台阶的时候，小维又说话了：

"李美大我们一岁吧，她在市里读了一年初中才转到我们班的。"

"应该是这样的。"

"她什么都好，成绩好，人也长得好看。"

"是的，是这样的。"

"要是她还活着——"

小维没有继续说下去，她叹了一口气，换了个话题。

"小易，大春跟我说你回来了，我都有点不敢相信，我以为你再也不会回来了。"

"我看到报纸上说，老县城要拆除了，觉得应该回来看一眼。"然后我想起了什么，我问她，"你从哪里找到我电话的？"

"大春给我的呀。"

"他怎么会有我电话？"

"我不知道，我以为你们一直有联系呢。不过大春这种人，要想找到一个人的电话，是很容易的。"

我想问问她大春的情况，正在考虑怎么问，她电话又响了，这次是个家长打来的，她叹口气，走到一边接电话去了。接完电话再回到我身边，她的脸上多了几分沮丧，说有个高中部的学生准备退学，成绩还挺好，家里条件也不算差，真不知父母是怎么想的。我意识到刚才我们之间那种谈话的氛围似乎消失了，我更不知道怎么在她面前突然提起大春。这时的天空渐渐变得灰暗，西边出现一团浓重的乌云，风吹起来，越吹越大，她拉起我进了昏暗的教学楼。

走廊两边的教室里还在上着课，我认出属于我们当年那间，透过窗户往里望，能看到角落里的几张课桌，学生都低着头。我有点恍惚，好像李美和我，还有小维都还坐在里面，等下课铃声响起。我觉得有点不舒服，胸口闷得慌，呼吸被什么东西压着，不顺畅。我提议离开教学楼，小维同意了。

出教学楼就下雨了，我们来到隔壁办公楼，小维的办公室在一楼第二间。办公室里有张破旧的单人沙发，她示意我坐下，同时给我倒来一杯水。我把沙发挪到靠窗的位置，看雨水落在外面的杉树上。

"是不是都还和当年一样？学校越来越破，但反正我们就快搬走了。"小维坐在不远处，一边整理一堆资料一边说。

"到底什么时候搬呢？"

"半年前听说半年后搬，现在到了搬的时间，又说还要等半年。不过这种事也不是第一次发生了，可能半年后又是半年。"过一会儿，她又加了一句，"也可能哪天说搬就搬了。"

"那个电站还没修好吗？"

"好像是遇到些问题，对了，你还记得那个回学校来演讲的校友吗？"

"当然记得啊，他怎么啦？"

"听说他移民了。"

我发现我和小维的谈话总是很难往一个方向深入下去。可能是那么些年过去了，我们完全活在不同的世界，也可能，我们的关系一直笼罩在李美的阴影中。雨越下越大，风吹进来感觉有些冷，小维给我来一块大围巾就出门了。她还有个会，她说，小易你奔波了一天也累，你就坐在这儿休息，等我开完会我们再离开学校。

我突然想起了常老师，我问走到门口的小维，常老师还在学校吧？

"她呀，你离开这里的第二年她就调走了，去了教育局，现在都当副局长啦。"

小维的声音和人一起消失在雨幕中。天色越来越暗，雨水打在不知窗外哪一片铁皮屋顶上，响声大得出奇。我裹上大围巾，侧身把头枕在沙发靠背上。这样我的视线正好与办公桌上一个透明茶杯相遇，茶杯上有深深的茶垢，旁边还有半包烟，看着看着，都好像被窗外的雨水打湿了。

我终于听见了下课铃声，接着是涌动的人潮，学生们冲出教学楼，背着书包拿着饭盒冲向食堂。李美跑在最前面，她把饭盒举在头顶挡雨，一边跑一边转身对着我和小维大吼，你们搞快点啊，去晚了打不到油渣莲花白。

不知过去多久，在雨声中醒来，我发现小维正坐在我对面望着我。此刻她跟我睡过去之前忙着开会的小维完全不同。她的身子瘫软在座位上，出神的样子，好像很疲惫。她旁边的桌子上亮起一盏台灯，窗外是一片漆黑。

看见我醒了，小维的身子又坐直起来。她说，米小易你睡得好哦，现在都九点了，实惠餐厅早下班了，你跟我去我家吧。

"你家还是你爸妈家？"

"我家，我跟家里人打了电话，他做饭等我们。"

"那不去了，你陪我找个旅馆吧。"

"你不想去我家，我们也可以去我爸妈的家。你去过的啊，就在老县城，那一排红砖房还在呢。"

"不，我不想去。"

好吧，小维说，校门口有家烧烤摊，我们吃点烧烤再带你去旅馆。

坐在烧烤摊低矮的凳子上，客人不多，看装扮也像外地来的。雨不知在什么时候停了，老板帮我们收起户外伞，乌云渐渐散去，月光从树影里洒下来。老县城里最有名的烧烤是"网烧"，火盆上放一块圆形网状铁丝，食物就铺在上面，小肠，南瓜，排骨，茄子，也有外地运来的鱿鱼和大虾。出乎意料地，我消失了很久的，对食物原始的欲望被铁丝网上的烤物激发了出来，吃了很多。

刚坐下时小维叫来几瓶啤酒，她先给我倒了一杯，想了想又给自己也倒了一杯。"我们正在准备要孩子，但是今天不管了。"她说。说完她一口喝掉了一杯。

"结婚几年了？"

"五年了，你可能见过他，大春他们班上的，不过那会儿他很平常，现在也很平常，但是对我挺好的。我们总要不上，去医院检查又什么问题都没有。再要不上我们都想离婚了。"

"你那么想要孩子啊？"

"啊，"她顿了顿，"你不觉得吗小易，生一个小孩，最好是个女孩，按自己的想法养育她，认认真真养大她，等于自己又活了一次。"

她又喝掉一杯啤酒，把杯子往桌子上狠狠地放。

"不留遗憾，再活一次。"她说。

她说这些的时候，一只手肘撑在膝盖上，手掌撑开托着下巴，眼睛里散发出热切的光，这是从见到她第一眼到现在，她最动人的时候。我也禁不住被她打动了，是啊，我说，认认真真养大一个孩子，修正那些自己在成长里遇到的问题，听起来多么好。

小维问我，离开这里之后一定又交过很多好朋友吧？我说，是有过一些，但是像当年我们那样亲密的几乎没有啦。小维说，不会吧，你那么好相处。我说是吗，我好相处吗，谄媚型人格呗，总想讨好别人，总怕别人不喜欢自己。而且也不知怎么回事，离开一个地方就会跟那个地方的人断了联系，就像当年离开这里一样。到一群陌生人中做一个新的自己，从头开始，好像对这个有依赖了。哎，这感觉和你想认认真真养大一个孩子差不多吧，就是想要新的开始，从头再来。

我们又喝了很多酒。我觉得时间差不多了，该走了，站起来准备去结账，小维突然从背后喊一声，小易。我转身。

"对不起，小易，米小易。对不起，一开始我就知道你不是小偷。"

我想说什么，但无论如何也张不开嘴。我转过身坐下来，看她把头埋在两个膝盖中间抽泣。

"这么多年，我只要想到那两个月我们怎么冷落你，我就难过。我不应该那样。那两个月我一直在煎熬，我很难过。李美和她们都说，你是从黑山来的，你们那个地方最穷，你没有爸爸，妈妈也跑了，你最需要钱。大家都这么相信了。我不应该相信，不，我根本就不相信。但是我害怕，那时候我只要靠近你我就害怕，我怕和你一起被她们孤立。"

我请她不要再说下去了，我感觉自己全身虚弱，有一些遥远又强烈的感情涌起来，此刻我的身体不想承担这种东西。但她还在哭着继续说，她的语速越来越快，生怕我会打断她，她急着要把自己交付给我。

"后来李美走了，你也转学了。你不知道你走的时候我有多难过，我想我永远也没办法弥补自己的过错了。但我又感到轻松，是的，你们两个的离开都让我又难过又轻松。我以为你走了一切都会过去，但这么多年，始终过不去。我一直想对你说这些话，对不起，小易，你不是小偷，就算你是小偷，我也不应该冷落你，对不起。"

"我不是小偷，你凭什么说我是小偷？"

"我是说，就算你是，我也错了。"

"我不是。你为什么不去问问常老师，她知道我不是，我不是。"

"我知道你不是，米小易，我的意思——"

我吼了起来，我愤怒的吼声在老县城上空回荡，那吼声没有具体的语言上的意思，接近于号叫。此刻风停树静，月亮又大又圆，孤零零挂在黑色的天空里。

第二天早晨，一束强光射过来，在一股像是腐烂的木头气味中睁开眼，我发现自己躺在一间老旧的旅馆里，窗帘大开着，窗外天光明亮。床头放着半杯水，肯定不是我自己倒的。昨晚的记忆终止在我对着小维大吼之时。这之后我是怎么回的旅馆，小维什么时候离开的，我们又说了什么，我都不记得了。

我爬起来走向窗户往外看，确认房间处于三楼。楼下是一条石板铺就的小街，有人三三两两经过街道，两旁是一些店铺，比较显眼的是几家卖土特产的，一些山货从铺面延伸出来，就快摆到了路上。经过昨晚的一场大雨，那些老旧的房屋透着潮湿和霉气。往上望，路的尽头，几间房子背后，木棉树掩映下有个平台，平台上好像也有人在摆摊。我一下子认出那个平台是当年的灯光球场，那些年，周末的夜晚这里总会有篮球比赛。这里曾经是这个城市最明亮最热闹的地方，我和李美关系最好的时候，我们在球场边买过冰糕。有一个场景十分清晰：蹲在人群里吃冰糕的时候，比赛正激烈地进行着，我们舔着冰糕看着对方傻笑。

我给小维打电话，她第一时间接了起来，电话那头她的声音很虚弱，看来昨晚没有休息好。她提醒我旅馆没有早餐，如果想吃点东西，出旅馆往右拐就是北街："就是当年看耍猴那个小广场，现在很多早餐店。"

"谢谢小维，不好意思，我昨天晚上喝得有点多。"

"没有没有，我才喝多了。我一会儿把大春的电话号码发给你。"

"大春怎么了？"

"你昨天晚上一个劲儿说要去找大春啊。"

"啊，但我现在不想找他。"

"咳，你们这两个人，他也说不想找你。"

17

在小广场一家餐馆吃早饭，我要了一碗羊肉米粉，吃的时候才意识到，已经至少半年没吃过早餐了。坐在小店的门脸内，透过米粉的热气，能看到小广场上渐渐热闹起来。特别显眼的是在广场一角站着三匹马，马的背上装了五颜六色的马鞍，不用说，那是为游客们准备的，我们这里以前可从来没有马。

我想起前两天决定回一趟县城，是因为河边那一片野樱花，我得去看看。一路上街道总有臭烘烘的味道，小店里摆满各种仿冒品，四周慢慢出现熙来攘往的人群，能一眼看出哪些是本地人哪些是外地游客。一栋老旧楼房从大堆的瓦砾中冒出来，孤单单站在那里，门脸上竟然还贴着鲜艳的春联，春节也确实刚过去不久，但这里的一切都太旧了。那些瓦砾长出了不少春天的杂草，可以想象，那原本是些年久失修的更老旧的楼房，在某一天轰然倒下。我还路过了刚进城时，那个做带路生意的小男孩提到的手工铜锅店。店门口坐着一位老者，手里正摆弄一口半成品铜锅。他满脸的皱纹与身后肮脏的墙面构成一幅获奖照片的样子，又是一尊超越时间的静物，他正坦然接受游客们的注目。我注意到旁边挂了块牌子，上面潦草地写着几个字：拍照五元，合影十元。

穿过黑乎乎的小巷子，我站在了一棵木棉树下，远处就是我们当年抓爬沙虫的河滩，那几棵野樱就在河滩的上方，一片农田的尽头。只是，大概因为昨夜的一场大雨，野樱的花瓣被打得七零八落，跟报纸上描述的完全是两个样子了。

我还想去看看常老师。县教育局的办公地点在河对岸，走到南城老桥的时候，路被堵得死死的，幸好走路，如果开车，这里可能要耽误很久。那些排队的司机探出头来抱怨，骂着下流的话，有人吐出来一口痰。也难怪，这座桥早已不堪重负，反正不久之后，是多久呢，这座老桥也将沉没于水下。走在桥上俯身往河里看，桥墩用那种工地上的脚手架加固了，密密麻麻的，已看不到本来的样子。

教育局是一处临河的院子，院子里很安静，传入耳畔的是山那边新县城节奏分明的敲击声。院子中间长着几棵皂荚树，靠办公楼有两株几层楼高的银杏，几位工人正在银杏树下丈量，一位工人高声说，移得活，移得活。看来是准备把银杏搬到新县城了。常老师的办公室在二楼，我按照小维在电话里的指引走向第三间。小维已经提前给常老师打过电话，"常老师好像一时没想起你是谁。"小维说。

因为堵，又在桥的另一头被一群游客要求帮忙拍张合影，我比原计划迟到了几分钟，不过房间里还有两个人在和常老师聊着什么。常老师只是比过去胖了些，除此之外，感觉不到太大的变化。算起来，她现在应该也就四十岁出头。她精神饱满，专注地望着坐在她对面的一男一女，时不时捋一捋本来就很光生的发髻，脸上有关切的笑容。我在门口站了一会儿，那两个人才从里面走出来，他们一人抱着一沓资料，应该也是教育局的工作人员。

我敲了敲门，常老师还在低着头整理着什么，同时说，请进。

"常老师，您好，我是小维的同学，米小易。"

常老师抬起头，笑着说你好你好，她仔细端详我，努力要认出我来。

"也是李美的同学，我那时候住校，和李美小维一间寝室。"

"哦，你好你好。"她还在辨认，几条很深的皱纹出现在她的额头上。

"不过我后来就转走了。"

"李美很不幸，如果她活着，就跟你现在一样大。"她继续辨认。

"是的，她走后我就转走了。"

"不好意思，那时候因为有边远山区的降分政策，转来又转走的学生很多。"

"我妈来接我走的，她还去了您办公室，她从很远的地方赶回来，她当时不想接我走的。"

"对了，你说你叫米什么来着？"

"米小易。我的同学李美去世了，我想转学。我妈来学校也是这么跟你们说的，你们很快同意了我转学。"我不得不很快讲出李美的死和我之间，微弱的关系。我努力争取在常老师的记忆中占据一席之地。

"我想起了，米小易。"

常老师此刻的笑容里带着几丝放松，她整个人也往办公椅里陷进去一点儿。这时有人敲门，门本来就开着，我们回过头去看，刚才出去的两个人中的女人站在门口。

"常局，楼下有些资料需要确认下，搬过去之后是送到档案局还是继续放在我们这里。"

常老师站起身准备出门，她一边走一边说：

"我记得你，唉，那么多年过去了。小维说你后来上了不错的大学，现在有很好的工作，太好了太好了。"

走到门口，她转身又说了一句："不好意思，米，米小易，你坐下等我两分钟，我马上回来。"

我坐在一张黑沙发上，房间很安静，倒放在饮水机上的纯净水桶咕噜咕噜响了几声，又有人来找常老师，看见常老师不在就离开了。山那边新县城的敲击声还在断断续续，提醒我时间在一分一秒过去。我环视办公室，同时脑子里杂乱地思索一些问题。我注意到常老师办公桌后面的书架上有几个相框，放的都是大合影，我猜测有一张应该是我们班的毕业照，里面当然没有我和李美。我开始整理自己的思路，想着应该跟常老师说些什么。大约十多分钟后，常老师的高跟鞋响了过来。她一进门就说，你能回来看看老师真好，你们那个班是我毕业参加工作带的第一个班，印象很深。我说，谢谢常老师，看到您现在很好，我也很开心，我今天来找您，很想听您讲讲李美。

听我又一次提到李美，常老师给我倒了一杯水，坐回自己的位置。

"李美，太遗憾了。她本来要转学，但离开的前一天她去铁路了。当时处理好那件事，学校花了很多时间和精力。"

"我记得您跟我说过，她很不容易。"

"我说过吗？"常老师的话有种不自然的语气，表情也有微微的变化，她叹口气，往窗户外看了一眼。

我说是的，常老师您还记得吗？有一次我们寝室发生了偷盗事件，有个高二女生的项链和钱都丢了，您把我叫到办公室，叫我不要在学校谈论这件事，您当时就说，李美很不容易。

"噢，是发生过那件不愉快的事，但是，我说过吗？我怎么想不起跟你说了什么。"

"您没跟我说什么，您就说叫我不要谈论这件事，您说李美很不容易。"

"是的，李美很不容易，她父母离婚之后，她妈很快结婚，她在家里遭遇了很不好的事情。她转学是这个原因，后来要转走也是这个原因。"

"那么，她的死是不是意外？"

常老师坐直了身子，她好像在这个时候才真正看见了我，她望着我，问我为什么来问这个。

"常老师，李美去铁路那天曾经约我一起去的。我没答应。我一直在想，要是我答应了，跟她一起去了，可能结果就不一样。我现在想知道，她的死是不是意外。"

又有人来敲门了，敲门的人似乎感觉到房间里有些异样，抱歉着点点头就离开了。我们沉默了一会儿，常老师慢慢把身体靠在椅背上，双臂垂下来，刚想说点什么，她桌上的电话响了，她开始接电话。嗯，是这样，好的，没问题，对，没错——总是这些话，和小维一样。

挂下电话，她看了看表，对不起啊，她说，我现在要去县政府参加一个会议，关于搬迁的事，你知道的，我们就要搬家了，这个会不能缺席，米，米小……小米，你不忙走吧？你应该到处去看看，去新县城看看，修得漂亮哦。还有啊，去新县城背面的坡上看看正在修建中的高铁。对了

你还不知道吧，再过两年，我们县就通高铁了，到时候从这里出发去省城只要三个小时，现在是十一个小时哦，现在的成昆线迟早会被淘汰的。

说这些的时候，她在快速整理桌上的资料，打开衣柜拿出一件外套搭在手上，又突然坐下来望着我说，晚上，晚上你给我打电话，我们再聊好吗？

我没有回答她，她起身走向我，拉起我的手，放在她手里捏着。我只好站起来。她说，小米，老师那个时候刚毕业，还很年轻没有经验，可能一些事情没有处理得很好，但你要知道，事情跟你没关系，你们那个时候都还小，即使有关系也不是你的错。说完她离开了。

我在常老师的后面离开办公室，听见她上车，关车门，车子启动的声音。不一会儿，车子就绕过院子外的花台，消失在我从二楼能看到的上坡路上。我走出大院的时候，刚才那些工人正在那几棵银杏树下撒石膏粉，石膏粉围着树子一圈，很显然那是为了将银杏树连根拔起做的记号。

大家都在忙着自己世界里很重要的事。

我给小维打电话，告诉她我准备马上离开这里，谢谢她昨晚的招待。她很惊讶，坚持要我再待两天再走。她说，你还没去新县城看看呢，有些地方还是很漂亮的，你也应该回黑山看看呀，虽然你奶奶不在了，但你还有些亲戚吧。她还问我，你见到常老师了吗？聊得怎么样？我说见到了，聊得不怎么好。我还忍不住说，我告诉常老师，李美去铁路那天曾经约我一起去的。我没答应。我一直在想，要是我答应了，跟她一起去了，可能结果就不一样。小维，你说是不是啊？

小维在电话那头惊呼，天哪，你这段话和大春有一次跟我们说的一模一样，李美去铁路之前约过大春，大春也没有去。好了好了，小易，事情都过去这么多年了，你们不要再想了。我们那时候都还太小，事情跟你们没关系，即使有关系，也不是你们的错。

小维还在说着什么，我没有再听进去，我发现自己此刻站在河边，安宁河的河水就在我面前。昨天的雨让河水的颜色变黄了一点，但还是流得舒缓。站在这里能更全面地看到河对岸那片野樱，粉色花瓣落了一地，树枝丫光杆杆升向天空，新叶还没有冒出来。有几个七八岁的小男孩在离我不远处玩儿摔炮，一种扔地上就会响的小玩意儿，叭叭的声音此起彼伏，混合着他们的笑声和山那边的敲击声，灌入我的耳膜。我抬起头，看见一朵又一朵的云，这是个平平常常的，阴天的上午。

现在我又开着车行驶在大峡谷了。大春和他的加油站就在前面某个拐弯处，我们昨天刚刚见过面，但好像隔了很久很久。这一天经历的事情很多，全部挤进我身体里，我头昏脑涨。车窗外已经是高原山区，相对于老县城，春天来得很迟，路边乱石中的杂草还是枯黄的，远处森林还是墨绿的，偶尔有黑色的大鸟从天空飞过，也飞得像冬天一样缓慢。又是一段荒无人烟的路程，马上就要经过大春所在的加油站。加油站的另一头，也是荒无人烟。我在心里跟自己说，如果看到大春还像来时那样，歪着头站在路边抽烟，我就停车。如果他不在，我就继续往前走。车子一点点靠近，在一片森林的尽头，群山之间的深坳里，大春的加油站凸显出来，它很小，又很显眼。我紧张起来，我担心他在，也担心他不在。

大春果然站在那里，他的头歪着，还戴着那顶发黄的鸭舌帽，我几乎要停车了，但是突然，我一脚油门经过了他。

我松了口气。加油站离我远去，老县城离我远去，我想起几天前是怎么想着要回来一趟，看一看那片野樱。我心里隐约是想见到大春的，隐约觉得我们之间应该有一个见面，双方都做好心理准备的见面。我们应该说说十几年前，发生在我、他和李美之间的事，说说我们这十几年来的生活。但是，就在昨天，大春就那样出现在我面前，猝不及防，后来的事情也没有一件按我的想象发展。就是在几分钟前，在我再次看见大春的一刹那，我也没想到我会一脚油门从他面前经过。人有时候真奇怪。

车子很快就要开到山顶机场了，我想起在我很小的时候，有一年，我老家黑山发生了一件大事，在黑山村上面的连绵山脉中，一处山顶被推平，出现了一座机场。就是现在这座山顶机场。机场往山的另一面下坡，有一条水泥路通往渡口市。渡口市盛产钢铁和煤炭，我爸就死在那些煤炭中间。村里人说，机场是为那些"做大事的人"修的。我们的黑山在渡口市的背面，我们那里的人和那座机场没有任何关系，但从村庄出发往山上爬，经过彝族人聚居的三锅庄，再往上走半天的路程，就能走到机场的边缘。我记得我曾经在机场通航的时候，和我爸一起带上干粮走路去看飞机。我们是隔着铁丝网看飞机的，我们那天赶到机场的时候，飞机已经降落了，我只看到它起飞的样子，那真是激动人心啊，你不觉得吗？那么大那么重的飞机，仅仅依靠它自身的力量，慢慢就飞到了天上。

而现在，坐在沉闷的机舱里飞，跟在地面看飞机飞完全是两回事。我戴上耳机和眼罩，暗中祈祷今天的风不要太大，飞机平稳些，不然我会晕机的。

18

我又回到了自己工作生活的城市，换了两份工作之后，在一间外贸公司企划部暂时安顿下来。这期间前夫肖原给我打过两次电话。一次完全出于对我的关切，我向他表达了谢意，并且如他所愿，我在谢谢之后加了句玩笑话，我说你真是个完美前夫啊。他在电话那头大笑起来。另一次，他说了些无关的话，在就要挂掉电话时，他的语气突然变成有所保留的兴奋，他说他要结婚了。我知道这个消息迟早要来，所以很平静。我说好的，我知道了。他又问，小易你现在还好吧？你回老家看看没有？我说看了，挺好的。他随口问了一句，那现在老县城已经淹没了吧？我说还没有，应该快了。

老家之行回来，我的生活没有太大变化，但总算是可以坚持每天吃一顿像样的早餐了。我最近爱上了游泳，下班之后就把自己泡在水池里，沉入水里的世界能让人感到短暂的安宁。教练说我这么练下去都可以参加比赛了。有一天，我从游泳池爬起来，手机里有一个未接来电，是小维，我回了过去。

小维在电话里说，她当妈妈了，顺产，是个女孩。从她的声音里我听出她的激动和喜悦，就好像她真正的生活要开始了。她的快乐也感染着我，我向她表达了祝贺，同时问她，老县城是不是已经淹没了。她还是用那种激动和喜悦的语气说，还没有，不过快了，快了。

2022
收获文学榜榜单

长篇小说榜

榜 首
孙甘露《千里江山图》
《收获》长篇小说 2022 年夏卷 / 上海文艺出版社 2022 年 4 月

第二名
刘亮程《本 巴》
译林出版社 2022 年 1 月

第三名
路 内《关于告别的一切》
《收获》长篇小说 2022 年春卷 / 上海文艺出版社 2022 年 4 月

第四名
王跃文《家 山》
《当代》2022 年第 6 期 / 人民文学出版社·湖南文艺出版社 2022 年 12 月

第五名
叶兆言《仪凤之门》
《收获》2022 年第 1 期 / 九久读书人·人民文学出版社 2022 年 8 月

长篇非虚构榜

榜 首
杨　苡口述、余　斌撰写《一百年，许多人，许多事：杨苡口述自传》
《名人传记》2022 年 1 月～12 月／译林出版社 2023 年 1 月

第二名
刘　涛、百　合《素锦的香港往事》
《读库 2202》新星出版社 2022 年 4 月

第三名
赵柏田《银魂：张嘉璈和他的时代》
浙江文艺出版社 2022 年 8 月

第四名
王　梆《贫穷的质感》
单读·上海文艺出版社 2022 年 4 月

第五名
师永刚《无国界病人》
人民文学出版社 2022 年 8 月

中篇小说榜

榜 首
王安忆《五湖四海》
《收获》2022 年第 4 期

第二名
王 蒙《霞满天》
《北京文学》2022 年第 9 期

第三名
赵 松《谁能杀死变色龙》
《收获》2022 年第 5 期

第四名
葛 亮《浮 图》
《十月》2022 年第 3 期

第五名
张 炜《橘 颂》
《当代》2022 年第 5 期

第六名
孙 频《棣棠之约》
《钟山》2022 年第 4 期

第七名
张 翎《疫狐纪》
《北京文学》2022 年第 5 期

第八名
常小琥《变 脸》
《上海文学》2022 年第 1 期

第九名
马金莲《母亲和她的第一个连手》
《长江文艺》2022 年第 3 期

第十名
宁不远《莲花白》
《西湖》2022 年第 7 期

短篇小说榜

榜 首
弋 舟《德雷克海峡的 800 艘沉船》
《十月》2022 年第 3 期

第二名
陈 各《狗 窝》
《收获》2022 年第 2 期

第三名
李 晁《雾中河》
《作家》2022 年第 4 期

第四名
莉莉陈《回 向》
《野草》2022 年第 3 期

第五名
徐则臣《玛雅人面具》
《北京文学》2022 年第 11 期

第六名
牛健哲《造物须臾》
《人民文学》2022 年第 9 期

第七名
李宏伟《云彩剪辑师》
《天涯》2022 年第 5 期

第八名
杨知寒《百花杀》
《当代》2022 年第 3 期

第九名
东 西《飞来飞去》
《收获》2022 年第 5 期

第十名
蒋一谈《浮 空》
《天涯》2022 年第 3 期

图书在版编目（CIP）数据

收获文学榜2022中短篇小说／《收获》文学杂志社编.
-- 上海：上海文艺出版社，2023
ISBN 978-7-5321-8698-3

Ⅰ.①收… Ⅱ.①收… Ⅲ.①中篇小说－小说集－中国－当代
②短篇小说－小说集－中国－当代 Ⅳ.①I247.7
中国版本图书馆CIP数据核字(2023)第036662号

发 行 人：毕　胜
责任编辑：李伟长　张诗扬
封面设计：黄　海
内文制作：艺　美

书　　名：收获文学榜2022中短篇小说
编　　者：《收获》文学杂志社 编
出　　版：上海世纪出版集团　上海文艺出版社
地　　址：上海市闵行区号景路159弄A座2楼　201101
发　　行：上海文艺出版社发行中心
　　　　　上海市闵行区号景路159弄A座2楼206室　201101　www.ewen.co
印　　刷：苏州市越洋印刷有限公司
开　　本：710×1000　1/16
印　　张：31.5
插　　页：2
字　　数：648,000
印　　次：2023年4月第1版　2023年4月第1次印刷
Ｉ Ｓ Ｂ Ｎ：978-7-5321-8698-3/I.6848
定　　价：88.00元
告 读 者：如发现本书有质量问题请与印刷厂质量科联系　T:0512-68180628